나는 새들이 왜 노래하는지 아네

나는 새들이 왜 노래하는지 아네

트리시 오케인

성원 옮김

원더박스

이 책에 자신의 표현을 넣도록 허락해준 분들,
그중에서도 특히 웬델 베리, J. 드류 랜험, 버몬트대학교와
위스콘신-매디슨대학교 학생들에게 감사의 마음을 전합니다.

이 책은 실제 경험을 바탕으로 한 논픽션입니다.
여기에 기록한 사건과 경험은 모두 사실이며 능력이 닿는 한
기억에 남아 있는 대로 정직하게 담았습니다. 내가 가르친 학생들을 비롯
일부 이름, 신원, 정황은 관련된 여러 개인들의 프라이버시를 지키기 위해
또는 평화로운 삶을 이어갈 수 있도록 변경했습니다.

일러두기

- 본문 중 [ ] 안에 들어간 부분은 이해를 돕기 위해 번역 과정에서 추가한 부분이다.
- 본문에 등장하는 새들의 목록을 책의 마지막에 정리했다.

대해를 건넌 나의 부모님,
펠릭스 오케인과 브리짓 플레밍 오케인에게
이 책을 바칩니다.

차례

PROLOGUE

기뻐할지어다,
이 모든 사실에도 불구하고.

웬델 베리, "선언문: 미친 농부 해방전선"

나는 별이 총총한 10월의 밤을 가르며 어두운 버몬트의 도로를 내달리고 있다. 미국 북동부에서 제일 작은 올빼미인 애기금눈올빼미의 가락지 부착 작업을 직접 볼 수 있는 귀한 기회가 우리를 재촉한다. 내 도요타 매트릭스에는 해치백 짐칸에 새우처럼 몸을 구부리고 있는 여학생 하나를 비롯, 내가 가르치는 대학생 중에서 새에 가장 미친 다섯 명이 비좁게 들어차 있다. 한 학생은 탐조장비점에서 일한다. 또 다른 학생은 첫 학기에 교정의 숲에서 커다란 줄무늬올빼미를 발견하기 전까지는 새에 관해 아무것도 몰랐지만 이제는 매일 몇 시간씩 배리라고 하는 이 줄무늬올빼미를 따라다니면서 내 이메일로 사냥하는 배리, 사색하는 배리, 애기여새를 갈갈이 찢어발기는 배리• 사진을 줄기차게 보내기 시작했다. 내가 운전하는 동안 우리는 새소리 CD를 틀어놓고 새 이름 맞히기 게임을 한다. 한구석에 짓눌리다시피 한 수줍음 많은 1학년 학생은 어린 올빼미처럼 눈을 둥그렇게 뜨고 말없이 관찰 중이다.

오늘 밤은 중요한 밤이다. 우리 모두에게 처음으로 애기금눈올빼미를 보는 기회가 될 것이기 때문이다. 이 올빼미는 미국 북부에서 가장 흔한 올빼미 중 하나이지만 과학자와 열혈 탐조인들을 미궁에 빠뜨리는 가장 불가사의한 종이기도 하다. 미국지빠귀 크기의 이 새는 우리 주변에 있는 모든 숲에 서식하지만 거의 눈에 띄지 않는다. 우리 위 2미터도 안 되는 곳에 있을 수도 있는데 그래도 잘 안 보인다. 깃털이 나무껍질 색인 탓에 작은 나무옹이처럼 줄기의 일부처럼 보일 뿐이다.

과학자들은 이 올빼미의 기본사항에 대해 거의 아는 것이 없다. 언제, 어디로 이동하는지, 수가 어느 정도인지(프로젝트아울넷Project Owlnet의 데이비드 브링커David Brinker는 가락지 기록을 근거로 전 세계에 200만에서 500만 마리가 있다고 추정한다), 몇 살 때부터 번식을 시작하는지, 일생 동안 새끼를 몇 마리나 기르는지, 심지어는 수명이 어느 정도인지도 아직 잘 모른다(포획된 개체 가운데 가장 장수한 새는 16살까지 살았다). 하지만 들쭉날쭉 두서없는 몇 가지 사실은 분명하게 알고 있다. 한 대학원생이 애팔래치아에서 이 올빼미들이 나뭇가지에 먹이—주로 쥐였지만 박쥐, 다람쥐, 새도 있었다—를 저장하는 모습을 관찰한 적이 있고, 어떤 과학자들은 이 올빼미들이 겨울철에 마치 깃털 달린 전자레인지인 것마냥 먹이 위에 앉아서 해동시키는 모습을 본 적도 있

● 뉴욕 센트럴파크에서 최장기 체류기록을 세운 유명한 그 배리는 아니다.

었다.[1] 그리고 1903년에는 오하이오의 한 어선 선장이 헬레나라고 하는 증기선에서 이 작은 애기금눈올빼미 한 무리가 [오대호 가운데 두번째로 큰 호수인] 휴런호를 건너는 모습을 본 적도 있었다.[2]

무엇보다 가장 묘한 건 존 제임스 오듀본의 이야기다. 오듀본은 그 유명한 1838년의 저서 『미국의 새들』에서 이렇게 밝혔다. "이 종은 우리 도시 안으로 찾아드는 이상하고도 강렬한 성향이 있다. 내가 알기로 볼티모어 박물관뿐만 아니라 필라델피아 박물관에도 애기금눈올빼미 몇 마리가 산 채로 잡혀 있고, 내가 신시내티에 갔을 때는 어떤 사람이 아이 어머니를 조금도 놀래키지 않고 한 아기가 잠들어 있는 요람 끝에 앉아 있던 애기금눈올빼미 한 마리를 잡아서 내게 갖다준 적도 있었다."[3]

학생들과 내가 가락지 부착 본부를 향해 달리고 있는 지금은 가을철 이동 절정기이다. 기온은 섭씨 13도 정도. 하늘은 맑고 바람은 북쪽에서 시속 13킬로미터 정도로 불어온다. 야간에 남쪽으로 비행하는 올빼미들에게도, 북동지역 곳곳에 진을 치고 있는 가락지 부착 작업자들에게도 이상적이다. 가락지 부착 작업자들은 길이 12미터, 높이 1.8미터 크기 투명 거미줄 형태의 그물 근처 풀숲에 몸을 숨긴다. 작업자들은 귀를 쫑긋 세운 채 핫초코를 홀짝이며 숨겨둔 녹음기에서 재생되는 애기금눈올빼미 호출음—단조롭고 으스스한 높은 경적음—에 유인당

한 올빼미가 휙 하며 갑작스런 날갯짓 소리를 내는 순간을 기다린다.

우리가 진흙투성이 들판에 차를 세우자 손글씨로 "올빼미"라고 적은 일련의 표지판이 낡은 빨간 헛간을 에워싸고 관목이 줄지어 서 있는 그늘진 개활지로 우리를 안내한다. 가락지 부착 본부는 투광조명이 환하게 밝혀진 간이 테이블이다. 맞붙은 간식 테이블에는 허쉬초콜릿바, 그레이엄크래커, 커다란 마쉬멜로우 봉지가 놓여 있다. 개활지 맞은편에는 나이 든 탐조인들이 접이식 의자를 놓고 모닥불에 둘러앉아 마쉬멜로우를 구우며 환담을 나누고 있다.

나는 반백의 나이 많은 부착 전문가가 가락지 부착 테이블을 맡고 있을 줄 알았다. 주머니가 많은 카키색 조끼 차림에 말수가 적고 키가 크고 턱수염이 있는, 자연보존기관에서 잔뼈가 굵은 그런. 하지만 그 대신 딸기색 머리카락을 한 13살의 소녀가 좌중을 향해 목청을 높이는 중이다. 소녀는 한껏 자기 몸을 키워서 사람들에게 "올빼미 떼내기 책임자들"이 15분에 한 번씩 근처에 있는 거미줄형 그물을 확인 중이라고 설명한다. 이 사람들은 올빼미를 그물에서 얼른 떼어낸 뒤 이 테이블로 데려와야 한다. 그러면 소녀가 건강 상태를 확인하고 가락지를 부착한 다음 놓아준다.

세 시간 뒤 소녀는 학생들에게 포획된 올빼미 한 마리를 놓아주는 작업을 돕고 싶은지 묻는다. 무게와 크기를 재고 가락지를 부착하는 동안 검은 부리를 딱딱 부딪히며 몸부림치던 암컷 올빼미라면서. 소녀는 학생들에게 낮은 일인용 의자 주위에 작은 원을 그리며 바닥에 무릎을 꿇고 앉으라고 지시한다. 그다음에는 손바닥을 위로 펼치고 손가락이 의자 중심을 향하게 한 채 한쪽 손을 뻗으라고 한다. 학생들이 의자를 중심으로 손을 하나하나 뻗자 젊은 손들로 이루어진 원이 말랑말랑한 살로 된 거대한 발사대를 이룬다. 소녀는 가죽 장갑을 이용해서 구리빛 등을 가진 20센티미터 크기의 올빼미를 감싸더니 발사대 중앙에 있는 학생들 손끝 바로 위에 새를 올려놓는다. 절대 움직이지 마세요. 소녀가 말한다. 올빼미가 깃털 달린 발톱을 가슴 쪽으로 끌어당긴 자세로 등을 대고 눕자 거대한 검은 눈동자가 바로 위로 펼쳐진 별이 총총한 하늘을 응시한다. 우리는 숨을 멈춘다. 믿을 수 없게도 올빼미는 그 자세로 10초, 15초 누워 있다. 그러다가 갑자기 자기가 자유라는 걸 깨닫고 몸을 일으켜 작은 헬리콥터마냥 내 학생들 위에 있는 하늘에서 날개를 펼치더니 곧장 하늘을 향해 날아올라 싸늘한 가을밤 속으로 종적을 감춘다.[4]

이 젊은 올빼미 추종자들 가운데 한 명을 뺀 전부가 내가 버몬트대학교에서 가르치는 "세상을 바꾸는 탐조"라는 수업을 듣는 학생들이다. 이 수업을 진행하는 동안 나는 대학생들을 어린이의 탐조 멘토로 짝지어준다. 학생들은 월요일마다 대학 교실에서 만나 새와 교육과 사회정의에 대해 배운다. 그리고 매주 수요일에는 차를 타고 8킬로미터를 이동해서 벌링턴의 한 초등학교를 방문한다. 그곳에서 나의 학생들은 4학년이나 5학년 "공동탐험인"과 함께 세 시간 동안 인근 습지와 숲을 걸어다니며 공부하고 즐거운 시간을 보낸다. 학생들은 각자 같은 어린이와 한 학기 내내 짝을 이룬다. 나는 시끌벅적한 인간 무리 바로 뒤를 따라 걸으며 어린이가 대학생 멘토의 손을 잡는 모습에, 그들이 짝을 지어 참새처럼 재잘대며 학교까지 타박타박 걸어가는 모습에 늘 큰 감동을 받는다.

2016년 이 프로그램을 시작한 둘째날, 장 밥티스트라고 하는 4학년 학생이 샘플레인 호숫가에서 흰머리수리를 발견했다. 어린이와 대학생들은 불과 5미터 정도 떨어진 곳에 옹기종기 서서 숭배하듯 새를 바라보았다. 흰머리수리는 높은 나무 위에 앉아 호수를 바라보고 있었지만 몇 분에 한 번씩 큰 머리를 돌려서 우리를 쳐다보았고, 그러면 어린 꼬마들은 자기 대학생 멘토 뒤로 몸을 숨겼다.

기억에 남는 또 다른 날에는 같은 호숫가 산책로에서 학생들 무리 뒤를 따라 걷고 있는데, 앞에 있던 어린이들이 갑자기 멘토의 목에 걸려 있던 쌍안경 줄을 당겨 기를 쓰고 쌍안경을 빼내려는 게 아닌가. 나는 어안이 벙벙했다. 어린이들은 쌍안경을 들고 다니는 걸 대단히 싫어했다. 뭔가 엄청난 새가 있는 게 틀림없어, 나는 이렇게 생각하며 달리기 시작했다. 드디어 학생들을 따라잡았을 때 모든 어린이가 샘플레인 호수에서 막 올라와서 물을 뚝뚝 흘리고 있는 나체의 털북숭이 남자를 향해 쌍안경 초점을 신중하게 맞추고 있었다.

나의 학생들은 어린이들과, 그리고 새와 사랑에 빠진다. 몇 년간 수업을 해보니 이제는 새 집착증의 초기 경고 신호를 읽어낼 수 있다. 가만히 앉아 있지 못함, 깃털 달린 무언가가 교실 창문 옆을 날아갈 때 고개를 획 돌림, 그리고 이런 식의 이메일이 바로 그 증상에 해당한다.

> 트리시!!! 밖에서 금방 새소리가 들려서 쌍안경을 가지러 달려갔어요! 그런데 엄청난 일이 벌어진 거예요!! 우리 집 현관 창문에 화분이 있는데 박새 한 마리가 그 속에 쌩 하고 들어가더니 바로 내 앞에서 민트 속에 있던 벌레 한 마리를 잡은 거 있죠! 그리고 그다음에는 벌새 한 마리가 쌩하고 들어가더니 내 얼굴에서 진짜 1미터도 안 되는 데서 꽃 속을 살피는 거예요!!! 그리고 그다음에는!!! 이 벌새가 나무 위로 날아가더니 그 위에 앉았어요. 그다음에는 아까 그 박새가 오더니 이 벌새를 쫓아서 나뭇가지를 옮겨다니면서 추격전을 벌였어요!!!! 왜 그런 거죠?!? 그냥 알려드리고 싶었어요. 너무 신이 났거든요!!![5]

그리고 그다음으로는 응급상황에 처한 새들을 구조하는 학생들이 있다(나는 학생들에게 집 전화번호를 알려준 걸 가끔 후회한다). 어느 겨울 나는 올리버라고 하는 한 혼비백산한 1학년 학생의 전화를 받았다. 올리버는 앞을 보지 못하는 멕시코양진이 한 마리가 아직 숨이 붙어 있는 상태로 눈쌓인 교정 운동장에 파묻혀 있는 것을 우연히 발견했다.

"올리버, 아무래도 멕시코양진이 결막염 같구나. 새를 잡아서 상자 같은 데 넣어. 내가 양진이 의사선생님을 찾아서 다시 너에게 연락할게."

30분 뒤 이제는 양진이 구급차 운전사가 된 올리버는 곳곳에 존재하는 과묵한 조류 도우미 부대의 일원인 엘렌을 만난다. 엘렌은 이 작디작은 환자를 집으로 데려가서 10일간 [항생제의 일종인] 테트라시클린 처치에 들어가고, 몇 시간 뒤 올리버에게 눈을 뜬 채 새로운 새장에서 날아다니는 그 멕시코양진이의 영상을 보낸다.

지난 15년간 나는 야외에서 새를 관찰하며 약 1960시간을 보냈고, 33권의 야장field note에 이들의 행태와 드라마를 기록했으며, 작은 새집에서 아기 박새, 파랑지빠귀, 굴뚝새, 제비 들을 키우는데 힘을 보탰고, 야생동물 재활병원에 있는 아기새 보육원에서 자원활동을 했고, 두 곳의 큰 대학교에서 수백 명의 대학생과 어린이들을 대상으로 새에 관한 수업을 진행했다. 과학자들은 의인화, 그러니까 동물에게 인간의 속성을 부여하는 행위를 비판한다. 하지만 1960시간 동안 밖에서 새들과 시간을 보내면서 나는 의인화를 거꾸로 적용해 우리 인간종에게 새의 어떤 자질과 재능과 기술이 긴급하게 필요한지 생각하기 시작했다. 인간이 새들과 같은 전략을 활용해서 우리가 사랑하는 장소를 지키기 위해 노력해보면 어떨까?

내가 좋아하는 이런 전략으로는 은색 반점이 있는 찌르레기들이 수백, 수천, 때로는 수백만 마리씩 하늘을 가로지르는 무리비행murmuration이 있다. 찌르레기들은 마치 보이지 않는 거대한 지휘봉이라도 있는 것처럼 동시에 같은 방향으로 꺾어 급강하하고 급선회하고 호弧를 그리고 날개를 퍼득여 거대한 군무를 춘다.

흰점찌르레기는 이런 안무가이자 공연자다. 미국에서는 토착종이 아니라는 이유로 멸시하는 경향이 있다 보니 숫자가 너무 많다면서 "하늘의 쥐"라고 부르기도 한다. 하지만 이들의 공중 군무가 그렇게 장관인 것은 바로 그 숫자 때문이다.

과학자들은 이 새들이 움직임을 어떻게 조율하는지 정확히 자신하지 못한다. 스타플래그STARFLAG라고 하는 프로젝트에서 이탈리아 이론물리학자팀이 근 18년에 걸쳐 로마 한복판에 있는 팔라조 마시모—국립 로마 박물관—지붕에서 황혼 무렵 찌르레기들의 사진을 찍었다.• 이들은 찌르레기 한 마리가 갑자기 날개를 기울여서 경로를 바꾸면 옆에 있는 찌르레기 일곱 마리가 그걸 따라하고, 그러면 이 일곱 마리는 각자 또 다른 일곱 마리의 움직임을 바꿔놓음으로써 깃털 달린 7의 법칙으로 안무를 만들어낸다는 사실을 발견했다.[6] 연구자들은 최초의 새가 날개를 기울이는 이유는 무리 전체를 위협하는 매 같은 포식자가 다가오기 때문인 경우가 많다는 것도 알아냈다. 무리비

• 나는 2022년 10월 20일 스타플래그의 수석연구자 안드레아 카바그나Andrea Cavagna를 줌으로 인터뷰했다. 카바그나의 설명에 따르면 연구자들이 찌르레기의 상호작용을 알아내기 위해 세 대의 카메라를 가지고 무리비행을 3차원으로 복원해보니 이 새들은 비행하는 동안 가장 가까이 있는 새들의 움직임에 지속적으로 반응하는 것으로 나타났다. 카바그나는 파시즘을 넌지시 암시하며 우리 인간종은 이미 갑작스러운 선회로 경로를 바꿨다가 재난과도 같은 결과에 호되게 직면해본 경험이 있기 때문에 무리비행을 낭만화해서는 안 된다고 주의를 주었다.

행은 무리 전체가 도망치는 데 유익하다.

나는 이 연구결과를 읽으면서 사회변화에 대해, 우리 인간종이 찌르레기에게서 무엇을 배울 수 있을지 생각하기 시작했다. 우리 역시 이런 식으로 경로를 바꾸는 게 가능할까? 그러니까 우리가 새만큼 똑똑하다면, 아니 최소한 새에게서 배움을 얻을 수 있을 정도로 똑똑하다면 어떤 일이 일어날까?

어쩌면 새들은 우리 인간종이 지구상에 존재해온 약 50만 년 동안 가르침을 주고 있었는지 모른다. 최초의 인간 미술품을 보면 인간의 첫 스승 가운데는 새들도 포함됨을 알 수 있다. 우리는 깃털 달린 친구들에게서 둥지를 만들고, 요리조리 누비고 다니고, 노래하고, 함께 무리 짓는 법을 배웠는지 모른다.

그리고 우리는 아직도 새에게서 배우는 중이다. 새는 자연계의 살아있는 생명을 모방하여 지속가능 디자인을 설계하는 생물모방 biomimicry이라고 하는 지속가능과학에도 영감을 제공한다. 이런 움직임에 몸담고 있는 과학자들에게 자연은 스승이다. 이들은 인간에게 가장 시급한 문제에 대한 몇 가지 해답을 미생물부터 고래에 이르기까지 다양한 생명체 안에서 찾아낼 수 있다고, 수백만 년의 진화를 거쳐 완성된 구조와 시스템과 생존기제는 우리 인간이 사물을 설계하는 방식에 비해 월등히 효율적이라고 믿는다.[7]

가장 유명한 사례는 새에게서 영감을 얻은 인간의 비행술이다(하늘에 독극물을 내뿜고, 소음이 끔찍하고, 새의 우아함과 아름다움과 날렵함에는 한참 못 미친다는 건 인정한다). 레오나르도 다빈치는 15세기에 새를 연구하면서 숱한 비행기계 설계도를 그렸다. 300년 뒤 대담무쌍한 실험 정신의 소유자들이 다빈치의 착상을 실제로 비행에 옮겼다가 대부분 실패했지만 그중 하나는 1903년 라이트 형제가 비행의 역사를 시작하는 데 힘을 실었다.[8] 다빈치 이후로 항공공학자들은 꾸준히 새를 연구했고, 새의 뼈를 토대로 비행기를 개선시켰다. 새의 뼈는 속이 비어 있으며 그 내부 구조 덕분에 가벼우면서도 튼튼할 수 있다. 새의 구조를 더 많이 반영한 미래의 비행기는 튼튼하면서도 연료효율성 또한 훨씬 높을 것이다.

새는 공학, 건축, 항공, 의료, 수송, 로봇기술, 물보존 분야를 혁신시키고 있다. 일본에서 가장 예쁘고 큰 사랑을 받는 새에 속하는 물총새—광택이 있는 청록색 등에 오렌지색 가슴, 밝은 빨강색 다리로 비범한 외모를 뽐내는—는 열차공학자들에게 더 빠른 고속열차를 만드는 법을 알려주었다. 이 새는 외모만 출중한 게 아니라 거의 아무런 소리 없이 물도 튀기지 않고 물속으로 잠수했다가 나올 수 있다. 그래서 공학자들은 이 물총새의 해부 구조를 모델로 신칸센 기차에 기다란 부리 모양의 코를 만들었고, 그 결과 10퍼센트 더 빠르고 에너지를 15퍼센트 적게 쓰며, 가장 중요하게는 터널을 통과할 때 민원을 야기할 수 있는 거대한 음속 폭음을 내지 않는 기차가 탄생했다.[10]

과학자들은 우주쓰레기로부터 우주왕복선을 더 잘 보호하는 법과 미식축구 선수들의 뇌 부상을 막는 법을 배우려고 딱따구리의 두개골과 부리 구조를 연구하는 중이다. 시속 72킬로미터로 달릴 수 있는 에뮤와 타조로부터 영감을 얻은 독일 과학자들은 인간과 유사한 다리를 단 로봇보다 300퍼센트 더 효율적으로 달리는 로봇인 버드봇BirdBot을 만들어냈다. 그리고 아프리카의 사막꿩은 수 킬로미터 떨어진 물웅덩이에서 물방울을 깃털에 머금고서, 번식지에서 자신들을 기다리고 있는 날 수 없는 아기 새들에게 생명수를 나르는 방법을 물보존 전문가들에게 알려주는 중이다. 이런 일이 가능한 것은 사막꿩의 깃털 구조 덕분인데, 우리의 일상에 은총을 내리는 새의 아름다운 색깔도 바로 이 깃털 구조가 만들어낸다. 깃털, 그리고 나비 날개와 공작거미의 비늘 같은 그밖의 기적과 같은 구조는 어쩌면 인간 종이 재생에너지 중심으로 전환하는 데 도움을 줄지 모른다. 과학자와 공학자들은 이런 구조를 본따서 태양광 패널의 빛 흡수 능력을 향상시키기 위해 애쓰는 중이다.

나는 이런 과학자들의 노력을 대단히 존경하지만 사실 예전에는 오만하게도, 아니면 멍청하게도 인간이 새나 다른 비인간에게서 뭔가 도움되는 걸 배울 수 있으리라고는 한 번도 생각해보지 못했다. 나는 얼떨결에 탐조인이 되었다. 내가 학생들에게 45살이 될 때까지 새에는 아무런 관심이 없었다고 말하면 학생들은 나를 이상한 눈초리로 바라본다. "새가 어쨌다고?" 그전까지 내 태도는 이 한 마디가 다였다. 그때까지 나는 대부분의 시간 동안 미국 외교정책을 바꾸기 위해 노력하는 평화운동가였다. 나는 대학을 졸업하자마자 니카라과에 가서 산디니스타 혁명에 가담했다(다니엘 오르테가의 야만적인 독재가 오늘날까지 이어지고 있는 데서 알 수 있듯 그렇게 성공적이지는 않았다). 그 뒤에는 인권 전문 탐사언론인이 되었다. 나는 중앙아메리카에서 10년 동안 인간종을, 그리고 우리가 서로에게 저지를 수 있는 만행들을 연구했다. 나는 과테말라의 에프레인 리오스 몬트 정권이 미국의 비호 속에 저지른 대학살을 조사했다. 그리고 자기 나라를 바꾸려고 활동하는 중앙아메리카의 인권운동가들에게서 큰 영감을 받았다. 그래서 잘사는 나라 출신의 해외 생물학자들이 조사를 한답시고 정글에 찾아왔을 때 나는 이들이 세상 물정 모른다고, 그렇고 그런 괴짜들이라고 생각했다. 사람들이 아직도 시신의 수를 세고 있는 나라에서 쌍안경을 메고 지프를 타고 돌아다니며 새와 원숭이 수나 세고 있는 배부른 외국인들이라고. 나는 절대 그런 사람이 되지 않을 거라고.

나는 중앙아메리카를 떠난 뒤 앨라배마주 몽고메리에 있는 한 민권센터에서 증오범죄 연구자로 일자리를 얻었다. 전쟁을 어떻게 멈출 것인가, 경제적 불평등을 어떻게 종식할 것인가, 인종주의와 백인우월주의를 어떻게 물리칠 것인가, 이런 세계적인 차원의 문제가 내 삶과 일의 중심이었다. 나는 환경문제에는 아무런 관심이 없었다. 연결고리를 전혀 볼 줄 몰랐다. 하지만 그러다가 삶이 불현듯 난폭하게 방향을 틀었다. 모든 게 단 하루 만에, 몇 시간 만에 무너져 내렸다. 내 삶은 그 날 이전과 이후로 나뉜다. 그 날 이후 나는 새를 발견했다.

CHAPTER

1

이상한 선생님들

과학자들은 우리가 원자로 이루어졌다고 말한다.
작은 새는 나에게 우리가 이야기로 이루어졌다고 말했다.

에두아르도 갈레아노Eduardo Galeano

나는 얼떨결에 탐조인이 되었듯 얼떨결에 선생이 되었다. 선생이 된 건 미국 최악의 교도소를 방문한 경험 때문이었다.

앨라배마주 몽고메리의 남부빈곤법센터에서 증오범죄 연구자로 일하고 있을 때 한 친구가 여성 교도소에서 자원활동을 해보면 어떻겠냐고 물어왔다. 친구는 수감된 어머니와 그들의 자녀를 책읽기로 연결하는 문해력 프로젝트를 운영 중이었다. 나는 병적인 호기심의 발로에서 3월의 어느 잿빛 토요일 아침에 줄리아 터트와일러 여성교도소의 닫힌 금속 문을 두드렸다. 언론인 시절 대학살을 자행한 군인들을 인터뷰하려고 중앙아메리카에 있는 교도소를 방문해본 적은 있었다. 하지만 내 나라의 교도소는 한 번도 가본 적이 없었다.

흰 수감복을 입은 약 50명의 들뜬 여성들이 기다리고 있었다. 우리는 녹음기와 편지 작성을 위한 문구류와 도넛과 커피, 그리고 동화책 상자를 들고 예배당으로 향했다. 수년간 서로 알고 지낸 수감자와 자원활동가들이 포옹을 하고 소식을 나누는 동안 예배당은 여자들의 웃음소리로 왁자지껄해졌다. 우리는 도넛을 자유롭게 먹을 수 있도록 꺼내놓은 뒤 긴 테이블에 동화책을 길게 늘어놓았다. 수감자들은 테이블 주변을 배회하며 공룡과 잃어버린 인형에 관한 새 책들을 뒤적여 자기 아이를 위한 책을 골랐다. 우리 자원활동가들이 할 일은 수감자들이 책을 큰 소리로 읽을 때 녹음을 해서 그 책과 테이프를 가족에게 우편으로 보내는 것이었다.

나에게 도움을 요청한 첫 수감자는 21살쯤 되는 수줍음 많고 아담한 금발 여성이었다. 이 여성은 다섯 살짜리 아들을 위해 공룡책을 골랐고 먼저 큰 소리로 읽는 연습을 하고 싶어 했다.

그는 순탄하게 책을 읽다가 "트리케라톱스"라는 단어에서 막혔다. 나는 그에게 더 가까이 다가가 오른손 검지로 그 단어를 짚으며 한 음절씩 읽어주었다. 우리는 그 단어를 같이 여러 번 연습했다. "트리-케-라-톱스." 연습을 하고 난 뒤 나는 이제는 더 자신감 있게 책을 다시 읽는 그의 얼굴 쪽으로 녹음기를 가까이 가져갔다. 하지만 다시 그 단어가 나오자 그는 당황한 표정으로 나를 올려다봤다. 나는 미소를 지으며 고개를 끄덕였다. 그는 결국 그 단어를 잘 넘겼다. 나는 그의 다섯 살짜리 아들이 이모나 할머니의 무릎에 앉아서 엄마의 목소리에 귀를 기울이며 이 책을 천천히 넘기는 모습을 그려보았다. 책을 끝까지 다 읽은 그는 테이프에 아들에게 노래를 불러줄 분량이 남아 있는지 물었다. 떡갈나뭇잎 사이로 쏟아지는 빛에 대한 자장가였다. 여성이 눈물을 흘리며 노래를 부르는 동안 주변에 있던 모두가 책을 읽다 말고 이와 비슷한 노래를 자기 아이에게 불러주었다.

내 옆에 앉은 마지막 수감자는 미소가 환하고 에너지가 넘치는 이였다. 그는 내 손을 잡고 세차게 흔들면서 위탁보육 중인 자신의 세 아이에 대해, 좌절된 대학교육에 대해(그이의 꿈은 심리학자가 되는 것이었다), 자신을 이곳에 오게 만든 약물중독에 대해 이야기했다. 그런 다음 내 인생을 바꾼 두 가지 질문을 던졌다.

"무슨 일을 하세요?"

"작가예요."

"이곳에 와서 우리한테 글쓰기를 가르쳐주실래요? 우린 글쓰기 선생님이 필요해요."

나는 그에게 선생 같은 건 정말정말 되고 싶지 않다고 말할 용기가 나지 않았다. 나는 6살쯤부터 줄곧 선생이 될 거라는 말을 듣고 지냈다. 사실 어머니는 나에게 "너는 피아노 선생님이 될 거야"라고 말했다. 어머니의 논리에 따르면 피아노 선생은 집에서 일하면서 셋이나 넷쯤 되는 자기 자식들과 더 많은 시간을 보낼 수 있으므로 학교 선생보다 훨씬 나았다. 그리고 물론 나는 우리와 같은 노동계급 출신이지만 알 수 없는 이유로 돈이 많은 아일랜드계 천주교인이며 의사인 반듯한 남자와 결혼을 하고 나서 셋이나 넷쯤 되는 자식을 두게 될 것이었다.

부모님은 아일랜드에서 미국으로 건너와 오렌지 농장에서 일했다. 아버지는 관리자였고 어머니는 요리사이자 가정부였다. 두 분은 자유주의적인 남부 캘리포니아에 정착했지만 나는 태어나자마자 경찰국가의 축소판처럼 느껴지는 극도로 보수적인 아일랜드계 천주교 이민자 씨족집단에 던져졌다. 내가 속한 확대씨족 내에서 여성에게 허락하는 역할은 단 세 가지였다. 어머니, 간호사, 아니면 교사. '아내'는 역할이 아니라 숙명이었다.

우리 가족의 천주교 가풍은 흡사 마지막 교황, 그러니까 멋쟁이 프란치스코가 아니라 심판관형 베네딕토 교황과 이란의 최고지도자이자 종교인이었던 아야톨라 호메이니를 버무려놓은 것 같았다. 어머니는 "로마는 언제나 옳다", "다리를 얌전히 모으지 않으면 여자아이에게 나쁜 일이 생긴다" 같은 말을 늘어놓으며 집안을 누비고 다녔다(벽에는 작은 성수반이 달려 있고, 우묵하게 들어간 벽감에는 음울한 성모상이 흔들리는 촛불과 함께 놓여 있었다). 우리 집에서는 인류에게 일어나는 모든 끔찍한 일은 이브를 비롯해서 어딘가에 있는 방종한 여자가 옳지 못한 사과를 집어 들었거나, 다리를 얌전히 모으지 않았거나, 짧은 치마를 입었기 때문에 발생하는 것이었다. 어머니는 늘 "여자애가 휘파람을 불면 성모마리아가 흐느끼신다"고 주장했다. 그래서 나는 더욱 휘파람 연습에 매달렸다. 나는 성모마리아가 너무 구닥다리라고 생각했다. 가끔은 주먹을 불끈 쥐고 비명을 지르면 안 되나?

나는 경찰국가의 축소판 같은 집에서 도망쳐서 분쟁지역 언론인이 되었다. 하지만 앨라배마 웨툼카에 있는 이 교도소에서는 도망칠 방법이 없었다. 여성은 내 주소를 물었다. 일주일도 안 되어 그와 다른 수감자들이 자신들을 가르쳐달라고 간청하는 편지가 도착하기 시작했다. 편지 안에는 고장난 피아노와 코담배를 씹는 할머니들과 처음으로 착용해본 스포츠브라와 필레미뇽[실제로는 안심스테이크를 뜻한다]이라는 이름의 섹시한 남자에 관한 시가 있었다. 이 편지들은 어머니재소자원조모임Aid to Inmate Mothers이 나를 글쓰기 교사로 고용할 때까지 계속 이어졌다.•

첫 방문 이후 3년이 흘렀을 때, 나는 교도소 학생들과 다른 글쓰기 교사와 함께 『침묵할 권리The Right to Remain Silent』라는 책을 공동출간했다.[1] 나는 학생들이 작은 기적처럼 반짝이는 자신의 이름을 손으로 더듬으며 반짝이는 새 책을 어루만지던 그 순간을, 그들 중 몇몇이 갑자기 허리를 더 반듯하게 세우고 앉던 모습을 절대 잊지 못할 것이다. 그들은 이제 더 이상 그냥 수감자가 아니라 책을 출간한 작가였다.

바로 그 순간까지 언론인으로서 내 일은 사람들의 이야기를 끄집어내는 것이었다. 나는 이야기 채굴자, 꿈과 두려움과 고통과 대체로 심란하고 종종 잔혹한 세부사항을 캐내는 광부였다. 그런데 이 순간 새롭게 깨달았다. 내가 이제껏 읽고 사랑했던 모든 것을 다른 사람들에게 선물로 나눠줄 수 있다는 걸. 나는 이제 이야기를 캐내는 대신 우리가 교실로 쓰던 예쁘게 꾸민 교도소 창고로 이야기들을 들고 와 학생들에게 풀어놓을 수 있었다. 모든 수업이 크리스마스가 되었다.

나는 내가 제일 좋아하는 시인인 파블로 네루다의 작품을 들고 왔고, 그러면 학생들은 네루다처럼 양파와 와인과 소금 같은 일상적인 물건들의 미덕을 예찬하는 송시를 지었다. 네루다 덕분에 서류캐비닛 위에 놓인 고장난 컴퓨터는 한 학생의 시에서 "뇌를 향해 불길"을 품어내는 "98개의 눈이 달린 문어"가 되어 "자신을 흥분시킬 누군가를

- 줄리아 터트와일러 교도소는 간수에 의한 성폭행, 그리고 HIV 양성이거나 후천성면역결핍증인 수감자에 대한 차별로 악명이 높았다. 이런 수감자들은 일반적인 수감자들과 격리수용되었다. 모두 HIV 양성이었던 내 학생들은 특별격리동에서 살았기 때문에 형기를 빨리 채울 수 있는 교육활동이나 노동외출에 참여하지 못했다. 게다가 이런 격리동은 교도소 병원 바로 옆이었다. 면역시스템이 제일 약한 여성들이 교도소 안에서도 질병에 가장 걸리기 쉬운 구역에서 살아야만 했기 때문에 수감자들은 내 학생들이 있는 동을 "사형수동"이라고 불렀다.

기다리며 험준한 산 정상에 추방된 채 앉아" 있었다.

내 학생들은 '바깥'이 어떻게 돌아가는지도 많이 궁금해했다. 수업시간마다 학생들은 새로운 소식에 대해, 내 일에 대해, 내가 전에 중앙아메리카에서 했던 활동에 대해 질문을 던졌다. 나는 프리다 칼로의 그림을 들고 왔고, 그러면 학생들은 글 속에서 그의 고통을, 그가 어떻게 그 고통을 아름다움으로 승화했는지를 이야기했다. 나는 원주민 권리를 위한 활동으로 나중에 노벨평화상을 수상한 과테말라시의 젊은 마야족 가정부 이야기가 담긴 리고베르타 멘추의 자서전『내 이름은 리고베르타 멘추』를 학생들과 함께 읽었다.

학생들을 가르치지 않을 때는 수업에 대해 생각하며 책을 읽으며 아이디어를 모으고, 내 학생들이 새로운 이야기에 어떻게 반응할지를 궁금해했다. 내 학생들은 숙제를 이메일로 보냈는데, 그 덕에 일상적인 편지함 확인 작업이 전율을 일으키는 사건이 되었다. 나는 "담장 밖의 나비, 트리시"에게 부친 그 편지들을 사랑했다. 내 학생들은 자신을 "담장 안의 나비들"이라고 불렀다.

교도소에서 학생들을 가르치는 일에 푹 빠진 나는 오번대학교에서 저널리즘 수업을 맡았다. 그곳에서는 학생들에게 옛 민권운동 투사들과 일상의 영웅들을 인터뷰하는 법을 가르쳤다. 그 학교에서 나는 늘 새로운 걸 배우게 되고 감정적으로나 지적으로나 성장한다는 점에서 가르치는 일이 저널리즘과 많이 닮았다는 걸 깨달았다. 그리고 내가 다뤘던 몇몇 이야기들이 그렇듯 젊은 사람들이 더 나은 인격으로 성장하는 모습을 지켜볼 수 있었기에 가르치는 일에서 희망을 얻었다. 하지만 많은 시간이 흐른 지금도 학생들을 가르치면서 여전히 가장 사랑하는 것은 줄리아 터트와일러 교도소에서 그 첫날 나를 흔들어놓은 것, 그러니까 내가 사랑하는 그 많은 것들을 학생들과 나눌 수 있다는 점이다. 그리고 내가 부모님과 멘토들에게서 받은 선물을 학생들에게 풀어내는 것은 부모님과 내 멘토들에게도 복된 일이다. 이제 그 선물은 새다. 하지만 새를 만나기까지의 과정은 전혀 순탄치 않았다.

가르치는 일을 시작하고 몇 년 지났을 때 뉴올리언스의 예수회대학인 로욜라대학교에서 저널리즘 강사직을 제안받았다. 원래 대학을 졸업하자마자 니카라과 산디니스타 국민해방전선에서 일하게 된 건 혁명가인 한 예수회 사제가 니카라과의 수도 마나과에 있는 자신의 연구소에서 일해보지 않겠냐고 제안했기 때문이었다(우리 집안에서는 사제에게 거절을 하지 못했다). 그래서 진보적인 예수회대학인 로욜라대학교는 나에게 딱 맞는 옷처럼 느껴졌고, 그곳에서 일하는 건 내 정치적 뿌리로 회귀하는 일처럼 보였다. 뉴올리언스에는 마나과와 똑같은 습한 열대 날씨와 골반을 씰룩거리게 만드는 활기찬 음악이 있었고 별난 사람들이 수두룩했다. 나는 교도소에서 가르치는 일도 계속 이어가고 싶었다. 로욜라대학교의 학생을 글쓰기 강사로 선발해서 루이지애나 교도소로 데려갈 계획도 세웠다. [운동의 엄숙주의를 비판하며 자유로운 사랑과 예술에 대한 열정을 불태운 것으로 유명한 아나키스트] 엠마

골드만의 빵과 장미 혁명이 되겠군. 아니 그것보단 더 낫겠지. 도넛과 장미 정도는 될 거니까.

나는 약혼자 짐 캐리어와 함께 2005년 7월 30일에 차를 몰고 뉴올리언스에 도착했다. 우리는 아이 손만 한 크기의 꽃이 매달린 목련나무와 분홍색과 자주색 꽃이 흐드러진 배롱나무로 환한 동네에 작은 집을 얻었다. 진입로에는 구식 가스등이 깜빡거렸고, 파란 망토를 두른 조신한 성모상들이 잔디밭에 은총을 내렸다. 우리의 새로운 집에서는 신선한 게가 있는 이탈리아 식료품점과 크로와상을 매장에서 직접 굽는 동네 커피집까지 걸어갈 수 있었다. 자전거로 5분 이내 거리에서 카약을 하고, 머리와 손톱을 단장하고, 요가 수업을 듣고, 예쁜 옷을 살 수 있었다.

레이크뷰라는 이름의 우리 동네는 루이지애나에서 제일 큰 호수인 폰차트레인호까지 걸어갈 수 있는 거리였다. 그리고 두 개의 큰 제방에 샌드위치처럼 끼어 있었다. 나는 늘 제방이 못생긴 콘크리트 구조물이라고 생각했다(나는 남부 캘리포니아 출신으로 사막에서 성장기를 보냈다). 하지만 도시 전체에는 탁한 물 쪽으로 비스듬하게 기운, 풀로 덮인 둑이 환상적인 녹색의 산책로를 이루며 거미줄처럼 뻗어 있는데 우리 집 근처의 이 제방은 바로 그 거미줄의 일부였다. 나는 매일 아침 가장 가까운 제방에서 우리 집 개 두 마리를 데리고 산책을 나서기 시작했다. 목줄을 한 개들은 진흙에서 조심조심 발을 내딛는 백로를 지나, 우리가 부산스럽게 다가가면 덤불 속으로 쏙 들어가버리는 참새와 지빠귀를 지나(새들의 이름은 그때는 몰랐지만), 이웃 사람들이 키 큰 풀 속에서 눈을 붙인다고 알려준 2.5미터에 달하는 악어를 지나, 어쩌면 멧돼지도 지나 나를 신나게 끌고 다녔다. 깊은 물속에서 자신들을 추격하는 무언가로부터 도망치려 필사적으로 몸부림치다 물 밖으로 뛰어오르는 물고기를 지나, 지역환경단체의 눈물겨운 노력 끝에 이 호수와 제방의 운하로 돌아온 바다소 매너티를 지나, 수은 함량이 높으니 물고기를 먹어서는 안 된다는 경고표지판 옆에 있는 제방 교각 아래서 단백질을 얻기 위해 낚시를 하고 있는 가난한 사람들을 지나.

제방이 호수에 이르러 끝이 나면 매일 아침 나와 개들은 물속으로 뛰어들었다. 폰차트레인호는 루이 14세의 궁정에서 지내던 한 백작의 이름을 따온 것이다. 아메리카 선주민의 한 종족인 촉토인들은 이 호수를 "넓은 물"이라는 의미에서 오크와타Okwata라고 불렀다. 평균 수심이 4미터 내외인 이 630평방마일의 대략적인 타원형 호수는 주변을 에워싼 석유가스 산업시설 때문에 물이 오염되고 습지의 여과 기능이 망가진 상태였다.•

갈매기가 되어 하늘에서 본다면 이 제방이 교외 주거지역과 뉴

• 남동루이지애나 범람대비기구에 따르면 석유가스 회사들은 남부 루이지애나에서 1만 개 이상의 운하를 준설했고 이 때문에 허리케인의 완충장치 역할을 하던 2000평방마일 규모의 습지가 파괴되었다. 다음을 보라. Bob Marshall, "Science to Be Key Factor in Lawsuit Against Oil and Gas Companies for Coastal Loss," *The Lens*, July 23, 2013, https://thelensnola.org/2013/07/23/science-to-be-key-factor-in-lawsuit-against-oil-and-gas-companies-for-coastal-loss/.

올리언스의 야생지역을 가르는 경계선임을 확인할 수 있다. 한쪽에서 우리 동네는 남부연합의 장군 이름을 붙인 도로에 반듯한 격자 모양으로 늘어선 집과 상점들이 몇 킬로미터씩 이어져 있었다. 제방 건너편에는 들판과 습지와 사이프러스 늪지대와 플라타너스, 단풍나무, 참나무로 된 숲이 멋지게 조화를 이룬 1300에이커나 되는 도시공원이 있었는데, 여기에는 여러 명이 함께 손을 뻗어야 껴안을 수 있는 아름드리 나무도 꽤 있었다. 낚시터와 마구간과 식물원을 따라 잘 관리된 산책로가 이어졌다. 굽이굽이 장장 17킬로미터나 이어진 석호에서는 백조와 오리들이 평화롭게 물장구를 쳤다. 표지판에는 "악어에게 먹이를 주지 마시오"라는 경고문구가 적혀 있었다.

짐과 내가 뉴올리언스로 이사하기로 결정했을 때 나는 금요일 오후마다 미술관을 돌아다니고 유행에 민감한 레스토랑에서 근사한 저녁을 먹고, 사제락 칵테일[코냑이나 위스키를 가지고 만드는 뉴올리언즈의 대표 칵테일] 파티와 재즈페스티벌에 다니는 꿈을 꿨다. 나는 몇 년 동안 이 도시의 마디그라[기독교의 사순절 직전 금욕과 절제에 앞서 유럽과 남미 등지에서 열리는 축제. 미국에서는 2주에 걸친 뉴올리언스 축제가 전세계 관광객을 끌어모으고 있다] 퍼레이드 때문에 앨라배마에서 차를 몰고 오곤 했다. 나는 빅 이지Big Easy라는 별명을 가진 뉴올리언스의 대담한 익살을 사랑했다. 하지만 이제 내가 발견한 뉴올리언스는 환락의 중심지인 버본가와는 판이하게 야성미를 한껏 뿜어냈다. 새된 소리를 내는 도시의 앵무새들이 날개 끝에 청색 보석을 매달고 에메랄드 빛을 뿜어내며 동네를 쏜살같이 날아다니다가, 로버트 E. 리 장군의 이름이 붙은 중심가를 따라 늘어선 야자나무 속으로 쏙 숨어버리는 그런 곳이었다.[2] 현관문을 나서면 습지가 나오고, 어느 아침 자그마한 녹색 도마뱀이 그릇장 안으로 몸을 숨기는 그런 곳.

어느 저녁 개 두 마리를 데리고 동네 산책에 나섰더니 이웃 사람들이 밧줄을 이용해서 한 블럭 떨어진 사거리의 통행을 막고 차량을 우회시키고 있었다. 나는 밧줄 밑으로 통과해서 [이탈리아의 영화감독] 페데리코 펠리니의 영화에서 막 빠져나온 것 같은 풍경 속으로 들어갔다. 거기 도로 한가운데서 이웃 사람들이 우아한 저녁만찬을 즐기고 있었다. 식탁에는 일회용 접시 같은 건 전혀 없었다. 나는 흰 테이블보와 촛대와 반짝이는 은식기와 접시에 수북이 쌓인 김 나는 음식으로 덮인 긴 식탁을 바라보았다. 주말 저녁 9시, 사람들은 그곳에 앉아 웃음을 터뜨리며 와인 잔을 부딪혔다.

그날 저녁 나는 미국에서 제일 흥이 많고 제일 아름다운 장소로 이사했다며 자축했다. 그 8월 마약거래 영역 전쟁에서 목숨을 잃은 젊은 흑인 청년들이나, 멕시코만에 생긴 뉴저지 크기의 데드존에 대한 신문기사는 잊어버리자.[3] 비료가 어마어마한 조류 대증식을 촉발했고, 그 때문에 물속의 산소가 소진돼 데드존을 만들었다. 수영을 하지 못하거나 충분히 빠른 속도로 기지 못하는 생명들은 목숨을 잃었다. 시 당국은 수돗물에서 쏟아져나오는 데드존의 녹색 물을 마시면 안 된다고 경고했다. 그럼 뭐 아비타 맥주[루이지애나 로컬 맥주]를 마시면 되지, 짐과 나는 이렇게 흰소리나 했다.

그 첫 30일 중에서 기억에 또렷하게 남아 있는 몇몇 다른 순간들도 있다. 새 집 잔디를 깎아야겠다고 결심한 오후도 여기에 해당한다. 나는 친환경적인 사람이 되겠다고 결심하고서 수동 잔디깎이를 중고로 구입한 상태였다. 푹푹 찌는 어느 8월의 오후, 잔디깎이를 몇 번 밀었을 뿐인데 나는 땀으로 샤워라도 한 것 같은 몰골이 되었다. 한 시간도 안 되어 세 명에 달하는 남자 이웃이 자신의 엔진형 잔디깎이를 빌려주겠다고 말을 건넸다. 그들은 새로 이사 온 사람들이 미쳤다고 생각한 게 틀림없었다. 나는 예의 바르게 사양한 뒤 용을 쓰며 계속 잔디깎이를 밀고 다녔다. 엄지손톱 크기의 작은 개구리 한 마리가 회전하는 금속 날 앞에서 갑자기 뛰어올랐다. 나는 녀석을 집어 들고 작지만 갖출 건 다 갖춘 녀석의 생김에 경탄했다. 녀석은 제방 이쪽에서 길을 잃고 짧게 깎인 잔디와 푸들처럼 복슬복슬한 생울타리를 정처 없이 헤매는 모양이었다. 한 블록 떨어진 곳에 있는 제방 운하와 그 반대편에 있는 야생의 도시공원을 빼면 이쪽에는 습지 같은 게 전혀 없었다. 나는 녀석이 우리 집 잔디에서 멀찍이 떨어져 있기를 바라며 관목 아래 개구리를 내려놓았다. 그 후 나는 녀석과 그 친구들에게 사전 경고음을 내며 더 조심해서 잔디를 깎았다.

그리고 《더타임스―피카윤》을 집어들고 세대별 허리케인 대피 계획을 업데이트하라고 알리는 길고 진지한 기사를 읽었던 아침이 있었다. 그해 8월은 이례적으로 더웠다. 멕시코만의 해수 표면온도가 기록이 시작된 이래로 가장 따뜻한 상태였다. 따뜻한 해수는 허리케인에 기름을 붓는 기능을 한다. 물이 따뜻할수록 허리케인은 강력해진다. 그래서 이번 여름은 힘든 계절이 될 거라고 《더타임스―피카윤》은 경고했다. 중요한 문서는 모두 챙겨서 상자나 여행가방에 담아라. 어디로 대비할지 정해두라. 교통체증을 피해 어느 길로 움직일지 계획을 세워두라. 생수, 초, 건전지, 전등, 통조림식품을 사두라. 반려동물을 위한 대책을 마련하라.

농담이겠지, 나는 그렇게 생각했다. 우리는 이제 막 그림을 걸고 집에서 만든 크랩케이크로 첫 저녁 파티를 연 상태였다. 몇 시간을 들여 수백 권의 책을 정리했고 만 하루 동안 물감과 실과 리본과 단추와 중고 마디그라 구슬들을 내 새로운 예술코너에 색깔별로 장식하기도 했다. 수건과 침구와 러그를 이제 막 구입했다. 여남은 벌의 예쁜 출근복이 린넨과 실크와 면으로 된 무지개처럼 벽장에 줄 맞춰 걸려 있었다. 일주일만 있으면 수업이 시작되었다. 대피계획을 짤 게 아니라 수업계획서를 다시 살펴야 했다. 나는 신문을 재활용지 무더기에 던져넣었다.

2005년 8월 26일, 금요일 오후, 나는 로욜라대학교의 연구실 정리를 마쳤다. 유리벽을 통해 중정 풍경이 한눈에 들어오는 해가 잘 드는 2층 공간이었다. 중정 한가운데는 이 학교의 수호성인인 이냐시오 성자(학생들은 그를 이기라고 불렀다)의 커다란 동상이 한 손에 펼쳐진 책을 든 채 두 팔을 벌리고 서 있었다.

모든 상자를 풀고 파일을 정리하고 식물을 어디에 둘지 정한 다음 수업계획서를 마지막으로 한 번 더 점검했다. 그런 다음 나의 새

학생들에게 나눠줄 25장의 복사본을 만들었다. 긴장되긴 했어도 다음 주 월요일 오전 11시 반에 있을 나의 첫 "커뮤니케이션 글쓰기" 수업 준비는 이렇게 모두 끝났다.

사흘 뒤 학생들을 만날 생각에 들뜬 채 오후 5시경 학교를 나섰을 때 태양은 아직도 작열하고 있었다. 나는 차창을 열고 한 손을 내민 채 중심가인 세인트 찰스가를 천천히 달렸다. 공기는 묵직하고 빽빽했다. 로욜라대학교와 툴레인대학교에서 겨우 몇 블럭 떨어진 드라이브스루식 칵테일 체인점인 뉴올리언스 오리지널 다이퀴리스에는 벌써 차들이 줄지어 서 있었다. 큰 대학 두 곳 코 앞에 드라이브스루식 칵테일점이라니. 나는 웃음을 터뜨리며 고개를 저었다.

뉴올리언스의 또 다른 주요도로인 캐롤턴에서 우회전을 한 뒤 집으로 향했다. 도심을 빠져나와 호수 가장자리에 있는 우리 교외 동네로 향하자 금요일 오후의 교통은 더 혼잡해졌다. 어떤 큰 교차로에서 신호에 걸려 자동차 수십 대가 내 뒤로 늘어선 상태로 엔진을 공회전시키며 서 있었다. 아스팔트에서 아지랑이와 함께 열기가 올라오고 타르 냄새가 풍겼다. 다음 순간 중앙분리구역에서 돌발적인 움직임이 일어나며 강철에 반사된 햇볕이 왼쪽 눈을 아프게 찔렀다. 그 중앙분리구역에는 야트막하고 품이 넓은 종려나무가 줄지어 서 있었는데 길게 갈라진 부채 형태의 잎이 바닥의 풀과 닿아서 밖에서 들여다볼 수 없는 거대한 우산 같은 은신처가 형성되어 있었다. 눈이 멀 것 같은 빛은 내 차에서 제일 가까운 종려나무 아래에서 나온 것이었다. 종려나무 잎이 하나 흔들리는가 싶더니 강철이 쏘아내는 빛이 휠체어 바퀴로 변했다. 거기에 한 남자가, 차량과 타르와 열기로부터 자신의 몸을 숨기고 있던 한 장애인이 타고 있었다. 나는 종려나무 아래 헝클어진 옷가지들을 눈으로 좇았다. 이곳은 아마 그의 집이리라. 이 장애인 남자는 뭘 하면서 중앙분리구역 한가운데 있는 종려나무 밑에서 살아갈까?[4]

신호가 녹색으로 바뀌었다. 나는 가속페달을 밟았다. 짐과 나는 내 첫 근무 주의 마지막을 샴페인과 새우요리로 축하할 계획이었기에 이탈리아 식료품점에 들렀다. 가게 안에서는 사람들이 선반에 진열된 생수와 통조림식품들을 낚아채고 있었다. 나는 대피계획을 상의하는 사람들 틈바구니에서 드라이한 스페인산 샴페인을 들고 줄을 서 있다가 점점 초조해지기 시작했다.

바로 그 순간에야 나는 플로리다를 강타하고 있는 카트리나라는 강력한 허리케인에 대한 경고를 깡그리 무시하지는 말았어야 하는 게 아닌가 하는 생각이 떠올랐다. 우리는 계속 뉴스를 보고 있었지만 기상예보관들은 우리가 아니라 미시시피를 덮칠 거라고 예측했다. 그리고 나는 그 주 내내 칵테일을 곁들인 교직원 오리엔테이션과 미모사주를 곁들인 새우그릿요리 재즈 브런치 같은 행사를 돌아다녔다. 로욜라대학교는 마치 예수회판 크루즈선 같았다. 나는 이미 사랑에 빠져 있었다. 참석한 누구도 허리케인에 대해서는 입도 벙긋하지 않았다. 다음날 아침에는 신입 교직원을 위한 생태투어에 참가했다가 호수 위로 길게 뻗은 교각 위의 해산물 식당에서 교직원 오찬모임에 갈 예정이었다. 사람들이 대피할 채비를 한다고? 대학은 어떻게 할 생각일까? 오늘은 신입생 입주일이었다. 우리 신입생들은 걱정을 내려놓지 못하는 부모의 호위를 받으며 전국에서 막 도착했다. 사흘 뒤면 개강이었다. 몇 시간 전 나는 이런 부모 몇 명을 만났다. 그들과 악수를 했고 포옹까지 하면서 아이들을 잘 돌보겠노라 약속했다. 대체 뭐가 어떻게 돌아가는 거지?

주차장에서는 한 남자가 내 옆에 차를 대고 내리는 중이었다. 키가 크고 권위적인 외모의 이 남자는 길고 흰 가운을 입고 "채리티병원, 응급실 소속"이라고 적힌 큰 명찰을 매달고 있었다.

이 남자는 허리케인에 대해서 뭔가 알고 있을 거야, 이렇게 생각하며 남자에게 물어보았다. 남자는 샴페인병을 꼭 쥐고 서 있는 나를 뚫어져라 쏘아보았다.

"대피하세요." 남자가 말했다. "이번 건 큰 거예요."

남자는 의료진과 보안요원들과 며칠에 걸친 회의를 하다가 왔다고 했다. 우린 최악의 시나리오를 준비중이에요, 남자가 말했다. 제방이 붕괴할 수도 있어요. 우리 병원에서는 열흘 동안 오도가도 못하고 전기도 없이 지낼 수도 있다는 경고가 내려졌어요.

상황이 너무 미쳐 돌아가기 전에 당장 떠나세요, 남자는 한 번 더 강조했다.

나는 말문이 막힌 채 집으로 차를 몰았다. 내 이야기를 들은 짐은 콧방귀를 뀌었다. 《뉴욕타임스》에 허리케인 보도를 해온 언론인이었던 그는 작고 낡은 범선을 타고 대서양을 건넌 적도 있었다(나는 멕시코만을 건너던 중 구토를 한 다음 다른 선원을 알아보라고 말했다). 짐은 허리케인 미치의 영향을 다룬 책도 한 권 냈다. 이번 주 내내 이 허리케인의 경로를 계속 살피고 있었다.

"그 남자 허풍쟁이 같은데. 난 못 믿겠어." 짐이 말했다. "태풍의 눈에 있는 적란운은 미시시피를 칠 거라고, 우리가 아니라."

다음 날인 8월 27일 토요일 아침, 나는 신입 교직원 생태투어와 오찬 모임에 향하기 전 주유소에 들렀다. 주유소에 늘어선 긴 줄과 사람들의 얼굴에 드리운 공포를 보고 나는 기름을 채운 뒤 곧장 집으로 차를 몰았다. 생태투어와 교각 끄트머리 식당에서 있을 교직원 오찬모임 따위는 내 알 바가 아니었다.• 그 의사는 허풍쟁이가 아니었다. 나는 루이지애나 최대의 호수와 멕시코만 사이 저지대 단층집에 커다란 개 두 마리와, 이 상황을 인정하지 않는 미친 남자와, 도망칠 이동수단이라고는 작은 노란색 카약밖에 없는 상태로 고립될 생각이 없었다.

짐과 나는 한 시간 동안 물러서지 않고 서로에게 악을 쓰며 싸웠고 그동안 우리 개들은 식물 뒤에 몸을 웅크리고 있었다. 짐은 남아서 "큰 이야기"를 보도하고 싶어 했다. 나는 친구들이 있는 앨라배마로 대피하고 싶었다. 나는 씩씩대며 개들을 데리고 집을 나와 제방 위를 걸으며 생각을 정리하기로 했다.

• 이 신입 교직원 환영 오찬모임은 그 식당의 마지막 식사가 되었다. 그 식당은 허리케인에 휩쓸려 사라졌다.

시간은 정오 무렵이었다. 그날 눈부신 날씨에 감탄했던 기억이 생생하다. 쨍한 파란 하늘에서 태양이 타올랐고 환한 우윳빛의 권운이 부드럽게 드리워져 있었다. 허리케인은 아직 수백 킬로미터 바깥, 멕시코만 너머에 있었다. 내가 보거나 느낄 수 있는 허리케인의 징후는 전혀 없었다. 바람도, 비도. 내가 그때까지 제방에서 산책했던 날들 중에서 손에 꼽힐 정도로 아름다운 날이었다. 재앙이 다가오고 있다는 걸 전혀 실감할 수 없었다.

이제 와서 생각해보면 그날 나는 한 가지 다른 게 있다는 걸 알았다. 바로 새들이었다. 새들이 너무 시끄러웠다. 새들은 보통 정오에는 잠잠해진다. 하지만 그날은 특히 선회비행하며 새된 소리를 내는 갈매기들을 중심으로 시끌벅적한 소리가 가득했다. 호수까지 이어지는 운하와 제방에서 마치 새들이 모여 회의라도 하는 것 같았다. 물론 그때의 나는 새에 관해서는 아는 게 전혀 없었다. 새들을 날아다니는 예쁜 물체를 넘어서서 고유한 의제를 가진 생명체라고 생각해보기는 이때가 처음이었다. 그 제방에 서서 귀를 기울이며 나는 혼자 궁금해했다. 얘네도 나랑 짐이 했던 것처럼 똑같은 일을 하는 건가? 대피를 할지 말지 논쟁 중일까? 하지만 새들은 CNN을 보지도 못하는데, 그럼 거대한 허리케인이 48시간 이내에 우리를 덮칠 거라는 걸 어떻게 알 수 있지?

그로부터 17년 뒤 과학자들은 조류뉴스네트워크avian news network(ANN)를 활성화하는 몇 가지 신호가 있는데 그중 하나가 기압변화라고 확신한다. 국립허리케인센터National Hurricane Center에 따르면 내가 제방에서 산책하고 있을 때 허리케인의 세력이 점점 확대되면서 큰 바다의 기압이 곤두박질치고 있었다.

"선생님이 관찰하고 귀기울이던 그 새들은 급격한 기압저하에 반응하고 있었던 게 분명해요." 조류 의사소통 전문가 에릭 그린Erick Greene은 내게 이렇게 말했다. "새들은 기압에 대한 민감도가 상상을 초월할 정도로 높아요. 비행기에 있는 제일 민감한 기압계측기 수준으로요. 제가 짐작하기에 새들은 이런 유형의 정보를 전달하는 특별한 소리를 내는 것 같아요. 새들이 살아가면서 중요한 모든 상황 별로 내는 소리들이 서로 다르니까 이런 짐작이 헛다리는 아닐 거예요."[5]

그린이 맞을 것이다. 그는《사이언스》지에 디-디-디 소리가 특징인 검은머리박새가 실제로 신속한 조류정보시스템을 활성화하여 무려 50종에 달하는 다른 새들에게 매나 올빼미가 근처에 있다고 경고한다고 밝히는 획기적인 논문을 실은 적이 있다.[6] 그린과 그의 연구팀은 깃털 달린 실제 크기의 로봇 올빼미와 매를 이용해서 박새들이 포식자 경고음을 내도록 유도했다. 10년에 걸쳐 박새의 소리를 기록하고 분석한 그린은 포식자가 클수록 박새가 내는 디-디-디 소리가 많아지는데 올빼미의 경우 12번에 달한다는 사실을 밝혀냈다. 박새를 너무 사랑한 나머지 박새에게서 영감을 받아 교향곡을 작곡하기도 한 그린은 이 박새의 경고음이 "축구장 두 배에 달하는 거리에서 매보다도 훨씬 빠른 시속 160킬로미터로 전파된다"고 측정했다.•

보통 육지의 텃새인 박새가 시속 160킬로미터의 속도로 포식자 경고음을 전달할 수 있다면 그날 내가 들은 갈매기떼의 새된 소리, 일부는 내륙을 향하고 있던 그 새들의 소리는 큰 바다에서 해변에 이르기까지 수백 킬로미터에 걸쳐 새에게서 새에게로 고유한 허리케인 경고음을 전달하고 있었던 것인지 모른다.[7]

조류뉴스네트워크를 가동시키는 또 다른 신호로는 초저주파가 있다. 이 초저주파는 화산, 지진, 폭포, 폭풍, 쓰나미가 만들어내는 저주파로 지면을 통해 전달된다. 많은 새가 이 소리를 들을 수 있지만 인간은 듣지 못한다.

2014년 겨우 9그램(작은 생일초 9개와 같은 무게)밖에 안 되는 새 한 마리가 조류학계의 대스타가 되었다. 과학자들이 노랑날개솔새가 수백 킬로미터 밖의 폭풍이 만들어낸 초저주파를 들을 수 있다는 사실을 발견한 것이다.[8] 그해 봄 작은 규모의 노랑날개솔새들이 북쪽으로 5000킬로미터 떨어진 테네시주 컴벌랜드마운틴으로 이동하기 위해 콜롬비아 동부의 월동지를 출발했다. 이 새들이 이동하는 동안 사이클론을 동반한 슈퍼셀 뇌우가 미국 역사상 가장 큰 피해를 초래하는 기상 현상으로 발달했다. 2014년 4월 26일, 이 폭풍이 인근의 아칸소주를 강타하기 24시간 전 콜롬비아에서 막 도착한 솔새들은 즉각 테네시주에서 대피했다. 연구자들은 이 새들이 금빛 날개를 펄럭여 플로리다와 쿠바까지 1500킬로미터를 더 날아 폭풍에서 벗어났다는 사실을 알게 되었다. 이 폭풍은 직경 11센티미터짜리 우박을 쏟아

● 그린은 50미터 간격으로 마이크를 설치해놓고 여러 종의 새 사이로 전달되는 경고음을 녹음했다. 그리고 다람쥐도 박새의 경고음을 이해하고, 새도 다람쥐의 경고음에 반응한다는 사실 역시 발견했다.

붓고, 84개의 토네이도를 일으켰으며, 61시간 동안 17개의 주를 유린하여 35명의 사망자를 발생시키고 최소 10억 달러의 피해를 안겼다.

"웨더채널의 기상학자들이 이 폭풍이 우리가 있는 쪽으로 온다고 알려주는 바로 그 순간 새들은 이미 가방을 싸고 있었던 것으로 보입니다." 생태학자 헨리 스트레비는《사이언스데일리ScienceDaily》에서 이렇게 말했다. "그런 다음 폭풍이 지나간 뒤에 바로 집으로 돌아갔죠."[9]

새들은 수백만 년에 걸쳐 혹독한 날씨에도 이동하도록 진화했다. 장거리 비행을 하는 철새들은 빙하가 녹은 이래로 1만3000~1만5000년에 걸쳐 라틴아메리카를 출발해서 북쪽을 갔다가 다시 내려오기를 반복하고 있다.[10] 이 새들은 봄에 라틴아메리카를 떠나 가을에 다시 돌아오는데, 많은 경우 허리케인이 절정일 때 멕시코만이나 대서양을 건넌다. 새들이 인간보다 폭풍에 대해 더 많이 알지 못했다면 진작에 사라져버렸으리라.

인간이 그렇듯 새들은 다양한 악천후 생존전략을 발전시켰다. 일단 빨리 몸을 놀려서 폭풍의 평온한 눈 속으로 들어간 다음 거기서 어떻게든 버텨낸다. 선택은 먹이, 육체적 에너지 비축량, 기술, 비행경로와 재충전 기지에 대한 지식처럼 새가 가진 자원에 좌우된다. 어떤 바다새는 폭풍 바로 앞에서 비행하거나 폭풍을 에둘러 더 빨리 비행한다. 과학자들이 추적하던 마치라는 이름의 중부리도요는 열대성 폭풍 아이린을 피해 우회했다(중부리도요는 물가에 서식하는 대형 섭금류로 아래쪽으로 굽어 있는 10센티미터 정도 길이의 부리를 이용해서 개펄에서 게를 뽑아 먹는다). 과학자들은 위성추적을 통해 마치가 2년 동안 4만3000킬로미터 넘는 비행을 했고, 허드슨만에서 카리브해로 가는 마지막 이동에서는 아이린을 피하기 위해 정상 경로에서 수백 킬로미터를 우회했음을 확인했다. 안타깝게도 마치는 과달루페섬에 도착하고 몇 시간도 안 되어 한 사냥꾼이 쏜 총에 맞았다.[11] 위성 태그를 달았던 또 다른 중부리도요 호프Hope는 2011년 노바스코샤에서 열대성 폭풍 거트를 피하지 않고 정면돌파를 택했다. 폭풍을 만나기 전까지는 한가롭게 시속 11킬로미터의 속도로 비행하던 이 새는 폭풍을 만나자 시속 145킬로미터의 무시무시한 속도로 무사히 통과하여 이름값을 제대로 해냈다.[12]

물 위로 이동하는 이보다 더 작은 다른 명금들은 허리케인의 바깥 바람에 빨려 들어갈 수도 있다. 허리케인 새, 또는 폭풍 새라고도 하는 이런 새들은 평온한 태풍의 눈에 닿을 때까지 바람을 타고 비행한다. 태풍의 눈은 보통 직경이 30~60킬로미터 정도이지만 하늘이 파랗고 기온이 더 따뜻한 3~300킬로미터의 공간일 수도 있다. 원형의 평온한 눈 주위로는 허리케인의 가장 강력한 바람이 눈벽eyewall을 이루고 감싸며 일종의 소용돌이치는 대형 새장이 형성된다. 허리케인 새들은 이 폭풍이 육지에 닿을 때까지 소용돌이치는 눈벽 새장 안에서 지내야 한다. 이 새들은 폭풍이 약해지거나 지쳐서 추락할 때까지 열심히 비행한다. 탐조인들이 허리케인이 가고 나면 해안지역으로 달려가 "낙오자", 그러니까 바람에 휩쓸려 해안에 추락한 수천 마리의 철새나 폭풍의 눈에 갇혀 있던 새들을 찾는 건 바로 이 때문이다.

기상학자 매튜 반 덴 브로이크Matthew Van Den Broeke는 2011년부터 2020년 사이에 발생한 33건의 대서양 허리케인 레이더 데이터를 분석하다가 비산생명체bioscatter의 레이더 증거를 발견했다. 그 생명체는 태풍의 눈에 갇혀 있던 곤충이나 새들로, 대부분은 새였다.[13] 허리케인이 강력할수록 평온한 태풍의 눈을 버리고 떠나기가 힘들어진다고 반덴 브로이크는 내게 말했다. 눈 안에 갇힌 새들은 평소보다 수천 킬로미터를 더 비행하고 공중에서 며칠을 더 보낸 뒤에야 재충전을 하게 될 수도 있다.[14] 숱한 새가 이런 식으로 죽는데, 2005년 허리케인 카트리나가 닥치기 불과 두 달 전 플로리다를 쑥대밭으로 만든 허리케인 윌마에 갇혀 있던 거대한 굴뚝칼새 무리도 여기에 해당한다. 운 좋은 일부 생존자는 [포르투갈 앞바다의] 아조레스군도, [북아프리카 서부 대서양의] 카나리아섬, 그리고 아일랜드, 프랑스, 잉글랜드 해안에 착륙해서 이제까지 한 번도 이 아메리카의 새를 본 적 없던 탐조인들을 전율케 만들었다. 하지만 대부분은 끔찍한 최후를 맞았다. 나중에 발견된 작은 사체는 727개가 넘었다. 죽은 새를 발견하기란 대단히 어려운 일이다. 대신 과학자들은 사라진 새들이 얼마나 되는지를 셈한다. 퀘벡의 이 칼새 군집은 허리케인 윌마 다음해에 평균 62퍼센트 급감했다. 캐나다 연구자들에 따르면, 이 폭풍 이후 살아서 발견된 많은 칼새들이 "중증 탈진 상태"로 심각하게 수척해져 있었고 평균 몸무게의 30~35퍼센트가 빠져 있었다.[15]

그다음으로는 항상 도시와 마을에 서식하며 이동하지 않는 붙박이들이 있다. 조류학자들이 텃새라고 부르는 홍관조, 집참새, 박새 같은 새들은 1년 내내 볼 수 있다. 일부는 허리케인을 피해 다른 곳으로 이동할 수도 있는데 과학자들도 확실히는 모른다. 하지만 이는 최후의 전략일 것이다. 텃새들은 철새와 달리 최적의 비행경로나 새들의 비상 연료보충소가 어디에 있는지 같은 정보를 모르기 때문이다.

일부 명금들은 나무에 대피소를 차리고 새의 발가락잠금 장치를 활성화한 상태로 튼튼한 가지에 매달려 버틸 수 있다. 이런 새들이 떨어지지 않고 반듯한 자세로 잠을 잘 수 있는 건 바로 이 때문이다. 나무가 쓰러지지 않는 한 새들은 이 발가락잠금 장치를 이용해서 살아남을 수 있다. 또 다른 전략은 숨을 만한 덤불이나 현관이나 헛간을 찾는 것이다. 도시의 마당에서 노니는 새들은 자기 도시 영역과 숨을 만한 후보지들을 알고 있다. 딱따구리는 나무 구멍 속에 몸을 숨기고 강풍에서 보호받으며(이 나무가 폭풍에 쓰러지지 않는 한) 밤에 잠을 청할 수 있다. 하지만 폭풍에 앞서 떠밀리듯 날아든 새들, 특히 도시에 익숙하지 않은 습지새나 바다새들은 숨을 곳을 쉽게 찾지 못한다. 이런 이유에서 노스캐롤라이나에서 온 갈색사다새 랄프는 2010년 허리케인 얼이 휘몰아쳤을 때 노바스코샤 핼리팩스에 있는 스트립클럽인 랄프스플레이스 지붕에서 발견되었다. 그래도 랄프는 운이 좋았다. 이 새는 캐나다의 한 재활병원에서 6개월을 보낸 뒤 자원활동가가 사흘간 차량으로 이동시켜준 덕에 노스캐롤라이나로 돌아갈 수 있었다(나중에 랄프는 암컷으로 밝혀졌다). 하지만 많은 사다새가 폭풍이 몰아칠 때 물 위의 교량에서 헤매다가 교통사고를 당한다.[16]

새들은 폭풍 때문에 스트레스를 크게 받으면 어디든 대피소로 삼으려고 한다. 휴스턴에 거주하는 45세의 택시운전사 윌리엄 브루소는 2017년 허리케인 하비가 들이닥치기 직전에 생필품을 사려고 나왔다가 도로가에서 작은 매 한 마리를 발견했다. 브루소는 사진을 찍으려고 차에서 뛰어나왔는데 마침 그 옆을 지나던 고양이 때문에 매가 겁에 질렸다. 새는 열려 있던 택시 창문으로 뛰어들더니 나갈 생각을 하지 않았다.

"겁먹은 거 같아요. 어떻게 해야 할지 모르는 거지… 갑자기 차에 타서는 내리고 싶어 하지 않네요." 브루소는 쿠퍼매 하비를 찍은 열 편의 유명한 영상 중 하나에서 이렇게 말했다.[17] (역시 암컷으로 확인된) 하비는 브루소의 아파트 주류진열장 옆에서 생닭가슴살을 먹으며 이틀 밤을 보냈다. 그러다가 하비의 영상을 발견한 야생동물구조대원이 이 매를 구조기관으로 데려갔다. 하비는 다친 곳 없이 그저 "극도로 스트레스를 받은" 상태였다. 나중에 구조대원들은 하비를 숲에 놓아주었다.

일부 새들에게는 허리케인보다 한발 앞서나가기 위해 사용할 수 있는 전략이 하나 더 있다. 바로 몇 달 앞서 날씨를 예측하는 것이다. 나는 이게 초능력에 가깝다고 생각한다.

북미작은지빠귀는 미국지빠귀보다 조금 작고 겁많은 어두운 갈색 새다. 미국 북부의 숲에서 여름을 나는 이 새는 눈에 잘 띄지 않는 편이지만 휘파람처럼 가벼운 노래를 부르기 때문에 마치 플루트를 부는 작은 요정 같다. 북미작은지빠귀 전문가인 크리스토퍼 헥스처Christopher Heckscher는 근 25년간 델라웨어에서 같은 무리의 이 지빠귀를 연구하는 중이다.[18] 이 새들은 매년 봄 브라질의 아마존을 떠나 미국 북부와 캐나다의 촉촉한 숲속에서 번식을 하고, 허리케인이 한창인 가을에 브라질로 돌아간다. 하지만 헥스처는 20년치의 데이터를 분석해본 뒤 허리케인이 강력한 철에는 이 새들이 둥지를 더 일찍 만들고 새끼를 적게 갖고 더 빨리 털갈이를 한다는 사실을 깨달았다. 이렇게 하면 더 빨리 이동해서 최악의 폭풍을 피할 수 있었다. 빠른 털갈이는 많은 철새들이 이동 전에 채택하는 전략이다. 깃털을 교체하는 동시에 수천 킬로미터를 비행하는 것은 에너지가 너무 많이 들기 때문이다. 가끔은 한 철에 두 번씩 번식하기도 하는 북미작은지빠귀는 허리케인이 심한 해에는 마치 가족을 한 번 더 만들 시간이 없다는 듯 첫번째 둥지에 더 많은 알을 낳는다.

이 새들이 둥지를 만들 때는 허리케인이 아직 코빼기도 보이지 않는 5월이다. 하지만 무슨 수를 쓰는 건지 이 새들은 최악의 폭풍이 발생하기 서너 달 전에 번식 일정을 조정해서 무사히 번식을 마친다.

헥스처는 이 새들이 아직 아마존 월동지에 있는 동안 강수량과 가뭄과 허리케인에 영향을 미치는 엘니뇨와 라니냐 같은 다양한 기상 패턴을 읽을 수 있는 게 아닌가 추정한다. 그리고 이 새들이 라니냐가 일어난 해에는 엘니뇨가 일어난 해보다 대서양에 허리케인이 더 많아진다는 걸 알고 있다고 짐작한다.

"정확히 어떤 원리이든 간에 이 새들은 5월 중순경에는 알고 있어요. 허무맹랑한 소리처럼 들리겠지만 잘 생각해보면 이 새들이 진화의 역사를 거치면서 허리케인을 피하기 위해 이용할 수 있는 건 뭐

든 이용할 거라는 건 당연하잖아요." 헥스처는 《오듀본매거진》에서 이렇게 말했다.[19]

2005년 뉴올리언스 사람들에게 북미작은지빠귀의 이 초능력이 있었더라면 좋았을 텐데.

개와 함께 제방 산책에서 집에 돌아왔더니 몇몇 이웃이 이미 집에 판자를 대서 막아놓고 떠나는 중이었다. 남아 있기로 결정한 이들 중에는 특히 나이 든 이웃이 많았다. 이런 일은 매년 있어, 그들은 지친 표정으로 우리에게 말했다. 기상예보관들은 늘 큰 게 온다고 말하지. 근데 절대 안 와. 항상 제방은 버텨냈어. 우린 일년에 두세 번씩 대피하는 게 신물 나. 돈도 많이 들고, 그런 법석이 없잖아. 집에 있는 게 더 안전하게 느껴져.

짐과 내가 길거리에서 대피 요령에 대해 알아보며 다니는데 한 젊은 남자가 차를 몰고 나타나더니 주차를 했다. 그는 한 친척이 대피하는 걸 도우러 오는 참이었다. 남자는 거의 울기 직전이었다.

"우리 동네는 밥그릇 바닥에 있는 형국이에요." 남자가 이성을 잃고 말했다. "전 평생 이 소리를 들었는데 이제는 일이 벌어질 거 같아요. 호수가 밥그릇 밖으로 넘칠 거예요."

부동산 중개인이 우리의 작고 사랑스러운 집을 보여줬을 때 나는 해수면 같은 건 털끝만큼도 신경쓰지 않았다. 그게 우리가 가진 돈으로 감당할 수 있는 몇 안 되는 집이었기 때문이다. 하지만 레이크뷰는 해수면에서 최소 1.8미터 아래였고 그중 일부는 그보다도 훨씬 낮았으며, 집값이 비싼 언덕배기 같은 곳 정도나 되어야 그보다 높았다. 남자가 말한 "밥그릇"이란 바로 이런 뜻이었다.

그날 밤 개 두 마리를 자동차 뒷자리에 싣고 차를 출발시키면서 나는 우리 집 건너편 이웃들이 그 집의 치즈색 고양이를 놓고 떠났다는 걸 알아차렸다. 고양이는 우리 차를 쳐다보면서 앞쪽 현관에 앉아 있었다.

피난을 떠나던 그 끔찍한 날, 짐과 나는 우리의 이주 경로를 잘 알았다. 앨라배마 몽고메리까지 주간고속도로를 타고 5시간을 달리는 것이었다. 우리에게는 멀쩡한 자동차가 있었다. 잠잘 곳을 내줄 친구가 있었다. 그리고 금전적 자원, 그러니까 휘발유와 음식을 살 돈과 신용카드가 있었다. 그렇지만 2005년 뉴올리언스 주민의 25퍼센트 이상이 빈곤선 아래 살았다. 많은 경우 신용카드나 저축이 없는 상태로 월급을 기다렸다. 카트리나는 통상적인 월급일 이틀 전인 8월 29일에 들이닥쳤다. 새든 인간이든 대피에는 막대한 자원이 들어간다. 그리고 큰 스트레스를 안긴다. 많은 뉴올리언스 사람들에게는 이런 자원이 없었다.

8월 29일 월요일 아침 7시경, 허리케인이 뉴올리언스를 강타했다가 늦은 오전 무렵 빠져나갔다. 우리는 몽고메리의 친구 집에서 제방이 버텨냈다는 부시 대통령의 발표를 듣고 환호했다.

뉴올리언스에서는 비가 오면 늘 도로가 범람한다. 그래서 허리케인이 통과하고 난 뒤 남아 있던 이웃들은 현관에 물이 차도 이상하다고 생각하지 않았다. 하지만 오전 11시 반경, 그러니까 내가 로욜라대학교에서 첫 강의를 하고 있었어야 했던 그 시각, 뉴올리언스 시민들은 이 물이 점점 내려가는 게 아니라 올라오고 있다는 걸 알아차렸다. 물은 20분에 벽돌 한 개 높이로 서서히 차올랐다. 한 블록 떨어진 제방은 버텨냈지만 벽돌 한 개가 두 개가 되었고, 그다음에는 네 개, 여섯 개가 되었다. 이웃들은 다락으로 뒷걸음질치기 시작했고 1킬로미터 못 미치는 곳에 있는 거대한 17번가 운하 제방Canal Levee[뉴올리언스에서 가장 크고 중요한 배수용 운하로 물을 폰차트레인호로 빼낸다]에 무슨 일이 생긴 건가 불안해했다.

그날 남은 시간 동안 물은 꾸준히 차올랐다. 우리 작은 집이 들어선 그 밥그릇에 3.6미터의 물이 채워졌고 우리 집은 3.5미터의 물에 잠겼다. 그날 밤 어둠에 삼켜진 동네는 물만 처마에서 찰랑댈 뿐 적막이 감돌았다. 불현듯 한껏 목청을 높인 수천 마리의 개구리 소리가 공기를 흔들었다. 우리의 교외 동네는 1960년대에 매립습지 위에 건설된 것이었다. 그날 밤 개구리들이 우리 동네를 탈환했다. 나는 5시간 거리에 있는 몽고메리에서 이 뉴스를 온라인으로 접하며 푹푹 찌는 토요일 잔디깎이 날 바로 앞에서 펄쩍 뛰어올랐던 그 작은 개구리를 떠올렸다.

아직도 이따금 이렇게 묻는 사람이 있다. "기분이 어땠어요?"

카트리나가 휩쓸고 며칠이 지나서도 우리 집이 물에 잠겨 있다는 걸 알았을 때 한 가지 분명한 사실이 우리를 엄습했다. 우리에게 지낼 곳이 필요하다는 사실이. 몽고메리의 친구는 함께 지내자고 거의 애걸복걸했다. 나는 마지 못해 가까운 철물점에 가서 친구 집 열쇠를 복사했지만, 정말로 그러고 싶지 않았다. 그건 우리가 집으로 갈 수 없다는 걸, 어떻게 된 건지는 몰라도 우리가 텔레비전에서 보고 있는 그 불가해한 장면이 현실이라는 걸 인정한다는 뜻이니까. 나는 친구 집 거실에 앉아 그 모든 장면을 시청하면서 이렇게 생각했다. 그래, 근데 저건 우리 예쁜 집이 아니야. 우리 예쁜 집은 아직 저기에 있어. 괜찮아. 난 그냥 알아.

몽고메리의 철물점은 아주 작았다. 적지 않은 수의 손님이 페인트 같은 물건들을 구입하고 있었다. 나는 열쇠를 만들고 계산대에 줄을 섰다. 내 차례가 되었을 때 계산원은 계산기 화면에 골똘히 집중하고 있었다. 계산원은 금액을 입력한 뒤 남부지방 특유의 말투로 내게 물었다. "주소가 어떻게 되시죠, 손님?"

주소라고? 나는 거기 서서 생각을 하느라 안간힘을 썼다.

아, 내 주소는 루이지애나 뉴올리언스 제너럴헤이그가 7038번지, 70124이지, 나는 생각했다. 하지만 그 주소는 물속에 있다. 그리고 그건 그 모든 배롱나무와 성모상과 아주 예쁘고 고풍스러운 느낌의 가 물가물한 가스등도 모조리 물속에 있다는 의미였다. 성모상은 물 위에 떠서 돌아다니고 있을까? 그리고 그 아담한 이탈리아 식료품점, 그것도 물속에 있다. 그 옆에 있는 작은 철물점, 지금 이 순간 내가 서 있는 몽고메리의 이 철물점과 비슷하게 페인트통이 거의 천정까지 쌓여 있던 그 철물점도 이제 물에 잠겼다. 물속에서 그 페인트들은 다 어떻게 될까? 나는 궁금했다. 통이 열릴까? 페인트 때문에 물 색깔이 바뀔까? 그리고 직접 크로와상을 만들던 커피집. 물에 잠겼다. 아담한 우체국. 물에 잠겼다. 다 물에 잠겼다. 그러니까 편지를 배달하지 못한다는 말이다. 그리고 뉴올리언스인들이 산업독성물질과 땅속에 묻혀 있던 유해물질에 중독되었고 뉴올리언스는 수십 년 동안 거주불가능한 도시가 될 거라는 그 끔찍한 뉴스는 정말일까?

"손님?, 저기, 손님? 괜찮으세요, 손님?"

계산원이 눈을 둥그렇게 뜨고 나를 쳐다보고 있었다. 내 뒤에 줄지어선 사람들이 엉덩이를 들썩이며 말없이 채근했다.

"뉴올리언스요." 나는 뺨이 축축해지는 걸 느끼며 웅얼거렸다.

"아, 뉴올리언스요." 계산원이 부드럽게 말했다. "괜찮아요, 손님. 저도 정말 안타까워요, 손님."

카트리나가 지나간 뒤 오랫동안 나는 이런 기분이었다. 나는 우물 밑바닥에 무릎을 끌어안고 앉아 있었다. 물은 차고 맑았다. 위를 올려다 보면 그 계산원 같은 사람들이 수면에서 나를 내려다보고 있었다. 그들의 입이 뻐끔뻐끔하는 게 보였다. 사람들은 내게 뭔가 말을 하려고 했지만 들을 수가 없었다. 그리고 내가 말을 하려고 할 때마다 나오는 거라곤 줄줄이 이어진 공기방울뿐이었다.

주방위군이 모든 집에서 시신을 수색해야 했기 때문에, 그리고 우리 동네에서 워낙 많은 사람들이 익사했기 때문에 우리 집은 마지막에서 두번째로 다시 개방되었다. 40일 뒤 집을 하루 동안 보기만 하고 돌아오는 건 된다는 허락이 떨어졌다. 환경보호국은 자기 집을 보러가는 모든 뉴올리언스인들에게 집 안에 있는 유독물질을 조심하라고 당부했다. 나는 곰팡이 알러지가 있었기 때문에 겁이 났다. 그래서 우리는 육중한 산소마스크와 고무장갑과 고무장화를 샀다.

나는 주민이 아닌 기자의 마음으로 그곳에 가겠노라 다짐했다. 나는 이 상황을 통제하고 싶었다. 난 피해자가 아니라 언론인이야. 이건 재난이 아니라 진짜 큰 뉴스거리야. 상황이 아무리 건잡을 수 없어도(그리고 사실 상황은 상당히 건잡을 수 없었다. 내 일자리가 아직 무사한지, 어디서 살아야 할지 아직 아무것도 몰랐다.) 펜과 공책을 집어 들 수만 있으면 주도권을 쥘 수 있으리라. 나는 7살 때부터 글쓰기를 했다. 나는 기록의 달인이었고 세부사항을 진공청소기처럼 빨아들였다. 색깔, 냄새, 질감, 날씨, 정확한 시간, 적확한 표현을 기록할 때 나는 차분해졌다. 그래서 나는 우리 집을 헤치고 다니는 데 필요한 삽, 곡괭이, 쇠지렛대, 사다리, 망치 같은 도구들 말고도 작은 녹음기를 챙겼다. 글로 옮기는 것보다는 말을 하는 게 더 빠를 터였다. 세부사항을 빠짐없이 녹음하리라.

우리는 10월 6일 목요일 새벽 2시 37분에 몽고메리를 나섰다. 비가 세차게 내리고 있었다. 뉴올리언스는 비가 심하지 않기를 바랐다. 더 많은 물은 우리에게 가장 필요하지 않은 것이었으므로.

몽고메리에서 뉴올리언스까지 다섯 시간 차를 몰고 가는 동안 어둑한 풍경에는 고속도로에 버려진 선박과 숲에서 썩어가는 매트리스들과 곳곳에 널려 있는 죽은 동물들과—죽은 곰도 있었다—노란 아치가 반토막 난 미시시피의 맥도날드 점포 같은 것들이 이어졌다. 대부분의 소나무는 광포한 힘에 휩쓸려 위쪽 절반이 거의 날아가 있었다. I-10 도로 위에는 사라진 목적지를 가리키는 표지판이 널려 있었다. 패스크리스티안, 웨이브랜드, 섈멧, 세인트버나드패리시, 12미터에 달하는 물에 잠긴 곳들. 160킬로미터 이상에 걸쳐 캄캄한 빈집과 다세대주택의 창문이나 부서진 널판지들이 텅 빈 슬픈 눈처럼 세상을 내다보고 있었다. 고속도로에는 공무원들과 연방재난관리청FEMA 직원들이 가득했다. 집채만 한 트럭을 운전하는 남자들, 뉴올리언스를 향해 꼬리를 물고 이어지는 행렬. 예전에 일했던 과테말라의 난민재정착구역이 떠올랐다. 유니폼, 물자 꾸러미, 테스토스테론, 긴박감.

우리는 물에 잠기지 않은 동네를 통과해 도시로 진입했다. 제방의 반대편이었다. 아침 8시 30분이었고 우리 같은 사람들이 집을 살펴보려고 몰려온 덕에 교통체증까지 있었다. 제방의 이편에서는 자동차 대리점과 미장원과 레스토랑 앞에 "재개장" "영업중"이라고 적힌 형형색색의 거리표지판이 늘어서 있었다. 우리가 제일 좋아하는 도넛

가게도 열려 있었다. 1950년대 풍의 매대에는 손님들이 커피를 마시고 한담을 나누며 줄지어 앉아 있었다. 심박수가 느려지기 시작했다. 너무 평범해 보였다. 어쩌면 사람들 말처럼 그렇게까지 나쁜 건 아닐지 몰랐다. 어쩌면 기자들이 과장하는 건지 몰랐다. 어쩌면 텔레비전과 인터넷의 그 끔찍한 이미지들은 사실이 아닐지 몰랐다.

우리는 다리를 건너 제방이 무너진 우리 동네 쪽으로 다가갔다. 나는 녹음기를 켜고 공책을 집어 들었다. 분쟁지역 모드에 들어갔다. 심장의 스위치를 끄고 뇌의 스위치를 켰다. 아드레날린이 혈관을 타고 정신없이 돌아다녔다. 심장이 두근거렸다. 눈이 매처럼 수평선을 훑으며 작은 것들을 꼼꼼히 살폈다. 제방의 이쪽 편에서는 작은 폐선 여러 대가 도로 갓길에 놓여 있었다. 선주들은 배를 이 다리까지 무사히 끌고 온 게 틀림없다, 나는 녹음기에 대고 말했다. 이 사람들은 빠져나갔다. 생존자들이었다.

줄지어 선 표지판에는 "곰팡이가 있다고요?" "당신의 집은 얼마일까요?" "철거서비스" 같은 말들이 적혀 있었고, 어떤 무너진 집 앞에 "세입자 구함"이라는 표지판이 어처구니없이 서 있기도 했다. 오가는 차량은 하나도 없었고, 집채만 한 불도저들만 열심히 산더미 같은 죽은 나무들을 밀어내 원래는 공원이었던 곳에 쓰레기 산을 쌓고 있었다. 이 불도저들을 움직이는 건 방호복으로 전신을 감싸고 흰 마스크를 쓴 얼굴을 알 수 없는 시청 직원들이었다.

탁한 황토색 먼지 구름이 휘몰아치며 모든 걸 뒤덮었다. 제방의 저편에는 색깔이 있었다. 매대에 앉아서 라즈베리잼이 줄줄 흘러나오는 흰 설탕가루가 덮인 도넛을 먹고 있던 사람들, 자동차대리점에서 반짝이던 새 자동차들, 빨간색, 검정색, 청록색, 고동색. 이편에서 우리는 누리끼리한 흑백사진 같은 풍경속에서 차를 몰았다. 들리는 건 불도저의 경고음과 우리 차의 타이어 밑에서 부서진 유리와 토막난 철사, 나무, 가지, 아이들의 플라스틱 인형이 뭉개지는 소리뿐이었다. 짐은 천천히 차의 속도를 늦췄다. 나는 창문을 내렸다. 그리고 다음 순간 녹음기를 끄고 대시보드 위에 공책과 펜과 녹음기를 모두 내려놓았다.

짐과 나는 한 번씩 밖에 나가 숨을 고르며 몇 시간 동안 집을 둘러보았다. 나는 내 삶의 무덤을 발굴하는 법의학 인류학자가 된 느낌이었다. 물건들을 파내고, 한때는 익숙했지만 이제는 정체를 알 수 없는 대상을 골똘히 들여다보는. 앞 방에서는 두꺼운 진창이 고무장화를 진득하게 끌어당겼다. 두 명의 출판언론인이 살아오면서 축적한 수천 권의 책과 종이 파일들, 무너져내린 천장, 벽면의 페인트, 지붕과 함께 내려앉은 푹신푹신한 분홍빛 단열재, 우리의 온갖 가전과 가정용 화학물질에서 나온 유독한 물질에다가 기름과 하수, 폰차트레인호의 물, 25만 대가 넘는 텔레비전과 13만4000대가 넘는 냉장고들과 내 낡은 트럭을 비롯해서 며칠씩 몇 주씩 물속에 잠겨 있던 최소 25만 대의 자동차에서 흘러나온 무언가가 뒤범벅되어 점도 높은 늪을 이루고 있었다. 나머지 장소에서는 와그작와그작 밟히는 깨진 유리와 거울과 샴페인잔과 칵테일잔, 유리용기, 꽃병, 액자, 중앙아메리카의 조각품들로 이루어진 새 카페트 위를 엉거주춤 기어다녔다. 거실에는 짐의 할머니가 물려주신 100년 된 자동피아노가 부서진 채 뒤집혀 있고 조지 거쉰의 〈랩소디 인 블루〉 같은 제1차—그리고 제2차—세계대전 시대의 연가 악보들이 사방에 흩어져 있었다. 떨어져 나온 우윳빛 건반들은 식별 불가능한 물건들을 움켜쥔 손가락처럼 보였다.

침실문 뒤편에 매달린 자주색 가운처럼, 옛 삶의 어떤 조각들은 전과 다름없이 그 모습 그대로 우리를 기다리고 있었다. 우리 집을 지켜달라고 내가 남겨놓은 15센티미터쯤 되는 청백의 우울한 나무 성모상은 진흙이 묻은 슬픈 표정으로 작은 벽감 안에 얌전히 서 있었다. 성모상 옆에는 연두색 샌달 한 짝이 뒤집힌 채 놓여 있었다.

소파의 잔해 아래쪽에 삐죽 튀어나온 청록색과 은색이 섞인 실 한가닥이 눈에 들어왔다. 나는 기대에 차서 실을 잡아당겼다. 아티틀란에서 가져온 과테말라 태피스트리였다. 냄새가 진동하고 끈적거리고 실이 아직도 번들거렸지만 멀쩡했다. 내 과거의 한 조각, 어쩌면 그것은 내게 가장 중요한 조각일 수도 있었다. 그 태피스트리를 반듯하게 펴면서 그걸 구입한 날을, 아티틀란 호숫가의 큰 돌 위에서 알록달록한 블라우스와 치마를 빨던 여인들을, 거친 돌 위에서 그 옷들을 아래위로 비비던 빨개진 손들을, 호숫물 위에서 느릿느릿 떠가던 라드

비누 거품들을 떠올렸다. 이들은 수백 년의 식민 통치에서도, 자기 마을 건너편에 있는 군부대 군인들의 30년에 걸친 테러에서도 살아남은 추투힐족 출신의 마야 여성이었다. 온 마을이 들고 일어나 결국 군대를 내몰았고, 자기 손으로 해방을 쟁취한 과테말라 최초의 마야 공동체가 되었다. 나는 그 해방을 취재했다. 이 여인들이 만든 태피스트리라면 어떤 상황에서든 살아남으리라.

어느 순간, 어쩌면 아일랜드 전통 장례식에서 사람들이 위스키를 거하게 마시고 사랑하는 고인에 대한 농담을 하는 바로 그 순간처럼, 우리는 상상 밖의 풍경을 사진에 담기 시작했다. 거실의 걸쭉한 폐기물 더미 맨 위에 『앨라배마에서 카누 타기』 같은 책이 놓여 있었다. 나는 이 모습이 미치도록 웃겨서 결국 밖에 나가 산소마스크를 벗고 웃음을 터트렸다.

하지만 뭐니뭐니 해도 제일 엄청난 농담은 우리가 커피테이블로 사용하던 오래된 나무 등걸에 놓여 있었다. 우리 부모님은 1958년 퀸메리호를 타고 미국으로 이주할 때 아일랜드에서 이 등걸을 가져왔다. 내가 대학에 갈 때 부모님은 이 등걸을 주셨다. 나는 내가 처음으로 몰두했던 정치적 대의였던 반핵운동 스티커를 이 등걸에 덕지덕지 붙여놓았다. 썩어가는 나무 등걸에 붙어 있는 "핵폭탄 하나가 당신의 평생을 망칠 수 있다" 스티커 옆자리에 누군가가 돌멩이로 눌러놓은 흰 종이가 있었다. 종이에는 이렇게 적혀 있었다. "주의: 뉴올리언스 주민들에게. 뉴올리언스 시장은 허리케인 카트리나 때문에 일어난 홍수 피해지역에서 호별 2차 수색을 승인했습니다… 법집행기관은 허리케인 생존자와 피해자를 찾기 위해 귀하의 집을 수색했습니다. 우리는 귀하의 개인소지품을 어지럽히지 않기 위해 최선을 다했습니다."

짐은 보험사에 우리 집이 3주간 물에 잠겼음을 입증하기 위해 사진을 수도 없이 찍었다. 그중에는 내가 지금도 등줄기에 소름이 돋는 "기후변화와 카트리나" 수업을 해야 할 때면 학생들에게 보여주는 한 장의 사진이 있다. 학생들은 믿지 못하겠다는 표정으로 17년 전 사진 속에 있는 사람과 버몬트대학교의 교실에서 강단 뒤에 서 있는 사람을 번갈아 응시한다.

그 사진 속의 나는 주방위군이 시신을 찾기 위해 우리 집에 들이닥치며 부서뜨린 앞문의 잔해 속에 그냥 서 있다. 오른발은 넘어져서 썩어가는 책장 뒤쪽에 박혀 있고 왼발은 정체를 알 수 없는 10~20센티미터 깊이의 진창에 파묻혔다. 오른손으로는 초가 든 오래된 파란병을 들고 있는데 딱히 유용한 물건은 아니다. 내가 그걸 건져낸 건 그저 그게 살아남았기 때문이었다. 사진에서 나는 오래된 크리스피크림 야구모자와 커다란 산소호흡기를 쓰고 있다. 마스크가 내 얼굴을 거의 전부 덮고 있어서 눈만 겨우 빼꼼하다. 나는 대형 자벌레 같다. 무릎을 꿇은 채 한손에 초를 들고 어지러운 책장을 넘어 단호하게 현관문을 나서려, 빛을 향해, 신선한 공기를 향해 나아가려 발에 힘을 주고 있다.

"트리시." 카메라를 든 짐이 소리쳤다.

셔터가 찰칵 소리를 냈다. 생기 없이 텅 빈 내 눈이 렌즈를 정면으로 응시했다.

요즘 나는 학생들에게 이 사진만큼 으스스하게도, 바로 그 순간 내가 처음으로 땅 위에 발을 딛고 서게 되었다고 말한다. 그날 난 내가 언론인으로서 그 많은 곳을 돌아다녔지만 이야기를 취재하면서 그냥 흘러다니기만 했다는 걸 깨달았다. 나는 인간을 제외하고는 흙과, 물과, 그 장소에 살고 있는 그 어떤 생명과도 진정으로 관계를 맺지 않았다. 그날 나는 고무장갑과 마스크로 내가 그 집에 남긴 독성물질에서, 내가 돈 주고 사들인 독성물질에서 나 자신을 보호해야 했다. 내가 마당에 남겨둔 차량은 작은 기름 유출지를 만들어냈다. 문득 이제껏 내 삶의 방식 때문에 얼마나 많은 생명이 죽었을까에 생각이 미쳤다. 그리고 깨달았다. 이 저지대 동네에 잘못 찾아든 건 허리케인이 오기 한 달 전 우리 집 잔디밭에서 뜀뛰기를 하던 작은 개구리나 그릇장에 숨어 있던 작은 녹색 도마뱀이 아니라 바로 나 자신이었다는 사실을.

나는 나 자신에게 화가 치밀었다. 나는 유엔을 위해 일했다. 두 권의 책을 냈다. 석사학위가 두 개였다. 그런데 매립습지 위에 조성된 동네로 이사해놓고도 습지가 뭔지, 해수면이 무슨 의미인지 아는 게 없었다. 나는 호모사피엔스를 이해하려고, 어째서 우리가 서로에게 끔찍한 짓을 하는 건지 알아내려고 언론인으로서 인간들을 인터뷰하며 수백 시간을 보냈다. 이제 나는 그냥 벌레들을 인터뷰하고 싶었다.

그리고 무참히도 부끄러웠다. 이 부끄러움은 환경을 공부하는 18살짜리들, 카트리나가 들이닥쳤을 때 겨우 두세 살이었던 아이들로 가득한 강의실에서 카트리나 이야기를 할 때마다 여전히 나를 짓누른다. 나는 학생들에게 말한다, 나는 환경의식이 강했던 1960년대와 1970년대를 거부하는 마돈나의 〈물질적인 여자〉 세대—레이건이 집권하던 요란한 1980년대—라고. 내가 가르치는 많은 학생들은 걸음마를 배울 때부터 재활용을 했다. 이들은 엄격한 채식주의자이고, 대학 첫 해에 유리용기 하나 정도의 쓰레기만 만들려고 노력하는 제로웨이스트 실천가들이다. 많은 학생들이 운전면허나 자가용이 없다. 운전할 생각 자체가 없는 학생들도 있다. 내가 어린 시절을 보낸 남부 캘리포니아에서는 중상계급이라면 16살에 자기 차를 소유하는 게 당연히 주어진 권리였다. 내 모교인 USC, 버르장머리 없는 애들의 학교(University of Spoiled Children)[남부캘리포니아대학교University of Southern California의 줄임말을 비튼 말장난]에서는 벤츠를 몰고 다니는 애들도 있었다. 우리는 지구가 신용카드라고 생각했다. 우린 차를 몰고 비행기를 타고 다니면서 한도가 넘는 지출을 했다.

나는 학생들에게 카트리나 이후 물에 잠긴 트럭 대신 분홍색 마실용 자전거를 구입했다고 이야기한다(지금은 네 대의 자전거를 보유하고 있고 버몬트의 겨울철에는 타이어에 징이 박힌 자전거를 탄다). 화학물질은 더 이상 사용하지 않는다. 유기농 채소를 직접 기른다. 잔디는 모두 퇴비로 만들어버리고 잔디밭 대신 야생화 정원을 만들었다. 지하에는 지렁이 퇴비상자가 있다. 하지만 사실상 집 한 채를 폰차트레인호 속에 던져 넣었으므로 이미 나의 탄소발자국은 가난한 나라의 도시 하나와 맞먹는지 모른다. 그리고 정부 정책을 바꾸기 위해 힘쓰지 않으면 카트리나 이후 내가 환경에 저지른 죄악을 씻기 위해 개별적으로 한 행동들은 그저 녹색 자기만족에 지나지 않는다고 생각한다.

나는 우리가 우리 집에 남겨둔 물건들을, 그 안의 독성물질들이 결국 어떻게 폰차트레인호로, 멕시코만으로 흘러들어갔는지를 죽을 때까지 잊지 못할 것이다. 지금도 버몬트의 웅덩이에서 목욕하는 미국지빠귀나 비둘기들을 지켜볼 때면, 혹은 하천 가장자리 물가에 서 있는 큰청왜가리를 볼 때면 생각을 멈출 수가 없다. 저 탁한 물에는 뭐가 있을까? 우리가 동물 이웃들에게 무슨 일을 저지르고 있는 걸까?

나는 카트리나 전에는 물을 한 번도 힘과 자체적인 의제가 있는 살아 있는 대상으로 생각해본 적이 없음을 깨달았다. 나는 인공적으로 물을 끌어다 쓰는 캘리포니아 사막에서 어린 시절을 보냈다. 주위에 선인장이 무성한데도 우리에게는 찬란한 청록 빛깔의 수영장과 광활한 오렌지 과수원이 있었다. 물 정책은 마술적 사실주의나 마찬가지였다. 캘리포니아에서는 콜로라도강을 통해 멕시코에서 훔쳐온 물이 마술을 부린 것처럼 등장한다. 그리고 루이지애나에서는 물이 녹색 제방 담벼락 뒤로 마술처럼 사라진다.

카트리나 직후 내륙의 물을 연구하는 육수학陸水學으로 박사과정 중인 앨라배마의 한 친구는 내가 폰차트레인호와 멕시코만에 끔찍한 짓을 저질렀다며 한탄하자 나를 위로하려 노력했다.

"오염의 해결책은 희석dilution이래." 친구는 스승에게서 배운 주문을 되뇌며 내게 부드럽게 말했다. 나는 친구를 바라보며 멕시코만에 수천 대의 텔레비전과 데스크톱 컴퓨터들이 둥둥 떠 있는 모습을, 거기에 반사된 빛이 거대한 눈알처럼 희번덕거리는 모습을, 파도 속에서 전선들이 장어처럼 구불대는 모습을 떠올렸다. 나는 매너티와 기름에 뒤덮인 백로들이 뭐라고 말할까 아득해졌다.

"그거야말로 망상delusion[dilution과 delusion의 영어발음이 유사한 데서 착안한 저자의 냉소]이네." 나는 소리쳤다.

집 수색을 마친 뒤 나는 현관에 꽃다발을 놓았다. 그런 다음 남겨진 동물들을 위해 새 모이와 개와 고양이 사료를 흩뿌렸다. 이 의식을 마친 뒤 짐과 나는 몇 분 동안 그 작은 집 앞에 말없이 서 있었다. 우린 집에게 작별인사를 했다. 나는 우리가 이곳에서 다시 살지 못하리라는 걸 알았다. 트럭을 타고 떠나기 전 우리는 속옷까지 모두 벗은 뒤 오염된 옷가지와 신발을 쓰레기봉지에 넣고 가져온 깨끗한 옷으로 갈아입었다.

아직 들를 곳이, 전달할 꽃다발이 하나 더 있었다. 우리는 겨우 몇 블록 떨어진 폰차트레인호로 차를 몰았다. 나는 호숫가에 잠시 앉아 울음을 터뜨렸다. 호수에게 용서를 구했다. 물속에 꽃을 하나하나 던지면서 호수에게, 그 안에 살고 있는 모든 생명에게, 지구상의 모든 물에게 다시는 물을 오염시키는 방식으로 살지 않겠노라 맹세했다. 어떻게 해야 하는지는 전혀 아는 바가 없었지만 이 지구에서 생명을 짓밟지 않고 살아가는 방법을 배우겠노라 약속했다.

그날 오후 짐과 함께 차를 타고 그 작은 집을 나와 핸드폰 수신지역에 들어섰을 때 나는 새 핸드폰을 확인했다. 당시만 해도 아직 모두가 핸드폰을 가지고 다닐 때가 아니었다. 나도 그전까지는 핸드폰이 없었다. 하지만 뉴올리언스를 떠나면서 한동안은 집 전화 없이 지낼 수밖에 없었고 갑자기 핸드폰이 필요해졌다. 카트리나는 월요일에 들이닥쳤고, 나는 그후로 사흘간 몽고메리에서 뉴올리언스 집 전화로, 그 육중하고 낡은 검정색 다이얼식 전화기로 전화를 걸었다. 몽고메리의 친구 집에 앉아 수화기를 귀에 대고 뉴올리언스를 향해 따르릉따르릉 퍼져나가는 신호음을 들으며 3.5미터의 물에 잠긴 우리 집에서도 이 따르릉 소리를 들을 수 있을까 생각했다. 그 소리는 우리 집과의 마지막 연결고리였다. 마치 이미 죽었다는 걸 알면서도 누군가의 맥박을 확인하려는 것과 같은 행위였다. 그때는 몰랐지만 전국에 흩어져 있던 뉴올리언스 시민들이 모텔이나 친척이나 친구 집에 앉아서 수화기를 귀에 대고 신호음을 들으며, 희망의 끈을 놓지 않으며 나와 똑같은 행동을 하고 있었다. 나흘째 되던 날, 그러니까 카트리나가 휩쓸고 지나간 그 목요일, 신호음 대신 녹음된 기계음이 나왔다. 홍수지역의 집 전화도 결국 명을 다한 것이었다.

그 기묘한 오후, 폐허가 된 집에서 막 차를 몰고 나왔을 때 내 새 핸드폰에는 같은 번호에서 메시지 세 개가 와 있었다. 캘리포니아에 있는 부모님 집 번호였다. 부모님은 나에게 절대 전화를 하지도, 내 연락에 회신을 하지도 않았다. 심지어 카트리나 이후에도 내가 살아 있는지 확인 연락을 하지도 않았다. 두 분은 3년전부터 나와 연을 끊고 지냈다. 내가 짐과 함께 "죄를 저지르며 살아간다"는 이유로. 아일랜드계 천주교 집안의 딸이 저지를 수 있는 궁극의 배신 때문에. 안타깝게도 짐은 천주교인도, 부자도, 의사도 아니었다. 나보다 18살이 어렸고, 설상가상 이혼 경력도 있었다. 부모님에게 소개하려고 짐을 데리고 캘리포니아에 갔을 때 나는 너무나 큰 상처를 받아서 〈골칫거리The Troubles〉라는 제목의 52쪽짜리 각본을 쓰기도 했다. 완성도는 대단히 끔찍할지 몰라도 또다시 상담사를 찾아가는 것보다는 훨씬 재밌었다. 아버지는 나는 당신에게 "죽은 자식"이라고, 내가 남자친구와 동거하느니 차라리 "마약중독자나 범죄자"면 좋겠다는 말을 서슴지 않았다. 깊은 상처를 남긴 3년 전의 그 드라마를 끝으로 나는 부모님과 완전히 연락을 끊고 지냈다.

그래서 뉴올리언스에서 차를 타고 출발한 뒤 내 핸드폰에 부모님 집 전화번호가 뜬 것을 보고 나는 웃음을 터뜨렸다.

"어머니야." 짐에게 말했다. "누가 돌아가시거나 임종을 앞두고 계신가 보네."

내 생각이 맞았다. 아버지가 위에 있는 자몽 크기만 한 종양 때문에 음식을 드시지 못해 말라 죽어가고 계셨다. 위암이었다. 닷새 뒤 의사가 아버지의 위를 절제할 예정이었다. 아버지는 수술 전에 모든 자식들을 보고 싶어 하셨다. 내가 비행기를 타고 가는 게 맞을까?

나는 폐허가 된 집에서 8시간을 보내고 나온 참이었다. 우리에겐 집이 없었다. 우린 친절하고 무한한 인내심을 가진 앨라배마의 친구들에게 얹혀 지내는 중이었다. 그리고 이제는 내가 태어난 곳으로, 집이라고 느껴 마땅한 장소, 부서지고 다쳤을 때 몸을 웅크리고 휴식을 취하는 곳, 아무런 조건 없는 사랑을 받을 수 있는 그곳으로 당장 돌아오면 좋겠다는 부탁을 듣고 있었다. 하지만 내게 캘리포니아 오렌지 카운티는, 향긋한 감귤향과 서퍼들의 낙원인 찬란한 그 땅은 부모님의 고향인 북부 아일랜드의 축소판이었다. 그곳은 내게 분쟁지역이었다.

차를 타고 뉴올리언스와 점점 멀어지면서 나는 어머니의 두서없는 메시지를 듣고 또 들었다. 그리고 아버지의 또 다른 면을 생각했다. 방과후면 남동생들과 나를 태우러 오던 아버지. 숙제를 도와주고, 우리의 하잘것없는 짓들을 감독하고, 우리에게 정원 가꾸는 법을 가르쳐주고, 수백 시간에 달하는 피아노 수업, 트럼펫 수업, 스페인어 수업, 서핑 수업에 우리를 태워다주고, 비번일 때면 매주 월요일 오후에 우리를 라구나비치로 데려가주던 사람. 나는 어린 시절 동생과 내가 넘어져서 무릎이 까질 때마다 우리를 향해 달려올 때 나던 아버지의 작업용 부츠 소리를, 우리를 들어 올려 주방으로 데려가던 그 튼튼한 팔을 떠올렸다. 아버지가 주방 조리대에 우리를 올려놓으면 마술이 시작되곤 했다. 아버지는 밝은 주황색 머큐롬병을 들고 와서 우리 팔다리의 생채기 위에 털북숭이 거미를 공들여 그려넣었다. 내 거미들이 씻겨나갈까 봐 며칠 동안 씻기 싫어했던 기억이 지금도 생생하다.

나는 몽고메리에 도착하자마자 캘리포니아행 비행기표를 끊었다.

CHAPTER

2

인생이 다 그렇지, 제방도 다 그렇지

그대는 어떤 새로 하여금 당신의 전언을
내게 물고 오게 하렵니까?

헨리 데이비드 소로Henry David Thoreau

아무리 거지발싸개 같은 인간이라 해도 죽어가는 사람에게는 화를 내기는 어렵다는 점에서 암은 이상하고도 잔인한 선물이다. 남은 시간이 거의 없다는 걸 너무 잘 알기 때문이다. 나의 아버지도 같은 마음이었을 것이다. 3년간 연락도 없이 지내다가 찾아간 첫날 아버지는 커다란 포옹으로 나를 맞으며 "돌아온 방탕한 딸"에 관한 농담을 던지고는 그걸로 끝이었다. 그런 다음 최근에 고친 집의 한켠을 자랑스럽게 보여주었다. 아버지는 가족방에 우리 집을 병풍처럼 감싸고 있는 야생 세이지와 부채선인장이 빼곡한 높은 산과 마당이 내다보이는 돌출창을 설치해놓았다. 아버지는 고등학교 교육도 제대로 마치지 못한 분이었다. 아버지가 살던 아일랜드의 마을에서는 "개신교도가 아니면" 아무도 대학에 가지 않았다. "그 사람들은 부자였으니까." 생물학 공부 같은 건 전혀 해본 적도 없었지만 시골 농장에서 자랐고 동물을 사랑한 아버지였다.

그날 밤 아버지는 위의 대부분을 절제하는 코앞에 닥친 수술이나 순식간에 빠져버린 9킬로그램의 몸무게는 입에 담지도 않았다. 대신 아버지의 마당을 마치 고속도로처럼 지나다니는 온갖 야생동물에 대해 이야기했다. 자동차 냄새를 맡으며 박공지붕이 덮고 있는 현관 근처를 어슬렁대는 코요테, 발톱을 세우고 휙 하는 큰 소리를 내며 내려와 쥐를 잡아챈 다음 아직도 꼼지락대는 녀석을 꽉 쥐고 유유히 하늘을 가르던 거대한 매, 시멘트 진입로로 조심조심 들어오더니 아버지가 있는 창문 안을 들여다보고는 철문 밑으로 꽁무니를 빼던 퓨마.

내 유년기의 동물들이 아직도 거기에 있었던 건 개발업자들이 우리 집 바로 뒤편의 그 산에다가 아파트와 대저택들을 건설하지 못하도록 두 팔을 걷어붙이고 나선 동네모임에 아버지 역시 힘을 보탠 덕분이었다. 그 일이 있었을 때 나는 남자에 미쳐서 돌아다니는 십 대였기에 제대로 관심을 가지지 않았다. 하지만 아버지는 그 산에 살고 있는 모든 "꼬마 동물들"에 대해 카운티 위원회에 나가 증언을 했다. 어떤 사람들은 코요테가 주기적으로 산에서 내려와 반려동물을 간식으로 먹어치운다면서 녀석들을 없애버려야 한다고 투덜댔다. 아버지는 위원회에 나가 코요테가 이곳에 우리보다 먼저 살고 있었다고 증언했다. 이 붉은 산은 그들의 집이었다. 회의는 몇 달 동안 이어졌고, 결국 아버지와 다른 코요테/토끼/퓨마/스컹크/라쿤 지킴이들이 승리했다. 사람들이 사랑하는 그 산은 영구적인 그린벨트이자 오늘날 탐조인들이 보물처럼 여기는 새들의 피난처가 되었다. 나는 아버지가 지켜낸 동물들이 이제 아버지의 인생 마지막 해에 마당에 나타나 창문으로 아버지를 들여다본다는 게 시처럼 아름다운 정의正義라고 생각했다.

캘리포니아에서 지내던 며칠 중 어느 아침 나는 그 산에 올랐다. 그저 그곳에 앉아서 선인장과 세이지 속에 숨겨진 모든 생명에 감탄했다. 거기에는 내가 어릴 때 많이 보았지만 이름은 전혀 알지 못하는 다종다기한 새들이 있었다. 이제는 그 새들이 상투메추라기, 투히새, 지빠귀붙이, 도로경주뻐꾸기, 흉내지빠귀, 벌새라는 걸 안다. 붕붕 날갯짓을 하며 사막의 꽃 속에 부리를 밀어넣고 달콤한 꽃꿀을 빨아먹는 작은 무리의 벌새들.

야생 앵무새 한 무리가 뉴올리언스 레이크뷰의 앵무새들처럼 왁자지껄한 소리를 내며 그 모든 새들 위에서 떠들어댔다. 어린 시절 산의 경계지역에, 말쑥한 우리 집 마당과 불가사의한 야생의 경계에 있을 때마다 느끼던 감정이 불현듯 밀려왔다. 어른들은 늘 경고했다. 산에 올라가지 마, 거기 가면 코요테와 방울뱀한테 잡혀가. 나는 그게 너무 좋았지만 두렵기도 했다. 그날 아침 수십 쌍의 눈이 가만히 나를 지켜보고 있다는 걸 느낄 수 있었다. 코요테의 눈, 사슴의 눈, 뱀의 눈, 도마뱀의 눈, 메추라기의 눈, 고대사막거북의 눈, 퓨마의 눈, 라쿤의 눈, 스컹크의 눈, 고슴도치의 눈, 쥐의 눈, 붉은스라소니의 눈, 사막솜꼬리토끼의 눈, 그리고 씰룩대는 그들의 촉촉한 코. 내가 어렸을 때 이들은 어디서나 나를 보살펴주는 말 없는 보모들이었다.

밤에는 다른 동물들이 유년기의 기억을 되살려주었다. 나는 자정 무렵 잠에서 깨어 수십 년 동안 부모님 집에 둥지를 트는 미국수리부엉이 소리를 들었다. 반복되는 부엉부엉 소리는 내가 아마 네댓 살 때쯤 처음으로 익힌 동물 소리였으리라. 나는 잠에서 깨어 오렌지 과수원을 보호하는 유칼립투스 방풍림 높은 곳에 앉은 이 부엉이 소리를 듣곤 했다. 나는 내 "친구" 소리를 들을 수 있도록 창문을 열어놓고 잠을 잤다. 나는 부엉이가 내게 이야기를 해주는 거라고 생각했다. 마치 우리가 비밀이라도 공유하는 것처럼 내가 특별한 아이라는 기분을 들게 했다. 그 부엉이는 내게 우정에는 다양한 형태가 있다는 걸 알려주었다.

나는 부모님 집에서 일주일을 보냈다. 몰래 훔쳐본 아버지의 의료기록에서 아버지가 운이 좋으면 1년을 더 살 수 있다는 걸 알게 되었다. 하지만 아버지는 세 자식을 포함해서 누구도 자신이 죽어가는 걸 지켜보며 얼쩡대는 걸 원치 않는다는 입장이었다. 우리 모두에게는 각자의 삶이 있으니까. 아버지는 늘 그랬던 것처럼 야외에서 사랑하는 식물들을 돌보며 살고 싶어 하셨다. 시간이 되면 왔다 가렴, 하고 아버지는 말했다. "하지만 내 평화는 지켜주면 좋겠다."

나는 아직 뉴올리언스가 어떤 상황인지 몰랐다. 하지만 로욜라대학교가 다시 문을 열면 학교로 돌아가서 학생들을 가르치며 복구에 힘을 보탤 생각이었다. 나는 아버지에게 앞으로 자주 들르겠다고, 하지만 지금은 뉴올리언스로 돌아가는 게 급선무라고 이야기했다.

"당연하지, 넌 당찬 꼬맹이 숙녀니까." 아버지가 말했다.

캘리포니아에 가서 3년 만에 처음으로 아버지를 보고 온 뒤 나는 다시 몽고메리로 돌아갔다. 학교가 다시 문을 열려면 몇 개월은 걸릴 터였다. 우리는 가구가 완비된 건물에 세를 얻었다. 그 건물이 터잡고 있는 황폐한 사유지는 남편과 사별한 어떤 여성의 소유였는데 이 여성도 2년 전에 세상을 떴다고 했다. 흰 기둥이 받치고 있는 미스 마벨의 빈 집은 한때는 도로까지 위풍당당하게 펼쳐진 잔디밭이었던 곳에 있었다. 건물 본채로 이어지는 계단에는 거대한 무쇠 사자 두 마리가 호위병처럼 서 있었다.

우리의 새 안식처는 관리인의 숙소였던 곳으로 본채 뒤편의 창고 위에 자리한 안락한 둥지 같았다. 앞으로는 장미나무, 감나무, 무화과나무, 복숭아나무, 인동덩굴로 이루어진 버려진 정원이 펼쳐졌다. 부러진 요정 조각상과 천사상이 웃자란 포도나무 정자 아래에서 살짝 모습을 드러냈다. 출입이 불가능한 본채의 뒤편 현관 안에서는 먼지 쌓인 실링팬이 아직도 살짝 끽끽대며 돌아갔다. 미스 마벨이 2년 전에 깜빡하고 전원을 끄지 않기라도 한 것처럼.

그 집에서 처음으로 맞는 아침, 나는 미스 마벨의 정원에 앉아서 일기에 이렇게 적었다.

> 오늘 아침 6시부터 7시까지, 제일 먼저 찾아온 손님은 새들이었다. 그다음 7시에는 와글와글 커다란 웃음소리가 천방지축 뛰어다니며 사방을 울렸다. 길 건너 중학교에 속속 도착하는 아이들이다. 흰 셔츠에 검은 바지와 치마를 입은 아이들은 흥분한 벌떼처럼 작게 떼지어 다닌다. 우리 집 개들이 놀란 듯 아이들에게서 시선을 떼지 않고 앉아 있다… 그 활기 넘치는 한 시간 동안 미스 마벨의 뒤편 울타리를 따라 무리지어 등교하는 아이들로 길 건너편에는 생명이 가득하다. 뉴올리언스에는 그렇게 많은 죽음이 있었는데 이곳에는 생명이 넘친다… 8시가 되자 길 건너편에 있는 아름다운 연합그리스도교회의 벽돌 건물에서 종이 울리기 시작한다. 그러자 떠들썩하고 팔팔한 거대한 까마귀 떼 같은 아이들이 교문으

로 쏜살같이 날아든다. 먹먹한 정적이 온동네에 내려앉는다. 마치 썰물이 빠져나간 것 같다. 어떻게 그 모든 생명이 저 벽돌 건물 안에 다 들어갈까? 나는 몇 분도 안 가 그 생명이 폭발할 거라고 예상한다. 30분이 지나 8시 30분이 되자 교회 종에서 "어메이징 그레이스"가 울려퍼진다.

나는 이후 몇 달간 이런 식으로 매일의 하루를 시작했다. 미스 마벨의 마당에 앉아, 일기장에 글을 끄적이면서. 기분은 완전히 널을 뛰다시피했다. 어떤 날에는 나무에서 회전하며 떨어지는 씨앗에 대해, 작은 종잇장 같은 겉껍질을 달고 나처럼 땅에 누워 마침내 움을 틔우고 성장할 수 있는 봄을 기다리는 씨앗들에 대해 적어나갔다. 어떤 아침에는 일기장에 "대피"라는 단어만 적고 또 적었다. 사람들은 우리를 카트리나 "대피자evacuee"라고 불렀다. 귀퉁이를 접어둔 내 메리엄-웹스터 사전은 그 단어를 "위험한 지역에서 이주당한 사람"이라고 정의한다. 동사 "evacuate"는 "비우다", "몸에서 폐기물을 배출하다", "제거하다 또는 철수하다"라는 뜻이었다.

첫번째 정의 "비우다"는 내게 꼭 맞는 표현이었다. 나는 무엇에도 집중하지 못했다. 생각이 날랜 송사리떼처럼 내 머리속에서 정신없이 돌아다녔다. 누군가가 진공청소기로 내 뇌와 심장을 빨아들인 기분이었다. 나는 세상에서 물러나 우리 집 개들과 미스 마벨의 부서진 요정 조각상과 함께 소나무들이 서걱이는 소리에 귀를 기울였다.

카트리나가 휩쓸고 지나간 직후 이 시기에 나의 계획은 기분만큼이나 정신없이 바뀌었다. 어느 날 아침에는 박사학위를 따서 환경과학자(비록 수학포기자이긴 하지만)가 된 다음 어떻게 해서든 지구온난화를 멈추겠다는 확신이 가득 차올랐다. 그래서 생태학대학원 신청서를 작성하기 시작했다. 카트리나 때문에 생긴 부채 위에 학자금대출까지 더해질 거라는 걸 감안하면 터무니없는 짓이라는 걸 알고 있었기에 큰 기대를 하지는 않았지만. 그러다가 일주일 뒤에는 전문제빵사가 되겠다는 결심으로 빵에 대한 책을 쌓아놓고 시간을 죽였다. 하지만 그다음에는 미스 마벨의 마당에 앉아 길 건너 학교운동장에서 뛰노는 아이들을 바라보다 나의 새로운 길은 이 마당에 저 아이들을 위한 공동체 정원을 만드는 것이라는 깨달음에 몸을 떨었다. 그게 안 될 것 같으면 예술가가 돼 허공에 주먹을 쳐든 거대한 종이반죽 성모상을 만들어서 우리가 어머니 지구에게 무슨 짓을 하고 있는지 생각하게 만들어야지. 하루하루 지날 때마다 나는 이 계획에서 저 계획으로 옮겨다녔다.

친구들은 인내심이 많았다. 나에게 목욕소금과 자기계발서와 공짜 마사지를 안기며 "그냥 가만히 있다 보면 길이 열릴 거야", "네 내면의 목소리에 귀를 기울여봐" 같은 이가 갈리는 주문을 되뇌었다.

나는 내 내면의 목소리에 귀를 기울이고 싶지 않았다. 내 내면의 목소리는 무서웠다. 나는 너무 침울해서 컴퓨터 모니터 앞에 앉기도 버거웠다. 그리고 대체 그렇게 해야 할 이유가 뭐란 말인가? 로욜라대학교는 그 학기에는 문을 열 계획이 없었다. 학교가 언제 다시 문을 열지, 아니 문을 열기는 할지 아무것도 알 수 없었다. 낮시간 동안 내 기분을 끌어올리는 건 밖에 나가서 단단한 땅 위에 앉아 있는 것이었다. 지금은 거기가 내 집이었다.

내가 손을 쓸 때 기분이 나아진다는 건 완전 우연한 발견이었다. 우리 손에는 유서 깊은 지혜가, 뇌에 있는 것보다 훨씬 많은 지혜가 있다. 그 깨달음은 어느 날 아침 내가 미스 마벨의 집 밖 쓰레기통 옆에서 털실로 가득한 쓰레기봉지를 발견한 순간 찾아왔다. 불현듯 아일랜드 할머니의 목소리가 들려왔다. "너무 헐겁지 않게, 그렇다고 너무 빡빡하지도 않게."

2학년에 접어드는 일곱 살 때 나는 처음으로 부모님을 따라 아일랜드에 갔다. 북아일랜드에서 분쟁이 휘몰아치던 1970년 4월이었다. 고모들이 살던 북아일랜드 수도 벨파스트는 잦은 폭동과 통행금지령과 영국군의 가택수색으로 전쟁 같은 상황을 겪고 있었다. 나는 젊은 영국군인들과 이상한 장갑차들과 철조망으로 된 바리케이트를 기억한다. 부모님이 "집"이라고 부르던 그 장소는 금빛 찬란한 캘리포니아 출신의 어린이에게는 날카롭고 뾰족한 금속 같은 느낌, 모든 게 회색이거나 검은색인 느낌이었다. 폭동이 일어난 다음날 아침 앤 고모의 손을 잡고 깨진 유리창과 최루탄 탄피로 뒤덮인 거리를 조심조심 걸어가던 기억, 그리고 땅바닥을 두리번거리다 이상하게 길쭉하고 단단한 물건을 발견했던 기억도 있다. 그것은 15센티미터짜리 고무탄환이었다. 나는 그걸 캘리포니아로 가져가서 2학년 발표시간에 보여주었다. 하지만 무엇보다 내 기억에 강렬하게 남아 있는 것은 토탄 불가에 앉아서 내 인형 원피스를 뜨던 할머니의 바늘이 맞부딪히던 소리, 그 소리에 마음이 놓여 졸음을 밀려왔다는 사실이다. 그 뒤 할머니는 작은 빨강 플라스틱 바늘을 한 쌍 사주며 내게 뜨개질을 가르치셨다.

할머니는 데리카운티의 시골 마을에 사셨다. 그곳은 아버지의 고향이기도 했다. 돌다리와 이끼에 덮인 교회, 까불며 장난치는 양떼가 만들어내는 풍경이 꼭 엽서 속 한 장면 같은 곳이었다. 할머니 집 옆에서 땅을 울리며 뛰어다니는 트럭 몇 대치의 영국 군인들과 마당에서 커다란 장총을 휘두르며 할머니 창문을 겨누고 자동차 밑을 수색하는 특수부대원들만 빼면. 아버지가 자란 곳에서는 할아버지가 《아이리시뉴스》가 쌓인 주방 테이블에 앉아 있고 할머니는 조리대에 서서 빵을 만들고 있을 때 이런 군인들을 피해 도망치던 젊은 남자가 난데없이 앞문을 두드리더니 대답도 기다리지 않고 들이닥치는 일이, 그래서 할아버지를 향해 재빠르게 고개를 끄덕이고 할머니에게는 "안녕하세요, 메리 아주머니" 하고는 조용히 집을 가로질러 뒷문으로 뛰어간 다음 들판으로 사라지는 일이 일상이었다.

그로부터 35년 뒤, 나는 앨라배마에서 미스 마벨의 쓰레기통 옆에 서 있었고, 할머니가 내 작은 손을 당신 손으로 감싸 뜨개질을 가르쳐주신 그 경험 이후로 뜨개바늘을 건드려본 적도 없다는 사실을 깨달았다. 일곱 살 때는 뜨개질이 지루하다고 생각했다. 하지만 카트리나 이후의 나는 할머니가 어떻게 분쟁지역에서 아홉 자식을 기르고, 온 식구가 먹을 식재료를 키우고, 온 식구가 입을 옷을 짓고, 50

마리의 닭을 돌보았는지 돌연 이해했다. 할머니는 요가수업에 가거나 마사지를 받을 수 없었다. 할머니는 따뜻한 양말과 [아일랜드 전통의] 아란무늬 스웨터를 모두 그 바늘로 떠서 만들었다. "너무 헐겁지 않게, 그렇다고 너무 빡빡하지도 않게"는 내가 처한 상황에 딱 맞는 훌륭한 인생조언 같았다.

나는 그 털실을 집어 들고 동네 뜨개점으로 씩씩하게 걸어가서 뜨개바늘과 『뜨개질하는 법』이라는 책을 샀다. 그리고 밤마다 우리가 임대한 둥지에 앉아서 미친 듯이 바늘을 놀렸다. 그렇게 카트리나 이후 몇 달 동안 낮 동안에는 미스 마벨의 집 마당에 나가 자리를 잡고 앉아 뜨개질을 하면서 구름의 형태가 바뀌는 것을, 호박벌들이 뒷다리에 꽃가루를 싣는 것을, 마당의 새들이 분주하게 돌아다니는 것을 지켜보았다. 신경이 점차 차분해지자 삶에 던지는 질문이 달라졌다. 카트리나 전에 내 질문은 항상 어떻게 하면 내가 이 세상을 더 나은 장소로 만들 수 있을까, 내가 뭘 할 수 있을까였다. 하지만 그날 뉴올리언스로 돌아가서 폐허가 된 집 안에 섰을 때 나는 내 삶의 방식이 얼마나 커다란 피해를 초래했는지, 내가 어떻게 물과 흙을 망가뜨렸는지 깨달았다. 나는 늘 "남에게 피해를 주지 말라"는 말을 신줏단지처럼 떠받들었다. 하지만 운동과 가르치기와 글쓰기를 통해 이 세상을 더 나은 곳으로 만들고 있다는 내 생각은 착각이었다. 나는 지구에게 무지막지한 가해자였다.

앉아서 뜨개질을 하던 그 몇 달의 시간에 나는 내 질문이 '뭘 해야 할까'에서 '어떤 사람이 되어야 할까'로 바뀌는 걸 느낄 수 있었다.

딱따구리가 집 옆면을 똑또독똑또독 두드리거나, 구슬픈 소리를 내는 비둘기들이 웅덩이에서 물장구를 치거나, 미국지빠귀가 세 걸음 정도 떨어진 땅에서 지렁이를 끄집어내는 동안 나는 바깥에 앉아서 이 새로운 질문을 골똘히 생각했다. 내 주위에는 이미 선생님들이 있었지만 나는 아직 그 사실을 몰랐다.

몇 년 뒤 나는 우연히 몽고메리에 있는 미스 마벨의 집이 최종적으로 판매되었다는 신문기사를 접했다. 당시에는 미스 마벨의 딸이 그 큰 집에 절대 아무도 들어가지 못하게 했던 게 아주 이상하다고 생각했다. 나는 그 안을 들여다보려고 주변을 서성대곤 했지만 창문에 덧창이 내려져 있었고 단서는 조금도 얻지 못했다. 그 안에 어떤 값나가는 골동품이 있는 게 아닌가 의심했었다. 그런데 신문기사에 따르면 30년 전에 세상을 떠난 마벨의 남편은 큰 돌로 된 독일 새 조각품 수집가였고, 그중 어떤 것은 수천 달러에 달했다. 그 기사를 읽으면서 나는 미스 마벨의 정원에 앉아 새에 둘러싸인 채 미래에 대해 고심하던 그 몇 달 동안의 유예 기간에, 불과 몇 발자국 떨어진 그 집의 덧문 뒤에는 돌로 된 새들이 자기 나름의 유령 같은 유예기를 맞아 이베이에서 팔릴 날을 기다리며 어둠 속에 잠겨 있었다는 사실을 알게 되었다.

로욜라대학교가 1월에 다시 문을 연다는 소식을 접하고서 나는 그곳에 돌아가 수업을 하기 전 아버지를 만나려고 캘리포니아로 날아갔

다. 아버지는 점점 쇠잔해지고 있었다. 마지막으로 아버지를 본 지 두 달 만이었다. 그동안 아버지는 힘든 화학요법을 받고 최소한 18킬로그램이 더 빠진 상태였다. 두 달 전만 해도 장미덤불 가지치기를 하고 계셨는데 이제는 고용한 정원사가 가지치기하는 모습을 지켜보며 창가에 앉아 계셨다. 한눈에 봐도 아버지는 여위었고, 포옹을 할 때는 등뼈가 느껴졌다.

아버지는 노랑딱새와 캐나다흑꼬리도요가 뭔지 몰랐지만 그래도 새 관찰은 아직 편하게 할 수 있었고 죽을 때까지도 가능할 터였다. 아버지가 제일 좋아하는 새는 벌새였다. 아버지는 울타리와 돌담을 부겐빌리아로 뒤덮어서 마당을 벌새의 낙원으로 만들어놓으셨다. 수십 그루의 나무와 관목과 선인장 외에도 벌새들이 거미줄과 이끼와 깃털과 덩굴을 가지고 골무 크기의 둥지를 만들 수 있는 장소가 곳곳에 있었다. 알은 완두콩 크기로 어미 새는 아기 새가 커가면 둥지를 점점 확장시킨다. 당신의 아이가 십 대가 될 때까지 아이가 자랄수록 같이 커지는 아기침대 같은 거라고 생각하면 된다. 암컷은 보통 혼자서 새끼를 키우고 짝짓기를 할 때만 잠시 수컷을 받아들인다.

아버지가 둥지 자리를 조성하고 새 먹이대를 설치한 덕에 최소한 다섯 종의 벌새가 아버지의 마당을 찾아왔다. 밝은 빨강-오렌지색, 아른아른한 녹색, 보라색, 진한 분홍색 새들이 후진비행까지 구사하며 꽃이 만발한 덩굴 안팎을 무지개처럼 수놓았다. 벌새들은 생존에 필요한 하루 1500송이의 꽃을 확보하느라 자기 영역에서 몸싸움을 벌이며 붕붕 소리를 내기 때문에 시끄럽기도 하다.

어느 날 우리가 아버지의 돌출창 앞에 앉아 있는데 벌새 한 마리가 우리 바로 앞에서 안을 들여다보며 정지비행을 했다.

"이것 좀 봐." 아버지가 말했다. "지금 나한테 먹이대가 비었다고 말하러 온 거야."

나는 미심쩍은 표정을 지으며 생각했다. 아무렴요, 아빠. 그러자 아버지는 식물에 물을 줄 때 아버지를 따라다니는 흉내지빠귀에 대한 이야기를 늘어놓았다. 아버지는 우리 집 골든리트리버 타라가 죽은 다음부터 이 새가 자신을 따라다니기 시작했다고 했다. 아버지는 이 새가 우리 개가 환생한 거라고 생각했고, 그래서 그 흉내지빠귀를 타라라고 불렀다.

나는 아버지가 총기를, 아주 조금씩 잃어가고 있다고 생각했다. 하지만 그러다가 아버지의 어머니, 그러니까 뜨개질을 하던 할머니가 "작은 사람들"을 믿었다는 것을 떠올렸다. 할머니는 자식들에게 들판 가장자리에 있는 산사나무가 "요정나무"라고, 아침에 그 나무 둘레에 생기는 흐릿한 고리들은 전날 밤 요정들이 무도회를 열었던 장소라고 말했다. 요정들은 키가 우리 무릎 높이였고 웃기게 생긴 모자를 쓴다고 할머니는 자식들에게 이야기했다. 아버지와 그 형제자매들은 할머니의 이야기를 비웃었지만 나는 죽음을 앞에 둔 아버지가 보이지 않는 영역의 존재에 골몰하면서 자신이 향할 곳을 받아들이려 애쓰고 있다는 걸 알 수 있었다. 아버지는 내게 천사에 대한 글을 읽고 있다고 말했다. 아버지는 자신이 세상을 떠난 뒤에도 어떻게 하면 세 자식들을 보살필 수 있을지 알고 싶었다.

카트리나가 지나가고 5개월 뒤인 2006년 1월, 로욜라대학교는 마침내 다시 문을 열었고 나는 학생들을 가르치러 돌아갔다. 뉴올리언스의 주택 절반이 무너졌거나 심하게 파손되었기 때문에 짐은 개들과 함께 몽고메리에 남았다. 뉴올리언스의 임대료가 두 배로 치솟았기 때문이다. 한 친구가 '섬'에 있는 자신의 집에서 방 하나를 싸게 내주었다. 뉴올리언스 사람들은 이제 지대가 가장 높아서 물에 잠기지 않은 지역을 그렇게 불렀다.

섬은 마지팬[아몬드, 설탕, 달걀을 섞은 반죽]이 가득 든 아몬드 크로아상과 더블샷 카푸치노와 반짝이는 새 노트북이 놓인 카페가 다시 문을 연 오아시스 같은 곳이었다. 그곳에는 대학이 있었다. 술집에는 사람이 가득했다. 이제는 데드존이라고 부르는, 이 도시에서 물에 잠겼던 지역은 동쪽으로 10분 정도 거리였다. 수 킬로미터 뻗어나간 냄새나는 검은 얼룩 같은 데드존에는 썩어가는 가구, 가전, 옷가지, 장난감 같은 잡동사니로 된 거대한 산이 폐가들 앞에 솟아서 몇 블록에 걸쳐 이어졌다. 동네 전체가 열린 관짝 같았다. 집과 쓰레기 무더기를 뒤지며 빠르게 스쳐 지나가는 들개들이 도둑처럼 그림자를 드리웠다. 불도저 작업이 끝난 뒤 우리 집에 들르려고 차를 몰고 나설 때마다 나는 폐허에서 돌연변이 생명체가 튀어나올지 모른다는 착각에 사로잡혔다.

카트리나 이후의 새 어휘사전에서 뉴올리언스시는 섬과 데드존으로, 시간은 '카트리나 이전'과 '카트리나 이후'로 나뉘었다. 그 1월 카트리나 이후 뉴올리언스에서 처음으로 맞는 아침 일찍 잠에서 깬 나는 도시가 이상한 소리에 잠겨 있음을 느꼈다. 그것은 바로 침묵이었다. 나는 친구 집 침대에 누워 몇 분 동안 귀를 쫑긋 세우고 이 침묵이 무슨 의미인지 생각했다. 그것은 돌아오지 않은, 어쩌면 영원히 돌아오지 못할 그 모든 사람들을, 내 이웃 몇 명을 비롯하여 물에 빠진 1400여 명의 사람들을 의미했다.

그다음 순간 친구 집 마당에서 홍관조 소리가 들리기 시작했다.

카트리나 이후의 그 아침, 나는 이들이 일생 동안 같은 짝과 지내고 수명이 14년 정도이며 같은 영역에 눌러 지낸다는 걸, 그러니까 이 마당은 내 친구의 마당이 아니라 홍관조의 마당이라는 걸 알지 못했다. 그리고 홍관조가 "구애 급이mate feed"를 한다는 것도, 그러니까 수컷이 먹이대에서 해바라기씨를 엄선해 가지에서 기다리는 암컷에게 물고 가 부리에서 부리로 먹여준다는 사실을 알지 못했다.

하지만 이건 알았다. 홍관조의 금속성 울음소리는 허리케인이 초토화시킨 마당에도 뭔가 아름다운 것, 야생성을 가진 것, 살아 있는 것이 있다는 의미라는 것을. 그러자 돌연 저 새가 지구상에서 제일 고귀한 존재, 노아의 방주에서 널빤지로 제일 먼저 내려 앉은 동물처럼 느껴졌다. 나는 밖으로 달려나가 그 새를 품에 안고 싶었다.

새로운 인간 이웃 역시 영감을 자극했다. 매일 이른 아침마다 한 이웃은 커다랗고 빨간 고무코에 땡땡이무늬 광대복 차림으로 앞문을 빠져나왔다. 또 다른 이웃은 현관에 앉아 순전히 재미삼아 [작은 북 두 개를 연결한 라틴아메리카의 민속악기] 봉고를 두드리며 나무에게 이상한 노래를 불러주었다. 어느 날 밤 나는 입구에 등을 기대고 앉아 한 시간 동안 그 소리에 귀를 기울였다.

집은 기차 차량처럼 길고 좁은 직사각형의 샷건 모양이었다. 폭은 4미터도 안 되지만 뒷마당 깊숙이 이어졌다. 남북전쟁 시대 이후로 1920년대 무렵까지 남부 지방에서 인기를 누린 이 건축 양식의 집들은 밝은 자주색, 노란색, 오렌지색, 비취색, 에메랄드색 페인트로 칠해져 있고 테두리는 흰색이었다. 그리고 여러 집 마당에는 "우리는 믿어요"라고 적힌 표지판이 새로 박혀 있었다. 어떤 집은 크리스마스 장식에 완전히 뒤덮혀서 건물이 거의 보이지 않을 정도였다. 작은 크리스마스 모자를 쓴 노란 해피페이스 전등이 줄줄이 검은색 무쇠울타리에 늘어져 있었다. 거대한 산타, 사슴, 만화 캐릭터 풍선이 바람에 산들거렸다. 꼭 크리스마스 영화 세트장 같았다. 그곳 근처를 산책하는 건 참 즐거웠다.

샷건 주택들은 워낙 가까이 붙어 있어서 이웃들이 현관에서 말하는 소리를 들을 수 있었다. 우리 서쪽에서는 두 여자가 밤낮으로 "이 아가씨야!", "아멘!" 하고 고함을 쳤다. 하지만 대개는 돈 때문에 다투는 커플이 많았고 나 역시 거기서 자유롭지 못했다. 온갖 물건들을 가득 채우고 물속에 잠겨버린 새 집의 신용카드 청구서가 아직 해결되지 않은 채 따라다니고 있었고, 내가 직장을 얼마나 오래 유지할 수 있을지도 몰랐다.

그 1월에 나는 대부분의 사람들이 집을 허물고 생활을 재건하는 데만 전념할 거라고 예상했다. 그리고 실제로 사람들은 그렇게 했다.

하지만 사람들이 벌써부터 마디그라 장식을 꺼내서 물에 잠기지 않은 집들을 황금색과 자주색 테이프로 뒤덮기도 할 거라는 건 예상하지 못했다. 어떤 사람들은 새해 직후부터 밤이면 무도회와 파티의 달을 개시했고 퍼레이드 예행연습에 들어갔다. 하지만 나는 마디그라 같은 건 완전히 관심 밖이었다. 카트리나를 겪은 지 겨우 다섯 달이 지났고 도시 절반은 곰팡이에 완전히 점령당해서 헐리웃 공포영화 세트장 같았다. 우편 서비스가 아직도 복구되지 못했다. 가로등 대부분이 작동하지 않았다. 쓰레기 산들이 곳곳에서 썩어가고 있었다. 그런데 지금 다들 축제가 열리는 두 주 동안 술에 취해서 중국에서 만들어진 엄청난 양의 반짝이 구슬을 서로에게 집어던진다고?

친구 집 마당에는 여전히 쓰레기가 가득하고 지붕은 수리가 필요했으며 친구는 허리케인 구호활동 일자리에서 힘들게 일하고 있었음에도, 내가 같이 살기 시작한 직후부터 마디그라 이야기를 했다. 우리 뭐 입을까? 트리시, 우리 의상 준비해야지, 친구는 마치 마디그라가 긴급 임무라도 되는 것처럼 이야기했다. 나는 출근복을 구하느라 중고옷 가게를 샅샅이 뒤지고 다니는 중이었는데 파티복은 내 쇼핑 목록에 들어 있지 않았다. 나는 친구가 정신이 나갔다고 생각했다. 하지만 친구를 파티광으로 치부할 수도 없었다. 친구는 내가 아는 남부의 부유한 백인 미인 전형에 전혀 부합하지 않았다. 친구의 집은 침수를 간신히 면한 변두리 동네에 있었다. 길 건너에는 친구가 늘 경찰에 신고를 하는 마약상이 살았다. 친구는 그 사람들을 무서워하지 않았다(하지만 나는 무서웠다). 친구는 집을 직접 수리했고 반짝이와 구슬과 바늘만큼 망치를 잘 다뤘다. 친구는 내 뜨악한 표정을 무시하고 중고가게에서 구한 화려한 파티복을 집으로 나르기 시작했다. 나는 친구의 의지에 감탄하지 않을 도리가 없었다.

뉴올리언스의 또 다른 친구가 물에 잠긴 자신의 집을 위해 '작별 파티'를 한다며 나를 초대한 어느 밤 나는 뉴올리언스의 독특한 문화에 대한 이런 강렬한 애착을 비로소 이해할 수 있었다. 친구는 7년에 걸쳐 이 낡은 집을 정성스럽게 나무판자 하나하나 직접 손봤다. 그 집은 친구의 보물이었다. 바로 그 집이 물에 잠긴 것이다. 친구는 그 집을 깨끗이 청소하고 판매한 다음 지대가 더 높은 곳으로 이사하기로 마음먹었다. 나는 그 친구의 주변인들이 눈물 젖은 연설을 늘어놓는 어떤 격한 부두교 의식 같은 걸 상상했다. 그런데 그 어둡고 텅 빈 집 안에 사람이 가득 들어차자 다 같이 잔을 들어 건배를 외치고 나지막이 "안녕, 집아"라고 말한 다음 황폐한 레몬나무 정원으로 다시 나가는 게 아닌가.

우리는 집주인이 쿰쿰한 냄새가 나는 두 종류의 치즈와 레드와인을 차려놓은 조야한 공사용 목재테이블에 둘러 모였다. 우리가 바라보는 가운데 친구는 땅바닥에 커다란 회색 그릇을 털썩 내려놓고 개밥을 가득 채우더니 자신의 개에게 "마지막 만찬이야" 하고 말했다. 포도주빛으로 물들어가는 하늘을 배경으로 우리는 술을 마셨다. 아직 전기가 복구되지 않아 노을이 장관이었다. 그런 다음 물에 잠긴 집에 대한 추억에 젖는 대신 그 자리에 모인 모두가 앞으로 있을 퍼레이드를 위해 어떻게 의상을 마련할지 앞다퉈 의견을 내놓기 시작했다. 가장 유명한 퍼레이드 중 하나의 핵심 조직자가 마침 이 파티에 있었다. 그는 쿰쿰한 치즈 옆에 Le Monde de Merde[프랑스어로 '개같은 세상'이라는 뜻]라는 제목의 소식지를 한 뭉치 올려놓았다. 거기에는 이렇게 적혀 있었다.

> 작년 우리는 많은 걸 배웠다… "오픈하우스"와 "수변의 집"의 새로운 의미 같은. 우리는 아홉 가지 다른 종류의 곰팡이가 있다는 사실과 이 모든 곰팡이가 의회세출위원회보다 훨씬 악취가 심하다는 사실을 배웠다… 우리는 연방재난관리청은 더 이상 잃을 것도 없음의 다른 표현이라는 사실을 배웠다. 그리고 그 모든 게 런던애비뉴제방[뉴올리언스에서 빗물을 빼내는 핵심 배수로 중 하나. 허리케인 카트리나의 여파로 양쪽 담에 구멍이 생겨 인근 지역이 침수되었다]인지 부르봉스트리트다이크제방[부르봉스트리트는 뉴올리언스의 인기 관광지로 그곳에는 제방이 없다]인지도 분간 못 하는 국군 공병 때문이라는 것도… "제방이 다 그렇지 뭐C'est Levee['인생이 다 그렇지'라는 의미의 세 라비C'est la vie에 제방을 뜻하는 levee를 넣은 말장난]." 인생은 원래 구멍이다… 그러니 시원한 거나 따서 마셔라… 그리고 지나가는 주방위군 군용 차량도 마디그라 퍼레이드려니 생각하자.

그의 퍼레이드 주제는 허리케인 대피 계획이 전혀 없던 시 당국을 비판하려는 의도가 담긴 사정 경로Ejaculation Routes[대피evacuation와 발음이 비슷한 사정ejaculation을 이용한 말장난]였다. "거대한 콘돔처럼 옷을 입고 와요.” 그가 말했다.

다들 콘돔 복장을 어떻게 만들지 아이디어를 늘어놓기 시작했다. 그러자 문득 내게도 마디그라가 아주 그럴듯한 행사로 느껴졌다.

학기가 시작하기 한 주 전 로욜라대학교의 직원 회의실에 앉은 모든 사람이 전보다 더 나이가 들고 왜소해진 것처럼 보였다. 교직원 60퍼센트 이상이 주택 피해를 입었다. 사람들은 친척 집에 얹혀 지내거나 모텔이나 이동식주택에서 살고 있었다. 첫 학과회의를 마치고 나는 집을 잃은 다른 두 교수에게 위로를 전했다.

한 교수는 미시시피 걸포트에 있는 유년시절의 집을 잃었다고 했다. 그의 부모님이 살고 있는 그 집 옆에는 장애가 있는 노부부가 살았다. 이 장애인 부부는 대피를 하지 않았고, 그래서 수마에 목숨을 잃었다. 한 사람은 휠체어를 탔고 다른 한 사람은 마비가 있었다. 이들은 보호사와 함께 그 집에서 살고 있었다. 부부는 보호사에게 자신들을 버리고 대피하라고 설득했지만 보호사는 떠나지 않았다. 교수는 물에 휩쓸릴 때까지 그 집에서 버텼으며, 집 모서리를 붙들고 겨우 살아남았다. 홍수 때문에 어뢰로 변해버린 거대한 이동식주택들이 교수의 부모님이 살던 집을 덮쳐 산산조각내는 걸 지켜보면서. 교수는 망연자실한 부모님을 모시고 살면서 보살피려고 애쓰는 중이었다. 그는 요즘 자기가 술을 많이 마시고 있다고 말했다.

또 다른 교수는 우리 집이 있던 동네에서 20년을 살았고 거기서 일가를 이뤘다. 우린 애당초 거기서 살아서는 안 됐던 거예요, 그가 내게 말했다. 나는 그의 잔혹한 정직함에 감탄했다. 그는 자신을 가장 침울하게 만드는 건 인간들이 그러고도 같은 실수를 반복하는 거라고 말했다.

"정치인들이 전부 물에 빠져 죽었어야 하는 건데." 그가 말했다.

나는 나 역시 집을 잃었으므로 이 새 동료들과 공통분모가 있다고 생각했다. 하지만 이내 뉴올리언스 토박이들이 겪은 일을 나로서는 절대 속속들이 알 수 없다는 걸 깨달았다. 그들의 친구들은 휴스턴이나 애틀랜타나 댈러스로 대피했다. 그중 일부는 다시 돌아오지 못할 것이었다. 내 동료들은 집만 잃은 게 아니었다. 사회적 지원 네트워크까지 잃었다. 한 교수는 자기 가족들은 뉴올리언스에 있는 네 곳의 집에 나눠 살았는데 네 곳 모두 홍수피해가 가장 심한 곳에 있었다고 말했다. 모든 집이 사라졌다. 가게도, 교회도, 학교도 모두 다.

행정실에서는 교직원들에게 심적 스트레스에 시달리는 학생들을 상대할 만반의 준비를 하라고 미리 주의를 주었다. 많은 학생들이 뉴올리언스나 멕시코만 연안지역 출신이었다. 대부분은 취소된 가을학기에 나라 반대편에 있는 다른 대학에 임시로 등록해서 친구 및 가족과 단절된 시간을 보냈다.

감당할 수 있어, 나는 주문을 걸었다. 나는 미국 최악의 교도소에서도 수업을 진행한 경험이 있었다. 10년간 분쟁지역에서 일하기도 했다. 내 글쓰기 수업 학생들을 데리고 거리로, 데드존으로 나가야지. 현실은 우리 선생님이 되고 숙제가 되어 변화를 이뤄낼 거야.

그 첫 월요일 아침, 나는 학교에 일찍 도착했다. 내 연구실이 밝고 환대하는 분위기를 확실히 뿜어내게 만들고 싶었다. 전기주전자를 구입하고 허브차와 초콜릿과 쿠키를 쟁여두었다. 책상 오른쪽 벽에는 정신적 어려움에 대처하는 방법을 담은 로욜라의 가르침이 적힌 문구를 붙여두었다. 거기에는 학생용 긴급상담 전화번호도 적혀 있었다. 나는 그 번호를 눈에 띄도록 강조해두었다.

그런 다음 2층에 자리한 연구실 유리벽으로 밖을 내다보니 알록달록한 옷차림에 활동성이 좋은 새 배낭을 멘 젊은이들이 열대의 새들처럼 온갖 방향에서 몰려들기 시작했다. 그들은 중정中庭의 두 팔 벌린 성 이기상 아래서 작게 무리지어 포옹하고, 비명을 지르고, 고함을 치면서 중정을 환희로 가득 채우고 있었다.

누군가 내 연구실 문을 부드럽게 두드렸다. 검은 머리에 마르고 초조한 표정을 짓고 있는 한 젊은 남학생이 마치 나침반이라도 되는 것처럼 자신의 수업시간표를 꼭 쥐고 거기 서 있었다. 학생은 내게 말했다. 강의실에 찾아갔는데 거기에 아무도 없었다고. 보세요, 이쪽 복도 바로 맞은편 교실이요, 학생이 말했다. 학생은 손으로 강의실 번호를 가리킨 다음 자기 수업시간표를 짚어서 보여주었다.

나는 학생의 수업시간표를 살펴보았다. 학생이 찾은 강의실 번호에는 문제가 없었지만 강의시간까지는 아직 1시간이 더 남아 있었다. 지각하는 대학생은 익숙했지만 수업시간보다 한 시간 빨리 온 학생은 본 적이 없었다. 나는 학생을 연구실로 들어오게 했다.

"고향이 어디니?" 내가 물었다.

신입생인 그 학생은 미시시피, 패스크리스티안 출신이었다.

나는 뉴올리언스로 처음 돌아오던 그 공포스러운 첫 여정에서 고속도로에 유령처럼 서 있던 출구 표지판을, 더 이상 존재하지 않는 곳을 가리키던 표지판을 떠올렸다. 패스크리스티안은 완전히 초토화되었다. 멕시코만 연안에서 제일 피해가 심한 지역 중 하나였다.

맙소사, 내가 왜 이런 망할 질문을 한 거지?

나는 호흡을 골랐다. 그런 다음 마땅히 이어질 수밖에 없는 내 질문에 학생이 어떤 대답을 할지 두려움에 떨며 벽에 붙어 있는 긴급 전화번호를 빠르게 일별했다.

"가족들은 무사하시니?"

"네, 선생님."

학생이 어릴 때부터 살던 집은 12미터 깊이의 물에 잠겼다. 남은 건 콘크리트 평판뿐이었다. 이번은 학생의 대학 첫 학기였다. 학생은 음악을 전공하려고 했다. 나도 학생도 모두 피아노를 연주했다. 나는 학생에게 나 역시 집을 잃었다고 말했다. 나는 수업에 일찍 온 학생을 칭찬했다.

학생은 폭풍을 겪은 이후 건망증이 심해졌다고 말했다. 나는 너무 크고 끔찍한 일을 겪었을 때는 그걸 감당하느라 다들 건망증이 생긴다고 말했다. 우리 뇌가 과부하 상태의 하드드라이브와 같아지니까. 우리는 치유를 위해 일부 내용을 삭제해야 했다. 그런데 수업시간이나 새 주소나 새 핸드폰 번호가 생각이 안 나면 어떡하지? 다 메모해 놔, 나는 학생에게 말했다. 나는 어디든 작은 공책을 들고 다녀. 학생이 고개를 끄덕였다.

그런 다음 우리는 학생의 집을 집어삼킨 12미터의 물과 우리 집을 집어삼킨 3.5미터의 물 사이의 차이를 놓고 농담을 했다. 우리는 함께 눈물을 조금 흘렸다. 그런 다음 그냥 앉아 있었다. 우리에게는 많은 말이 필요하지 않았다. 나는 학생이 걸친 모든 것—깨끗한 청바지, 티셔츠, 운동화, 책가방—이 새 제품이라는 걸, 어쩌면 낯선 이나 교회 모임에서 받은 선물일지 모른다는 걸 알았다. 학생이 그간 모았던 음악들을, 가지고 있던 모든 책을, 어쩌면 반려동물을, 심지어 이웃마저도 잃어버렸다는 걸 알았다. 몇 개월간 망연자실했던 학생과 내가 수업 시간표를 꽉 쥐고 아직도 멍한 상태로 헤매고 있다는 걸, 강의실 위에 적힌 번호를 보고 안도하고, 시간이 되면 모두가 반듯하게 줄 맞춰 앉아서 글쓰기 강사가 구두점을 제대로 찍지 않은 문장이나 분사구문의 위험에 대해 늘어놓는 경고에 귀를 기울이는 대신 키득대거나 인터넷 서핑을 하게 되리라는 사실에 감사해한다는 걸 알았다.

그 정신없는 첫날이 끝났을 때 학생과 교직원이 성 이기상 주변 잔디밭에 모여 건물벽에 투사된 카트리나 사진을 보았다. 모두가 울음을 터뜨렸다. 그다음 순간 나는 발코니에 돌아가신 분들을 기리기 위해 천 개가 넘는 초가 줄지어 서 있다는 걸 알아차렸다. 나는 카트리나가 지나가고 몇 달 뒤《뉴욕타임스》에 실린 우리 동네 지도를 우연히 접한 뒤에야 우리 인근에서 얼마나 많은 사람이 수마에 목숨을 빼앗겼는지 알았다. 지도 위의 점 하나는 자기 집에서 익사한 이웃 한 명에 해당했다. 나는 교정의 잔디밭에 앉아 다른 이들처럼 울음을 터뜨렸다.

캠퍼스를 나와서 캔터베리 대성당에서 영감을 받아 지은 로욜라 대학교의 근사한 성당 옆을 걷는데 하늘이 짙은 분홍빛으로 바뀌고 있었다. 엄청나게 많은 수의 검은 새들, 검은색과 자줏빛 소용돌이를 일으키며 곡예비행을 하는 새의 군단이 길 건너 큰 공원에서 나와 세인트찰스애비뉴를 건너 성당 꼭대기에 빨려들듯 자리를 잡고 앉았다. 무리비행을 만들어내는 은빛 점이 박힌 검은 새, 흰점찌르레기였다.

새에 관한 글을 쓰는 작가 가운데 내가 제일 좋아하는 라이안다 하우프트Lyanda Haupt는 무리비행을 "무리의 기도"라고 표현한다.[1] 그리고 내가 그 첫날 대학 교정을 나설 때 마주친 그 엄청난 무리의 새떼는 정말로 기도처럼 보였다. 우린 살아 있어! 찌르레기들은 내가 세 들어 사는 집 마당의 홍관조처럼 이렇게 말하고 있는 것 같았다.

두번째 등교일에 또 다른 학생이 내 연구실에서 울음을 터뜨렸다. 녹색 눈의 아름다운 모델인 그 학생은 최근에 신경성 폭식증이 불러온 심장마비를 겪고 목숨을 잃을 뻔했다고 했다. 학생이 이야기를 하는 동안 훵한 이마와 삼단 같은 검은 머리칼 속에 섞인 흰 새치가 눈에 들어왔다. 학생은 21살이었다.

학생은 내 창의적인 글쓰기 수업을 신청한 상태였고 너무나도 글을 쓰고 싶어 했다. 몇 년간 모델 일을 하고 난 뒤 눈요깃거리가 되는 일에 신물이 나 있었다. 미디어에서 여성을 그리는 방식을 바꾸고 싶다고 했다. 나는 도서관에 가서 메리 파이퍼가 쓴 『오필리아 살리기Reviving Ophelia』를 빌려 보라고 했다. 치료제가 되어줄 책이었다. 나는 그 이상한 학기 동안 많은 책을 처방했다. 그 책을 읽고 다시 찾아오렴, 나는 학생에게 말했다. 네가 글을 발표할 수 있게 같이 노력해보자.

그다음에는 SF작가가 되고 싶어 하는 19살 신입생이었다. 학생은 어릴 때부터 이야기를 쓰고 있다고 했다. 내 연구실로 씩씩하게 들어와서 책상 위에 종이를 한 무더기 올려놓고 당당히 외쳤다. "제 글쓰기 포트폴리오예요." 나는 곧바로 그 아이를 학보사로 보냈다. 뉴올리언스 출신에 광적인 스포츠팬인 학생은 두 달 만에 스포츠 담당 부편집자가 되었다. 1년이 되기 전에 편집자가 되었고 그 신문은 전국상을 수상했다.

학생들은 그런 식으로 한 명 한 명, 자신의 이야기를, 자신의 진실을 들고 찾아왔다. 수업을 마치고 연구실에 가면 카페트가 깔린 복도 바닥에 두어 명이 앉아서 기다리고 있을 때도 있었다. 나는 학생들이 두려움과 분노 속에서도 글을 쓸 수 있도록 개별 과제를 내주기 시작했다. 내가 선생으로서 무엇을 해야 할지는 몰랐지만 글쓰기에는 상황을 차분하게 가라앉혀주는 힘이 있다는 건 잘 알았다.

새로운 학생들의 얼굴을 들여다본 그 순간부터 나는 즐거움으로 가슴이 벅차올랐다. 허리케인 이후 처음으로 나는 어딘가에 소속되어 있다는 기분, 나에게 목적이 있다는 기분을 느꼈다. 그 젊은 눈망울 속에 슬픔이, 피로감이, 두려움이 깃들어 있었다. 부모들은 실직 상태였다. 집을 잃은 가족들은 휴스턴이나 애틀란타에 있었다. 어떤 학생들은 학비를 대려고 레스토랑에서 주 30시간 넘게 일하고 있었다. 하지만 나는 그 눈 속에서 희망 역시 보았다. 그 희망에 물꼬를 내주고 싶었다. 나는 1980년대의 마나과를 상상하며 '할 수 있다' 정신으로 무장을 하고 뉴올리언스로 돌아왔다. 두 팔을 걷어붙이고 혁명이라도 할 기세로. 우리는 이 경험을 글로 녹여낼 수 있어, 나는 학생들에게 이야기하고 또 이야기했다. 화가 나거나 슬프거나 두려우면 그걸 글로 쓰렴. 머리가 어질어질할 정도로 신 레몬을 레모네이드로 가득 찬 수영장으로 만들어보자고[인생의 어려움과 고난을 긍정적으로 극복하자는 의미의 '인생이 레몬을 준다면 그걸로 레모네이드를 만들어라'라는 속담을 활용한 표현]. 그리고 작가가 되고 싶으면 내 연구실을 찾아와.

나 역시 집을 잃었다는 사실이 이제는 선생으로서 엄청난 장점처럼 느껴졌다. 내가 학생들 앞에 서서 미소짓고, 울고, 욕하고, 웃고, 그저 조금씩 앞으로 나가고 있는 모습을 매일 보여줄 수만 있으면 도움이 될 거야. 학생들에게는 잠시 정신을 놓더라도 다시 마음을 추스르고 일하러 가는 강인한 어른의 모범이 필요했다. 나에게는 그런 모범이 필요한 학생들이 필요했다. 나는 그런 모범이 되겠다고 다짐했다.

하지만 나 역시 도움이 필요했다. 당장.

카트리나 이전, 나는 언론인이자 뉴스 중독자로서 20년 동안 늘 신문이나 전미공영라디오NPR로 하루를 시작했다. 하지만 카트리나 이후, 그렇게 할 수가 없었다. 뉴스는 너무 끔찍했다. 몇 분 떨어진 철거 현장의 공기 중에 석면 구름이 떠 있다는 보도. 과학자들이 홍수 기간 동안 유출된 석유 때문에 토양에 쌓인 발암성 벤젠을 측정하고 있다는 보도. 심지어 기후학자들은 지구온난화가 다음번 괴물 허리케인을 언제 몰고 올지 벌써부터 토론 중이었다. 이런 소식으로 하루를 시작하려다가는 다시 침대에 드러눕게 될 것 같았다. 다른 뉴스공급처가 절실하게 필요했다.

나는 캘리포니아에서 돌출창 앞에 앉아 벌새를 관찰하고 흉내지빠귀 타라에게 말을 걸던 아버지를 떠올렸다. 이제는 매일 아버지와 이야기를 나누었지만, 아버지는 다음번 화학요법 날짜나 세 가지 구토방지제 이야기 대신 새나 식물 이야기를 늘어놓았다. 병세는 점점 나빠지고 있을지언정 먹이대에 모이를 채워 넣을 수만 있으면 아버지는 아직도 뭔가를 돌볼 수 있었다. 남은 시간이 얼마나 되든 거기서 얻을 수 있는 일말의 즐거움에 집중하겠다는 아버지의 의지가 느껴졌다.

나는 아버지가 나에게 가르치려고 했던 많은 삶의 교훈을 거부하며 살았다. 여자라는 이유만으로 남동생들과 나를 다르게 대하는 걸 참을 수 없었다. 하지만 아버지는 밖에 나가서 새 먹이대를 구입하거나 새를 관찰하라고 이야기할 필요가 없었다. 그저 아버지 목소리만으로도 그 10달러짜리 새 먹이대가 아버지에게 얼마나 많은 기쁨을 안기는지 나는 알 수 있었다. 아무리 아버지의 생명이 썰물처럼 조금씩 빠져나가고 있다 해도 그건 막을 수 없다는 걸.

지금 나는 이 순간을 훌륭한 스승처럼 생각한다. 나는 이때 강의와 설교가 아니라 존재와 실천만으로도 얼마나 많은 것을 가르칠 수 있는지 배웠다. 학생들이 나를 바라보는 눈길이 느껴질 때가 있다. 특히 이 세상이 무너져내리고 있는 것 같을 때 그들은 내가 이 세상을 어떻게 헤쳐나가는지, 내가 현실을 어떻게 직시하는지, 어떻게 일상의 기쁨을 찾아내는지 지켜본다. 그리고 나는 아버지가 생의 마지막 해를 보내는 동안 자식들에게 무엇보다 가장 중요한 교훈을 남길 준비를 하고 있었다는 걸 깨닫는다. 자신이 죽어가고 있다는 걸 아는 동안에는 어떻게 살아야 하는가.

어쩌면 탐조에 뭔가 비법이 있는지 몰랐다.

나는 잡화점에 가서 씨앗 한 봉지와 새 먹이대 두 개를 산 다음 허리케인으로 쑥대밭이 된 내 임시거처의 마당 뒤편 울타리에 매달았다. 다음날 아침부터 시작된 의식은 이후 나의 생활양식이 되었다. 커피잔을 들고 현관 계단에 앉아 생방송으로 진행되는 알록달록한 "참새 쇼"로 그날 하루를 시작하기. 나는 이 먹이대를 지켜보면서 어떻게 참새 한 마리가 다른 모든 참새를 제치고 당당히 먹이대에서 씨앗을 쟁취하는지 경이로워하느라 앞으로 어디에서 무슨 일을 하며 살지, 지구온난화 때문에 루이지애나에, 걸프만 연안에, 이 지구에 무슨 일이 벌어질지에 관한 시름을 잊어버렸다. 나는 참새의 회복탄력성에 관해, 이들의 꿋꿋함에 관해, 눈앞의 필요에 집중하는 태도에 관해 생각하기 시작했다. 내 먹이대가 비면 이들은 다른 어딘가로 갔다. 둥지를 잃으면 다시 지었다. 참새들은 주저앉아서 슬퍼할 시간이나 에너지가 없었다. 이들은 부르봉스트리트의 술 취한 마디그라 난봉꾼들처럼 서로에게 훼방을 놓으며 울퉁불퉁한 철조망 울타리에 앉아 먹이대가 다시 채워지기를 기다렸다. 씨앗을 놓고 티격태격 하는 참새들을 보며 나도 모르게 웃음이 터져나왔다. 그리고 난 그 이후로 웃음을 잃지 않았다.

CHAPTER

3

집참새의 노래

질문은 오직 하나:
이 세상을 어떻게 사랑할 것인가.

메리 올리버Mary Oliver

모든 탐조인에게는 호기심과 일상의 놀라움과 깃털 달린 생명을 향한 애정 어린 시선이 지배하는 세상에 눈을 뜨게 해준 마중물 새portal bird가 있다. 어떤 탐조인들은 원정 탐조에서 본 진귀한 새를 자랑하면서 자신의 '인생 목록'에 이채로운 색감을 더하는 데 사족을 못쓴다. 하지만 나를 비롯한 대부분의 탐조인들에게 이 마중물 새는 갈색과 검은색이 주를 이루는 부산스럽고 귀여운 집참새 같은 아주 흔한 새이다. 수컷은 멱에 검은 턱받이가 있고 암컷은 때 탄 갈색이다. 내 신참 탐조 학생들이 숨도 안 쉬고 내게 이야기하는 첫번째 새가 바로 이 집참새들이다. 영하 6도에 달하는 1월 아침에 처음으로 나 홀로 탐조에 나섰을 때 교정의 생울타리 안에서 재잘거리는 "사랑스럽고 귀여운 털뭉치들".

진정한 세계 시민인 집참새는 남극을 제외한 모든 곳에 거주한다. 미국에서는 해발 −85미터의 데스밸리에서도, 해발 3000미터의 로키산맥에서도 볼 수 있다. 사해死海 해변에 가보라. 해발 −420미터에서도 어김없이 재잘대는 집참새를 만날 수 있다. 히말라야에 올라보라. 해발 4500미터에도 집참새가 있다.[1] 그리고 이들은 그 사이의 모든 고도에, 심지어는 건물 안에도 거주한다. 창고, 슈퍼마켓, 정원용품점(가장 가까운 로우스 매장이나 홈디포 매장에서 짹짹 소리를 따라가기만 하면 된다) 안에서도 무리 전체가 아주 잘 살아간다. 내가 다른 행성에 미래 식민지를 건설한다면 아마 집참새가 최초의 우주선 조류 탑승객이 될 것이다.

나는 뉴올리언스에서 출근 전 시간에 이들과 노닥거릴 때만 해도 내 귀여운 새로운 친구들이 지구상에서 비둘기와 흰점찌르레기와 쌍벽을 이루며 가장 미움 받는 새이기도 하다는 사실을 전혀 알지 못했다. 그것도 단지 수가 많다는 이유만으로. 1700년대부터 1930년대까지 잉글랜드에서는 "참새 클럽"이 박멸캠페인을 벌여 수억 마리의 참새를 죽였다. 구글에서 "집참새"라고 검색해보면 상단에 뜨는 질문 중 하나는 "집참새가 나쁜가요?"이다. 흰점찌르레기처럼 이들은 연방법이 보호해주지 않는 몇 안 되는 조류종에 속한다. 즉 집참새를 덫으로 잡아서 죽이는 건 법적으로 아무런 문제가 없다. 그리고 수십 건의 온라인 자료는 다양한 박멸법을 알려줄 것이다. 가스로 죽여라. 척수를 절단해라. 봉지에 넣고 머리를 쏴라. 끈으로 졸라매는 가방에 넣고 벽이나 나무줄기, 편평한 바위에 대고 으스러뜨려라(가슴-흉부 압박). 머리를 잘라라. 물에 빠뜨려 죽여라. 아니면 지퍼백에 넣고 얼려 죽여라.

국제적으로 저지른 악당 짓도 이들에게 불리하게 작용했다. 1960년 집참새 한 마리가 아직 불씨가 남아 있는 담배꽁초를 잉글랜드 서포크의 한 농가 초가지붕으로 옮기는 바람에 불이 났다고 전해진다.[2] 그리고 2005년 네덜란드 레이와르덴에서는 100개국에서 온 자원봉사자들이 기네스 세계신기록을 세우기 위해 한 달에 걸쳐 432만1000개의 도미노를 세우던 중 창문으로 날아 들어온 집참새 한 마리가 도미노 하나를 건드리는 바람에 2만3000개의 도미노가 쓰러졌다. 이 새는 현장에서 처형을 당했고 이로 인해 네덜란드에서는 공분이 일어나 이 두 발 달린 범죄자는 도미노 참새라는 이름의 순교자가 되었다. 나

중에 이 새는 박제가 되어 박물관에 전시되었다.[3]

나는 그렇게까지 강한 감정이 들끓는 걸 충분히 이해한다. 이 깃털 달린 침입자가 파랑지빠귀 집에 난입해서 온 가족을 몰살하고 소름끼치는 잔해만 남겨두기도 한다는 사실을 안다면 나 같은 파랑지빠귀 둥지 관리자가 어째서 잠시나마 분에 못이겨 그 검은 턱받이를 한 암살자를 내 손으로 잡아서 눈알이 튀어나올 때까지 비틀고 싶은 마음을 주체하지 못하는지 이해할 수 있으리라. 하지만 나는 절대 그런 짓은 하지 않을 것이다. 이 작은 새가 그 오래전 뉴올리언스에서 내 주의를 끌고 내 정신을 고양시키지 않았더라면 난 아마 파랑지빠귀의 집을 관리하는 건 고사하고 파랑지빠귀가 대체 뭔지도 몰랐을 테니까.

오늘날 이 무보수 수업조교는 무엇이 침입종인지, "자연스럽다"는 건 대체 무슨 뜻인지, 우리는 다른 존재와 어떤 관계를 맺어야 하는지를 둘러싼 갑론을박을 분석할 때 학생들이 비판적인 사고를 하도록 유도하는 데 도움을 준다. 집참새는 분명 다른 토착종과, 특히 파랑지빠귀와 둥지터를 놓고 경쟁을 하고, 둥지를 틀고 있는 부모 새와 아기 새들을 죽이고 그 둥지를 빼앗는 습성이 있다.[4] 이들을 자신의 깃털 달린 제국을 한없이 확장하려는 침입자, 정복자, 제국주의자라고 볼 수도 있다. 하지만 나는 우리가 집참새를 미워하는 건 순전히 그들이 우리와 닮은 구석이 워낙 많기 때문이라고 생각한다.

스코틀랜드의 물리학자이자 1947년부터 2020년 99세의 나이로 세상을 떠날 때까지 집참새를 연구한 세계적인 집참새 전문가 J. 데니스 서머스-스미스J. Denis Summers-Smith는 이 새가 인간이 작물을 재배하기 시작한 약 1만2000년 전 마지막 빙하기가 끝날 때부터 전 세계로 퍼져나갔다는 이론을 제시했다. 야생의 곡물을 수확해 먹던 우리 조상들이 그 곡물을 직접 키워 먹는 쪽으로 방향을 전환하자 집참새들은 이를 주시했다. 농부들이 나타나는 곳이면 어디에서든 이 작은 새가 나타나 흘린 곡물과 씨앗을 따라다녔다. 서머스-스미스는 최초의 참새는 아프리카에서 등장했고 인간을 따라 아프리카에서 중동과 남유럽으로 이동했다고 생각했다. 인간이 지은 거처는 집참새들이 축구공 크기의 작은 둥지를 지을 때 필요한 으슥한 틈새를 제공했다. 나중에 인간이 도시를 건설하자 이 새는 다시 인간을 따라 움직였고 곳곳에 널린 음식부스러기 만찬을 찾아냈다.[5]

로마 침략군은 영국에 군용식량으로 쓰려고 이 새를 데려갔다. 세계적으로 이 새를 잉글리시참새English sparrow라고 하는 것은 이 때문이다(지중해 일부 지역에서는 아직도 명금을 별미로 여긴다).[6] 1850년 뉴욕의 브루클린연구소[1840~1891년 청소년과 성인에게 도서관 등의 기능을 제공하던 비영리교육기관]는 여덟 쌍의 집참새를 미국으로 들여왔다. 로마인들처럼 먹기 위해서가 아니라 유럽 이민자들이 이 새를 그리워했기 때문이다.[7]

이 새는 철새가 아니며 보통은 부화한 둥지에서 1.6킬로미터 이내에서 살아간다. 하지만 첫 여덟 쌍이 미국에 들어오고 몇십 년도 되지 않아 집참새는 미국의 35개 주와 다섯 곳의 캐나다령으로 세를 넓혔다. 이 새는 미국 전역으로 퍼져 나갈 때 대개 고유한 계책을 이용했다. 내가 세계조류사를 확인할 때 펼쳐 드는 백과사전 수준의 『새와 인간Birds & People』을 쓴 영국의 자연연구가 마크 코커Mark Cocker에 따르면 이 새는 기차, 배, 심지어는 비행기에 무임승차했다. 브라질의 새 전문가 헬무트 시크Helmut Sick는 브라질에서 집참새들이 배를 타고 남아메리카에서 네번째로 큰 강인 상프란시스쿠강을 따라 내려가는 걸 목격했다. 이 새들은 우루과이 포경선을 타고 밀항해서 남대서양에 있는 포클랜드군도Falkland Islands에 정착하기도 했다. 코커는 "가장 주목할 만한 밀항자들"은 독일 브레머하펜에서 배에 올라탄 뒤 호주에 도착할 때까지 계속 승선해 있던 집참새들이라고 말한다. 이제 호주에서 집참새는 캥거루만큼이나 흔하다.[8]

집참새가 미국에 상륙하고 불과 20년 만에 펜실베이니아주는 집참새와의 전쟁을 선포했고, 다른 주들도 속속 그 뒤를 따랐다. 1883년 《펜실베이니아 메신저》는 사설에서 이렇게 밝혔다. "입법 기관은 이 작은 참새가 악당이라고 선언했으므로 이제는 아무때나 죽여도 된다. 집참새를 미국에 들인 것은… 이 새가 곤충을 박멸해줄 것을 기대했기 때문이지만 알고 보니 해충구제에는 별 효과가 없었다. 게다가 이 새들은 우리의 모든 토착 명금들을 몰아낸다… 이 새들을 모두 죽여 없애자."[9]

19세기 말의 새 애호가들은 집참새들이 최소 70종의 토착새들을 둥지 구역에서 몰아내는 방식으로 번성했다고 믿었다. 하지만 서머스-스미스는 같은 기간 동안 미국에서는 들판과 습지를 도시와 교외지역으로 전환하여 경관을 완전히 뒤집어놓았다고 지적했다. 20세기 초에 이르자 미국에서는 거의 절반에 달하는 습지가 사라졌다.[10] 대부분의 토착새들은 콘크리트로 뒤덮인 새로운 도시 서식지에서는 생존이 불가능하다는 것이 서머스-스미스의 주장이다. 그러니까 집참새는 그냥 늘 하던 대로 우리가 만들어낸 새로운 생태적 틈새를 잘 활용한 것뿐이었다.• 집참새가 이렇게 빠르게 확산한 또 다른 이유는 모두가 이 새를 미워한 건 아니기 때문이다. 1877년 미국 메인주 포틀랜드로 개인적으로 집참새를 데려온 것으로도 유명한 캐나다 퀘벡주의 식민지 농업 담당 장관이었던 윌리엄 로드 대령Colonel William Rhodes은 이렇게 적었다.

> 살아 있는 미국 북부인 중에서 자신의 위대한 도시에 집참새의 활기와 생동감 없이 지내고 싶어 하는 사람은 없을 거라고 생각한다… 나는 이 새가 작은 악당이라는 걸 인정하지만—저속하게 무리지어 다니기를 좋아하고 싸움과 절도와 연애 없이는 못 사는—이 새는 곤충을 박멸하는 데 유능하고 도시 생활을 좋아하며, 모든 면에서 신세계 거주민이 되기에 적합하다.[11]

내가 제일 좋아하는 집참새 이야기는 장대한 브라질의 하천을 따라

• 일부 지역에서는 이 생태적 틈새마저 사라지고 있다. 런던에서는 1994년부터 2001년 사이에 집참새 70퍼센트가 사라졌다. 그리고 유럽에서는 1980년 이후로 집참새가 약 2억4700만 마리가 감소했는데 왕립새보호협회Royal Society for the Protection of Birds에 따르면 이는 여섯 마리당 한 마리꼴이다. 2002년 왕립새보호협회는 집참새를 멸종위기종을 나타내는 적색목록에 추가하여 이 새가 전 세계적으로 보존하려고 노력을 기울여야 하는 종임을 알렸다.

항해하는 이 작은 새 이야기도, 국제 도미노 토너먼트에 참사를 불러온 이야기도 아니다. 교도소 역사상 가장 악명을 날린 범죄자에 속하는 로버트 프랭클린 스트라우드Robert Franklin Stroud를 길들인 세 마리 아기 집참새 이야기이다. 훗날 '알카트라즈의 버드맨Birdman of Alcatraz'으로 유명세를 타게 된 바로 그 사람 말이다.

스트라우드는 미국 역사상 그 어떤 수감자보다도 많은 시간을 독방에서 지냈다. 우리 집 닭장보다 더 작은 공간에서 수감기간 54년 가운데 42년을 보낸 것이다.• 스트라우드가 유명해진 것은 버트 랭카스터가 스트라우드 역으로 분한 1962년의 〈알카트라즈의 버드맨〉이라는 영화를 통해서였다. 이 영화와 스트라우드의 전기에 따르면 판사 할아버지와 학대 성향이 있는 알콜 중독 아버지 밑에서 자라던 스트라우드는 13살에 가출을 해서 떠돌이 일꾼들과 함께 유랑을 하다가 18살에는 철도와 항만 건설 인부로 일했다(몰래 매춘알선업을 했을 수도 있다). 그런데 알래스카 주노에서 자신의 여자친구 또는 매춘부—어떤 판본의 이야기를 따르느냐에 따라 차이가 있다—를 놓고 싸움이 벌어지는 바람에 한 남자를 살해하게 되었다. 감옥에 수감된 스트라우드는 또 다른 수감자를 찔렀고, 가혹행위를 했다고 전해지는 간수도 찔러 죽였다. 판사는 스트라우드에게 교수형을 선고했지만 스트라우드의 어머니가 우드로 윌슨 대통령에게 선처를 호소하는 탄원을 넣

• 앰네스티인터내셔널에 따르면 앨버트 우드폭스는 루이지애나의 독방에서 43년을 살았다.

었고 그 덕에 독방형으로 감형을 받은 뒤 캔사스에 있는 레번워스 교도소로 이송되었다.

스트라우드의 전기작가 토마스 E. 가디스Thomas E. Gaddis가 『알카트라즈의 버드맨』에서 전하는 믿기 힘든 이야기에 따르면 스트라우드를 새로 인도한 것은 뇌우였다. 어느 날 스트라우드가 교도소 마당에서 운동을 하는 시간에 사나운 폭풍이 몰아쳤다. 가디스는 스트라우드가 한쪽 구석 담장 위에 떨어진 나뭇가지에서 뭔가가 파닥이는 걸 감지했다고 이야기한다. 스트라우드가 가서 살펴보니 망가진 둥지 안에 꼬물대는 아기 새 네 마리가 있었는데 그중 한 마리는 죽고 세 마리는 살아 있었다. 그는 이 새들을 조심스럽게 들어올려 손수건 안에 숨겼다.

자기 독방으로 돌아온 스트라우드는 전구 위에 양말을 올려놓고 따뜻하게 덥히는 방식으로 보온이 되는 양말둥지에 아기새들을 입주시켰다. 한 마리는 다리가 부러져서 스트라우드가 성냥과 실로 부목을 대주기도 했다. 며칠간은 빵부스러기를 차가운 채소스프에 적셔 먹이는 방식으로 변변찮은 자신의 급식을 새들과 같이 먹었다. 그런데 아기 새들이 하루 종일 부리를 벌리며 먹을 걸 달라고 채근하자 스트라우드는 새들에게 단백질이 필요하다는 걸 깨달았다. 그는 자신의 독방에서 바퀴벌레와 딱정벌레 같은 걸 열심히 잡아서 천조각에 넣고 으깬 다음 곤충-빵부스러기 반죽을 만들었다. 교도소 마당 운동시간에도 아기들에게 먹일 메뚜기, 귀뚜라미, 나비 같은 곤충을 사냥했다. 이제 아기들에게는 퍼시와 룬트라는 이름도 있었다(세번째 아기 새는 다른 수감자에게 넘겼다).

스트라우드는 퍼시와 룬트에 관해 원대한 계획이 있었다. 자신은 이 감옥을 벗어날 수 없었지만 이 작은 두 새는 감옥 담장 안에서 그를 해방시켜주리라. 그는 인정 많은 한 간수를 통해 교도소 부소장이 카나리아를 키우는 새 애호가라는 사실을 알게 되었다. 그래서 딱정벌레를 보상으로 이용해 자신의 참새들을 엄격하게 훈련시키기 시작했다. 퍼시와 룬트가 준비가 되었다고 판단한 스트라우드는 간수에게 그 부소장을 만나게 해달라고 부탁했다.

부소장이 자신의 독방에 들어오자 스트라우드는 손가락을 튕겨 딱 소리를 냈다. 퍼시와 룬트가 갑자기 어딘가에서 날아와 스트라우드의 손바닥에 내려앉았다. 부소장은 놀라움과 환희에 전율했다. 그다음 스트라우드는 휘파람을 불고 고개를 옆으로 까딱했다. 그러자 참새들이 그의 셔츠 주머니로 쏙 들어가 딱정벌레 간식을 끄집어냈다. 하지만 스트라우드의 인생과 조류계의 역사를 바꿔놓은 달인의 기술은 바로 그다음 것이었다. 그가 양손으로 손가락을 튕겨 두 번 소리를 내자 참새가 그의 침대로 날아가더니 다리를 공중으로 쭉 뻗은 채 등을 대고 누워 죽은 시늉을 한 것이다.

부소장은 그야말로 광분했다. 그는 스트라우드가 자신의 카나리아에게도 같은 기술을 가르쳐주길 바란다고 말했다. 그리고 스트라우드가 그의 재능 있는 피보호자들에게 먹일 모이를 구매하도록 허락해주었다. 수백 마리의 카나리아를 교육하고, 새의 출혈성패혈증 치료법을 찾기 위한 실험을 진행하고, 새의 질병에 관한 두 권의 과학 책을 출간하고, 그의 조언을 구하는 수백 명의 조류 애호가와 사육자들과 편지로 교신하는 비범한 조류학자로서의 경력은 바로 이렇게 시작되었다. 감옥에 들어갈 때 스트라우드는 3학년밖에 학교를 마치지 못한 상태였지만 대학 공개과정 덕에 현미경 사용법을 배웠고, 독학으로 스페인어와 독일어로 된 과학 학술논문을 읽었고, 감옥에서 생을 마감할 때는 조류학자로 국제적인 명성을 날렸다.[12] 그는 자신이 저술한 책에 이렇게 적었다.

> 말 그대로 새 수천 마리의 목숨이, 가슴 아프게 좌절된 희망들이 이 책에 한 장 한 장 녹아들어 있다… 사실 나는 100번의 오류를 저질렀다. 나는 새를 죽였다. 그건 자기 자식을 죽이는 것만큼이나 힘든 일이다… 나는 병을 제대로 이해하지 못해 고통 받는 새를 어떻게든 줄여보고 싶어서 이 책을 썼다.[13]

저자의 일러스트가 들어간 483쪽 분량의 『새의 질병에 관한 스트라우드의 핵심 정리Stroud's Digest on the Diseases of Birds』는 1964년에 출간되어 지금도 아마존에서 별 5개짜리 리뷰가 달린다.

스트라우드의 어머니와 추종자들이 수년간 청원을 했지만 끝내 그는 독방에서 나오지 못했다. 하지만 그들이 이해하지 못한 게 하나 있었다. 스트라우드는 새와 함께할 수만 있으면 절대 혼자가 아니었다.• 스트라우드의 전기작가 가디스는 이렇게 적었다. "새들이 한번은 그의 교수대 위에 내려 앉았다. 그다음에는 그의 어깨에 자리를 잡고 발로 머리카락을 헝클었다. 일평생 사람과의 접촉이 금지되었던 스트라우드는 다른 곳에서 가장 벅찬 사랑을 발견했다."[14]

그리고 스트라우드가 감옥에서 세상을 떠나고 43년이 지난 뒤, 뉴올리언스의 집 뒤편 계단에 앉아 있던 나 역시 새들과 사랑에 빠져들었다.

집참새 이후 다른 새들도 눈에 들어오기 시작했다. 어느 아침 로욜라 대학교 근처에 있는 제일 좋아하는 커피집에서 나오는데 눈부신 녹색 섬광이 내 옆을 휙 가르며 지나갔다. 레이크뷰와 부모님 집 골짜기에 있는 것 같은 야생 앵무새 무리였다. 앵무새들은 중앙분리구역에 있는 한 종려나무 꼭대기에 자리를 잡고 새된 소리를 질러댔다. 그 눈부시고 생동감 넘치는 새들에게서 눈을 떼지 못한 채 차선으로 곧장 돌진하다가 하마터면 택시에 치일 뻔했다.

매일 출근길 나는 이 앵무새를 찾아 하늘을 두리번거렸다. 구글에서 '도시의 앵무새'를 검색해보라. 엄청난 취미에 빠져들게 될 것

• 1942년 스트라우드는 레번워스 교도소에서 알카트라즈 교도소로 이감되었다. 그는 어쩔 수 없이 새와 실험 장비들을 두고 떠나야 했고 그 후로 다시는 새를 만지지도 않았다. 그는 생애 마지막 몇 년 간 연방수감시스템의 역사를 연구했고 522쪽에 달하는 『바깥 세상을 바라보며: 미국 수감시스템의 역사, 식민지 시기부터 교정국의 설립까지Looking Outward: A History of the U.S. Prison System from Colonial Times to the Formation of the Bureau of Prisons』라는 책을 출간했다.

이다. 나는 미국 전역에 야생의 도시 앵무새들이 무리를 이루며 살고 있다는 걸 알게 되었다. 뉴올리언스의 앵무새는 수도사잉꼬라고 불렸다. 잉꼬는 앵무새과 중에서 더 작은 새들을 말한다. 이들은 50년 넘게 이 도시에서 살고 있는데 지역 조류학자들은 아무래도 주로 아르헨티나에서 온 도망친 반려동물인 것으로 추정했다. 350종이 넘는 앵무새 가운데 수도사잉꼬는 유일하게 둥지를 트는 종으로, 대개 종려나무 꼭대기 아니면 야외 경기장의 전등 위, 발전소 위 같은 곳을 이용한다. 궁극의 도시 거주자인 이 새들은 크기가 냉장고만 하고 무게가 1톤까지 나가는 아파트형 둥지를 만들어 그 안에 20개에서 200개에 달하는 별도의 육아실을 만든다.[15] 코넬대학교 조류학 연구실에 따르면 이 새들이 시카고와 뉴욕의 겨울에도 살아남을 수 있는 이유는 아마 이 포근한 아파트형 둥지 덕분인 것으로 보인다.

나는 앵무새에 빠져서 마크 비트너Mark Bittner의 『텔레그래프힐의 야생 앵무새The Wild Parrots of Telegraph Hill』를 읽었다. 샌프란시스코에서 14년간 홈리스로 지낸 실패한 록 기타리스트가 앵무새 전문가가 되기까지의 과정을 그린 대단히 철학적인 회고록이다. 비트너는 인생을 선불교적 관점에서 접근했다. 나는 그가 무엇이 됐든지 간에 자신이 할 일이 모습을 드러내기를 기다리며 14년이라는 세월을 보냈다는 사실에 정신이 멍해졌다. 그 일은 어느 날 그가 프란치스코 성자처럼 손에는 새 모이를 가득 들고 두 팔을 벌려 몇 시간을 서 있을 때 비로소 찾아왔다.

나는 비트너의 책을 토대로 한 다큐멘터리를 내 수업시간에 학생들에게 보여주었고 캘리포니아에 있는 아버지에게도 복사본을 하나 보냈다. 그 영상을 보면 아버지가 암 생각을 잠시 잊을 수 있지 않을까 생각하면서. 그런데 실제로 몇 주 동안 아버지는 암에서 놓여난 듯 보였다. 부모님은 그 영상에 어찌나 열광했던지 비트너처럼 새에게 먹이를 줘보기로 결심했다. 데크 위의 유리테이블을 씨앗으로 뒤덮고 기다린 것이다. 그러자 앵무새들이 왔다. 오고 오고 또 왔다. 유리테이블과 데크의 의자들을 뒤덮고 씨앗을 모조리 먹어치우고 온 데 똥무더기를 남길 때까지. 새들이 마치 무시무시한 메뚜기 떼처럼 계속 날아오자 부모님은 당신들은 프란치스코 성자도, 마크 비트너도 아니라는 사실을 깨달았다. 두 분은 새를 사랑했지만 아침부터 지긋지긋하게 울어대는 그 거슬리는 소리나 똥까지 사랑하지는 못했다.

잉꼬와 참새는 내가 속도를 늦추고 소소한 기쁨의 순간들을 음미하는 데 도움을 주었다. 그들은 나에게 존재하는 법을 가르치고 있었다. 어쩌면 이 새들이 스트레스에 시달리는 내 55명의 글쓰기 수업 학생들에게도 도움이 될지 모른다는 생각이 들었다. 그래서 새로운 숙제를 만들었다. 뭐든 살아 있는 생명—벌레, 새, 다람쥐, 토끼—을 정해서 하루 15분 동안 관찰한 다음 그에 관한 일기를 쓰기. 나는 학생들이 이 처참한 파괴 이후에도 새로운 생명이 자기 주변에서 부화하고 털갈이를 하고 있다는 걸 알아차리기를 바랐다.

로욜라대학교 바로 맞은편에는 오듀본공원이 있다. 300에이커 규모의 이 습지공원은 스페인 이끼로 뒤덮인 수백 년 묵은 참나무가 가득한 새들의 낙원이다. 그 이름은 미국 제일의 조류 예술가 존 제임스 오듀본에서 온 것으로 오듀본은 1820년대에 뉴올리언스에 살면서 최고의 초상화 몇 점을 그렸다. 내 강의실의 거대한 유리벽으로 그 공원이 내다보였고, 나는 학생들에게 저널리스트의 기교와 윤리를 강의하다가 창밖으로 갈망의 시선을 던지곤 했다. 창밖에서는 달리기를 하러 나온 사람들이 과거 프랑스의 설탕플랜테이션이었던 그곳을 우아하게 휘감는 구불구불한 산책로를 따라 활기를 더했고 오리들은 나무에 걸터앉아 있거나 물에서 첨벙댔다. 젊은 연인들과 사색가들이 벤치에 앉거나 담요를 깔고 누워 떠가는 구름을 바라보기도 했다.

나는 수업이 빌 때면 공원으로 나가 점심을 먹고 연구실에서 할 일을 그곳에서 하기 시작했다. 스포츠 담당 부편집자 학생이 종종 나와 함께 공원에 나가 글쓰기와 우리가 좋아하는 책에 대해 이야기했다. 자신의 첫 칼럼을 막 발표한, 신경성 폭식증과 싸우고 있는 아름다운 학생도 같이 갔다. 우리는 이 도시에서 새들에게 중요한 번식처인 버드아일랜드를 마주보는 벤치에 자리를 잡았다. 우리가 점심을 먹는 동안 백로와 왜가리와 오리 들이 제각각 자기 일로 분주했다.

상황에 압도된 기분이 들 때마다 오듀본공원은 평화를 그 자리에서 수혈해주는 곳, 1분 거리에 있는 거대한 녹색 진정제가 되어주었다. 나는 길 건너 물 위에 잔잔한 파문을 일으키는 부드러운 산들바람에, 공원 안 동물원에 있는 거대한 코끼리가 진흙 제방에서 천천히 펄럭이는 귀에, 세계에서 제일 작은 현화식물인 좀개구리밥을 진공청소기처럼 흡입하고 있는 오리들에게 이끌려 좀비처럼 교문 밖을 나섰다. 크고 작은 거북이들이 습지 통나무 위에서 일광욕하는 모습을 구경하는 게 특히 좋았다. 거북이들은 볕을 쬐는 동안 날아가는 자세로 네 다리를 등껍질 밖으로 길게 내밀었다. 저기 태양 아래서 아주 흡족한 모습이었다. 등에 집을 이고 다니는 거북이들을 보며 나는 내 처지와 비슷하다고 느꼈던 것 같다.

점점 공원과 사랑에 빠져든 나는 공원에 대해, 그리고 새에 대해 더 많이 알고 싶어졌다. 그 시절의 나는 청둥오리가 뭔지도 몰랐다. 그래서 같은 대학의 보존생물학자 밥 토마스Bob Thomas에게 내 학생들과 나를 데리고 새 산책을 나가달라고 부탁했다.

토마스는 우리에게 미국 인구의 최소 15퍼센트가 자칭 탐조인이라고 말했다.• 나는 토마스가 새뿐만 아니라 탐조인들을 분류하는 방식이 대단히 매력적이라고 생각했다. 이 종에서 저 종으로 부지런히 뛰어다니면서 자신의 인생목록을 쌓아가는 극단적인 목록집착형 탐조인이 있었다. 그리고 한 시간 동안 앉아서 한 종의 새만 보는 탐조인도 있었다. 어떤 탐조인은 텔레비전에서 본 새들만 목록으로 작성했다. 어떤 탐조인은 자신의 목록에 죽은 새만 기록했다. 자기 마당에서 본 새를 기록하는 탐조인도 있었다. 그리고 도감도 다양했다. 토마스는 자동차 전면 유리에 떨어진 새똥을 가지고 새를 동정하는 『무슨 새가 이런 거야?』라고 하는 재미난 도감을 추천했다.

토마스는 새가 날아가는 방식, 빛을 받았을 때의 색, 날아가는 거

• 이 수치는 출처에 따라, 그리고 '탐조인'을 어떻게 정의하는지에 따라 다르다.

리, 날아온 방향이나 내려앉는 곳 등을 보고서 새를 동정하는 법을 알려주었다.

"탐정일하고 비슷해요." 토마스가 말했다.

"탐정일"이라는 표현이 내게 날아와 꽂혔다. 그럼 탐조는 탐사저널리즘하고 비슷하구나, 나는 생각했다. 관찰하고, 듣고, 기록하고, 단서를 모으고. 나는 저널리스트로서 이 모든 일을 사랑했다. 나는 아직 탐조인이라고 밝힐 준비는 되어 있지 않았다. 아직 쌍안경도 없었다. 그저 참새와 잉꼬를 관찰하는 게 즐거울 뿐이었다. 하지만 문득 탐조와 탐조인이 그렇게 별스러워 보이지 않았다.

나는 모든 글쓰기 수업을 공원으로 나가서 하기 시작했다. 우리는 곳곳으로 흩어져 풀밭에 자리를 잡고 앉아 관찰하고, 갈겨 적고, 관찰하고, 갈겨 적었다. 어떤 학생들은 이런 방식에 푹 빠져 혼자서 공원을 찾아가서 글을 계속 쓰기도 했다. 유망주가 된 스포츠 부편집자 학생은 오리와 사랑에 빠졌다. 어느 날 이 청년 작가가 몽상에 빠져 벤치에 앉아 있다가 문득 아래를 보니 청둥오리 한 쌍이 자신의 스웨이드 운동화를 탐색하고 있었다. 학생은 매일 점심식사 직전에 이 청둥오리 커플을 찾아가기 시작했다. 학생은 과제물에 이렇게 적었다. "그렇게 하루하루가 지나갔다. 오리들이 수영하는 모습을 구경하거나, 눈을 감은 채. 하지만 가까이서 쿵쿵 걷는 물갈퀴가 달린 발과 꽥꽥대는 부리에 귀를 쫑긋 세운 채로. 나는 룸메이트가 살라미샌드위치를 만들려고 사놓고 전혀 손대지 않은 빵을 조금씩 들고 나와서 이 두 새에게 먹이기 시작했다."

학생은 오리의 이주에 대해, 그리고 공원에서 만나는 모든 오리가 들고 나는 일에 대해 호기심을 키웠다. 학생이 수업시간에 발표한 과제물에 따르면 일부 새들은 믿을 수 없는 거리를 이동한다. 가령 극제비갈매기는 1년에 무려 3만2000킬로미터를 이동한다.

"뉴올리언스에서 배턴루지까지 250번 이동하는 거리이죠." 이 학생이 같은 수업을 듣는 학생들에게 이렇게 말했다. "[배턴루지에 있는] 루이지애나주립대학교 학생이 4년 동안 주말마다 집으로 차를 몰고 오면 이 거리랑 비슷할 거예요."

"이런 오리들은 매년 힘들고 위험한 여행을 하죠." 학생이 버드아일랜드의 깃털 달린 주민들을 가리키며 말했다. "그리고 다시 여기로 돌아와요. 우리랑 비슷해요. 카트리나 피난민들처럼 고달프죠. 우리도 사방으로 흩어졌지만 다시 집으로 돌아왔잖아요."

나는 혼자서, 그리고 수업을 듣는 학생들과 함께 밖에서 보내는 시간이 점점 많아졌다. 금세 더 차분해졌고, 내 학생들도 그랬다. 하지만 나는 저널리즘을 가르치는 중이었고, 학생들이 사실에 집중하기를 바랐다. 나는 과제를 균형 있게 내려고 안간힘을 썼다. 이른 아침 자기 집에서 빠져 나오는 광대를 보도록, 프렌치쿼터에서 관광객들이 자줏빛 파라솔 밑에서 브라스 밴드에 맞춰 몸을 흔드는 모습을 보도록, 관목 안에 숨어 있는 홍관조와 참새를 보도록 가르치면서도, 데드존의 썩어가는 폐가 안에서, 다리 아래서 살아가는 사람들을 보도록 가르치고 싶었다. 그래서 학생들이 밖으로 나가 사람들을 인터뷰하게 했고, 오염물질로 초토화된 집을 비워내고 물에 잠긴 병원 지하실을 정화하는 작업에 아무런 보호복이나 장비 없이 투입되어 심지어 변변한 마스크도 없이 위험물질을 처리하는 멕시코 노동자 헤수스 같은 연사들을 수업에 초청했다. 눈에 띄지 않고 발언할 기회도 없는 저임금 인력부대의 일원인 헤수스는 우리 학생들에게 다른 노동자 수백 명과 함께 지방의 한 회사에 이끌려 어떻게 집채만 한 배에 올라타게 되었는지 들려주었다. 그들은 도시 가장자리에 정박된 그 배에서 생활했다. 천장까지 층층이 쌓인 벙커형 침대에서 한 방에 50명의 노동자가 잠을 잤다.•

나는 이라크에서 임무를 수행하다가 막 귀국한 주방위군 출신의 한 젊은 남자를 또 다른 초대연사로 불렀다. 그를 만난 곳은 내가 집으로 향하기 전 위스키를 홀짝이며 신문에 실린 소름 끼치는 이야기

• 뉴올리언스 정화작업 이야기는 대단히 추잡하다. 남부빈곤법센터는 재건작업을 한다는 꼬드김에 넘어간 1000명 이상의 이주노동자와 인터뷰를 하면서, 연방재난관리청에게 돈을 받는 미국의 하청업자와 재하청업자들이 수백만 달러의 임금을 지불하지도 않으면서 노동자들이 위험한 조건에서 생활하고 노동하도록 강제하고 있음을 알게 되었다. 남부빈곤법센터는 노동자들을 대리해서 세 건의 큰 소송을 제기했고 미지불노동과 학대에 관한 합의금으로 수백만 달러를 얻어냈다. 다음을 보라. SPLC 보고서 "Broken Levees, Broken Promises," SPLC's Immigrant Justice Project website(https://www.splcenter.org/issues/immigrant-justice)와 Saket Soni의 강력한 책 *The Great Escape: A True Story of Forced Labor and Immigrant Dreams in America*.

들을 씻어내려고 자주 들르던 단골 술집이었다. 동네 사람들이 리프라고 부르는 그 바는 끊임없이 피어오르는 자욱한 연기가 피만큼 붉은 벽에 어른대고 홀터탑에 화려한 구슬로 엮은 머리장신구를 쓴 바텐더가 있어서 무슨 주류밀매점 같은 분위기였다. 그 술집은 "북아메리카에서 가장 역사가 유구한 시 낭독회"를 개최한다고 주장했다. 그 낭독회를 시작한 시인의 뼛가루가 파티오 아래 묻혀 있다나.

머리카락이 새카맣고 손이 크고 강인해 보이는 이 젊은 군인이 아주 매력적이라는 사실 다음으로 나는 첫눈에 그에게서 어떤 똬리를 튼 남성성 같은 게 느껴졌다. 나는 거기에 익숙했다. 언제든 튀어오를 준비가 된 일촉즉발의 긴장. 우리는 뉴올리언스의 술집에서 처음 만난 사람들이 하듯 가벼운 대화를 시작했다. 그는 앨라배마 모빌 출신이고 27살이었다. 나라를 지키자는 부시 대통령의 호소에 마음이 움직인 그는 9·11 테러 직후에 군에 입대했다. 이라크에서 1년 가까이 있었는데 군에서 홍수 직후 그의 부대를 빼내 뉴올리언스로 바로 투입했다.

"여긴 바그다드 같아요." 그가 에너지를 주입받듯 담배를 빨아들이며 말했다. 테이블 아래로는 오른쪽 무릎을 달달 떨고 있었다.

나는 그를 비롯한 아주 젊은 군인들, 위장막을 덮은 오싹한 군용차를 타고 거리를 누비는 그 군인들이 명령에 따라 물에 퉁퉁 부어오른 문짝을 발로 차고 들어와서 우리 집에 시신이 없는지 수색했던 바로 그 젊은이들이라는 걸 알았다. 그들도 많은 수가 홍수 지역 출신이었고 자기 가족이 살던 집을 잃었다. 우리에게 집으로 돌아가도 된다는 허락이 떨어지기 전에 수마가 집어삼킨 이웃들을 찾아낸 것도 그들이었다. 나는 가장 힘든 일을 해준 그들에게 마음 깊이 고마움을 느꼈다. 남자의 이야기에 귀를 기울이다가 그가 우리 동네에도 왔었는지, 나의 작은 집에도 들어가봤는지 궁금해졌지만 묻지 않았다.

그 고마운 마음 때문에 나는 심각한 도덕적 딜레마에 빠졌다. 나는 19살 때부터 비타협적인 평화운동가였다. 조지 부시를 견딜 수 없었다. 이라크전쟁이 범죄라고 생각했고 몽고메리에서 평화운동 집단이 그 전쟁을 중단해야 한다고 목소리를 높이는 데 힘을 보탰다. 전쟁이 시작되고 6개월 동안 우리는 매주 월요일 정오면 앨라배마 주의회 건물의 대리석 계단에 서서—마틴 루터 킹 주니어 박사가 가장 유명한 연설을 했던 곳에서 한 블록 떨어진—시위를 벌였다. 몽고메리는 공군대학Air War College이 자리잡고 있는 대단히 군친화적인 도시다. 정오면 차를 몰고 지나가던 사람들은 우리를 향해 고함을 지르고 손가락 욕을 날렸다. 우리는 인기 집단이 아니었다.

이 젊은 군인에게 진실을 말해야 해, 나는 생각했다. 나는 그에게 빚이 있었다.

그가 하던 말을 멈추고 자기 위스키를 홀짝이기를 기다렸다가 목소리를 차분하게 가다듬으며 내가 어째서 조지 부시가 감옥에 가 마땅한 전쟁범죄자라고 생각하는지 설명했다.

새 친구는 몸을 앞으로 숙이고 나를 실눈으로 바라보았다. 그러더니 테이블을 쾅 내리치며 웃음을 터뜨렸다. 내 생각이 아주 멋지다고 말하며. 그의 개새끼 목록 상단에도 조지 부시가 있었다. 그는 자신이 이라크에서 목격한 것들을 생각하면 속이 뒤집어졌다. 그래서 술

집에 점점 단골들이 많아지는 동안 우리는 술을 조금 더 마셨고 한동안 조지 부시에 대해 성토했다. 조지 부시는 5000단어짜리 국정연설을 해놓고 초토화된 멕시코만 연안지역에 대해서는 겨우 161단어를 할애했다. 그런 다음 헬리콥터를 타고 뉴올리언스에 놀러와서는 기자들에게 "여러분 가족을 데려올 만한 끝내주는 장소"라고 지껄였다.

나는 새 친구에게 이라크에 관해 너무 많이 질문하고 싶은 생각이 없었다. 나도 사람들이 "그래서 과테말라는 어땠어?"라고 묻는 게 정말 지긋지긋하다. 뭐라고 말하겠는가? 아, 그래, 대단했지. 마야인들 피라미드도 많고 가시철사에 손목이 묶인 채로 도로가에 던져진 시체들도 많고.

하지만 남자는 어쨌든 이야기를 늘어놓았다. 이곳과 저곳의 소름끼치는 자초지종들을. 욕과 침묵과 담배를 빨아들이는 짬을 섞어가면서. 귀국하고 나서는 결혼이 파탄났다. 아내는 그가 겪은 일을 이해하지 못했다. 그는 무슨 일만 있으면 일단 총부터 찾았다.

나는 그에게 내 수업에 와서 이야기를 해달라고 부탁했다. 많은 학생들이 조지 부시를 사랑해요, 내가 말했다. 그 아이들은 이라크 침략이 좋은 계획이었다고 생각하죠. 당신이 젊은이들의 인생을 바꿀 수 있어요.

군인은 자신이 한 시간 동안 담배 없이 대학 강의실에 앉아 있지 못할까 봐 걱정했고, 나는 로욜라대학교의 연기경보장치를 무력화할 수 있는 방법을 알지 못했다. 하지만 일주일 뒤 남자는 두려움을 극복하고 청바지에 티셔츠 차림으로 마치 내 학생 중 한 명 같은 모습으로 여유롭게 걸어왔다. 여학생들이 그를 눈으로 훑어보았고 나는 그들이 흡족해한다는 걸 알 수 있었다. 그는 자리에 앉아 야구모자를 벗은 다음 두 손으로 쥐었다. 그런 다음 천천히 원을 그리며 그 모자를 계속 돌리기 시작했다.

"애국심" 때문에, 그리고 학자금대출을 갚기 위해 주방위군에 들어갔을 때 그는 24살이었다. 미국이 이라크를 침략하고 한 달 뒤 그는 중동으로 파병되었다.

"이라크에 온 걸 환영한다. 이게 네 방독면이다." 동료들이 그에게 말했다.

돌연 섭씨 54도의 날씨에 던져진 그는 커다란 낙타거미를 상대해야 했다. 곳곳에 쓰레기가 널려 있고 냄새는 고약했다. 처음에 그는 트럭 위에 놓인 미사일 발사장치와 M4 카빈 돌격소총이 "제법 멋지다"고 생각했다. 그런데 얼마 지나자 길가의 죽은 개 안에 폭탄이 숨겨져 있었고 반란군에게 "본보기" 삼아 이라크인들을 참수하는 일도 있었다.

"마음에 칸막이를 해야 해요." 친구는 뱅글뱅글 돌아가는 야구모자를 내려다보며 학생들에게 말했다.

하지만 비뚤어진 허세 때문에 자신이 그곳에 끌려갔다는 느낌이 자꾸 커져서 칸막이 속에 어떻게 넣을 수가 없었다. 그는 더 이상 미국이 사담 후세인을 몰아내려는 단순한 이유로 이라크를 침략했다고 믿지 않았다. 그건 아주 복잡한 문화를 가진 나라에 "민주주의를 강요하는 그릇된 노력"이었다. 친구는 더 이상 자신의 군대 상관이나 워싱턴의 고위층을 믿지 않았다. 그들은 그저 군대가 "소모 가능한 숫자"라고 생각할 뿐이었다.

“세븐일레븐도 맡으면 안 되는 사람들이 큰 집단을 책임지고 있어요. 그리고 그 사람들은 목숨을 가지고 장난질하고 있죠. 우리 소장은 장렬하게 죽고 싶어 했어요. 그래서 혼자 차를 몰고 이 기지 저 기지로 돌아다녔죠. 매복해 있던 반란군이 그 사람 목을 따고 도로에서 질질 끌고 다녔어요.”

나는 친구가 조금 걱정되기 시작했다. 점점 욕이 많아졌고 가만히 앉아 있지를 못했다. 오른쪽 다리는 쉴 새 없이 떨렸고 야구모자는 아직도 천천히 원을 그렸다. 그에게 담배를 필 짬이 필요했다. 뜨개질을 가르쳐야겠네, 나는 생각했다. 위스키 한 잔을 쥐어주고. 친구는 내 학생들과 눈을 맞추지 못한 채 계속 나를 힐끔거렸다. 도망쳐서 숨고 싶어 하는 사냥감의 표정이었다. 나는 눈으로 그를 안심시키며 내 초능력이 그에게 가닿기를 빌었다. 제발 호흡을 해요.

“미디어는 시신이나 관을 안 보여주잖아요.” 그가 말했다. “그게 현실인데.” 그는 텔레비전에 나오는 “편향되고 이상화된” 뉴스보도를 “혐오”했다. 특히 폭스뉴스를.

한 학생이 곳곳에 군대가 주둔하고 위장무늬 군용차들이 도시를 순찰하고 기동헬기가 우리 위에서 굉음을 울리는 뉴올리언스에 있는 게 어떤 느낌인지 물었다.

그는 뉴올리언스에서 차를 타고 돌아다니다 보면 어쩔 수 없다는 생각이 든다고 말했다. 그는 아직 군 호송대 소속이었다. “모든 장애물이 생사를 가를지도 모르는 상황일 수 있어요. 모든 교통정체가 잠재적인 매복이구요. 모든 행인이 적이 될 수 있죠.”

뉴올리언스에서 그는 매일같이 이라크에서 했던 대로 사람들에게 도로 밖으로 나가라고 윽박지르고 싶은 충동을 억누르려고 애써야 했다. "우리는 일을 어떤 식으로 처리하는 데 익숙해진단 말이에요, 그게 내 일이다 보니까. 그러다가 내가 거기에 익숙해진 걸 알고 흠칫 놀라요."

그다음 질문이 이어졌다. "이라크에서 본 것 중에서 뭐가 제일 흥미로웠어요?"

친구는 잠시 뜸을 들이며 교실 밖을 응시했다.

"검은 새들이 엄청 떼 지어 날아가는 걸 본 적이 있어요. 내가 시간을 재봤는데 그 새들이 내 위로 날아가는 데 한 시간이 걸리더라고요. 가장 평화로운 순간이었어요. 이 시궁창 한가운데서 너무 아름다운 걸 봐서 너무 좋았어요."

폐허가 된 도시에서 그 교실에 앉아 있던 우리 모두에게, 추악함의 한가운데서 아름다움에 온통 정신을 빼앗긴 이 젊은 군인은 더 이상 이방인이 아니었다. 내 학생들은 그 새 이야기에 가슴이 먹먹해졌다. 한 남학생은 과제물에 이렇게 썼다. "나는 때로, 그 어떤 것도 구제받지 못할 때조차, 아름다움은 다양한 형태와 모양으로 온다는 것을, 무리지어 날아가는 새 떼처럼 우리 곁을 지나간다는 걸 배웠다."

나는 섭씨 54도가 넘는 사막에서 무거운 총과 장비를 짊어지고 저 담배를 물고 땀범벅이 되어 순찰 중이던 젊은 나의 친구가 갑자기 하늘을 올려다보고는 자신을 향해 밀려오는 깃털 달린 무리를 발견하는 순간을 상상했다. 그가 목격한 것은 무리비행이었으리라. 일몰 무럽 로욜라대학교 근처에서 찌르레기들이 보여주는, 내가 사랑해 마지않는 바로 그 무리비행과 유사하지만 훨씬 큰 규모의 무리비행. 그가 우뚝 걸음을 멈추고 혹시 위험한 상황은 아닌지 빠르게 파악한 다음 자리를 잡고 앉아 고개를 젖히고 수십만, 어쩌면 수백만 마리의 검은 새들이 한 시간을 꽉 채워 머리 위로 폭포수처럼 흘러가는 풍경에 가슴 벅차 하는 모습이 눈에 선하게 떠오른다. 전쟁 고유의 금속빛 회색과 죽음의 도구가 아닌 다른 무언가로, 전투기 대신 하늘에서 군무를 추는 새들로 가득한 하늘이.

숨통을 틔워주는 새들. 피난처에 다름 아닌 새들.

나는 학생들을 데리고 현장학습을 떠나고 싶었다. 그래서 재난피해자—나—를 인터뷰하는 법을 가르치려고 학생들을 나의 폐허가 된 집으로 데려갔다. 나는 완전히 괜찮아졌기에 이 경험이 용기를 북돋우리라 생각했다. 우리는 차를 타고 데드존으로 가서 이제는 불도저가 남긴 돌무더기가 된 나의 집으로 향했다. 나는 고고학 탐사를 하듯 현장에 몇 차례 온 적이 있었다. 가장 최근에는 친구 한 명과 밤에 가서 샴페인 한 병을 가지고 나만의 작별의식을 한 적도 있었다. 그날 밤 그 일대는 어둡고 쉰내가 났다. 전기도 없고 1.6킬로미터 이내에는 사람 한 명 없었다. 하지만 밝은 달이 우리 위에서 환하게 미소짓는 가운데 우리는 샴페인을 따서 병째 마셨다. 그런 다음 불도저가 남긴 돌무더기에서 콘크리트 한 덩이를 집어들고 내가 멍청이처럼 남겨놓고 떠나는 바람에 물에 잠겨 못쓰게 된 도요타 트럭 앞유리에 냅다 집어던졌다. "한 번 더 해!" 친구가 소리쳤다. 우리는 와장창 소리에 미친년처럼 웃어댔다. 몇 달짜리 상담치료보다 훨씬 나았다.

그러고 난 뒤라 나는 한때 내 집이었던 그 폐허 위에 서서 학생들에게 허리케인에 관해 나를 인터뷰하게 해도 별로 힘들지 않으리라고 생각했다. 더 이상 감정은 남아 있지 않았다. 하지만 슬픔은 교활하다. 내가 학생들 면전에서 저주를 퍼붓고 울부짖으며 무너져 내리자 학생들만큼이나 나도 놀랐다.

"적어!" 나는 팔을 휘젓고 앞뒤로 서성이며 포효했다. "그냥 그렇게 서 있으면 안 돼. 펜을 놀려야지. 얼른. 나한테 질문을 해. 하지만 젠장 내가 어떤 기분인지는 묻지 않는 게 좋아. 절대로 재난 피해자에게 어떤 기분인지 묻지 마. 그 사람들이 어떤 기분인지 알아? 개 같아. 알겠어?"

학생들은 눈을 둥그렇게 뜨고 쓰다 만 문장 위에 펜을 들고 줄지어 서 있었다. 다음 순간 스페인에서 온 한 나이 많은 학생, 심리학을 전공하는 여학생이 부드럽고 친절한 목소리로 질문하기 시작했다. 숙제로 내준 "재난, 날씨, 비극" 보도하기 장을 읽은 학생이 이 학생뿐인 게 분명했다. 학생은 내게 특별한 순간에 대한 이야기를 해달라고 부탁했다. 학생은 나를 심문하지 않았다. 그저 집에 대해, 그곳에서 유산된 나의 삶에 대해 정말로 알고 싶어 했다. 내가 학생들에게 가르치고 싶었던 게 바로 이거였다. 인터뷰는 대화이지 심문이 아니라는 것.

학생들은 내가 중앙아메리카에서 10년을 보냈다는 걸 알았다. 내가 약간 차분해지자 한 학생이 폐허가 된 이 동네가 내가 본 최악의 풍경인지 물었다.

"아니." 과테말라를 떠올리며 내가 말했다. "이렇게 돌무더기가 된 내 집을 보는 거랑, 구덩이에 시신 200구가 넘게 놓여 있는 걸 보는 건 다른 문제지. 내가 본 최악의 풍경은 그거야."[16]

학생들을 데리고 내 집을 나온 나는 초토화된 그 블록을 지나 내가 개를 데리고 산책하던 제방의 풀이 덮인 꼭대기로 향했다. 우리는 도시 위에서 몇 킬로미터씩 이어진 황폐한 풍경을 내다볼 수 있는 그곳에 자리를 잡고 앉아 말없이 우리의 소풍 도시락을 먹었다. 학생들이 어떤 기분이었는지는 모르겠지만 나는 기분이 나아져 있었다. 최소한 불도저가 밀고 간 내 집이 무언가에는 쓸모가 있었다.

하루는 암울한 수업을 했으면 그다음에는 〈새터데이 나이트 라이브〉 같은 수업이었다. "웃어라"는 로욜라대학교가 카트리나 이후 스트레스 대처법이라며 나눠준 유인물의 여섯번째 지침이었다. 그래서 나는 〈새터데이 나이트 라이브〉에 출연하는 코미디언의 책을 가지고 기초 글쓰기 기술을 가르쳤다. 시험기간에는 학생들이 먹을 케이크를 가져갔다. 그리고 중간고사에 관한 지침으로 이렇게 적어넣었다. "부디 긴장을 풀어요. 시험 때문에 죽거나 사는 사람은 없어요. 여러분은 낙제하지 않아요. 시험을 보는 동안 호흡을 하세요. 나는 구강 심폐소생술을 할 줄 모른답니다."

학생들이 힘을 내기를 바라는 마음에서 대대적인 도시 정화사업에 직접 참여하도록 권장하기도 했다. 나는 카트리나 크류Katrina Krewe

(크류는 원래 파티와 퍼레이드를 조직하는 마디그라 모임들을 말한다)라고 하는 새로운 조직과 함께 학생들을 쓰레기 수거 활동에 데리고 나가기 시작했다. 그 활동이 시작된 것은 한 여성이 카트리나 이후 서른 명의 친구들에게 이메일을 보내면서였다. 그리고 이 메일은 무리비행이 되었다. 서른 명의 친구들은 각자의 친구들에게 이메일을 전달했고, 이렇게 전달된 이메일은 다시 또 다른 친구들에게 전달되었다. 몇 주 만에 고무장갑을 낀 수백 명의 대부대가 거리를 돌아다니며 모든 잔해와 더러운 마디그라 구슬과 립스틱 묻은 담배꽁초 같은 것들을 남김없이 수색해 수거하기 시작했다.

블록 하나하나, 동네 하나하나, 우리는 데드존을 복구해서 그곳에 다시 생명을 되돌려놓기 시작했다. 마치 이 도시가 아끼는 빈티지 자동차라도 되는 것처럼 침을 발라 광을 내면서. 우리는 이런 식으로 지방정부를 향해 말하고 있었다. 알겠어, 당신네들이 당신네가 싼 똥을 치우기 싫으면 우리가 치우지. 일부 학생들은 토요일 아침마다 쓰레기 수거 작업에 참여했고 거기에 푹 빠져서 글을 쓰기도 했다. 동네 사람들은 우리에게 고마움을 표현했고 차를 몰고 가던 사람들은 경적을 울리고 우리를 향해 엄지를 치켜올렸다.

하지만 그 와중에도 나에게 최고의 약은 어김없이 새들이었다. 낮 시간뿐만 아니라 이제는 밤 시간도 새들로 채워지기 시작했다. 나는 아직도 쌍안경이나 도감이 없었지만 매일 아침 노래하는 새, 타닥타닥 나무를 두드리는 딱따구리, 아니면 내 열린 침실 창문 근처에 기대진 사다리에 앉아 부리를 매만지는 작은 새가 내 알람시계였다. 자전거를 타고 학교로 출근할 때면 머리 위로 잉꼬들이 내 머리 위에서 쌩 하고 지나갔다. 하루가 어느 정도 지나고 나면 나는 오듀본공원에서 오리들을 구경했다. 일몰에는 찌르레기들이 무리지어 내 뒤를 따랐다. 그다음에는 새들이 내 꿈에도 나타났다. 어느 밤에는 내가 손으로 새에게 모이를 주려고 하는 꿈을 꾸었다. 마침내 등에 작은 장미가시가 한 줄로 박힌 아담한 크기의 밝은 녹색 새가 내 손에 앉았다. 꿈에서 그 새는 아주 작은 공룡처럼 보였다. 나는 내 인생목표 중 하나가 새에게 손으로 모이를 주는 법을 배우는 게 되리라고는 생각해본 적도 없었다. 내가 버몬트에서 손바닥에 해바라기씨를 올려놓고 박새를 유혹하는 데 성공한 것은 카트리나 이후 10년 뒤의 일이다. 하지만 그보다 먼저 뉴올리언스에서 나는 그걸 꿈으로 꿨다.

종강이 다가오면서 현실이 점점 우리의 숨통을 조여오기 시작했다. 어느날 아침 교정에 들어서는데 텔레비전 뉴스 카메라맨들이 서성대며 돌아다니고 복도에서는 학생들이 핸드폰을 들고 낮은 목소리로 부모들과 통화하고 있었다. 한 학생이 기숙사 방에서 수막염으로 사망한 채 발견된 것이었다. 온갖 루머가 교정을 빠르게 날아다녔다. 의사들이 대부분 뉴올리언스로 돌아오지 않았다, 병원이 제 기능을 못 하고 있다, 병원 보건소가 "카트리나 감기"에 걸린 학생들 때문에 몇 주째 비상근무 중이다, 같은.

숨을 거둔 학생은 내 학생 중 한 명의 절친이었다. 그가 그날 늦게 내 방문을 두드렸다. 그주 초 복도에서 콩가춤을 추며 교직원들에게 킹케이크[문화권에 따라 공현대축일 기념 페스티벌이나 마디그라에서 나눠 먹는 케이크로 그 안에 든 작은 아기예수 인형을 발견한 사람이 왕의 지위를 누린다]를 돌리던 무리 가운데 머리에 공작 장식을 쓰고 있던 학생이었다. 오늘 이 학생은 어느 십 대의 부고를 써야 했다. 학생은 내게 도움을 요청했다.

내 수업을 듣는 학생 중 한 명은 강간을 당했고 두 명은 암 진단을 받았다. 4월쯤 되자 교수들은 우리 학생들이 낙엽처럼 우수수 떨어져 나가고 있다고 우려했다. 우리는 학생들이 이번 학기만이라도 마칠 수 있도록 돕기 위한 전략을 세웠다[미국의 2학기제 중 두번째 학기는 보통 1월부터 5월까지이다]. 그다음에는 동료들이 아프기 시작했다. 어느날 한 직장 동료가 좌골신경통으로 절뚝이며 출근했다. 그다음에는 일부 학생들이 절뚝이기 시작했다. 그다음에는 나 역시 자고 일어나 보니 절뚝이고 있었다.

내 신조는 웬델 베리의 금언 “기뻐할지어다, 이 모든 사실에도 불구하고”였다. 그런데 저널리즘 수업을 듣는 내 학생들이 루이지애나의 습지들이 한 시간에 미식축구경기장 하나만큼씩 물에 잠기고 있다는 보도 때문에 눈물을 터뜨리던 그 학기의 마지막 달에는 도저히 기뻐할 수가 없었다.[17] 일간신문들은 이미 우리에게 60일 이내에 시작되는 다음 허리케인 시즌에 대비해 대피계획을 점검하라고 충고했다. 폐허가 된 우리 집에서 나와 함께 샴페인을 들이켰던 친구, 자기 집이 물에 잠기자 지금은 지대가 더 높은 곳에 있는 아파트 2층에 살면서 대단히 유능한 행정가이자 활동가로 일하고 있는 그 친구는, "대피계획"이라는 말을 들으면 뇌가 정지해버린다고 말했다.

나는 여름에 돌아갈 계획인 앨라배마에 있는 미스 마벨의 집 열쇠를 친구에게 건네며 말했다. "이게 너의 대피계획이야. 제일 중요한 물건만 상자 하나에 담아서 그 상자랑 강아지를 차에 태우는 거야. 그런 다음에 몽고메리가 보일 때까지 다섯 시간 동안 가속페달을 밟아."

신입생인 두 젊은 여성은 추가점수가 있는 과제를 하기로 결정했다. 이들은 재난관리청 소속 기술자에게 제방을 함께 둘러보게 해달라고 요청했다. 제방을 함께 걸으며 기술자는 학생들에게 제방이 다음 허리케인까지 대비가 제대로 되어 있지 않을 거라고 말했다. 수업 시간에 그 인터뷰를 설명하는 이들의 앳된 얼굴에 공포와 혼란이 어른거렸다. 두 학생은 너무 심란해 수업을 마치고 나와 이야기를 하려고 남아 있었다. 학점이나 추가점수가 중요한 게 아니었다. 두 학생은 자신들의 도시가 걱정이었다. 이번 여름에 우리는 어떻게 될까요? 그들이 내게 물었다.

그 마지막 몇 주 동안 일이 점점 힘들어지자 나는 늘 하던 일을 했다. 일체의 감정을 회피하려고 일 속에 파묻히기. 하지만 일을 열심히 할수록, 과제를 많이 내고 채점을 많이 할수록, 교직원회의에 더 많이 참석할수록, 그저 뒷마당 계단에 앉아 참새들을 구경하고 싶은 마음이 간절해졌다. 나는 내가 학생들에게 잘못 가르치고 있음을 깨달았다. 직업을 가진 성인이 된다는 것은 정신 나간 워커홀릭이 되는 것이라고 가르쳐서는 안 될 일이었다. 눈코 뜰 새 없는 분주함은 마약이다. 그리고 나는 저널리스트로서 아주 오랫동안 그 마약에 절어 지냈다. 지금에서야 나는 당시 우리가 뉴올리언스에서 필요했던 건 속도를 늦추고, 재난을 겪은 뒤에는 많은 걸 하지 못한다는 사실을 받아들이는 일이었다는 걸 알겠다. 많은 걸 해서는 안 된다. 생각할 시간, 곱씹을 시간이 필요하니까. 우리가 그 일을 통해 뭘 배웠는지, 카트리나의 홍수에서 어떤 교훈을 얻었는지. 나는 내가 속도를 많이 늦춰야 한다는 걸 알았지만 아주 아프지 않은 이상 그걸 어떻게 하는지도 모르는 사람이었다.

그러던 어느 날 아침, 눈을 떴는데 오늘이 무슨 요일인지, 수업이 몇 시인지 도무지 생각나지 않았다. 나는 룸메이트 덕에 간신히 수업 10분 뒤에 학교에 도착했다. 민망한 표정으로 강의실에 들어서자 학생들이 무슨 일인가 싶어 빤히 바라보았다. 평소 나는 지각에 가차 없는 사람이었다. 자동차 문제 때문이라고 둘러댔다. 말도 안 되는 거짓말이었다. 내 트럭은 이미 물에 잠겨 고철덩어리가 되었고 이제 내 자가용은 커다란 분홍색 자전거였으니까. 나는 수업을 듣는 학생 55명의 이름을 하나하나 알았다. 누구의 부모가 직장을 잃었는지, 누구의 아버지가 막 고환암 진단을 받고 휴스턴에서 치료를 받기 위해 이 도시를 떠나야 했는지, 누구의 조부모가 카트리나 이후 상심에 시달리다가 세상을 떠났는지, 누가 남 몰래 예술사진가가 되고 싶다는 꿈을 간직하고 있는지. 그런 내가 어떻게 그들에게 오늘이 무슨 요일인지 기억이 안 난다고 말할 수 있을까? 그들이 내 연구실로 찾아와 들려준 사연과 상심과 작은 성취 들까지도 내가 기억하지 못한다고 생각할까 봐 두려웠다.

그날 오전 수업 직후 나는 교내식당으로 가려다가 길을 잃었다. 로욜라대학교는 손바닥만 하다. 내 뇌에 뭔가 문제가 생긴 게 분명했다. 나는 아직 집을 찾아갈 수 있을 때 집에 가야겠다고 마음먹었다. 그런 다음 학교로 전화를 걸어 그주 남은 날은 병가를 냈다. 나중에 알고 보니 나는 뉴올리언스 사람들이 카트리나 브레인이라고 부르는 상태였다. 카트리나 브레인은 급속도로 퍼지고 있었다. 뉴욕시에서 온 한 유명 심리학자가 외상후스트레스장애에 관한 대중발표를 한 지 얼마 안 됐을 때였다. 발표자는 20여 가지 증상을 나열했고, 발표를 듣던 뉴올리언스 사람들은 서로를 팔꿈치로 찌르며 웃기 시작했다. 웃음소리는 진정될 기미가 보이지 않았다. 우린 다 이 증상이 있어요, 사람들이 여전히 웃으면서 발표자에게 말했다. 그게 카트리나 브레인이었다.

나는 며칠 동안 뒷문 현관에 앉아 알렉산더 맥콜 스미스의 미스터리 시리즈 〈넘버원 여탐정 에이전시〉에 코를 파묻으며 내 카트리나 브레인을 치료했다. 그 소설에서 일어나는 최악의 일은 누군가의 소가 도난당하는 거다(의사는 환자들에게 이런 책을 처방해야 한다). 그리고 당연히 참새들을 구경했다. 참새들은 코앞에 닥친 허리케인철을 걱정하지 않았다. 그들은 부리에 둥지 재료를 물고 날아다니고 있었다. 나는 뉴스를 무시하고 몇 시간 동안 참새들을 관찰했다. 새가 약보다 훨씬 나았다.

종강을 몇 주 남겨두고 뉴스보도 수업을 듣던 한 학생이 세상과 담을 쌓고 새에게만 의지하던 나를 향해 찬물 세례 같은 질문을 던졌다.

학생은 손을 들고 물었다. "뉴올리언스가 2050년경에 물에 잠기게 되면 우리 학위는 어떻게 되는 거예요?"

모든 학생이 대답을 기다리며 나를 빤히 바라보았다. 내 머리 바로 위에서 에어컨이 윙윙 큰 소리를 내며 돌아갔다. 나는 깨달았다. 나에게는 그곳에 서서 대답할 말이 없다는 걸. 그리고 그 도시를 떠나야 한다는 것도.

돌아보면 지금의 내가 일상에서 누리는 즐거움의 대부분은 카트리나를 겪으며 얻은 선물에서 비롯된다. 나는 카트리나 덕분에 자동차 대신 자전거를 탄다. 크고 작은 고민이 있을 때면 뜨개질을 하며 풀어낸다. 그 시절 덕분에 교사로서 추악한 진실과 일상의 즐거움 사이에서 균형을 잡는 일이 얼마나 중요한지를 배웠다. 그리고 무엇보다 뉴올리언스는 내가 처음으로 새로운 "작은 친구들"과 인연을 맺게 된 곳이다. 나는 내 일기장에서 내 마중물 새인 집참새들을 그렇게 불렀다.

내가 뉴올리언스에서 마지막으로 적은 일기 도입부는 이렇게 시작한다. "새들이 나를 관찰하고 있다. 새들은 아직 나를 믿어도 될지 확신이 없다. 룸메이트가 나처럼 이 새들을 사랑하게 되면 좋겠다."

나는 뉴올리언스에서 모든 걸 잃었고, 새로운, 더 나은 삶을 꾸리는 데 필요한 모든 걸 발견했다. 그걸 미처 몰랐을 뿐.

CHAPTER

4

우리의 애플소스 여사님

할 수 없다고 생각하는 일을 해야 한다.

엘리노어 루즈벨트Eleanor Roosevelt

여름이 시작될 무렵 나는 뉴올리언스를 떠나 몽고메리에 있는 미스 마벨의 집으로 돌아가 앉아서 뜨개질하며 생각할 시간을 가졌다. 어려운 결정이 내 앞에 있었다. 매디슨에 있는 위스콘신대학교의 명망 높은 환경박사학위 프로그램에서 내가 몇 개월 전에 안 되면 말고라는 심정으로 작성한 신청서를 통과시켜 입학허가를 알려왔던 것이다. 위스콘신대학교는 내가 자연자원 박사학위를 하는 동안 일부분이나마 생활비를 충당할 수 있는 연구직 일자리도 제안했다. 그래도 학자금대출을 받아야 하는 상황이었지만 대단한 제안이었다. 하지만 나는 우리 집 우편번호도 생각이 날까말까 했고, 저축해놓은 돈도 없이 카트리나 때문에 쌓인 부채 속에서 허덕이는 중이었다. 미스 마벨의 마당에 찾아오는 새들과 다시 어울리면서 나는 3개월 이내에 집을 옮겨 힘든 대학원 과정과 연구직 일자리를 시작할 준비가 되어 있지 않다는 사실을 깨달았다. 그리고 위스콘신은 아마 북극일 게 분명했다. 나는 반소매 아니면 민소매 옷차림으로 거의 일평생을 산 사람이었다. 나에게는 중서부의 이미지가 대단히 모호했고 그것도 대부분 [노스다코타를 배경으로 한] 영화 〈파고〉의 영향권 아래 있었다. 알고 있다. 그 영화는 심지어 위스콘신하고는 아무런 관련도 없다. 하지만 입학허가 통지서를 받았을 때 나는 문득 연쇄살인범들이 사람을 목재파쇄기에 던져넣는 가운데 눈이 멀 것만 같은 순백의 풍경을 헤치며 나아가는 내 모습이 떠올랐다.

나는 1년간 입학을 연기하고 대신 몽고메리에서 학생들을 가르치기로 결정했다. 짐과 나는 언제까지고 미스 마벨의 집에서 지낼 수 있었고, 아버지를 찾아뵐 수도 있었다. 화학요법은 더 이상 효과가 없었고 이제 아버지에게는 몇 달 남지 않은 상태였다. 내 인생에서 처음으로 아버지와 나는 감정적 휴전 상태에 접어들었다. 아버지 마당을 찾아오는 앵무새와 다른 새들은 우리에게 새로운 이야깃거리를 제공했고 우리 관계에서 비무장지대를, 우리 사이에 놓인 종교적, 정치적 지뢰를 피하고 이 아름다운 생명에 집중할 수 있는 공간을 만들어냈다.

나는 아버지를 만나려고 캘리포니아로 날아갔다. 아버지는 내가 박사과정 입학 허가를 받았다는 사실에 흥분하며 자랑스러워했다. 우리가 아는 한 우리 대가족을 다 뒤져봐도 이름에 이 마법 같은 '박사'라는 두 글자가 붙는 사람은 아무도 없었다. 사실 아버지 세대에서는 변변한 학사학위를 가진 사람도 없었다. 나는 돌출창과 아버지의 새 먹이대가 내다보이는 테이블에 아버지와 앉아서 박사과정을 분명히 하기는 할 생각이지만 위스콘신은 너무 추운 곳이라서 겁이 난다고 설명했다. 아무래도 1년 정도 있다가 더 따뜻한 지역에 있는 학교에 지원을 해야 할 것 같다고. 나는 아버지가 당신의 어린 시절에 관해 내게 들려주었던 무서운 이야기, 구멍 뚫린 신발에 양말은 꽁꽁 언 채로 데리카운티의 깊은 눈밭을 걸었다던 아버지의 어린 시절 이야기를 끄집어내며 몸을 떨었다. 4월의 어떤 주말에 뉴올리언스에서 매디슨으로 그냥 확인차 방문했던 일을 설명했다. 그래요, 교정이 정말 마음에 들었어요. 그래요, 아름다웠어요, 아빠. 그래요, 동물, 식물, 물에 관한 훌륭한 수업이 있고, 그걸 다 연결시키는 생태학 과정도 있었어요. 그곳은 거대한 과학계의 사탕가게 같았어요. 근데 아빠, 4월의 그 주말 내가 출발했던 루이지애나는 섭씨 29도였는데 매디슨에 도착해서는 너무 추워서 헤어드라이어로 내 얼굴에 낀 서리를 녹여야 했다니까요.

마음까지 비참해질 것 같아요, 나는 아빠에게 말했다. 내가 평생 어울렸던 화창하고 떠들썩한 문화를 그리워하게 될 것 같다고. "일년 동안 다른 선택지를 더 알아보려고요." 나는 말했다.

아버지는 말없이 듣기만 했다. 원래도 과묵한 분이었기에 그렇게 앉아서 생각에 잠기신 듯했다. 그날 아버지는 자신의 무산된 고등교육을 떠올리고 있었던 걸까 싶다. 북아일랜드에서 유년기 이후에도 살아남은 9형제 중 하나였던 아버지는 몇 안 되는 고등학교 졸업자였다(어머니는 당신의 어머니를 결핵으로 여의고 어린 동생들을 돌보기 위해 13살에 학교를 중퇴하셨다. [한 불우한 아일랜드 가족을 다룬 1999년의 영화] 〈안젤라스 애쉬스Angela's Ashes〉에서 뚝 떼어다 놓은 것 같은 어린시절이었다). 아버지는 학교를 사랑했다. 아버지의 선생님들은 아버지에게 교사가 되어야 한다고 말했다. 하지만 농사 지을 땅이 충분하지 않았고, 먹이고 입힐 어린 동생들이 있었던 아버지는 17살에 수도 벨파스트로 가서 채석장의 암석파쇄공으로 일했다. 이 첫 일자리를 얻게 된 걸 얼마나 고마워하셨던지 아버지는 돌아가시기 전에 북아일랜드에 있는 그 채석장 주인에게 보내는 감사편지를 받아쓰게 하셨고 그 편지를 내가 우편으로 보냈다. 하지만 나는 어린 시절 캘리포니아에 살았을 때 아버지가 벽장을 작업실로 꾸미고 매일 밤 신비한 요정처럼 그곳으로 사라져서 텔레비전을 분해했다가 다시 조립해보고, 그다음에는 혼자서 컴퓨터의 작동원리를 공부하던 모습을 기억했다. 아버지는 모든 물건을 고치는 방법이 적힌 기술설명서를 열심히 들여다보았다. 어쩌면 공학자가 되셨을지도 모른다. 그리고 마당의 모든 식물을 사랑했고 자식처럼 돌보았으며 돌아가시기 전에는 나에게 각각을 어떻게 돌봐야 하는지 정확한 지침을 전달하셨다. 기회가 조금이라도 있었다면 아버지는 식물학자나 공학자 아니면 두 가지 모두가 되었으리라. 천상 과학자 타입이었다.

어릴 때는 나 역시 과학을 사랑했다. 어쩌면 아버지가 그랬기 때문에. 내가 사랑한 것은 별이었다. 아버지는 나에게 망원경을 사다주셨고, 여름 밤이면 나는 그 망원경과 남동생들을 끌고 집 뒤편의 언덕으로 올라갔다. 우린 건조한 사막의 하늘 아래 앉아 짭짤한 크래커에 세븐업을 마시면서 천체를 살폈다. 나는 유에프오를 보겠다고 작심하고 있었다. 〈2001: 스페이스 오디세이〉의 시대였다. 나는 바비 인형을 가지고 노는 대신 모형 우주선을 만들어서 천장에 매달아두었다. 내 방 벽은 별자리표로 뒤덮여 있었다. 내 갈색 토끼 인형은 이름이 안드로메다였고, [〈2001: 스페이스 오디세이〉의 원작자] 아서 C. 클라크는 내 영웅이었다. 나는 우주비행사가 되고 싶었다.

그렇지만 수학이 발목을 잡았다. 회색 화강암 덩어리 같았다는 기억만 어렴풋하게 남은 미스터 홀리스라는 5학년 때 과학선생님도. 나는 염산을 클리넥스 상자에 쏟아부으며 반친구들과 나 자신을 즐겁게 만든 실험을 실시했다. 클리넥스 상자는 치지직 소리와 함께 연기를 피우며 우그러졌다. 불행히도 미스터 홀리스에게는 유머감각이 없었다. 이 엄근진 선생님께서는 나의 과학탐구심을 칭찬하는 대신 나를 교장실로 보냈고, 나는 곧 교장실 단골이 되었다.

과학을 향한 나의 사랑은 화염에 휩싸인 클리넥스 상자처럼 사그라 들었다. 대신 나는 [십대 소녀탐정 캐릭터를 내세운] 낸시 드류 시리즈에 빠졌다. 아서 C. 클라크여 잘 있어요. 반가워요, [낸시 드류 시리즈의 작가] 캐롤린 킨. 내가 탐사저널리즘에서 경력을 쌓게 된 것은 낸시 드류의 공이 크다. 하지만 여성 과학 멘토가 한 명이라도 있었더라면 우주를 공부하겠다는 꿈을 계속 좇았을지도 몰랐을 것이다.

그날 밤 가족실에서 아버지는 나에게 웃긴 영화 한 편을 권했다. 아버지가 띄워놓은 〈스노우 독스Snow Dogs〉라고 하는 영화는 마이애미의 한 바람둥이 치과의사에 관한 훈훈한 드라마였다. 남부럽지 않은 삶을 살던 주인공은 갑자기 자신이 입양아이고 원래는 플로리다 토박이가 아니라 알라스카 출신이라는 걸 알게 된다. 그리고 알래스카의 친어머니가 얼마 전에 돌아가시면서 그에게 개썰매팀을 남긴다. 상속받은 개들을 반기지 않던 주인공은 섭씨 29도의 마이애미에서 섭씨 영하 40도에 육박하는 알래스카로 날아가 줄창 얼음 위에서 넘어지며 좌충우돌을 이어가다가 개들과 그 장소와 한 여성과 사랑에 빠진다.

나는 아버지가 이 영화를 얼마나 여러 번 보았는지 알지 못한다. 아버지가 그 영화를 왜 구입했는지도 알지 못한다. 아마도 죽음이 코앞에 닥치게 되면 기회가 있을 때마다 웃음을 터뜨리고 싶어지는 게 아닐까. 영화가 끝나자 아버지는 나에게 말했다. "위스콘신에 가는 걸 겁내지 마."

아버지는 카트리나가 지나가고 1년 뒤인 2006년 가을에 평화롭게 운명하셨다. 어머니가 말한 "좋은 죽음"이었다. 당신이 바란 대로 집에 있는 침대에 누워 가족들에게 둘러싸인 죽음. 돌아가시기 전날 아침 아버지의 침실 창밖으로 앵무새들이 나타났다. 녹색과 빨간색 새들의 작은 무리가 커다란 사이프러스 위에 내려 앉아 시끄럽게 울어대며 나무에서 단단한 녹색 열매를 따 먹었고 새의 무게에 나무 끝이 앞뒤로 휘청거렸다. 나는 부모님 침실의 미닫이 유리문을 열었다. 아버지는 더 이상 말을 하지도, 침대에서 몸을 일으키지도 못했지만 나는 앵무새들이 왔다고 아버지에게 이야기했다. 내가 말을 하는 동안 아버지의 눈이 나를 향했다. 나는 아버지가 새들이 그곳에 있다는 걸 아시기를 바랐다.

다음 날 새벽 3시 30분, 나는 아버지에게 마지막 모르핀을 투여했다. 한 시간 뒤 아버지는 우리에게서 떠나갔다.

어머니, 남동생, 그리고 나는 그 일요일 아버지의 침대 곁을 지키며 밤샘의식을 치렀다. 마침내 고통에서 벗어난 아버지는 우리가 핫초콜릿을 마시고, 기도를 드리고, 텔레비전으로 미사를 시청하고, 아침식사를 하고, 이야기를 나누는 동안 거기 누워 계셨다. 어머니는 아버지가 돌아가시기 전에 아버지와 함께 연습했을 짧은 연설을 하셨다. 남동생들과 나에게 이제부터 우리는 아무것도 걱정할 필요가 없다고 하셨다. 아버지가 주위에서 우리를 지켜보고 계실 거라고. 아버지가 우리에게 행운을 가져다 주실 거라고.

나는 아버지가 돌아가시기 전에 두 가지 약속을 했다. 첫번째 약속은 아버지를 오케인 성을 가진 사람들이 가득한 데리카운티의 작은 묘지로 모신다는 거였다. 아버지가 "작은 꼬맹이" 시절에 다니던 이끼가 덮힌 수백 년 된 석조 교회 바로 옆에. 그래서 몇 달 뒤 어머니와 동생 마이클, 그리고 나는 아버지의 유골을 어머니의 핸드백에 담아 아일랜드로 날아갔다. 나는 아버지의 작은 관을 감쌀 작은 담요를 여러 가지 녹색 실을 섞어서 뜨개질로 만들었다.

교구 라디오를 통해 방송되는 입식 미사를 치른 후, 세월의 흔적이 얼굴에 고스란히 드러난 진중하고 나이가 많은 농부들이 내 앞에 길게 줄을 섰다. 그분들은 자신의 차례가 되면 억센 손으로 나와 악수하며 펠릭스랑 같이 초등학교를 다녔다며 엄숙한 말투로 이야기를 건넸다. 의식을 치른 후 나는 아일랜드에서 돌아와 두번째 약속을 지키는 데 돌입했다. 연쇄살인마와 추운 북부지방에 대한 두려움과 맞서겠다는 것이 나의 두번째 약속이었다. 몽고메리에서 짐을 싸서 위스콘신 매디슨으로 향할 때가, 2007년 가을 위스콘신대학교 매디슨 캠퍼스[이하 위스콘신-메디슨대학교]에서 시작하는 자연자원 박사학위를 밟을 때가 된 것이다.

그해 봄, 미스 마벨의 정원에 목련이 만개했을 때 짐과 나는 우리 앨라배마의 동지들에게 작별을 고하고, 개들을 차에 싣고 북쪽으로 1450킬로미터를 이주했다. 차를 타고 달리는 동안 남부의 야생 사냥개 출신인 아모스 모스가 [앨라배마] 버밍엄에 닿을 때까지 계속 하울링을 했다. 그러더니 좌석 사이에 머리를 파묻었다. 아모스가 남부와 우리의 모든 친구들과 작별인사를 하느라 그런 것만 같았다.

매디슨은 이제 막 눈이 녹은 상태였다. 부동산 중개인의 도움으로 우리는 뉴올리언스의 집과 비슷한, 개방형 구조에 자연광이 환한 흰색 1층짜리 농가주택을 찾아냈다. 나는 집 안으로 들어가 천장과 벽을 살펴보고 마음속 체크리스트를 확인했다. 하드우드 바닥, 흰 벽, 창문 많음, 괜찮은 뒷마당, 해발 266미터.

우리는 개들을 데리고 도로 맞은편에 있는 워너공원이라고 하는 공원으로 긴 산책에 나섰다. 지금에서야 물푸레나무, 호두나무, 팽나무, 소나무, 참나무라고 구분할 수 있는 다양한 수종으로 이루어진 두 군데의 숲을 따라 녹색 산책로가 나 있고 가장자리는 티피나옻나무와 인동덩굴로 이루어진 잡목림이 빙 두르고 있었다. 산책로를 따라가니 풀밭이 나왔고 거대한 호수로 이어지는 완만한 언덕이 이어졌다. 개를 잡아 먹는 악어가 도사리고 있을 만한 곳은 전혀 아니었다. 호수 중앙에는 부들로 뒤덮인 습지 섬이 하나 있었다. 그 섬에서 기러기들이 시끄럽게 울어댔고 솜털이 복슬복슬한 아기 기러기들이 물가를 따라 수영하며 탐험을 하고 있었다.

그 첫날 저녁 땅거미가 질 무렵 짐과 나는 멍하니 소파에 앉아서 새 집의 커다란 전면 전망창 밖을 응시했다. 창 밖에는 워너공원의 작은 공터가 있었다. 그 공터 정가운데 건물 3층 높이쯤 되는 푸른가문비나무가 대형 크리스마스나무처럼 서 있었다. 내가 뉴올리언스에서 사랑했던, 스페인이끼로 뒤덮인 울퉁불퉁한 버지니아참나무와는 달리 선이 정갈한 금욕적인 느낌의 나무였다. 아주 단단하고 아주 평화로워 보여서 기대도 될 것 같았다.

우리는 새 출발을 열렬히 염원하면서 행운을 비는 마음으로 조심스럽게 샴페인잔을 부딪혔다.

"저기 좀 봐!" 내가 소리쳤다.

길 건너 공원에서 커다란 사슴 세 마리가 흰 꼬리를 한 번씩 휘두르며 가문비나무를 지나 슬렁슬렁 거닐고 있었다.

다음 날 이른 아침 초인종이 울렸다. 목욕가운 차림의 한 은발의 여성이 키친타올로 싼 커다란 팬을 들고 앞문에 서 있었다. 은발 여성은 그 팬을 내게 불쑥 내밀었다.

"커피 주전자는 있어요?" 독일어 억양이 진하게 느껴지는 영어로 내게 물었다.

내가 팬을 움켜쥐자 여성은 키친타올을 젖혔다. 아직 김이 모락모락 나는 집에서 만든 애플커피케이크였다. 여성은 워너공원 쪽을 가리키며 저 나무에서 딴 사과로 만든 거라고 내게 말했다. 매년 나무 한 그루에서 딴 사과로 애플소스를 80병도 넘게 만든다면서. 하지만 우리의 새 이웃은 우리를 성가시게 할 생각은 없었다. 우리에게는 정리해야 할 짐이 많을 거라며. 우리가 그저 뭘 좀 먹었으면 싶다는 게 다였다. 환영해요, 여성은 이렇게 말하고는 돌연 몸을 돌려 길 건너 자기 집으로 돌아갔다. 나는 입을 멍하니 벌리고 애플커피케이크가 든 팬을 든 채 현관에 서서 여성의 뒷모습을 바라보았다.

여성은 우리가 누구인지 몰랐다. 우리가 어디서 왔는지도 몰랐다. 물어보지도 않았다. 김이 모락모락 나는 애플커피케이크가 해수면 위의 새 집에 온 첫날 아침 이 두 카트리나 피난민들에게 무슨 의미인지도 알 길이 없었다. 나는 얼마 안 가 "헤디"라고 불리는 헤드윅이라는 이름의 이 이웃은 모두에게 이런 친절을 베푼다는 걸 알게 되었다. 하지만 이날 나에게는 마치 성모마리아가 우리 집 앞에 왔다 간 기분이었다.

여기 아주 좋은 동네네, 내가 짐에게 말했다.

알고 보니 새 동네의 이웃은 모두가 친절한 사람들이었다. 심지어 이웃의 고양이들까지도 상냥했다. 길 건너 우리의 애플소스 여사님에게는 인간의 세월로 치면 한 백 살쯤 되어 보이는 조지라는 이름의 나이 많은 장모종 치즈색 고양이가 있었다. 옆집 사는 할리데이비슨 정비사에게도 고양이가 두 마리 있었다. 이 남자는 이혼 때문에 한참 힘들어했고 이 아기 고양이가 자기 "아기들"이었다. 남자는 우리에게 사람을 잘 따르는 대형견 두 마리가 있다는 걸 알게 되었다. "얘네가 우리 아깽이들하고 놀이데이트를 하면 좋아할까요?" 남자가 물었다. 고양이를 사랑하는 이 친절한 이웃에게 도저히 진실을 말할 수가 없었던 나는 그저 "아, 우리 집 개들이 적응을 하고 나면 그럴 수도 있겠네요"라고 말했다.

어릴 때 나의 첫, 그리고 가장 좋은 친구는 부모님이 관리한 제멋대로 뻗어나간 오렌지 과수원에 살았던 고양이들이었다. 그중에서도 완전히 새카맣고 싸우다가 생긴 상처가 선명한 미드나이트라는 이름의 전사 고양이는 어쩌면 내 목숨을 살렸을 수도 있다. 내가 서너 살쯤 됐을 때 우리 집 정원으로 들어온 방울뱀을 잡으려고 손을 내밀었더니 그 고양이가 나를 할퀴고 하악질을 하면서 끼어들었던 것이다. 그래서 그로부터 40년 뒤 내가 고양이를 쫓아다니고 때로는 죽이기도 하는 앨라배마의 새끼 들개를 의도치 않게 구조했다는 걸 알게 되었을 때 기겁했다. 하지만 나는 아모스 모스가 어떤 말 농가에서 바나나 껍질을 공중으로 던지는 모습을 본 순간 피부병 때문에 꼴사나운 이 강아지와 격렬한 사랑에 빠졌다. 아모스 모스는 거의 작은 조랑말 크기의 이상하게 생긴 야수로 자라났다. 에어데일과 검은 래브라도를 묘하게 섞어놓은 것 같은 모습으로. 움직이는 것만 보면 긴 다리 네 개로 미친 듯이 달리는 이 동물이 대체 뭔지는 하나님만이 알 것이다. 사람들이 아모스의 품종을 물으면 나는 최소한 천 년 전에 멸종한 선사시대의 코끼리 "아이리시 마스토돈"이라고 말했다.

“와 멋있네요.” 사람들은 대개 이런 반응이었다. “어디 가면 이런 개를 구할 수 있어요?”

나는 아모스의 목줄을 늘 꽉 잡고 다녀야 했지만 스스로에게 녀석을 통제할 수 있다고, 언젠가 녀석이 순해질 거라고 되뇌곤 했다. 물론 그런 일은 절대 일어나지 않았다. 나는 개 훈련사로는 영 꽝이었기 때문이다(아모스도 나도 모두 훈련과정에서 낙오했다). 녀석은 늘 다음번에는 어떻게 멋진 장난을 칠지 궁리하는 것처럼 보이는 강아지계의 탈주 마법사였기 때문에 나는 늘 녀석이 도망칠지 모른다는 엄청난 불안을 달고 살았다.

매디슨에 자리한 우리의 아름다운 마당에는 울타리가 없었기 때문에 짐과 나는 첫 한 주 동안 최대한 빨리 굵은 철조망 울타리를 세웠다. 그러는 동안 아모스 모스는 앞유리로 옆집 고양이들이 하루 루틴을 수행하는 모습을 지켜보았다. 나는 녀석이 관절염이 있는 헤디의 나이 많은 고양이가 일광욕을 하고 있는 가문비나무에서 헤디네 집 안전한 뒤편 현관까지 도착하는 데 걸리는 거리와 시간을 계산하면서 사냥경로를 계획하며 머리를 굴리는 소리를 상상할 수 있었다.

울타리가 완성된 날 아침 나는 울타리 이곳저곳을 세게 걷어차 보았다. 짐이 약한 몇 군데를 보강해주었다. 마침내 나는 뒷문을 열고 개들을 나가게 해주었다. 그다음 순간 들려온 소리에 나는 덜컥 겁을 집어먹었다.

“야옹야옹.”

오, 맙소사. 오 맙소사. 안돼.

아모스 모스의 기다란 당나귀 귀가 하늘로 솟아올랐다. 개들은 코를 킁킁대며 관목 속을 헤집고 울타리를 물어뜯고 있었다. 나는 거칠게 헐떡이며 앞으로 달려나가 영문은 알 수 없지만 우리 집 마당에 들어오게 된 사랑스러운 고양이를 절박하게 눈으로 찾아헤맸다. 광분 상태인 개 두 마리와 패닉 상태인 인간 한 명은 밀집대형을 이루어 마당을 이리저리 뛰어다녔다. 고양이 소리는 그치지 않았다. 소리는 점점 크고 사나워졌다. 아기 울음소리 같기도 하고 바퀴가 끼익하는 소리 같기도 했다. 잠깐만, 이건 고양이가 아닌데. 아기도 아닌데.

이건…

새인가?

나는 멈춰섰다. 그다음 순간 바닥에 주저 앉아 풀밭을 때리며 깔깔깔 웃음을 터뜨렸다.

인동덩굴 잡목 꼭대기 안전한 곳에 자리잡은 작은 회색 새 한 마리가 검은 단추 같은 눈으로 나와 사납게 짖어대는 개들을 빤히 쳐다보고 있었던 것이다. 단정한 회색 정장에 검은 모자를 쓴 모습이 꼭 작디작은 기차차장 같았다. 회색 새가 검은 부리를 벌릴 때마다 찍찍, 플루트 같은 휘파람 소리, 끼익끼익, 재잘재잘, 짹짹으로 이루어진 노래가 터져나오며 성난 멍멍 소리와 화음을 이루었다. 나는 이 모든 소리가 저 작은 몸에서 나온다는 걸 믿을 수가 없었다.

나는 집 안으로 들어가서 내가 가진 유일한 새 관련 책자를 가져왔다. 그리고 내가 잿빛고양이새의 시선을 받고 있다는 걸 알게 되었다. 처음 들어보는 종이었지만 미국의 46개주와 국경 너머 남부 캐나다에서 둥지를 트는 새였다. 책자에 따르면 이 새는 내가 알고 있는 남부의 새인 흉내지빠귀와 가까운 친척관계였다. 두 새 모두 흉내지빠귀과 또는 "흉내쟁이"에 속했다. 나는 남부의 큰 교차로에서 흉내지빠귀들이 신호등 위에 앉아 이제 건너도 된다고 사람들에게 알려주는 신호등 전자음을 따라하는 모습을 본 적이 있었다.

그 책에 따르면 우리는 이제 막 이 고양이새의 영역에 들어선 참이었다. 고양이새들은 겨울에는 남쪽의 쉼터로 이동했다가 보통 4월이나 5월에 중서부의 동일한 둥지지역—똑같은 관목숲일 가능성이 크다—으로 돌아왔다. 나는 아마 이 새들이 남부에서 지금 막 돌아왔으리라는 걸, 어쩌면 우리가 도착한 바로 그날 도착했을 수도 있다는 걸 깨달았다. 몽고메리에서 매디슨까지 이틀에 걸친 우리의 고된 여정을 떠올렸다. 나는 이 작은 새가 우리 차 위에서 높이 날며 우리가 장장 1500킬로미터에 걸쳐 산과 계곡을 넘을 때 힘차게 날갯짓을 하고 있는 이미지를 떠올렸다.

고양이새는 수명이 17년이고, 따라서 이 새는 어쩌면 우리 집 마당에서 오랜 세월을 보냈을지도 몰랐다. 여름 내내 이곳에서 일가를 이루고 나면 고양이새는 9월이나 10월에 떠나야 했다. 열매와 곤충이 먹이인데 위스콘신의 혹독한 겨울에는 이런 먹이를 구하기가 힘들기 때문이다. 새의 이동경로를 나타내는 지도를 보니 고양이새는 위스콘신을 떠나면 곧장 정남쪽을 향했다. 손가락으로 이 새의 잠재적인 경로를 따라가던 나는 이 작은 새가 내가 집이라고 불렀던 모든 장소를 거쳐 이동했거나 살았을지 모른다는 사실을 깨닫고서 가슴이 쿵 하고 내려 앉는 기분이었다. 니카라과, 과테말라, 멕시코, 앨라배마, 루이지애나, 그리고 이제는 위스콘신. 우리는 생애이주경로가 같았다.

우리 동네에서 고양이새의 팬은 나뿐만 아니었다. 아마추어 야생동물 사진작가인 옆집 이웃 정비공 그렉 역시도 그랬다. 어느 봄날의 아침 잠에서 깬 그렉은 마당에서 앵무새 떼 소리가 난다고 생각했다. 밖으로 달려나갔지만 앵무새는 찾을 수 없었다. 그 엄청난 소리는 모두 작은 회색 새 한 마리가 내는 것이었다. 그렉은 그 새에 관한 글을 찾아 읽다가 이 새가 워낙 흉내를 잘 내서 중앙아메리카에서 출발해 막 도착했을 때는 중앙아메리카 새 같은 소리를 내지만 여름이 끝날 때쯤 되면 위스콘신 새 같은 소리로 노래를 부른다는 사실을 알게 되었다.

우리의 고양이새가 한 번씩 앵무새 떼 같은 소리를 내는 이유는 동시에 완전히 다른 두 개의 노래를 부를 수 있는, 그러니까 혼자서도 이중창을 할 수 있는 명금류의 일원이기 때문이다. 인간은 목에 있는 후두로 소리를 만들어내는데 새에게도 후두가 있다. 하지만 새에게만 있는 독특한 발성기관도 있는데 그건 바로 가슴 속 깊이 파묻힌 골격 구조인 울대이다.[1] 울대는 공기주머니에 둘러싸인, 두께가 1센티미터도 안 되는 이중원통 구조의 연골뼈 상자로, 탄력이 있는 진동막이 달린 공명실이라고 할 수 있다. 새가 들숨과 날숨을 쉬면 울대에 있는 이 막의 주름을 지나는 공기가 소리를 만들어내 고양이새를 비롯한 명금들이 몇 분 동안 쉬지 않고 계속해서 노래할 수 있게 해준다. 이 깃털 달린 명창은 울대근육을 긴장시켜 음량과 음높이를 제어하는 방식으로 소리를 조절한다. 울대는 이중원통 구조이고 이 양쪽은 독립적으로 작동하기 때문에 고양이새 같은 새는 두 개의 다른 노래를 동시에 부를 수 있다.[2] 인간처럼 새에게도 폐가 있지만 동시에 몸 곳곳에 퍼진 아주 작은 공기주머니 7~9개가 마치 풀무처럼 작동해서 한쪽 방향으로만 계속해서 공기가 흐르는 척추동물은 새가 유일하다.[3] 이 덕에 체내 산소 흐름이 더 효율적이고 원활해서 새들은 장거리비행을 할 수 있고 신묘한 노래도 부른다.

인간은 후두를 통과하는 공기 중에서 단 2퍼센트만 가지고 소리를 내는 반면, 많은 명금들은 울대를 통과하는 공기의 거의 100퍼센트를 활용한다.[4] 고양이새 한 마리가 마치 1인밴드처럼 연주도 하고 합창까지 할 수 있는 건 그래서다. 명금들은 인간보다 공기를 훨씬 효율적으로 사용할 수 있기 때문에 몸무게가 설탕 한 스푼의 3/4밖에 안 되는 겨울굴뚝새 같은 가녀린 새가 체급이 무지막지 차이 나는 수탉보다 열 배 큰 소리를 내 동부의 숲을 피콜로 같은 트릴 음으로, 옥타브를 넘나드는 음악의 롤러코스터로 채울 수 있다.[5]

탐조인들과 조류학자들은 이 고양이새가 아기 울음소리, 전기톱소리, 자동차 경적소리, 자동차 경보음, 청개구리소리와 함께 최소한 44가지 다른 종의 새를 흉내내는 소리를 들었다.[6] 하지만 고양이새는 흉내만 내는 게 아니다. 자기만의 노래를 지어내고 거기에 모방을 섞어서 무려 10분 동안이나 "즉흥적인 지줄거림" 또는 "조류 버전의 재즈"라고 할 만한 음악을 폭발시키는 소리의 연금술사이기도 하다.[7] 이 새는 자신의 즉흥 화음과 반복되는 악절에 고양이 울음을 닮은 특징적인 울음소리를 중간중간 끼워넣는데 1936년에 나온 『미국의 새들

Birds of America』은 이 소리를 두고 "가장 새 같지 않은 으르렁거림"이라고 불렀다.[8]

고양이새의 노래에 관한 내가 제일 좋아하는 묘사는 알렉산더 V. 알턴Alexander V. Arlton이 명금을 음악적으로 분석하며 1949년에 남긴 『새의 노래와 여러 소리들Songs and Other Sounds of Birds』이라고 하는 책에 나와 있다. "고양이새의 노래에는 본질적으로 야생적인 특색을 부여하는 어떤 무법적인 자유가 있다."[9]

이웃집 정비공은 우리의 새를 몇 시간씩 영상에 담기도 했다. 그는 이 고양이새의 노래가 담긴 CD 하나를 내게 건넸다.

"난 이 새가 진짜 좋아요." 그가 내게 말했다. "매년 언제 돌아오나 목 빠지게 기다려요. 어느 해 여름에는 그쪽 집 마당에 둥지를 틀고 어느 해에는 우리 집 마당에 둥지를 틀죠."

나는 이곳에서 낯선 땅의 이방인, 카트리나 피난민이었다. 두려움과 혼란 속에서 나 같은 열대지방 출신이 어떻게 추운 북쪽에, 이렇게 근본적으로 다른 문화에 적응할 수 있을까 걱정하는. 하지만 이 목청 큰 작은 새는 내가 이웃들과 끈끈한 관계를 맺도록 도와주고 내게 용기를 주며 웃게 해주었다. 이 새는 일년의 절반을 위스콘신에서, 다른 절반을 아마도 멕시코나 중앙아메리카에서 살고 그 중간에 미국 남부에 잠깐 날개를 쉬었다. 새는 이 모든 장소에 속했다. 그리고 어딜 가든 새로운 노래를 배웠다. 나는 고양이새가 집 마당에서 박력 있게 노래하는 모습을 지켜보면서 생각했다. 이 새가 할 수 있으면 아마 나도 할 수 있을 거야.

고양이새를 알게 된 뒤 나는 이 새가 매년 어디로 가는지 너무 궁금해졌다. 그래서 기초적인 "멍청이들을 위한 탐조" 수업에 들어가 이 새와 내가 뉴올리언스에서 만났던 집참새, 홍관조에 관해 공부하기로 결심했다. 그땐 잘 몰랐지만 이 수업은 아버지를 추억하는 방편이기도 했다. 당시 나는 내가 아버지의 많은 소소한 것들을, 특히나 전화로 들려오던 아버지의 목소리를 그리워한다는 사실에 깜짝 놀랐다. 그리고 다시는 누군가의 "꼬맹이 소녀"가 되지 못하리라는 걸, 누구도 아버지가 날 부르던 꽥꽥이라는 별명으로 부르지 않으리라는 걸 돌연 깨달았다.

하지만 위스콘신-매디슨대학교에는 "멍청이들을 위한 탐조" 수업 같은 건 없었다. 그래서 두번째 학기가 시작되는 2008년 봄 나는 조류학 521 수업을 신청했다. 수년간 생물학으로 무장하고 수의대학에 진학하려는 학생들을 위한 수업이었다. 우리 개들을 약올리는 건 이제 쥐꼬리만한 고양이새만이 아니었다. 개들은 내가 새소리를 공부하느라 몇 주씩 CD로 재생시키는 우렁찬 왜가리소리, 멧도요, 꺅도요, 아비 소리 때문에 혼란에 빠져 집안을 뛰어다니며 소리의 근원을 뒤졌다.

조류학 박사인 마크 베레스Dr. Mark Berres 교수는 조류학계의 존 스튜어트[미국의 희극배우]였다. 미친 과학자와 거대한 앵무새를 반씩 섞어놓은 것 같다고나 할까. 정오는 대부분의 대학생이 푹 삶긴 면발처럼 흐물흐물해진다는 점에서 강의에는 절대적으로 최악인 시간대였음에도 베레스 교수는 주 3일 내내 100명이 넘는 늘어진 학부생들을 사로잡았다. 교수는 대형강의실 앞을 성큼성큼 걸어다니면서 흥분할 때마다 팔을 휘저었는데, 거의 3분에 한 번꼴로 그 동작이 튀어나왔다.

나는 강의노트에 "이 교수는 워낙 열정이 넘쳐서 학기가 끝날 무렵이면 강의실 위를 날아다닐 것 같다"라고 흘려 적어놓았다.

아마 새의 부부관계에 대해 많이 이야기했던 게 큰 효과가 있었나 보다. 교수는 수십 년간 학계에선 새가 주로 일처일부관계라고, 그래서 1950년대식 결혼관계를 유지한다고 믿었지만 과학자들이 최근 들어 DNA 검사를 이용해서 확인해보니 수컷과 암컷 모두 "불륜"을 저지른다는 사실이 확인되었다고 말했다.

"암컷은 예쁜 앞치마를 두르고 알 위에 앉아 있기만 하는 게 아니에요." 교수가 손가락을 뱅글뱅글 흔들며 우리에게 말했다. "남편이 외출을 하면 커피를 한 잔 마시고 가까운 다른 수컷을 찾아가죠. 이런 조류계의 불륜을 짝외교미extra-pair copulation(EPC)이라고 해요. 대학생들은 이걸 '놀아난다'고 말하고." 교수가 이렇게 말하자 강의실 안에 키득거림이 파도처럼 번졌다.[10]

강의실에서 나는 스테이시라고 하는 새로운 친구 옆에 자리를 잡았다. 강의가 진행되는 동안 우리는 교수의 익살에 눈썹을 들어보이며 시선을 주고받았다. 스테이시는 나처럼 40대였고 현실에서 몸을 피해 학교로 돌아와 있었다. 우리는 전혀 만난 적은 없지만 같은 시기에 과테말라에 살았다는 사실을 알고 깜짝 놀랐다. 스테이시는 내가 조사했던 일부 대학살에 책임이 있는 장군들을 처벌하려는 과테말라 조직들을 돕는 인권 변호사로 일했다. 이제는 이민 전문 변호가가 되어 중앙아메리카 사람들이 미국에 머물 수 있도록 힘쓰고 있었다. 스테이시의 많은 고객들이 구금시설에서 추방을 앞두고 있었다. 나처럼 그 역시 정신적으로 조금 과부하 상태였고 중앙아메리카를 떠난 뒤 새를 발견했다. 새를 보고 있으면 스테이시는 긴장을 풀 수 있었다.

우린 함께 공부하기 시작했다. 한동안 복잡한 현실세계에서 고된 활동을 했던 우리는 조류학의 법칙들과 엄정함에서 위안을 얻었다. 모호함은 없었다. 모든 것이 딱 떨어져야 했다. 과학적인 맥락에서 노랑배수액빨이딱따구리Yellow-bellied Sapsucker가 그랬다. 파랑배가 아니었고, "노랑"은 대문자로 시작해야 했으며 "배"는 소문자여야 했다. 나는 플래시카드를 한 묶음 만들어서 거기다가 새 사진들을 붙였다. 나는 마치 애착담요처럼 이 카드를 어디든 가지고 다니면서 버스에서, 도서관에서, 카페에서 혼자 퀴즈놀이를 했다.

나는 조류학에는 완전 문외한이었고, 거기서 겸허함과 신선함이라는 선물을 얻었다. 나는 전문성을 갖춰야 한다는 의무감에서 벗어나 불교에서 말하는 "초심"을 길러야 했다. 그리고 이제까지는 경이로움과 애정이라는 감각을 비롯해서 내 모든 감각을 요구하는 방식으로 무언가를 공부해본 경험이 없었다. 나는 전 세계의 새에 관한 책이 정갈하게 자리잡은 서가에서 호흡하기만 해도 기분이 좋아져서 작은 조류학 도서관에서 매일 어슬렁대기 시작했다. 다윈의 모험이 담긴 낡은 가죽 장정의 책들을 손가락으로 쓸어보고 그 먼지 쌓인 풍부한 냄새를 기분 좋게 만끽하며 책 사이를 거닐었다. 내 테이블에 오래된 책 무더기를 쌓아놓고 몇 시간씩 그곳에 앉아 새의 그림과 사진들을 넘겨보고 처음 보는 기묘한 단어들을 입 속에서 굴려보았다. 올빼미, 앵무새, 딱따구리처럼 나무를 쉽게 오르고 거꾸로 매달릴 수 있도록 발가락 두 개는 앞을, 두 개는 뒤를 향하는 새들을 뜻하는 "대지족zygodactyl" 같은 경이로운 단어. 그리고 그 뜻 그대로 사랑스러운 아기 새들을 감싸서 새들이 전 세계 대륙에서 살아갈 수 있도록 단열기능을 제공하는 부드럽고 보송보송한 깃털 같은 소리가 나는 "유모성plumulaceous" 같은 재미난 단어. 처음 접하고 난 뒤 제일 좋아하게 된 쿠카부라kookaburra 같은 새 이름도. 이 호주의 육식성 새가 내는 광인의 웃음소리 같은 기묘한 소리는 1930년대 타잔 영화와 〈오즈의 마법사〉에서 야생 정글 소리 대신 사용되었다.

스테이시와 나는 광신도 같은 열정으로 월수금 정오의 조류학 수업을 손꼽아 기다리기 시작했다. 그해 봄 나는 아버지가 옳았다는 걸 알게 되었다. 새들은 똑똑하다. 최소한 영장류만큼 또는 그보다 훨씬 더. 그리고 어떤 새들은 개개의 인간을 식별할 수 있다.[11] 그래서 어떤 사람을 "새대가리"라고 부르는 건 최고의 찬사라고, 베레스 박사는 우리에게 말했다. 새들은 날아가면서 한쪽 눈을 감고 잠을 잘 수도 있다. 어떤 과학자들은 새들이 잠을 자는 동안 꿈을 꾸고 심지어는 꿈속에서 노래 연습을 하는 게 아닌가 의심하기도 한다.[12]

"새는 예술가, 음악가, 발명가, 항해사, 나무 의사, 식목가, 곡예사예요." 우리의 교수가 강의실을 서성대며 소리쳤다. 단어 하나하나마다 느낌표가 세 개씩 달린 느낌이었다. 특히 "새들BIRDS!!!"이라고 말할 때면. 새들은 도구를 만든다. 새들은 노래를 배우고 짓는다. 새들은 태양과 별을 길잡이 삼아 사방의 집으로 수천 킬로미터를 이동한다. 그리고 새들은 시속 80킬로미터의 바람을 견딜 수 있는 재생재료를 가지고 복잡한 "녹색" 둥지를 짓는다. 나는 교수가 말하는 동안 그 바람 소리를 들을 수 있었다. 그 튼튼한 둥지 안에 웅크린 아기 새들이 눈에 보이는 것 같았다.

"까마귀는 모든 조류 중에서 제일 똑똑해요." 베레스 박사가 선언했다. 까마귀는 개별 인간의 얼굴을 식별할 수 있었다. 일본에서는 까마귀가 정지신호를 이용해서 호두껍질을 까는 법을 익혔다. 신호등이 빨간색일 때 까마귀들은 교차로에 호두를 떨어뜨린다. 신호등이 녹색으로 바뀌면 운전자가 이 호두 위를 차로 밟고 지나가고 다시 신호등이 빨간색이 되면 까마귀들은 아래로 내려가 껍질 속 내용물을 빼먹는다.[13]

까마귀를 향한 교수의 열정을 보고 호기심이 동한 나는 교정에서 까마귀들을 관찰하기 시작했다. 나는 까마귀들이 금요일 아침이면 기숙사 쓰레기통을 뒤져 피자를 끄집어낸다는 사실을 알게 되었다. 까마귀들은 아무래도 이 대학에서는 주말이 목요일 밤에 시작된다는 걸 알아낸 모양이었다.

하지만 내가 제일 좋아한 건 이동에 관한 수업이었다. 베레스 박사는 파워포인트 슬라이드를 넘기며 등에 붉은가슴벌새를 태우고 열심히 날개를 퍼득이는 큰캐나다기러기의 사진을 보여주었다.

“수십억 마리의 새들이 가을마다 이런 식으로 미국을 떠나서 라틴 아메리카로 이동한다고 생각하는 사람 손 들어봐요!” 교수가 소리쳤다.

몇몇 학부생이 주저하며 손을 들자 스테이시와 나는 히죽대며 웃었다. 나는 나의 고양이새와 뉴올리언스의 새에 관해 충분히 읽어둔 상태였기 때문에 교수가 우리를 놀리고 있다는 걸 알았다. 베레스 교수는 게임쇼 진행자를 하기에 충분했다.

“틀렸어요!” 교수가 외쳤다. 강의실 가득 웃음이 번졌다.

하지만 그날 교수가 우리에게 들려준 이야기는 그 조작된 사진만큼이나 환상 또는 기적에 가까웠다. 매년 연구자들은 레이더를 이용해서 나의 고양이새 같은 새 47억 마리의 이동을 관찰한다.[14] 매년 봄 새들이 북쪽으로 향할 때 생물학자들은 거대한 컴퓨터 모니터 앞에 앉아서 기상상황을 추적할 때 사용하는 바로 그 레이더로 새 떼를 추적한다. 레이더가 쏘아보낸 마이크로파는 빗방울, 나비, 새처럼 하늘에 떠 있는 물체에 부딪힌다. 이중 일부 광선이 돌아올 때 전 세계에서 코넬의 버드캐스트BirdCast 같은 웹사이트를 실시간으로 보고 있는 생물학자와 탐조인들의 화면은 꽃이 피듯 화사한 색을 띠며 확산하는 작은 방울들로 밝아지고, 야간에 거대한 무리가 뉴욕시나 5대호를 지날 때는 이 작은 방울들이 모든 땅을 뒤덮어버린다. 과학자들은 이렇게 되돌아온 광선 데이터를 가지고 해당 무리가 얼마나 큰지, 그 새들이 얼마나 빠르게 날고 있는지, 어느 방향으로 가고 있는지를 가늠한다. 기상학자는 화면상의 큰 방울을 “새의 폭발birdbursts”이라고 부르며, 폭풍전선과 거대한 새 떼를 구분하는 법을 익혀야 한다.

교수의 설명에 따르면 일부 새들은 이주 여행에 대비해서 몸무게를 두 배로 늘린다. 그 새들은 한 번의 야간비행에서 체질량의 무려 10퍼센트를 연소시키기 때문에 추가적인 지방이 있어야 한다. 또한 그렇게 연소시킬 추가적인 지방을 감당하려고 비행근육을 35퍼센트까지 늘린다. 그리고 이런 추가적인 근육과 지방이 자리 잡을 공간을 만들려고 장기를 축소시킬 수도 있다.

고양이새 같은 많은 종들이 야간에 이동하는 것은 포식자를 피할 수 있고 바람이 적어서 에너지를 아낄 수 있기 때문이다. 하지만 그래도 아주 위험한 이동이긴 마찬가지다. 교수의 설명에 따르면 장거리 이동을 하는 새들의 사망율은 50퍼센트다. 50퍼센트, 교수는 느리게 한 번 더 말했다. 우리가 여름에 매디슨에서 본 새의 절반이 내년이 다시 돌아오지 못할 수 있다는 뜻이었다. 야간에 멕시코만을 날아서 건너는 새들은 6000여 개의 석유굴착장치에 달린 조명 때문에 혼란에 빠져 굴착장치로 날아들거나 그 위에서 선회비행을 하다가 기력이 다해 바다로 추락할 수 있다(연구자들은 뱀상어의 위에 고양이새를 비롯한 명금류가 가득 들어있는 걸 발견한 적도 있다). 만일 새들이 무사히 육지까지 왔다고 해도 여전히 무선 기지국의 조명이 혼란을 줄 수 있다. 생물학자들은 이동중에 기지국 아래 떨어져 있는 고양이새 사체 수백 개를 찾아내기도 했다.

교수의 강의를 듣다 보니 몇 년 전 짐과 함께 멕시코만을 배로 건너다가 보았던 작은 노란 새가 갑자기 생각났다. 우리는 당시에 앨라배마에 살고 있었다. 노련한 뱃사람이었던 짐은 자신의 10미터짜리 유리섬유 범선을 몰고 대서양을 건너 포르투갈까지 갈 계획이었다. 짐은 앨라배마 모빌에 정박되어 있는 자신의 배를 몰고 플로리다에 가서 대서양을 건너는 여행을 준비하려 했다. 짐은 내게 그 여행 중 플로리다 구간을 함께 해보자고 권했다. 나는 항해 경험이 전혀 없었기 때문에 짐은 노련한 일등항해사인 대릴이라고 하는 영국 남자를 합류시켰다.

모빌의 전등이 시야에서 사라지면서 우리는 점점 어두워져가는 하늘과 세탁기처럼 휘몰아치는 바다를 향해 흔들리며 나아갔다. 나는 이 닷새간의 항해를 위해 자주색 요가매트와 요리책과 스테이크로 가득한 보냉상자와 고급 와인을 들고 왔다. 하지만 이내 뱃멀미약을 가져왔어야 했다는 깨달음과 후회가 밀려왔다. 나는 이후 사흘을 갑판 아래 관짝처럼 생긴 벙크베드에 구겨져서 피글리위글리 그림이 그려진 비닐봉지에 위액을 게워내며 보냈다.

나흘째가 되어서야 나는 겨우 배 위로 올라올 수 있었다. 해가 고개를 내밀었다. 나는 탈수 상태로 멍하니 갑판 위에 앉아 나무 난간을 꼭 쥐고 우리 배를 한 바퀴 돌곤 하는 상어들을 애써 못 본 척 하고 있었다(아마 내가 먹잇감으로 괜찮은지 탐색 중인 것 같다고 생각했다). 돌연 대릴과 짐이 무언가를 가리키며 고함을 치기 시작했을 때 나는 먹이사슬에서 내가 점하고 있는 미미한 자리에 대한 상념에 젖어 있었다.

갈색과 노란색이 섞인 작은 새들이 물에 한 번씩 발을 담그기도 하면서 우리 옆을 쌩 하고 지나갔다. 라틴아메리카에서 멕시코만 연안으로 새들이 이주하는 절정기인 4월이었다. 난 이 새들이 바닷새가 아니라는 걸 알았다. 이 새들은 육지새들이었고 물에서 멀리 떨어져 있었다. 점점 연료가 바닥나서 힘들어 하는 것 같았다.

"이리와! 이리와!" 우리 셋은 새들에게 우리 배에 앉았다 가라며 고함을 질렀다.

작디작은 노란 새가 대릴이 있는 곳에서 겨우 한 발짝밖에 안 되는 선실 지붕에 내려 앉았다. 그 새가 대릴을 올려다보았다. 우리 모두 얼어붙은 채 속삭이기 시작했다. 물을 줘야 하나? 크래커를 줄까?

우린 아무것도 하지 않기로 했다. 세 개의 석상처럼 거기 서서 그 작은 노란 새가 우리를 구경하는 모습을 바라보았다. 20분이 지났다. 그 새는 여전히 우리를 빤히 쳐다보며 서 있었다. 그러다가 갑자기 선실 지붕에서 날아오르더니 수면 위를 쏜살같이 날아 저 멀리 앨라배마 해안을 향했다. 그 노란 점 뒤로 희망의 실이 길게 이어졌다.

"행운을 빌어!" 우리가 소리쳤다.

나는 베레스 박사의 강의와 그의 신나는 이야기들을 사랑했다. 하지만 그러다가 중요한 시험에서 C를 받았다. 이제까지 내가 치러 본 가운데 제일 어렵고 제일 과학으로 뒤범벅된 시험이었다. 내 주위에 둘러 앉은 19살, 20살짜리들이 A과 B를 받고 의기양양했고, 나의 과테말라 변호사 친구도 좋은 점수를 받았다. 나는 패닉에 빠졌다. 조류학 521 수업은 수의학 예비 과정이나 동물학 전공자들을 위한 어려운 과정이었다. 나 같은 어중이떠중이가 넘볼 그런 수업이 아니었던 것이다. 교수는 우리가 비행의 물리학을 계산할 수 있도록 칠판에 기나긴 수학공식을 갈겨 쓰고 있었다. 나는 물리학 수업은 들어본 적도 없었고—개인교습을 했는데도—D를 받은 고등학교 대수학 2 과정(수업 직전에 마리화나를 피웠는데도 효과가 없었다) 이후로는 수학교실에 앉아 있은 적이 없었다. 매주 우리는 위스콘신의 새 20종을 겉모습과 소리로 동정하는 법을 익히고 학명을 외워야 했다(그 학기에 총 250종이었다). 그리고 매주 종 이름 퀴즈가 있었는데, 학명에서 철자를 틀릴 때마다 감점 처리가 되었다.

나는 학자금대출로 생활하면서 카트리나 부채를 갚아야 하는 45살의 박사과정생이었다. 학부수업에서 C를 받을 수는 없었다. 나는 이 수업을 수강 취소해야 하나 고민했다. 이렇게 다 늦은 나이에 20대들과 경쟁하며 과학과 수학을 따라잡을 방법이 도저히 떠오르지가 않았다.

나를 식겁하게 만든 건 조류학에 등장하는 수학과 물리학만이 아니었다. 날씨도 있었다. 이 수업에는 한 주에 한 번씩 수업 조교 한 명이 우리를 데리고 매디슨 이곳저곳으로 탐조를 다니는 새 동정 실습이 있었다. 1월의 첫 수업 날 수업 조교가 "이 수업은 절대 취소되지 않아요. 날씨가 어떻든 상관없습니다"라고 강조하며 출석과 성적에 대해 아주 엄격하게 안내를 하는 걸 듣고 나는 기겁했다.

날씨가 상관없다고? 나는 남부 캘리포니아와 중앙아메리카와 뉴올리언스에서밖에 안 살아봤는데? 수업을 듣는 학생 대부분은 두꺼운 내복을 입고 자란 중서부 출신들이었다. 하지만 내게는 사실상 인생 첫 겨울이나 마찬가지였고, 날씨는 기록경신을 앞두고 있었다. 한 세기를 통틀어 위스콘신 최악의 겨울이었다. 4월경에 2.5미터에 달하는 눈이 내리기도 했다. 점도가 높은 눈, 가루처럼 날리는 눈, 설탕 같은 눈, 눈 사람을 만들기 좋은 눈, 지붕에 동굴을 파도 될 것 같은 눈, 심장마비를 일으키는 눈. 눈이 얼마나 무거웠던지 보건부가 사람들에게 삽질을 너무 빨리 하지 말라고 경고할 정도였다. 매년 두세 명이 심장마비로 목숨을 잃는다면서. 이제 더 이상 작은 플라스틱 스노우볼이 귀여워 보이지 않았다. 위스콘신이 내가 겁내던, 눈을 멀게 할 것만 같은 〈파고〉의 소름끼치는 희디 흰 장면에 등장하는 장소처럼 보이기 시작했다.

2008년 2월 12일, 첫 현장실습이 있었다. 아침 7시, 바깥은 영하 12도였다. 학생들을 가엽게 여긴 강사는 우리를 데리고 매디슨 동물원에 가서 난방이 들어오는 건물 안에 갇힌 열대 새를 보여주었다. 일주일 뒤 두번째 현장실습에서 강사는 우리를 차에 태우고 아직 얼어 있는 야하라강에 가서 얼지 않은 물쪽에 모여 있는 기러기와 오리들을 보게 했다. 아침 8시 반인데도 무려 영하 15도였다.

"젠장맞게 춥다." 나는 야장에 이렇게 흘려 적었다.

그날 아침 나는 영하 45도에서도 끄떡없다는, 한쪽에 무게가 1kg은 될 것 같은 프랑켄슈타인 괴물 북극 부츠를 신고 다른 학생들과 얼음 위에 옹기종기 몰려서서 과연 내가 제정신인지, 그리고 우리 강사가 제정신인지 고민에 빠졌다.

강사는 우리에게 50미터쯤 떨어진 얼음 위에 서 있는 흰기러기와 큰캐나다기러기의 차이를 살펴보라고 주문했다. 대체 그게 뭔 상관인데? 그 순간 더 궁금한 건 과연 콧물이 내 콧구멍에서 얼 것인가였다.

그 매서운 겨울 아침의 첫 탐조 이후 나는 13년 동안 기초 현장 조류학을 가르치고 있다. 1월의 버몬트에서 아직 낯도 익지 않은 학생들에게 "날씨는 어떻든 상관하지 않는다"고, 우린 아침 8시면 밖으로 나가서 단 한 마리의 새를 찾기 위해 얼어붙은 습지를 활보하고 다니게 될 거라고 이야기하면 몇몇 학생들의 얼굴에 "저 선생이 제정신인가?" 하는 표정이 떠오르는 게 눈에 보인다. 나는 학생들에게 내가 처음으로 진짜 겨울이 있는 지역으로 이사를 했을 때 한 미네소타 사람이 내게 해준 조언을 똑같이 해준다. 11월부터 3월까지는 히어로슈트 같은 비싼 긴 내의가 여러분의 새로운 피부가 될 거예요. 그리고 나는 학생들에게 말한다. 그냥 끝까지 따라와보라고. 어느 날 아침 문득 변화가 찾아올 것이고, 그러면 너의 인생은 새로운 국면을 맞게 될 거라고.

나의 새로운 국면은 그 해 겨울, 시간이 조금 더 지나서 우리 집 건너편에 있던 워너공원으로 혼자 탐조숙제를 하러 갔을 때 찾아왔다. 아침 7시 45분, 영하 11도의 날씨였다. 면도날처럼 날카로운 찬 공기 때문에 피부가 아릴 지경이었다. 두꺼운 솜이불 같은 눈이 공원의 모든 것을 뒤덮었고, 영롱한 수정을 매단 나뭇가지들이 햇볕을 받아 반짝였다.

나는 한 시간 동안 세 종류의 새 소리를 들었다. 흰가슴동고비가 미친 듯이 키득대는 소리, 솜털딱따구리가 고음으로 우는 소리, 붉은배딱따구리의 굴러가는 듯한 찌르륵 소리. 눈으로 본 새는 물푸레나무 꼭대기에 앉은 밝은 빨강의 홍관조 수컷뿐이었다.

나는 눈더미 위에 앉아 보온병에 담아온 커피를 마시며 홍관조를 관찰했다. 홍관조는 가슴을 앞으로 내밀고 고개를 뒤로 살짝 젖힌 채 밝은 태양을 마주 보며 온몸으로 노래를 불렀다. 목 근처의 깃털이 떨리는 게 보일 정도였다. 아침 출근 차량의 나지막한 소음도, 밤새 방치되어 있던 차량이 운전자의 어루만짐으로 다시 깨어날 때 엔진이 냉기를 털어내면서 내는 거친 기침소리도 더 이상 들리지 않았다. 나와 홍관조, 그리고 차갑고 환한 그 순간이 전부였다.

그 수컷 홍관조는 자정 무렵 술집을 나서며 고개를 높이 들고 가슴에 힘을 주고 무반주로 오래된 작별노래를 부르던 아일랜드 사람을 연상시켰다. 나는 그 찬란한 빨간 새를 바라보며 노래를 부른다는 것, 또는 온 마음과 영혼을 담아 무언가를 한다는 것의 의미를 생각했다. 그리고 사실 나는 이 홍관조가 태양을 맞이할 때의 이 충만한 주의력과 기쁨으로 모든 것을 하고—노래하고, 말하고, 가르치고, 정원을 돌보고, 글을 쓰고, 사람들을 조직하고, 사랑을 하고—싶다는 걸 깨달았다.

나는 내가 단지 그 새에게만 집중할 수 있는 것은 바로 솜이불처럼 두터운 눈 때문임을 알게 되었다. 차디찬 얼음 결정들이 완충제 역할을 한 덕에 내가 이제껏 경험해보지 못한 깊이의 고요함과 적막이 만들어진 것이었다. 이 적막은 내가 진정으로 이 한 마리 새의 소리에 귀 기울일 수 있음을 의미했다. 나는 더 이상, 아 젠장, 영하 11도라니. 내가 이 눈더미에 앉아서 대체 뭘 하고 있는 거지? 같은 생각을 하지 않았다. 이제 나는 이렇게 생각했다. 이 추위 때문에 다들 집안에서 나오지 않은 덕에 내가 이 새를, 이 적막을, 이 장소를, 이 평화를 혼자 오롯이 만끽할 수 있다니 이런 행운이 다 있을까.

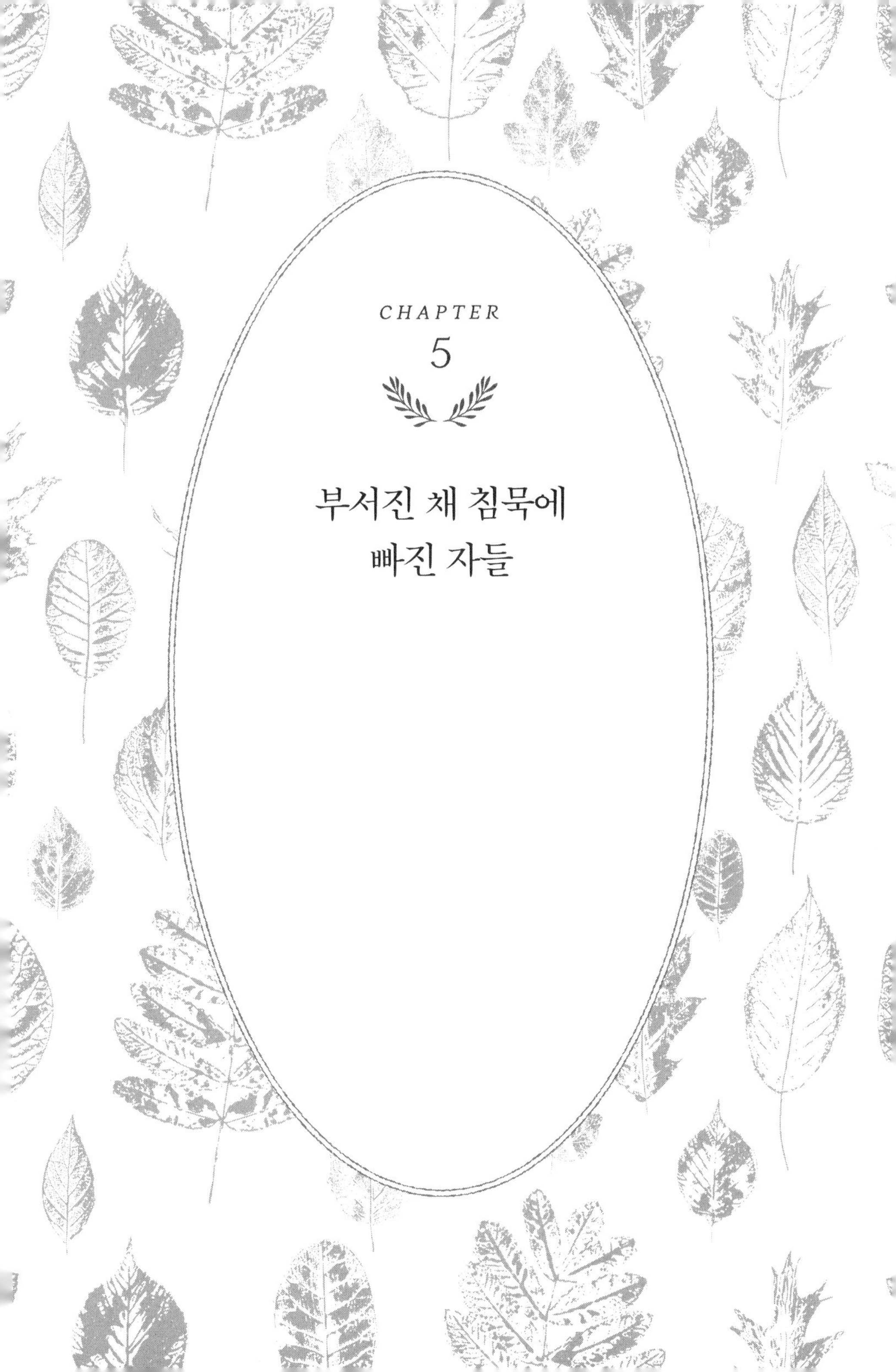

CHAPTER

5

부서진 채 침묵에 빠진 자들

우리는 그들에게 주의를 기울임으로써
경이로운 장소를 창조한다.

데이비드 조지 해스컬David George Haskell

나는 중독자 기질이 있어서—가족내력이다—어떤 사람이나 장소, 취미에 한번 빠지면 조금 극단적인 정도에 이르곤 한다. 16살 때 미스터 캘리포니아대회에서 입상한 출중한 보디빌더인 어떤 이탈리아계 남자애한테 반한 적이 있었다. 그러니까 사실 내가 넘볼 만한 상대는 아니었다. 나는 오렌지카운티의 금빛 찬란한 소년과 소녀들이 지적인 나환자로 취급하는 두뇌형 패거리들하고 몰려다녔으니까. 하지만 그 무엇도 내가 어느 늦은 밤 그 남자애의 집으로 돌진해서 그 집 우편함을 스파게티와 초콜릿 케이크로 가득 채우는 것으로도 모자라 그 집 앞 잔디밭을 "빌려온" 흉측한 금빛 이집트 스핑크스상으로 장식하지 못하게 막지 못했다. 이런 열정은 그 소년의 마음을 울리지 못했지만(아마 걔는 겁에 질렸을 것이다) 덕분에 내 친구들과 나는 몇 년 동안 그 일을 놓고 킬킬거렸다.

그러므로 내가 조류학 수업 때문에 처음으로 쌍안경을 집어 들었을 때 그 상자에는 이런 빨간 경고딱지가 붙어 있어야 마땅했다. "주의: 중독과 집착 성향이 있는 사람들은 새를 볼 때 이걸 사용해서는 안 됩니다. 운전 중에는 더더욱"이라고.

교수는 우리에게 한 주에 한 시간씩 각자 탐조를 하는 걸 숙제로 내줬다. 하지만 그 홍관조를 보며 겨울의 마법에 눈을 뜬 나는 한 주에 한 시간이 아니라 하루에 한 시간, 그다음에는 하루에 두세 시간,

그다음에는 주말 내내, 그리고 밤에는 올빼미를 찾아 워너공원을 헤매고 다녔다.

뉴올리언스에서 로욜라대학교 건너편 오듀본공원으로 무의식적으로 발걸음을 옮겼듯 워너공원의 녹색 품에 이끌려 집 밖을 나와 길을 건넜다. 듬직한 푸른가문비나무를 지나 새 먹이대에 새들이 옹기종기 모여 있는 헤디의 마당을 지나 워너공원의 풀밭을 향했다. 이 풀밭 사이의 녹색 산책로를 따라가면 저 아래 습지가, 철길과 맞닿은 공원 경계가 나타났다. 워너공원의 물은 이 철길 아래의 아치를 통해 흘러나갔다. 그 물을 따라 공원 경계 밖으로 100걸음만 옮기면 매디슨에서 제일 크고 깊은 호수인 멘도타 호수가 나타났다. 그 9781에이커의 아름답고 평화로운 보석은 여름이면 페들보드과 카약을 타는 사람들이 오리들과 함께 노닐었고 겨울이면 수면이 꽁꽁 얼어서 얼음낚시꾼과 스노우카이터와 아이스하키 선수, 그리고 얼음축제 행락객 들의 놀이터로 변했다. 우리가 이사한 집 옆에는 매디슨에서 두번째로 큰 공원만 있는 게 아니었다. 매디슨에서 제일 큰 호수도 있었다.

멘도타 호수는 매디슨에 있는 다섯 개의 호수 중 하나였다. 미국 중서부가 끝없이 펼쳐진 평평한 초원이라고만 생각했던 나는 매디슨도 뉴올리언스처럼 땅의 도시보다는 물의 도시에 더 가깝다는 걸 깨달았다. 그리고 뉴올리언스에서는 그 모든 물이 위험을 의미했다면 매디슨에서는 그 물이 새를 의미한다는 걸 막 알려는 참이었다.

그 혹독한 첫 겨울이 물러나고 봄이 도착했을 때 워너공원 습지의 모습과 소리는 남쪽에서 돌아온 새들로 인해 마치 조류계의 「뉴욕에 있는 세계 최대 규모의] 그랜드센트럴역과 비슷해졌다. 거대한 V자 대형으로 날던 기러기들이 습지에 내려앉으며 시끄럽게 퍼드덕대고 끼룩대며 한자리를 차지했다. 그러자 참새와 찌르레기들이 투덜대며 기러기들을 피해 부들에서 날아올랐다. 캐나다두루미들은 둘씩 짝을 지어 습지 섬을 가로지르는 댄서들처럼 우아하게 발을 디뎠다. 기러기들이 음량을 높여서 두루미에게 소리를 질렀다. 뱀처럼 길게 목을 뺀 수컷 기러기들은 둥지 장소에서 다른 기러기들을 몰아내면서 시끄럽게 날을 세웠다.

나는 새로운 무리가 도착할 때마다 맹렬히 야장에 갈겨 적었다. 개 놀이터 앞에서 먹이를 찾고 있는 미국지빠귀 50여 마리, 나무꼭대기에서 휘파람을 부는 긴꼬리검은찌르레기들, 높은 허공에서 비행을 하며 새된 소리를 내는 킬디어 한 쌍. 킬디어는 어쩌면 멕시코만큼 먼 남쪽에서 이제 막 도착했는지 몰랐다. 그리고 왜가리 역시, 어쩌면 멕시코만 연안에서.

어느 날 아침 주인공을 알 수 없는 새로운 노랫소리가 들려왔다. 명랑한 리듬이 너무나도 익숙했다. 나는 수업에서 막 배운 새 소리를 떠올리려고 애쓰면서 조류도감을 넘겼다.

"노래멧참새다!" 나는 부들에 매달려 자신의 영역을 지키고 있는 붉은 날개의 이 새들을 향해 소리쳤다.

멜로스피자 멜로디아*Melospiza melodia*. 이 학명은 이 새의 신명나는 지저귐처럼 오르내림이 있었다. 내 오른쪽에서 겨우 세 발짝 떨어진 벤치 아래에서 한마리가 가슴을 한껏 뽐내며 듬성한 관목에 매달린 채

나를 향하고 있었다. 녀석의 작은 크림색 가슴 깃털이 햇볕을 받으며 요동쳤다. 녀석이 같은 선율을 크게 반복할 때면 부리 안에 있는 연하디 연한 베이비핑크색 피부를 볼 수 있었다. 녀석은 내게서 시선을 떼지 않았다. 내가 앉아 있던 벤치가 녀석의 새로운 영역 안에 속해 있었던 것이다. 녀석은 내게 그 사실을 알리고 있었다.

쌍안경은 내 몸의 일부, 또 다른 손이 되었다. 어딜 가든 쌍안경을 떼어놓지 않았다. 자동차 글로브박스에도 쌍안경을 하나 더 놓아두었다(그런데 사실 이건 좋지 못한 생각이다. 도랑에 빠지거나 경찰 앞에서 머리를 조아리고 싶지 않다면 이렇게는 하지 않는 게 좋다). 차를 몰고 은행에 갈 때면 늘 도로 건너편 월마트 앞의 거대한 참나무에 커다란 붉은꼬리매 한 마리가 앉아 있었다. 나는 은행 일을 마치고 나면 주차장에서 5분간 녀석에게 선망의 시선을 보냈다. 차량으로 미어터지는 커다란 교차로, 보통은 몇 분씩 오도가도 못하고 저주를 퍼붓는 그곳은 신호등에 앉아 다른 동물이 로드킬을 당하길 기다리고 있는 매들을 관찰하기 최적의 장소였다.

또 다른 새로운 탐조 도구는 사랑하는 조류도감이었다. 캘리포니아에 있는 어머니를 뵈러 갔다가 전망창 바로 아래 놓여 있던 아버지의 낡은 조류도감을 발견했다. 오래된 2002년 판이어서 일부 종의 이름은 이미 바뀌기도 했지만 개의치 않았다. 그 후로 어딜 가든 그 도감을 들고 다니면서 뒤적거리기 시작했다. 아버지도 똑같이 했을 거라고 생각하면서(몇 년 뒤 오리건에 사는 남동생을 보러갔는데 똑같은 조류도감이 동생의 커피테이블 위에 놓여 있었다. 내가 말했다. "해리, 나도 똑같은 도감이 있어. 원래는 아빠 꺼였는데." 그러자 동생이 말했다. "아니야. 그럴 리가 없어. 이게 아빠 책이야." 그다음 순간 우리는 아빠에게 같은 도감이 두 권 있었고 우리가 그걸 하나씩 나눠 가지고는 상이라도 탄 것처럼 뿌듯해했다는 사실을 알게 되었다).

새는 내가 가는 모든 장소에서 시선을 보내고 움직이는 방식을 바꿔놓았다. 심지어 건물 안에서도 계속 눈알을 굴려 바깥에서 움직이는 깃털 달린 생명을 찾아 창문을 스캔했고 내 귀는 벽 너머의 새소리를 향했다. 나는 인생에서 처음으로 내 주변의 비인간 생명과 강렬한 관계를 형성했다. 나는 새로운 언어를 배웠다. 영역을 알리는 소리, 날카로운 경고음, 부모 새의 부드러운 속삭임, "너 이 커다랗고 못생긴 인간, 내 둥지에서 그 손 떼시지!" 하는 경고음, 작은 규모의 철새들을 결집시키는 접촉음contact call, "나 여기 이 뒷마당에 있어," 또는 "이쪽 정원으로 와," 또는 "여자가 막 먹이대를 채웠어"를 의미하는 짹 소리와 부드럽게 짤깍대는 소리들.

어느 땅거미가 내린 저녁 짐과 나는 호숫가 근처의 개 놀이터에서 개들을 산책시키고 있었다. 그러다가 문득 박새의 치카-디-디-디-디-디-디-디하는 소리를 들었다.

나는 얼어붙었다. 디가 너무 많아, 이제는 남편이 된 짐에게 말했다. 짐은 자기가 움직이는 조류백과사전이라고 생각하는 여자랑 산책하는 데 신물이 난 상태였다. 짐은 새에는 별다른 관심이 없어도 이제까지는 계속 관대하게 이해해줬다. 하지만 우리는 막 결혼한 신혼이었고 아무래도 짐은 내가 플로리다에서 신혼여행 대부분 동안 자기 대신 큰청왜가리에게 추파를 던져서 화가 났던 것 같다.

"새 강의는 접어둬." 짐이 팔을 휘저으며 말했다. "제에발."

짐은 개들을 데리고 앞서 가버렸고 나는 뒤에 남았다. 그 소리는 주위에 포식자가 있다는 의미였다. 그리고 더 소리를 많이 낼수록 포식자가 크다는 걸 뜻했다.

잠시 후 미국수리부엉이 한 마리가 조용히 날개를 퍼득이며 급강하했다. 개들과 사람들과 반항하는 박새들 위를 비행하는 동안 그림자를 드리우면서. 부엉이는 개 놀이터가 보이는 커다란 나무 위에 자리를 잡았다. 멀리서 보니 귀를 쫑긋 세우고 점점 어두워지는 하늘을 등진 실루엣이 마치 우리 모두를 굽어보고 있는 거대한 고양이 같았다.

새들은 저마다 좋아하는 자리가 있다. 특히 작은 새들은 포식자를 잘 조망할 수 있는 곳을 좋아한다. 보통은 시야가 막히지 않고 아침에는 태양을 바라보며 작은 가슴을 한껏 부풀려 햇빛을 흡수할 수 있는 죽은 나무의 가지를 좋아한다. 그런 곳에서는 지나가는 곤충들, 날개 달린 아침식사도 발견하기 좋다. 그리고 그런 곳에서는 자기들을 관찰하는 탐조인을 관찰할 수도 있다.

워너공원의 슬레드힐에서 제일 마음에 드는 탐조자리를 찾아냈다. 가장 높은 고지에 자리한 평지로 야생화 들판과 풀로 뒤덮인 제방에 둘러싸여 있었다. 그곳에서 풀밭에 조류도감을 펼쳐놓고 가장 가까운 빵집에서 산 설탕이 가득한 번과 커피로 아침을 시작했다.

어느 날 아침 벌레를 찾는 미국지빠귀떼를 관찰하며 풀밭을 내려다보는데 지빠귀떼 가장자리에서 아주 이상한 닭 한 마리가 눈에 들어왔다. 바람에 하늘대는 불그스름한 바지를 입은 것 같은 다리가 눈에 띄었다. 쌍안경으로 살펴보니 지빠귀들 사이에서 자기도 지빠귀인 척하는 어린 붉은꼬리매라는 걸 알 수 있었다. 이 어린 매가 지빠귀들을 향해 아주 조금씩 다가가자 지빠귀들은 어느 순간 모두 날아가버렸다.

슬레드힐의 내 자리에서 새를 관찰하면서 나는 새들에게는 각자의 루틴과 리듬이 있다는 사실을 금세 발견했다. 매일 아침 7시경이면 남서쪽에서 날아오는 큰청왜가리도 그랬다. 나는 이 왜가리가 습지로 내려 앉아서 회칼 같은 긴 부리로 아침식사를 낚는 모습을 지켜볼 수 있었다. 옆모습이 마치 익룡 같은 이 거대한 새는 펼친 길이가 2미터에 가까운 날개를 느리게, 하지만 꾸준히 펄럭였고 죽어가는 괴물처럼 꽥 하는 독특한 소리를 냈다. 날씨가 점점 따뜻해지자 해뜰 무렵이면 제비들이 편대비행을 하다가 내 주변 풀이 무성한 제방 위로 급강하하여 키가 큰 풀들 사이에서 작은 각다귀와 나방을 낚아챘다.

아직 쌀쌀한 어느 3월의 아침, 나는 워너공원에서 뼈까지 시려오는 바람을 맞으며 깊이 쌓인 눈 위를 걷다가 개 놀이터 연결다리 옆에 있는 관목에서 개구리 같은 소리를 내는 갈색 머리의 새를 발견했다. 처음 보는 새였다. 아버지의 조류도감을 뒤져 이 신참이 동부큰딱새라는 걸 알아낸 순간 온몸에 전율이 일었다. 곤충을 주식으로 하는 이 철새가 아직 바닥에 눈이 남아 있는 시기에 찾아오리라고는 전혀 예상하지 못했기 때문이다.

동부큰딱새는 솔딱새과에 속한다. 여기에 속하는 여러 종은 워낙 비슷해서 전문가들마저 동정에 애를 먹는다. 하지만 나는 이 동부큰딱새가 초보 탐조인에게는 가장 좋은 친구라는 걸 금방 알아차렸다. 이 새는 다른 솔딱새들보다 최소한 두 달 먼저 남쪽에서 돌아오기 때문에 식별하기가 쉽다. 이 새는 저 멀리 북쪽으로는 캐나다 노스웨스트 준주, 남쪽으로는 플로리다, 서쪽으로는 콜로라도, 동쪽으로는 대서양에 이르는 모든 지역에서 번식을 했다(서부지역에는 그 지역만의 큰딱새들이 있다).[1]

조류도감은 큰딱새를 친절하게 설명해주지 않는다. 이 어두운 올리브색과 숯 같은 회색 등의 새는 "칙칙한 색"으로 묘사될 때가 많다. 탐조인들은 눈썹선, 관모crest, 깃tufts, 날개선, 가슴에 점이 있는지 줄무늬가 있는지, 꼬리가 긴지 넓은지 같은 사항들을 가지고 새를 동정하는 법을 배운다. 큰딱새의 가장 두드러진 신체적 특징은 이런 게 전혀 없다는 것이다. 평범한 새 중에서도 가장 평범한 동부큰딱새는 조류계의 배경무늬 같은 존재다. 하지만 이 작은 새가 조류학의 역사를 바꿔놓았다.

내가 워너공원에서 동부큰딱새를 처음으로 동정하기 약 205년 전, 19세의 존 제임스 오듀본이 펜실베이니아에서 자신의 동부큰딱새와 우정을 쌓고 있었다. 이 의욕 넘치는 자연 소년은 방 하나를 새의 알, 둥지, 뱀의 허물, 죽은 지 얼마 안 된 동물의 사체, 그리고 이 모든 것을 직접 그린 그림으로 가득 채웠다. 소년이 제일 좋아하는 은신처는 큰딱새들이 둥지를 만드는 집 근처 동굴이었다. 오듀본은 그 동굴에서 몇 시간씩 책을 읽고 그림을 그렸고 새들은 그에게 익숙해졌다. 그 과정에서 오듀본은 매년 가을이면 이 한 쌍이 떠나고 봄이 되면 등지로 돌아온다는 사실을 알게 되었다. 소년은 알고 싶었다. 매년 같은 새가 돌아오는 걸까? 그래서 부모 새들이 먹이를 구하러 나가서 둥지에 없을 때 소년은 아기 큰딱새의 다리에 은색실을 묶어두었다. 이듬해 소년은 인근 지역에서 은색 실을 매단 큰딱새 성조들을 발견했다. 어린 오듀본은 알지 못했지만 그때 오듀본은 북아메리카에서 처음으로 새에 가락지를 부착하여 미래의 조류연구와 보존을 위한 초석을 놓은 셈이었다.[2]

솔딱새들은 조류학 용어로 "호킹hawking" 또는 "기습공격sallying forth" 방식으로 사냥하는 작은 전투비행사들이다. 이들은 잠자리와 나방을 쫓아 빠르게 비행하며 급강하하는데 그 속도가 시속 53킬로미터에 달하기도 한다.[3] 편평한 편인 이 새들의 부리에서 만족스러운 금속성의 뚝 소리가 나면 경주가 끝났다는 뜻이다. 그러면 이 새들은 땅이나 좋아하는 자리에 자리를 잡고 먹이를 때려 죽인다. 대부분의 솔딱새들은 평범하기 짝이 없지만, 이 과에는 몇몇 이름이 독특하거나 화려한 새들도 있다. 턱수염이없는북방티라눌렛, 노랑배딱새—흑백 줄무늬가 있는 헬멧을 쓰고 쨍한 노란색과 적갈색이 돋보인다—그리고 머리에 불이 붙은 것 같은 주홍딱새처럼 말이다.

큰딱새는 협곡 절벽의 큰 바위나 낭떠러지뿐만 아니라 집참새처럼 인간의 구조물—오두막, 헛간, 피크닉용 쉼터, 그리고 특히 교량—을 종종 둥지 장소로 이용한다. 아주 기이한 장소에 둥지를 만들기도 한다. 전등의 소켓 주변이나 천정에서 늘어진 벽지, 지하 2미터 깊이의 탄광 통풍용 수직갱 같은 곳에.[4] 미국 동부의 농장이나 다리 근처에서 어린 시절을 보낸 사람이라면 큰딱새를 알 것이다. 역사적으로 많은 농부들은 이 새를 공짜 살충제로 여겼다. 거미와 진드기는 말할 것도 없고 목화바구미, 딸기바구미, 옥수수잎벌레, 개미, 메뚜기, 나방, 애벌레들을 워낙 끈질기게 사냥하기 때문이다.[5]

조류의 생활사를 다룬 21권짜리 책으로 유명한, 모든 조류를 망라하는 전기작가라 할 수 있는 스미스소니언의 조류학자 아서 C. 벤트는 이렇게 말했다.[6] "우리는 그걸 야생의 새가 아니라 농촌생활을 구성하는 행복한 공동체의 일원으로 여기게 되었다. 돼지우리에는 돼지들이, 닭장에는 닭들이, 헛간에는 말과 소가, 그리고 뒤편 헛간에는 큰딱새들이. 온종일 분주하게, 하지만 요란하지 않게 곤충들을 잡아 없애는 그 새는 농부들에게 인기 만점이다."

큰딱새들이 교량 밑의 들보에 이끼와 지의류를 가지고 컵 모양의 둥지를 만들기도 한다는 글을 읽고 나서 나는 얼어 있는 습지를 지나 개놀이터 연결다리 아래 쪽을 살펴보았다. 둥지를 찾지는 못했지만 매일 아침 그 새가 항상 보이는 관목에서 경고음을 내고 있었다. 겨울이 4월까지 이어지는 지역에 살다 보면 3월쯤에는 흰색, 회색, 검은색에 질릴 대로 질려서 알록달록한 총천연색을 꿈에 그리게 된다. 워너 공원에서 이 한 마리의 철새를 발견한 것만으로도 나는 기분이 날 듯이 뛰었다. 이 큰딱새를 필두로 남쪽에서 수십억 마리의 새들이 그 작은 부리를 빵빵하게 채우고 날아오를 준비를 하고 있다는 걸 알았기 때문이다. 6개월에 걸친 색채 대학살의 시기가 이제 곧 막을 내릴 것이었다. 봄을 알리는 조류계의 보편적인 전령인 큰딱새는 곧 다운자켓과 긴 내의와 흉측한 프랑켄슈타인 부츠와 작별하고 슬리퍼와 찢어진 청바지와 하늘하늘한 티셔츠와 재회하게 된다는 뜻이기도 했다.

이 특별할 것 없는 작은 새는 나에게 수년간 많은 교훈을, 그중에서도 특히 오로지 화려한 형형색색의 새들을 찾는 데만 골몰하며 새들을 차별하지 말라는 교훈을 안겨주었다. 나는 큰딱새를 통해 인간이라는 존재가 다른 종에게 피해를 줘서는 안 된다는 걸 배웠다. 우리는 건물과 교통시설물을 다른 종들과 공동으로 사용함으로써 서식지를 파괴하는 게 아니라 반대로 제공할 수 있다.

워너공원에서 탐조를 하기 전에는 내 머릿속에 '자연'과 인공적인 일체의 것을 구분하는 벽이 있었다. 하지만 큰딱새는 워너공원에서 가장 쓰레기 같은 장소, 야생을 발견하리라고는 전혀 기대하지 않았던 장소의 가치를 일깨우며 그 벽을 산산이 무너뜨리기 시작했다.

어느 늦은 가을 저녁 나는 철길을 따라 가다가 워너의 습지 가운데 잘 드러나 있지 않은 곳에 닿았다. 멘도타 호수로 이어지는 폭풍대비용 파이프가 있는 곳이었다. 구역질 나는 회갈색 웅덩이에 고인 물이 시민자연보존단[뉴딜 프로그램의 하나로 자연보존과 탐방 시설 설치 등의 활동을 했다]의 철로 아치와 호수로 이어지는 폭풍 대비용 배수로 사이에 놓여 있었다. 웅덩이 주위의 돌과 흙에는 마치 누군가가 페인트를 부어놓은 것처럼 밝은 파란색 얼룩이 긴 띠를 이루고 있었고,

빨간 멘티가 잡목 위에 걸쳐져 있는가 하면 경사지에는 꽁꽁 언 커스타드 컵과 맥주캔 두 개가 버려져 있었다. 나는 공원에서 가장 볼품없는 이 지역에서 뭔가를 발견할 수 있으리라고는 전혀 기대하지 않았다. 그런데 다음 순간 머리가 검은 작은 새가 흰 날개의 나방을 전속력으로 추격하는 모습이 눈에 들어왔다. 이 큰딱새는 두번째 급강하에서 이 나방을 부리로 낚아챘고 가까운 나뭇가지에 폴짝 자리를 잡더니 맛있게 먹어치웠다.

하지만 내가 언제까지고 이 큰딱새에게 고마워할 일은 따로 있었다. 워너의 동물주민에 대해서라면 그 어떤 생물학자 뺨치게 해박한 잔 에인필트라고 하는 76세의 은퇴한 사료분쇄기 노동자와 가까워진 계기가 바로 이 새였다.

어느 날 아침 나는 개 놀이터 연결교량 근처에서 큰딱새를 찾고 있었는데 종적이 묘연했다. 대신 몇백 미터 떨어진 작은 피크닉 쉼터에 앉아 있는 발그레한 민머리 남자의 큰 곰 같은 형상이 눈에 들어왔다. 남자는 습지를 바라보고 있었다. 거기서 큰딱새는 꼬리를 까딱이며 그 남자 주위를 날아 피크닉 쉼터를 들락거리고 있었다. 이 새와 남자의 거리가 얼마나 가까웠던지 마치 새가 남자의 머리에 앉으려는 듯 보일 정도였다. 쉼터 쪽으로 다가가자 남자 옆에 바퀴가 달린 커다란 금속 원통이 보였다. 산소탱크였다. 투명한 관이 남자의 한쪽 코에 연결되어 있었다. 몇 발자국 떨어진 곳에서도 남자의 거친 호흡소리가 들렸다. 큰딱새는 날아올라 나무에 자리를 잡고는 관찰에 들어갔다.

눈을 새에게 고정한 채 자리에 앉으며 나를 소개했더니 남자도 자신의 이야기를 들려주었다. 이름은 잔이었고 만성 폐쇄성 폐질환이 있다고 했다. 폐에 염증이 생기고 기도가 좁아져서 공기가 잘 흘러다니지 못한다는 뜻이었다. 50년간 폐로 사료분쇄기의 먼지를 들이마신 데다 골초였던 그에게 의사는 공원에서 산책을 하라는 처방을 내렸다. 잔은 풀밭 끝쪽에 있는 다세대주택에 살았고 깨어 있는 동안에는 최대한 오랫동안 동물들을 관찰했다. 그러고 있으면 어릴 때 자신의 놀이터였던 낙농장이 떠올랐다. 특히 풀밭과 덤불들이 그랬다.

"폐병의 한 가지 좋은 점은 빨리 움직이지 못한다는 거예요. 그래서 더 길게 관찰을 할 수가 있지. 한 번씩 멈춰 서서 호흡을 골라야 하다보니까 다른 사람들이 걸을 때보다 더 많은 걸 봐요."

이 과정에서 잔은 여우들이 어떤 특정한 참나무 종의 특정 도토리를 사랑한다는 걸 알게 되었다. 잔은 어느 가을 어린 여우 두 마리가 나타나서 바닥에 잔뜩 깔린 도토리를 싹 쓸어가는 모습을 지켜보았다(나는 그게 다람쥐 소행인 줄 알았다). 그는 습지로 이어지는 콘크리트 운하를 "매의 저녁식탁"이라고 불렀다. 줄무늬새매 한 마리가 관목에 앉아 있다가 급강하해서 물가로 물을 마시러 온 작은 명금들을 낚아채 갔기 때문이다. 그러다가 잔은 이 명금들이 매를 피하기 위해 관목숲 더 깊은 곳으로 자리를 옮겨 커다란 물웅덩이에서 물을 마신다는 걸 알게 되었다.

잔은 마멋 가족들이 관목숲 안쪽의 흙길을 통해 습지에 와서 물을 마신다는 사실을 알았다. 네 마리가 쪼로록 줄을 맞춰 가는 걸 본 적이 있다고 했다. 잔은 까마귀들이 야구시즌에 사람들이 버린 햄버

거와 프렌치프라이를 즐겨 먹는다는 걸 알았다. 그리고 그는 초가을에 메뚜기를 잡으려고 이슬이 조롱조롱 매달린 거미집으로 풀밭을 가득 채우는 왕거미들을 관찰하는 걸 사랑했다.

잔은 하루치 공원산책 치료를 마치고 나면 집에서 자기가 본 모든 것을 연구했다. 그는 그 무엇보다 공원을 사랑했다. 하지만 그중에서도 그가 제일 잘 아는 동물은 단연 큰딱새였다.

저 친구는 이 쉼터에 둥지를 만들어요, 잔이 낡은 들보를 가리키며 내게 말했다. 그쪽 구석을 보니 내가 한 달 동안 찾아 헤매던 작은 원형의 지푸라기 둥지가 있었다. 잔은 자기가 이 큰딱새를 "안다"고 말했고 그 말은 과장이 아니었다. 내가 잔과 이야기를 하는 동안 큰딱새는 자신의 둥지로 돌아가지 않으려 했다. 녀석은 꼬리를 흔들어대며 쉼터 근처에서 이 나무 저 나무를 옮겨 다녔고 나를 관찰하며 기다리고 있었다. 나는 마음이 불편해지기 시작했다. 나 때문에 이 새가 자기 일을 못하고 있는 것 같아서. 마음 상해할 필요 없어요, 잔이 내게 말했다. 이 새는 자기가 모르는 인간은 신뢰하지 않았다. 잔은 매일 그곳에 여러시간 앉아 있었고, 그래서 그 새는 잔이 익숙했다.

큰딱새는 짝짓기 할 때를 제외하고는 같은 종의 다른 새들도 잘 참아내지 못하는 단독생활형의 새다. 큰딱새들은 짝짓기가 끝나면 둥지에서 상대를 몰아내곤 한다. 하지만 이 암컷은 잔과 매일 몇 시간씩을 보냈다. 큰딱새들은 10년 이상 살 수 있으므로 어쩌면 이 새는 정말로 잔을 잘 아는지 몰랐다.

나는 작별인사를 하고 그 자리를 떠나오면서 어깨 너머로 살짝 그 새의 행동을 관찰했다. 몇 초도 안 되어 잔의 큰딱새는 나뭇가지에서 날아올라 쉼터로 향하더니 잔의 불그스름한 머리 위를 쌩 하고 날아 잔 바로 위에 있는 들보로 들어갔다. 잔은 아주 천천히 호흡하며 산소탱크에 몸을 기댔다.•

그다음으로는 샌디를 만났다. 역시 워너공원에서 심신의 치료약을 발견한 또 다른 동물애호가였다. 잔처럼 샌디 역시 우리 집에서 별로 멀지 않은 다세대주택에 살았다. 그 건물은 너무 시끄러워요, 샌디가 말했다. 사람들이 밤낮으로 고함을 쳐댔다. 샌디의 윗집에서는 어떤 사람이 헤로인을 과다복용하기도 했다. 워너공원은 샌디의 피난처였다. 샌디는 통통한 골든리트리버 윌리와 함께 산책을 하면서 하루 평균 4시간을 공원에서 보냈고 가끔은 8시간씩 있기도 했다.

샌디는 연이어 닥친 참혹한 상실을 겪고 난 뒤 캔자스에서 매디슨으로 집을 옮겼다. 처음에는 결혼생활이 파국을 맞았다. 그다음에는 턱에 종양이 생겼고 화학요법을 하는 동안 일자리와 의료보험을 함께 잃었다. 그다음에는 병원비 때문에 파산신청을 해야 했다. 파산 때문에 아름다운 집과 넓은 정원을 잃었다. 그러는 동안에 두 차례 큰 수술을 받았다. 이 모든 일이 휩쓸고 지나가자 샌디는 심한 혼란에 빠져 걷는 것도 힘들 지경이 되었다. 그래서 도로 아래 쪽에 사는 아들 곁

• 재능 있는 자연연구자였던 잔 에인필트는 4년간 나의 가장 중요한 공원 교사 역할을 해주었다. 잔은 2014년 1월 워너공원 옆에 있는 자신의 다세대주택에서 숨을 거뒀다.

에서 지내려고 매디슨으로 이사를 했다.

"어딘가에서 치료제를 얻어야 해요." 샌디가 내게 말했다. "안 그러면 견디기가 힘들어. 난 상태가 아주 나빴어요. 이 공원은 사람한테 활기를 불어넣어줘요, 육체적으로도 그렇고 정신적으로도 그렇고. 더 이상 못 버티겠다는 생각이 들 때, 사는 게 온통 화로 가득 찰 때, 절박한 감정이 들 때 이 공원에 와서 앉아 있어요. 밤이 제일 좋아요. 눈이 내려서 아주 고요한 밤이요. 아주 아주 큰 위로가 되죠."

산소탱크를 끌고 다니는 잔처럼 샌디 역시 달팽이처럼 느리게 공원을 산책한다. 한쪽 다리가 아직 수술에서 다 회복되지 않았기 때문이다. 접이식 의자를 들고 다니는 샌디는 몇 시간씩 앉아서 책을 읽거나 동물들을 관찰하곤 한다. 심지어 겨울에도.

어느 늦은 아침 엄마 올빼미와 아기 올빼미가 서로 이야기를 주고받는 소리를 듣게 된 이야기, 여름 밤이면 윌리와 함께 피크닉 테이블 위에 누워서 별을 바라보거나 이 공원의 작은 갈색 박쥐들이 높은 하늘에 뭉게구름처럼 떠 있는 곤충들을 잡아먹는 모습을 관찰한 이야기를 할 때 샌디의 얼굴이 환하게 빛난다. 그리고 새벽 2시에 윌리가 볼일을 보게 하려고 밖에 나왔더니 멋진 뿔이 달린 큰 숫사슴이 가로등 아래 서서 자신을 빤히 바라보더라는 이야기를 할 때도.

"새끼 여우들이 풀밭에서 놀 때 내는 기묘한 '절규' 소리를 들어본 적 있어요?" 샌디가 물었다. 그리고 개 놀이터에 봄이면 잠깐 얼굴을 보여주는 아담한 노란색 향기제비꽃 이야기도 들려주었다. 샌디는 평소 들고 다니는 여러 참고도서 중 하나인 야생화도감을 가지고 그

꽃을 동정했다. 잔처럼 샌디도 생태학의 숨은 고수였다.●

얼마 안 가 나는 공원에서 매일 샌디와 잔을 만나 이야기를 나누었다. 하지만 내가 지나갈 때 외진 구석에 말없이 앉아 있는 다른 공원애호가들도 있었다. 쌍안경으로 새를 관찰하다 보면 식생에 몸을 숨기고 있는 사람이 포착되곤 했다. 이 공원의 거암처럼 꼼짝도 하지 않는 이들. 처음 공원에 드나들기 시작하면서 서로 안면이 익었을 때는 말을 하지 않았다. 가볍게 목례 정도만 주고 받았고 그러면 그 사람은 다시 그늘로 돌아가 몸을 숨겼다. 그들은 자신들이 관찰하는 동물처럼 과묵했다. 그들은 관찰의 주체가 되길 바랐지 관찰 대상이 되고 싶진 않았다. 나는 이해했다. 카트리나 이후 처음 몇 년 동안 내가 딱 그런 기분이었으니까. 하지만 내가 쌍안경과 야장과 카메라를 들고 공원을 돌아다니는 모습을 보더니 그들은 자신이 알고 있는 동물 이야기를 들려주기 시작했다.

요즘 붉은 여우가 어떻게 지내는지 궁금하면 항상 야구모자를 쓰고, 항상 거대한 가시참나무 앞 벤치에 앉아 있는 남자가 최신 근황을 알고 있었다. 아침 7시에 여우가 풀밭 오솔길을 따라서 닭집 마당으로 달려갔어요(닭집 사람들에게는 영부인의 이름을 딴 암탉 다섯 마리를 지키는 초음속 닭장이 있었다), 여우가 숲속 테니스 코트에서 낮잠을 자고 있었어요, 슬레드힐 꼭대기에 앉아서 그 아래쪽 개 놀이터에 있는 개들을

● 샌디 역시 중요한 교사이자 동료이자 친구가 되었다. 이 절에 담긴 세세한 내용은 5년에 걸친 대화와 두 번의 인터뷰를 가지고 구성했다.

보고 짖었어요. 이 여우 관찰가는 자신이 가장 사랑하는 동물이 며칠 동안 눈에 띄지 않으면 시름이 깊어졌다. 여우가 공원 근처 큰 길을 건너다가 차에 치인 건 아닐까? 누가 동물단속반에 연락을 한 건 아닐까?

풀밭이 보이는 또 다른 벤치에 앉아 있는 젊은 홈리스 여성도 있었다. 이 여성은 튼튼한 검은 여행가방을 끌고 공원 이곳저곳을 돌아다녔고 워너의 호숫가에 있는 관목 아래에서 잠을 잤다. 여자 역시 동물을 관찰하는 걸 좋아했다. 젊은 남성인 크리스는 내가 산책로에서 만났으며 불안장애가 있었다. 그는 자신의 불안한 마음을 진정시키기 위해 매일 공원에서 산책을 했다. 그는 잔과 샌디처럼 마당이 없는 다세대주택에 살았다. 크리스는 기러기들을, 특히 기러기들이 새 가족들을 이끌고 행진을 하는 모습을 좋아했다.

개 놀이터에서는 최근 아내와 사별하고 상심에 젖은 신문배달부를 만났다. 그는 아주 이른 새벽에 일을 했고, 근무를 마치고 나면 워너공원으로 가서 몇 시간씩 새들을 관찰했다. 그는 공원의 수리vulture 이야기를 할 때 날개를 펼치듯 두 팔을 쭉 뻗고 고개를 뒤쪽으로 젖혔다.

"제일 멋진 새들이에요. 수리들이 기류를 타고 활공하는 모습을 보는 게 너무 좋아요." 신문배달부는 함박웃음을 지으며 말했다. 중증 우울증을 치료 중인 그는 워너공원을 "나의 안식처"라고 불렀다. "공원이 아니었으면 진작에 이사했을 거예요."

그리고 금빛 헬멧남이 있었다. 우리 집 건너편 물푸레나무 아래 피크닉 테이블에 앉는 콩 꼬투리 같은 길쭉한 남자. 기온이 영하 12도든 29도든 중요하지 않았다. 남자는 항상 빛바랜 금빛 미식축구 헬멧을 쓰고 앉아 있었다. 도토리 껍데기처럼 너무 작아서 마치 어린이용 헬멧처럼 보일 정도인데도. 이 남자도 다세대주택에 살았다. 바깥에 오랫동안 앉아서 지내는 사람임을 증명이라도 하듯 남자의 갈색 얼굴에서는 비바람의 흔적이 고스란히 느껴졌다. 그는 이웃사람들에게 자신이 왕자라고 이야기했다.

나의 새로운 공원 친구들은 여러 질병 때문에 천천히 움직였고 가만히 앉아 있었다. 그 덕분에 그들은 우리 대부분이 보지 못하는 것들, 이 지구를 지탱하는 작은 것들을 알아차릴 수 있었다. 나는 동물의 골격과 외피를 공부하는 생태학과 동물학 수업 같은 데서 이런 관계의 일부를 공부하고 있었다. 하지만 워너공원에서 나는 붉은여우를 보고 아침 7시의 눈밭에서 남긴 지 얼마 안 된 여우의 자취를 쫓을 수 있었다. 심지어는 여우의 오줌에서 나는, 개 오줌보다 더 강한 사향냄새까지 알아차릴 수 있게 되었다. 책에서 읽고 강의실에서 듣는 것들을 나의 새로운 친구들은 매일 공원에서 내게 가르쳐주었다.

우리는 부서진 채 침묵에 빠진 자들로 이루어진 부족이었다. 각자에게는 저마다의 카트리나가 있었다. 워너공원은 우리의 치료제였다.

공원의 친구들과 내가 워너공원에서 배우고 있던 것—힘든 시기에 야외에서 시간을 보내면 치유에 도움이 된다는 것—이 그 이후 공중보건 연구에서 입증되었다. 이 연구는 한 소년과 소나무에서 비롯되었다. 오늘날 병원 디자인과 자연의 치유효과에 관한 세계적 수준의 전문가 중 한명인 로저 울리히Roger Ulrich는 미시건의 병상에 누워 아픈 소년의 몸으로 이후 오랫동안 이어질 탁월한 경력을 시작했다. 연쇄상 구균 감염이 신장질환으로 이어지는 일을 여러 차례 겪던 소년은 자신이 창문이 없고 삭막한 병원 건물에 있을 때보다는 집에서 창으로 자신의 "친구"인 잘생긴 소나무를 바라보고 있을 때 기분이 더 좋다는 사실을 깨달았다.[7]

1984년 울리히는 나무 한 그루가 보이는 창문 하나가 있는 곳이라도 그런 곳의 환자가 더 빨리 치료되고 약물을 더 적게 필요로 하며 합병증에도 더 적게 시달린다는 걸 보여주는 선구적인 연구를 발표했다.[8] 울리히의 첫 연구는 자연과 정신건강의 잠재적인 연관성을 탐구한 100여 건의 연구로 이어졌다.[9] 연구자들은 나무와 천연녹지공간이 어떻게 부교감신경계를 진정시키고, 스트레스호르몬을 감소시켜 면역계를 강화하며, 혈압을 낮추고, 당뇨병환자의 포도당수치를 감소시키며, 우울감을 완화하는지를 기록했다. 소득 수준을 통제한 대규모 의학연구들은 워너공원 같은 녹지공간 근처에 거주할 경우 사람들이 더 오래 그리고 더 건강하게 생활하며, 비만과 당뇨에 걸릴 확률을 낮추기도 한다는 것을 보여주었다.[10]

2019년 덴마크의 연구자들은 녹지공간 접근성과 정신건강의 향상 사이의 시간에 따른 관계를 기록하는, 최대 규모의—94만 명 이상의 덴마크인을 추적해서—역학 연구 결과를 발표했다. 덴마크의 대대적인 국가추적시스템에서 얻은 개인정보(몇십 년에 걸친 주소, 의료기록, 사회경제 데이터)를, 이 나라 전국 근린지역의 녹지공간을 담은 고해상도 위성 이미지와 비교한 이 연구는, 녹지가 많은 동네에서 자란 덴마크 어린이들이 몇 년이 지난 뒤에도 소득수준에 관계없이 정신건강 문제가 훨씬 적다는 것을 보여주었다. 연구자들은 조현병부터 우울증, 약물중독 등 16가지 중증 정신장애를 살펴보고서 나무와 공원이 적은 동네에서 나고 자란 어린이가 정신질환 가족력과는 무관하게, 녹지가 더 많은 동네 출신의 어린이보다 이런 질환이 발병할 가능성이 무려 55퍼센트 더 높다는 사실을 발견했다. 연구는 또한 아동기에 "녹지공간에 오래 노출되는 것이 중요"하다고, 그러면 성인기에 정신질환이 나타나는 것을 예방할 수 있다고 밝혔다.

연구자들은 "인간과 자연의 상호작용이 사라지면 건강이 위험에 처한다"고 결론 내렸다. 이들은 도시계획가들이 도시 환경, 특히 학교를 설계할 때 녹지공간이 공중보건에 아주 중요한 영향을 준다는 사실을 고려해야 한다고 권고했다.[11]

워너공원을 떠나고 몇 년이 지나서 이 연구를 읽으면서 나는 카트리나 이후 내가 어떻게 최대한 밖에서 시간을 보내려고 했던가를, 뉴올리언스에서는 오듀본공원에, 그다음 매디슨에서는 워너공원에 어떻게 끌리게 되었던가를 떠올렸다. 내 안에는 유년기의 오렌지 과수원과 아보카도 과수원이 있었다. 부모님이 일하는 목장을 가로지르던 그 작은 실개천이, 유칼립투스 방풍림의 그 날카로운 쏘는 듯한 향기가, 산타애나에 열풍이 부는 시기 그 삐그덕대는 큰 나무들의 음악이 내 안에 살아 있었다. 로저 울리히에게는 소나무가 있었고 나에게는 내가 제일 좋아하는 아보카도 나무가 있었다. 나는 낸시 드류의 책과 빙체리잼 샌드위치를 들고 그 거대한 나뭇잎 은신처로 기어올라가 귀찮은 집안일과 어머니의 고함으로부터 몸을 피했다.

우리 집 뒤편에 있던 그 야생의 언덕은 내가 매일 아침 처음으로 눈을 마주치던 곳, 깊은 위안을 주는 오래된 유물 같은 존재였다. 과수원, 실개천, 언덕은 모두가 나만의 안전한 장소들이었다. 잔 에인필트가 마음 속에 어린 시절의 농장을 간직하듯 나는 걸음마를 할 수 있을 때부터 이 사실을 배웠다. 그리고 시골 출신인 워너공원 친구들도 마음속에 농장과 실개천과 호수를 간직하고 있었다. 성인이 되어 우리가 재정적, 육체적, 감정적 붕괴를 겪더라도 이 사실을 알고 있으면 언제든 숨은 힘을 끌어낼 수 있었다. 누군가가 우리 손을 잡고 그 숲으로, 풀밭으로, 언덕으로 데려갈 때 깊은 곳에 잠들어 있던 지혜가 깨어났다. 우리는 우리 몸과 영혼에 필요한 치료제가 우리 주위에 널려 있다는 걸 배웠다.

울리히가 1984년의 획기적인 연구에서 입증한 사실—창문을 통해 접하더라도 자연에는 치유력이 있다는—을 잉글랜드의 아주 당찬 소녀는 근 200년 전에 체득하고 있었다. 플로렌스 나이팅게일은 환경이 인간의 건강에 영향을 미친다는 자신의 직감을 공공정책에 반영한 최초의 인물이었다. 내가 나이팅게일의 이야기를 좋아하는 것은 그의 성이 조류계에서 가장 인정받는 가수이자 영국과 아프리카를 왕래하는 홍관조 크기의 이동성 지빠귀와 같기 때문이다. 어둠 속에서 노래하는 이 새는 수천 년 동안 많은 시인들의 사랑을 받았다. 잉글랜드의 저명한 환경기자인 마이클 맥카시Michael McCarthy는 나이팅게일을 "전설적인 최고의 새… 인간의 감정을 기록으로 남기기 시작했을 때부터 사람의 마음을 움직인 어둠속의 목소리를 가진 작은 새"라고 묘사한다.[12] 19세기 부유한 잉글랜드 가정에서 태어난 나이팅게일은 병원에 위험천만한 비위생과 무지가 판을 치던 시대에 공중보건을 개선하기 위해 16살 때부터 자신의 목소리와 글쓰기 재능을 활용했다. 나이팅게일이 1860년에 쓴 고전 『치료에 관한 기록: 그것은 무엇이며, 무엇이 아닌가』를 읽다 보면 그의 열정과 분노가 느껴진다. 나이팅게일이 외치는 소리가 들리는 것 같다. 저 창문들을 활짝 열어라! 환자들에게 신선한 공기와 햇빛과 색채를 안겨라!

나이팅게일은 여러 질병으로 몇십 년간 병석에서 누워 지내다 90세에 세상을 떠나기 전까지 설교하고 강의하고 글을 쓰고 간청했다.• 질병의 확산을 최소화하기 위해 나이팅게일은 병원의 설계를 바꿨고, 병원에 정원과 통창을 설치하기 위해 열심히 로비 활동을 벌였다. 울리히 같은 미래의 병원 개혁가들을 위해 토대를 놓은 것이다.[13]

나는 대부분의 역사가 너무 인간 중심적으로 서술되어 있다고 생각한다. 수년간 새를 공부한 나는 인간의 이야기에서 깃털 달린 존재들이 미친 영향에 예민한 촉각을 세우게 되었다. 미국에서 가장 악명 높은 죄수를 양순하게 길들인 아기 참새들 같은 존재 말이다. 그래서 나이팅게일의 책에서 "회복의 수단으로서 색채와 모양"의 중요성을 수 차례 강조하는 부분을 읽으며 눈앞에 섬광이 번쩍하는 기분을 느

• 나이팅게일의 전설에 관해서는 격렬한 논란이 있다. 한 세기 동안 전기에 묘사된 나이팅게일은 성자부터 악한까지 스펙트럼이 넓다. 하지만 그를 가장 격렬하게 비방하는 사람들도 나이팅게일이 많은 사람의 목숨을 구했다는 사실만은 인정한다.

겼다. 게다가 그는 "아름다운 물체, 특히 눈부신 색채가 질환에 미치는 영향이 거의 제대로 된 평가를 받지 못하고 있다… 사람들은 그 영향이 오로지 마음에서 끝난다고 말한다. 하지만 그렇지 않다. 신체에도 영향을 미친다… 거기에는 실제로 신체에 미치는 영향력이 있다"며 불만을 토로하기도 했다.[14]

이 단락은 나를 향해 "이건 새잖아!"라고 소리를 질렀다. 그리고 얼마 안 가 나는 나이팅게일이 사람들을 치료할 때 그를 도운 조류 보조원을 발견했다.

1850년 여름 나이팅게일은 그리스와 이집트로 휴가를 떠났다. 당시 30세였던 그는 아크로폴리스를 돌아보다가 작은 털뭉치를 괴롭히고 있는 한 무리의 아이들을 발견했다. 나이팅게일은 집에 있는 창문으로 새들에게 먹이를 주는 열렬한 새 애호가였다. "새의 목소리만큼 나의 심장을 전율시키는 건 없다. 인간의 목소리보다 훨씬 강렬하다. 새는 노랫소리로 우리를 부르는 천사들이다."[15]

그는 아이들에게 돈을 주고 둥지에서 떨어진 그 아기 올빼미를 구한 뒤 아테나라는 이름을 지어주었다. 그리고 두 마리의 거북과 플라톤이라는 이름의 애완용 매미와 함께 아테나를 데리고 집으로 돌아갔다(그런데 맙소사, 아테나가 얼마 안 가 플라톤을 먹어치웠다).

아테나는 금눈쇠올빼미였다. 이 종은 이 책의 서문에서 살펴본 애기금눈올빼미보다 겨우 2.5~5센티미터 정도 큰 종이다. 나이팅게일의 언니 파르테노페가 쓴 『아테나의 삶과 죽음: 파르테논에서 온 올빼미』라는 기분 좋게 이상한 책에 따르면 이 아기 올빼미는 나이팅게일과 단짝이 되어 그의 어깨를 타고 다니거나 커다란 주머니에서 빼꼼이 고개를 내밀었다. 나이팅게일은 아테나에게 자신의 손가락에 올라가서 간식을 받아먹은 뒤 감사 '인사'를 하도록 가르쳤다. 아테나는 몇 년 동안 잉글랜드 시골 저택의 올빼미로 좋은 삶을 살았다. [20세기의 영국 시골을 배경으로 펼쳐지는 드라마] 〈다운튼 애비〉에서 올빼미를 19세기 가정의 일원으로 캐스팅하여 부화 추정일에 맞춰 생일파티를 열어주고 전원으로 가족 소풍을 함께 떠난다고 상상해보라.

아테나는 거의 하루 종일 가족 서재에서 책 사이에 자리를 잡고 앉아 시간을 보냈다. 가족 서재는 아테나가 모피로 된 커프스와 숙녀들의 보석을 훔쳐다가 숨기는 곳이기도 했다.[16] 그러다가 나이팅게일은 아테나가 자신이 사람들을 치료할 때 도움을 줄 수 있다는 사실을 발견했다. 당시 나이팅게일은 심각한 화상을 입은 어린 소녀를 간호 중이었다. 나이팅게일의 자매는 이렇게 적었다. "올빼미는 어린 화상 환자를 치료할 때 큰 도움을 주었다. 환자는 상처를 드레싱할 때 끔찍하게 고통스러워했지만 자신의 침대 맞은편에 있는(특별한 목적을 위해 일부러 데려온) 아테나의 인사와 절을 구경할 때는 매일 처치받는 동안에도 자신의 문제를 잊고 제법 차분하게 누워 있었다."

아테나는 몸이 자주 안 좋아지는 나이팅게일이 스스로를 치료할 때도 도움을 주었다. 파르테노페는 이렇게 적었다. "나이팅게일이 덩치가 큰 다른 어떤 사람도 견디지 못할 때… 아테나는 침상에 앉아서 그에게 말을 걸었고, 상상 속의 쥐를 쫓아 온방을 날아다녔다."

아테나가 네 살로 생을 마감하자 나이팅게일은 마음을 가눌 길이 없어서 자신의 깃털 달린 조수를 방부처리해 박제로 만들었다(아테나는 지금 런던에 있는 플로렌스 나이팅게일 박물관에 있다). 나이팅게일은 방부처리된 올빼미에게 작별인사를 하면서 이렇게 말했다. "가여운 작은 짐승, 내가 널 그렇게 사랑했다니 신기하기도 하지."

약 150년 뒤 연구자들은 화상 환자가 드레싱을 교체하는 동안 자연을 소재로 한 영상과 음악을 보거나 들으면 통증과 불안이 "상당하게" 감소한다는 연구결과를 발표했다.[17] 아테나가 그 어린 소녀에게 미친 영향과 유사하지 않은가. 하지만 새의 치유력을 탐구하는 연구는 대단히 적은데 그 까닭은 과학자들이 녹지공간 가까이 거주하는 데 따르는 유익 가운데 어떤 요소가 가장 좋은지를 정확하게 분별하기가 어렵기 때문이다. 2017년 엑세터대학교의 한 연구팀은 세 도시의 다양한 인구집단에서 270명을 대상으로 조사한 결과 식생이 풍부하고 새의 수가 많은 동네에 사는 사람들일수록 우울과 불안, 스트레스 수준이 낮다는 사실을 발견했다.[18] 연구팀은 사람들의 정신건강은 찌르레기, 미국지빠귀, 까마귀 같은 "흔한" 새들을 볼 때도 향상된다는 결론을 내렸다.

책임 연구자였던 대니얼 콕스Daniel Cox는 매체에서 "집 주변의 새들, 그리고 자연 일반은 도시를 건강하고 행복한 거주공간으로 만든다는 점에서 예방적인 건강관리에서 커다란 가능성을 보여준다"고 말했다.[19] 오늘날 잉글랜드의 병원과 보건소들이 왕립새보호협회와 함께 회복기 환자들에게 새 산책프로그램을 제공하는 것은 바로 이런 이유 때문이다.

그래도 새의 치유력이 의심스럽다면 피비 스넷싱어Phoebe Snetsinger의 의학 미스터리를 생각해보라. 1960년대에 주부이자 네 아이의 어머니로서 썩 만족스럽지 못했던 그는 열혈 탐조인이기도 했다. 1981년, 50살이 된 스넷싱어에게 의사는 말기 흑색종 진단을 내리면서 1년밖에 살지 못한다고 했다. 『인생 리스트: 세계에서 가장 놀라운 새들을 찾아 나선 한 여자의 모험Life List: A Woman's Quest for the World's Most Amazing Birds』에서 전기작가 올리비아 젠틸Olivia Gentile은 스넷싱어가 그 자리에서 치료를 포기하고 통증을 감당할 수 없는 상황에 이르면 총으로 자살을 하기로 마음먹었다고 전한다. 스넷싱어는 아무도 모르게 총을 구입하고 유서를 적은 뒤 이 두 가지 물건을 모두 숨겨두었다.[20] 그러는 한편 자신에게 시간이 얼마나 남았든 남은 시간 동안 전 세계를 돌아다니면서 최대한 많은 새를 보겠다고 결심했다.

14년 뒤 스넷싱어는 세계 탐조 챔피언, 8000종의 새를 본 최초의 인물이 되었다. 그의 암은 5년 정도의 주기로 재발했다가 진정되었다. 그의 유일한 치료제는 새였다.

"탐조는 다양한 사람들에게 여러가지를 의미할 수 있지만 나에게는 생존과 복잡하게 얽혀버렸다." 스넷싱어는 이렇게 썼다.[21]

세계 탐조 챔피언은 말기암 진단을 받고 18년이 지난 뒤 마다가스카르에서 밴을 타고 새를 쫓다가 사고를 당해 68세에 세상을 떠났다. 그가 쫓던 새는 황금빛과 녹색이 어우러진 작은 새, 아페르츠트라카Appert's tetraka였다.

CHAPTER

6

5등급 허리케인 같은 계획

자신이 가진 힘을 포기하는 가장 흔한 방법은
자신에게 아무런 힘이 없다고 생각하는 것이다.

앨리스 워커Alice Walker

수천 년간 인간은 새를 해방의 상징으로 여겼다. 음, 새들은 분명 나를 해방시키고 있었다. 새들은 카트리나 이후 암울함의 늪에 빠져 허덕이고 있을 때 인생 최악의 우울감에서 나를 해방시켜주었다. 너무 오랫동안 추악한 이야기를 파고들다가 전의를 상실해버린 저널리즘 경력에서 나를 해방시켜주었다. 수십 년 이어진 아버지와의 유해한 관계, 각자의 문화와 세대에서 낡은 역할에 갇혀 피해자로 전락해버린 우리 두 사람—아버지는 구세계 아일랜드 출신의 마초 가부장이었고 나는 신세계에서 반란을 일으킨 "야생 아일랜드 장미" 같은 딸이었다—을 구속하고 있던 정신적 새장에서 나를 해방시켜주었다. 그리고 새들은 스크린에서 눈을 떼지 못하는 실내생활의 폭정에서 나를 해방시켜주었다. 새 한 마리 한 마리가, 모든 박새, 동고비, 고양이새, 울새, 올빼미가 내 뇌 안에서 새로운 중립의 경로, 환희가 넘치는 경로를 만들어냈다. 그러다가 새로 충만한 어느 화창한 아침, 깃털 달린 나의 해방자들이 큰 위협에 처했다는 사실을 알게 되었다.

매디슨으로 이사한 지 이제 막 2년이 된 2009년 여름이었다. 나는 공원과 마주한 헤디의 마당에 앉아 있었다. 아침 탐조를 마치고 나서 들르는 나의 최애 장소였다. 우리는 커피와 함께 헤디가 만든 맛있는 사과 패스트리를 먹고 있었다. 헤디가 동물 이야기를 들려준 마법 같은 여러 아침 시간 중 하나였다. 헤디는 정원 가장자리 바닥에 있는

틈을 보여주며 두꺼비 거트루드가 그곳에 알을 낳았다고 했다. 헤디는 온 얼굴을 환하게 밝히며 작은 두꺼비들이 나오는 모습을 어떻게 보게 되었는지 들려주었다. 어쩌다가 사슴을 위해 정원에 근대를 심게 되었고 겨울마다 최소 300달러를 들여 새 먹이를 사게 되었는지, 어떻게 해서 여름밤마다 침실 벽 너머로 동물들이 물을 할짝이는 소리를 들을 수 있도록 침실 창문을 열어놓고 바로 그 바깥의 냄비와 팬에 물을 떠다놓게 되었는지. 그러다가 밖을 살짝 내다봤더니 엄마 스컹크가 작은 아기를 데려왔더란 이야기를.

"엄마 스컹크는 좀 꾀죄죄하더라고. 근데 아기가 바람에 하늘거리는 꼬리를 달고 거기 서 있는 거야. 아주 예뻤지." 헤디가 말했다.•

하지만 그날 아침 헤디는 수심이 가득했다. 헤디는 제2차 세계대전 이후 미군과 결혼한 십 대 신부로 독일에서 위스콘신으로 건너왔다. 1965년 워너공원 근처로 이사한 뒤 헤디는 아주 많은 파괴를 목격했다. 시가 더 많이 짓고 베면서 동물들을 몰아내는 모습을. 헤디는 울타리를 가리키며 안타까운 목소리로 말했다. 한때는 오소리가 저 위를 지나다녔다고. 오소리가 사라진 건 1970년대였다. 한번은 풀밭에서 꿩을 50마리까지 센 적도 있었다.•• 꿩이 둥지에서 알을 품고 있는

• 이 이야기들은 5년에 걸친 헤디와의 대화와 내 논문을 위한 두 차례의 인터뷰에서 가져온 것이다.

•• 1800년대에 미국에 들여온 아시아종인 꿩은 위스콘신에는 수렵용으로 도입되었다.

데 대형 풀깎기 작업자들이 몰려 왔을 때 헤디는 달려나가 작업자들을 집으로 초대했다. 헤디는 이 테이블에 집에서 구운 쿠키들과 레모네이드가 담긴 병을 차려서 작업자들을 대접했고, 다시 풀밭으로 달려나가 작업자들이 쿠키를 다 먹기 전에 모든 새끼 꿩들을 관목숲으로 대피시켰다. 헤디는 몇 년 동안 이 일을 되풀이했지만 꿩들도 이제 다른 많은 아름다운 새들과 함께 사라졌다.

그런데 최근 헤디는 시에서 자기 집 근처에서 풀밭으로 이어지는 자연산책로를 포장해서 보도를 만들고 싶어 한다는 이야기를 들었다고 했다. 공원에는 이미 전체를 관통하는 포장된 길이 있었고, 우리 집 방향으로는 보도도 있었다. 그런데 어째서 풀밭에 포장보도를 만든다는 거지? 헤디는 전에는 동네 정치를 의욕적으로 감시했지만 이제 자기는 80살이 넘어서 넘어지는 게 겁난다고 말했다. 밤에 모임에 가기가 힘들다고.

그날 아침 헤디는 그 포장보도가 다른 무언가의 시작일지 모른다고 의심했다. 어째서 시는 풀밭과 숲을 그냥 놔두지 못하는 거지? 헤디가 말했다. 트리시는 생태학을 공부하잖아. 포장보도가 동물들한테 안 좋은 영향을 미치진 않을까? 회의에 가서 한번 알아봐줄 수 있어?

난 멍청한 포장보도와 싸우고 싶지 않았다. 매디슨에 온 건 상아탑에 은신하기 위해서였다. 그리고 내게는 또 다른 목표가 있었다. 워너공원에서 100종의 새를 보고 '진짜' 탐조인이 되기. 85종에서 정체된 나에겐 공원에서 보낼 시간이 더 필요했다. 겨우 2년차 박사과정이었고 이제야 생태학에 관해 감을 잡는 중이었다. 사회운동을 할 시간이 없었다. 게다가 매디슨은 이미 온갖 사회운동이 활발한 진보적인 도시였다. 나는 정말 엮이고 싶지 않았다.

그리고 인정해야겠다. 지역정치에 대한 내 태도가 같잖았다는 것을. 니카라과와 과테말라의 지역정치는 내게 매력적이었다. 하지만 미국의 도시 의회와 학교 위원회 활동은 시시해 보였다. 몇 년 전만 해도 나는 멕시코시티와 카라카스의 호화로운 호텔방에서 미국 국회의원과 엘살바도르 게릴라 들이 비밀 회동을 할 때 통역사 역할을 했다. 지미 카터 전직 대통령이 당시 니카라과 대통령이던 비올레타 차모로를 만나러 니카라과에 왔을 때 지미 카터의 통역을 맡기도 했다. 나는 파나마시티, 산호세, 제네바의 긴급 NGO 비밀회합에서 한담을 나누고 전략을 짜던 사람이었다. 하지만 혁명이 진행 중이던 마나과를 제외하고 내가 살던 그 어디서도 동네모임이나 시의회 회의에 가본 적은 단 한 번도 없었다.

하지만 이런 부탁을 한 사람은 다른 사람도 아닌 헤디였다. 우리의 애플소스 여사님, 그리고 이제는 우리의 돈까스 여사님, 수제 커런트젤리 여사님, 정원에서 수확한 그린빈으로 막 구워낸 그린빈 파이의 여사님이 된 헤디. 헤디에게는 못 한다는 말을 도저히 할 수가 없었다.

이런 연유로 나는 내가 태어난 나라에서 생애 처음으로 근린조직 회의에 참석하게 되었다. 몇 년 뒤 옛날 일기장을 뒤적이다가 어쩌면 내가 그냥 세계 시민이 아니라 한 장소의 시민이 된 것은 바로 그날밤이 아니었을까 생각하게 되었다. 아일랜드계인 우리 부모님은 일년간 야간학교에 다닌 뒤 시험을 통과하고 나서야 미국 시민이 되었다. 지금도 내게는 부모님이 공부하던 1943년판 작은 녹색 교재, 어머니가 "우리 성경"이라고 부르시던 『시민 25강Twenty-Five Lessons in Citizenship』이 있다. 하지만 매디슨에서는 시험도, 요란한 기념식도, 선서나 국가 제창 같은 것도 없었다. 나는 그냥 무미건조한 작은 방에서 열리는 무미건조한 작은 모임에 갔고, 손을 들었고, 질문을 했다.•

"몬테레이드라이브 쪽에 생기는 새 포장보도에 대해서 좀 얘기해 주시겠어요? 공원 쪽이요. 그게 언제 만들어지나요? 그리고 포장보도가 또 있어야 하는 이유가 뭐죠?"

"아," 근린모임 대표가 말했다. "몇 년간은 별일 없을 거예요. 그건 걱정하지 말아요. 새로운 근린계획의 일부거든요. 그런 건 절반은 그냥 날아가요. 그냥 계획일 뿐인 거죠. 매디슨 사람들은 계획을 좋아하거든요." 남자는 웃으면서 덧붙였다. "계획은 대부분 그냥 계획으로 끝나지."[1]

직업 저널리스트로 살았던 내 삶의 근간은 인쇄된 단어가 가진 힘이었다. 남자가 "계획"이라고 말할 때 내 머릿속 사이렌이 사납게 울려대기 시작했다. 나는 집으로 달려가 구글검색에 들어갔다. 바로 그날 밤 165쪽을 뒤지고 난 뒤 헤디가 옳았다는 걸 깨달았다. 포장보도

• 이웃의 30퍼센트 이상이 유색인종이고, 우리가 사는 도로 쪽 다세대주택에서는 그 비율이 더 높다 보니 나는 수십 명의 참석자가 모두 50세 이상의 백인인 걸 보고 놀라지 않을 수 없었다. 이 가운데 내가 아는 사람은 아무도 없었다. 이 모임은 범죄에 대한 두려움을 주로 다루었다.

가 문제가 아니었다. 우리의 공원은 전면적인 재정비를 앞두고 있었다. 이 계획에서 아침에 사슴이 풀을 뜯던 들판은 주차장으로 바뀔 예정이었다. 이 들판은 수십 가구가 살고 있는 다세대주택 구역의 앞마당이기도 했다. 백로와 왜가리가 물고기를 잡고 겁 많은 아메리카원앙이 새끼를 기르던 얕은 습지는 수상매점이 될 예정이었다. 그리고 늪에 둘러싸여 접근이 불가능해 기러기와 흰등굴뚝새와 캐나다두루미가 둥지를 만드는 습지 섬은 결혼식 등의 행사에 대여해주는 "연회장소"가 될 것이었다. 그 섬으로 이어지는 작은 다리가 놓일 것이었는데, 그말인즉슨 그 섬으로 인간과 개들이 몰려가게 된다는 뜻이었다. 잘 가라, 알을 품는 겁 많은 새들아. 이 계획은 공원 곳곳에 조명을 설치하고 자연적인 오솔길을 포장로로 교체하고 풀밭 가장자리에 있는 고양이새들의 잡목숲을 "밀어버려야" 한다고 요구했다. 여우들이 굴을 파고 매년 5월이면 암사슴이 아기 사슴을 데리고 나타나는 바로 그 잡목숲을. 그리고 도시계획가들이 생각하기에 야생 들판은 조명 달린 야구장을 하나 더 짓거나 커뮤니티 정원을 만들기에 좋은 장소였다.

213에이커에 달하는 이 공원의 절반은 이미 바짝 자른 잔디밭과 건물과 운동시설 아니면 주차장으로 덮여 있었다. 워너공원은 매디슨에서 두번째로 큰 지자체 공원이었고 축구장, 농구코트, 테니스코트, 야구연습장, 주차장, 놀이터, 900평에 달하는 커뮤니티센터, 숲, 습지, 백사장, 보트 선창, 개를 풀어놓을 수 있는 놀이터, 그리고 6750석 규모의 야구장 덕분에 위스콘신에서 제일 북적대는 공원일 터였다. 공원관리부는 연간 75만 명 이상의 방문객이 워너공원을 찾는다고 주장했다. 많은 이가 순전히 "중서부 최대의 불꽃쇼"인 매디슨 리듬앤붐스Rhythm and Booms 때문에 이 공원을 찾았다. 알고 보니 이 축제는 습지가 있는 도로 바로 건너편에서 열렸다(우리의 부동산 중개인은 이 사실을 우리에게 제대로 알려주지도 않았다). 축제가 열리는 매년 [독립기념일인] 7월 4일 직전이면 F-16 전투기가 군중들 위로 미친 듯이 바람을 가르고 스카이다이버들이 비행기에서 뛰어내렸고, 그러고 나면 불꽃장인들이 거북과 비버들이 사는 습지를 향해 수천 발의 포를 발사했다.

이 공원은 수천수만의 사람들에게 아주 다양한 의미였지만, 내가 가장 사랑한 부분은 이 공원이 도시 야생동물의 주요 피난처로서 우리—털과 지느러미와 깃털 달린 존재들, 그리고 인간—가 이 행성에서 어떻게 공존할 수 있는지를 보여주는 살아 있는 모범이라는 점이었다. 나는 매일 탐조를 하면서 공원 경계 쪽에 있는 철길이 야생동물들의 고속도로 같은 곳이라는 사실을 알게 되었다. 그곳에서 엄마 여우는 새끼 네 마리에게 사냥법을 가르쳤고 킬디어는 철로에서 불과 몇 뼘 떨어진 바위 둥지에 알을 낳았다. 직경이 60센티미터쯤 되는 늑대거북은 습지에서 기어나와 철길 제방으로 엉금엉금 올라가 철로를 따라 둥지를 팠고, 봄이 되면 작은 아기 거북이들이 자갈에서 앞다퉈 빠져나오며 철로를 뒤덮었다. 땅거미가 지면 개 놀이터는 미루나무 꼭대기에 앉아 있던 미국수리부엉이의 사냥터가 되었다. 캐나다두루미는 수십 년째 습지 섬에 둥지를 틀고 있었다. 삼색제비는 워너공원 피크닉 쉼터의 금속 벽면에 진흙 둥지를 지었다.• 밍크와 비버는 계절이 바뀌면 이동하는 오리와 기러기 수백 마리와 함께 습지에서 슬렁슬렁 돌아다녔다. 붉은꼬리매는 야구장 안에서 구애도 하고 사냥도 했다. 심지어 경기가 펼쳐질 때도 아랑곳하지 않고 갓 죽인 다람쥐를 들고 쌩하고 날아가서 야구팬들을 열광시키곤 했다. 그리고 붉은여우는 여름날 오후면 그늘진 테니스 코트에서 낮잠을 잤다.

동물들은 이 모든 공간을 우리와 공유했는데, 어째서 우린 그들과 계속 공유할 수 없는 걸까? 마지막으로 남은 경이로운 야생의 공원지역, 그 많은 비인간의 집인 그곳을 콕 집어서 겨냥한 계획안은 이 모든 것을 바꿔놓으리라.

나는 상황을 파악하기 위해 매디슨에 있는 공원의 역사를 파헤치기 시작했다. 알고 보니 시는 공원을 레크리에이션공원과 보존공원으로 나누어 관리해서 어떤 습지는 보존했지만 어떤 습지는 그렇지 않았다. 보존공원에는 '진짜' 자연만 있어야 했다. 건물과 운동시설은 제한하거나 아예 금지했다. 모든 동식물은 공적 사용을 위한 엄격한 규칙으로 보호받았다. 하지만 워너공원은 수십 년 전에 레크리에이션공원으로 지정된 상태였고, 그래서 온갖 운동시설과 건물과 불꽃쇼로 북적댔다. 그곳은 자연이 있어서는 안 되는 곳이었다. 하지만 누군가가 깜빡하고 새들에게는 그 사실을 알려주지 않은 모양이었다.

● 2014년 기준 65개의 삼색제비 둥지가 있었고 공원관리부가 이 모든 둥지를 없앴다. 그들은 와일드워너Wild Warner에 새똥에 관한 민원이 있었다고 말했다. 이 둥지들은 최소 7년 동안 그곳에 있었다. 삼색제비들은 아르헨티나와 브라질 같은 머나먼 남쪽에서 겨울을 난 뒤 워너공원으로 돌아오는 장거리 철새다.

그때까지 공원에서 2년간 135시간에 걸친 탐조를 하면서 내가 관찰한 종의 목록을 적은 오렌지색 조류학 야장이 작은 무더기를 이루었다. 그 축복받은 시간 동안 나는 85종을 발견했는데 그 가운데 최소 60퍼센트는 우리 집 마당에 오는 고양이새처럼 장거리 이동을 하는 철새들이었다. 겨우 1년 반 탐조를 하는 동안 나는 워너공원에 관해 두 가지 중요한 사실을 발견했다. 첫째, 그곳은 가을이면 머나먼 북쪽에서 출발해서 남쪽을 향하고, 봄이면 반대 방향으로 이동하면서 지나가는 철새들의 주요 연료공급기지였다. 둘째, 세계적인 탐조 명소인 뉴올리언스의 오듀본공원이나 뉴욕의 센트럴파크처럼 우리 동네 공원 역시 새들의 낙원이었고, 많은 새들이 가족을 만드는 거대한 보육원이었다.

나는 수업을 통해, 그리고 위스콘신대학교의 보석 같은 조류학 서가에서 행복하게 책을 뒤적이며 시간을 보낸 덕에 새들의 이동이 얼마나 위험한지 배웠으며, 그러면서 경유지 생태학이라는 분야에 대해 공부하는 중이었다. 과학자들은 이 세상의 워너공원들—뉴욕시, 워싱턴 DC, 시애틀, 시카고, 뉴올리언스, 샌프란시스코, 베를린, 마드리드, 그외 전세계 도시의 녹지공간들—이 점점 위험천만해지는 여정을 감당해야 하는 철새들에게 어떻게 연료공급기지와 휴식기지로 이루어진 중요한 네트워크가 되어주는지 연구하고 있었다.[2]

봄이나 가을이면 이런 글들을 읽으며 오후 시간을 행복하게 보내고 난 뒤 다음 날 아침 집 밖에 나섰다가 워너공원 경계 쪽 도로 바로 건너편에 있는 붉나무로 숨는 은둔지빠귀 몇 마리를 발견하곤 했다. 은둔지빠귀는 조용하고, 낙엽색과 같아서 눈에 잘 띄지 않는다. 하지만 스산한 플루트 음색의 노랫소리는 착각할 수가 없었다. 이 은둔지빠귀들은 남쪽으로 가다가 최소 한 주는 워너공원에 머물렀다. 정확히 하루만 머무는 철새도 있고 한두 주 머무는 새들도 있었다. 이들은 남부 또는 라틴아메리카로 가는 중인 깃털 달린 외교관들이었다. 나는 잠시나마 이들을 관찰하거나 새로운 노랫소리가 들릴 때마다 전율을 느꼈다.

어떤 가을 아침에는 개 놀이터 습지 쪽에서 이상하고 요란한 소리가 들려왔다. 놀랍게도 부들 위에 찌르레기 수백 마리가 앉아서 떠들썩한 소리를 내고 있었다. 붉은날개찌르레기와 긴꼬리검은찌르레기가 뒤섞여서 내는 이 끽끽대는 초인종 소리가 얼마나 크던지 멍멍 짖는 개 소리와 끼룩끼룩 이동하는 기러기 소리를 모두 집어삼켜버렸다. 나는 습지 가장자리에 있는 미루나무 아래 앉아서 이들이 와글와글대는 거대한 검은 구름 모양으로 남쪽을 향해 날아갈 때까지 한 시간 동안 그 소리에 귀기울이며 관찰했다.

온갖 색채와 모양의 작은 오리 부대도 와서 쉬고, 먹고, 전열을 가다듬고, 무리와 재회한 뒤 다시 떠나갔다. 내가 제일 좋아하는 오리는 흑백의 고무 인형처럼 생긴 북극오리—큰머리흰뺨오리—다. 이 새들은 아주 먼 북쪽 지역에서 번식을 하기 때문에 나는 아마 절대 이 오리의 새끼들—내 은밀한 탐조 목표 중 하나이다—을 볼 일은 없을 것이다. 하지만 이 북극오리를 보러 북극까지 갈 필요가 없었다. 이 새들은 매년 봄과 가을이면 워너공원을 경유했다. 이동시기가 되면 워너의 습지에는 성조들이 첨벙대는 모습을 볼 수 있었다.

새 중에는 개별적으로 이동하는 종도 있지만 대부분은 무리를 지어 이동한다. 이동이 본능으로 내장된 종도 있고 성조가 어린 유조에게 이동하는 법을 가르쳐야 하는 종도 있다. 많은 새들이 이동경로와 연료보충기지를 기억하기 때문에 이 가운데 일부는 수년간 워너공원에 들렀을지도 몰랐다.

대부분의 새는 서늘하고 바람이 적은 야간에 이동을 한다. 땅거미가 질 무렵 출발해서 열심히 날갯짓을 하다가 좋은 휴게소에 들러 다음 날을 위해 연료를 보충한다. 새들은 구름이나 안개가 시야를 가려서 지면 가까이 날아야 하는 밤을 제외하면 대개는 고도 400~6000m 사이에서 이동한다.• 새들은 별과 지구의 자기장을 이용해서 길을 찾는다.[3]

장거리 이동을 하다가 워너공원에 들르는 새들은 최소 1만 년 동안 라틴아메리카에서 미국과 캐나다로 이 장엄한 여행을 하고 있는지도 몰랐다. 하지만 최근 100년 동안 인간은 새들의 비행경로를 목숨을

• 새들이 이동하는 고도는 편차가 대단히 클 수 있다. 스웨덴에서 아프리카로 이동하는 새들을 추적하던 스웨덴 연구자들은 새들이 기존에 생각하던 것보다 훨씬 높이 날 수도 있다는 사실을 발견했다. 다음을 보라. Sissel Sjöberg, "Migratory Birds Found to Be Flying Much Higher Than Expected—New Research," *The Conversation*, September 13, 2021, https://theconversation.com/migratory-birds-found-to-be-flying-much-higher-than-expected-new-research-167582. 하지만 미국 동부 쪽의 새들은 훨씬 낮게 비행하는 경향이 있기 때문에 고층빌딩이 많은 도시가 대단히 위험하다. 다음을 보라. Gustave A xelson, "New BirdCast Analysis Shows How High Migrating Birds Fly," *All About Birds*, Cornell Lab of Ornithology, October 13, 2021, https://www.allaboutbirds.org/news/new-birdcast-analysis-shows-how-high-migrating-birds-fly/#.

건 장애물코스로 만들어버렸다. 조류학자들이 수십 년간 확인한 바에 따르면 강한 조명은 새들의 경로 파악 시스템에 혼선을 줄 수 있다. 건물과 무선기지국의 조명은 충돌이나 탈진으로 새들을 죽음에 이르게 한다. 일부 새들이 몇 시간 동안 조명 주변을 뱅글뱅글 돌다가 추락하기 때문이다. 미국에서 기록된 사건 중에서 조명으로 인한 가장 극악한 조류 사망사건—나흘밤에 걸쳐 10만6804마리가 죽었다—은 1954년 10월에 일어났다. 가을을 맞아 남쪽으로 이동하던 새들이 폭풍 때문에 고도 240미터 이하로 날고 있었다. 그날 단 하룻밤에 조지아주 메이컨 인근의 한 공항에 있던 조명탑과 공항 운고계—구름천정의 높이를 가늠하는 데 사용되는 강한 조명—에 홀린 새가 5만 마리가 넘었다.

"워너로빈스 공군기지의 한 관찰자는 새들이 빛을 향해 곧장 수직낙하해서 콘크리트 활주로에 부딪혀 튕겨나갔다고 적었다! 무수한 출혈과 골절 사례는 이제 새들의 죽음이 단단한 물체와의 충돌 때문이라는 반박불가능한 증거를 제공한다… 죽은 새들이 수백 마리씩 활주로, 유도로, 작은 풀밭, 건물 옥상에 널려 있었고… 삽과 갈퀴를 동원해서 치워야 했다"고 조류학자 데이비드 존스턴David Johnston과 T.P. 헤인즈T.P.Haines는 적었다.[4]

이 끔찍한 몰살은 누가 봐도 원인이 자명했기에 조류학계의 역사로 남았다. 사실 이런 몰살극은 마천루와 건물들이 밤새도록 조명을 밝히고 있는 미국과 캐나다의 대도시에서 매년 되풀이된다. 오듀본협회 뉴욕시 지부에 따르면 조명이 켜진 건물(특히 창문이 있는 경우)과의 충돌로 미국에서 매년 최소 2억 마리, 뉴욕시에서만 23만 마리의 새가 목숨을 잃는다.• 철새 이동시기에 자원활동가들이 도시의 고층건물 아래를 살피며 죽거나 다친 새들을 찾는 건 바로 이런 이유 때문이다.

뉴욕시에 사는 사람은 누구나 2001년 9월 11일 테러의 희생자들을 기리기 위해 88개의 서치라이트가 켜지는 9월이면 조명이 새에게 어떤 영향을 미치는지 쉽게 확인할 수 있다. 이 88개의 서치라이트가 만들어내는 두 개의 빛기둥은 가을철 이동이 한창일 때 6킬로미터 상공까지 이어져 수천 마리의 새들을 그 빛속에 가둬버린다.[5] 7년간 이 헌정의 빛기둥이 새의 이동에 미치는 영향을 연구했더니 빛으로 밝아지는 지역에는 새의 밀도가 150배까지 치솟는다는 결과가 나왔다. 연구자들은 빛기둥이 이 7년 동안 110만 마리의 새가 이동하는 데 나쁜 영향을 미쳤을 것으로 추정했다.[6] 이제는 과학자들이 이 헌정의 빛기둥 작업자들과 함께 협력하여 그 안에 갇힌 새들의 숫자를 세다가 그 수가 1000이 넘으면 최소 20분동안 조명을 꺼서 이 깃털 달린 여행자들이 가던 길을 갈 수 있는 시간을 준다.

이를 비롯한 여러 이유로 철새는 이동시기에 절반가량이 여행을 끝마치지 못한다. 하지만 워너공원에서 번식을 마치고 이동에 성공한 새들은 다시 이 공원으로 돌아왔을 것이다. 한번 장소와 연을 맺으면

• 오듀본협회는 전국적인 소등 교육 프로그램을 통해 철새 이동시기에 많은 대도시에서 조명을 낮추도록 힘쓰고 있다. 누구든 선출직 공무원과 건물관리인들에게 조도를 낮추도록 청원하여 새에게 도움을 줄 수 있다. 다음 사이트를 참고할 것. https://www.audubon.org/lights-out-program

계속 다시 찾는 성향이 있는 새들은—생물학자들은 이를 "서식지 충실성"이라고 부른다—매년 봄 자신의 습지로, 부들섬으로, 잡목림으로 돌아왔다. 이 공원에서 제일 큰 가시참나무에 둥지를 트는 큰나무딱새들은 저 멀리 안데스 지역까지 날아갔다가 올 수도 있었다. 워너공원의 벌새들은 어쩌면 한 번에 무려 18시간을 쉬지 않고 날아서 멕시코만을 건넌 뒤 자기가 좋아하는 나무로 돌아와 확장 가능한 작은 둥지를 지은 것인지도 몰랐다. 캐나다두루미 부부는 매년 가을 자취를 감추고 남쪽 어딘가로 향했다. 캐나다두루미의 수명은 25년이었다. 워너공원은 그들의 집이었다.

하지만 그들의 집이 철거될 예정이었다. 나는 인터넷으로 그 계획안을 노려보며 봄에 라틴아메리카에서 돌아올 그 새들을, 수천 킬로미터의 비행을 마치고 기진해 있을 그 새들을 떠올렸다. 그 새들이 알아볼 수 없게 된 자기네 동네를 내려다보며 대체 자신의 관목은, 나무는, 부들습지는 어디로 사라졌는지 의아해하며 워너공원의 상공을 맴도는 모습이 마음속에 그려졌다. 아직도 뉴올리언스에서 우리 집이 물에 잠긴 그 끔찍한 항공사진을 온라인에서 처음 봤을 때가 기억에 선명하게 남아 있었기 때문에 나는 그게 정확히 어떤 기분인지 알았다.

그날 밤에도, 그후 숱한 밤에도 나는 잠을 이루지 못했다. 이제는 거실 창문 밖을 내다보면 멋진 가문비나무와 사슴을 감상하는 대신 도토리에게 식사를 제공하고 오솔길에 그늘을 만들어주는 흑호두나무들이 불도저에 갈기갈기 찢겨나가는 모습이 떠올랐다. 어느 날 아침 눈을 뜨면 불도저들이 삑삑대는 소리, 나뭇가지가 우지끈 부러지는 소리, 거대한 뿌리가 땅에서 뽑혀나가는 소리가 들려오리라. 그렇게 뽑혀나간 뿌리는 거인의 토막난 손가락처럼 하늘을 향해 뒤집히겠지.

나는 샌디와 잔에게 그 계획안을 보여주었다. 샌디는 야생 들판을 말끔하게 정리한다는 생각을 대단히 못마땅해했다. 샌디는 늦여름 야생 들판 위를 맴돌며 곤충을 잡아먹는 잠자리떼를 관찰하는 걸 좋아했다. 곤충들이 숨을 풀이 사라지면 잠자리들은 뭘 먹지? 이미 정리된 풀밭이 늘어나고 있다는 걸 눈치채고 있던 잔 역시 심란해했다. 사람들은 농장에서처럼 생울타리와 잡목숲이 중요하다는 걸 몰라, 잔은 이렇게 말했다.

나는 이 공원과 새들에게 신세를 지며 살고 있었다. 잔도 마찬가지였다. 도로 건너편 그 온갖 녹색—가문비나무, 소나무, 흑호두나무들—이 보이는 것만으로도 카트리나 이후 예민해진 신경계가 차분해졌다. 창문을 통해 보이는 녹색 풍경에 치유효과가 있다는 울리히의 1984년 연구결과를 증명이라도 하듯.

짐과 나는 공원과 그곳의 동물 주민들을 위해 투쟁해야 한다는 결론을 내렸다. 하지만 어떻게 해야 할지 아무 생각도 나지 않았다. 이제까지 다양한 운동—인권운동, 평화운동, 아파르트헤이트 반대운동, 민권운동, 동성애자 권리운동—에 몸담았지만 환경운동을 해본 경험은 없었다. 새들을 관찰하면서 그들에게 도움이 될 방법을 궁리하던 나는 새들이 공원 안팎에서 어떻게 자신의 영역을 지키는지 떠올려봤다. 어느 날 아침 까마귀 떼가 사납게 깍깍대는 소리가 들렸다. 그 요란한 소리를 따라가보니 30마리쯤 되는 까마귀가 소나무에 무리를 짓고서 맨 위에 있는 가지 안쪽에 몸을 숨기려고 하는 커다란 미국수리부엉이를 향해 다 같이 맹렬히 악을 쓰고 있었다. 까마귀 지옥에서 10분 정도 버티던 올빼미는 결국 백기를 들고 날아가버렸다.

내가 목격한 것은 조류학자들이 말하는 "모빙mobbing"으로, 새들이 자신의 집을 지키고 포식자를 몰아낼 때 사용하는 여러 전략 중 하나였다. 나는 우리 집 마당에서 잿빛고양이새의 둥지를 살펴보려고 나무를 타고 올라가다가 다시 이 모빙을 목격했다. 그런데 이번에는 포식자가 바로 나였다. 어미 고양이새가 시끄러운 경고음을 날리자 동고비, 멕시코양지니, 박새, 황금방울새, 솜털딱따구리를 비롯한 앙증맞은 새 12마리가 순식간에 나를 둘러싸며 썩 물러나라고 호통을 쳤다. 습지에 있는 붉은날개찌르레기 둥지 근처를 어슬렁대다 깃털 달린 작은 돌격대의 성난 공격을 피해 머리를 감싸며 줄행랑을 쳐본 적이 있는 사람이라면 80그램밖에 안 되는 존재한테 혼쭐나는 게 어떤 건지 알 것이다.

새는 사나워질 수 있다. 새는 깃털 달린 밤비가 아니다. 한배에서 태어난 새끼들은 몸집이 작은 자기 동생을 잡아먹기도 한다. 일부 종의 수컷은 번식 영역을 놓고 육탄전을 벌인다. 하지만 일반적으로 대부분의 종은 육체적으로 격하게 싸우지 않는다. 그럴 여력이 없다. 만약 부상을 당하면 날지 못하니까. 땅에 붙들린 새는 죽은 새나 마찬가지다.

새들은 주로 노래로 자신의 장소와 가족을 지킨다. 시끄러운 노래로.

하지만 새들이 새로운 지역으로 옮겼을 때 제일 먼저 하는 일은 정보를 모으는 것이다. 새의 생존은 먹이와 깨끗한 물을 찾아내고, 포식자들이 어슬렁대는 위치를 파악하고, 혹독한 밤에 몸을 숨길 수 있는 구멍과 틈새를 알아두는 능력에 좌우된다.

나는 매디슨이라는 새로운 영역에 대해 내가 뭘 알고 있는지를 생각해보았다. 나는 가장 많은 시간을 보내는 공원에 대해서는 아는 게 아주 많아졌다. 하지만 내가 사는 동네의 호모사피엔스에 대해서는 아는 게 별로 없었다. 공원만이 아니라 거리와 집들도 내 영역의 일부인데도.

나는 그 계획안을 읽고 또 읽으며 단서를 찾아 물고 늘어졌다. 공원을 집중 분석한 그 장은 공포스러웠지만 그건 아홉 개의 장 중 하나에 불과했다. 나머지는 주로 공원 근처의 저소득층 주거지에 어떻게 도움을 줄 것인가라는 내용으로 채워져 있었다. 이 근린계획은 우리 지역에서 시의 주도로 경제 발전을 유도하려는 노력의 일부였고, 이곳에는 그게 절박하게 필요했다. 계획안은 메디슨 노스사이드라고 알려진, 워너공원을 포함한 우리 쪽 동네를 아름답게 가꿀 필요성을 강조했다. 계획가들에 따르면 우리에게는 "브랜드"가 필요했다.

나는 워너공원 지역의 인구분포도와 인구구성 데이터를 들여다보다가 공원의 북동지역은 소수인종이 39퍼센트이고 가계중위소득이 2만8542달러이며, 주민 가운데 대졸자가 10퍼센트라는 사실을 알게 되었다. 우리 집은 그 북동지역의 경계에 있었다. 반면 자전거를 타고 공원을 가로지르면 나타나는, 주지사의 대저택이 있는 멋들어진 남서쪽 경계의 동네에서는 소수인종이 2퍼센트이고, 가계중위소득이 15만1875달러였으며, 주민 가운데 대졸자가 82퍼센트였다. 나는 워너 공원이 매디슨에서 가장 극심한 불평등의 한가운데 있으며, 짐과 나는 바로 그 중심에 살고 있다는 사실을 깨달았다. 하지만 우리는 문화적 풍요에도 둘러싸여 있었다. 많은 이웃이 아프리카, 이라크, 필리핀, 중앙아메리카, 멕시코, 캄보디아 이민자였고 온갖 배경의 백인들이 있었다. 복도에서 십여 가지 언어가 난무하는 동네 학교는 흡사 작은 유엔회의장 같았다.

남편은 우리 동네 푸드뱅크에서 요리사로 자원활동을 시작한 상태였다. 1년 전 2008년에 불황이 닥치면서 무료 저녁식사와 식료품을 구하러 오는 사람의 수가 거의 두 배로 증가했다. 짐은 어린 아이들을 데리고 오는 가족들의 수가 늘어나는 모습에 할말을 잃었다. 매주 금요일 양파와 토마토를 산더미처럼 썰고 난 뒤 늦은 밤이 되어서야 파김치가 되어 집으로 돌아오는 짐은 대부분의 "고객"에게는 직업이 있다고 말했다. 그는 매디슨의 노동빈곤층에게, 별세계나 다름 없는 대학 밖에서 살아가는 도심 지역의 대다수 구성원들에게 식판을 건넸다. 수위, 간호조무사, 식료품점 점원, 공사장 인부, 패스트푸드 점원, 카페테리아 직원으로 일해서는 치솟는 임대료와 매달 내야 하는 청구서와 식료품비를 감당할 수가 없었다.

나는 박사과정생이었고 대학에서 주는 돈을 받으며 일하고 있었지만 재정 상황이 다른 사람들보다 훨씬 나은 것도 아니었다. 짐은 수상경력이 있는 저널리스트이자 영화제작자였고 11권의 책을 출간하기도 했지만 모든 걸—음악, 글, 사진—온라인에서 공짜로 누릴 수 있는 시대에 "작가"로 산다는 건 이제 기약 없는 무직 상태를 의미했다. 카트리나가 들이닥치면서 우린 모든 걸 잃었고 저축해놓은 돈도 없었다. 프리랜서 저널리스트로 자리를 잡은 상태였기에 예전에 우리는 괜찮은 일거리를 열심히 찾아다닐 필요도 없었다. 그런데 인터넷이 보급되면서 일자리 시장이 급변했고 우리가 알던 저널리즘은 뉴올리언스의 제방처럼 무너져내렸다. 수십 년간 자료조사와 글쓰기로 돈을 벌었지만 문득 정신을 차리고 보니 펜을 놀려서는 한푼도 벌 수 없는 처지가 되었다.

최악의 일은 누구도 예상하지 못한다. 그게 실제로 일어나기 전까지는. 우리는 카트리나 피해 주민을 위한 정부대출을 받아서 생활을 다시 꾸리고 이 작은 집을 구입했다. 그리고 나는 여기에 학자금 대출까지 받았다. 일부 이웃이 그렇듯 우리는 간신히 중간계급의 삶을 이어가고 있었다.

하지만 이 공원 옆에 거주하는 것만으로도 부자가 된 기분을 느낄 수 있었다. 매일 호박벌과 제왕나비에 둘러싸여 야생화 들판을 가로질러 산책하다 보면 그 시간만은 다른 모든 걸 잊을 수 있었다. 이 산책 시간은 20세기 초의 노동운동가이자 페미니스트이자 사회주의자였던 로즈 슈나이더만Rose Schneiderman의 말을 떠올리게 했다. "노동하는 여자가 바라는 건 단순히 존재할 권리가 아니라 살아갈 권리이다. 부유한 여자가 삶에 대해, 태양과 음악과 예술에 대해 가지고 있는 권리 같은 그런 삶에 대한 권리… 노동자에게는 빵이 있어야 하지만 장미 역시 있어야 한다."

공원과 새들은 우리의 일용할 하루분의 장미가 되어주었다.

어느 날 생각에 잠겨 우리 집 전망창 밖을 내다보는데 여름 오후 저 초록빛 회랑에서 두 소년이 축구공을 주거니 받거니 하는 모습이 눈에 들어왔다. 한 아이는 흑인, 다른 아이는 백인이었다. 아이들이 공차기를 하는 곳은 공원정비계획의 중심에 해당하는, 길게 도열한 21그루의 흑호두나무 아래였다. 계획대로 포장보도가 만들어지면 그 나무들은 모두 잘려나갈 것이었다. 그 작은 운동장의 경계에 해당하는 붉나무 잡목숲과 초록의 회랑은 『자연에서 멀어진 아이들: 자연결핍장애에서 아이들을 구하기Last Child in the Woods: Saving Our Children from Nature-Deficit Disorder』를 쓴 리처드 루브가 말한 "비공식 놀이터"였다. 아이들은 풀 위에서 뒹굴었고 나무 사이를 뛰어다녔다. 붉나무 숲에는 누군가 끌어다놓은 낡고 해진 양단 팔걸이의자가 보드라운 황금빛 옥좌처럼 놓여 있었다. 여름날이면 나는 아이들이 그 위를 기어오르고 그 뒤에 숨기도 하는 모습을 보곤 했다. 아이들은 붉나무 가지를 검처럼 휘두르며 검술대회를 펼치기도 했다. 나중에 다시 보면 버려진 붉나무 검들이 풀숲의 오솔길에 놓여 있었다. 북부홍관조가 덤불숲에서 삐용삐용 노래하고 노랑배수액빨이딱따구리가 열심히 리듬을 타며 나무를 두드리는 동안 소년들은 어떤 비디오게임 또는 동화 이야기 또는 영화 장면을 재연했던 걸까? 포장보도가 만들어지면 이 모든 야생의 모험은 생기를 잃을 텐데.

나는 공을 차고 있는 두 소년에게 말을 걸어보기로 결심했다. 그리곤 아이들에게 다가가서 여기에 포장보도가 필요하다고 생각하는지 물었다.

"왜요? 멍청한 짓이에요. 우린 여기서 노는 게 좋아요." 한 소년이 말했다.

"우리가 태클을 당해서 넘어지면 다칠 수 있어요. 여긴 공원이에요." 다른 소년이 말했다.

아이들에게 시에서 포장보도를 놓을 계획이라고 말하자 두 아이가 동시에 말하기 시작했다. 아이들은 나무들을 정말로 사랑했다. 나무는 아이들에게 여름철에 그늘을 만들어줬다. 아이들은 누구도 나무를 베어내는 걸 원치 않았다. 아이들은 덤불 숲에서 나타나는 사슴을, 가끔은 운동장에 서 있기도 하는 사슴 역시 사랑했다.[7] 아이들은 집에 가서 사람들에게 나무에 관해 알리는 팻말을 만들어야겠다고 말했다.

두 시간 뒤 한 아이가 집에서 만든 "나무를 구하자!"고 적힌 팻말을 들고 우리 집 앞을 서성댔다. 나는 밖에 나가서 아이의 사진을 찍었다. 도시계획가들이 여기서 살아가고 뛰어노는 이 아이들에게도 의견을 구했을까 궁금했다.

그해 가을 몇 개의 시 위원회가 근린계획 최종안을 승인하기 위해 회의를 열었다. 이 계획을 저지할 유일한 기회가 이 공개회의라는 건 이미 분명한 상황이었다. 하지만 나는 자기 앞마당의 새들과 공원을 지키기 위해 물불을 가리지 않는 백인 님비 친환경 집주인이라는 특권층만은 절대 되고 싶지 않았다. 이런 회의에서 이웃들이 지지하는 계획에 어깃장을 놓으며 목소리를 높이고 싶지 않았다. 그 이웃들이 길 아래 편 저소득층 다세대주택에 사는 이들이라면 더더욱.

나는 시와 주의 정치에 몸담고 있는 노련한 정치인 친구에게 의견을 구했다. 지역개발계획을 중단시키는 게 어렵냐고 물었더니 친구는 코웃음을 쳤다. 신경꺼셔, 친구가 말했다. 사람들은 이런 계획에 몇 년 동안 열정을 쏟아부었고 회의만 수십 번을 했다. 나는 마지막 순간에 갑자기 끼어들어서 거기에 반대하는 외부인으로 비칠 터였다. 이제까지 도움을 준 적도 없고 어떤 공개회의에도 참석한 적이 없는 주제에. 그 사람들은 아주 불쾌하게 생각할 거야, 친구가 말했다. 이 계획에 자신의 모든 시간과 에너지를 쏟아부은 사람, 특히 선출직 공무원들은 아무리 이런 계획 중 일부가 아주 훌륭하진 않다 해도 거기에 대단히 몰입하게 돼. 그게 자기들 자존심, 자기들 정치적 유산이 된단 말이지. 시간낭비하지 마, 친구가 내게 말했다. 논문에나 집중하라고.

하지만 두 소년과의 대화 이후 나는 물음표를 지울 수가 없었다. 앞으로 열릴 회의에 동네 사람들이 무더기로 참여해서 발언하면 어떻게 될까? 이런 아이들과 나와 헤디와 샌디와 잔 같은 사람들이 더 많다면 어떻게 될까? 우리가 새들의 모빙을 우리 식으로 조직하면 어떻게 될까?

대부분의 동네 사람들이 공원을 정말로 어떻게 생각하는지에 대해서는 여전히 전혀 아는 바가 없었다. 그래서 내 영역 중에서 인간으로 구성된 쪽을 파헤쳐보기로 마음먹었다. 새들이 하는 방식을 따라, 새들이 그러듯 내 영역에서 정찰활동을 해보는 것이다. 다음 달 나는 주말마다 이웃집 문을 두드렸다 내가 이야기를 나눈 첫 이웃은 젊은 여성으로 곧 주차장이 될 들판을 마주보는 다세대주택에 거주하고 있었다. 이 여성은 임신을 하는 바람에 대학을 중퇴했다고 말했다. 지금은 아이가 둘이었다. 여기가 매디슨에서 경제적으로 감당할 수 있고 녹지공간을 끼고 있는 유일한 주거지이기 때문에 2년 전 이곳으로 이사 왔다고 했다.

"다른 데는 다 다른 사람의 화장실을 들여다보게 되는 구조였어요."

여성의 두 아이는 공원에서 노는 걸 아주 좋아했다. 여자의 주방에는 아이들이 모아놓은 달팽이가 담긴 유리병 여섯 개가 있었다.

"둘 다 아들이에요." 여자가 서운하다는 듯 말했다.

야간근무를 하는 여자는 이른 아침 차를 몰고 귀가하면서 도로 건너편 안개가 자욱한 들판에서 사슴이 풀을 뜯는 풍경을 볼 수 있다고 설명했다. 그 한 조각 아름다움이 삶을 "견딜 만하게" 해주었다.

여자에게 저 들판이 이제 주차장으로 바뀔 거라고 말하자 여자는 심란해했다. 그 계획이나 주차장에 대해서는 한 번도 들어보지 못했다면서. 여자는 나에게 자신의 이름과 전화번호를 알려주었고 나는 여자에게 곧 있을 회의에 대해 이야기했다. 여자는 노력은 해보겠지만 야간근무를 하다 보니 힘들 거라고 말했다.

나는 많은 사람들이 밖으로 나오는 토요일과 일요일 오후에 그 다세대주택 주차장을 어슬렁대기 시작했다. 그러면서 사람들에게 여기서 얼마나 오래 살았는지, 길 건너편 공원에 대해 어떻게 생각하는지를 물었다. 공원이 좋은지 그렇지 않은지. 그리고 그 지역개발계획을 어떻게 생각하는지도 물었다. 그 계획에 관해 들어보지 못했다면 일부 내용을 편집해서 나눠주었다.

나는 이 비공식 설문을 진행하면서 이웃들에 관해 많이 배우게 되리라 기대했다. 그런데 이웃보다 워너공원의 새들에 관해 훨씬 더 많이 배우게 될 줄은 몰랐다. 어느 주말 공원 주변에서 클립보드를 들고 배회하다가 어느 부부와 대화를 하게 되었다. 남편은 흑인, 아내는 백인인 이 부부는 새 주차장이 들어서게 될 장소 건너편 다세대주택 밖에 서 있었다. 이들은 공원을, 특히 그 들판에서 풀을 뜯는 사슴들을 사랑한다고 말했다. 이들 역시 지역개발계획에 대해서는 한 번도 들어본 적이 없었다. 이 들판이 또 하나의 주차장이 될 거라는 것도 알지 못했다. 부부는 이 소식을 듣고 대단히 언짢아했다.

"부엉이는 어쩌고요?" 남자가 물었다. 그는 새 주차장과 조명이 들어오고 그 숲의 나무들이 잘려나가면 공원의 미국수리부엉이들이 어떤 영향을 받게 될지 구체적으로 알고 싶어 했다.

나는 이 남자가 말하는 부엉이를 알았다. 겨울에 남자의 다세대주택과 아주 가까운 숲에서 한 마리를 본 적 있었다. 어느 날 저녁 6시 무렵 우리 집 거실 벽난로 옆에 앉아 있는데 부엉이 소리가 들렸다. 하늘이 서둘러 어두워지고 있었지만 나는 쌍안경을 집어들고 공원으로 달려나갔다. 금발의 꼬마가 다세대주택에서 총알처럼 튀어나오더니 내 옆에 섰다. 아이의 이름은 애런이었다.

애런과 나는 최대한 부엉이 눈을 하고 어둠 속에서 커다란 형체를 식별하려 애쓰며 깊은 숲속을 응시했다. 그러다가 우리는 녀석을 보았다. 15미터쯤 떨어진 소나무 위에 키가 60센티미터쯤 되는 갈색의 낯선 원통형 형체였다. 부엉이는 그 커다란 진노랑색 눈—부엉이 세계에서 제일 크다—으로 우리를 똑바로 응시했다. 텁수룩한 우각羽角이 가을바람에 흩날리고 있었다.

"우와, 저게 부엉이에요?"

"응. 맞아."

애런이 아주 잠시 부엉이에게서 시선을 떼고 나를 올려다보았다.

"부엉이 보는 거 처음이에요." 애런이 엄숙하게 말했다.

우리는 몇 분 동안 말없이 나란히 서 있었다. 처음 보는 두 사람이 한 마리의 부엉이를 지켜보면서. 그러다가 아이를 찾는 또 다른 소리가 들렸다. 아이 엄마가 아이에게 들어오라고 고함을 치고 있었다.

"저 갈게요." 아이는 이렇게 말하고 어둠 속으로 자취를 감췄다.

그 계획이 부엉이들에게 어떤 영향을 미칠지 모르겠어요, 나는 다소 서글프게 이웃에게 말했다. 나는 그와 그의 아내에게 부엉이들이 이 근처 어딘가에 둥지를 만든다는 건 알고 있지만 정확히 어디인지는 모르겠다고 말했다. 애런과 함께 그 부엉이를 보고 난 뒤 1월의 여러 날 밤을 탐조 친구 스테이시와 함께 "부엉, 부엉, 부엉, 부우우우엉, 부우우우엉" 하고 소리치면서 천치처럼 눈이 무릎까지 쌓인 워너의 숲속을 헤치고 다니며 둥지를 찾아보려 했지만 결국 실패했다. 씁쓸한 낭

패감이 밀려왔다. 어떻게 조류학을 공부하는 두 학생이 숲에서 그렇게 큰 둥지를 못 찾을 수가 있지?

이웃이 내 오해를 풀어주었다. 그 부엉이들은 숲이나 공원에 둥지를 짓지 않았어요, 그가 말했다. 그는 나를 데리고 자신의 다세대주택에서 몇 발자국 떨어진 커다란 상록수로 향했다. 그는 손가락으로 하늘을 가리켰다. 거대한 포크처럼 갈라진 높은 나뭇가지에 폭이 50센티미터쯤 될 것 같은 엉성한 나뭇가지 둥지가 자리잡고 있었다. 그 나무줄기를 타고 흘러내린 흰 새똥 흔적이 모든 걸 말해주고 있었다. 둥지는 이웃이 살고 있는 2층집 창 바로 앞에 있었다.

"텔레비전보다 훨씬 재밌어요." 그가 말했다. 그와 아내와 아이들은 겨울 내내 창가에 앉아서 "부엉이쇼"를 관람했다. 부모 새가 새끼들을 위해 먹이를 물고 날아올 때면 이들은 열광했다. 이들은 늘 부엉이들이 우는 소리를 들었다. 이들은 그 부엉이들을 사랑했다.[8]

그 "부엉이쇼"는 그 어떤 넷플릭스 시리즈보다 흥미진진했으리라. 대부분의 미국수리부엉이는 둥지를 짓는 번거로움을 피해 매나 까마귀가 버린, 상태가 나쁘지 않은 둥지를 물색한다. 바로 내 이웃의 집 앞 나무에 있는 둥지 같은. 위스콘신의 부엉이들은 1월 말부터 일찍 둥지를 만들기 시작하므로 그 부엉이들이 낡은 둥지를 보수하기 위해 나무껍질과 잎사귀를 물고 오는 모습을 봤을 수도 있지만, 아마 암컷이 그냥 자신의 가슴 깃털을 조금 뽑아서 둥지를 부드럽고 따뜻하게 만들었을 가능성이 가장 높다. 암컷은 어쩌면 자신이 죽인 새의 깃털이나 토끼털을 둥지의 안감으로 사용한 다음 두 개에서 네 개

의 알을 낳았으리라.[9]

미국수리부엉이는 알을 품는 기간이 가장 긴 새에 속하기 때문에 이웃들은 암컷이 최소 한 달 동안 그 둥지에 앉아 있는 모습을 지켜봤으리라. 그동안 수컷 짝꿍이 다람쥐와 설치류를 물어 날랐을 테고. 부엉이는 대부분 암컷과 수컷이 한 팀처럼 움직이기 때문에 어떤 날엔 암컷이 쉴 수 있도록 수컷이 알을 품었을 수도 있다. 물론 까마귀가 둥지에 있는 암컷을 공격할 때면 수컷이 날아와 암컷을 방어했을 텐데, 우리 동네 까마귀의 수를 감안하면 아마 그런 일이 적지 않았으리라.[10] 하지만 이웃들은 대체로 암컷이 둥지에 앉아 있는 모습을 보았을 것이다. 밤이고 낮이고, 눈보라가 휘몰아쳐서 눈에 완전히 파묻혀도 알을 지키는 모습을. 깃털의 마법 같은 능력 덕분에 암컷은 섭씨 영하 40도일 때도 둥지를 지킬 수 있었다. 여러 겹으로 된 깃털은 벨크로처럼 맞물리게 되어 있어서 온기를 잡아두고 암컷이 추위를 견딜 수 있게 해줬다. 새 가운데 많은 종의 암컷이 그렇듯 부엉이 암컷에게도 알을 품을 때 직접 닿는 내장형 보온패드인 '포란반brood patch'이 있었다. 그래서 부엉이는 맨살로 된 이 포란반을 알 위에 갖다대고 있기만 하면 끝이었다.

이 이웃들이 부화 당일에도 지켜보고 있었더라면 그야말로 흥분의 도가니가 따로 없었으리라. 부엉이 새끼들은 부화하기 몇 시간 전에 흰 알껍질 안쪽에서 칭얼댄다. 그러면 어미 부엉이가 그 소리를 들었을 것이다. 어미는 자리에서 몸을 일으켜 알을 바라보거나 어쩌면 더 잘 들으려고 몸을 기울였을 수도 있고 아니면 알껍질에 금이 갔는지 살펴봤을지도 모른다. 짝꿍에게 의견을 구했을지도 모른다. 그러다가 작은 흰색 털뭉치가 특수한 난치egg tooth로 알을 쪼아 부수며 세상에 고개를 내밀었으리라.

이제 부엉이 부부의 진짜 부모 역할이 시작되었다. 막 태어난 새끼 부엉이는 무게가 35그램 정도, 그러니까 중간 크기의 초코칩 쿠키 두 개 정도쯤이다.[11] 새끼 부엉이들은 성조 무게의 75퍼센트에 달할 때까지 5~6주 동안 매일 그만큼씩 몸무게가 늘었을 것이다. 새끼들이 처음 부화했을 때는 밥 먹이기가 큰일이다. 이 어미 부엉이는 깃털 달린 거대한 발과 발톱을 일종의 새장처럼 활용해서 꼼지락대고, 까불대고, 재잘대는 새끼들을 두 다리 사이에 넣고 자신의 가슴과 배로 눌러야 했으리라. 그런 다음 몸을 굽혀 한 발로 죽은 다람쥐를 알맞게 쥐고 잘게 잘라 핏기가 선명한 다람쥐 고기를 작은 부리에 채워주는 한편 새끼들이 자기 밑에서 빠져나가지 않도록 자신의 북슬북슬한 거대한 몸을 이리저리 움직여야 했으리라. 그러는 동안 새끼들은 만족스럽게 부리로 입맛을 다시거나 목쉰 소리로 밥을 달라고 칭얼댔을 것이다. 그리고 숱한 낮과 밤을 지나며 어미는 유구하게 이어져온 양육의 리듬에 맞춰 계속 몸을 굽히고, 찢고, 돌리고, 당기고, 굴리고 채웠을 것이다. 젖을 먹이는 포유류든 육식을 하는 조류든 피할 수 없는 몇 가지 동작의 무한반복.

내가 생각하기에 두 마리의 새끼 부엉이를 먹이는 일은 인간의 경우 쌍둥이를 키우는 것과 가장 비슷할 것 같다. 차이가 있다면 인간 어머니는 사랑스러운 한 아기가 엄마 젖이 부족하다며 동생을 잡아먹을까봐 걱정할 필요가 없다는 정도일까.

15일째쯤 되면 이웃의 집 앞 새끼들은 이미 "모르는 사람은 위험하다"는 걸 알고 사람이 둥지로 다가가려 하면 경고의 의미로 이제 막 돋아나기 시작한 날개를 들고 작은 부리를 맹렬하게 딱딱 마주치면서 쉬익쉬익 소리를 내고 몸을 옆으로 흔들었을 것이다. 그러니 이런 짓을 하려는 인간이나 과학자는 화를 입을지어다. 미국수리부엉이는 지구상에서 가장 사나운 조류에 속한다. 그걸 너무 늦게 알게 된 일부 조류학자들은 둥지를 살펴보려고 나무를 기어올라갔다가 머릿가죽이 벗겨질 뻔하기도 했다.[12] 미국수리부엉이는 독수리—부엉이보다 무게가 네 배 이상 많이 나가는—를 물리칠 수 있고 독수리의 둥지를 빼앗기도 한다. 무게가 2킬로그램이 안 되는 부엉이는 자기보다 네 배 더 무거운 고양이나 작은 개를 들어 옮길 수도 있다. 모든 맹금—매, 부엉이, 독수리—이 그렇듯 암컷 부엉이는 수컷보다 최소 20퍼센트 더 큰데, 어떤 맹금의 암컷은 50퍼센트 더 큰 경우도 있다. 일부 과학자들은 암컷이 수컷보다 더 큰 이유는 둥지를 지키는 암컷이 포식자를 싸워서 물리칠 수 있어야 하기 때문이라고 생각한다.

21일째가 되었을 때 이웃들은 마치 아기들이 바닥에 떨어진 쿠키를 집어올리듯 새끼 부엉이들이 앙증맞고 민첩한 발톱을 가지고 둥지에서 다람쥐 간식을 집으려고 버둥대는 모습을 보았을지 모른다. 4주차가 끝날 때쯤 새끼 부엉이들은 나무둥치를 따라 흘러내린 흰 줄무늬가 모든 것을 말해주듯, 둥지 끝으로 작은 궁둥이를 내밀고 둥지 밖으로 똥을 발사했으리라(그러니 미국수리부엉이 둥지 아래서 명상을 하는 건 비추다).

이웃들은 어미 새가 잠시 둥지를 비웠다가 돌아와서 나지막이 부엉 부엉 부엉 읊조리며 깃털로 아기들을 감싸던 순간 그 부엉이의 부드러움을 목격했으리라.[13] 그리고 아마 몇몇 아주 재미난 장면들을 엿보았을지도 모른다. 이를테면 아기들과 어미 새가 동시에 한쪽 다리를 쭉 뻗거나 머리 위로 양 날개를 들어올리는 부엉이 요가 장면 같은. 하지만 부엉이의 육아는 대체로 유혈이 난무해서 어미 새가 토끼의 두개골과 다른 먹잇감을 으스러뜨리고 그 운 나쁜 동물의 사지를 해체하는 행위로 점철된다. 일부 부엉이는 둥지를 육아실 겸 식품저장실로 이용하는 까닭에 둥지에 동물 사체 두어 개가 있을 수도 있다. 유콘에서 둥지를 살피던 부엉이 연구자들은 한 둥지에서 십여 마리의 눈신토끼와 북방흙파는쥐 15마리를 발견하기도 했다.[14]

워너의 아기 부엉이들은 40일째쯤 되어 둥지를 떠날 때까지 그 둥지에 머물러 있었을 것이다. 그 기간 동안 인간을 비롯한 많은 종의 부모는 보통 너덜너덜해진다. 그래도 새끼 부엉이들은 아직 며칠 동안은 날지 못하기 때문에 이 시기가 가장 위험하다. 아기들은 가까운 나뭇가지로 기어올라갈 수 있긴 하지만 바닥으로 떨어질 위험은 늘 존재한다. 이 아기들은 운이 좋았다. 만에 하나 무슨 일이 생겼더라면 나의 이웃이 구해줬을 테니.• 생물학자들은 5개월 된 아기 새들이 아직도 보채는 모습을 목격하기도 했다.

큰딱새가 그랬듯 그 다세대주택 앞에 살던 미국수리부엉이들 역시 인간과 자연을 갈라놓던 내 마음 속의 그 벽을 무너뜨리는 데 도움을 주었다. 둥지는 공놀이장 쪽 도로 건너편이었고 가로등에서 6미터,

내 이웃의 창문에서는 불과 3미터 정도 거리였다. 경찰차가 종종 주차되기도 하는 시끄럽고 번잡한 곳, 나로서는 부엉이 둥지가 있을 거라고는 예상할 수 없는 그런 장소였다. 이 사실은 내가 얼마나 조류학의 지읏도 모르는지를 보여주는 동시에 내게 어떤 선입견이 있는지도 선명하게 드러냈다. 나는 야생동물과 "자연"은 공공주택 앞이 아니라 숲에 있어야 한다고 짐작했다. 하지만 워너공원은 이 부엉이들이 새끼를 기르는 데 필요한 것들이 맞춤하게 뒤섞여 있었다.

시의 워너공원 개선계획은 아주 좋은 의도—우리 동네처럼 경제적으로 힘든 동네에 도움을 준다는—에서 출발했지만 아무래도 시의 계획가들 역시 나의 잘못된 가정과 선입견을 부분적으로 공유했던 듯싶다. 그 계획안은 공원 주변에 있는 공공주택에 거주하는 나의 이웃들에게는 "개발"과 새로운 "브랜드"와 "미화"가 필요하다고 말하고 있었다. 그게 정확히 무슨 의미인지는 차치하고. 그들은 앞마당에 있는 부엉이 가족이나 아침 박무 속에서 사슴이 풀을 뜯는 풍경이나 도로 건너편의 빈 들판은 중요하거나 필요하다고 생각하지 않았다.

● 최초의 이소 기간이 끝나고 새끼들이 날 수 있게 된 다음에는 몇 달간 부모새들과 함께 다닐 수 있다. 한배에서 나온 새끼들은 몇 주간 밤에 함께 잠을 자기도 하지만 부모는 다른 곳에서 잠을 잔다(일부 조류학자들은 먹이를 내놓으라는 집요한 보챔에서 떨어져 있기 위한 것이라고 추정한다).

야생동물보존단체들은 사자, 호랑이, 코끼리, 북극곰 같은 "카리스마" 있는 커다란 동물의 사진을 이용해서 모금을 유도한다. 부엉이 팬인 이웃과 만난 뒤 나는 이 부엉이들이 워너공원의 보존 아이콘, 날아다니는 호랑이 역할을 맡을 수 있다는 걸 깨달았다. 어쩌면 이 부엉이들이 이웃들을 결집시켜 개발계획을 중단시키는 데 도움이 될지도 몰랐다. 나는 동공이 칠흑같이 검고 크며, 홍채가 샛노랗고 우각이 쫑긋 세워져 있는 매력적인 미국수리부엉이 사진을 찾아서 한 쪽짜리 전단 상단에 넣고 이렇게 적었다. "워너공원의 야생성을 지키자." 그런 다음 그 계획안에서 가장 형편없는 부분을 발췌하여 붙인 뒤 앞으로 예정된 모든 공개회의를 열거했다.

이 부엉이 전단지는 새들의 경고음을 내 식으로 변주한 것이었다. 나는 "우리"를 결집시키려 했기 때문에 거기에 내 이름을 넣지 않았다. 무리를 모으고 싶으면 먼저 머리속에 무리를 떠올려야 한다.

나는 휘파람을 불며 그 부엉이 수배전단 같은 종이를 차 앞유리와 모든 아파트와 공원 게시판에 붙이고 다녔다. 잠긴 공동현관문을 열고 들어가는 주민들을 뒤따라 들어가 모든 층 복도를 훑고 다니면서 문을 두드리고 전단지를 나눠주며 사람들에게 회의 소식을 알려줄 수 있도록 전화번호를 물어봤다(집주인들은 시의회 의원에게 전화를 걸어 그 부엉이 전단에 관해 불평을 토로했다). 그런 다음 그 전단지를 산책하는 사람, 자전거 타는 사람, 달리기 하는 사람들이 볼 수 있도록 공원의 굽이굽이 이어진 오솔길을 따라 줄지어 선 나무에도 붙였다. 그리고 개 놀이터의 북적이는 사람들을 노리고 피크닉 테이블에서 진행되는 비공식 아침 애견인 커피 모임에 난입하기도 했다.

사람들에게 직접 의견을 묻고 전단지를 돌린 그달 말쯤 되자 내가 공원과 그 계획에 관해 이야기를 나눈 사람이 최소 30명은 되었다. 그 부엉이 애호가 가족처럼 일부는 공원을 열렬히 사랑했다. 하지만 대부분은 중립에 가까워서 "지금 이대로가 좋은데", "근사하죠", "괜찮죠", 아니면 "모르겠어요" 하는 식이었다. 학술적인 관점에서 이 비공식 비과학 설문조사는 실패였다. 나는 대부분의 이웃들이 공원에 관해 어떻게 생각하는지, 또는 그들이 무슨 생각이 있기는 한 건지 파악할 수 없었다.

유색인종 이웃들의 경우는 특히 더 그랬다. 흑인 이웃들과의 대화는 전쟁지역에서 이야기를 나눠보려고 하면 마치 내가—그러니까 녹음기와 공책을 든 백인 외국인이—큼직한 어금니를 막 뽑으려고 하는 치과의사라도 된다는 듯이 빤히 바라보기만 하던 과테말라 시골 사람들과의 억지스러운 한담과 비슷한 느낌이었다. 하지만 과테말라에서 나는 마야인 난민 조직에 선발된 사람이었고 천주교의 인권사무국과 아주 긴밀한 관계에서 일하기도 했다. 그래서 내가 이름 한두 개만 대면 곧 빗장이 풀렸다. 상대가 어떤 사람인지, 어떤 입장인지를 알아야 대화가 쉽게 풀리는 법이다. 딥사우스Deep South로 불리는 미국 최남단에서 증오범죄 조사를 할 때도 마찬가지였다. 내가 남부빈곤법센터에서 일한다고, 흑인지위향상협회NAACP 회원이라고 하면 증오범죄 피해자들은 자신의 이야기를 털어놓곤 했다. 내가 어떤 사람인지를, 사회운동집단의 일원이라는 걸 알게 되었으니까.

짐과 나는 매디슨의 백인 이웃들이 쓰는 "시카고 출신들"에 관한 에두른 표현을 통해 중서부의 인종문제가 딥사우스만큼이나 열악한다는 사실을 이미 감지한 상태였다. 최소한 남부 지역에서 (우리가 아는) 사람들은 만사가 형통한 척, 중서부 식으로는 "멋진" 척하는 대신 인종주의에 관해 이야기했다. 매디슨에서 우리는 블록 단위로 미시적인 흑백분리주의가 존재한다는 걸 알 수 있었다. 우리 동네는 백인 주택 소유자들과, 유색인종이 다수인 다세대주택 주민으로 양분되어 있었다. 근린조직모임에 참여하는 유색인종 이웃은 거의 전무했다. 그리고 대학은 압도적으로 백인 일색이었다. 내가 듣는 그 어떤 수업에도 흑인 학생이나 교수는 찾아볼 수 없었다.

그리고 매디슨에서 나는 민권조직과 함께 움직이지 않았다. 나는 내가 백인으로서 가진 특권을 이용해서 전적으로 환경문제에 매달리기로 선택했고, "새 여사bird lady"가 되었다. 카트리나 이후 이런 선택을 했던 건 문득 새와 개구리와 지구 이 자체가 내가 늘 동일시했던, 그리고 저널리즘과 사회운동으로 연대감을 나타내고자 했던 '약자' 공동체의 일원으로 보였기 때문이었다. 하지만 '새 여사'는 내 이웃들의 불신을 무너뜨리지 못했다. '대학원생'이라는 신분 역시 그만큼이나 도움이 되지 않는다는 사실을 배우는 중이었다. 너무나도 많은 연구기관들이 그렇듯 내가 다니는 대학은 유색인종과 그외 '주변화된' 집단을 '연구대상' 내지는 지원금을 타내기 위한 홍보수단으로 이용하는 거대한 연구자 커뮤니티 내부에서 주로 활동했기 때문이다.

사회학자 윌리엄 엘리스William W. Ellis는 1969년 자신의 책 『백인 윤리와 흑인 권력: 서부 지역조직의 출현White Ethics and Black Powe: The Emergence of the West Side Organization』에서 이렇게 적었다. "미국의 사회과학자와 저널리스트들을 지배하는 이데올로기 편향적인 직업행동규범은 객관성을 요구한다. 당신이 연구대상에게 전혀 몰입하지 않는 경우에만 그 사람이 누구이며 무엇을 하고 있는지 진실을 말할 수 있다는 입장을 취하기 때문이다. 하지만 이 객관성은 실은 지배계급에 헌신하는 행위이다… 오늘날의 사회과학은… 초연한 태도를 취하고서는… 미국의 흑인을 결코 이해하지 못한다."[15]

그러므로 나의 "초연한 태도"를 감안하면 유색인종 이웃들이 공원에 관한 내 질문에 대답할 의욕을 보이지 않은 건 전혀 놀랄 일이 아니었다. 하지만 다들 입을 모아 이렇게 말했다. 시의 165쪽짜리 근린개발계획에 대해서 한 번도 들어본 적이 없다고.

한 달 뒤면 그 계획을 승인하는 첫번째 공개 회의가 공원 위원회에서 열릴 예정이었다. 짐과 나는 그 대책을 준비하는 전략회의를 열기로 결심했다. 나는 내가 아는 모든 열렬한 공원애호가에게 연락을 취해 어느 일요일 우리 집으로 오라고 초대했다. 그다음에는 동네모임을 할 때 두번째로 중요한 일을 했다. 애플 파이 두 개를 구운 것이다.

일요일이 되었고 우리 집을 찾은 이웃은 단 8명이었다. 아주 실망했다. 잔도, 부엉이를 관찰하던 가족도 오지 않았다. 심지어 샌디도 오지 않았다. 샌디는 나중에 "나는 모임형 인간이 아니야"라고 말했다. 하지만 헤디는 왔다. 남편, 그리고 공원을 사랑하는 마리라는 이름의 저돌적인 딸을 대동하고서. 마리는 워너공원에서 뛰어놀며 어린 시절을 보냈고 자기 어머니만큼이나 그곳을 사랑했다. 그리고 꽃가게를 운영하고 임대 부동산을 관리하는 불도저형의 잘나가는 비즈니스 우먼이기도 했다.

또 다른 참석자는 내가 거의 매일 아침 슬레드힐에서 마주치는, 작은 개들을 산책시키는 사회복지사 앤디였다. 앤디에게 워너공원은 하루를 살아낼 감정적 연료, 그가 자신의 고객들을 도울 힘을 주는 "축복"이었다. 앤디의 고객 중 일부는 공원이 보이는 다세대주택에 살았다. 앤디는 어떤 이웃들에게는 유일하게 접근가능한 녹색공간에 새로운 주차장을 짓는다는 시의 발상에 특히 분개했다. 우리 동네에서는 마약거래가 문제예요, 그가 우리에게 말했다. 그래서 경찰차가 자주 오는 거라고. 그리고 마약거래상들은 차로 재빠르게 드나들 수 있는 주차장에서 만나는 걸 좋아했다. 들판이나 숲이 아니라.

"마약거래상의 서식지를 더 많이 만들어놓고 어서옵쇼 하는 꼴이죠." 앤디가 말했다.

헤디의 가족들처럼 앤디 역시 공원을 포장해서 덮으려는 움직임이 여러차례 밀려왔다가 밀려가는 모습을 보며 살았다. 그는 나이가 지긋한 얼이라고 하는 이웃 이야기를 들려주었다. 몇 년 전 얼은 야생화들을 지키기 위해 풀깎기 기계 앞을 막아섰다. 얼은 그 풀밭을, 애기루드베키아 하나하나를 지켰다. 얼은 자칭 와일드원스Wild Ones라고 하는 고령의 주민들로 구성된 모임의 일원이었는데, 그 모임 사람들은 이제 모두 세상을 떠나거나 이사를 갔다고 했다.[16] 또 어떤 이웃은 어느 날 공원 일꾼들이 풀밭을 모조리 파헤치고 축구장용 경계를 만들어놓은 걸 보고 그 안으로 걸어들어갔다. 그는 일꾼들에게 자기가 집에 가서 공원부에 전화를 하겠다면서, 그러면 어차피 작업을 되돌려놓아야 할테니 이제 그만하라고 애원했다. 그런 다음 이십여 명의 주민들을 모아서 다음번 공원 위원회 회의에 참석했다. 위원회는 축구장 계획을 취소했고 그 풀밭에 다시 씨앗을 뿌리라고는 명령을 내렸다.[17] 나는 우리 집 다이닝룸에서 이 이야기를 들으며 생각했다. 와일드원스가 했으면 우리도 할 수 있어.

그날 오후 중요한 변화를 가져온 목소리의 주인공은 우리 카운티의 감독관으로 일하는 폴 러스크였다. 그의 집은 뒷마당이 공원을 향하고 있었다. 그는 낮에는 매디슨의 알츠하이머치매협회 운영자로 일했다. 매디슨 시에서 제일 열정적으로 고령자를 지원하는 인물 중 하나였다. 그리고 "한가한 시간"에는 카운티 감독관으로 일했다. 그는 종종 동물들을 목격하는 저녁공원 산책이 자신의 영혼에는 생명수와도 같다고 우리에게 말했다.

하지만 폴은 그 계획안을 변경하는 데는 전혀 낙관적이지 않았다. 내 정치인 친구가 그랬듯 폴은 그 계획에 2년의 시간이 들어갔다고, 수십 시간 회의를 하는 동안 끈끈한 유대관계가 만들어졌을 거라고 경고했다. 이 계획이 승인단계에 들어갔으면 보통 너무 늦은 거였다. 완전 외부자인 우리들은 공원 위원회 회의장에 가서 한 명당 꼴랑 3분의 발언시간만 할당받게 될 거였다. 11개의 시 위원회는 이 계획을 승인할 준비가 되어 있었다. 폴은 가장 터무니없는 계획을 정면으로 걸고넘어지는 게 유일한 승산이라고 생각했다. 얕은 습지에 수상 플랫폼을, 녹지공간에 주차장을, 습지 섬에 예식 장소를 만든다는 계획이 주 타깃이었다. 우리가 바꾸고 싶은 모든 단락에 "그 필요성을 연구해봐야 한다"는 문구를 넣어달라고 시 계획가들에게 요구해서 제일 나쁜 걸 저지시키면 나머지는 지체될 수밖에 없어요, 폴은 이렇게 조언했다(만일 당신이 신생 환경단체 활동가라면 당신의 대중선동 지침에서 이 문구는 대단히 유용한 무기가 될 것이다).

우리가 합의한 가장 중요한 전략 가운데 하나는 워너공원을 묘사할 때 습지라는 표현을 사용한다는 것이었다. 왜냐하면 습지는 연방에서 지정한 법적 힘을 가진 장소이기 때문이다.• 시의 문서에서 워너공원의 습지 지역은 석호, 늪, 소택지처럼 법적인 보호를 전혀 받을 수

• 1956년 미국 어류야생동물관리국Fish and Wildlife Service은 습지의 유형을 20가지로 분류해놓은 최초의 전국적인 습지 목록『미국의 습지들Wetlands of the United States』를 출간했다. 조사원들은 약 7500만 에이커의 면적을 조사하여 이 가운데 약 2200만 에이커를 물새들에게 중요한 곳이라고 평가했다. 보고서는 과학을 활용해서 이 지역에 가치를 매겼다는 점에서 습지에 대한 전국적인 관점이 크게 변화했음을 나타냈다. 바로 이 때부터 "습지wetland"라는 단어가 사용되기 시작했다. https:// www.fws.gov/wetlands/documents/Wetlands-of-the-United-States-Their-Extent-and-Their -Value-to-Waterfowl-and-Other-Wildlife.jpg

없는 축축한 단어들로 불렸다. 습지의 역사가 온데간데 없어진 것 같았다. 물을 품어 안지 못하고 모두 튕겨내버리는 불투수면을 늘린다는 계획은 수질에 타격을 입힐 텐데, 그건 시의 지속가능성 목표와도 상충했다. 또한 이 계획들은 시청 공무원들이 이 습지의 가치, 그중에서도 특히 인근의 멘도타 호수를 보호하는 중요한 여과장치 역할을 제대로 인식하지 못하고 있음을 보여주었다. 동물들이 그렇듯 어째선지 워너공원의 물 역시 눈에 보이지 않는 존재였던 것이다.

그날 오후 우리는 몰랐지만 이 애플파이 회동은 워너공원을 지키는 주민모임인 와일드워너Wild Warner의 모태가 되었다. 공식적으로 발족하기까지는 1년이 더 걸렸지만, 이 모임은 대부분의 조직과 운동이 시작되는 방식대로 시작되었다. 한 줌의 사람들이 애정과 분노, 그리고 파이를 연료 삼아 누군가의 주방이나 거실에 둘러앉아 뜻을 모으기. 인간은 아주 오래전부터 그렇게 해왔다. 사람들이 모인 곳에 찾아가 귀 기울이고 자신의 생각을 이야기하고 파이를 먹고, 그리고 한 번 또 한 번의 모임, 한 번 또 한 번의 투쟁을 거치며 당신은 좌충우돌하며 막강한 꽥꽥대는 새 떼 무리의 일원이 된다.

CHAPTER
7

천둥발사기여 영원하라

진실된 말을 뱉는 것이 이 세상을 바꾸는 길이다.

파울로 프레이리Paulo Freire

공원위원회 회의에서 우리가 외부자로서 적대적인 청중을 상대하게 될 거라는 카운티 감독관의 경고를 듣고 고민에 빠졌다. 분명히 나와 이웃들의 발언만으로는 충분치 않을 터였다. 우리에게는 거물급 인사가 필요했다. 나는 전화기를 들고 [조류학자 존 제임스 오듀본의 이름을 딴 자연보전단체] 오듀본협회 매디슨 지부에 전화를 걸었다.

몇 시간 뒤 나는 오듀본 교육봉사위원회를 맡고 있는 고령의 대표 도로시의 작은 오두막 같은 집에서 새 보호 전사들 사이에 끼어 소파에 자리잡았다. 새 그림이 온 벽을 뒤덮고 있었다. 새 모양 냄비집개, 새 모양 모빌, 새 모양 식기깔개, 진흙 새, 크리스탈 새가 사방에 있었다. 공간이 있는 곳이면 어디든 놓여 있는 새 박제의 머리에서 수십 쌍의 반짝이는 유리 눈이 나를 쏘아보고 있었다.

이 은발의 센 언니들은 투쟁계획을 쏟아내기 시작했다. 개발계획이 워너공원을 짓밟기 전에 당장 새를 조사해서 그 공원에 뭐가 있는지 사람들에게 알려주자(나는 내가 만든 관찰종 목록을 가져갔다). 워너공원은 동네 아이들이 버스를 타지 않고도 접할 수 있는 자연이니 어린이 환경교육을 강조하자. 그리고 언니들은 오듀본협회에 압력을 넣어서 워너공원 커뮤니티 센터에 자연탐사센터를 만들게 해보겠다고 제안했다. 무엇보다 이들은 다음호 오듀본협회 매디슨 지부 소식지에 "긴급실천"을 공지해서 오듀본 회원들이 앞으로 개최될 공원 위원회 회의에 참석하도록 요청하기로 했다. 계획을 중단시킬 우리의 첫 번째 기회니까.

이후 몇 주는 아드레날린이 뿜어져 나오는 기자 겸 투사 모드로 보냈다. 이른 아침에는 관찰종 목록을 보강하려고 공원에서 더 많은 새를 찾아다녔고 오후에는 노트북을 두들기고 사람들에게 전화를 돌렸다. 그런 다음에는 그 계획이 철새들에게 어떻게 피해를 주게 될지를 주 골자로 하는 칼럼 원고를 작성했고, 위스콘신주의 한 유력 신문사가 그 글을 일요일자에 실어주었다. 공원위원회 회의가 열리기 불과 나흘 전이었다. 생각지도 못한 행운이었다.

회의 당일, 나는 기진맥진했다. 이른 아침 그냥 바람을 쐬러 공원으로 탐조를 나갔다. 새로운 종을 찾는 건 이제 끝이었다. 그저 위안을 얻으러 나갔다. 새들의 도움이 필요했다. 불안하고 우울했고, 나와 이웃들이 지지 않을까 두려웠다. 시속 160킬로미터로 달리는 열차를 멈춰 세우는 기분이었다. 습지 가장자리에 자리를 잡고 앉아서, 새들을 보거나 듣는 대신 이 작은 습지에 부표식 보트가 떠다니는 모습과 그 모터소리를 떠올렸다.

나는 시의 계획을 어떻게 중단시키는지나 동물들을 어떻게 지키는지는 고사하고 시 위원회가 어떻게 돌아가는지에 관해서도 아는 바가 없었다. 환경문제를 공부한 지는 이제 겨우 2년째였다. 그런데 이제 새들을 대신해서 일어나 생태학 박사들로 가득한 녹색 성지라고 자부하는 도시에서 환경정책을 비판하려고 하고 있었다.

나는 며칠에 걸쳐 회의에서 발언자에게 할당된 3분 동안 편안하게 전달할 수 있는 390단어를 쓰는 중이었다. 새 관련 연구자료, 공원의 역사, 지도, 인구분포도, 165쪽짜리 계획안, 이 동네에 관한 갖가지 뉴스 기사 더미를 주위에 탑처럼 쌓아놓고 책상 앞에 앉아 있었다. 사실과 통계 속에서 허우적댔다. 12시간 뒤면 위원회에서 발언을 해야 하는데 아직 무엇에 집중해야 할지 갈피를 잡지 못하고 있었다.

그 9월의 아침 습지를 멍하니 바라보며 개 놀이터 연결다리 끄트머리에 앉아 있는 내 마음 속은 물처럼 진흙빛이었다. 가벼운 북풍이 불었고 기온은 섭씨 10도 정도, 공기에 가을 한기가 살짝 실려 있었다. 하늘은 창백한 알껍질 같은 파란색으로 맑았고 수평선 쪽은 밝은 분홍빛이 돌았다.

정확히 아침 7시 15분에 나는 그 새를 보았다.

7미터쯤 떨어진 습지 섬 위, 이제까지 한 번도 보지 못한 중간 크기의 왜가리가 부들 속에 몸을 숨기고 서 있었다. 아메리카검은댕기해오라기보다는 컸지만 큰청왜가리보다는 작았다. 내가 관찰하는 동안 새는 고개를 들고 긴 검 같은 부리를 하늘로 들어올리고 수직의 갈색 줄이 있는 우아한 담황색 목을 길게 뽑았다. 갈대와 함께 바람을 맞으니 깃털이 흔들리기 시작했다. 조류학 교수가 엄청나게 열정적으로 설명했던 아메리카알락해오라기의 전형적인 방어자세였다.

맙소사. 86번째 새다.

나는 너무 흥분한 나머지 개 놀이터 쪽을 향하던 한 남자에게 다가가 내 쌍안경으로 새를 보여주었다. 나는 이 해오라기를 본 다른 목격자를 원했다. 사람들이 내가 미쳤다고 생각하면 안 되니까.

나는 알락해오라기에 대해서는 많이 아는 게 없었지만 보기 드물다는 것은, 게다가 도시공원에서는 더더욱 드물다는 것은 알았다. 그리고 사람들은 드문 걸 높이 평가했다. 나는 환경사 수업에서 우리가 지난 100년간 습지의 최소 50퍼센트를 없애버렸고, 그와 함께 알락해오라기들도 사라져버렸다는 걸 배웠다. 습지를 잃으면 이 새도 잃는다. 그런데 여기 이 워너공원에서 내 바로 앞에 그 새가 서 있었다. 어쩌면 우리에게 아직 싸울 기회가 있는 건지 몰랐다.

12시간 뒤, 나는 아직 안절부절못하는 상태로 위풍당당한 큰 회의실에서 회의를 위해 마련된 100여 개의 접이식 의자 중 하나에 앉아 있었다. 공원위원회 위원 7명이 마이크가 놓인 앞쪽의 긴 테이블에 자리를 잡았다. 백인 여자 두 명, 흑인 남자 한 명, 그리고 그보다 더 나이가 있는 백인 남자가 넷이었다. 짜증이 뚝뚝 떨어지는 표정의 서기가 그들 옆에 앉아서 노트북으로 회의록을 작성할 준비를 하고 있었다. 그들 옆으로 바로 그날 아침 내가 알락해오라기를 발견했던 습지가 내다보이는 통유리창이 워너공원 커뮤니티센터 천장까지 쭉 뻗어 있었고, 연사를 위해 마이크가 마련된 연단도 있었다. 위원들은 위원장을 "존경하는 위원장님" 또는 "존경하는 의장님"이라고 불렀다. 나는 어째서 어떤 사람들이 발언을 겁내는지 이해할 수 있었다. 법정이나 다름없는 분위기였다.

회의실은 빠르게 채워졌다. 우리 집 모임에 왔던 몇몇 이웃도 있었고 매일 공원을 산책하면서 얼굴을 익힌 사람들도 있었다. 하지만 대부분은 모르는 사람이었다. 이 사람들은 그 계획에 찬성 발언을 할까, 반대 발언을 할까?

나는 가슴을 졸이며 계속 문 쪽을 힐끔거렸다. 너무나도 중요한 한 사람이 도착하기를 기다리는 중이었다. 전날 밤 나는 오듀본협회 매디슨 지부 지부장에게 전화를 걸어 회의장에 와달라고 간청했다. 한 번도 만나본 적은 없었지만 나는 그에게 위기에 처한 종뿐만 아니라 평범한 도시 새들도 중요하다고 열변을 토한 터였다.

회의가 막 시작되려는 찰나 갈대처럼 호리호리하지만 근육이 탄탄하고 키가 180센티미터쯤 되는 흰 머리 남자가 회의장에 들어섰다. 매부리코의 그 남자는 어깨를 편 자세로 뒤편에 서서 고개를 높이 들고 위풍당당하게 사람들을 훑었다. 높은 곳에 자리 잡은 독수리 같았다. 저 남자네, 나는 속으로 이렇게 말했다.

회의는 뻣뻣한 표정의 서기가 15분 동안 행정용어를 늘어놓는 것으로 시작되었다. "정보 조항에서 첫째는 위원회의 이름을 수정하고, 위원회의 신설을 성문화하고, 폐기된 위원회를 삭제하고, 3장과 33장의 절에 숫자를 다시 매기는 수정대체 법령이었습니다…."

나는 우리의 애플파이 회동에서 공원위원회 위원들은 시장이 지명한 시민 자원봉사자들이라는 사실을 알게 되었다. 이 위원회는 이 계획을 승인해야 하는 11개의 시 위원회 중 첫번째로 열리는 위원회였다. 시 계획가들은 시 의원의 요청을 받아 이 계획을 작성했고, 따라서 몇몇 시 공무원들도 공원 직원들과 함께 관여하고 있었다. 나는 시민 위원들과 시 직원이 어떤 사이인지는 전혀 아는 바가 없었지만 지금 봐서는 저기 앉아 있는 사람들은 다들 사이가 꽤 좋은 것 같았다.

위원들 가운데는 금방이라도 졸 것 같은 사람도 있었지만 마침내 이 근린개발계획에 참여한 세 도시계획가들이 일어섰다. 인상적인 지도와 그래프가 가득한 현란한 파워포인트에서 이들은 계획을 구체적으로 펼쳐 보이며 위원들에게 바로 오늘 밤 그 계획을 채택해야 한다고 역설했다. 이들은 이 계획을 세우는 데 소요된 18개월에 걸친 공적 의견수렴 과정을 설명했다. 시장이 주민과 지역 자영업자들로 구성된 23명의 운영위원회를 지명해서 계획과정을 진행시키고 이 지역의 12개 동네를 대표하도록 했다. 이 위원회는 지난 2년 동안 37차례의 회의를 가졌고 4번에 걸친 대대적인 공청회를 개최했으며 모두 성황을 이루었다고 설명했다. 공적 의견수렴을 위해 두 차례의 커피모임을 가졌고 지역조직과 "이해당사자들"과 20차례 인터뷰를 수행했다고.

이쯤에서 나는 전의를 상실하기 시작했다. 끝났네, 짐에게도 이렇게 말했다. 청중 대부분이 그 위원회의 구성원들이리라. 그들은 우리의 어깃장에 뚜껑이 열릴 것이다.

시는 이 계획과정에 10만7000달러를 썼다고 그들은 설명을 이어갔다. 지역언론이 그 과정을 철저하게 보도했다. 이 지역의 모든 가구가 이 계획을 이해할 수 있도록. 그것은 "처음부터 끝까지 대단히 훌륭한 참여"로 이루어진 공개적인 과정이었다고 강조했다. 이 계획은 지역사회의 "큰 승리"라고.

"실제로 이 서류를 읽어본 사람들은 지역주민이 걱정할 만한 몇 가지가 있다고 지적하기는 했습니다." 한 계획가가 말했다. 계획가들은 자신들도 서류에 "오류"가 있다는 걸 안다고 "아주 빠르게" 언급하고자 했다. 예를 들면 풀밭에 축구장을 지으려 했던 일, 음, 그건 실수였다고. 그리고 "우리는 부표식 보트를 제안하려는 게 아니라 패들보트와 카약과 카누 몇 대를 제안하는 것이었습니다." 그리고 새로운 주차장 계획은 "그냥 아이디어"였다.

위원들은 계획가들에게 몇 가지 질문을 던졌다. 한 위원은 자신이 전체 계획서를 다 읽지 못했다고 인정하면서 그걸 끝까지 다 읽은 청중이 있다면 대단하다고 치하했다. 또 다른 위원은 매디슨에 도시적인 색채가 너무 강해지고 있어서 환경이 걱정된다고 말했다. 우리는 미래의 아이들을 위해 녹지공간을 지켜야 해요, 그 위원의 말이었다. 청중발언 시간이 시작되었다. 존경하는 의장님은 타이머를 가리키면서 3분 제한을 지켜야 한다고 모두에게 경고했다.

남편 짐이 제일 먼저 일어났다. 출발이 좋았다. 그는 언어의 장인이었기 때문이다(우리의 연애는 신문에 실린 끝내주는 인용문 하나로 시작되었다). 《내셔널지오그래픽》과 《뉴욕타임스》에 글을 쓰고 『미국 최고의 과학자연 분야 글 모음』에 글이 선정된 적도 있는 저널리스트인 짐은 자신이 옐로스톤에 관한 책을 썼고 국립공원에 관해 보도한 적도 있었다며 환경분야에서 쌓은 화려한 이력을 내세우는 걸로 말문을 열었다. 짐은 주차장은 빨간색, 풀을 바짝 깎은 구역은 노란색으로 표시된 워너공원의 항공사진을 위원들에게 건넸다. 노란색과 빨간색이 이미 공원의 절반 이상을 덮고 있었다. 계획가들이 보여준 파워포인트와는 너무 다른 그 삭막한 현실은 야생의 녹지공간이 얼마나 적게 남아 있는지를 적나라하게 보여주었다. 위원들이 짐의 사진을 꼼꼼히 들여다보는 동안 짐은 이 공원은 수십만 명의 인간뿐만 아니라 "나무에서, 물에서, 습지에서, 초지에서 가정을 꾸리는 수천 마리의 새, 물고기, 동물들" 역시 사용한다고 설명했다. "그 동물들은 풀을 짧게 깎지 않았거나 포장을 하지 않은 곳으로 밀려나 있습니다."

짐은 근린개발계획에서 그 누구도 야생동물들을 대변하지 않았다고 강조했다. "그러므로 이 계획은 이미 십수 번을 난자당해서 약해진 공원에 더 많은 상처를 내게 될 것입니다. 여기에는 주차장, 저기에는 포장보도, 그리고 배가 들어올 수 있도록 준설도 해야 할 테니까요."

짐은 한편 시 공무원들에게 시의 생태학자, 자연자원부, 시의 환경관련 위원회 모두가 이 계획을 재검토할 것을 요청하는 의견서를 제출했다. 그런데 이 요청은 거부되었다. 어째서일까? 짐은 이 계획은 "그냥 아이디어 모음"이라는 계획가들의 주장을 납득하지 못했다.

"말에는 힘이 있습니다." 짐이 경고했다. "이건 친개발계획이에요."

짐은 위원들에게 환경영향평가를 실시할 것을 요구하면서 그런 평가에서 표준안은 아무것도 하지 않는 것임을 일깨웠다.

"그리고 어쩌면 그게 우리가 워너공원에서 해야 하는 일인지도 모릅니다." 짐은 이렇게 마무리했다.

위원장이 다음 연사를 연단으로 불렀다. "피터 캐넌, 오듀본협회 매디슨 지부 대표님."

"오듀본이라고?" 한 위원이 믿을 수 없다는 듯 중얼거렸다.

독수리 남자가 연단에 우뚝 서서 오듀본협회 매디슨 지부는 바로 그 전날 밤 "공원 안에서 건강한 야생동물 군집, 그리고 특히 기존의 자연지역을 유지"하는 워너공원 계획을 지지하는 결의안을 채택했다고 위원들에게 전하며 자기 일을 했다. 그는 현재의 계획서에는 천연 식재지에 대해서 단 한 문장밖에 없다며 날카롭게 비판했다. 나머지는 전부 주차장과 놀이장에 관한 이야기라면서. 공원에서 풀을 바짝 깎아내는 지역의 비중을 줄여야 한다고 그는 말했다. 이 도시지역은 새들에게 먹이와 쉼터를 제공하고 있다고. 그는 오듀본협회와 매디슨 시가 사람들이 자동차가 아니면 접근할 수 없는 보존공원과 야생동물 피난처에서만이 아니라, 사람이 살고 있는 동네의 서식지를 보호하는 데 더 많은 노력을 기울여야 한다고 말했다.

그다음은 내 차례였다. 그날 아침 알락해오라기를 영접하는 성은을 입은 뒤 나는 온종일 발언문을 미친 듯이 수정했지만 여전히 100단어가 넘쳤다. 하지만 땀이 흥건한 손으로 발언문을 꼭 쥐고 연단에 서서 심호흡을 한 뒤 위원 한 명 한 명과 눈을 맞추며 발언문을 읽어나갔다. 나는 이들에게 내가 공원에서 135시간 동안 탐조를 했고 86종의 새를 발견한 조류학 학생이라고 말했다. "조류학 학생"이라는 말은 사실 과장이었다. 위스콘신-매디슨대학교에는 조류학 수업이 하나뿐이었고 난 그 수업을 2년 전에 들었으니까. 하지만 나는 그날 아침 일찍 중요한 인생 교훈을 알려준 그 알락해오라기에게 영감을 얻었다. 사람들이 너를 갈대로 여기기를 바란다면 갈대처럼 행동하라. 그래서 나는 조류학자처럼 행동할 생각이었다.

나는 그들에게 불과 12시간 전에 왜가리 한 마리와 캐나다두루미 두 마리 옆에서 한 무리의 원앙을 관찰했다고 말했다. 그러고 나서 워너의 최신 관찰종인 86번째 새, 아메리카알락해오라기가 습지에 숨어 있는 모습을 찾아냈다고 말했다.

그러자 존경하는 위원장님이 앉은 자리에서 몸을 앞으로 내밀며 레이저를 발사하듯 나를 쏘아보았다.

그다음부터 나는 내가 요즘 대학생들에게 시의회 발언을 연습시킬 때 하지 말라고 하는 바로 그 행동을 했다. 그 3분 안에 온갖 얘기를 다 때려넣는 것. 우리 공원이 새들의 거대한 보육원이라는 이야기, 이 나라의 1/3에 달하는 조류 종의 군집수가 줄어들고 있다는 이야기, 그해 여름 우리의 애기여새 떼가 17마리에서 40마리 이상으로 늘어났다는 이야기, 동부큰나무딱새—저 멀리 안데스까지 이동하는 새—두 쌍이 공원에 보금자리를 만들었다는 이야기, 그리고 미국수리부엉이 이야기, 그리고, 그리고, 그리고. 하지만 중서부의 녹색 수도이자 야생동물생태학을 창시한 위스콘신의 자연 수호자 알도 레오폴드[『모래군의 열두 달』을 저술한 미국의 환경주의자. 1933년부터 10여년간 위스콘신대학교 농경제학과 교수로 재직했다]의 땅인 이곳 매디슨에서 우리는 새들의 터전에서 풀을 깎고 포장을 하고 번쩍번쩍 광을 내느라 새들을 죽음으로 몰아넣고 있다고. 미국은 1918년 철새조약법Migratory Bird Treaty Act을 승인하고 800종의 철새들을 연방차원에서 보호하기로 했는데도…

3분을 아주 조금 넘기고 가까스로 말을 마친 나는 자리로 돌아가려 발언지를 챙겼다. 그렇지만 얼마 못 가 나는 멈춰 설 수밖에 없었다. 100년 역사를 자랑하는 매디슨 공원위원회의 존경하는 위원장님께서 더 이상 자신을 제어할 수 없었기 때문이다.

"워너공원에서 아메리카알락해오라기를 보셨다고?" 그가 탄성을 터뜨렸다. "그거 진짜 귀한 새인데, 겁이 엄청 많아서 얼마나 보기가 힘들다고. 누구 그 새 울음소리 들어보고 싶은 분 있소? 내 핸드폰에 그 소리가 있다오!"

대체 알락해오라기가 뭔지 또는 이게 무슨 상황인지 영문을 몰라 어리둥절해하는 청중들을 향해 위원장이 핸드폰을 꺼내 소리를 재생시키자 킥킥대는 웃음소리가 작게 들려왔다.

하지만 난 이게 무슨 상황인지 정확히 간파했다. 우리의 근엄한 매디슨 공원위원회 위원장님은 깃털 달린 존재의 형제였다. 그리고 나는 그의 눈에 어른대는 야생성을 보고 아메리카알락해오라기가 그의 새라는 걸 알 수 있었다.

많은 탐조인들이 아드레날린에 중독된 전쟁지역 저널리스트와 비슷하다고 느낄 때가 있다. 탐조인에게 어떤 새가 "찾기 힘들고" "아리송하고" "겁이 많고" "잘 숨고" "혼자 다니고" "예민하고" "캐릭터를 파악하기가 힘들고" "외진 장소에 거주한다"—이 모든 표현이 아메리카

알락해오라기를 묘사할 때 사용된다—고 말해보라. 탐조인에게 이런 표현은 맹수 앞에 제물을 갖다바치는 것과 같다.[1]

탐조인들이 이 새를 거의 보지 못하는 것은 이 새가 습지에서 생활하고 위장을 너무 잘하기 때문이다. 그래서 최소한 200만 년 동안 우리 곁에 있었는데도 이 새의 생애에 관한 가장 기본적인 사실마저도 다 알지 못한다.[2] 미스터리한 만큼 아름답기도 해서 부드러운 금색, 적갈색, 크림색, 그리고 마른 부들과 키 큰 습지 초본들의 다채로운 황갈색의 미묘한 색감이 뒤섞여 있다. 이 새에게는 부리 아래쪽에서 시작해서 목 아래로 이어지는 갈색빛이 도는 검정색 선이 있는데 조류학자들이 "빰선moustachial stripe"이라고 부르는 이 선은 진주처럼 흰 털과 대조를 이룬다. 밝은 라임색 다리와 풀과 같은 초록색 발은 수생곤충, 가재, 작은 물고기, 들쥐 같은 작은 포유류, 도마뱀, 개구리, 심지어는 막 개구리를 잡아먹은 뱀—알락해오라기에게는 1+1 도시락 같은 식사—을 사냥할 때 눈속임하기에 안성맞춤이다.

내가 제일 좋아하는 새 사진작가이자 『크로슬리 동정 가이드Crossley ID Guide』를 쓴 리처드 크로슬리는 아메리카알락해오라기를 "위장술에 얼마나 자신이 있는지 기묘한 표정으로 당신을 빤히 바라보며 가까이 다가오기"도 한다고 설명한다.[3]

새들의 세상에서 가장 끝내주는 특징 중 어떤 것은 육안으로 확인이 불가능하다. 백로과의 다른 새들처럼 이 알락해오라기에게는 특별한 위생관리도구가 있다. 빗처럼 골이 진, 가운데 발가락에 달린 1인치짜리 발톱이 바로 그것이다(당신의 가운데 손가락 끝 부분이 머리카락을 빗을 수 있는 톱니 모양이라고 상상해보라). 알락해오라기에게는 이 빗과 함께 파우더 다운powder down 이라고 하는 내장형 분첩이 있는데, 이 솜털은 마른 비누 같은 물질로 부스러지면서 먼지나 끈적거리는 오염물을 깃털에서 털어낼 수 있게 해준다.[4] 이 알락해오라기의 내장형 빗은 인간에게도 유익했는데, 고대 영국인들은 이 톱니 같은 발톱을 은으로 도금해서 재사용 가능한 이쑤시개를 만들기도 했다.[5]

내가 아메리카알락해오라기를 사랑하는 또 다른 부분은 어중간한 게 없는 극단의 새라는 점이다. 이 새는 극단적으로 내성적이어서 아무리 당신이 그 새를 정면에서 바라보고 있어도 눈에 띄지 않기 십상이지만, 또 극단적으로 시끄러워서 그 소리를 듣고 경기를 일으키기도 십상이다. 이런 이유로 그 새의 학명은 황소처럼 포효하는 얼룩덜룩한 새라는 뜻의 *Botaurus lentiginosus*가 되었다. 일상적으로는 "천둥발사기" "왕트림쟁이" "늪지의 황소" "진창의 드럼" "말뚝박이새"라는 이름으로 더 잘 알려져 있다.[6]

아메리카알락해오라기의 요상한 굉음에 대한 설명 중에서 내가 제일 좋아하는 것은 수염이 텁수룩한 목사이자 저술가이자 새 애호가이자 시인인 헨리 하보우Henry Harbaugh가 쓴 1854년의 『성경의 새들Birds of the Bible』에 나온다.

> 아마 이렇게 눈에 띄게 요란한 음색을 가진 새는 없을 것이다. 게다가 그 소리는 소름끼치는 흉측함과 경이로운 근엄함에서 다른 새의 추종을 불허한다… 그것은 황소의 거침없는 포효 같지만 더

> 무성의하고 더 시끄럽고, 마치 물속 저 아래 살던 어떤 가공할 만한 존재가 내는 것처럼 1킬로미터 밖에서도 들린다… 우리에게는 아무리 끔찍하게 들려도 그 소리는 구애의 노래, 또는 부부의 행복이 담긴 표현이다.[7]

1888년 5월 매사추세츠의 한 풀밭에서 이 새가 실제로 소리를 내는 모습을 목격한 조류학자 브래드포드 토리Bradford Torrey는 이 새의 움직임을 "뱃멀미를 하는 사람이 용을 쓰는 것처럼 불쾌"하다고 묘사했다.[8]

이 알락해오라기는 눈에 잘 보이지는 않아도 그 우렁찬 고함소리로 사람들의 상상력을 자극하여 성경에서부터 아서 코난 도일의 『바스커빌 가문의 개』에 이르기까지 다양한 기록에서 사람들을 잔뜩 움츠러들게 만들었다. 최소한 서구사회에서 아메리카알락해오라기와 인간 사이의 불화는 구약의 우울한 이사야서(14장 23절)에서 시작되었다. 사악한 바빌론의 몰락을 예언한 이사야는 이렇게 경고한다. "내가 그곳을 알락해오라기[고슴도치라고 돼 있는 성경 판본도 있다]의 거처와 물웅덩이가 되게 하리라."[9] 성경의 저주를 믿든 말든 가장 중요한 고대 도시 중 하나였던 바빌론의 폐허는 바그다드 남쪽으로 약 80킬로미터쯤 떨어진 유프라테스 제방을 따라 지금도 버려져 있다. 아무리 이사야가 옳았다 해도 알락해오라기 입장에서는 전혀 도움이 되지 않았다. 그 이후로 지금까지 많은 문화권에서 이 새는 불운의 대명사로 인식된다.

약 2000년 정도 시간을 앞으로 돌려 1460년대 어느 추운 겨울, 이베리아반도에서 두번째로 큰 습지 에브로삼각주에 있는 스페인의 도시 타라고나로 가보자.[10] 아라곤의 왕 후안 2세는 지친 군대를 이끌고 130평방마일에 달하는 늪지대를 헤치면서 일생 동안 계속된 끝없는 전투를 이어가다 알락해오라기의 방해를 받았다. 1541년의 어떤 설명에 따르면 지친 장병들은 추운 밤에 텐트로 들어오려고 하는 "거대한 뱀"과 늑대와 사투를 벌인 뒤 난데 없이 "너무나도 고통스러운 목소리"를 들었다. "복화술 내지는 저 세상에서 튀어나온 것 같은 그 소리는… 모두를 너무나도 겁먹게 하는 바람에 왕이 직접 나서서 군대가 도망치지 못하게 막아야 했다."[11]

후안 2세와 그의 군대가 전사가 아니라 탐조인이었더라면(그리고 당시에도 의로운 탐조인들이 일부 존재했다. 가령 사르데냐의 여성 판사였던 엘레오노라 다보레아Eleonora d'Arborea는 1391년 새를 보호하는 지구 최초의 법을 작성했다)[12] 그 끔찍한 목소리가 에브로삼각주에서 짝을 찾고 있는 한 마리 알락해오라기였다는 걸 알았으리라. 오늘날 이 습지는 수천 마리의 홍학과 흰점어깨수리, 스콰코해오라기, 작은잿빛개구리매, 유럽제비물떼새, 개개비사촌, 콧수염개개비, 그외 아직도 이 유네스코 생물권자연보존지역에 거주하는 환상적인 이름을 가진 새들이 노니는 유럽 탐조인들의 낙원이다.

안타깝게도 유럽 식민자들은 이 새에 대한 구세계식 태도를 신세계로 그대로 들고 들어왔다.[13] 뉴잉글랜드에는 사람들이 "악마의 소리"를 듣고 혼비백산해 뛰어다녔다는 으스스한 기록이 있다. 이런 두려움 때문에 1786년 코네티컷의 다음과 같은 사례처럼 토요일 오후면 요란한 살육전이 벌어졌다. "안식일에 남자 백 명이 모여 이 늪지를 횡단했고, 이 … 새 중 한 마리를 죽이는 데 성공했다… 그 이후로 마을에서는 그 소리를 들을 수 없었다."[14]

알락해오라기의 끔찍한 명성은 새에 따라 다르게 사용되는 집합명사의 단위로도 확인할 수 있다. 예를 들어 '까마귀crow'는 '살인murder'이라는 단어가 붙어서 까마귀 떼를 뜻하게 된다(a murder of crows). 그와 같이 물닭은 뗏목(a raft of coots), 민물도요는 기분좋은 움직임(a fling of dunlins), 기러기는 실타래(a skein of geese), 황금방울새는 매력(a charm of goldfinches), 종달새는 환희(an exaltation of larks), 굴뚝새는 무리(a herd of wrens), 올빼미는 의회(a parliament of owls), 앵무새는 대혼란(a pandemonium of parrots), 큰까마귀는 불친절(unkindness of ravens), 그리고 알락해오라기는 포위(a siege of bitterns)가 붙어서 해당 새 떼를 지칭하는 고유한 표현으로 사용된다.[15]

하지만 이 새는 역사적으로 공포와 혐오를 불러일으켰듯 애정 역시 자아냈는데, 특히 개체수가 곤두박질치면서 애정은 더욱 드높아졌다.• 만일 공원위원장이 이 아메리카알락해오라기에게 홀딱 반했다면, 오듀본 신사분을 제외하고 이 방 안에서 그 누구보다 이 겁 많은 새에

• 웹사이트 토착아메리카알락해오라기신화Native American Bittern Mythology에 따르면 미국선주민들은 늘 이 알락해오라기를 다른 관점으로 바라보았다. 포니족에서는 이 새의 이름이 사쿠키리쿠이, 즉 "태양을 보다"라는 뜻이고 오지브와족에서도 "태양을 올려다보는 새"인데, 이는 이 새가 갈대처럼 위장하려고 검처럼 긴 부리를 하늘로 향해 뻗고 있는 모습을 묘사한 것이다. 일부 북미 선주민들의 이야기에서 아메리카알락해오라기는 홍수 물을 삼켜서 인간에게 도움을 준다

게 무엇이 필요한지 잘 알고 있으리라. 이 새에게 필요한 건 모터 달린 배와 왁자지껄한 결혼피로연이 아니라 조용한 습지였다.

위원장이 알락해오라기에 대한 애정을 과시하고 난 뒤 십여 명이 증언을 했는데 모두가 그 계획에 반대하는 입장이었다. 헤디도 그곳에 있었다. 발언은 하지 않았지만 딸 마리가 일어나 공원에서 놀던 어린 시절에 대해, 한때 그곳이 초원이었고 이제는 종적을 감춘 쌀먹이새 같은 새들이 흔하던 시절에 대해 이야기하는 동안 연신 고개를 끄덕였다. 샌디는 풀깎기 작업이 증가하면 목숨을 잃게 될 들쥐들을 생각하며 야생 들판을 지키자는 발언을 했다. 들쥐는 매와 부엉이들의 먹이였고, 그는 부엉이들이 서로 부엉부엉 대화하는 소리를 사랑했다. 그리고 우리의 애플파이 회동에 참석했던 사회복지사 앤디는 다른 편 유리벽으로 보이는 공원의 습지 섬을 가리키며 위원들에게 "뒤편을 좀 보세요" 하고 말했다. "저곳은 도시 중앙에서, 아무것도, 동네사람도, 건물도 보이지 않는 유일한 장소일 겁니다… 저곳은 저한테 보물이에요. 이 도시에는 인간의 손길이 닿지 않은 장소가 거의 안 남아 있으니까요… 그런 곳을 상업화하고 여기서 결혼식을 하자니… 그건 계획에서 빼야 해요. 여러분 뒤편을 보세요. 저런 곳을 지켜야 해요."

제왕나비 애호가, 여우 애호가, 기러기 애호가, 나무를 껴안는 사람, 야생화 전문가, 박쥐지킴이, 사커맘이 줄줄이 나와서 연단에 섰다. 모두가 포장보도와 조명이 늘어나면 공원에 있는 동물들에게 어떤 영향이 미칠지 질문하고 위원들에게 이 계획을 승인해서는 안 된다고 호소했다.

워너공원의 습지에서 수십 년간 아이들에게 낚시를 가르쳐온 잭 허스트라는 한 나이 지긋한 낚시꾼은 모든 사람에게 갈채를 받았다. 나는 그날 밤 그가 시 공무원들과 이름을 부르며 지내는 사이라는 걸 알게 되었다. 50여 년간 이런 회의 자리에 매번 참석해 물고기와 매디슨시의 담수를 대신해 줄기차게 발언해왔기 때문이다. 잭은 위원들에게 매디슨의 도로에서 흘러들어온 우수—겨울철 도로의 염화칼슘, 자동차 기름, 공사장의 오염물질, 모래가 뒤섞여 유독해진—가 워너의 습지를 숨 막히게 한다고 말했다. 포장보도가 늘어나면 이런 우수의 유입이 증가해서 이 습지가 고통받게 될 거라는 이야기였다. 워너의 습지는 매디슨에서 가장 큰 호수 바로 옆에서 대단히 중요한 여과장치 역할을 했다. 즉 습지는 모든 오염으로부터 멘도타 호수를 보호했다. 하지만 워너공원이 서서히 죽어가고 있었다. 여과장치가 한계에 도달한 상태였다.

잭은 위원들에게 자신이 여러 차례 심장발작이 일어나 심장수술을 받은 지 얼마 안 됐다고 말했다. 그는 이렇게 경고했다. "그건 여러분 심장하고 같아요. 음식을 먹으면 그게 바로 자기 자신한테 가는 거지요. 하천은 심장으로 가는 동맥과 같습니다. 워너의 습지와 이 모든 동맥에서 우리가 누리고 있는 걸 소중하게 여기지 않으면 우리에겐 아무것도 남아나지 않을 겁니다. 이건 우리가 지켜야 할 보물이요."

나는 앉아서 생각했다. 50년간 공개회의에 줄기차게 참석하고, 그 모든 시간 동안 자신이 사랑하는 땅과 담수가 서서히 악화되어가는 모습을, 물고기들이 알락해오라기와 다른 새들과 함께 사라지는 모습을 지켜보다니. 심장이 지쳐버린 것도 무리가 아니겠어.[16]

모든 발언이 끝나고 나서 보니 그 계획에 찬성하는 사람들은 계획가들뿐이었다. 시의원—이 계획 배후의 핵심인사—이 연단에 섰다. 부끄러움이 밀려왔다. 그는 우리 지역 선출직 의원이었는데 나는 얼굴도 모르고 있었다. 그가 보기에 나는 내가 결코 되지 않겠다고 다짐한 바로 그런 존재, 잘난체하며 새의 편을 드는 백인 엘리트 님비였으리라.

그 계획은 여러가지 "제안들"이라고 의원은 권위가 느껴지는 어조로 말했다. "동네에서 수집한 여러 생각들을 모은 것"이라고. 시의원으로서 그에게 제일 중요한 사안은 자전거 이용자와 보행자와 버스 이용자들의 공원 접근 편의성을 높이는 것이었다. 하지만 그도 계획가들이 "모든 목소리를 경청하지는 못했음"이 분명하다고 인정했다.

"오늘밤 계획 과정에서 누락된 목소리를 들었네요. 보존을 지지하는 목소리 말이죠. 이쪽 땅에 관해서는 다양한 요구가 존재해요. 적극적으로 사용해야 한다고 주장하는 목소리만 들리기 쉽죠." 그는 그러면서 적극적 사용과 소극적 사용 사이에서 균형을 잡아야 한다는 데 "암묵적인" 동의가 형성되어 있다고 덧붙였다.

나는 "적극적 사용과 소극적 사용"이 뭘 의미하는 건지 이해할 수가 없었다. 숲에서 탐조를 하거나 산책을 하는 건 전혀 소극적인 일이 아니기 때문이다. 하지만 이후 여러 조사를 통해 이것이 공원관리

문화 내에 존재하는 이분법이라는 사실을, 나와 다른 묵묵한 알락해오라기 애호가들은 불리한 쪽에 서 있다는 사실을 곧 알게 되었다.

이 의원은 우리가 한 발언 중에서 자신이 반대하는 내용은 하나도 없다고 재차 강조했다. 하지만 그러면서도 교장선생님 같은 말투로 18개월에 걸쳐 진을 빼는 과정을 거칠 때 나타나지 않았다며 우리를 질책했다(이 부분에 대해서는 반박할 수 없었다). 그는 위원들을 뚫어질 듯 바라보며 자신은 오늘 그 계획이 승인되기를 바랐다고 말했다. 시의 계획가들에게는 맞춰야 하는 일정이 있으니까.

회의는 그 의원과 위원들 간의 기싸움으로 전환되었다.

도시화에 관해 처음 우려를 표명했던 위원은 이렇게 질문을 던졌다. "우리가 어떻게 우리의 과거에 균형을 더하고 아이들을 위해 보존할 수 있을까요?"

"공원에는 기회만 있으면 뭐라도 지으려는 압력이 너무 많아요. 믿을 수가 없을 지경이죠. 힘 있는 쪽이 이기는 거예요." 긴 은발을 하나로 묶은, 두 여성 위원 중 한명이 말했다.

그는 계획가들이 우리의 제안을 수용할 수 있도록 한 달 뒤로 표결을 연기하자고 제안했다.

또 다른 여성 위원이 처음으로 입을 열었다. 나무와 새들은 이 계획안이 금시초문이겠네요. 이 회의에 오지도 못하고. 그의 말이었다. 그 역시 표결을 한 달 뒤로 연기하는게 좋겠다는 입장이었다.

"그리고 주차는 기본인권이 아니에요." 그가 덧붙였다. 새 주차장 건설 계획은 당장 철회해야 한다고.

청중석에 앉은 우리 모두는 기쁨을 감추지 못하며 앞뒤로 눈빛을 주고받았다. 희망이 점점 확실해지면서 우리 얼굴도 점점 화색이 짙어졌다. 그 사이 위원들은 시가 그 계획을 변경할 수 있도록 표결을 한 달 뒤로 연기하는 투표를 했다. 너무 놀랍게도 위원들은 내게 우리의 모든 제안을 글로 취합해서 서류를 보내달라고 부탁했다. 시의원은 이미 부표식 보트를 접은 것 같았다.

나중에 나는 위원장에게 다가가서 악수를 했다. 그는 조지아 출신의 지질학자이자 대학의 학장이었다. 하지만 무엇보다 오듀본협회 회원이었다. 도로시와 다른 새들의 센 언니 새 수호자들이 이 계획이 워너공원의 새들에게 미칠 수 있는 부정적인 영향에 관해 회원들에게 보낸 이메일 소식지를 읽었다고 했다. 아메리카알락해오라기는 내가 제일 좋아하는 새 중 하나지, 그가 말했다. 그는 워너공원으로 탐조 산책을 하러 오겠다고 약속했다.

그날 밤은 지역민주주의 특강 같은 날이었다. 그때는 아무 생각이 없었지만 내가 그 두 시간에 걸친 회의 시간에 공책에 기록한 필기자료는 훗날 350쪽짜리 내 논문 서론의 기초가 되었다. 짐과 나는 이후 5년 동안 공개회의에서 이와 동일한 권력의 밀당이 펼쳐지는 모습을 지켜보는 동시에 둘이 도합 1만5000단어 이상의 증언을 하게 됐다.

나는 그날 밤 매디슨에서 워너공원에 관한 정책 결정은 생태학과는 전혀 무관하다는 걸, 제일 중요한 것은 사람들을 움직이는 힘, 곧 권력power이라는 걸 배웠다. 우리는 일말의 권력을 최대한 빨리 손에 넣을 방법을 찾아야 했다. 나는 초록의 근사한 매디슨에 사는 사람들도 뉴올리언스 사람들만큼이나 습지와 하천에 관해 아는 게 전혀 없을 수 있다는 사실 역시 배웠다.

루이지애나를 떠나 미국 최초로 습지보호법을 만든 주가 있는 북쪽으로 옮겨 왔을 때 나는 매디슨 사람들은 물의 힘을 무시하거나 길들이려고 하기보다는 물과 함께 살아가는 법을 알지 않을까 막연히 생각했다. 포장된 인도와 주차장을 늘리고, 화석연료를 태워서 유지하는 잔디밭의 면적을 늘려서는 안 된다는 우리의 입장이 합리적이고 미래지향적으로 비춰지리라 넘겨짚었다. 그랬기에 나이 든 낚시꾼을 제외하고는 누구도 물에 대한 이야기를 하지 않는 게 이상해 보였다. 회의가 진행되던 공원 내부의 거대한 커뮤니티 센터에서는 회의실 한면을 차지하는 2층 높이의 전면유리를 통해 기러기와 백로와 두루미로 가득한 습지가 눈에 보였다. 하지만 위원회의 누구도 "습지"라는 말을 쓰지 않았고, "유역watershed"이라는 단어도 전혀 듣지 못했다. 일반 대중들이 이런 용어를 쓰지 않는 건 이해할 수 있었지만 계획가, 시의원, 정책입안가 들은 달라야 하는 거 아닌가? 네 개의 호수가 있고 미국 최초의 육수생태학limnology 실험실을 마련한 대학이 자리한 매디슨에서 어떻게 지자체 관계자들이 물과 함께 살아가는 방법, 미래 세대를 위해 물을 보존할 방법에 무지할 수가 있지?

공원위원회 회의에서 큰 성과를 거둔 뒤 나는 어떻게 권력을 얻어낼 수 있을지 고민하며 워너공원을 산책했다. 나는 이 공원에서 제일 큰 가시참나무 아래 앉아 그 거대한 몸통에 등을 기댔다. 나에게 이 나무는 공원에 남아 있는 야생성의 맥동하는 심장이었다. 나는 수목학 수업에서 수관crown은 최대 500종의 나비와 나방에게 쉼터를 제공하는 거대한 녹색 우산이라고 배웠다. 그 말인즉 이 나무는 애벌레로 가득 차 있어서 말 그대로 거대한 새 먹이대이기도 하다는 것이었다. 또한 그곳은 큰나무딱새들이 이끼로 위장한 작은 둥지를 그 거대한 가지 끝부분에 만드는 곳이기도 했다. 그 줄기의 희끄무레한 홈은 아이 손가락이 들어갈 정도로, 그리고 이 공원의 동고비와 박새들이 겨울식량을 저장해둘 수 있을 정도로 깊었다. 그곳은 식품저장소이자 집이자 벤치에 앉아 야생 들판을 바라보는 공원방문자들을 위한 그늘이었다. 나는 토양생태학 수업을 통해 이 공원에서 제일 큰 이 나무가 어떻게 지상에서뿐만 아니라 지하에서도 광활한 뿌리 네트워크를 통해 식량과 쉼터를 제공하여 수백만 종의 곰팡이균과 박테리아를 부양하는지 배웠다. 곰팡이균은 토양에 있는 식량과 물을 나무 뿌리로 전달하고 그 대가로 나무에게서 당을 취하는 공생관계였다. 내 바로 밑에서 눈으로는 볼 수 없지만 엄청나게 많은 일들이 이루어지고 있었다.[17]

가시참나무와의 상담 시간을 뒤로 하고 나는 집에 돌아가 연필과 타이핑지 한장을 꺼냈다. 니카라과에서 급진 성향의 성직자들을 위해 일했을 때 나는 주기적으로 동지들과 둘러앉아 지역적인 사안과 세계적인 사안을 분석하는 예수회의 방식을 배운 적이 있었다. 권력은 어디에 있지? 누구에게 있지? 어떻게 하면 그걸 손에 넣을 수 있을까? 어째서 어떤 나라는 가난하고 어떤 나라는 부자가 됐을까? 우리는 종종 플로르 드 카냐라고 하는 니카라과 럼주의 도움을 받아 몇 시간 동안 이런 질문들을 파고 들었다. 타이핑지에 모든 권력의 중심은 원으로 나타내고 그걸 잇는 선을 연결하는 방식으로 "권력 지형도"를 그렸다. 나는 빈 종이를 바라보며 공원위원회 회의에 관해 생각했다. 모든 위원을 원으로 표현하고 다시 들여다보았다. 위원장을 비롯한 세 위원이 대학에서 일했다. 그 시의원도 대학에서 일했다. 시 계획가들은 대학을 졸업했고 그 대학 졸업생들—잠재적인 우군—은 시, 카운티, 주의 여러 기관들, 비영리환경단체 곳곳에 포진해 있었다. 모든 원이 대학으로 이어졌다. 위스콘신-매디슨대학교는 수관이 거대한 우산처럼 드리워진 가시참나무 거목의 몸통이었고, 이 수관은 워너공원으로 뻗어나가 그 아래 있는 공원을 지켜줄 수 있었다. 점점 늘어나고 있는 나의 새 관찰종 목록을 교수와 학생 들이 참여하는 시민과학 생물다양성 조사로 연결할 경우 그 목록은 공원을 지켜주는 수관의 일부가 될 터였다. 그리고 이제 막 이름이 생긴 와일드워너—우리 집 주방 테이블에서 탄생한 단체—는 지하로 뻗어나간 뿌리와 곰팡이균 네트워크처럼 움직여서 아래에서 위로 이 공원을 지키고 자양분을 공급할 수 있었다. 말 그대로 풀뿌리에서.

대학원생으로서의 나는 대학에서 땀 흘려 일하는 지렁이일 뿐이었다(우리의 식품시스템 전체를 떠받치고 있는 지렁이에게는 미안). 하지만 박사과정생으로서 나에게는 교정에 강력한 우군이 있었다. 바로 나의 지도교수였다. 잭 클로펜버그Jack Kloppenburg는 저명한 사회학자이자 아프리카에서 거주한 적이 있는 국제 식품시스템 전문가이며 동네 텃밭의 수호자, 그리고 조직화의 대가였다. 내가 구글검색으로 그를 찾아 지도교수로 택한 것은 바로 그런 활동 이력에다가 그가 내가 함께 일했던 중앙아메리카 예수회 사람들처럼 마르크스주의자였기 때문이다. 우리는 계급 억압과 정치경제학이라는 동일한 렌즈로 이 세상을 바라봤다. 하지만 그는 밀워키 출신의 성마른 남자이기도 했고 우리의 출발은 그렇게 순탄치만은 않았다. 첫해에 내가 잭에게 조류학 수업을 듣고 있다고 말하면서 계속 새를 공부하고 싶다고 했더니 잭은 물어뜯을 기세로 달려들었다.

"새라고? 새를 공부하고 싶다고? 뭘 하려는 거야, 트리시? 신열대 철새 전문가라도 되겠다는 거야?"

잭은 내게 새는 잊고 중앙아메리카에서 쌓은 전문적인 경험을 살리라고 조언했다. 그는 내가 대학원 수준의 이론 수업을 듣기를 바랐다. 하지만 이삼십 대 대학원생들이 프랑스 철학자 미셸 푸코의 권력 이론과 인식론적 담론을 놓고 벌이는 토론을 듣고 나서(나는 푸코의 권력비판에는 동의하지만 한 문장을 이해하려면 사전 두 권을 뒤지며 15분간 씨름해야 한다면 그게 무슨 소용일까?) 더 이상 견딜 수가 없었다. 그래서 잭의 조언을 무시하고 대신 학부 생물학 수업에 등록해서 새들이 어떻게 살아가는지—생태학, 척추동물학, 토양생태학, 수목학, 육수생태학, 식물학, 식물지리학, 곤충학—를 공부했다. 곤충 공부는 알고 보니 조류학만큼이나 환상적이었다. 중앙아메리카에서 바퀴벌레만 보면 어김없이 비명을 질렀던 나는 그 재치 있고 열정 넘치는 교수 덕분에 현미경을 놓고 해부하며 처음으로 들여다본 외계생명체 같은 환상적인 딱정벌레의 예찬론자가 되었다. 나는 열정적인 20대들 사이 작은 나무 좌석에 끼어 앉아서 듣는 이런 생태학 학부 수업이 훨씬 좋았다. 그리고 이 친구들이 중간고사 직전쯤 되면 엄마뻘 되는 상냥한 아줌마에게 보내곤 하는 사랑스러운 이메일 초대장이 특히 좋았다. 오늘 피자파티/스터디모임 하는데 오실래요? 이 친구들은 내가 쉬지 않고 필기를 한다는 사실을 눈여겨보았던 것이다. 혹시 오실 때 노트 복사본을 가져오실 수 있을까요?

하지만 때는 공부를 시작한 지 3년차에 접어드는 2009~2010학년도였다. 그러니까 논문 주제를 정해도 벌써 정해야 했던 시기였다. 그런데 내게는 아무런 실마리도 없었다. 그저 워너공원에서 탐조를 하고, 학부 생물학 수업을 더 듣고 나머지 깨어 있는 시간은 작은 조류학 서가에서 보내고 싶을 뿐. 그래서 잭과의 면담이 무서웠다. 하지만 그의 도움이 필요했다. 있는 용기를 모두 끌어모아 잭에게 워너공원 이야기의 전말을 털어놓았다. 새와 근린개발계획에 관해, 내 비공식 조사에 관해, 들판과 사슴과 부엉이를 사랑하는 내 이웃들에 관해, 짐과 나와 마리와 한 줌의 사람들이 어떻게 그 공원을 지키고자 하는지에 관해. 썩 좋은 판단이 아닐지 모른다는 내면의 목소리를 억누르고 나는 잭에게 공원에서 135시간 넘게 탐조를 했고 86종을 관찰했다고 털어놓았다. 나는 잭이 2년 반 동안 내가 탐조에 빠져지내는 바람에 논문 계획서도 작성하지 못했다는 사실을 알고 버럭 화를 내리라 생각했다. 하지만 잭은 내가 관찰한 모든 새에 관해 묻기 시작했다. 그는 매디슨시 반대편에 살았고 그래서 워너공원에 대해서는 잘 알지 못했다. 대부분의 매디슨 사람들이 그렇듯 그는 워너공원을 그저 "불꽃놀이공원"과 "야구공원"이라고만 생각했다. 그렇게 다양한 새가 있다는 이야기에 잭은 진심으로 놀랐다. 그리고 나는 잭이 새에 대해 아는 게 있다는 게, 아니 관심이 있다는 게 진심 놀라웠다.

잭은 불같이 화를 내는 대신 점점 깊은 흥미를 보이기 시작했다. 특히 내가 던진, 저소득층 동네에 있는 공원은 어째서 야생동물의 피난처가 될 수 없는가라는 사회정의 문제에 관해. 어째서 우리는 이 도시와 주의 다른 지역에서 온 사람들을 위한 포장보도와 대형행사와 그 온갖 소음을 견뎌야 하는가? 하지만 나는 잭에게 논문을 쓰는 동시에 어떻게 지역모임을 꾸리는 데 손을 보태고 수년을 쏟아 공원 정책을 바꾸는 데 힘을 실을 수 있을지 모르겠다고 털어놓았다. 게다가 아직 논문 주제도 정하지 못했다고 고백했다.

"트리시." 잭이 소리쳤다. "이게 자네 논문이야!"

뭐라고? 잭에게 이렇게 소리내어 말하진 않았지만, 나는 논문은 워낙 난해해서 아무도 읽고 싶은 마음이 들지 않는 그런 주제에 관해 늘어놓는 장황하고 불가해한 푸코적 종이뭉치여야 하는 줄 알았다(내가 아직 시작도 못하고 있었던 건 이런 태도 때문이었다). 하지만 처음으로 잭이 내 생각에 대단한 관심을 보이고 있다는 걸 알 수 있었다.

"자네는 사람들을 조직해야 해." 잭은 실제로 책상을 내리치며 말했다.

잭은 논문 연구계획을 상세히 풀어놓으며 방향을 제시하기 시작했고 나는 열심히 받아 적었다. 이건 다양한 학문분야에 걸친 실천적 참여 연구 논문이 될 터였다. 나는 지역정책을 바꾸려 노력하는 동시에 워너공원의 환경사에 관한 문헌연구와 인터뷰를 하며 내가 하는 실천을 기록하면 됐다. 나는 공원과 습지와 동물을 대하는 사람들의 태도가 어디에서 비롯되는지 알아낼 필요가 있었다. 이건 사회학과 인류학과 조류학에 두루 걸친 연구였다. 그러면서 동시에 자연에 대한 나 자신의 편향과 태도를 분석하게 되리라.

지도교수가 내게 주문한 또 다른 큰 연구주제는 시의 워너공원 관련 정책이 환경불의의 사례인가, 다시 말해서 경제발전이라는 미명 하에 저소득층 지역에 온갖 쓰레기더미를 갖다놓는 행위의 사례인가 하는 것이었다. 그때까지 나는 한 번도 "환경불의environmental injustice"라는 용어를 들어본 적은 없었지만 100여 개의 정유소와 화학공장을 몰아넣어 유색인종 동네에 암환자가 우후죽순으로 발생하게 만든 것으로 악명 높은 루이지애나에서 바로 그런 사례를 똑똑히 목격한 바 있었다. 그리고 카트리나 역시 환경불의의 대표적인 사례였다. 아무것도 가진 게 없는 뉴올리언스 사람들이 그 도시를 떠날 수 밖에 없었던 것은 임대료가 싼 지역은 바로 해발고도가 낮은, 즉 물에 잠기기 쉬운 지역이었기 때문이다. 잭은 환경정의 이론이 1980년대에 차를 타고 가야만 접할 수 있는 "순수한" 자연에만 열중하던 백인 환경주의에 넌덜머리가 난 유색인종들이 주도한 운동에서 시작되었다고 내게 말했다. 이 운동의 근간에는 우리가 거주하고, 일하고, 뛰어노는 장소, 다시 말해서 온세상의 워너공원 같은 곳이 곧 '환경'이라는 입장이 있었다.[18] 잭은 내가 중앙아메리카와 미국 최남단에서 일한 경험이 있기 때문에 조류학과 환경정의를 연결지을 역량은 충분하다고 용기를 불어넣었다. 이건 단순히 새에 관한 논문이어서는 안 돼, 잭이 말했다. 그것은 사람에 관한, 대부분의 백인 환경운동이 아직 이해하지 못한 어떤 것에 대한 연구이기도 해야 했다.

잭에게는 학생들을 학교 밖으로 데리고 나가서 뭔가 쓸모있는 일을 하게 만드는 봉사-학습 연계형 학부수업에 쓸 수 있는 자금이 있었다. 잭은 다가올 2010년 가을 학기에 내 실천적 참여연구의 일환으로 워너공원에서 수업을 진행해보면 어떻겠냐고 제안했다. 내 논문은 네 가지 참여연구가 개입된 하나의 프로젝트가 되어 있었다. 시민과학형 조류학 연구, 환경사, 환경교육, 그리고 지역사회 조직.

그날 잭의 연구실을 나서면서 기쁨을 주체하지 못하고 미래의 청사진과 가슴 뛰는 할 일 목록을 부여잡고 애그리컬처럴홀의 계단을 경중경중 뛰다시피 내려온 기억이 지금도 생생하다. 사나운 지도교수에게서 탐조를 계속 해도 되고, 지역조직가가 되라는, 그러면서 그걸로 박사학위를 받으라는 승인이 막 떨어진 순간이었다. 뿐만 아니라—나는 잭이 진심으로 우리에게 도움을 주고 싶어 한다는 것을 알 수 있었다—워너공원에 막강한 우군이 생긴 순간이기도 했다. 그때까지만 해도 난 아직 잭이 이 모든 것에 갑자기 관심을 가지게 된 이유를 이해하지 못했다. 하지만 좀 더 주의를 기울였더라면 워너공원에서 발견한 새에 관해 물을 때마다 잭의 눈에서도 알락해오라기를 사랑하는 위원장처럼 아득한 반짝임이 일어나는 것을 알아차렸을 것이다.

나는 내 논문 연구의 시동을 어디서 걸지 알았다. 잭 허스트, 공원위원회 회의 같은 공개 회의에서 50년간 증언을 해온 심장이 약해진 노쇠한 낚시꾼부터 만나야 했다. 우리 동네 사람들은 그를 매디슨 노스사이드의 알도 레오폴드라고 불렀다.

햇볕의 흔적을 온몸에 새기고 있는 잭은 내가 도착하자 만면에서 화색을 뿜어내고 있었다. 그날 아침 수술 후 처음으로 낚시를 하러 나가서 작은 은빛 민물고기인 크래피를 40마리 잡았기 때문이다. 그는 주방에서 물고기로 꽉 찬 흰색 플라스틱 들통 두 개를 자랑스레 보여주었다. 잭은 77세임에도 온몸이 근육으로 탄탄하고 아주 튼튼해 보였지만, 심장수술을 받은 자신의 몸에 다시 적응하느라 아직 움직임은 조심스러웠다.

잭은 사냥과 낚시를 어릴 때부터, 그러니까 70년 넘게 해왔다고 내게 말했다. 물고기는 수만 마리쯤 잡았고 대부분은 '생선튀김과 함께 하는 금요일'이라고 하는 위스콘신의 전통행사를 위해 지역 교회로 보냈다. 잭은 17살 때부터 지역 공장에서 기계 수리 일을 했다. 그 공장이 20년 뒤에 문을 닫자 시의 고물수집가이자 차량정비공으로 일하기 시작했다. 하지만 일생 동안 야간에는 다른 일을 했다. 절대 은퇴할 일 없는 일을. 바로 공원위원회, 시의회, 지자체 환경위원회, 계획위원회, 유역 동맹, 낚시클럽 모임에 가서 발언하는 일이었다.

"낚시는 잡는 게 다가 아니야. 너무 많은 사냥꾼과 낚시꾼 들이 잡기만 하지. 하지만 돌려주기도 해야 하오."

잭은 자신의 열정을 나누는 방식으로 되돌려주었다. 매년 그의 낚시클럽은 워너공원에서 1년에 한 번씩 낚싯대와 낚시도구상자가 완비된 어린이 낚시대회를 열어 400명이 넘는 어린이와 부모를 초대했다. 잭은 이제까지 수천 명의 어린이에게 매디슨의 담수가 어떤 진가를 품고 있는지 가르쳤다.

우리는 해가 잘 드는 잭의 주방에 앉아서 함께 커피를 마셨다. 50년 전 이 집을 산 이유는 창밖으로 워너의 습지를 볼 수 있기 때문이라고 잭이 말했다. 그때만 해도 곳곳에서 솟아나는 샘에서 물이 공급되는 무릎 깊이의 습지가 지금의 다 죽어가는 습지보다 최소한 세 배는 더 컸다고. 풀숲에서는 뱀이 기어다녔고 통나무 아래는 도롱뇽이 몸을 숨겼고 아메리카쇠쏙독새, 콜린메추라기, 쌀먹이새, 초원종다리, 파랑지빠귀가 노래를 불렀지만 이 새들은 모두 콘크리트의 영역이 확장되면서 종적을 감췄다고.

"1950년대에는 여기가 낚시하기 제일 좋은 곳 중 하나였다오. 집이 하나도 없었거든."

이제 대부분의 습지는 건물과 주차장, 그리고 바짝 잘린 풀밭 아래 묻혀버렸다. 잭의 집 밖으로는 아이러니하게도 오리연못Duck Pond

이라고 불리는 워너공원의 야구경기장이 보였다. 매디슨의 마이너리그팀 매이슨 맬러즈[맬러즈는 청둥오리라는 뜻이다]의 홈구장이었기 때문이다. 여름이면 습지에 살았던 오리들 소리 대신 가비지, 플레이밍 립스, 덤덤걸스 같은 그룹들을 앞세운 록밴드 페스티벌 폰다모니움 소리가 들려왔다. 그 소리가 어찌나 큰지 보청기를 끄고 창문을 닫아도 가슴에서 베이스가 둥둥 울리고 집 안에서도 공연소리를 들을 수 있을 정도였다. 야구경기가 끝나면 항상 불꽃놀이가 있었고 매년 7월 4일이면 습지를 날려버릴 기세로 대대적인 불꽃행사가 있었기에 소음은 여름 내내 이어졌다.

잭이 자신의 오리 컬렉션을 보여주고 싶어 해 우리는 지하실에 있는 그의 수렵/낚시방으로 내려갔다. 그곳은 박제사의 꿈의 방이었다. 긴 벽에 물고기가 빼곡했고 그 옆에 라이플총이 가득한 나무 진열대가 있었다. 하지만 내 눈은 작은 무리의 오리들이 영원히 날아가는 포즈를 취하고 있는 오리들의 벽으로 자석처럼 끌렸다. 미국검은오리, 붉은꼬리물오리, 여러 마리의 청둥오리, 고방오리, 홍머리오리, 큰휜죽지, 관머리비오리, 흰뺨오리, 그리고 내가 제일 좋아하는, 캐나다 북부와 아북극에서 번식하고 고무 오리 인형처럼 생긴 아담하고 사랑스러운 흑백의 생명체.

잭은 오리를 종별로 한 마리씩 꺼내 아주 조심스럽게 건네며 개체 하나하나 감상할 시간을 줬다. 그의 이야기를 들으며 나는 모든 오리가 하나의 이야기임을, 싸늘한 어느 가을 아침이며, 그가 사랑하는 습지에서 폭발하듯 펼쳐지던 날개들이며, 지키기 위해 싸웠지만 어쩌면 더 이상 존재하지 않는 장소임을 깨달았다.

2년 전 들은 조류학 현장수업에서 나는 오리를 동정하는 데 영 서툴었다. 어쩌면 내가 늘 오리를, 뭐, 그냥 오리지, 하고 생각했기 때문인지 몰랐다. 얼음장 같은 날씨 속에 집중 탐조수업을 받았던 그 겨울 내내 나에게 모든 오리는 다 똑같아 보였다. 영하의 물 위에 떠 있는 작고 검은 동그라미들. 그때는 난방이 나오는 대학의 밴 차량으로 달려가고 싶을 뿐이었다. 하지만 잭의 지하실에서 나는 각도에 따라 달라지는 그 숨막히는 초록빛, 자줏빛, 검은 빛, 흰 줄무늬와 점들, 뺨의 초승달 무늬, 발랄한 꼬리, 뾰족한 머리, 동글동글 경사진 이마, 대단히 다채로운 자세에 넋을 빼앗겼다.

나는 박제된 오리를 하나씩 손에 들고 그 아름다움에 경의를 표하는 동시에 한편으로는 섬뜩함을 느꼈다. 잭은 어떻게 이렇게 찬란한 생명체를 총으로 쏠 수가 있지? 하지만 잭이 이 오리들을 사랑하는 건 너무 분명했다. 그는 일생 동안 오리들을 지키려 부단히 노력했다. 그러니 가끔 한 마리를 사냥해서 박제로 만들거나 감자, 당근, 양파를 넣고 찜요리를 만들었다 한들 그게 큰일이라고 할 수 있을까? 나는 환경사 교재를 읽으며 오리 수렵인들이 없었더라면 아마 오리들이 남아나지 않았으리라는 사실을 배우는 중이었다. 20세기 초 과잉수렵과 습지 감소로 미국 전역에서 물새 개체 수가 감소하기 시작했을 때 보존기관들은 물새 보호시설을 만들고 사라져가는 종의 개체수를 다시 늘리기 위해 힘썼다. 이런 노력의 선봉에 수렵인들과 그들의 조직, 특히 덕스 언리미티드Ducks Unlimited가 있었다. 습지역사학자 앤 빌레이시스Ann Vileisis에 따르면 1943년까지 덕스 언리미티드는 100만여 에이커 면적에서 103개의 습지 복원프로젝트를 수행했다.[19]

잭의 오리장성 옆에는 지난 신문기사 스크랩과 지역에서 발행하는 보존 소식지, 그리고《덕스 언리미티드》잡지 더미로 뒤덮인 여러 개의 카드게임용 테이블이 있었다. 잭은 자신이 사랑하는 장소와 물에 관한 정보를 얻으려고 수십 년간 인쇄 매체를 파헤쳤다. 잭은 컴퓨터가 없었고 이메일도 사용하지 않았다. 그의 지하실에 있는 대부분의 자료는 구글검색으로는 손에 넣을 수 없는 것이었다. 그날 아침 나는 내 논문을 풍성하게 해줄 노다지를 찾았다는 걸 알았다. 워너공원 그리고 오랫동안 유린당한 습지의 환경사가 이 지하실에 묻혀 있었다.

잭은 집에 가서 살펴보라며 노랗게 바래가는 작은 서류뭉치를 내게 건넸다. 내 기자로서의 촉이 발동했다. 그건 워너공원의 토지 이용권한 내역이 표시된 예전 지도 사본들이었다. 그다음에는 작은 공책을 꺼내더니 나한테 받아 적으라면서 모든 지역의 선출직 공무원과 야생동물 기관 담당자의 이름과 전화번호를 불러주었다. 이제부터 그는 내가 그들에게 전화를 걸어 워너의 습지를 대하는 방식에 관해 민원을 넣어주기를 바랐다.

잭의 지하실 탐사가 끝날 때쯤 우리는 동지가 되어 있었다. 잭은 내가 짐과 마리와 함께 와일드워너를 설립하는 데 힘을 보태기로 했다. 그는 곧 자신의 지하실에서 발굴한 낡은 서류들과, 와일드워너 회원이 되줄 만한 후보자 명단과,《덕스 언리미티드》최신호와, 비늘이 깨끗하게 손질된 물고기 한 양동이를 들고 아침마다 우리 집을 찾는 단골손님이 되었다. 이후 5년간 짐과 나는 공개 회의에 도합 150시간 넘게 참석했고, 그 대부분의 시간 동안 우리 옆에는 잭 허스트가 앉아 있었다.

논문 중에서 환경사 부분이 순항을 이어가는 동안 나는 지도교수가 제안한 공원 현장수업을 맡아보기로 결심했다. 이 수업은 지역사회의 필요에 부합해야 했기에 나는 먼저 시의원—공원위원회 회의에서 나와 대척점에 있었던—에게 자문을 구할 필요가 있었다.

놀랍게도 시의원은 커피를 한잔 하자는 부탁에 바로 응해주었다. 나는 중앙아메리카와 미국 최남단에서 인권활동을 했던 이력으로 말문을 열었다. 나는 파타고니아 브랜드 제품을 입고 다니는 엘리트주의 탐조인이 아니라고, 사회정의에 관심이 많고 동네에 도움이 되고 싶다고 힘주어 말했다. 시의원은 워너공원 근처에는 최소한 200명의 어린이가 거주하는 데 그중 많은 아이가 저임금 일자리에서 투잡으로 일하느라 늦게 귀가하는 부모를 둔 까닭에 빈 집에 혼자 돌아가는 아이들이라고 말했다. 그런 아이들에게는 공원에서 진행하는 방과후 환경교육 프로그램이 정말 큰 도움이 될 것이었다. 나는 내가 위스콘신-매디슨대학교 학생들에게 새에 관해 가르치고, 그 대학생들이 공원에 있는 새에 관해 아이들에게 가르치는 방식이 어떻겠냐고 의견을 물었다. 우리 동네 시의원은 딱히 새에 애정이 있는 사람은 아니었지만 대학생 멘토들이 아이들과 함께 활동한다는 아이디어에 반색했다. 또한 더 많은 이웃들, 특히 유색인종들이—달리기를 하거나 탐조를 하는 백인뿐만 아니라—공원을 이용하는 모습을 보고 싶다고 말했다. 내가 유색인종 어린이들을 공원으로 데리고 나갈 수 있으면 아마 그 부모들도 더 환대받는 느낌이 들 터였다.

하지만 시의원은 동네에서 열리는 회의에 내가 참석하기를 원했다. 당신은 그냥 비판만 할 게 아니라 참여를 해야 해요, 시의원이 말했다. 나는 앞으로 모든 회의에 빠짐없이 참석하겠다고 굳게 약속했다.

2010년 봄, 이런 동네회의 중 하나에서 나는 지역 중등학교에 막 교장으로 부임한 마이크 에르난데스Mike Hernandez를 만났다. 나는 그의 학교가 평균 시험점수가 낮고 경찰이 자주 찾아오며 아이들이 거칠기로 유명하다는 걸 알고 있었다. 백인이 압도적 다수인 이 매디슨에서 인종적, 문화적으로 가장 풍성한 학교 중 하나이기도 했다. 많은 수가 이민자의 자녀인 학생들은 모국어가 십여 가지에 달했다. 에르난데스는 나의 고향인 캘리포니아 산타아나 출신이었다. 그는 자신이 막 맡게 된 학교를 완전히 바꿔놓겠다는 의욕에 불타고 있었다. 이미 로스앤젤레스와 시카고에 있는 "거친" 학교에서 근무하며 학교 문화를 바꿔놓은 경험이 있었다. 그가 우리 동네모임에 참석한 것은 강사와 멘토를 발굴하기 위해서였다.

이제야 인정하지만 시의원에게 공원에서 새를 중심으로 환경교육 프로그램을 만들어보겠다고 했을 때 나는 아주 각별한 환상을 품고 있었다. 얌전한 소년소녀들이 한 줄로 서서, 반짝이는 신형 쌍안경을 들고 신나게 이웃집 새 모이대에서 루비색 액체를 빨고 있는 벌새를 모두 함께 바라보리라는 그런 환상. 나는 교육을 잘 받은 대학생 멘토들이 이 작고 귀엽고 통제하기 쉬운 초등학생들에게 이 벌새가 어떻게 이동을 준비하는지, 남쪽에 있는 멕시코만 연안으로 어떻게 방향을 잡는지, 한 번에 18시간 동안 쉬지 않고 비행하다가 어디서 큰 바다를 건너게 되는지 설명하는 모습을 상상했다. 이 환상 속의 아이들은 눈을 동그랗게 뜨고 자신의 대학생 멘토에게 선망의 시선을 던지다가 경건하게 조류도감을 펼치고 자신이 본 새를 동정했다.

이 신임 교장이 도와달라고 부탁했을 때 내 첫 반응이 그건 못해요였던 건 바로 이런 환상 때문이다. 중등학교라고? 종잡을 수 없는 아이들. 폭주하는 호르몬. 먹이대의 벌새를 바라보는 사랑스러운 작은 얼굴들과는 영 거리가 멀었다. 하지만 그러다가 마이크 에르난데스의 학교가 워너공원에서 겨우 1.6킬로미터 정도 거리라는 걸 떠올렸다. 나는 매일 그 학교 학생들이 우리 집 옆을 지나가는 모습을 보았다. 그리고 니카라과에서 나에게 가장 중요한 영향을 미친 예수회 멘토의 조언을 떠올렸다. 지역사회에서 변화를 만들어내고 싶으면 하고 싶은 걸 하지 말고 지역사회가 너에게 요구하는 일을 하라는 말을.

일주일 뒤 나는 마이크의 집무실로 찾아가서 방과후 탐조클럽을 제안했다. 대학생 멘토를 교육하는 봉사-학습 연계형 수업을 개설해서 수업을 진행한 다음 그 학생들이 매주 마이크의 중등학생들과 워너공원에서 일대일 활동을 할 수 있도록 데리고 올 계획이었다. 탐조가 조금 미친 짓처럼 보일 수도 있어요, 나는 마이크에게 말했다. 하지만 내가 할 수 있는 게 이거라서요.

마이크는 긴 시간 동안 아무말 없이 마치 곤충을 탐색하듯 나를 빤히 쳐다봤다.

그러다가 비로소 이렇게 말했다. "내가 새하고 인연이 좀 있죠."

그는 딱히 새를 좋아하는 건 아니었지만 누이가 코넬에서 근무했다. 코넬대학교는 미국 최고의 조류학 연구 프로그램이 있는 곳이다. 워너공원까지 매주 걸어갔다 오는 활동은 마이크의 학생들에게는 무료 현장학습도 되고 운동도 될 터였다. 그리고 그는 대학생들이 매주 찾아온다는 아이디어를 몹시 흡족해했다. 마이크의 학교 학생들 중에는 우리 대학교 교정에 한 번도 와본 적이 없는 아이들이 많았기 때문이었다.

"길만 건너면 유명한 대학이 있잖아요. 근데 우리 애들은 자기 뒷마당에 그런 학교가 있다는 걸 하나도 실감하지 못하거든."

이야기를 마무리할 때쯤 마이크가 말했다. "이게 아주 인기가 많을 거 같은 느낌이에요, 아주 잘 될 거 같아. 하지만 그때 가서 우리가 뭘 해야 하는지 생각을 해둬야 할 거예요."

나에게도 느낌이 있었다. 마이크 에르난데스가 제정신이 아닌 것 같다는. 나는 호르몬이 날뛰고 비디오게임에 중독된 중등학생들이 탐조클럽에 정말로 가입하고 싶어 할 거라고는 도무지 상상할 수가 없었다. 하지만 어쨌든 다음 가을학기에 가르칠 탐조 수업의 강의계획안을 설계하기 시작했다.

그다음으로 나는 사람들을 조직하는 일에 착수했다. 짐과 마리는 와일드워너 결성을 위해 법적 절차를 밟는 일에 매진했다. 그러는 동안 나는 그 여름에 있을 창립모임을 위해 회원 후보자를 물색하는 일을 맡았다. 먼저 첫번째 공원위원회 회의에서 발언했던 20여 명부터 훑었다. 그다음에는 지역신문을 뒤져 잠재적 우군들과 편집자에게 보내는 편지 및 칼럼 저자들을 발굴했다. 하지만 최고의 모집 전략은 새들의 전략에서 그대로 차용한 것이었다. 바로 시끄럽게 노래하기. 매디슨의 노스사이드에는《노스사이드뉴스》라고 하는 작은 계간 신문이 있었다. 1만호의 가정에 무료로 배포되는 신문이었다. 나는 공짜 글을 별로 신뢰하지 않았다. 평생 돈을 받고 자료를 조사하고 보도하고 글을 쓴 사람이었으니까. 하지만 우리에게는 동물의 목소리를 전달하고 잠재적인 회원을 발굴할 수 있는 공원 소식을 전달할 지역 매체가 필요했다. 워너공원 인근 주민의 커피테이블 1만 개 위에 놓이는 이 작은 신문에는 실질적인 힘이 있었다. 나는 그 신문을 위해 500단어짜리 자연칼럼을 연재하기 시작했다.

수년간 학살과 고문과 인종차별 증오범죄에 관한 우울한 인권 기사만 쓰던 나는 「빨강은 내 찐 사랑의 털색깔」이라는 칼럼을 쓰며 해방감을 느꼈다. 어느 아침 야생 들판에서 발견한 빨간 여우가 어떻게 시속 50킬로미터로 달리기를 하거나 아니면 시속 8킬로미터로 수영을 할 수 있는지, 어떻게 쥐의 찍찍 소리나 토끼의 괴로운 울음소리를 흉내내서 먹이를 유인하는지에 대한 글이었다. 그리고 스컹크와 딸기부터 중국음식에 이르기까지 못 먹는 게 없는 이 여우야말로 궁극의 잡식동물이라는 내용이었다(하지만 내가 영하 6도의 아침에 벤치에 앉아서 이 여우에게 바친 밀기울 머핀은 가져가려 하지 않았다).

나는 먹이활동 중인 미국지빠귀를 잡으려고 야생 들판 근처에서 어색하게 날아다니던 워너공원의 어린 붉은꼬리매에 관한 글을 썼다. 그 여름 이 어린 새는 잔뜩 신이 나서 운전을 배우는 십대처럼 사냥을 배우며 공원 위를 부산스럽게 돌아다녔다. 새 먹이대에 몰려 있는 새들을 잡으려다 이웃의 침실 창문에 부딪히기도 하고 아침 내내 자기보다 훨씬 약삭빠른 다람쥐들을 잡으려고 급강하를 되풀이했지만 허탕으로 끝나기도 했다. 어떤 공원 직원은 이 새가 뚱뚱한 암컷 청둥오리를 낚아채려고 정신나간 시도를 하는 장면을 목격했다. 시끄럽게 꽥꽥대는 꾸중 외에는 아무것도 얻지 못한 채.

놀랍게도 산책을 하거나 달리기를 하러 나온 사람들이 공원에서 나를 멈춰 세우더니 이 칼럼을 쓰는 그 사람이냐고 물어보기 시작했다(사람들은 칼럼과 함께 실린 사진을 보고 나를 알아봤다). 그 사람들은 워너공원의 야생성을 사랑했다. 나는 그 사람들의 이름과 이메일주소를 적어뒀다가 점점 길어지고 있는 예비회원 명단에 추가하도록 짐과 마리에게 전달했다.

나는 20년간 글을 썼고 《뉴욕타임스》가 세상에서 가장 힘 있는 미디어라고 믿도록 교육받았다. 하지만 내가 사랑하는 장소, 바로 내가 살아가는 장소를 지키는 데는 지역신문이나 동네 무가신문, 아니면 프런트포치포럼Front Porch Forum 같은 지역 기반 소셜네트워크가 가장 힘 있는 미디어라는 걸 알게 되었다. 그 교훈을 내게 준 것은 다름 아닌 누에나방이다.

그 친구가 찾아온 건 뒷마당 결혼식과, 햇감자와, 방학을 맞은 아이들의 계절인 6월의 어느 늦은 오후였다. 천방지축인 두 개에게 질질 끌려 워너공원의 야생 들판을 가로질러 가다가 그 친구를 발견했다. 벨벳 질감의 오렌지색 다리로 어린 물푸레나무에 매달려 있는 그 친구는 바로 내 손만 한 나방이었다. 나방은 오렌지색과 금색, 진주색이 뒤섞인 날개를 활짝 펼치고 있었다. 크림색의 초승달이 날개 한가운데 찍혀 있었고, 그리고 꼭 사람 눈처럼 생긴 무늬가 끄트머리에 박혀 있었다.

곤충학 수업을 듣기 전, 나방은 내게 스웨터와 머리카락에 붙을까 성가신 존재일 뿐이었다. 하지만 곤충학 수업 덕분에 나는 이 나방에 완전히 사로잡혔고 바로 도서관으로 가서 나방에 관한 책을 쌓아놓고 확인에 들어갔다. 확인 결과 이 친구는 4000년 전 중국인들이 길들인 누에나방의 친척이자, 북아메리카에 사는 1만1000종의 나방 중 하나인 세크로피아나방*Hyalophora cecropia*이었다. 애벌레 시절 녹색 구조물의 기적 속에서 이 친구는 거의 1.6킬로미터에 달하는 비단결 같은 실을 가지고 물푸레나무 껍질과 비슷한 모습에 위스콘신의 겨울을 버틸 수 있는 방수 고치를 만들었다. 아마 그 친구는 바로 그날 좀 더 일찍 그 고치를 빠져 나와 그 오후에 날개를 말리고 있었던 것이리라. 그리고 앞으로 닷새에서 엿새 동안 짝짓기를 하고 200개의 알을 낳고 죽어가리라.

나는 저물녘을 이 나방과 함께 보내면서 그 친구의 그림을 그렸다. 나로서는 확인할 길이 없었지만 녀석은 분명 향이 가미된 페로몬 기둥을 뿜어내고 있었다. 수 킬로미터 떨어진 곳에서 수컷 세크로피아의 깃털 달린 넓은 안테나가 진동하고 있었다. 6만 개에 달하는 수컷의 안테나 모발에 있는 15만 개의 수용체 세포들이 암컷이 기다리고 있음을 알렸다. 수컷은 암컷이 남긴 향긋한 향의 자취를 따라 하늘을 지그재그로 가로질러 날아왔다.[20] 다음 날 이른 아침, 나는 두 마리의 세크로피아나방이 꼭 붙어 있는 모습을 발견했다. 수컷은 암컷과 비슷했고 조금 더 날씬할 뿐이었다. 이들은 토요일 아침부터 일요일 밤까지, 비가 오나 천둥이 치나 쉬지 않고 짝짓기를 했다.

「워너의 야생 들판에서 들려온 비단과 향수 이야기」라는 글을 발표한 뒤 한 여성의 전화를 받았다. 여성은 내게 그 누에나방 글을 쓴 사람인지 물었다. 전화번호부를 뒤져서 내 번호를 찾아냈다며. 신디라는 이름의 이 여성은 이 동네에서 고령자들을 방문하는 메디케어 간호사였고 그 나방 이야기를 막 읽었다고 했다. 신디는 그 글이 너무 좋다며, 자신의 환자들 역시 그 글을 너무 좋아한다는 걸 내게 알려주고 싶었다고 전했다. 환자들은 그 공원과 동물들을 사랑했다. 그리고 누군가 그들을 위해 목소리를 내고 있다며 기뻐했다.

"사람들은 더 많은 개발을 원하지 않아요. 선생님이 하시는 일을 계속 이어가주세요."

CHAPTER

8

그 선생님을 언덕 아래로 굴리자

내가 다녔던 학교에서 사람들이 한 아이에게 중력의 법칙을
증명해보라고 요구했더니 아이는 그 선생님을 창 밖으로 던졌다.

로드니 데인저필드Rodney Dangerfield

여우와 나방과 매에 대한 글 덕분에 와일드워너 창립 모임이 다가왔을 때 내 손에는 46명의 회원 후보자 명단이 들려 있었다. 커뮤니티센터에는 16명이 나타났고 이 16명 중 짐이 초대 대표와 웹마스터와 대변인과 홍보 지휘관을 맡았다. 거침없이 밀어붙이는 실행력의 소유자인 마리는 와일드워너의 초대 서기이자 야생화와 나무 교육을 맡았다. 마리는 나중에 짐에게서 대표직을 넘겨받고 모임 최초로 큰 규모의 자연보존활동 보조금을 따냈다. 나는 교육 코디네이터가 되었다.

우리는 열정에 맞춰 업무를 배당했다. 워너의 호숫가 주택 인근의 꽃을 아끼는 신규 회원은 미화 전문가가 되었다. 사진작가들은 짐이 디자인하는 웹사이트에 필요한 사진을 제공하겠다고 나섰다. 도보나 자전거로 주기적으로 공원을 돌면서 모든 걸 관찰하겠다는 회원들도 있었다. 큰청왜가리처럼 살금살금 돌아다니는 와일드워너의 스파이팀이었다. 다른 자연보존 모임에 속한 이들은 바짝 깎인 풀을 초지와 습지 식물로 대체할 수 있도록 자매 조직으로부터 토종 씨앗을 얻어오겠다고 했다. 교육에 관심이 있는 회원들은 가을에 시작하기로 되어 있는 어린이 프로그램에서 나를 돕겠다고 나섰다. 나는 이 프로그램이 공원을 지킬 최고의 장기 전략이라고 확신했다. 동네 어린이들을 공원을 지킬 미래의 수호자로 육성하기. 그래서 어린이들과 함께 활동하게 될 대학생 멘토들을 가르치는 새로운 탐조수업 전반에서 와일드워너의 이름을 계속 언급할 생각이었다. 이것은 우리 신생 모임이 막강한 힘을 가진 대학과 맺는 명예로운 파트너십이 될 터였다. 또한 우리는 워너공원과 조금이라도 관계된 모든 시, 카운티, 주 기관의 모임을 모니터하기로 의견을 모았다. 그리고 우리에게는 공개회의에서 질문 공세로 시 공무원들을 진땀 빼게 만드는 일을 사랑하는 전투적인 무보수 변호사도 있었다.

온종일 공원에 관한 논문 연구에 매달려 있는 박사과정생이었던 나는 여러가지 임무를 맡았다. ① 공원 위원회 회의에 참석하기 ② 잭 허스트의 도움을 받아 워너공원의 역사, 그중에서도 특히 습지의 역사를 조사하기 ③ 워너공원의 관찰종 목록을 계속 늘리고 학생과 교수들이 더 많은 새를 찾도록 독려하기 ④ 새 산책 이끌기.

잭 허스트는 습지의 감시견이 될 터였다. 그리고 마리는 시에서 연중 운영하는 불꽃축제 계획회의에 참석하기로 했다. 불꽃축제는 공원에서 열리는 최대 규모의 행사였기 때문이다. 전체적으로는 매달 모임을 갖고 모임을 시작할 때는 워너의 동물에 대한 이야기를 공유하기로 의견을 모았다. 우리는 사라진 것을 한탄하기보다는 워너의 아름다움과 야생의 이웃들로부터 기쁨을 얻고 그곳에 있는 것의 가치를 만끽하고 싶었다. 우리는 강령에서 "워너공원과 그 주변 생태계에서 자연의 세계를 예찬, 보존, 보호, 확대"하기로 다짐했다.

그해 봄 나는 감시견 활동의 일환으로 그전까지는 따분하기 그지없으리라 생각한 공원위원회 회의에 참석했다. 그 회의에서 나는 새로운 위스콘신-매디슨대학교/와일드워너 어린이 프로그램이 2010년 가을에 시작될 거라는 발표를 할 생각에 들떠 있었다. 위원들에게 좋은 인상을 주려고 나는 조만간 공원 곳곳을 누비게 될 잘 배운 대학생 멘토를 멋들어진 미사여구를 동원해 소개했다. 알락해오라기를 사랑하는 위원장은 "대학이 해야 하는 바로 그런 종류의 활동"이라고 말했다. 나는 너무 우쭐해져서 멸종위기에 처한 큰초원뇌조처럼 가슴이 빵빵하게 부풀어 올랐다.

이런 회의는 시시콜콜한 행정적 사항들을 점검하느라 몇 시간씩 이어지기 때문에 나는 내 순서 직후에 빠져나올 생각이었다. 하지만 악마는 바로 그런 시시콜콜함 안에 숨어 있다는 걸 곧 배우게 되었다. 몇 페이지에 걸친 의안서를 살펴보던 내 눈이 마지막 사항에 꽂혔다. "워너의 기러기 몰이 행사."

나는 기러기 몰이가 대체 뭔지 전혀 아는 바가 없었다. 얼마나 멍청했던지 그게 일종의 조류 로데오 같은 건가 생각할 정도였는데, 그런 행사라면 확실히 재미 있을 것 같았다. 두 시간 뒤 나는 8주 뒤면 시에서 위장복을 입은 대원들을 워너의 습지에 풀어서 기러기들과 그 사랑스러운 새끼 기러기들을 잡아서 트럭에 싣고 가스불로 처리한 다음 성조 한 마리당 120달러의 실비만 받고 기러기 고기를 무상 식품 배급처에 나눠줄 계획이라는 사실을 알게 되었다.

워너공원은 공항과 약 3킬로미터 정도 거리였는데, 시의 야생동물 담당 생물학자는 공원위원들에게 항공 당국이 기러기를 위해요소로 여긴다고 설명했다. 그러면서 그는 바로 직전 해인 2009년 조류 충돌 사고 때문에 비행기가 뉴욕 허드슨강으로 불시착한 악명 높은 US 에

어웨이스 1549편 사고를 언급했다. 공항 안전 문제가 다가 아니었다. 공원 직원들은 축구장과 농구코트의 기러기 똥을 지적하는 민원에 치를 떨었다. 시의 생물학자는 기러기 몰이가 이 모든 문제를 해결할 수 있는 가장 용이하고, 저렴하고, 빠른 방법이라고 설명했다.

위원들이 이 기러기 몰이 행사 안을 놓고 표결을 하려던 찰라 한 여성 위원이 일반인의 의견을 전혀 수렴하지 않았다며 제동을 걸었다. 청중 가운데 워너공원의 새로운 보존모임 구성원이 있어요, 위원이 나를 지목하며 말했다. 그는 표결을 하기 전에 내 의견을 듣고 싶어 했다.

모든 이목이 나에게 쏠렸다. 내 무지에 그렇게 당황해보기는 처음이었다. 조류학 수업에서는 기러기를 공부한 적이 없었다. 나는 아무것도 아는 게 없었다. 아는 것은 그저 아주 이른 아침, 안개가 피어오르고 기러기들이 작은 유령선처럼 떠다니는 습지의 어둑한 가장자리에 앉아 있는 걸 내가 사랑한다는 사실뿐이었다. 어떤 나무 줄기 안에 몸을 숨기고 있다가 바로 내 앞에서 기러기 두 마리가 짝짓기하는 모습을 본 지 얼마 안 되었을 때였다. 그 귀한 몇 초 동안 나는 숨조차 제대로 쉬지 못했다. 그 뒤 수컷이 암컷의 등에서 내려왔고 두 기러기는 물에서 첨벙댔다. 그리고 내가 아는 것은 기러기들이 도착하는 2월과 3월에 집 안에서 기러기들의 환희에 찬 끼룩끼룩 소리를 듣는 걸 내가 사랑한다는 사실뿐이었다. 그러면 밖으로 달려나가 "돌아온 걸 환영해, 기러기들아!" 하고 외치곤 했다.

하지만 나는 비행기 사고를 원치 않았고, 그래서 진실을 말했다. 아는 게 없다고. 기러기 몰이가 로데오 같은 건 줄 알았다는 말은 하지 않고서.

몇 분 뒤 위원들은 만장일치로 사형선고를 내렸다. 워너의 기러기들에게는 이제 살날이 60일도 남지 않았다.

그날 밤 나는 큰 충격에 휩싸여 회의가 열린 워너의 커뮤니티센터를 빠져나와 공원의 오솔길을 따라 천천히 자전거를 굴려 집으로 돌아왔다. 위원들에게 그 공원에서 어린이 프로그램을 시작한다고 알리자마자 이제 그들은 공원에서 가장 이목을 사로잡는 새들을 죽이려고 하고 있었다. 아이들과 나의 새로운 학생들에게 뭐라고 설명하지?

이미 바깥은 어두웠지만 기러기들이 습지에서 밤을 보내려고 내려 앉아 서로에게 부드럽게 끼룩대는 소리를 들을 수 있었다.

"얼른 도망쳐!" 나는 소리쳤다. "사람들이 너희를 죽이러 올 거야!"

매디슨시의 《캐피탈 타임스Capital Times》 1면 헤드라인은 "워너공원의 기러기들 곧 식탁에 오른다"였다.[1] 나는 허드슨 사건을 분석한 보고서를 시작으로 며칠 동안 기러기 관련 자료를 진지하게 파고 들었다. 그 충돌사건을 분석한 스미스소니언의 조류학자들은 원인이 철새 기러기들이라고 밝혔다. 생물학자들이 말하는 "텃새" 기러기, 그러니까 이동하지 않고 일년 내내 같은 장소에서 지내는 새들이 아니라는 말이었다. 앞으로 충돌의 위험을 줄이려면 철새 기러기의 수를 관리하는 "전통적인 방법"("기러기 몰이")만으로는 부족하다고 이들은 적었다. 이들의 보고서는 "이 새들의 지리적 출발점뿐만 아니라, 관련 종, 빈도, 타이밍에 관한 정보"를 얻는 것이 중요하다고 강조했다. 이들은 이런 정보를 조류 이동패턴에 대한 연구와 통합하는 한편, 공항

에서 조류감지 레이더와 조류 쫓기 프로그램을 활용할 것을 권장했다.[2]

그러므로 일단 그 악명 높은 워너의 기러기가 철새인지 텃새인지부터 파악해야 했다. 시의 생물학자들은 계속 "텃새 기러기"라고 표현했지만 그 기러기들은 매년 습지가 얼어붙을 때쯤 사라졌다. 이 새들이 매디슨을 떠나거나 장거리 이동을 하는 걸까? 이 기러기들이 텃새와 철새에 모두 해당되면 어떡하지? 내가 공원에서 기러기를 세보면 대부분은 150마리를 넘지 않았지만 철새 이동시기가 되면 수백 마리로 불어나기도 했다. 매디슨의 다른 공원과 습지들이 그렇듯 워너 공원은 기러기의 연료보급소였기 때문이다.

공항의 보고서를 주의깊게 살피다가 2008년과 2009년 사이에 공항 직원들이 매디슨의 작은 공항 인근에서 "문제 기러기" 67마리를 죽였다는 사실도 알게 되었다. 이 67마리 가운데 9마리(13퍼센트)는 확실히 워너공원에서 온 기러기였다. 완료되지 않은 어떤 연구를 위해 2007년에 생물학자들이 워너공원의 모든 기러기에게 가락지를 부착했기 때문에 야생동물 조사관들은 그걸 확인할 수 있었다. 조사관들은 다른 87퍼센트의 "문제 기러기"가 어디에서 왔는지는 알아내지 못했다.

1950년대와 1960년대에 공항이 확대되던 시기에 미국 전역의 도시들은 땅값이 저렴하고 대개 외곽에 자리한 습지에 공항을 건설했다.[3] 매디슨의 작은 공항은 이 시기에 대대적으로 확장되었고 그 주변에는 습지가 널려 있었는데, 공항 끝에 맞닿아 있는 시에서 가장 큰 보존공원—385에이커의 습지—은 워너공원보다 훨씬 가까웠다(시는 바로 이 근접성 때문에 매년 이 보존공원에서 기러기를 총으로 사살했다). 그러니까 기러기를 불러모으는 가장 큰 요인은 공항의 입지 그 자체였다. 공항의 문제 기러기 87퍼센트는 워너공원에서 온 것일 수도, 다른 공원과 인근 습지에서 온 것일 수도, 아니면 통과 중이던 철새 기러기일 수도 있었다. 매디슨 공항의 자료는 공항 인근의 "문제 기러기" 개체수가 초봄과 늦가을 이동시기에 치솟는다는 것을 보여주었다. 이 시기에 직원들이 공항에서 센 기러기의 수는 1588마리였다. 이 기러기들이 모두 워너공원에서 왔을 수는 없었다. 다시 말해서 워너공원의 모든 기러기를 죽인다고 해서 공항의 안전 우려를 불식시킬 수는 없었다.[4]

워너의 기러기 몰이 계획이 공항의 안전만큼이나 새똥 민원과 관련이 큰 게 아닌가 하는 의심이 들기 시작했다(공항에 친구가 있는 한 와일드워너 회원이 나중에 이것이 사실임을 확인했다. 이는 우리 신생 조직의 넓은 인맥이 정보를 모으는 데 얼마나 도움이 되는지를 보여주는 사례이기도 하다). 공원부에 새로 부임한 책임자는 공원을 골프장처럼 매끈한 공간으로 여기는 인물이었고 이미 스포츠 경기장의 새똥 민원에 넌덜머리를 내고 있었다.

문제를 더 파고 들어가던 나는 대형 조류 때문에 골머리를 앓는 기관이 매디슨 공항만이 아니라는 사실을 알게 되었다. 상업항공사에서부터 공군, 나사NASA에 이르기까지 창공을 가르는 모두가 야생동물을 맞닥뜨렸다. 그리고 모든 관리보고서에서 같은 이야기를 했다. 새 몰이와 사냥은 마지막 수단이어야 한다고. 플로리다에 있는 나사 케네디 우주센터는 16만 에이커에 달하는 메리트섬 국립야생동물 보호구역, 310종이 넘는 새들의 보금자리 한가운데 있었다. 나는 우주왕복선

발사를 난장판으로 만들 뻔했던 수리, 왕복선에 무임승차하는 큰박쥐, 차량 아래 은신하는 악어, 15층 높이의 왕복선 탱크에 구멍을 낸 유명한 딱따구리에 관한 어이없는 이야기를 읽었다.[5] 나사는 이 동물들을 죽이는 대신 먹이 공급원을 없애고 조류감지 레이더 시스템을 설치했다.[6] 조류감지 레이더 시스템은 조종사들이 엔진으로 빨려 들어오는 크고 작은 새들을 피할 수 있게 도움을 주는 방식으로 매년 비행기 엔진 고장 때문에 발생하는 수백만 달러의 비용을 줄여주고 있었다. 이렇게 많은 영역에서 항공 전문가들이 살상을 하지 않는 해결책을 찾았다면 진보적인 매디슨이 못할 이유가 뭐란 말인가?

하지만 나를 가장 화나게 만든 발견은 기러기 성조와 유조 모두 갓 다듬은 풀을 사랑한다는 사실이었다. 매주 수백 에이커에 달하는 면적에서 풀을 깎는 공원부는 사실상 기러기에게 잔칫상을 차려주는 꼴이었다. 큰캐나다기러기가 매디슨의 공원들을 사랑하는 데는 다 이유가 있었다. 그래 놓고 기러기를 탓하는 건 마당에다가 고양이 먹이를 늘어놓고서 길고양이들이 떼 지어 나타나면 불평하는 것과 다를 게 없었다. 매디슨이 나사의 전략을 따라 먹이 공급원을 없앤다면 기러기 개체수를 줄일 수 있었다. 그러려면 화석연료의 힘으로 단정하게 관리하는 풀밭을 어느 정도 줄일 필요가 있었다.

공원위원회의 결정이 내려진 지 일주일 뒤 누군가 '워너 기러기의 친

구들'이라는 페이스북 페이지를 만들어서 다가올 기러기 살상에 관한 신문 기사를 올리고 우리 모임에 관해 언급했다. 와일드워너에 속한 그 누구도 그 페이스북 기러기 사도가 누구인지 알지 못했지만 사형선고가 내려진 워너의 기러기들에게 2주 만에 1700명이 넘는 "친구들"이 생겼고 그 가운데 일부는 우리 신생 모임에 어떻게 가입하는지 문의하기도 했다. 우리는 다음 모임을 하려면 컨벤션 센터를 빌려야 할지 모른다며 너스레를 떨었다.

와일드워너는 기러기는 고사하고 어떤 종류든 큰 전투를 치를 준비가 되어 있지 않았다. 결성된 지도 몇 달밖에 되지 않았다. 하지만 대부분의 집단과 사회운동은 다들 이렇게 출발한다. 바로 투쟁을 통해서. 조직은 빠르게, 닥치는 대로 하는 것이다. 새로운 동지가 생기면 같이 배우면서 나아가면 된다. 캘리포니아의 [유명한 농장노동운동가] 세자르 차베스와 농장노동자운동을 연구한 하버드의 사회학자 마샬 간츠Marshall Ganz는 가지고 있는 모든 능력을 끌어 모아 대응해 나가는 것을 "전략적 자원 활용strategic resourcefulness"이라고 불렀다. 그가 말하는 전략적 자원 활용은 혹독한 북쪽지방의 겨울철에 박새, 동고비, 관박새, 상모새, 솜털딱따구리 같은 새들이 생물학자들이 말하는 혼종 무리mixed species flocks라고 하는 것을 이루는 현상을 연상시킨다. 각각의 종은 먹이를 찾는 데 도움이 되는 고유한 생태적 틈새 또는 전문분야가 있기 때문에 이 혼종 무리는 혹독한 겨울에도 살아남을 수 있다. 가령 한 나무에서도 서로 다른 위치에서 먹이를 찾는 식으로.

우리는 서로를 잘 몰랐지만 얼마 안 가 와일드워너 역시 일종의 혼종 무리라는 사실이 분명해졌다. 우리 모임에는 결국 이야기꾼, 호사가, 동맹을 잘 맺는 사람, 행사를 잘 조직하는 사람, 편집자에게 보내는 편지를 쓰는 사람, 보조금 신청서를 작성하는 사람, 수줍음이 많고 과묵한 사상가, 열렬한 나무 지킴이와 식목가, 용감한 사진작가, 꼼꼼한 공원 감시인들이 모여들게 되었다. 그리고 이 기러기 때문에 우리는 곧 서로 간에도 환경철학에 큰 차이가 있다는 사실을 발견하게 되었다.

와일드워너의 그다음 모임에는 기러기 편에 선 약 20명의 동물권 전사들이 나타났다. 짐과 나는 1700명에 달하는 페이스북 친구들이 소리만 요란한 유령이 아닐지 의심하고 있었다. 그리고 그건 사실이었다. 이 "친구들" 대부분은 다른 도시 거주자였다. 하지만 기러기 덕분에 우리의 회원은 막 두 배로 늘어난 참이었다.

가장 연장자이자 우리의 멘토인 잭 허스트는 자신은 4살 때부터 기러기를 사랑했다는 설명으로 토론의 서두를 열었다. 하지만 그는 식탁에 올라온 기러기들도 사랑했다. 감자와 양파를 넣고 푹 익힌 기러기만큼 맛있는 건 없다고 농담도 했다(동물권 전사들은 미소조차 짓지 않았다). 그는 모든 개체를 죽이는 건 마음에 들지 않아도 수렵인으로서 기러기 몰이에는 별 이견이 없었다. 기러기 똥은 습지의 수질에 안 좋은 영향을 미쳐요, 그건 아주 고약하죠, 잭이 말했다. 워너 어린이 낚시대회를 개최했을 때 물가에 기러기 똥이 널려 있었다면서. 그러면서 수렵인으로서 자신이 목격한 기러기의 행태 변화를 말해주었다. 어릴 때 잭이 처음으로 사냥을 시작했을 때는 기러기 한 마리 찾는 것도 힘들었다고. 그 정도로 기러기는 아주 희귀한 새였다. 그런데

이 기러기들이 대략 10년쯤 전부터 워너에 나타나기 시작했다. 하지만 개체 수가 폭증한 것은 지난 5년간이었다. 온난해지는 기후 때문에 훨씬 더 남쪽으로 이동하던 거대한 무리가 지금 북쪽에 더 오래 머물게 되었다고. 이젠 기러기가 너무 많아요, 잭이 주장했다. 기러기의 개체수는 늘어나는데 수렵인의 수는 감소하고 있었다. 잭은 방법이 보이지 않는다며 답답해했다.

회원 중에는 기러기에 별다른 애정이 없는 사람들도 있었다. 그런 사람들은 그냥 듣기만 했다. 하지만 짐과 나를 비롯한 다른 회원들은 기러기 몰이에 결사반대였다. 뉴욕주 북부의 농장에서 어린 시절을 보낸 짐에게 기러기는 "야생"의 상징이었다. 나는 해변이 즐비한 남부 캘리포니아에서 컸기 때문에 기러기를 본 적이 거의 없었다. 그러므로 아무래도 나의 애착은 감정적이기보다는 실용적인 부분이 있었다. 공원부가 기러기를 모조리 죽이고 겨우 두어 달이 지났을 때 그 공원에서 대체 어떻게 어린이 프로그램을 시작하라는 말인지 암담했다. 동물권 전사들은 기러기를 열렬히 변호했다. 그들은 워너공원에서 단 한 마리의 기러기가 사라지는 것도 봐주지 않을 태세였다.

나는 이 회의가 진행되는 동안 잭 허스트가 눈을 부릅뜨고, 눈썹을 치켜올리고, 상당히 인상을 쓰는 모습을 목격했지만, 지금 와서 돌아보면 그 오랜 시간 동안 회의장을 박차고 나가지 않았다는 게 놀라울 뿐이다. 나는 성마른 사람이다. 내가 잭이었더라면 워너공원 근처에 살지도 않는 동물권 무리에게 고함을 쳤으리라. 그들이—습지가 아니라—기러기에만 관심을 쏟는 침입자들로 보였을 테고 그래서 아마

분을 못 참고 뛰쳐나왔을 것이다. 하지만 잭은 꿈쩍도 하지 않았다. 그리고 그가 이야기를 할 때면 모두가 귀를 기울였다. 지금 생각해보면 잭이 그 회의장에 있었던 건 타협의 힘을, 아무리 서로 동의하지 않더라도 전체적으로 같은 방향을 향해 두 날개를 퍼득였을 때의 그 힘을 체득했기 때문이리라. 50년간 사람들을 조직해본 경험이 있던 잭은 이 기러기 논란은 일시적이라는 것을, 와일드워너는 장기적인 안목을 가지고 습지를 보호하기 위해 서로 뭉쳐야 한다는 것을 알고 있었다. 그리고 잭의 모범 덕분에 짐은 비록 잭의 의견에 동의하지 않았지만 우리의 약삭빠른 새 의장으로서 타협을 위해 중재에 나섰고 그 방에 있는 모두가 한 가지에 동의하게 만들었다. 살상이 아닌 다른 방식으로 시가 기러기 개체수를 줄이는 데 협조하기로. 그리고 나는 인도적인 관리 방법을 조사하고 와일드워너는 자원활동가를 제공하기로.

그 회의가 끝날 때쯤 되자 우리에게는 아주 막강한 기러기 소위원회가 생겼다. 나는 기러기 전사 대부분이 이 싸움이 끝나고 나면 우리 모임에 남아 있지 않을 거라고 생각했고, 실제로도 그랬다. 하지만 남아 있는 소수는 우리의 귀중한 신규 회원이 되었다. 그때 우리는 잘 몰랐지만 이미 기러기들은 서로 차이가 있더라도 함께 뭉치는 법을 우리에게 가르쳐주고 있었다. 모임 사람들은 소위원회를 통해 각자의 열정을 좇을 수 있었다. 그리고 내가 그 소위원회의 입장에 동의하지 않으면 거기에 참여하지 않으면 그만이었다. 다수가 그 활동을 지지하기만 하면 문제될 게 없었다. 마치 가을에 하늘을 가로지르는 거대한 V자 대형에서 떨어져 나오지만 여전히 남쪽으로 향하는 작은 V

자 대형 중 하나처럼.

이 회의 직후 나는 잭 허스트의 마법상자 같은 지하실로 향했다. 기러기에 대한 그의 입장을 더 알아보려고. 그런데 그보다는 이 나라와 도시의 물 간의 꼬인 관계와 환경사에 대한 가르침을 얻었다. 잭에 따르면 워너의 습지는 제2차 세계대전 이후 건설 호황 기간에 농지에 주택개발이 이루어지면서 미국 전역의 습지가 어떻게 망가졌는지를 보여주는 작은 사례일 따름이었다. 시의 모든 유역에서, 도로, 포장보도, 진입로, 주차장이 들어서면 들어설수록—그러니까 도시가 콘크리트를 많이 쏟아부을수록—우수의 양이 늘어났고 도시의 호수와 하천으로 흘러들어 오염을 유발하는 속도도 빨라졌다.

잭과 그의 낚시클럽은 1950년대 이후부터 이제는 워너공원이 된 습지를 지키기 위해 열심히 싸웠다. 그는 서류 더미에서 낡은 지도를 꺼내 당시 상당 부분을 소유하고 있던 농부의 이름을 따라 캐슬마쉬Castle Marsh라고 표기된 지금의 워너마쉬 지역을 보여주었다. 1955년에 시가 워너공원을 만들기 위해 인근 농지를 사들이기 시작했을 때 잭의 낚시클럽은 주의 보존기관이 캐슬마쉬 땅 13에이커를 구입해서 보호하게 만들려고 수년간 로비활동을 벌였다. 낚시인들은 멘도타 호수 옆에 마지막으로 남아 있는 훌륭한 강꼬치고기 산란장이자 전 지역에서 유일한 천연 양식연못을 지키려 애썼다. 일부 민물고기들은 산란을 하려면 둥지 역할도 하고 포식자들로부터 숨을 수 있는 식생이 침대처럼 펼쳐진 잔잔하고 얕은 물이 있어야 했다(마치 일부 새들에게 키 작은 관목이 필요하듯이). 그리고 부모 물고기에게는 일정한 수온도 필요했다. 캐슬-워너 마쉬는 이 모든 조건을 충족시켰고, 거기에 더해 신생아처럼 자주 먹어야 하는 치어들의 먹이도 풍부했다. 완벽한 물고기 보육원이었던 것이다. 하지만 신생아와 아기 새들이 그렇듯, 치어 역시 오염과 교란에 취약하다. 잭의 낚시 모임이 다음 세대를 위해 이 지역에서 무럭무럭 자라는 물고기들을 보존하려면 워너의 물고기 보육원이 개발에 잠식되지 않도록 지켜야 했다.

잭과 그의 동료들이 데인카운티보존동맹Dane County Conservation League을 결성하여 영웅적인 활동을 펼쳤지만 캐슬-워너 물고기 보육원은 시가 새로운 공원 조성을 위해 배수로를 파기 시작하던 1958년부터 사라지기 시작했다. 시는 습지의 풀들을 뽑아내고 야구장을 만들기 위해 켄터키블루그래스[잔디의 대표적인 품종] 씨앗을 뿌렸다. 습지 주변 지역을 새로 포장하면서 우수의 양이 늘어났고 우수가 흐르는 속도는 누구의 예상보다도 빨라져서 유독한 온갖 잡탕을 곧장 캐슬마쉬로 실어날랐다. 1년 뒤인 1959년 야생동물담당 공무원은 강꼬치고기—20년까지 살 수 있는 대형 물고기—가 모두 사라졌다고 보고했다. 캐슬마쉬의 종말은 수변지역 개발과 오염으로 물고기 산란장이 파괴된 수십 년에 걸친 전국적 현상의 일부였다. 이제 위스콘신주의 생물학자들은 인공 양어장에서 작은 치어들을 길러서 매디슨의 호수에 방류한 뒤 어린 물고기들이 그 물을 견디기를 기도해야 하는 상황이 되었다.

잡탕 같은 우수에 똥을 추가하는 기러기는 한 가지 요인일 뿐이었다. 하지만 우수시스템 전반을 뜯어고치는 비싼 방법보다는 기러기를 표적 삼아 살상하는 "해결책"이 더 간편했다.

기러기에게 사형선고가 내려진 지 겨우 2주 뒤 나는 와일드워너의 자연산책 시리즈의 시작을 알리는 첫 새 산책에 나섰다. 화창한 토요일, 아이가 탄 유아차를 밀고 나온 부모들과 고령자 등 17명이 등장했다. 산책을 시작하자마자 우리는 워너의 습지 섬에 앉아 있는 물수리를 우연히 발견했다. 기쁨에 찬 사람들을 향해 나는 이 새가 50년 전에 멸종할 뻔했다고 이야기했다. 그런데 이제 워너의 습지를 돌아다니고 있었다. 그 직후 마치 신호라도 준 것처럼 펑크족 같은 머리 모양의 아메리카뿔호반새가 달가닥대는 시끄러운 금속성의 소리를 내며 우리 옆을 쌩하고 지나쳤다. 탐조의 매력에 흠뻑 빠진 참가자들은 감탄사를 연발하며 사진을 찍었다.

첫 공개 산책은 나 역시 워너공원에서 한 번도 본 적이 없는 또 다른 새의 화려한 등장으로 영화처럼 막을 내렸다. 물새들을 찾아 습지 섬을 살피며 개 놀이터 연결다리에 서 있는데 날개폭이 180센티미터쯤 되는 거대한 새가 습지에서 갑자기 등장해서 날개를 펼치고 낮게 날며 우리를 향해 곧바로 돌진했다. 아래를 내려다보는 노란 눈과 흰 머리가 선명하게 보였다. 사람들은 "와우!"를 연발하며 정신없이 사진을 찍었다. 워너공원의 첫번째 흰머리수리였고 내 관찰종 목록에 즉시 추가되었다.

다들 믿을 수 없다는 듯 감탄사를 터뜨리며 흰머리수리를 관찰하고 있을 때 내 옆에는 다람쥐처럼 생긴 남자아이와 그 아버지가 서 있었다. 아버지는 내게 자신이 남서부에서 수년간 미국 선주민들과 함께 인권활동을 해왔다고 말했다.

"저기, 미국 선주민들은 이걸 어떤 조짐이라고 하더라고요."

그 순간 어미 기러기들이 다리 밑으로 새끼 기러기들을 줄줄이 데리고 우리 바로 아래로 지나갔다. 남자아이는 난간에 몸을 기대고 새끼 기러기가 몇 마리인지 수를 세었다. 나는 아이에게 기러기를 보니까 어떤 기분인지 물었다.

"기러기들을 보면 뿌듯해요. 학교에 가서 친구들한테 기러기 얘기를 할 수 있잖아요. 다 같이 여기 와서 기러기를 볼 수도 있고요." 아이가 말했다.

아이의 이름은 가브리엘이었다.• 가브리엘은 자기가 열 살이라고, 아빠랑 같이 하이킹하는 걸 너무 좋아한다고, 그리고 보이스카우트인데 벌써 배지를 받았다고 이야기했다. 하지만 무엇보다 이번 가을에 서먼중등학교에서 6학년이 되고 내가 하는 새 탐조프로그램에 참여할 생각에 아주 들떠 있었다.

• 실명은 아니다. 나는 이 책에 등장하는 모든 아이의 이름을 바꿨다.

가브리엘은 기러기를 가리키며 커다란 갈색 눈으로 나를 똑바로 쳐다봤다.

"사람들이 벌써 기러기들을 죽이고 있어요?"

가브리엘의 아버지가 눈썹을 들어올리며 나를 향해 불편한 표정을 지어 보였다.

"이 애도 신문을 읽거든요."

집에 돌아온 나는 가브리엘의 말을 곰곰이 생각했다. 자신이 기러기들을 볼 수 있고, 그 기러기들을 보는 것만으로도 뿌듯하다는 말을. 그리고 기러기들은 보기도 찾기도 워낙 쉬워서 친구들과 함께 볼 수 있다는 그 말을. 나는 가브리엘의 말이 무슨 뜻인지 정확히 알았다. 2년 전 탐조를 처음 시작했을 때는 너무 힘들었다. 처음 몇 주 동안 영하 12도의 날씨에 덜덜 떨며 쌍안경 사용법을 배우는 것도 힘들었고 작은 새는 잘 찾지도 못해서 거의 포기할 뻔했다. 하지만 기러기, 오리, 독수리 같은 큰 새들은 쉽게 찾을 수 있었다. 그리고 기러기들은 빈둥대며 시간을 보내기 때문에 초보자에게는 제일 찾기 쉬운 새였다. 심지어 쌍안경이 없어도 볼 수 있다. 나는 가브리엘에게 기러기가 탐조 세계의 문을 열어준 마중물 새portal bird라는 사실을 깨달았다. 뉴올리언스에서 나에게 집참새가 처음에 그랬던 것처럼.

그래서 첫 자연산책 직후 집에 돌아온 나는 시장에게 보낼 6쪽짜리 편지를 쓰며 가브리엘과, 몇 달 뒤면 시작하게 될 어린이 프로그램에 관해 이야기했다. 나는 깃털 달린 미래의 수업조교들을 죽이지 말아달라고 간청했다. 가브리엘의 세대는 우리 세대가 일으킨 문제에 창의적인 해법으로 접근할 자격이 있다고. 살상은 전혀 창의적인 해법이 아니라고. 그리고 와일드워너의 아이디어를 전하며 대학생들과 함께 인도적인 대안을 연구하겠다고 제안했다. 그런 다음 우리 지역 시의원과 개별 공원위원들에게 내가 읽은 공항 사건 관련 자료를 바탕으로 세세한 질문 목록을 작성해서 이메일로 보냈다. 나중에 알게 된 사실이지만 매디슨시 전역에서 기러기를 살리고자 하는 성난 시민 수백 명이 보낸 기러기 몰이 항의 이메일이 공무원들에게 쇄도하고 있었다.

코앞으로 다가온 기러기 몰이에 대한 항의민원이 증가하는데다 부정적인 언론보도까지 있자 우리의 시의원은 공원위원회에 공개증언을 듣고 결정을 재고할 것을 주문했다. 수십 명의 열정 넘치는 기러기 변호인들이 자정을 넘기면서까지 이어진 불꽃 튀는 회의에 모습을 드러냈다. 그날 회의의 전반부는 자발적인 모임들이 도시 공원에 식재한 모든 과실수에 대해 특별 보험에 가입하도록(누군가 사과나 자두를 밟고 미끄러져 넘어질 경우에 대비해) 주문한 대단히 인기 없는 공원부의 신규 정책에 대한 시끌벅적한 논의였다. 매디슨의 과일견과류 모임 투사들이 기러기 변호인들 옆에 줄지어 자리를 잡았다. 이들은 표결에서 패하자 쿵쾅대며 회의장을 떠났다. 그 직후인 밤 9시 50분부터 기러기 논의의 화려한 막이 올랐다. 이번 회의에서는 위원들이 공항 대표들의 데이터에 관한 질문을 쏟아냈다. 공항 직원들은 위원들의 질문에, 특히 공항에서 발생하는 기러기 충돌사고의 통계적 위험에 관한 질문에 답을 할 수가 없었다. 그들은 매디슨에서 허드슨 형태의 사건이 일어날 가능성은 "낮다"고 말했다. 공항에는 인근 지역의 기러기 개체 자료가 전혀 없었고 워너공원에 얼마나 많은 "텃새" 기러기들이 있는지 정확하게 알지도 못했다. 공항 대표들은 공항이 기러기들을 죽이는 대신 이 기러기들이 어디에서 오는지 알아내기 위해 무선송신기 연구를 먼저 실시하자고 요청했지만 주의 야생동물 기관에서 이런 요청을 거부했다고 했다.

자정을 넘겨서야 끝난 그 회의에서 23명의 공개발언자들 중 기러기 몰이에 찬성하는 사람은 한 명도 없었다. 가브리엘이 발언했다. 가브리엘의 아버지가 발언했다. 시내에서 온 시의원이 열정적으로 발언을 했다. 이 의원이 속한 지역 선거구민들은 기러기 살상을 원치 않는다며. 동물보호단체인 휴메인 소사이어티의 대표가 발언했다. 이 대표는 가슴에 막 낳은 갓난아기를 끌어안고 자기 단체의 도시야생동물 부서가 다른 주에서 알이 부화되지 못하게 만드는 방식으로 기러기 번식을 인도적으로 통제하는 데 도움을 주고 있다고 설명했다. 알이 부화하기 전에 옥수수유를 바른 뒤 다시 둥지에 돌려놓는, 별다른 기술이 필요하지 않은 이 기러기 번식통제 전략은 많은 도시들이 성공적으로 차용하고 있었다. 휴메인 소사이어티의 대표는 매디슨시를 도와 이 일을 하겠다고 나섰다. 내 지도교수인 잭도 고개를 끄덕이며 6시간 내내 내 옆자리를 지켰다. 잭 역시 기러기를 변호하기 위해 자리에서 일어나 공원 위원들에게 기러기들을 죽이는 대신 "그들로부터 우리가 뭘 배울 수 있을지를 알아보자"고 주문했다. 위원장은 "매디슨의 전면적인 민주주의가 행동을 개시했다"며 너스레를 떨었다. 증언이 모두 끝난 뒤 위원들은 만장일치로 결정을 번복하고 우리의 기러기들에게 1년간 형 집행 연기 기간을 주기로 결정했다. 그리고 공원부에는 1년간 시 차원에서 페이스북의 기러기 친구들, 와일드워너, 대학 전문가들의 자문을 받아 도시 전역의 대안적인 기러기 관리계획을 세우도록 요청했다.

다음 날 아침 《위스콘신주 저널》에는 "새들을 석방시키다—워너공원 기러기 형 집행정지"라는 헤드라인이 찍혔다.

이제 나는 막 시작하는 어린이 프로그램에서 그 작은 소년의 얼굴을 정면으로 바라볼 수 있게 되었다.

이제 막 결성된 셔먼중등학교 탐조클럽 첫날, 나는 긴장을 풀지 못한 대학생 멘토 13명과 함께 어린이 다섯 명을 데리고 워너공원의 야생들판으로 나섰다. 위스콘신에서 커다란 호박벌들이 골든로드의 하늘거리는 노란 꽃 위에 매달려 있고 황금방울새들이 옥수수꽃을 빨아먹으며 밝은 노란색 몸통으로 줄기를 휘게 만드는 계절, 9월이었다. 밀크위드는 그 보드라운 씨앗을 내보낼 채비를 하고 있었고 이주 준비에 들어간 제왕나비들은 오렌지색과 검은색을 나부끼며 그 위에서 천천히 팔랑거렸다.

우리는 아이들을 데리고 슬레드힐로 곧장 가서 그 아래 습지를 둘러보게 했다. 다들 쌍안경을 들고 착실하게 습지 쪽을 살피는데 날개 폭이 2미터쯤 되고 키가 150센티미터는 될 것 같은 두 마리의 새가 보였다. 워너공원의 상징 캐나다두루미가 익룡처럼 날개를 펄럭이며 우리를 향해 곧장 날아오고 있었다. 원기왕성하게 부활한 이 새는 1930년경에는 위스콘신에서 몇십 쌍밖에 남지 않을 정도로 몇십 년 전만 해도 멸종 직전 상태였다. 하지만 사람들의 보존 노력 덕분에 위스콘신주에는 이제 7만 마리가 넘는 두루미가 있다. 그날 워너공원에 등장한 한 쌍은 조금 더 작은 두루미(콜트colt라고 부르는 유조)를 옆에 데리고 우리 아이들로부터 불과 몇 미터 떨어진 곳에 우아하게 착지했다. 아이들과 대학생 멘토들은 이 두루미 가족—6학년 어린이 크기의 유조와 부모 새—이 우리를 완전히 무시하고 유충을 찾으며 풀을 가볍게 쪼는 동안 환희에 차서 그 자리에 서 있었다. 쌍안경을 든 어린 사람들을 보고도 이 거대한 새들은 전혀 동요하지 않았다. 이 분주한 공원에서 날뛰는 개와 대형 풀깎기 기계와 야구경기와 불꽃놀이, 락콘서트에 이미 익숙해져 있었던 것이다.

아이들은 팔꿈치로 서로를 쿡쿡 찌르며 새 멘토들에게 어린 두루미가 부모 새보다 아주 조금 작을 뿐이라고 속삭였다. 그다음에는 습지 가장자리에서 이상하게 절도 있는 걸음걸이로 걷는 큰청왜가리 두 마리의 '왜가리쇼'를 구경했다. 대학생 멘토와 아이 들이 그 걸음걸이를 흉내내기 시작했다. 아이들은 두루미, 기러기, 왜가리가 자기들만큼이나 키가 크다며 감탄을 연발했다.

그날 오후 시간이 더 지나고 아이들은 갓 깎은 공원 풀밭에서 먹이활동을 하는 기러기를 따라다니며 200마리 넘게 세다가 결국 짜증난 새들이 분노의 날갯짓과 성난 울음소리와 기쁨에 겨운 비명소리로 야성적인 뭉게구름을 이루며 공중으로 날아가게 만들었다. 나는 인간의 무리가 날개 달린 무리를 따라다니는 모습을 지켜보고 폭이 1.5미터 안팎인 날개의 힘으로 공기가 진동하는 것을 느끼면서 이 새들이 그곳에 있는 단 하나의 이유는 우리가 그들을 위해 싸웠기 때문임을 곱씹었다.

우리 클럽은 매주 천방지축인 아이들이 하나둘 늘어나서 한 달만에 두 배가 되었다(그리고 이후 3년간 매년 두 배로 늘게 된다). 이 첫 학기에 우리 클럽은 품행이 상당히 방정해서 거의 모두가 작은 자연애호인들 같았다. 나비를 쫓아다니고 음정에 맞지도 않는 노래를 큰 소리로 부르기를 좋아하는 수렵인 소년. 매번 공원에 왔다가 돌아갈 때가 되면 나뭇잎, 막대기, 나뭇가지, 기타 여러 자연채집물이 워낙 많아져서 대학생 멘토가 학교까지 1.5킬로미터쯤 되는 거리를 같이 들어줘야 하는, 두꺼운 안경 뒤에 부엉이 같은 눈을 하고 있는 메레디스라는 어린 소녀. 쿠퍼매에 홀딱 빠진 또 다른 소년. 공원에서 [스코틀랜드 스카이섬의 독특한 지형인] "페어리글렌fairy glen"을 찾는 게 목표인 소년. 수리를 사랑하는 소녀. 그리고 자기 멘토에게 공군 조종사가 되고 싶다고 이야기한 우리의 기러기 수호자 가브리엘. 또한 가브리엘은 대학

이 일정 점수를 획득한 모든 아이들에게 주겠다고 약속한 새로운 쌍안경을 제일 먼저 받기 위해 "첫번째 새의 친구"가 되겠다고 선언했다.

그런데 오로라라고 하는 새로운 새 소녀가 합류하면서 가브리엘에게 경쟁자가 생겼다. 오로라는 엑스레이급의 놀라운 투시력을 가지고 있었다. 어느 날 오후 모두가 슬레드힐에 앉아 있는데 오로라가 갑자기 "저쪽 물에 얼룩부리논병아리다!" 하고 소리쳤다. 얼룩부리논병아리? 어떻게 이 꼬마가 이 높은 언덕에서 개 놀이터를 지나 습지에 있는 그 깨알 같은 오리를 알아볼 수 있지? 심지어 논병아리가 뭔지 안다고? 다같이 습지로 쿵쿵 내려갔더니 오로라가 말한 작은 얼룩부리논병아리가 있었다. 부들 사이에서 유유자적하는 이 회색빛이 도는 고무 오리 인형 같은 새는 오로라만큼이나 사랑스러웠다. 오로라는 노랑관상모솔새와 서부킹버드, 그리고 내가 아직 모르는 다른 새들에 관한 동화 같은 이야기, 부엉이들이 밤에 자기 방 창문을 어떻게 들여다보는지 같은 이야기를 지어내는 걸 좋아했다. 오로라의 여동생은 신장질환이 있어서 병원에 장기입원 중이었는데, 오로라는 걱정 가득한 목소리로 그 이야기를 해주면서 부모님이 많이 속상해하신다고 언급했다. 새들이 매주 소중한 몇 시간 동안 오로라가 이 모든 걸 잊을 수 있도록 도와줬던 것 같다.

그다음에는 푸에르토리코에서 온 지 얼마 안 된, 에너지 넘치는 곱슬머리의 작은 남자아이가 있었다. 이 아이는 스페인어밖에 할 줄 몰랐다. 나는 스페인어를 할 줄 알았기 때문에 이 아이를 따라다니며 다람쥐는 어떻게 깡총깡총 뛰고 얼룩다람쥐는 어떻게 종종걸음 치는

지 그 차이를 배웠지만 그 미세한 차이를 도통 식별할 수가 없었다. 얼룩다람쥐하고 아주 비슷한 느낌이 있는 그 아이는 내게 이 모임에 가입한 것은 이곳이 “탐험” 클럽이어서라고, 자신은 “뭔가를 발견”하는 걸 좋아한다고 말했다. 이 대화 덕분에 나는 ‘새의 친구 클럽’이라는 이름을 버리고 ‘자연의 탐험가들’이라는 이름을 채택했다. 그리고 나는 이 작은 소년에게서 영감을 얻어서 나의 교수방법을 “공동탐험”이라고 부르게 되었다. 새로운 아이가 합류할 때마다 우리 모임은 조금씩 야생과 더 가까워지는 듯했다.

13명의 대학생 멘토들은 대부분 상급생이었고 1학년은 세 명이었다. 한 여학생은 [자연 다큐멘터리 해설자로 활약한 동물학자] 데이비드 애튼버러만큼이나 자연에 해박해서 식물학과 조류학에 관해 나보다 훨씬 많이 아는 타고난 자연연구가였다. 또 다른 남학생은 야외에서 아주 많은 시간을 보내는 수렵인이었다. 이 학생은 위장복 차림으로 수업에 와서 아이들에게 숲속에서 소리를 내지 않고 살금살금 기어다니는 법을 가르쳐주었다. 하지만 나머지는 환경과는 무관한 전공이었다.

“당연히 보통 사람들한테 익숙한 새 정도는 알았어요. 그러니까 갈매기를 알아볼 수 있고, 펭귄도 일반적인 수준으로 보는 눈이 있어요. 하지만 그 이상은 까막눈이었어요.” 영문학 전공인 한 학생은 자신을 이렇게 설명했다.[9]

우리가 어린이들과 만나기 전 대학에서 먼저 수업을 진행한 첫날 나는 멘토들에게 워너공원 이야기를 들려주고 내가 어쩌다가 그 습지와 새들을 지키는 모임에 가담하게 되었는지 설명했다. 여러분들은 지금 워너공원을 지킨다는 대의에 발을 들인 거예요, 내가 설명했다. 시험 점수가 중요한 그런 수업이 아니라고. 앞으로 동네 어린이와 그 가족들을 위해 새로운 프로그램을 만들어서 이 공원을 지키는 데 도움을 주게 될 거라고.

나는 이 학생들에게 앞으로 뭐가 어떻게 될지 나 역시 전혀 알지 못한다고 경고했다. 인내심을 가져달라고 부탁했고 중등학생, 아니 어린이에 관해서는 전혀 모른다고도 인정했다. 운 좋게도 일부 학생들은 새에 관해서는 전혀 몰랐지만 여름캠프에서 봉사를 하거나 고등학생을 지도해본 경험이 있었다. 내가 여러분들에게 새에 관해 가르쳐 줄 테니까 여러분들은 나한테 아이들에 대해 가르쳐줘요, 나는 학생들에게 이렇게 말했다.

수의학과를 준비하는 학생들이 듣는 고급조류학 수업을 들었던 나는 그와 비슷하게 읽기, 퀴즈, 활동을 각각 20분씩 배치한 수업을 이용해서 이 호르몬이 날뛰는 중등학교 학생들을 얌전히 다스릴 생각이었다. 슬레드힐에서 야외수업을 시작할 때면 늘 "청각정보 수집" 연습을 했다. 사춘기를 앞둔 10대 초의 아이들은 20분 동안 눈을 감고 조용히 앉아서 들려오는 모든 소리를 기록해야 했다. 그렇다. 20분. 오타가 아니다. 그다음에는 함께 지평선을 훑으며 새가 있는지 살폈다. 그런 다음 나는 이 아이들과 내 학생들에게 새의 일반명과 학명에 관한 퀴즈를 냈다. 아이들이 두 이름 모두 철자를 틀리지 않으면 새 쌍안경을 얻을 수 있는 점수를 땄다. 오래전 내 수업일지를 살펴보면서 내가 야외수업에 관해 전혀 몰랐다는 사실을 깨닫는다. 아이들을 슬레드힐에 가만히 앉혀놓고 솜털딱다구리의 학명을 적게 하는 동안 붉은꼬리매가 날 좀 봐! 나 여깄지롱! 하고 소리치듯 갑자기 우리 위를 쏜살같이 가로지르곤 했다. 그러면 모든 "학습"은 날아가버렸다.

이 어이없는 루틴은 몇 주 동안 이어졌다. 그러던 어느 날 내가 꼼지락대는 아이들 앞에 서서 그날의 학습 계획을 시작하려고 하는데 아이들이 언덕에서 옆으로 굴러 내려가기 시작했다.

대학생 멘토들이 눈을 크게 뜨고 말없이 이제 저희는 어떻게 해야 해요? 하고 물으며 나를 쳐다봤다. 나는 말문이 막혀버렸다. 그랬더니 대학생들도 아이들을 따라 팔과 다리가 달린 색색의 볼링공처럼 한 명 한 명 굴러내려갔다.

아이와 대학생 모두 비명을 지르고 깔깔 웃음을 터뜨리며 아래로 내려가버리고 나만 덩그러니 슬레드힐 위에 남아버렸다. 몇 분 뒤 나는 나에게 남은 유일한 선택지를 실행했다. 클립보드와 쌍안경과 배낭을 내려놓고 안경을 벗은 다음 슬레드힐 아래로 구르기 시작한 것이다. 그리고 그걸로 20분짜리 청각정보 수집과 학명과 수업계획과는 안녕이었다.

아이들의 주도로 이 비학습 수업—워너공원에서는 상아탑 사고방식을 벗어던져야 한다는—에 모두가 참여한 뒤 우리는 진정한 탐험클럽이 되었다. 슬레드힐에서 굴러 내려가기는 우리가 탐험을 시작하는 첫 의식이 되었다. 아이들은 모든 초대손님(나무 전문가, 시 공무원, 대학교수, 학교 사서)도 우리 클럽에 "합류"하려면 언덕에서 굴러야 한다고 주장했다. 대학생 멘토와 아이들은 어디든 원하는 곳에 가서 각자 탐험을 하며 대부분의 시간을 보냈다(단, 석호는 예외였다. 누군가가 조금 너무 깊은 곳에 들어갔다가 성난 학부모의 전화를 받은 교장이 어느 금요일 아침 8시에 내게 전화를 걸어온 뒤로 나는 아이들에게 이곳은 수영클럽이 아니라고 통보해야 했다).

끝날 때는 항상 나눔의 원이라고 하는 또 다른 의식을 치렀다. 학명 퀴즈와 짧은 강의를 대체한 순서였다. 우리는 공원을 떠나기 전 어머니 가시참나무를 빙 둘러섰다. 다들 이 거대한 나무 아래 자신의 보물을 내려놓았다. 발버둥치는 두꺼비가 담긴 플라스틱 용기, 산책로에서 발견된 미국지빠귀의 완벽한 파란색 알, 냄새 나는 뇌 조각이 흘러나오는 정체를 알 수 없는 포유류의 두개골, 깡통, 오래 돼서 말라붙은 립스틱, 아이들 한 무리가 끌고 온 통나무, 그리고 항상 큰 막대기 여러 개. 우리는 큰 원을 만들었다. 대학생 멘토나 아이가 한 명씩 나와서 자신의 보물을 집어 들고 중앙으로 가져간 뒤 이야기를 풀어놓으면 우리는 귀 기울였고, 크든 작든 모든 보물에 갈채를 보냈다.

시작할 때는 수줍음이 많거나 겉도는 아이들은 자기 멘토 뒤로 숨었다. 하지만 학기가 끝날 때가 되자 6학년, 7학년생들이 가운데 나와서 자랑스럽게 두꺼비나 부들을 보여주고, 자신이 공원에 관해 쓴 시를 읽거나 별것도 아닌 걸 가지고 키득거렸다.

셔먼의 교사들과 교장은 일부 아이들, 그중에서도 특히 수줍음이 많던 아이들에게서 일어나는 변화를 감지했다. 엑스레이 같은 눈으로 새를 찾아내던 오로라는 학교에서는 좀처럼 입을 열지 않던 학생이라고 담당교사는 말했다. 하지만 우리 클럽에 가입하고 몇 달 만에 오로라는 수업시간에 발표를 자주 했고 자신이 그린 새들과 공원 그림을 교사에게 보여주었다.

그 첫 가을학기를 마무리하던 날 우리는 워너의 야생 들판에서 마지막 산책을 하며 다음 해 봄에 풍성한 대초원을 만들어줄 씨앗들을 뿌렸다. 유카잎에린지움, 비밤, 로벨리아, 애기루드베키아. 허공으로 씨앗을 던지는 우리 머리 위로 미국수리부엉이 한 마리가 지나갔다. 그런 다음 슬레드힐 위로 올라가서 워너공원을 향해 "고마워!" "잘 있어!" 하고 외친 뒤 녹색 글씨로 "너의 날개를 펼쳐라"라는 글자가 적힌 케이크와 파티가 기다리는 셔먼중등학교로 돌아왔다.

모든 아이가 필요한 점수를 채우고 쌍안경을 손에 넣었다. 물론 제일 먼저 쌍안경을 거머쥔 아이는 가브리엘이었다. 클럽을 그만두는 아이는 아무도 없었고, 다음 겨울 수업에는 더 많은 아이가 등록을 했다. 그리고 대학생 세 명은 자기 담당 아이와 활동을 계속 하고 싶다며 수업을 재수강할 수 있게 해달라고 요청했다. 수년간 학생들을 가르치면서 처음 겪는 일이었다. 학생들은 보통 낙제를 할 때만 재수강을 했다.

그 학기가 끝나고 나서 가브리엘의 아버지는 나를 집으로 불러 자기 아들에게 성탄절 휴가 동안 할 수 있는 "탐조 숙제"를 내달라고 부탁했다. 그는 가브리엘이 온라인으로 조사를 하는 방법을 배우게 하고 싶었다. 그래서 나는 가브리엘에게 워너공원의 모든 철새들이 그 겨울을 어디에서 보내는지를 알아내라는 숙제를 내주며 한동안은 소식이 없을 거라고 생각했다. 성탄절 전야에 전화벨이 울렸다. 잔뜩 신이 난 가브리엘이었다. 아이는 공원에 있는 모든 조류종의 이동범위를 나타내는 엑셀 스프레드시트를 막 보냈다고 전했다.

"메리 크리스마스, 트리시!"

이제껏 받아본 성탄절 선물 중에서 손에 꼽힐 정도로 기분 좋은 선물이었다.

나는 박사논문 "현장연구"의 일환으로 한 주에 한 번 중등학교 점심시간에 찾아가 아이들과 어울렸다. 내 연구대상은 새만이 아니었다. 복장이 터지지만 항상 신선한 흥미를 유발하는, 그리고—새들이 그렇듯—종종 놀라움을 안기는 인간 아종, 호모미들스쿨러스 역시 내 연구대상이었다. 나는 어린이용 플라스틱 의자에 엉덩이를 구겨넣고 6학년과 7학년용 테이블에 앉아서 아이들의 수다를 귀담아듣다가 종종 질문을 던지기도 했다.

어느 금요일, 아이들이 테이블에 모여 앉아서 플라스틱 식판에 담긴 음식을 못 살게 구는데 우리의 6학년 탐험가 한 명이 우리 클럽에 신입회원을 영입하려는 시도를 하고 있었다. 아이는 친구를 설득하려 최선을 다하는 중이었다. 나는 공원에 있는 매나 큰청왜가리에 관해, 아니면 아이들이 슬레드힐에서 어떻게 옆구르기를 하게 됐는지에 대해 뭔가 이야기할 거라고 기대하며 몸을 앞으로 기울였다. 하지만 아이의 핵심 주장은 이거였다. “거기 진짜 끝내줘. 너한테 대학생도 준다고.”

매디슨에는 내가 절대 잊지 못할 한 남자아이가 있었다. 아이에게 대학생을 “준다”는게 무슨 의미인지 가르쳐준 아이다. 나는 이 아이를 제러미라고 부를 것이다. 그 첫해에 제러미는 대체 우리 클럽에 왜 왔을까 싶은 아이였다. 자연을 별로 좋아하지도 않았고, 성탄절 휴가에 새의 이주에 관한 ‘숙제’를 따로 하는 그런 부류도 아니었다. 제러미는 막대기로 나무를 후려치는 것 말고는 어디에도 관심이 없어 보였다. 키가 크고 물풀처럼 흐느적대는 이 아이는 아주 말수가 없었고, 노려보지만 않으면 귀여운 인상이었다. 나는 제러미의 짝으로 뚝심이 있어 보이는 영문학 전공 학부생 존을 붙여주었다. 존도 제러미처럼 키가 컸다. 두 사람이 같이 걷고 있으면 꼭 형제 같았다. 나는 제러미의 새에 대한 무관심을 존이 자기 개인의 문제로 여기지 않을 거라고 생각했다. 그리고 제러미가 우리 클럽에서 중도하차할 거라고 넘겨짚었다.

하지만 한 주가 지나고 두 주가 지나도 제러미는 클럽에 나와서 존과 나란히 걸었다. 제러미는 학교의 사회복지사가 그만두라고 소리를 빽빽 지르는데도 석호의 얼음 위에서 걷거나 그 얼음 위에 놓인 다리에 원숭이처럼 매달리기 같은 위험한 짓을 늘 했다. 좀처럼 미소를 보기 힘들었다.

존은 처음에는 인내심을 보였다. 제러미가 한 번씩 퉁명스럽게 중얼거리는 소리를 듣고 집에 뭔가 일이 있다는 걸 눈치챈 존은 밖에 있는 것만으로도 제러미에게 도움이 될 거라 생각했고, 아이가 나무에 올라가는 걸 진짜 좋아한다는 걸 알게 되었다. 하지만 여러 주 뒤 존은 좌절감을 느꼈다. 다른 대학생들은 독수리의 행태나 북슬북슬한 곰들의 겨울나기를 주제로 짧은 발표를 할 줄 아는 완벽하고 귀여운 새의 친구들의 멘토로 활동했다. 그런 학생 멘토들은 우리 수업에서 자기가 맡은 어린이에 관해 자랑을 늘어놓기도 했다.

어느 날 존이 내 연구실로 찾아왔다. 존은 의자에 털썩 주저 앉더니 자신이 "실패자가 된 기분"이라고 털어놓았다. 제러미는 아무것도 배우려 하지 않았고 배우고 싶어 하지도 않았다. 존은 제러미가 어째서 우리 클럽에 계속 나오는지 알 수가 없었다. 그건 나도 마찬가지였지만 몇 년 전 앨라배마 로치포카의 한 고등학교에서 저널리즘 봉사-학습 연계형 프로그램을 만들려고 애쓰고 있을 때 그 학교의 아프리카계 미국인 교장이 했던 조언이 떠올랐다.

"트리시." 교장은 자신의 책상에서 몸을 앞으로 기울이며 내 눈을 쳐다보고 말했다. "학생들은 당신이 얼마나 많이 마음을 쓰는지 자기들이 알게 되기 전에는 당신이 얼마나 아는지에는 관심 없어요."

나는 존에게 이 이야기를 들려주며 제러미와 함께 그냥 계속 걸어다니라고 말했다. "제러미는 네가 좋아서 계속 오는 것 같구나. 그리고 이유는 모르겠지만 걔는 네가 필요한 것 같아."

존은 봄에 그 수업을 재수강하겠다고 결정한 세 멘토 중 하나였다. 그저 제러미와 함께 계속 걸어다니기 위해서. 나는 존의 헌신 덕분에 제러미가 새와 공원에 약간 관심을 보일지 모른다는 희망을 남 몰래 품었다. 하지만 제러미는 털끝 하나 바뀌지 않았다. 첫 겨울 내내 이 둘은 눈 속을 헤치며 돌아다녔고 존은 제러미가 자기 자신이나 다른 누구에게 피해를 주지 않는지만 신경썼다. 그러다가 존이 제러미가 쓸 수 있도록 클럽에 비디오 카메라를 들고 오기 시작했다. 존은 제러미에게 짧은 영화를 만드는 법을 가르쳐볼까 희망을 품었다. 하지만 소년은 달랑거리는 잎사귀를 2분간 촬영했고 그걸로 제러미의 영화제작 경력은 끝이었다.

3월의 어느 날 나는 셔먼중등학교 급식실로 향하다가 복도에 서서 학교 게시판을 찬찬히 살펴보았다. 교직원들은 꾸준히 아이들을 칭찬했는데 그 복도에는 아이들의 성취를 치하하는 사진이 담긴 액자가 가득했다. 한 게시판은 학교의 "리더들"에게 할애되어 있었다. 나는 거기에 제러미의 얼굴사진이 대문짝만 하게 박혀 있는 걸 보고 놀라움을 금치 못했다. 학생 "리더" 한 명 한 명의 사진 아래에는 "올해 당신에게 일어난 가장 중요한 일은 무엇입니까?"라는 질문이 달려 있었다.

제러미의 대답은 "어머니가 돌아가셨다"였다.

그 게시판 앞에 오래도록 서 있던 것을 기억한다. 뒤에서 아이들과 교사들이 분주하게 급식실을 향해 가던 소리를 기억한다. 그리고 그 문장을 반복해서 읽고 또 읽으며 그냥 서 있던 것을 기억한다. 갑자기 모든 것이 이해가 되는 것 같지만 다른 한편으로는 아무것도 이해할 수 없을 것만 같은 기분으로. 그 순간 나는 나와 내 학생들이 이 아이들과 그들의 삶에 대해 얼마나 모르는지를 깨달았다.

몇 주 뒤 그 첫 해가 끝나기 직전 나는 저명한 조류학자가 매디슨을 방문한다고 우리 클럽에 알렸다. 미국에서 몇 안 되는 아프리카계 미국인 조류학자 중 한 명이자 우리 수업 교재중 하나인 『모두를 위한 탐조: 유색인종이 탐조인이 되도록 장려하며』라는 책을 쓴 존 C. 로빈슨John C. Robinson이 우리 클럽을 이끌고 워너공원을 누빌 예정이었다. 내 관찰종 조사는 몇 달째 99종에서 멈춰 있었다. 100번째 새를 찾아내려면 이 전문가의 도움이 필요했다.

로빈슨의 방문은 우리 클럽에는 공식 데뷔 파티가, 와일드 워너에는 대단히 좋은 홍보기회가 될 것이었기에 나는 언론을 초대했다. 그 큰 행사가 열리기 전 주 나는 아이들에게 우리의 작가 손님과 기자들에게 좋은 인상을 남길 수 있게끔 새에 관한 연설을 해줄 사람이 필요하다고 말했다. 나는 내심 기러기를 대변하고, 철새 이동범위를 기록한 엑셀 스프레드시트를 만들어낸 놀라운 소년 가브리엘이 자원하지 않을까 생각했다. 그런데 제러미가 손을 번쩍 들었다. 존과 나는 불안한 눈빛을 주고받았다. 우리가 아는 한 제러미는 새에 관해서는 아무것도 몰랐다. 막대기로 나무를 내려치는 일에 관해서라면 분명 많이 알았지만.

한 주가 지나고 제러미가 우리 클럽 아이들과 존 로빈슨과 《더캐피탈타임스》에서 나온 기자 앞에 섰다. 손글씨로 적은 두 장의 공책을 꼭 쥔 아이의 손이 미세하게 떨리고 있었다. 존이 아이를 응원하기 위해 그 옆에 서서 한 손을 제러미의 어깨에 올려놓고 있었다. 13살 소년은 떨리고 갈라지는 목소리로 이렇게 선포했다. "저는 여기 있는 누구보다 잘 할 자신이 있어요." 제러미는 새에 관한 18가지 재미있고 매력적인 사실들을 읽어나갔고 기자는 열심히 받아적었다. 그런 다음 우리는 모두 공원으로 걸어갔고 존 로빈슨은 헤디의 마당 바로 옆을 지나 워너공원에 들어서자마자 나의 100번째 새 노랑배수액빨이딱따구리를 찾아냈다(나는 이 새를 천 번 정도는 지나쳤을 텐데도 알아차리지 못했다). 정말 완벽하게 멋진 날이었다. 기자가 다른 아이들이나 유명 조류학자는 제쳐두고 우리의 새로운 탐조 신동 제러미에게 찰싹 달라붙어서 떨어질 줄 몰랐다는 사실만 빼면.

다음 날 아침 약간 조마조마한 마음으로 《더캐피탈타임스》를 집어든 나는 우리의 신진 전문가 제러미가 새에 관해 열심히 떠들어댔다는 사실을 알게 되었다. "새로운 종을 발견할 때면 진짜 근사해요. 제가 제일 좋아하는 새는 아무래도 유리멧새라고 해야 할 것 같아요. 깃털이 사실은 검은색인데 빛이 깃털에서 굴절되면 진짜 끝내주는 파란색으로 보이거든요."[10]

이게 다 무슨 소리람? 이 아이가 유리멧새를 언제 봤지? 이 새들은 아직 남쪽에 있었고 북쪽으로 돌아오지 않은 상태였다. 대체 얘가 "굴절"이 무슨 말인지 어떻게 알고 있는 거지? 얘한테 무슨 일이 있었던 거지?

나만큼이나 어안이 벙벙했던 존이 제러미에게 물어보았고 아이는 이렇게 답했다. 한 달 전 제러미는 "너무너무 나쁜" 어떤 짓을 저질렀다. 아이는 벌로 한 달 동안 (탐조클럽을 제외하고) 근신처분을 받았다. 집에 있던 제러미는 너무 지루했고, 그래서 존이 선물로 준 도감을 집어들고 읽기 시작했다. 아이는 그 도감에 홀딱 반해서 두 번이나 읽었고 제일 좋아하는 구절에는 밑줄도 그었다. 그리고 이 슬픔에 젖은 소년에게 햇빛을 색채로 탈바꿈하는 유리멧새의 능력—어두운 곳에서는 칙칙한 회색 생명체가 날개를 펄럭이는 반짝이는 사파이어로 변신하는 능력—은 그 책장을 뚫고 나와 마음을 사로잡는 이야기가 되었다.

CHAPTER

9

기러기 전쟁

하지만 허망하게도 그 외로운 자들의 희망은 불탔고,
야생 기러기—그 야생 기러기—그들은 다시는 돌아오지 않았다.

마이클 조셉 배리Michael Joseph Barry

어린이 프로그램에 착수하기 전 여름, 워너공원 안팎에서 긴장이 고조되기 시작했다. 그 영화 같았던 공원위원회 회의 발언자 가운데 기러기에 대해 부정적인 입장은 한 명도 없었기 때문에 나는 대부분의 사람들이 이 커다란 새를 좋아한다고 넘겨짚어버렸다. 하지만 그 지레짐작은 내가 공원과 그곳의 동물에 관해 품었던 다른 많은 생각들처럼 완전히 헛다리였다. 우리 동네는 기러기 애호파와 기러기 증오파로 갈라지기 시작했다.

2010년 6월 23일 아침, 워너공원에서 탐조를 하던 나는 한쪽 다리가 비틀린 채 산책로 한복판에서 죽어 있는 어린 기러기 한 마리를 발견했다. 무언가에 치인 것 같았다. 아직 온기가 남아 있는 기러기의 깃털에는 누군가의 소행인 듯한 오렌지색 껌이 붙어 있었다. 그다음 순간 나는 킬킬대는 웃음소리를 들었다. 겨우 몇 미터 떨어진 곳에서 젊은 공원직원 세 명이 공원관리용 차량 옆에 서서 웃고 있었다. 나는 그 사람들이 지켜보며 계속 웃고 있는 가운데 죽은 기러기 사진을 찍었다.

나흘 뒤인 일요일 밤, 기러기와 박쥐와 워너공원에서 살아가는 모든 생명을 사랑하는 나의 공원친구 샌디가 개 윌리를 데리고 공원을 가로질러 새벽 2시에 산책을 하고 있었다. 습지 가장자리에 도착한 샌디는 어떤 "정신 나간" 남자가 물쪽으로 도망치는 기러기를 때리려고 각목을 휘두르는 모습을 발견했다. 이 기러기는 털갈이 중이었기 때문에 날아서 피하지 못했다. 샌디는 이 기러기 살해범에게 소리를 지르며 항의했다. 남자는 습지로 몸을 피한 기러기를 공격하는 대신 샌디에게 달려들어 쓰러뜨렸고 이 과정에서 샌디의 안경이 날아갔다. 샌디는 크게 다치지 않았고 기러기를 지켜낸 행동에 일말의 후회도 없었다.

그로부터 일주일도 되지 않아서, 매년 열리는 요란한 불꽃축제가 진행되던 어느 시점에 멘도타 호수로 몸을 피하려고 워너공원의 경계에 해당하는 주 도로를 건너려던 기러기 한 쌍—암수로 된 짝꿍—이 불꽃에 열광한 사람들이 몰던 차에 치이는 일이 일어났다. 나는 다음 날 아침 한 쌍의 사체가 아스팔트 위에 굳어 있는 모습을 발견했고, 나중에 한 운전자가 동네 블로그에 올린 포스트를 읽었다. 자기 앞에 있던 차량이 짝꿍을 따라 도로 중간에서 정신없이 달려가던 기러기 한 마리를 뭉개려는 의도로 일부러 방향을 트는 걸 보며 속이 메슥거렸다는 내용이었다. 매년 이 불꽃놀이 직전이면 깃갈이를 하느라 날지 못하게 된 부모 기러기들은 워너공원의 캐나다두루미들과 마찬가지로, 공원 밖으로 안전한 장소를 찾아 어린 가족을 데리고 떠나면서 그 도로를 지나 뒤뚱뒤뚱 호수로 향했다. 생물학자들에 따르면 기러기는 똑똑하고 극성인 부모이고, 그 양육시스템은 유인원과 유사하다.[1] 수명은 25년 이상이며 평생 짝을 바꾸지 않기도 해서 가족 간의 유대가 대단히 끈끈하다.

짐과 나는 어느 순간 사람들이 개 목줄 규정을 무시하고 자기 개들이 기러기와 새끼 기러기들을 쫓아다니게 내버려두고 있다는 걸 알아차렸다. 어떤 오십쯤 된 금발머리는 큰 개 두 마리가 기러기들을 쫓게 부추기면서 신이 나서 이렇게 떠들었다. "저걸 몰아내는 건 괜찮아요. 저게 공원을 망치고 있잖아요. 공원부가 저것들을 없앤다잖아요, 개를 풀고 총으로 쏴서 죽인다고."

나는 이게 무슨 일인지 이해할 수가 없었다. 어째서 사람들은 기러기를 이렇게까지 증오하는 거지?

나는 그해 어느 찜통 같은 늦여름에 우리 집 근처에서 열린 중고장터에 들렀다. 흔히 볼 수 있는 삭아가는 신발들과 책더미 사이에 위스콘신의 한 예술가가 그린 멋들어진 습지의 큰캐나다기러기 그림이 있었다. 나는 주인에게 이 그림이 얼마인지 물었다.

"요즘엔 아무도 기러기 그림을 안 좋아하는데." 물건 주인은 거의 침을 뱉듯 이렇게 말했다. "기러기는 더럽잖아. 똥 때문에 워너공원 잔디밭에서 피크닉도 제대로 못하는 걸."

나는 매일 그 잔디에 늘어져서 새들을 관찰하는데요, 내가 그림 주인에게 말했다. 난 한 번도 똥 위에 앉은 적이 없었다. 하지만 그림 주인이 내 말을 믿지 않는다는 걸 알 수 있었다. 나는 "그들", 그러니까 기러기 애호파 중 하나로 찍힌 상태였다. 나는 그림값으로 이삼 달러를 건네고 물건 주인의 적개심에 어리둥절해하며 집으로 걸어왔다.

와일드워너의 막강한 기러기 소위원회는 그해 여름 연구과제를 서로 분담했다(나머지 회원들은 습지 보호와 나무 심기 같은 일을 꾸준히 해나갔다). 몇몇 기러기 소위원들은 기러기를 매일 관찰하고 수를 세어서 시에 제출할 실제 개체수를 확인하겠다고 자청했다. 기러기 몰이가 도시 전역에서 실시될지 모른다는 우려 때문에, 내 탐조 친구 스테이시는 매디슨의 반대편에서 열리는 시의 기러기 관리 위원회에 들어갔다.

인간과 기러기의 관계를 조사하던 나는 워너의 전쟁이 미국 전역에서, 그리고 전 세계적으로 벌어지고 있는 수십 건, 아니 어쩌면 수백 건의 기러기 갈등 중 하나에 불과하다는 사실을 알게 되었다. 내가 조사를 통해 할 일은 다른 도시들이 인간과 새 모두에게 유리한 방향으로 이 갈등을 어떻게 해결했는지를 알아내는 것이었다. 그러다 보니 자연스럽게 기즈피스GeesePeace를 알게 되었다.

기즈피스의 설립자 데이비드 펠드David Feld는 브루클린 억양이 강한 우주항공 공학자로,[2] 워싱턴 D. C. 외곽 순환도로에서 겨우 10킬로미터 남짓 떨어진 버지니아 페어펙스의 한 전원적인 호숫가 동네 레이크 바크로프트Lake Barcroft에 살았다. 1200세대의 주택 소유주들이 다섯 곳의 호반과 작은 섬에 접근할 수 있는 동네로, 독립기념일 행사와 할로윈 행진과 저녁식사 모임과 포커 치는 날 행사를 자체적으로 갖는 결속력이 높은 곳이었다. 그러다가 1990년대에 100여 마리의 번식력 좋은 큰캐나다기러기 떼가 135에이커 면적의 호수로 이사를 왔다. 펠드는 주민회 회장이었다.

그는 새로 이사 온 기러기 이웃에 대해서는 전혀 아는 게 없었다. 하지만 워싱턴 D. C.에서 매년 열리는 근린조직회의 자리에서 거의 전쟁이 터졌고, 펠드는 하루라도 빨리 브란타 카나덴시스*Branta canadensis*[큰캐나다기러기의 학명]를 공부해야 했다.

"나는 혼자 중얼거렸죠. 대체 이 기러기들이 뭐가 문제라는 거야? 그런데 누가 일어서서 그러는 겁니다. '기러기를 죽여야 해요.' 그러면 다른 사람이 일어서서 또 그러는 거야. '기러기를 죽여야 해요.' 그랬더니 누가 일어서서 그랬어요, '내 눈에 흙이 들어가기 전에는 안 돼.' 그러니까 또 다른 사람이 일어나서 말했지요. '좋아. 당신 눈에 흙을 넣어주지.'" 펠드가 내게 해준 이야기였다.

"그러다가 지팡이를 짚은 한 나이 든 숙녀분이 앞으로 걸어나왔어요. 그분이 자기 머리 위로 지팡이를 치켜들더니 '기러기를 죽여야 해! 기러기를 죽여야 해! 기러기를 죽여야 해!' 그러셨죠."

공학자인 펠드는 문제해결을 좋아했다. 그는 전국에서 시행되는 기러기 관리 전략을 조사했고 살상을 하지 않고 2년 만에 바크로프트 호수의 기러기 개체수를 100마리 남짓에서 거의 0마리로 낮춘 해법을 찾아냈다. 다코타라는 이름의 훈련된 보더콜리로 기러기들을 몰아내는 전략이 제대로 먹혔던 것이다.[3] 또한 자원활동가들이 기러기 알 하나하나에 배아 발달중지 처리를 해서 개체수 증가를 막았다. 주택 소유주 모임은 돈을 걷어서 이 보더콜리를 구입했다. 호숫가에 있는 주택 소유주들은 25달러를 냈고 나머지는 모두 10달러를 냈다(20여 년이 지난 2021년, 이 모델은 아직도 바크로프트 호수에서 작동하고 있었다. 주민들은 특히 코로나 팬데믹 기간 동안 기러기 구경을 즐겼다).[4]

펠드와 주민회는 다른 지역들이 기러기 전쟁에 막을 내리도록 도움을 주기 위해 기즈피스를 설립했다.[5] 이 단체는 종국에는 10개 주와 2개국에 있는 27개 지역에 기러기 개체수를 인도적으로 감소시키는 방법을 알려주었다. 이들의 방법 중에는 둥지 모니터링과 발달중지처리를 통한 번식 통제, 보더콜리, 녹색 레이저, 전기차량, 개 허수아비(풀숲에 개 모양 허수아비를 박아놓고 바람에 나부끼게 한다) 같은 것들이 있었다.

펠드에게 가장 중요한 결정은 어떤 전략을 사용할지가 아니라 죽이지 않는다는 결정이었다. "공동체 구조를, 그리고 공동체를 공동체이게 하는 결속력을 저해하는 비용을 고려해야 해요. 사람들이 협조하지 않거나, 자기들이 한 행동을 자랑스러워하지 않으면 그게 다 비용이에요. 사람들이 자기 자식들에게 설명할 수 없거나 설명하고 싶지 않은 일을 할 때 그것도 비용이죠. 기즈피스 모델은 결속력을 해법으로 활용하는 거지요. 거의 모두가 받아들일 수 있는 해법을 선택하면 사람들은 다른 사안에서도 협력할 겁니다."

펠드의 기즈피스는 매디슨에도 안성맞춤일 것 같았지만 펠드는 시 당국이 자신을 초청해야만 도움을 주려 했다. 그래서 그 여름에 조사결과를 바탕으로 와일드워너의 정책보고서를 작성한 다음 기자회견을 열어 발표했다. 그 보고서는 기즈피스의 여러 방법뿐만 아니라 국제적으로 시행되는 다른 대안적인 전략들을 설명한 다음 시 전역에서 시민과학 프로젝트를 시행하면 와일드워너 역시 함께 협력하겠다고 제안했다. 우리는 매디슨 공항이 시카고 오헤어 공항의 모범을 따를 것을 권고하기도 했다. 오헤어 공항에서는 공항 직원들이 지역의 식생을 활용해 "야생동물 비친화형 공항"을 설계하는 실험을 하는 중이었는데, 이는 캐나다와 네덜란드에서 채택한 전략과도 유사했다.[6] 이런 맥락에서 우리는 공원부에게 키가 큰 토종 초본으로 워너의 습지 가장자리를 복원하여 이 습지를 기러기들이 별로 선호하지 않는 곳으로 만들자고 제안했다. 부모 기러기들은 포식자가 오는지 감시하기 위해 시야가 트인 곳을 좋아하기 때문이다. 우리는 시가 공원 곳곳에서 벌이는 풀깎기 작업을 자제해서 기러기 먹이 공급을 줄이기를 바랐다. 시는 공원 방문객들에게는 기러기에게 빵을 주지 말라고 경고하고 그런 행동을 하는 사람은 소환할 거라고 엄포까지 놓으면서 정작 자기들은 매주 갓 자른 녹색 풀들로 기러기에게 뷔페를 차려주고 있었다.

시는 우리의 제안을 무시했다. 대신 대학과 야생동물 전문가들이 일련의 공개포럼을 개최했다. 이 행사에서 야생동물 관리자들은 시종일관 기러기 몰이를 해야 한다고 주장했다. 또한 이들은 워너의 기러기들은 이동하지 않는다고, 그것 때문에 똥 문제가 더 골치이고, 그래서 워너의 물이 더러워졌으며, 공항도 더 위험해진 거라고 주장했다. 기러기 한 마리는 하루 평균 600그램의 똥을 만들어냈다.

나는 어째서 야생동물 관리자들이 공원에 있는 개똥은 전혀 거론하지 않는지 의아했다. 워너공원의 개 놀이터는 매디슨에서 가장 인기 있는 곳 중 하나였다. 안타깝게도 그곳은 습지의 물가 쪽에 위치하고 있었다. 그래서 견주가 개똥을 수거하지 않으면 똥은 결국 축축한 테니스공과 개 장난감과 함께 물속으로 들어갔다. 중형견 한 마리는 하루에 450그램 정도의 똥을 만들어내고 그 똥은 기러기 분변과는 다르게 생태계에서 쉽게 분해되지 않았다. 나는 그 개 놀이터를 사랑했고 나의 거친 남부 출신 개들을 그곳에 매일 데려갔지만 애당초 개 놀이터를 습지 안쪽에 지어서는 안 되는 일이었다.[7]

나는 어째서 야생동물 관리자들이 계속해서 워너의 기러기들이 이동하지 않는다고 주장하는지도 의아했다. 11월 말부터 2월 중순 사이에 워너를 가로 질러 산책해본 사람이라면 습지가 꽁꽁 얼어버리기 때문에 기러기들이 공원을 떠나지 않을 수 없다는 사실을 알았다. 하지만 이 기러기들은 어디로 가는 걸까?

몇 년 전 워너의 기러기들에게 가락지를 부착한 적이 있다는 사실을 알고 나는 메릴랜드에 있는 연방 조류 가락지 부착 연구실에 전화를 걸어 워너의 기러기에 관한 이동기록을 가지고 있는지 문의했다. 연구자는 워너의 기러기 132마리에게 가락지를 부착한 지 2년이 안 되어 52마리가 죽었는데 그중 43마리가 위스콘신, 미네소타, 미주리, 일리노이, 인디애나, 켄터키, 총 6개 주에서 사냥꾼의 총에 맞아 죽었다고 알려주었다. 워너의 기러기들은 600킬로미터 넘는 먼 곳까지도 이동했던 것이다.[8]

2010년, 기러기 전쟁이 시작되었을 때 워너공원에는 아직도 100마리가 넘는 기러기가 있었다. 이는 다른 곳에서 새로운 기러기들이 찾아와 사냥당한 기러기들의 빈 자리를 채웠다는 의미였다(아니면 사냥당한 기러기의 새끼들이 워너 공원으로 돌아왔거나). 이 사실을 통해 만일 공원부가 기러기 알 발달중지처리로 기러기 번식을 통제하지 않고 물가에서 계속 풀을 깎아댈 경우—우리 공원에서만이 아니라 매디슨의 모든 공원에서—새로운 기러기들이 계속 생겨나고 기러기 몰이는 연례행사로 자리잡게 될지 모른다는 우리의 두려움이 확실한 근거를 갖게 되었다.

그리고 시 전문가들은 계속해서 기러기의 개체수가 "통제불가"라는 말을 반복했다. 그 표현은 마치 기러기가 난데없이 우리 도시로 날아든 침입자라는 인상을 주었다. 화석의 기록을 보면 큰캐나다기러기들은 빙하가 물러나던 홍적세 말엽부터, 그러니까 최소 1만2000년 전부터 중서부에 있었다.[9] 하지만 나는 알고 싶었다. 이 매디슨에서, 특히 워너공원 지역에서는 기러기가 얼마나 오래전부터 살았을까?

여기서부터가 논문 연구의 재미난 부분이다. 어이없는 문제를 붙들고 늘어져야 할 때도 있지만 어떨 땐 누눅한 먼지투성이 자료실에서 상아탑에 갇혀 경직된 머리를 산뜻하게 날려주는 물건을 발견하기도 한다.

나는 위스콘신역사협회의 대리석으로 장식된 복잡한 미로 깊이 들어가 과거의 기러기에 대한 연구를 시작했다. 거기서 근 50년 동안 개발업자들이 다 망가뜨리기 전에 매디슨의 선주민 유적을 발굴하고 보존하기 위해 힘쓴 용감한 고고학 독학자 찰스 E. 브라운의 개인자료들을 파헤쳤다.

나는 1830년대와 1840년대에 유럽 정착민들이 매디슨의 네 호수지역에 들어왔을 때 특히 호수와 하천을 따라 거의 완전히 인공적으로 빚어진 경관을 마주했다는 사실을 알게 되었다. 진흙과 붉은 점토 위로 오래된 봉분들이 솟아 있었는데, 많은 수가 원뿔 모양이었고, 백여 미터 넘게 구불구불 길게 이어진 선 모양도 있었다. 최소 200개의 봉분이 새, 포유류, "물정령" 같은 형상이었다.[10] 중서부에는 미국의 다른 어떤 지역보다 이런 봉분이 많았다. 매디슨에는 봉분이 어찌나 많았던지—1300개로 추정—한 고고학자는 매디슨을 “봉분의 도시”라고 부를 정도였다.[11]

나는 이 기러기 조사에 돌입하기 전까지만 해도 우리가 오래된 봉분 위에서 살고 있다는 사실을 전혀 몰랐다. 그런데 알고 보니 우리 대학 기숙사는 성스러운 봉분 위에 지어져 있었고, 내가 좋아하는 강당 중 몇 곳도 봉분 위에 자리했다. 매디슨의 공원들, 컨트리클럽, 골프코스, 그리고 어쩌면 많은 주차장들 역시 파괴된 봉분 위에 자리를 잡고 있는지도 몰랐다. 고고학자들은 위스콘신의 선주민들이 약 1000년 전, 그러니까 기원후 700년부터 1100년 사이에 조형물 건축 붐이 일어났을 때 위스콘신에 최소한 1만5000개의 봉분을 만들었다고 생각한다.[12]

매디슨에서는 많은 봉분이 새 모양이었다. 나는 북아메리카에서 가장 큰 새 형상의 봉분이 워너공원에서 불과 몇 분 거리에 있었다는 사실을 알게 되었다. 풀이 무성하고 흙으로 빚어진 날개는 아직도 예전 정신병원 건물 앞에서 200미터 가까이 이어졌다. 학자들은 그 봉분이 독수리나 콘도르를 상징한다고 생각했다.

매디슨에서 기러기들이 얼마나 오래 살았을까라는 내 질문에 대한 대답은 찰스 브라운의 서류 가운데 21번 상자, 2번 파일 폴더에 들어 있었다. 브라운이 쉬지 않고 손을 놀려 현장조사기록지에 어떤 봉분을 검은 잉크로 그려놓았던 것이다. 아이라 해도 그게 아주 커다란 기러기라는 걸 알아볼 수 있었으리라. 다이아몬드 모양의 머리, 길고 구불구불한 목, 길게 뻗어나가다가 살짝 꺾인 날개, 넓고 날렵한 꼬리.

브란타 카나덴시스가 매디슨의 진흙 위로 솟아올라 있었다. 아마도 1000년 전 여러 사람이 손을 모아 그 봉분을 만들었으리라.

『땅의 정령들: 매디슨과 네 호수의 형상 봉분 경관Spirits of Earth: The Effigy Mound Landscape of Madison and the Four Lakes』을 쓴 로버트 버밍엄에 따르면 찰스 브라운의 그림은 매디슨에 있는 거대한 기러기 봉분 열 개 중 하나를 나타낸 것이었다. 버밍엄의 책에는 호수와 습지 곳곳에 있는 기러기 봉분을 나타낸 지도가 있었다. 거대한 새들이 물을 향해 날아가거나 물에서 막 빠져나오는 모습이었다. 그중에는 워너공원에서 가까운 봉분도 있었다. 그리고 버밍엄에 따르면 매디슨은 미국에서 날개 끝이 구부러진 기러기 봉분이 있는 유일한 곳이었다. 그는 이 기러기를 "네 호수의 상징"이라고 불렀다.[13]

위스콘신주의 전직 고고학자는 이렇게 적었다. "네 호수에서 눈에 띄는 기러기 같은 이주형 물새들의 봉분은 땅의 순환적인 죽음과 재탄생을 분명하게 나타내는 상징이다. 기러기는 가을에 떠나고 봄이면 돌아온다."[14]

찰스 브라운의 세심한 기록 안에는 워너공원의 환경사에 관한 다른 단서들도 있었다. 1939년 5월 28일, 브라운은 나중에 워너공원이 되는 지역을 탐사하다가 부싯돌 조각과 깨진 암석 파편 같은 것들을 발견했다. 어쩌면 수천 년 전에 이 워너의 습지 섬에 고대의 작업장이 있었으리라는 증거였다.[15] 무엇보다 브라운의 서류 파일에서 눈물샘을 자극한 보물은 워너공원 경계에서 56걸음 떨어진 곳에 있는 새 형상의 봉분에서 그가 발견한 것이었다. 이 새 봉분의 날개는 50미터,

그 몸통은 약 20미터 정도였는데, 브라운은 그 중앙의 "지하 매장층"에서 수백 년 전에 매장된 9세 어린이의 유골과 치아를 발견했다.[16]

많은 고고학자들이 당시에는 동물 형상 봉분의 중심에 매장된 사람은 해당 동물 및 그 정령과 하나가 된다는 믿음이 있었다고 추정한다.[17] 이 매장 봉분—어린아이의 무덤—위에는 1950년대에 주택지구가 들어섰다. 매주 수요일마다 내 대학생들과 중등학생들은 바로 그 봉분이 있던 자리를 지나쳐 걸었다. 바로 밑에 있는 습지의 구석에 숨어 있는 백로를 관찰하고 웃고 소리지르고 뛰어다니는, 길들여지지 않은 어린 사람들이 새 떼처럼 그곳을 지나다녔다. 수백 년 전에 세상을 떠난 그 아이를 기리는 물건이나 표시 같은 건 전혀 없었다. 나는 지금도 궁금하다. 이 새-아이는 누구였을까? 어떻게 죽었을까? 그리고 이 장소의 새들은 그들과 그 부족에게 어떤 의미였을까?

이미 1900년대에, 다른 많은 물새종들이 과도한 수렵과 습지 파괴로 사라지기 시작했을 때, 큰캐나다기러기의 개체수 역시 전국적으로 곤두박질쳤다. 아종 중 하나로 워너공원에서 둥지를 틀고 지금 거론되는 기러기 몰이의 표적인 자이언트캐나다기러기는 1960년대만 해도 완전히 사라져서 야생에서는 멸종된 것으로 간주되었다. 전국의 생물학자들은 수십 년간 이 새를 다시 복원하려고 애썼는데, 이중에는 『모래군의 열두 달』에서 기러기에게 불멸의 영광을 안긴 알도 레도

폴드도 있었다.

> 구름 속에서 나는 희미하게 뭔가가 짖는 소리를 듣는다. 꼭 먼 곳에 개라도 짖는 것 같다. 온세상이 귀를 쫑긋 세우고 궁금해하다니 이상하기도 하다… 낮은 구름에서 그 무리가 등장한다. 찢어진 깃발 같은 새 떼들이 삐뚤삐뚤, 위로 아래로, 이쪽으로 몰렸다가 저쪽으로 흩어졌다, 하지만 앞으로 나아가고 있다. 바람이 키질하듯 까부는 날개와 애정을 담아 몸싸움을 벌인다. 그 무리가 먼 하늘에서 흐릿한 흔적으로 남는 순간 나는 마지막 끼룩 소리를 듣는다. 여름이 끝났음을 알리는 소리… 이제 유목 뒤편은 따뜻하다. 바람이 기러기와 함께 떠난 까닭에. 내가 바람이라면 같이 떠나련만.[18]

위스콘신을 비롯한 여러 주에서 생물학자들은 포획된 큰캐나다기러기를 사육한 다음, 날아가는 야생의 기러기들을 유혹하는 살아 있는 미끼로 활용했다.[19] 태어날 때 이미 이동하는 방법을 알고 있는 새들도 있지만 부모로부터 그 방법을 배워야 하는 종도 있는데 큰캐나다기러기들은 이런 부류에 속한다. 하지만 생물학자들은 포획된 기러기들에게 이주하는 방법을 가르칠 수 없었다. 그리고 포획된 기러기를 번식시키려는 노력이 결국 성공했기 때문에 수 세대의 기러기들은 어디로, 어떻게 이동해야 하는지 전혀 알지 못했다. 기즈피스의 설립자인 데이비드 펠드는 이 정책을 "미국 야생동물 기관의 최대의 운영실패 사례 중 하나"라고 꼬집었다. "야생동물 기관들은 이 기러기들의 알을 가져가서 인공 포육하고 기러기들이 더블클러치를 하게(두 개의 둥지를 만들게) 유도함으로써 전국에 기러기 둥지를 퍼뜨렸다."[20]

브란타 카나덴시스의 귀환은 공교롭게도 전후 교외지역 건설 호황, 그리고 늘어나는 휴양수요에 맞추기 위해 전국에서 워너공원 같은 공원을 조성하던 흐름과 시기적으로 겹쳐버렸다. 이런 공원에는 짧게 다듬은 풀밭이 드넓게 펼쳐져 있었고, 그 안에 연못이나 습지를 품고 있는 곳도 많았다. 수변 공간을 말끔하게 단장하는 유행도 시작되었다.

야생의 큰캐나다기러기들은 오래전부터 분리된 두 영역을 활용해 생존해왔다. 하나는 습지의 은신하기 좋은 번식 장소로, 기러기들은 새끼들이 부화해서 하루나 이틀쯤 될 때까지 습지의 키 큰 초본식물 뒤에서 둥지를 지킨다. 다른 하나는 먹이활동 장소로, 부모 기러기들은 새끼들을 데리고 때로는 상당한 거리를 이동해서 숲이나 험한 지형을 지나 탁 트인 툰트라 같은 장소를 찾아간다. 새끼들은 태어나자마자 부모들을 따라 풀에 입질을 하며 혼자 먹이도 먹고 수영도 할 수 있다. 하지만 자기 몸을 지키지는 못한다. 새끼 기러기들은 아주 취약해서 육상의 포식자나 매 같은 공중의 포식자에게 너무 만만한 간식거리이다. 부모 기러기들에게 탁 트인 먹이활동 장소가 필요한 것은 그래야 여우나 밥캣이나 개가 다가오는 것을 감지할 수 있기 때문인데, 특히 수기러기는 강력한 날개로 포식자를 후려치는 것이 주요 임무이다.[21] 그리고 새끼 기러기들에게는 풀이 먹이다.

생물학자들이 일각에서 말하는 "미국에서 가장 큰 새"를 다시 되살렸을 때 조경가와 공원디자이너들은 의도치 않게 연못이 딸린, 때로는 새들이 둥지를 만들기에 안성맞춤인 습지 섬이 있는 컨트리클럽과 골프코스와 풀을 바짝 깎은 공원을 조성함으로써 기러기 번식 장소와 먹이활동 장소를 접목시켰다. 덕분에 신규로 조성된 교외지역에 거주하는 인간 가족의 휴양수요가 충족되었지만, 동시에 복잡한 습지가 있던 자리에 생각지도 못한 기러기 보육장이 수백만 에이커나 들어서게 된 것이다.

그것은 간단한 생태학의 원리이다. 조성하라. 그러면 그들이 올 것이다. 우리는 그렇게 했고, 그래서 그들이 왔다. 거의 사라지다시피 했던 기러기들은 이제 50개 주 전체에서 일부는 파트타임으로, 전체적으로는 풀타임으로 거주하고 있다.

오늘날 기러기들이 사랑하는 잔디turf grass는 미국에서 인공적으로 물을 주며 키우는 일순위 작물로, 약 4500만 에이커의 면적, 그러니까 조지아주보다도 더 큰 면적을 뒤덮고 있다. 곤충학자이자 토종식물 전문가인 더글라스 탤러미Douglas Tallamy는 잔디를 미국의 곤충과 조류 개체수가 곤두박질친 데 부분적으로 책임이 있는 "생태적 데드존"이라고 부른다.[22] 잔디 관리는 토양까지 오염시킨다. 미국 환경보호청은 사람들이 풀깎기 기계에 기름을 채우다가 1700만 갤런의 기름을 쏟는다고 추정한다. 이는 엑손발데즈 유조선이 알래스카의 한 만에 유출한 기름보다 더 많은 양이다. 게다가 우리는 잔디에다가 수천만 킬로그램에 달하는 화학비료와 살충제를 사용한다.[23] 그러니까 그 밝은 녹색의 빛깔 좋은 잔디들은 기러기를 끌어들이는 자석일 뿐만 아니라 화석연료에 의지하는 환경재앙인 것이다.

대대적인 경관 변동뿐만 아니라 세대 변화도 있었다. 우리 대부분은 “하늘을 시커멓게 덮은” 새들이나 조류학자 T. 길버트 피어슨이 1917년에 묘사한 것 같은 그런 기러기 떼를 실제로 본 기억이 전혀 없다. 길버트 피어슨에 따르면 “커리턱 사운드에서 나는 한 지점에서 두 시간 동안 이어진 새들의 비행을 목격한 적이 있다. 길게 늘어선 기러기들의 행렬이 한 번에 20줄에서 30줄 정도 이어지는데 이 기나긴 파도 같은 비행이 꼬리에 꼬리를 물었다.”[24]

나는 기러기 전쟁이 개시되기 전 슬레드힐에서 보낸 아침을 떠올렸다. 기러기가 만드는 작은 V자 대형이 남서쪽에서 다가오며 언덕 위로 낮게 지나갔다. 나는 그 거대한 새들이 불과 몇 미터 위에서 날아가는 가운데 풀밭에 누워 있는 시간을 사랑했다. 각각 60센티미터 길이의 날개 24개가 마치 공기를 가르며 노를 젓듯 일사불란하게 퍼득이며 만들어내는 바람이 몸을 훑고, 날개가 만들어낸 산들바람에 얼굴이 살짝 찌릿찌릿해지고, 귀에 그 날갯짓이 만들어낸 부드러운 휘파람이 가득차는 그 순간을. 먼 옛날 이 대륙을 가로지르며 날았을 기러기 떼가, 백만 마리의 기러기 떼와 이백만 개의 일사불란한 날갯짓이 만들어낸 바람은 어떤 소리와 어떤 기분을 자아냈을까? 이백만 개의 퍼득이는 날개들이 그 자체로 작은 기상현상이나 폭풍 같은 걸 만들어내기도 했을까? 그 정도 크기의 무리는 우리에게 어떤 영향을 미치고, 우리가 이 지구에서 하는 인간의 역할을 파악하는 방식을 어떻게 바꿔놓을까?

안타깝게도 우리 대부분에게 거대한 새 떼에 관한 유일한 문화적 참고자료는 알프레드 히치콕의 영화 〈새〉밖에 없다. 그리고 그 영화는 무섭다. 새로 뒤덮인 호수에 관한 문화적 기억은 곳곳에 뻗어 있던 습지들을 우리가 콘크리트로 덮으면서 사라져버렸다. 우리는 한때 그곳에 뭐가 있었는지를 망각해버렸다. 우리는 함께하는 법을 망각해버렸다. 아니 전혀 배운 적이 없는지도 몰랐다.

워너의 기러기에 대한 이 모든 공격을 접하고 자료조사를 하던 나는 의기소침해졌다. 여름 내내 새들을 해결해야 할 "문제" "유해동물" "성가신 존재"로만 바라보는 보고서를 읽었더니 더 이상 기러기들을 관찰하는 게 즐겁지 않았다. 워너에서 이 새들이 보이면 개체수를 줄일 관리 전략밖에 떠오르지 않았다. 나는 이 새들의 엉뚱한 행동을 감상하는 대신 숫자를 세거나 사람들에게 모임에 참여하라고 전단지를 돌리거나 기러기 애호가들의 전화번호를 수집하고 있었다. 헤디는 기러기들이 자기 집 위로 끼룩대며 날아갈 때 내는 소리가 구슬퍼졌다고 했다. 헤디는 기러기들이 자기들이 여기서 더 이상 달가운 존재가 아니라는 걸 아는 것 같다고 말했다.

와일드 워너는 여전히 기러기 문제에서 분열된 상태였다. 공적인 자리에서 우리는 공동전선을 폈다. 미래의 투쟁을 생각해서 선택한 전략이었다. 하지만 우리끼리의 회의에서는 기러기 소위원회와 짐과 나에게 맡겨진 문제였다.

그러다가 워너공원에서 다른 투쟁들이 불거지기 시작했고 우리는 뭉쳐야 했다. 어느 날 나는 어머니 가시참나무 밑둥에 생긴 어떤 곰팡이 균을 발견하고는 이 나무가 시름시름 앓고 있다는 사실을 알았다. 시에서 나무 아래 쪽에 있는 풀을 바짝 깎으려고 크고 무거운 풀깎기 기계를 사용하고 있었는데, 수목 전문가는 이 기계 때문에 토양이 단단하게 다져져서 나무 뿌리가 피해를 입었다고 와일드워너에 알려주었다. 설상가상으로 어느 날 아침 나는 공원 직원이 이 가시참나무의 낮게 늘어진 가지를 전기톱으로 잘라내고 있는 모습을 보았다. 그 망할 풀깎기 기계를 이미 병든 나무에 더 바짝 갖다 댈 수 있게 하려는 목적이었다. 짐은 와일드워너의 대표로서 사랑하는 이 나무를 지키기 위해 성난 와일드워너 회원들과 함께 몇 개월간 매달렸다. 우리는 이 나무의 수령을 알아보려고 유명한 전문가를 불러왔다. 전문가는 우리의 추측이 맞다고 확인해주었다. 우리의 가시참나무는 최소 250살로 참나무로는 보기 드물게 200살을 넘긴 상태였고 미국에서 가장 큰 참나무에 속했다. 몇 개월간 싸운 끝에 우리는 워너의 가시참나무가 후대에 남길 유산으로서 가치가 있는 나무이자 위스콘신의 대표나무라는 공식 인정을 얻어냈다. 풀깎기와 사지절단은 중단되었다.

하지만 가시참나무는 나무 전투의 시작에 불과했다. 시는 자전거 이용객들의 편의를 증진하는 한편 더 크고 무거운 관리용 차량들이 다닐 수 있도록 공원 전역의 포장도로를 넓히고 싶어 했다. 그래서 우리는 시가 오래된 산책로 인근의 모든 큰 나무들을 자르지 않도록 로비를 펼쳤다(더 많은 회의와 더 많은 이메일 캠페인을 이어갔고, 우리는 성공했다). 그러고 난 뒤 11월 말 어느 아침 샌디가 울면서 전화를 해왔다. 길 아래쪽에서 전기톱 소리가 들려왔다. 시가 다세대주택 건물 바로 앞에 있는 제일 크고 제일 아름다운 나무들을 일부 잘라내는 중이었다(하지만 우리 같은 백인 주택소유주들의 집 앞에 있는 나무들은 건드리지 않았다). 우중충한 다세대주택 단지에 아름다움과 그늘을 더해주던 거대한 단풍나무 고목들이었다. 짐은 밖에 나가 시 직원들에게 대체 뭐하는 거냐고 물었다. 직원들은 짐에게 쓰레기수거 차량 때문에 나무를 잘라야 한다고 말했다. 나무가 너무 커서 진입에 방해가 된다는 것이었다. 그러니까 이제 쓰레기수거 차량이 시의 수목 관리를 좌우하는 셈이었다. 그날 하루 종일 덤프트럭들이 이 나무들을 넘칠 듯 채우고 우리 동네를 요란하게 질주했다. 나무와 전쟁이라도 벌이는 듯이. 그건 그늘, 산소, 생명과의 전쟁이기도 했다.

여기서 끝이 아니었다. 몇 달에 한 번씩 또 다른 전투가 등장했다. 어떤 전투들은 우리 중 누군가가 우연히 어떤 별일 없어 보이는 회의에 참석했다가 발견했다. 회원 가운데 시의 계획위원회에 속한 이가 있었는데 이 사람이 저소득층 동네에서 조만간 공학적인 "실험"을 한다는 소식을 들었다. 시의 공학자들이 워너의 습지로 이어지는 오래된 콘크리트 강바닥을 검증도 되지 않은 새로운 고무매트로 덮고 싶어 한다는 것이었다. 이를 위해 공학자들은 동네 입구에 높이 솟아 있는 아름다운 나무들을 우르르 베어낼 계획이었다. 이 부지런한 회원이 경보를 울리자 우리는 모두 회의에 돌입했다. 우리는 실험을 진행하는 대신 나무를 남겨두고 범람 문제를 해결하기 위해 우수 정원을 만들고 콘크리트 운하를 자연 개울로 복원하자는 안을 시에 성공적으로 납득시켰다.•

시의원이 워너공원의 새로운 종합발전계획을 위해 10만 달러를 요청하겠다고 선언했을 때 나는 이 싸움이 절대 끝나지 않으리라 직감했다(그 계획은 우리가 가로막은 165쪽짜리 근린개발계획에 추가된 것이었다). 의원은 "공적사용을 놓고 갈등"이 있기 때문에 새로운 계획이 필요하다는 결론에 도달했다. 시의 새로운 제안서는 44쪽 길이였고 총 2만5525단어가 담겨 있었다. 미래의 컨설턴트들에게 모든 식생의 생태 목록을 작성하도록 하겠다는 지시도 들어 있었다(좋은 생각인데, 나는 생각했다). 하지만 어디서도 "야생동물"이라는 단어를 찾을 수가 없었다. "동물군fauna"이라는 단어는 딱 한 번 등장했다. 시의 계획서에는 여우도, 새도, 물고기도 없었다. 시의 계획가들에게 워너공원은 텅 빈 백지 같은 곳이었다.

나는 논문을 위해 도시공원의 역사, 설계, 운영, 휴양의 역할에 관해 진지하게 공부하던 중이었다. 그러니까 동물이 전혀 언급되지 않는다고 놀랄 이유가 없었다. 지자체 공원의 용도는 지난 150년 동안

• 와일드워너의 마이크 리웨이Mike Rewey가 이 활동을 진두지휘했다. 그는 워너공원 근처에 살지도 않았지만 저소득층 동네 입구에 있는 거대한 나무를 베어내는 것은 환경불의라고 생각했다.

크게 바뀌기는 했지만 나는 쓰라린 경험을 통해 공원 관리자들이 오랫동안 도시 공원의 동물들을 제거해야 할 "유해동물"로 여겨왔다는 사실을 배우는 중이었다. 나무와 식물은 레고처럼 언제든지 대체하고 폐기할 수 있는 존재였다. 도시공원의 150년 역사를 파악할 수 있는 문헌을 읽으면서 토지, 물, 그리고 동물 주민의 환경사에 초점을 맞춘 도시공원 연구는 단 한 건도 찾지 못했다. 기존의 연구들은 모두 인간사에만 관심을 뒀다.[25] 미국 전체에서 도시의 동물이 공원 애호가들에게 어떤 의미인지, 또는 동물의 존재가 인간의 건강에 어떻게 유익할 수 있는지를 신경 쓴 공원디자이너나 레저과학연구자는 전무했다. 아주 최근 들어서도 그 잠재적인 유익을 살펴본 정신건강 분야 연구는 극소수였다. 아직은 상대적으로 신생 분야인 것이다.

하지만 나는 매주 토요일 오후마다 이 동물들이 중등학생들과 내 대학생들에게 얼마나 큰 의미인지 직접 확인할 수 있었다. 우리의 붉은여우가 야생 들판에서 얼핏 보이기만 했는데도 못 말리는 불한당으로 알려진 성마른 소년이 그 자리에 주저앉아서 여우에 관한 시를 끄적이기 시작했다. 발렌타인데이에 붉은꼬리매 한 쌍이 야구장 조명 위에서 4초 동안 짝짓기 하는 모습을 본 30명의 중등학생과 그 멘토들은 경악하며 말을 잃었다.

"짝짓기 하는 거예요?" 한 소년이 말했다. "그치만 밤도 아니잖아요!"

사슴을 한 번도 본 적 없던 일부 아이들은 가문비나무 뒤에서 웅크린 암사슴을 발견하고는 비명을 지르며 방방 뛰었고, 그런 다음 마치 외계인 우주선이라도 되는 것처럼 그 겁에 질린 가여운 동물을 응시했다. 아이들은 몇 주 동안 그 암사슴 이야기를 했다. 얼어붙은 습지 위에서 청둥오리 한 마리를 본 것만으로도 아이들은 환희에 젖었다.

"수컷 오리 한 마리가 미끌미끌한 얼음 위에서 미끄러져서 어설프게 넘어졌다. 하지만 그런 다음 자기 부리로 얼음을 뚫어서 물고기를 잡아서 다시 위엄을 찾았다! 다 함께 그걸 볼 수 있어서 너무 기분이 좋았다. 진짜 끝내줬다. 오리가 미끄러운 얼음 위를 걸어 다시 얼지 않은 물로 돌아가는 모습이 정말 웃겼다." 한 대학생 멘토는 자신의 수업기록지에 이렇게 적었다.[26]

지렁이마저도 귀중했다. 나는 어느 오후 비가 세차게 내린 직후 워너의 주포장보도를 기어다니며 한 시간 넘도록 길 잃은 지렁이를 한 마리 한 마리 집어 조심스럽게 풀숲에 놓아주던 깡마른 서아프리카 출신 아이를 잊지 못할 것이다. 아이는 지렁이들이 밟히지 않기를 바랐다. 아이는 어느 날 내게 자신은 "수의사나 소아암 의사"가 될 거라고 이야기했다.

그런데도 시와 대부분의 공원 관리자들에게 워너의 동물들은 눈에 보이지 않는 존재였다. 기러기만 빼고. 기러기는 시끄럽고, 자신만만하고, 고집이 셌으니까. 그리고 워너공원을 떠나지 않으려 하니까.

전투를 하나하나를 치르는 동안에도 나는 계속 아이들을 가르치고 막

강한 기러기 소위원회의 도움을 받아 기러기 연구를 순조롭게 이어가고 있었다. 먼 곳에서 기러기 멘토를 발견한 덕에 정신이 고양되고 뚝심이 더 단단해졌다. 그는 바로 세계에서 제일 유명한 생태학자이자 과학저술가 중 한 명인 베른트 하인리히였다. 내가 새에 관한 하인리히의 책들을 아주 좋아하는 이유는 자신이 연구하는 동물과 관계를 맺고, 그 친밀한 관계를 이용해서 동물행태이론을 탐구하고 발전시키고 반론을 제시하기 때문이다. 초기에 읽은 새에 관한 책 중 하나는 하인리히의 『한 남자의 부엉이One Man's Owl』이다. 이 책은 미국수리부엉이 한 마리를 구조한 그가 새에게 부보라는 이름을 붙여주고 과학 실험의 일환으로 기르게 된 과정을 담고 있다(이 부엉이의 학명이 부보 버지니아누스*Bubo virginianus*이다). 하인리히는 핍이라고 부르는 한 기러기와 그 가족과의 4년에 걸친 관계를 토대로 큰캐나다기러기에 관한 연구서 『비버 보그의 기러기The Geese of Beaver Bog』라는 책도 썼다. 기러기에 관한 그의 책은 새를 날개 달린 로봇처럼 다루는 기존의 관리형 연구와는 차원이 달랐다. 하인리히는 기러기를 "해결"해야 할 문제가 아니라 복잡한 행태를 가진, 배울 점이 있는 개체로 바라보았다.

새끼 기러기는 부화하는 순간 처음으로 눈을 맞춘 생물을 자기 어미라고 여긴다. 그 생물이 기러기든, 인간이든, 당나귀든. 그걸 각인이라고 하는데, 하인리히의 기러기 학술 탐험은 뜻밖에도 자신을 어미라고 각인한 한 새끼 기러기에서 출발했다. 버몬트의 한 농부가 하인리히의 두 살 된 아들이 좋아하겠다며 이제 막 부화한 야생 새끼 기러기를 하인리히에게 주었다. 하지만 얼마 안 가 하인리히는 자신이 이 새끼 기러기의 "대리모"가 되었다는 사실을 알게 되었다. 그리고 여느 야생 새끼 기러기가 그렇듯 펍은 어미가 어딜 가든 따라다녔다. 하인리히가 대학에 수업을 하러 갈 때는 속임수로 펍을 따돌려야 할 정도였다. 그러던 어느 가을날 새끼 기러기 펍이 성조로 다 자랐을 때 버몬트의 시골 국도에서 도요타 픽업 트럭을 제한 속도인 시속 72킬로미터를 넘겨 몰고 있던 하인리히는 펍이 한두 발자국 정도의 차이를 두고 열심히 날아오고 있는 걸 발견했다.

일주일 뒤 펍은 사라졌다. 하인리히는 펍이 저 멀리 무리지어 날아가는 거대한 V자 대열에 합류했기를 바랐지만 확인할 길은 없었다. 하인리히는 다시는 펍을 보지 못하리라 생각했다. 하지만 2년 뒤 펍은 자신의 짝과 함께 하인리히의 앞마당으로 돌아왔고 하인리히가 이름을 부르자 다가왔다. 이후 2년 동안 펍은 하인리히의 삶에 날아들어왔다가 날아서 빠져나갔다. 펍은 기러기의 삶과 새의 드라마를 들여다보는 창이 되었다. 하인리히가 마지막으로 펍을 봤을 때는 4년째 되는 9월이었다. 몇 달 동안 보이지 않던 펍은 갑자기 새끼 5마리와 새로운 짝을 달고 하인리히의 집으로 날아와서 자신을 키워준 남자에게 기러기식 작별인사를 하고 난 다음 가족을 이끌고 남쪽으로 떠났다.

나에게도 워너의 기러기 한 마리와 펍처럼 가까워진 순간이 잠시나마 있었다. 12월 초, 부드럽게 첫눈이 내린 직후의 아침이었다. 기러기들은 여전히 줄을 맞춰 남쪽을 향해 머리 위를 날고 있었지만 더 이상 공원에서 쉬어가지 않았다. 공원에 먹을 게 남아 있지 않았기 때문이다. 석호 대부분은 얼어 있었다. 하지만 그날 나는 개 놀이터 연결다리에서 가까운 얼어붙은 풀밭에 앉아 있는 기러기 한 마리를 발견했다. 대부분의 기러기보다 작았고, 그래서 암컷인가보다 생각했다. 처음에는 이 새가 부상을 당해서 날지 못하는 줄 알았다. 기러기는 혼자 있는 법이 거의 없으니까.

나는 이 기러기를 하인리히식으로 관찰하며 거의 한 시간을 보냈다. 기러기는 내 쪽으로, 나는 기러기 쪽으로 슬금슬금 다가가서 우리 사이에는 열 발자국 정도밖에 남지 않았다. 나는 기러기에게 왜 여기 있냐고 물으며 계속 말을 걸었다. 기러기 사진도 찍었다. 기러기는 전혀 겁먹은 기색이 없었다. 나는 기러기의 이야기가 궁금했다. 다른 기러기들은 모두 시끄럽게 끼룩대면서 머리 위로 날아가는데 이 아이는 왜 여기 있는 걸까?

나는 기러기와 눈을 맞추기 위해 얼어붙은 땅 위에 몸을 낮추고 팔꿈치로 기어가면서 내가 들은 생태학 수업을 생각했다. 수업에서는 동물의 개체나 그 행태가 아니라 군집에 관해 이야기했다. 그것은 마치 인간의 일상생활을 빼놓고 수학공식만 가지고 경제학을 공부하는 것과 비슷했다. 하지만 니카라과 마나과에 있는 좌파 성향의 예수교 경제연구소에서 일했을 때 경제학에 흥미를 느끼게 된 이유는 바로 인간의 삶 때문이었다. 생태학적 관점에서 봤을 때 내가 이 기러기 한 마리를 돕는 건 잘못된 짓이리라. 그냥 죽게 내버려두는 편이 더 나을 것이다. 하지만 나는 기러기와 눈을 맞추며 앞으로 조금씩 기어가면서 내가 생태학을 사랑하기는 해도, 살아 있는 만물의 관계에 관해 교수들로부터 배우는 모든 것을 사랑하기는 해도, 진정한 "생태학자"가 절대 되지 못하리라는 사실을 깨달았다. 내게 있어서 중요한 것은 관계였고 어떤 한순간 내 앞에 있는 한 마리 새였다.

얼어붙은 풀밭에 누워 이런 생각에 빠져 있는데 기러기가 갑자기 뭔가 생각이 난 듯 커다란 날개를 퍼득이며 하늘로 날아올랐다. 어쩌면 워너공원을 훌쩍 가로지르던 하늘의 동지들을 알아보고 거기에 합류했을지 모르겠다.

시의 생물학자가 기즈피스의 전략을 가지고 시의 야생동물 관리자들

● 미국 농림부의 야생동물국은 2021년에 악어부터 부엉이, 뱀, 거북에 이르기까지 175만 마리 이상의 동물을 죽였다. 이 가운데 100만 마리 이상이 무리비행을 하는 새인 찌르레기였다(고대 아일랜드에서 이들은 신성한 새였는데, 이런 이유로 아일랜드에서는 이 새들을 켈트족의 고위 사제를 부르는 명칭인 드루이드라고 부른다). 농림부는 늑대, 코요테, 곰, 퓨마, 밥캣, 여우, 비버 등 토종이든 '침입종'이든 가리지 않고 죽인다. 직원들은 올가미와 덫을 사용하고 헬리콥터에서 총으로 쏘며 M-44 시안화물 '폭탄'을 쓰기도 한다. 와일드워너가 기러기 전쟁을 치르던 여러 해와 비교했을 때 2021년의 희생동물 수는 사실 크게 하락한 것이다. 다음을 보라. Oliver Milman, " 'A Barbaric Federal Program': US Killed 1.75m Animals Last Year—or 200 Per Hour," *The Guardian*, March 25, 2022, https://www.theguardian.com/world/2022/mar/25/us-government-wildlife-services-animals-deaths.

과 협의했음에도 불구하고 공원 책임자는 기즈피스의 도움을 원치 않았다. 그다음 해인 2011년 여름, 공원위원들은 투표를 통해 최소한 단시일 내에 워너공원에서는 기러기 몰이를 하지 않는다는 조건을 달아 기러기 몰이를 허용한다는 결정을 내렸다. 이 신규 방침은 "장소-특정적"이었는데, 그말인즉 기러기 몰이는 불만이 가장 많이 제기되는 공원에서만 시행한다는 뜻이었다.

이제야 알게 된 사실이지만 시에 단 한 명 있던 생물학자 겸 야생동물 관리자는 와일드워너가 제안한 것 같은 대대적인 시민과학프로그램을 관리할 자원이 없었을 뿐이었다. 그는 매일 일반 대중들이 이용하는 장소 수천 에이커를 책임지고 있었고, 그중 대부분은 대단히 다양한 조류종이 살아가는 데 없어서는 안 되는 시의 보존공원에 속해 있었다. 그리고 그는 상급자들로부터 이 문제를 빨리 그리고 적은 비용으로 해결하라는 엄청난 압박을 받고 있었기 때문에 대중교육과 자원활동가 대부대가 필요한 수 년짜리 기즈피스식 프로그램은 엄두도 낼 수 없었다. 살상으로 동물의 수를 제한하는 방법이 반드시 더 저렴하지는 않았다. 시의 공무원들은 워너의 기러기들을 죽여서 그 고기를 무상 식품 배급처에 전달하는 비용으로 기러기당 120달러를 책정한 상태였다. 하지만 매디슨시와 위스콘신주는 이미 "문제" 동물, 또는 "유해동물"을 대하는 시스템을 정해두고 있었다. 죽이는 것으로. 스테이시와 나는 와일드워너를 위해 기러기 관련 조사를 하면서 상남자식 유해동물 통제 정서가 야생동물 관리 분야에 팽배해 있고 이는 야생동물 관련 기관 전반의 협력자들과 자체적인 살상산업복합체를 이루어

매년 흰점찌르레기—무리비행을 하는 새—만 마리를 비롯해 수백만 마리의 동물을 몰살시키고 있음을 알게 되었다. 그것은 시스템이기만 한 게 아니라 견고한 문화이자 감정을 천시하는 사내들의 카르텔이었다.•

하지만 시의 생물학자는 자신에게 쏟아지는 모든—경제적, 정치적, 문화적—압력에 굴하지 않고 우리가 추천한 일부 관리방안을 시도했다. 그가 시행한 가장 중요하고 즉각적인 변화는 워너의 물가에 키 큰 토종 초본을 식재하여 기러기들은 좋아하지 않지만 다른 야생동물에게는 이로운 완충공간을 복원한 것이었다. 시는 다른 공원에서도 서서히 물가의 초본들을 복원하기 시작했다. 나는 시의 생물학자가 다른 방법들을 시도한 이유는 그가 잭 허스트를 비롯한 와일드워너의 일부 회원들과 아주 잘 알고 지냈기 때문이라고 생각한다. 그들은 습지와 초지를 복원하고 함께 땀 흘리며 식물을 가꾸면서 수년을 보낸 사이였다. 그런 동맹이 큰 차이를 만들어낸 것이다.

• 미국 농림부의 야생동물국은 2021년에 악어부터 부엉이, 뱀, 거북에 이르기까지 175만 마리 이상의 동물을 죽였다. 이 가운데 100만 마리 이상이 무리비행을 하는 새인 찌르레기였다(고대 아일랜드에서 이들은 신성한 새였는데, 이런 이유로 아일랜드에서는 이 새들을 켈트족의 고위 사제를 부르는 명칭인 드루이드라고 부른다). 농림부는 늑대, 코요테, 곰, 퓨마, 밥캣, 여우, 비버 등 토종이든 '침입종'이든 가리지 않고 죽인다. 직원들은 올가미와 덫을 사용하고 헬리콥터에서 총으로 쏘며 M-44 시안화물 '폭탄'을 쓰기도 한다. 와일드워너가 기러기 전쟁을 치르던 여러 해와 비교했을 때 2021년의 희생동물 수는 사실 크게 하락한 것이다. 다음을 보라. Oliver Milman, " 'A Barbaric Federal Program': US Killed 1.75m Animals Last Year—or 200 Per Hour," *The Guardian*, March 25, 2022, https://www.theguardian.com/world/2022/mar/25/us-government-wildlife-services-animals-deaths.

기러기 전쟁이 사그라들 때쯤 나는 매디슨시의 생물학자가 기러기를 상대로 또 다른 비장의 무기를 가지고 있다는 사실을 알게 되었다. 어느 날 아침 워너의 습지에서 탐조를 하고 있는데 뭔가를 갈고 뱉는 끔찍한 소리가 들려왔다. 물 저편에서 길이 120센티미터에 높이가 60센티미터쯤 될 것 같은 빨간 악마 같은 뭔가가 정체를 알 수 없는 제트스키 같은 물건을 타고 빠르게 지나가고 있었다. 그 끔찍한 머리 부분에 날카로운 이빨까지 그려넣은 모습으로. 그것은 바로 야생동물 관리자의 마지막 해결법, 기러기처단기goosinator였다. 관리자는 내게 자신이 이 괴상망측한 기계장치를 우리 공원에서 시험해보고 있는데, 효과가 있다고 말했다. 실제로 기러기들은 이 기러기처단기를 너무 싫어해서 어느 정도 시간이 지나자 그걸 사용할 필요도 없는 상황에 이르렀다. 기러기들은 그 트럭이 워너의 주도로를 따라 빨간 불빛을 번쩍이며 오는 모습만 보고도 기러기처단기가 오고 있다는 걸 알았다. 그러면 기러기들은 맹렬하게 꽥꽥 소리를 지르며 날개를 퍼득여 날아가버렸다. 이 관리자는 또 와일드워너의 회원인 팀 넬슨에게 워너의 기러기 번식통제의 책임을 맡겼다. 지난 10년간 팀은 카약으로 워너의 습지로 들어가 기러기 알에 옥수수유 처리를 해왔다. 매년 번식기마다 알에 이런 발달중지처리를 하고 기러기처단기를 활용하면서 워너의 기러기 개체수는 감소했고 이와 함께 민원도 줄어들었다.

지금 생각해보면 이 거대하고 카리스마 있고 사랑과 지탄을 동시에 받는 새는 와일드워너에 대단히 많은 것을 가르쳐주었다. 우리는 기러기 전투를 통해 차이는 우리의 힘이기도 하다는 것을, 우리는 어떤 경우에든 뭉쳐야 한다는 것을 배웠다. 우리가 서로 다르다는 것은 우리에게 다채로운 지식과 기술이, 그리고 활용할 수 있는 네트워크와 동맹이 많다는 의미였다. 나는 공인된 사냥꾼이자 낚시인인 잭 허스트가 기러기 요리법을 알려주고 싶은 걸 참으면서 우리 기러기 소위원회 회원들의 곁을 지키던 모습을 결코 잊지 못할 것이다.

당시에는 생각하지 못했지만 기러기들은 우리 모임에 딱 맞는 조직술과 리더십 모델을 제시해주었다. 우리가 막 우리 자체적인 무리를 조직하기 시작했을 때 이 무리짓기의 거장들이 우리 사방에 있었던 것이다. 기러기는 짝과 가족들에게 충실해서 한 마리가 사냥꾼의 총에 맞으면 다른 기러기들이 부상을 입거나 죽은 짝의 곁을 지키기 위해 하늘에서 지상으로 따라 내려가는 일이 많다.[27] 일본의 전통시 하이쿠의 짧은 행들처럼 봄철 머리 위를 날아갈 때 기러기들이 만들어내는 V자 대형은 기러기들이 에너지를 무려 30퍼센트나 아껴서 70퍼센트 더 멀리 날 수 있게 해주는 독창적인 방법이기도 하다.[28] 나사에서 "선두를 따라가라, 그러면 연료를 아낄 수 있다"라고 부르는 이 전략을 미국은 20년 전부터 연구해서 모방하기 시작했다. 선두 기러기는 마치 배가 나아갈 때 물결을 만들 듯 날아가는 뒤로 바람의 물결을 만들어낸다. 뒤에서 날개를 퍼득이며 따라가는 기러기 한 마리 한 마리는 앞에서 날개를 퍼득이는 기러기가 만들어낸 양력의 도움을 받는다. 새들은 날갯짓을 일사불란하게 맞추고 꾸준히 위치를 바꾼다. 내가 몸담았던 수두룩하게 많은 정치조직에서는 지도부가 지쳐서 고전하다가 결국 나가떨어지는 일이 다반사였다. 기러기들은 운동가의 번

아웃을 해결할 방법을 이미 터득한 것 같다.

그리고 나는 기러기들을 통해 알도 레오폴드식의 날아가는 "하늘의 시" 관점에서부터 "이 문제를 해결해서 민원인들을 만족시켜야 해요"라는 공원관리자의 관점까지 다양한 스펙트럼의 관점들을 공부하게 되었다. 기러기들은 매디슨 선주민의 역사를, 내가 봉분의 고장에서 살고 있다는 사실을 가르쳐주었다. 기러기 공부는 워너의 고고사를 발견하도록, 그곳이 선주민들의 작업장이자 새-어린이의 매장지였음을, 새들의 산실이자 신성한 장소였음을 발견하도록 이끌기도 했다. 그리고 마지막으로 기러기들은 내가 스스로 선택한 식생활과 위선에 의문을 품게 만들었다. 나는 식료품점에 가서 비좁은 닭장에서 자란 닭을 사다가 마늘을 넣고 오븐에다 구워 먹으면서 왜 농림부 직원들이 워너공원에 와서 새들을 죽이는 데는 그렇게 마음을 쓰는 걸까? 오늘날 매디슨에서는 매년 개체수를 통제하느라 죽인 기러기 가운데 일부를 호-청크족Ho-Chunk[역사적으로 위스콘신 일부 지역에서 살아온 선주민 부족]에게 보낸다. 호-청크족은 이 시그니처 봉분에 기러기들을 영원히 아로새긴 부족들의 후예 중 하나다.

그리고 내 프로그램에는 새-어린이 관점이 생겼다. 기러기들을 바라보고, 기러기들과 함께 뛰박질을 하고, 기러기들을 추격하고, 고요하게 앉아서 기러기들을 그리고, 학교에서 친구들과 기러기에 관한 이야기를 나누며 즐거워하는 것이다. 5학년인 가브리엘은 한 회의에서 공원 책임자에게 이렇게 말했다. "기러기 문제를 어린이의 관점에서 보는 사람은 없는 거 같아요. 우린 기러기를 보면 아주 신이 나요.

기러기를 보고 있으면 기분이 좋아요. 저는 기러기 때문에 탐조클럽에 가입했어요. 기러기를 죽이지 말고 보존하기 위해 애쓰면 좋겠어요."

CHAPTER

10

새를 관찰하는 눈으로 차별을 보다

아름다움을 보는 것과 정의를 옹호하는 것은
상호배타적인 행위가 아니다.

J. 드류 랜험J. Drew Lanham

"무인"이라고 발음하는 Muin이라는 아일랜드어 단어는 "가르치다, 보여주다"라는 뜻이다. 그런데 여기에는 "배우다"라는 뜻도 있다. 켈트인들에게 가르침과 배움은 분리할 수 없는 하나의 원이었다.[1] 근대의 학계는 학생들에게 "내용을 전달"하는 교수/전문가를 강조함으로써 이 유서 깊은 원을 끊어버렸다.

아이들이 상아탑에서 비대해진 내 머리를 떼어내고 슬레드힐에서 구르게 만든 그날은 내게 그 유서 깊은 원이 복원된 날이었다. 나는 새 떼 같은 우리 클럽에 자체적인 역동성이 생겼고 이제는 내 시답잖은 수업계획안 너머로 진화하게 되었음을 깨달았다. 이제 이 클럽은 아이들 것이었다. 나는 교육자로서 배움과 가르침이 동시에 일어나는 이런 순간을 위해 살아간다. 그게 항상 즐겁거나 쉬운 것은 아니지만. 젖은 양말 멘붕 사건도 내가 아이들에게서 배움을 얻은 그런 "수업"이었다.

눈이 많이 내리는 2월의 어느 날이었다. 내 학생들과 나는 아이들을 공원에 데려가려고 약속장소에서 만났다. 기록적인 눈폭풍이 휘몰아친 직후였고 땅에는 눈이 60센티미터 정도 쌓여 있었다. 기온은 영하 6도 정도였지만 아이들 절반 이상이 운동화에 얇은 면 양말만 신고 나타났다. 워너공원을 헤치며 한 시간을 돌아다녔더니 파랗게 질린 아이들이 아우성치기 시작했다. 그래서 우리는 얼른 아이들을 데리고 화목난로가 타오르는 우리 집의 작은 거실로 몸을 피했다. 괜찮다고 달래는 대학생 멘토들과 학교의 사회복지사, 그리고 지도교수 잭과 나는 공장 조립라인처럼 역할을 분담해서 가늘고 작은 발에서 젖은 양말을 벗겨 건조기에 던져넣기 시작했다.

그 후 교실에서 토론을 진행하는데 일부 대학생들이 분통을 터뜨렸다. 대체 이 아이들의 부모는 어떤 사람들이냐면서. 누가 위스콘신의 겨울철에 아이를 적절한 신발과 양말도 신기지 않고 학교에 보내느냐면서.

그 순간 나는 깨달았다. 내 탐조수업에서 사회정의 문제를 다루지 않으면 마나과의 예수회 연구소에서 배운 모든 것을 배반하는 꼴이 된다는 걸. 그곳에서 우리가 했던 많은 활동은 브라질의 혁명적 교육철학자 파울로 프레이리의 가르침을 토대로 삼았다. 1968년 운동가들의 교본이었던 『억눌린 자를 위한 교육Pedagogy of the Oppressed』[한국어판 제목은 『페다고지』]의 저자인 프레이리는 교육은 현 체제를 지탱하는 유순한 노동자를 양산하는 대신 학생들의 일상을 바꾸는 해방과 변혁의 힘을 가져야 한다고 믿었다.

나는 프레이리의 신조 "교육은 억압 시스템을 재생산해서는 안 된다"를 내 교육철학이라고 생각하곤 했다. 하지만 그 젖은 양말 멘붕 사건 날, 나는 그간 내가 충분한 사회경제적 맥락을 제시하지 않은 까닭에 학생들이 무슨 이유로 이 아이의 부모들이 겨울용 부츠 사줄 형편이 안 되는지 이해하지 못한다는 사실을 깨달았다. 사실 나는 내 학생들이 이 아이들과 그 가족들을 자신이 도와야 할 "피해자" 또는 "불쌍한 사람들"로 보지 않으면 좋겠다는 생각에서 의도적으로 그런 맥락을 제시하지 않고 있었다. 하지만 나는 어렵게 살아가는 동네의 아이와 대학생을 짝지음으로써 돈이 부족한 사람들에 대한 그 온갖 신물나는 고정관념을 강화하고 있었다. 프레이리의 신조를 배반하고 억압 시스템을 재생산한 것이다.

그다음 주 나는 새에 관해 이야기하는 대신 학생들과 함께 "옷이라는 특권" 활동을 진행했다. 내가 먼저 그 얼음장 같은 날 내가 몸에 걸친 모든 상품을 칠판에 적었다. 도합 662달러어치였다(스마트울 내복만 100달러였다). 그런 다음 모든 학생에게 똑같이 해보라고 주문했다.

한 학생은 이렇게 적었다. "나는 트리시의 목록에서 합계를 보고 충격을 받았다. 그런데 지난 수요일에 내가 입고 있던 옷들의 가격을 정확히 기억해냈다. 내 목록은 다 더해보니 717달러였다!"[2]

이 학생은 자신이 겨울옷에 쓴 돈의 총액에 "완전히 경악"했고 어찌나 심란했는지 또 다른 학생에게 연락을 해서 토론을 벌였다. 학생은 717달러는 내가 사는 동네의 한 가정에서 받는 최저임금 수준의 임금을 3주간 모아야 하는 돈이고, 많은 사람들이 겨울옷에 쓸 수 있는 금액이 아니라는 사실을 알게 되었다.

학생들의 반응은 내게 큰 각성의 순간이었다. 그때까지 나는 수업에서 워너공원을 지키는 환경운동 전략과 새에만 초점을 맞추고 있었다. 내가 사는 동네와 그 중등학교의 인구학적 특성에 관해 어느 정도 배경지식을 제공하긴 했지만 한 학기를 염두에 두고 배치한 주제가 아니라 수업에서 피상적으로 소개하는 정도였다. 그날 나는 탐조가 학생들에게 불의와 경제적 특혜에 관해 가르치는 강력한 방법이 될 수 있음을 깨달았다. 하지만 나는 인종주의를 탐조수업과 어떻게 연결시킬 수 있을지 자신이 없었다. 심지어 그게 반드시 필요한지도 자신이 없었다. 매일 워너공원에서 유색인종 이웃들을 보았지만 대체로 개를 산책시키고 있었다. 사실 공원에서 유색인종 탐조인을 본 적은 한 번도 없었다. 그리고 워너공원 근처에는 수백 세대의 유색인종이 살고 있었지만 산책을 하고 조깅을 하고 자전거를 타는 대다수는 백인이었다. 내가 그 이유를 이해하는 데는 '미스터블루'라는 이름의 한 마리 동부파랑지빠귀와, 파랑지빠귀의 열혈 수호자인 미스터엠의 도움이 컸다.

와일드워너의 신입 교육코디네이터 폴 노엘드너Paul Noeldner는 워너공원에 살고 있는 동물들의 존재감을 두드러지게 한다는 와일드워너의 목적에 맞춰 파랑지빠귀의 인공 새집을 설치하기로 결심했다. 부스스한 은발이 새의 볏처럼 헝클어진 폴은 애기여새를 연상시키는 사람이었다. 파랑지빠귀를 공원으로 다시 불러들이는 것은 새를 향한 폴의 수많은 열정 가운데 하나였고, 이미 매디슨으로 이 사랑스러운 새들을 한무더기 다시 불러모은 전력도 있었다. 폴은 자원활동가 수십 명을 교육시켜 새로 만든 도시의 파랑지빠귀 인공 새집을 관리하게 했는데, 만일 그 작은 새집 안에 끼어 들어가서 직접 알을 품을 수만 있었더라면 폴은 족히 그러고도 남았을 것이다. 폴은 인공 새집 수리도구(드라이버, 드릴, 케이블타이, 못, 기둥)와 말린 밀웜 같은 파랑지빠귀 간식, 교육 중인 (나 같은) 자원활동가에게 줄 이상한 초콜릿바, 파랑지빠귀 관리에 관한 참고도서, 새집이 태풍에 넘어지거나 둥지가 아기새를 먹는 곤충에게 침입을 당했을 경우 응급 둥지를 지을 수 있는 마른 솔잎과 풀들을 들고 공원과 골프코스와 컨트리클럽과 뒷마당을 어슬렁어슬렁 돌아다녔다.

파랑지빠귀는 오리와 독수리처럼 다시 귀환한 여러 새 중 하나로, 인간이 제대로 된 일을 할 수 있다는 걸 보여주는 살아 있는 증거이다. 20세기에 동부파랑지빠귀의 개체수는 서식지 감소로 급락했다. 이 새들은 둥지로 쓸 구멍이 필요한데 딱따구리처럼 직접 구멍을 파지는 못한다. 전국적으로 작은 농장들이 사라지고, 그와 함께 파랑지빠귀들이 먹이활동을 하는 야생 들판도 사라지고, 사람들이 파랑지빠귀가 둥지로 삼아야 하는 죽은 나무들—특히 오래된 사과나무—을 베어내기 시작하면서 이 새는 워너공원을 비롯한 많은 곳에서 거의 사라지다시피했다. 그러자 수천 명의 자원활동가들이 전국에서 팔을 걷어부치고 작은 인공 새집을 설치하여 파랑지빠귀를 복원하는 데 힘을 보탰다. 야생동물 복원 활동가이자 조류 예술가이자, 아름다운 책 『파랑지빠귀 효과: 평범한 새와의 비범한 유대』를 쓴 줄리 지커푸스Julie Zickerfoose는 이 노력을 "단일 종을 상대로 벌어진 최대 규모의 보존 노력"이라고 불렀다. 일년 만에 8000명 이상의 자원활동가들이 참여하여 2만8814마리의 아기새들을 길러낸 인간계의 무리비행 같은 이 보존노력에 위스콘신의 파랑지빠귀복원협회Wisconsin's Bluebird Restoration Association(BRAW)도 날갯짓을 보탰다.[3] 폴은 이 BRAW의 전사였다.

나는 폴의 교육생이 되어 워너공원의 파랑지빠귀 집 8개를 맡게 된 뒤 끝날 것 같지 않은 "새 조산사한테 연락해" 계절에 살고 있는 느낌에 시달렸다. 내가 담당한 새집 중 하나를 차지한 첫번째 파랑지빠귀, 우리의 미스터블루는 곧 짝을 만났고 새끼 네 마리도 모두 무럭무럭 자라 이소를 앞두게 되었다. 어느 날 아침 내가 미스터블루의 가족을 확인하러 갔더니 그 작은 집이 사라져버렸고—누군가가 훔쳐갔다—미스터블루의 새끼 한 마리가 풀밭에 으스러져 있었다. 하지만 미스터블루는 굴하지 않았고 나 역시 그랬다. 내가 사태를 파악하기 위해 자연자원부 공무원과 공원 순찰대원과 경찰과 여러 시간을 보내는 동안 미스터블루는 나를 지켜보며 인근 야생 들판을 맴돌았다. 결국 우리는 바로 그 자리에 다시 파랑지빠귀 인공 새집을 설치한 뒤 웹캠을 설치하고 경고문을 붙였다. 그다음 날 미스터블루는 짝과 함께 그 안을 드나들며 새 둥지를 포근하게 단장했다. 이번에는 암컷이 다섯 개의 알을 낳았고 모두가 이소에 성공했다. 야생 들판에 들어가서 온가족—미스터블루, 그의 짝꿍, 다섯 마리의 하늘색 어린새들—이 나무 위에서 노니는 모습을 구경하는 데 그렇게 기쁠 수가 없었다.

그게 정확히 파랑지빠귀를 말하는 건지는 자신이 없지만 사람들은 수세기 동안 전 세계에서 이 새와 미친듯이 사랑에 빠져 "행복의 파랑새Bluebird"라는 이름을 지어주었다[한국에서 파랑새라고 부는 새는 영어로 Oriental Dollarbird이고 Bluebird는 파랑지빠귀로 번역된다]. 나바호 사람들은 이 새를 "태양의 전령"이라고 부른다.[4] 시끄럽거나 화려한

새는 아니다. 수컷은 내 귀에는 구슬프게 들리는 작고 부드러운 '이별 노래'를 부른다. 하지만 파랑색은 마음을 달래고 흥을 돋우는 색, 바로 하늘과 바다의 색이기도 하다. 그리고 많은 문화권에서 이 색은 진실, 평화, 온화함, 충실을 뜻하고 있다.

하지만 색은 눈속임일 수 있다. 성모마리아의 망토와 같은 색인 이 새는 알고 보니 선입견과는 전혀 달랐다. 파랑지빠귀는 둥지 자리를 놓고 다른 파랑지빠귀를 죽일 수도 있다. 그리고 시알리아 시알리스*Sialis sialis*[동부파랑지빠귀의 학명]는 짝에게 반드시 충실한 것도 아니다. 사실 이 새는 암컷 새가 알에서 한시도 눈을 떼지 않는다는 1950년대 과학계의 젠더 편견을 무너뜨린 최초의 '일처일부' 종이었다. 연구에 따르면 암컷 파랑지빠귀는 자기 짝이 자리를 비운 동안 바람을 피울 수도 있고, 파랑지빠귀 유조의 무려 20퍼센트는 이런 "짝외교미"에서 태어났을 수 있다.

인간이 이 새의 색에서 어떤 의미를 읽어내든, 이 새에게 색은 생존에 중요하다. 색은 새가 짝을 찾는 데 도움을 주고 후보자가 건강한지를 판별하는 데도 도움을 줄 수 있다(색이 환할수록 더 건강한 수컷이다). 새들은 자기 영역임을 알리거나 포식자에게 나가라고 경고하기 위해 일부 신체부위를 내보이는데 가령 붉은관상모솔새는 자신의 붉은 관을 내보인다. 그리고 새들은 우리가 상상하지도 못하는 색조와 색깔을 볼 수 있다. 빛은 일련의 파장으로 인간은 그중 극히 일부만을 볼 수 있다. 이 일부를 가시광선이라고 하는 것은 인간에게는 그 빛만 보인다는 의미이다. 하지만 많은 새가 자외선과 지구의 자기장을 볼

수 있는데 새들에게는 이 자기장이 파란색으로 보인다.•

새는 두 가지 기작을 통해 색을 얻는다. 하나는 화학적인 색소이고, 다른 하나는 과학자들이 말하는 구조색으로, 이는 빛의 산란과 관련되어 있다. 이 두 가지가 복합적으로 작용하는 경우도 있다. 가령 눈 내리는 겨울철에 많은 사람의 기운을 북돋는 밝은 빨간색의 북부홍관조는 로즈힙, 장과류의 열매, 그 외 빨간 과실 등 카로티노이드 색소가 함유된 먹이에 든 화학적 색소에서 색을 얻는다. 하지만 파랑지빠귀는 먹이에서 파란색을 얻지 않는다. 이 새는 햇빛과 고유한 깃털 구조의 상호작용을 통해 연출된 살아 있는 빛의 향연을 펼치는 구조색의 예술가이다. 파랑지빠귀의 깃털은 공기와 케라틴으로 촘촘하게 짜여진 망인데, 그러니까 우리의 모발과 손톱을 이루는 케라틴처럼 죽은 세포들로 이루어져 있다. 과학자들은 깃털 내부를 들여다보기 위해 싱크로트론synchrotron이라고 하는 거대한 엑스레이 기계를 이용하는데, 이 기계는 크기가 축구장 두 개를 덮을 정도이고 그 빛기둥은 일반적인 엑스레이 기계보다 수십만 배 더 밝다. 이 빛기둥 아래 놓으면 깃털은 숨어 있던 미세한 산과 계곡, 숲과 지하의 산호초로 이루어진 세상을 펼쳐 보이는데, 이런 구조들은 워낙 작아서 나노 구조라

• 과학자들은 새들이 실제로 무엇을 보는지 아직 제대로 감도 못 잡고 있지만 새의 눈이 우리보다 훨씬 유능하다는 건 자명하다. 인간의 망막에 있는 광수용세포는 세 가지 색을 포착하지만 새는 네 가지를 포착한다. 그리고 몸 크기 대비 눈 크기는 새가 인간보다 월등하게 큰데, 대부분의 포유류에 비해 새의 눈은 거의 두 배가 크다. 새, 물고기, 파충류, 곤충 모두가 어리바리한 우리 포유류보다 시력이 더 좋다.

고 부른다.[5] 인간의 눈에는 보이지 않는 이 세상에서 1나노미터는 10억분의 1미터로 그러니까 인간 모발의 굵기보다 10만 배 더 가늘다.[6]

빛의 파장이 케라틴과 공기로 이루어진 파랑지빠귀의 눈에 보이지 않는 깃털 망에 부딪힐 때 빛의 향연이 펼쳐진다. 파랑어치인지 유리멧새인지 아니면 수컷 파랑지빠귀인지는 중요하지 않다. 어떤 새가 파란색이라면 그건 그 깃털 안에 숨겨진 세상 때문이다.

파랑지빠귀의 파란색, 그리고 모든 새의 색상과 깃털 자체는 나노구조와 미세한 깃털 구조 아래서 빛이 부딪힐 때 그 빛을 흡수하는 멜라닌에 의지한다. 하지만 멜라닌은 새들에게만 중요한 게 아니다. 이 색소는 지구상에서 가장 오래되고 가장 저항력이 크며 가장 보편적이다. 이 색소가 없었더라면 인간은 아마 존재하지 못했을 것이다. 과학자들은 지구 최초의 생명 형태인 박테리아가 살아남은 것은 멜라닌이 태양으로부터 보호해주고 주변 독성물질을 완충해주는 역할을 했기 때문이라고 생각한다. 자연계의 자외선 차단제인 멜라닌은 자외선 복사의 99.9퍼센트 이상을 흡수하거나 산란시킬 수 있는데 이는 우리가 알고 있는 생물학적 물질 가운데 가장 높은 수준이다.[7] 그리고 이 색소는 거의 영구적이다. 연구자들은 시카고가 적도 근처에 있던 시절에 시카고를 덮고 있던 따뜻한 바다에서 헤엄치던 이상한 고대 물고기 같은 생명체(툴리몬스트룸 또는 툴리 괴물이라고 부르는)의 3억700만 년 된 안구에서 멜라닌을 발견했다.[8]

진화를 통해 지구상에 눈이 있는 생명체가 등장했을 때 이들은 포식자 방어수단 역시 획득했다. 눈속임의 색이자 잠재적인 짝을 유혹

할 수 있는 멜라닌을 갖게 된 것이다. 오늘날 대부분의 살아 있는 생명체의 몸에는 멜라닌이 있다. 거대한 생명의 사슬에서 중요한 연결 고리인 이 멜라닌은 곰팡이들이 독성물질로부터 스스로를 보호할 수 있게 도와주고, 칼처럼 날카로운 오징어의 입이 어두운 색을 띠게 만들고, 식물이 상처 난 조직을 치유하고 보호할 수 있게 하고, 여러분이 좋아하는 바나나에 성가신 그 갈색 반점들을 만들고, 새들에게는 깃털과 색채를 선사한다.

멜라닌은 깃털을 튼튼하고 빳빳하게 만들고, 자외선으로부터 보호해주며, 박테리아를 쫓아주기도 한다. 흰 갈매기가 날아갈 때 창공을 가르는 새카만 날개 끝을 보라. 그 검은 날개 끝은 소금물에서 오랜 시간을 보내는 새들을 위한 내장형 부식방지 장치로, 멜라닌이 활약 중임을 나타낸다.

새들에게 멋진 색채를 선사하는 이 멜라닌은 인간에게도 역시 멋진 색을 안긴다. 일반적으로 피부색이 어두운 사람일수록 멜라닌을 더 많이 가지고 있다. 다섯 종류의 멜라닌 가운데 새와 인간이 만들어내고 사용하는 것은 네 가지이다.• 유멜라닌은 내가 좋아하는 검은 새, 붉은날개찌르레기를 검게 만들고, 내 눈을 갈색으로 만들며, 내게 주근깨를 선사한다(내 남동생들의 눈은 파란색인데, 그건 나보다 이 애들에게 멜라닌이 적다는 뜻일 뿐, 색소의 유형은 동일하다). 유멜라닌와 페오멜

• 박테리아와 곰팡이는 다섯번째 멜라닌인 피오멜라닌을 만들어낸다.

라닌이 손을 잡으면 동부파랑지빠귀의 녹빛 가슴이 연출되고 내 붉은기 도는 갈색 머리카락이 완성된다. 입술과 젖꼭지, 아랫도리의 일부도 페오멜라닌의 영향권 안에 있다.

멜라닌은 어쩌면 인간의 목숨을 위협하는 질병에서 우리를 구해줄지도 모른다. 암 연구자들은 암을 물리치고자 멜라닌의 면역계 강화 특성과 그 잠재력을 연구 중이다. 나사 연구자들은 우주탐사 중에 비행사들과 장비를 보호하고자 이 멜라닌이 방사선을 얼마나 차단해줄 수 있는지 연구 중이다. 파킨슨병 연구자들은 뇌의 멜라닌 감소가 이 질환의 진행과 관계가 있는지 연구 중이다.

파랑지빠귀 수호자들은 열정이 대단하다. 그들은 그 작은 인공 새집에 있는 새끼 새들을 자신의 피보호자처럼 여긴다. 그리고 자기 담당 새집이 아니라도 보호해야 할 것 같은 감정을 느낀다. 이런 이유로 파랑지빠귀의 집을 관리하는 일에는 약간의 직업적 위험이 존재한다. 성난 파랑지빠귀 부모새들이 당신의 머리를 공격할지 몰라서가 아니다(금속성의 파란색이 도는 나무제비는 확실히 위협적이다. 그 새들은 분노의 끌끌 소리와 함께 화려한 구조색을 뽐내며 당신의 코를 향해 돌진하는 작은 전사들이다). 또는 당신의 야구모자에 혈기왕성한 부모 새들의 똥이 흩뿌려지기 때문이 아니다. 파랑지빠귀 관리자에게 가장 큰 위험은 바로 이런 것이다. 어느 화창한 여름날 아침, 당신은 마치 정신나간 조류

전문 법의학탐정이 된 듯한 기분으로, 야생 들판에 있는 어떤 파랑지빠귀 집 아래 무릎을 꿇고 풀밭에 널브러진 아기 새 네 마리의 잔해를 나뭇가지로 찌르고 있다. 당신은 섬뜩하고도 고약한 냄새가 나는 이 사체를 조사해 신속한 부검으로 살해범이 누구인지 알아내려고 애쓰는 중이다. 이 아기새들은 분명 며칠 전까지만 해도 살아 있었고 요란하게 짹짹댔기 때문에 누군가에게 죽임을 당한 게 분명하다. 그 순간 절대적인 최악의 상황을 떠올린 파랑지빠귀 수호자가 난데 없이 나타나서 분을 이기지 못하고 소리친다.

"대체 뭐하고 있는 거요?" 인간의 몸에서 나온 게 싶나 의심이 드는 깊은 저음의 남자 목소리가 탁 트인 풀밭 저편에서 우르릉거렸다.

나는 아기 새의 사체 조각이 끈적하게 붙어 있는 막대를 들고 만면에 죄책감을 띤 채 재빨리 일어섰다. 증거를 숨길 시간이 없었다. 키가 180센티미터가 넘고 몸무게가 100킬로그램은 너끈히 넘길 것 같은 거구의 남자가 옹이가 있는 육중한 나무 지팡이를 휘두르며 들판을 가로질러 나를 향해 돌진하고 있었다.

앞으로 미스터엠이라고 부를 이 남자에게 나는 아기 파랑지빠귀 살해범이 아니고, 실은 망가진 둥지를 없애서 부모 새들이 둥지를 다시 짓도록 도우려 하는 중이며, 이 가여운 작은 새들을 죽인 게 누구 혹은 무엇인지 알아내려고 하고 있다는 확신을 심어주기까지 속사포처럼 빠르게 몇 분간 설명을 늘어놓아야 했다.[9] 내가 미스터엠에게 이 공원을 지키려고 하는 모임인 와일드워너와 함께 하는 새로운 파랑지빠귀 관리자라고 말하자 히코리나무 지팡이를 인정사정없이 쥐고 있던 그의 악력이 느슨해졌다.

"2년 전에 여기 왔더니 여길 싹 다 깎아놨더라고." 미스터엠이 주변의 야생 들판을 가리키며 말했다. "그런데 다시 와서 자라 있는 걸 보니까 얼마나 행복했는지 몰라. 너무 아름다워요… 이런 게 공원이지. 우리한테는 천치 같은 구석이 있어, 그러니까 당신들이 이곳을 지키려고 노력해서 당신들한테 사족을 못 쓰는 천치란 말이오. 나 같은 사람은 배운 게 없어 가지고… 이곳은 너무 황홀해요, 그래서 당신하고 당신 모임이 하는 일을 아주 고맙게 생각한다오."

이 파랑지빠귀 애호가는 알고 보니 내가 만난 사람 가운데 가장 신실한 워너공원의 팬이었다. 내가 이야기를 나눠본 공원 이용자 수십 명 중에서 이 장소를 너무 사랑하기 때문에 나중에 여기다 자신의 유해를 뿌리고 싶다고 말한 사람은 미스터엠이 유일했다(자신의 본명을 쓰지 말아달라고 요청한 것도 이 때문이었다. 시의 공원에 인간의 뼛가루를 뿌리는 행위는 불법이라며 걱정한 것이다).

미스터엠은 30년 동안 이 야생 들판 곳곳을 산책했다. 사랑하는 말티즈 스쿼티와 함께 이 공원의 산책로를 수백 시간 동안 거닐며 행복한 시간을 보냈다.

"이 공원에 오면 얘가 얼마나 좋아하는지 몰라요. 조금 앞서 걸어가다가 서서 나를 돌아보는데, 얼마나 귀여운지."

나는 논문을 위해 인터뷰를 해도 괜찮은지 물었다. 나는 미스터엠의 눈으로 이 공원을 보고 싶었다.

7월의 어느 늦은 오전 미스터엠은 깃털이 꽂힌 말쑥한 회색 밀짚

페도라를 쓰고 풀밭 근처에 나타났다. 우리는 아주 천천히 걸었고, 나무 그늘이 나타나면 그 아래서 한 번씩 쉬기도 했다. 71살인 미스터엠은 60년간 육체노동을 하다가 중증 관절염과 좌골 신경통을 얻었다. 하지만 나는 나이 많은 다른 공원 친구들이 그렇듯 그 역시 풍경을 음미하고 모든 나비와 활짝 피어난 모든 골든로드 꽃들을 감상하느라 천천히 걷는다는 것을 알 수 있었다. 그의 날카롭고 깊은 갈색 눈은 내가 잘 듣고 있는지 확인하느라 한 번씩 나를 뚫어질 듯 바라보았다. 핵심을 강조할 때 표현에 화려함을 더하며 흔들어대는 그의 큰 손이 자꾸 내 디지털 녹음기에 부딪혔다.

"이 친구는 그야말로 숨이 멎을 것 같네." 그가 제왕나비를 보며 이렇게 찬탄했다. "너무 좋아. 이 공원이 나한테 주는 선물 같은 존재지, 말로 표현하기는 너무 힘들어. 이 공원은 나한테 안정감을 주지. 여기서 이런 환경에 놓여 있으면,"—그가 주변의 야생 들판과 나무들을 향해 몸짓을 하며 말한다—"저 바깥 길거리에 있는 폭력, 마약, 알코올에서 내가 보호받는다는 느낌이 든다오."

잭 허스트처럼 미스터엠과 워너공원의 연애는 물고기에서 시작되었다. 그는 일하다가 짬을 내어 낚싯대와 낚시도구 상자를 들고 워너의 습지로 향했다. 그곳에서 블루길, 퍼치, 메시를 잡아 집으로 가져가 아이들에게 먹였다.

"믿든 안 믿든, 무슨 고기를 잡는지 그런 건 상관없었소. 내 말은, 난 낚시를 좋아해요, 그건 오해하지 말라고. 하지만 내 태도는, 오늘은 물고기가 입질이 없네, 뭐 그럴 수도 있지, 하는 식이라는 거야. 그냥 앉아서 창조의 순간을 즐기는 거지. 거기서 시간을 보낼수록 점점 더 사랑하게 됐소. 그래서 어딜 가든 워너공원은 항상 내 마음속에 있는 거지. 그건 그러니까, 선생은 분명 이런 말을 들어봤을 거 같은데, 내 심장이 있는 곳이 바로 집이다. 그러니까 내가 어딜 가든 이곳은 내 심장에 있는 거요."

미스터엠은 텍사스 국경에서 북쪽으로 90킬로미터밖에 되지 않는, 아칸소 남서부의 "어중간한 목장"에서 어린 시절을 보냈다. 12살 때 이웃의 가축 방목지에서 일을 시작한 그는 이미 건초를 베어 나르는 "남자의 일"을 하고 있었기 때문에 고등학교 과정을 끝마치지 않았다. 때는 1950년대, 민권운동이 이제 막 일어나던 시절이었다.

나는 리틀록나인Little Rock Nine을 기억하는지 물었다. 1957년 미스터엠이 살던 아칸소주의 [그전까지 백인 학생만 다니던] 리틀록센트럴고등학교에서 인종통합 교육을 실시하기로 하자 흑인지위향상협회NAACP가 선발해 입학시킨 그 9명의 흑인 십대를 기억하느냐고.[10] 나는 백인 군중이 물건을 집어던지고 "아프리카로 돌아가라!" "저년에게 본때를 보여주자!" "저년을 나무로 끌고 가라!" 하고 소리를 지르며 침을 뱉는 가운데 그 아홉 명 중 한 명이 공책으로 몸을 가리고 당당히 걸어가던 오래된 뉴스영화를 떠올렸다.[11]

그 고등학교에서 800킬로미터 정도 떨어진 곳에 살았던 그는, 아, 그럼, 하며 당시를 떠올렸다. 그는 그 십대와 같은 나이였다. 가구 수리 일을 막 배우기 시작한 참이었고, 그 일은 그의 업이 되었다. 가구 수리점 앞에는 백인 사내들이 모여서 시간을 죽이곤 했다.

"그 사람들이 어떤 대화를 했는지 믿지 못할 거요. 그 사람들은 '내 딸이 그 검둥이들과 같이 학교를 다니게 하느니 차라리 딸을 죽일 거야'라고 떠들어댔지."

몇 년 뒤 민권운동이 기세를 올리기 시작할 때쯤 그는 북부로 향했다. 남쪽 지방을 떠난 큰 이유는 노골적인 인종차별이었다. "그 괴롭힘을 참을 수가 있어야지… 떠나지 않았다면 아마 누굴 죽이든 죽임을 당하든 그랬을 거야… 어머니는 내가 걱정이셨지. 내가 떠나지 않길 바라셨소. 그냥 옛날 어머니 중 한 분이었어. 왜 새들은 때가 되면 어린 것들을 둥지 밖으로 차버리는데, 우리 어머니한테는 자식들이 품을 떠날 때가 아니었던 거야…. 하지만 어머니는 마음속 깊은 곳에서는 내가 떠나지 않으면 나쁜 일이 벌어질 거라는 걸 아셨지. 길을 걷다 보면 흑인 남자들이 나무에 매달려 있는 게 눈에 들어오는 시절이었으니 말이야. 린치를 밥 먹듯이 하는 시절. 나머지한테 그걸 보고 알아서 기라는 거지."

인정하는 게 쉬운 일은 아니고 슬픈 마음도 들지만 앨라배마에서 살기 전까지만 해도 나는 남부 캘리포니아의 학교에서 받은 인종주의 교육 때문에 노예제와 그 후로 오래 이어진 문제에 대한 지식이 〈바람과 함께 사라지다〉 수준에 머물러 있었다. 우리 가족은 그 영화를 최소한 세 번은 봤을 것이다(나는 벽에 클라크 게이블 포스터를 붙여놓기도 했다). 나는 앨라배마에 살기 시작하면서 남북전쟁 직후 해방된 노예

들이 공직선거에 투표하거나 취임하지 못하게 하려고 옛 남부연합 군인들이 폭력적인 게릴라 전쟁을 수행하던 시기에 린치가 핵심 작전의 일환이었다는 사실을 알게 되었다. 1877년부터 1960년대까지 미국에서 일어난 4400여건의 린치는 사회적 통제의 한 형태이기도 했다. 같은 나라 사람들에게 공포를 안기기 위한 일종의 테러였던 것이다. 역사학자들은 전국에서 일어난 린치의 85~90퍼센트가 남부에서 일어났고, 지방의 법 집행기관과 공모한 경우가 많았던 것으로 추정한다.[12]

연구자 제임스 앨런은 이렇게 말했다. "피해자들은 아프리카계 미국인들을 겁박하려는 수단으로 나무에 매달려 전시되었다. 범인들은 근대적인 교량, 철길, 동네에서 가장 눈에 띄는 나무를 골라 다른 동네 사람들까지 겁박했다. 여러 근거 없는 믿음 중 하나는 린치가 분노에서 나온 행동이었다는 것이다. 하지만 린치는 철저하게 계획되었고 장소는 심사숙고를 통해 정해졌다."[13]

미스터엠의 고향인 아칸소주는 미국에서 린치가 가장 빈발하는 네 주 중 하나였다. 린치에 관해서 전국적인 권위를 인정받는 기관인 앨라배마 몽고메리의 평등한정의이니셔티브Equal Justice Initiative(EJI)에 따르면 다른 세 주는 미시시피, 플로리다, 루이지애나였다.• 그러므로

• 연구자들이 역사적인 린치를 더 파헤칠 때마다 EJI는 웹사이트를 업데이트한다(이들의 온라인지도에서 당신의 주를 검색해보라. https://eji.org/reports/lynching-in-america/). 앨라배마 몽고메리에서 EJI는 노예사 박물관 옆에 전국의 린치 희생자들을 기리는 가슴 저미는 추모공간을 세웠다.

미스터엠이 처음 북부지방에 와서 안도감을 느낀 건 놀랄 일이 아니다.

하지만 어느 정도 시간이 흐른 뒤, 특히 가구 천갈이 가게를 시작하면서 미스터엠은 북부지방에도 인종차별이 있다는 걸 알아차렸다. 이웃 가구점의 백인 주인은 가게를 차렸다고 축하해주기는커녕 불쑥 찾아와서는 "이봐, 매디슨에선 절대 못버틸 껄" 하고 말했다.

그렇지만 미스터엠은 매순간 자기 일을 사랑하고 가족을 부양하면서 49년을 버텼다. 그리고 그 백인 이웃도 그의 사업이 번창하는 걸 보더니 그에게 손님들을 보내기 시작했다. 미스터엠은 자랑스러운 "장인"이었고, "아무에게서나 주문을 받을 필요가 절대 없었다." 그는 자신이 흑인이기 때문에 자신의 작업물이 "세 배 더 좋아야" 한다는 걸 알고 있다고 말했다.

"우리 몸이 어떻게 만들어져 있나를 한 번 봐요, 색이 다 다르잖아… 우리 인간은 색깔을 가지고 차별을 하지… 그런데 검은 새도 있고, 파란 새도 있고, 동물도 색이 다양하잖소. 동물들은 '넌 검은색이고 난 흰색이야' 하면서 싸우지 않아."

하지만 그는 편견을 상대하면서 더 나은 가구 장인이 되겠다는 결심을 다졌다. 15시간씩 일하는 날도 있었다. 미스터엠은 한 가정에서 사랑받던 의자와 소파를 자기 손으로 복원하는 일을 사랑했다.

"난 사람 피부색은 안봐요. 그 사람 인간됨을 보지. 그리고 내가 누굴 존중하는데 그 사람이 날 똑같이 존중하지 않아도 화를 내지 않아요. 그냥 그 사람을 가까이하지 않아. 피하지. 내가 여기 와서 안도감을 느낀 건 그래서였어. 여기선 피할 게 별로 없어서. 하지만 저기

(남부지방)에선 피하는 게 일상이었지."

"저 아래에선(남부지방) 내가 서 있는 자리가 어디인지를 안다오. 근데 여기선 그게 잘 드러나지 않는 편이야. 매디슨은 자유주의적인 도시지만, 여기에도 '구식' 인간들이 있어서 앞에서는 먹을 걸 대접해 놓고 뒤에서는 칼로 찌른단 말이야. 난 71년 넘게 살면서 선생은 상상도 못할 일을 겪었지. 하지만 워너공원에 오면 우리가 얘기하던 모든 게 그냥 역사가 되는 거야. 이 공원에서 산책할 때는 안전한 천국에 있는 기분이야."

"이 공원에서는 인종차별을 한 번도 안 겪으셨어요?" 내가 물었다.

"이 공원에서 산책하다가? 있지, 경험해봤지. 몇 분 전에도 겪었는걸."

나는 그 자리에 우뚝 멈춰섰다. 미스터엠이 무슨 말을 하는지 이해할 수가 없었다. 아주 멋진 날이었다. 미스터엠과 나는 미스터엠이 제일 좋아하는 노래멧참새의 세레나데를 감상하려고 여러 번 멈춰서기도 하고 자전거길에서 작은 두꺼비를 구출해서 함께 풀숲에 놔주기도 하면서 한 시간 넘게 우리 주변의 아름다움을 만끽하는 중이었다.

"언제요? 무슨 일이 있었는데요?" 내가 물었다.

"금방 우릴 지나친 남자 있지? 그 남자 우리랑 가까워지니까 불편해하더니 인도에서 길을 틀어서 풀밭을 가로지르지 않았소? 아, 내 눈에는 딱 보이던데. 그 남자는 흑인 남자랑 백인 여자라니, 하고 생각했던 거야. 난 신체언어를 보면 그런 걸 탐지할 수 있다오."

미스터엠의 말을 듣고 보니 내가 풀숲에서 새들의 날랜 움직임을 감지할 때 사용하는 주변시력에 젊은 백인 남자의 짜증난 표정이 잠시 포착되었던 게 어렴풋이 기억이 났다. 혐오감에 진저리를 치며 우리에게서 황급히 벌어지던 그 모습이. 하지만 나는 미스터엠의 얼굴에 녹음기를 바짝 갖다대고 그에게 질문을 하는 데 너무 정신이 팔려서 제대로 알아채지도 못했던 것이다.

중앙아메리카에 사는 10년 동안, 특히 과테말라에서 마지막 6년을 살면서 내 몸은 언제든 최고 속도로 달릴 준비를 했고 모든 감각이 바짝 곤두서 있었다. 그리고 때로 나는 폭력배, 소매치기, 특히 따지는 게 많은 외국인 기자를 따라다니는 군대의 정보원보다 실제로 빨리 달려야 했다. 나는 제법 빠른 편이다. 그들보다 빨리 달리는 데서 오는 괴벽스러운 쾌감도 느꼈다. 그건 내 일의 일부였고 내 선택이었다. 하지만 그로 인해 내 면역계가 망가졌다. 그리고 전쟁지역에서 10년을 보내고 나니 내 몸은 싸우거나 도망치거나밖에 모르는 상태가 되었다. 전원을 끄는 스위치가 망가져버린 것이다. 미국에서 백주대낮에도 뒤에서 발소리가 들릴 때마다 뒤를 돌아보지 않고 긴장을 늦추는 데 여러 달이 걸렸다. 나는 과테말라에 살던 시절에는 미스터엠이 본 것—잠재적인 위험의 경고신호, 성난 백인 남자의 적대적인 신체언어—을 나 역시 쉽게 보았을 것이다. 하지만 워너공원에서 내 눈에는 새밖에 들어오지 않았다.

나는 중앙아메리카를 떠나면서 그 두려움과 과도한 경계심을 허물 벗듯 벗어버렸다. 그게 가능했기 때문이다. 하지만 미스터엠은 먼 이방의 전쟁지역에서 모험 같은 걸 하는 게 아니었다. 허물을 벗어낼 수도 없었다. 이건 고작 멜라닌 때문에 그가 짊어져야 하는 삶이었다. 그리고 나는 남부지방의 증오범죄 피해자들과 했던 그 모든 인터뷰 덕분에 그 많은 유색인종들에게 미국은 내가 10년을 살았던 전쟁지역과 다를 바 없다는 사실을 알게 되었다. 미스터엠과의 산책은 내가 백인으로서 그 모든 걸 얼마나 쉽사리 잊어버릴 수 있는지 찬물을 끼얹듯 다시 일깨워주었다. 나는 마법지팡이 같은 파란색 미국 여권을 집어들고 비행기에 올라타는 순간 그 전쟁구역에서 벗어났다. 하지만 그에게 "특별한 감정"을 안겨주었고 너무나도 사랑한 나머지 자신의 유해를 뿌리고 싶다는 워너공원, 미스터엠의 이 "안전한 천국"은 그럼에도 경각심을 늦출 수 없는 곳, 우리를 지나치는 모든 사람을 예의주시하며, 백인 여자가 자신을 인터뷰하고 있다는 사실을 주변 사람들이 불쾌하게 생각하지는 않는지 신경 써야 하는 곳이었다.

리틀록나인이라고 알려진 학생들이 리틀록센트럴고등학교로 당당히 걸어들어간 건 내가 미스터엠을 인터뷰하기 50년도 더 된 일이었지만, 나는 "공립"학교에 다니는 흑인 학생에 대한 당시 백인들의 반응과, 공공공원에서 함께 산책하는 나와 미스터엠을 향한 그 젊은 백인 남자의 반응 사이에는 직접적인 역사적 연결고리가 있다는 걸 깨달았다. 미국의 역사에서 대부분의 기간 동안 공적 장소는 백인의 장소를 의미했다. 역사학자이자 인종연구가인 W.E.B. 듀 보이스는 1920

년에 출간된 자신의 저서 『다크워터』에서 자연이 "피난처"라는 낭만적인 생각은 늘 백인에게만 적용되었다고 설명했다. 아프리카계 미국인들은 숲이나 도시공원에 있는 가장 가까운 '월든'으로 가서 안식을 얻을 수 없었다. 오직 인종분리 정책에 따라 격리된 장소에서만 피난처가 되어주는 자연과 만날 수 있었다. 아마도 이런 피난처 가운데 가장 유명한 곳은 블랙에덴Black Eden으로 알려진 미시건의 아이들와일드Idlewild일지 모른다. 1964년 민권법을 통해 차별이 불법으로 규정될 때까지 페레 마르케트Pere Marquette 강의 상류에 자리한 이 호반 동네는 아프리카계 미국인들이 토지를 구입하고 휴가를 보낼 수 있는 미국에서 몇 안 되는 휴양지 중 하나였다. 1912년부터 1960년대까지 여름철이면 2만5000명에 달하는 흑인 휴양객들이 주말마다 찾아와 낚시, 사냥, 수영, 캠핑, 승마를 하며 즐거운 시간을 보냈다.[14]

물론 학교에서는 이런 사실을 전혀 배우지 못했다. 인종주의 교육을 받은 내 세대의 백인들이 인종분리와 민권운동에 대해 조금이라도 배웠다면 버스에서 마음대로 앉지 못한 로자 파크스 얘기 정도였다. 나는 인종분리가 야외 공간에도 적용될 수 있다는 생각은 전혀 해보지 못했다. 앨라배마에서 증오범죄 연구자로 일하면서 나는 민권운동이 일어나고 10년이 지나서야 모든 공공공간—학교, 도서관, 공공수영장, 해변, 모든 종류의 공원—이 법으로 인종분리 정책을 금지했다는 사실을 알게 되었다. 그렇다고 해서 이런 공간에서 실제로 분리 정책이 중단된 건 아니었다. 공공수영장이 있는 남부의 많은 도시들이 수영장에서 백인과 흑인 아이들이 어울려 놀게 하느니 차라리 수영장을 시멘트로 메워버렸다. 부유한 백인들이 사적인 컨트리클럽에 가입하고 아이들을 사립학교로 보내면서 실내외의 공공공간들은 사라지거나 재정 부족에 시달렸다. 유색인종 아이들은 수영과 테니스를 배우고 다른 야외 스포츠를 즐길 권리를 시스템 차원에서 부정당했다. 탐조계가 백인 일색인 것도 전혀 놀랍지 않았다.

폭력에서 벗어나고자 북쪽지방으로 떠난 다른 수백만의 아프리카계 미국인들이 그랬듯 1960년대에 미스터엠은 매디슨으로 이주했지만 북부 주들 역시 실내외에서 오랜 세월 분리주의 정책이 이어져오기는 마찬가지였다. 나는 매디슨 공원에 대한 논문을 준비하면서 한 사진을 접하고 충격에 빠졌다. 흰 장옷과 두건을 쓴 매디슨의 쿠클럭스클랜(KKK) 회원 수백 명이 매디슨의 대로를 따라 행진하는 1924년의 사진이었다.[15] 1919년부터 1926년까지 위스콘신-매디슨대학교 교정에는 KKK 이름을 내건 학생 모임이 두 곳 있었다.[16] 위스콘신역사협회에 따르면 KKK는 1920년대 말경에는 매디슨에서 거의 사그라들었다가 민권운동이 시작된 직후 다시 고개를 들었는데, 그게 바로 미스터엠이 매디슨으로 이주한 시점이었다. 남부빈곤법센터의 전국 증오집단 지도를 보면 2004년까지도 위스콘신에는 KKK 지부 세 곳이 있었다. 그리고 위스콘신 최대의 도시 밀워키에서는 1967년에 주거지 인종분리에 항의하며 백인 동네의 공원으로 행진하는 200명의 젊은 흑인지위향상협회 회원을 향해 성난 백인 군중이 돌과 병을 던지고 흑인지위향상협회 사무실에 화염병이 날아드는 등 1960년대에도 남부와 똑같은 수준의 폭력사태가 빚어졌다.[17] 버클리의 '구조적 인종주의의 뿌리 프로젝트Roots of Structural Racism Project'에 따르면 오늘날 밀워키는 아직도 미국에서 다섯번째로 인종분리가 심한 도시이다. 그리고 매디슨은 미국에서 살기 가장 좋은 10대 도시 목록에 종종 들어가긴 하지만, 매디슨이 속한 데인카운티는 아프리카계 미국인 아이가 살기에 최악인 카운티 중 하나로 꼽힌다.[18] 위스콘신이 진보적인 주로 명성이 높은데도 일부 나이 든 아프리카계 미국인들이 "북부의 미시시피"라고 부르는 것은 모두 이런 까닭이다.

미스터엠이 감지하는 인종적 적대감 같은 경험과 오늘날 말하는 미묘한 차별도 미스터엠 같은 사람이 워너공원에서 산책하지 못하게 막지는 못할지 모른다. 남부에서 지독한 일상적 인종차별을 겪어본 사람에게라면 더욱더. 하지만 나는 이런 사건들이 다른 유색인종 이웃들에게 장애물로 작용할 수 있음을 알았다. 백인이 불쾌하게 반응하거나 심지어 나를 괴롭히고 해칠까봐 걱정이 든다면 "긴장을 풀기" 위해 아름다운 장소로 가고 싶다는 생각을 할 수 있을까? 내가 좋아하는 작가이자 인종과 페미니즘을 연구하는 학자인 벨 훅스는 그것을 "적대적이고 인종차별적인 백인의 시선"이라고 불렀다.[19] 사회학자 패트릭 웨스트는 디트로이트의 공원에 관한 1989년의 연구에서 적대적인 환경에 대한 두려움 때문에 아프리카계 미국인들이 디트로이트의 공원을 더 적게 이용한다고 썼다. 그리고 다른 대도시에서 이루어진 여러 연구는 이 웨스트의 인종적 적대감 가설이 옳았음을 확인시켜주었다.[20] 여성주의 지리학자 캐롤린 핀니는 자신의 강력한 문화적 분석 『검은 얼굴, 흰 공간: 아프리카계 미국인과 위대한 야외 공간의 관계를 재상상하기Black Faces, White Spaces: Reimagining the Relationship of African Americans to the Great Outdoors』에서 이런 복잡한 역사적 상황을 추적한다.

미스터엠과의 산책 이후 짐과 나와 우리 이웃들이 워너공원을 더 많이 개발한다는 시의 계획에 반대하고 나서 처음으로 시의원과 만났을 때를 다시 생각해보게 되었다. 시의원이 그 개발계획안을 제출한 큰 이유 중 하나는 유색인종 주민들이 공원을 더 많이 이용하게 하려는 것이었다. 의원은 우리 동네의 인종차별을 못마땅해했다. 나는 미스터엠 덕분에 우리 프로그램에 참여하는 아이들에 대해서도 의문이 생겼다. 대부분이 백인인 대학생 멘토가 없을 때 이 아이들도 인종적 적대감 때문에 공원에서 놀거나 숲에서 산책하기 어려운 건 아닐까?

그러던 중 어린이 프로그램이 2년차에 접어든 2012년, 플로리다에서 트레이본 마틴이라고 하는 17세 소년이 후드티를 입고 있다가 "수상해" 보인다고 여긴 한 남자에게 살해당하는 사건이 일어났다.

같은 해 봄, 내 프로그램에 참여하는 한 남자아이가 파랑지빠귀 관리자가 되고 싶다고 내게 말했다. 내가 자바리라고 부를 이 소년은 혈기왕성한 탐조능력자로 새를 동정하는 데 쌍안경조차 필요하지 않은 타고난 자연연구가였다. 자바리는 우리 집에서 겨우 두 블럭 떨어진 공원 가장자리에 살았다. 워너공원의 116번째 관찰종인 줄무늬올빼미를 잡목림에서 발견해서 어느 일요일 오후 올빼미 펠릿[소화되지 않은 먹이의 잔해를 다시 토해낸 것]을 자랑스럽게 들고 우리 집 현관앞에 나타난 아이였다. 자칭 터틀맨이었던 이 아이는 습지에서 몇 시간씩 거북을 관찰하곤 했다. 자바리는 내게 수면 아래에 있는 "거북들을 느낄" 수 있다고 말했다. 자브리는 별명이 여러 개였다. 스파키[발랄한 사람], 프린세스. 집에는 새장에 든 새들과 살이라는 이름의 도롱뇽이 있었다. 공원에서 동물들과 어울리지 않을 때는 길 건너 도서관에 가서 동물의 생태를 조사하거나 식물학 웹사이트에 들어가서 공원의 식물을 동정했다(사서들은 자바리를 예뻐했다). 자바리는 총기와 마약 때문에 종종 사건을 겪는, 매디슨시에서 가장 열악한 다세대주택에 살았다. 공원의 숲은 아이의 피난처였다.

자브리는 시간만 나면 워너공원 곳곳을 누비고 다니며 내게 도움이 될 만한 종을 찾아다녔다. 그리고 이 아이는 후드티를 입었다. 트레이본 마틴이 살해된 뒤 나는 내가 무슨 짓을 하고 있는 건지, 미스터 엠과 우리 프로그램에 참여하는 일부 아이들이 공원에서 걷기만 해도 맞닥뜨릴 수 있는 위험에 관해 내가 얼마나 무지한지 진지하게 고민하기 시작했다. 어쩌면 자바리에게 파랑지빠귀 관리자 교육을 시키면 안 되는 게 아닐까, 아이가 그 작은 집들을 열어보는 모습을 보고 누가 경찰에 신고를 하면 어쩌지? 생각에 잠겼다. 하지만 나는 이 난제를 그렇게 오래 고뇌하지 않아도 됐다. 그 해 5월 동네에서 갱단의 폭력사건이 일어났고 누군가 자바리 어머니의 발에 총을 쏘았다. 자바리는 우리 프로그램의 최우수 학생이었기 때문에 나는 학교로 불려갔다. 학교 상담사는 자바리에게 어째서 이제 집에 갈 수 없는지, 그리고 어째서 다시는 워너공원에 갈 수 없는지 설명하는 걸 도와달라고 부탁했다. 자바리는 목격자보호프로그램에 들어가야만 했다.

이 모든 일을 겪으며 나는 새에게 쏠린 초점에 조금 힘을 빼고 내 논문을 위해 인간의 역사에 관한 글을 더 많이 읽어봐야 겠다는 깨달음을 얻었다. 나는 역사학자 킴벌리 K. 스미스의 포괄적인 연구서 『아프리카계 미국인의 환경사상: 토대African American Environmental Thought: Foundations』를 읽으면서 내가 생태학, 생물학, 조류학이라는 렌즈를 처음으로 접하고 너무 들뜬 나머지 워너공원을 이 새 렌즈로만 바라보고 있었다는 사실을 깨달았다. 나는 대부분의 백인 환경주의자들처럼 탐조와 자연을 인종과 정의의 문제와 분리하는 실수를 똑같이 저지르고 있었다. 워너공원을 거니는 동안 나는 그런 문제를 신경 쓸 필요가 없었기 때문이다. 미스터엠의 경험, 트레이븐 마틴의 죽음, 우리 동네의 아이들, 그리고 역사학 문헌들은 모두 내가 워너공원의 이용과 관련된 문제를 미국 사회에서의 폭력과 테러라는 더 넓은 역사적 맥락 안에서, 전쟁지역의 렌즈를 통해—조류 보존 렌즈만이 아니라—살펴야 한다는 사실을 되새기게 해주었다. 나는 대학생 멘토들에게 이런 맥락을 가르치지 않고서 이들을 데리고 탐조에 나설 수 없었다.

하지만 내 안의 스승은 반인종주의 문제를 탐조에 통합시키기를 두려워했다. 백인 학생들에게 처음으로 인종주의에 관해 가르치려고 시도하다가 교직 경력이 막을 내릴 뻔했던 경험이 있었기 때문이다.

아직 앨라배마의 줄리아 터트와일러 교도소에서 글쓰기 수업을 진행하던 시기에 2000년부터 오번대학교에서 강사로 저널리즘 수업을 맡았다. 오번대학교는 긴장감이 가득한 곳이었다. 증오범죄가 판을 쳤고 흑인 교직원들은 공격에 시달려 지쳐 있었다. 나는 교직원 증오범죄위원회의 일원이었고, 우리가 수집한 이야기들은 참혹했다. 나는 증오범죄를 연구해왔기 때문에 저널리즘을 이용해서 백인 일색인 학생들에게 민권의 역사를 가르치기로 결심했다. 그래서 나는 첫 과제로 학생들에게 민권운동계의 전설 줄리언 본드의 연설을 취재해오라고 시켰다. 교실로 돌아온 학생들은 고함을 지르며 난리를 쳤다. 학생들이 왜 이렇게 화가 났는지 파악하려고 애쓰면서 나는 이들에게는 줄리안 본드가 말하는 끔찍한 진실을 넓은 맥락에서 이해할 역사적 근거나 개인적 경험이 전무하다는 사실을 깨달았다. 학생들은 오번대학교가 "친근한 장소"라고 생각했다. 그리고 나는 학생들과 이제 막 만난 상태였다. 다시 말해서 학생들과 아무런 관계가 형성되어 있지 않았다. 설상가상으로 나는 캘리포니아 출신의 외부자였다. 그런데 이들에게 다짜고짜 너희가 살고 있는 주와 다니는 대학은 인종차별에 찌들어 있다며 소리치고 있었다.

나는 수업계획서를 부커 T. 워싱턴, W.E.B 듀 보이스, 그리고 마틴 루서 킹 주니어 박사의 연설로 채워넣었다. 하지만 학생들에게 민권에 관해 설교하는 것은 효과가 없을 터였다. 나는 내가 그들 나이였을 때 인종주의를 어떻게 배웠는지 돌아보았다. 그러다가 그 나이

때의 나 역시 인종주의에 관해 전혀 아는 게 없었다는 사실을 깨달았다. 나는 남부 캘리포니아의 백인 일색인 동네, 미국에서 가장 부유한 지역에 속하는 곳에서 어린 시절을 보냈다. 햇빛을 마음껏 누리고, 손톱 단장에 집착하고, 마리화나를 피우고 코카인을 흡입하는 서퍼가 되고 싶었던 그 시절의 나 역시 1970년대에 백인밖에 없는 공립학교에 다니고 있다는 사실을 전혀 생각해보지도, 깨닫지도 못했다. 내가 다니던 학교에서 유색인종이라고는 안전하게 자기들끼리 패거리를 지어다니던 멕시코계 아이들뿐이었는데, 우리 백인애들은 그 애들을 "갱단"이라고 불렀고 감히 사회적인 경계를 넘으려는 멕시코 아이들을 "코코넛"이라고 불렀다. 오렌지카운티에서는 멕시코인들을 향한 인종차별이 워낙 심해서 당시에는 어떤 사람을 "멕시코인"이라고 부르는 것만으로도 인종적 모욕이었다.[21] 나는 몇십 년이 지나서야 어째서 나에게 남부지방이 그렇게 친숙했는지를 깨달았다. 나 역시 아름다운 오렌지 과수원과 아보카도 과수원에서 아일랜드계 백인 남자 감독관인 아버지가 갈색 피부를 가진 남자들—멕시코계 농장노동자들—에게 할 일을 지시하는 플랜테이션 문화 속에서 성장했기 때문이었다.

나는 앨라배마로 이사하기 전까지 인종주의를 추상적인 개념으로만 배운 상태였다. 교도소에서 수업을 시작하면서 어떤 사정으로 그곳에 갇히게 되었는지 학생들이 들려준 이야기들은 내가 그간 어떤 특권을 겹겹이 두르며 자라왔는지를 생각하지 않을 수 없게 만들었다. 내가 만일 버밍엄에서 흑인으로 태어났더라면 십대 시절 내가 했던 수감자 학생들이 한 것과 똑같은 행동들—마약, 자동차사고, 좀도

둑질—때문에 아마 진작에 죽었거나 감옥에 갇혔으리라는 사실을 깨달았다. 하지만 경찰은 우리 동네에서 술에 떡이 된 백인 여자애들을 신경 쓰지 않았다. 경찰은 우리 동네에 얼씬대는 일 자체가 별로 없었다.

나는 공들여 계획한 역사 강의를 집어 던지고 흑인지위향상협회와 교직원 증오범죄위원회에 자문을 구했다. 노련한 전사들은 기꺼이 차별의 경험을 들려줄 만한 오번대학교의 흑인 졸업생들과 접촉할 수 있는 방법을 알려주며 도움을 주었다. 많은 흑인 졸업생들이 아직도 차별의 후유증에 시달리면서 수십 년간 익명의 존재로 남아 있었다. 하지만 그중에는 다음 세대에게 자신의 이야기를 전하고 싶어 하는 이들도 있었고, 학생들은 그들을 인터뷰할 수 있었다.•

몇 주 뒤 남학생 사교클럽 회장을 맡고 있는 한 백인 학생이 수업 시간에 한 전직 흑인 미식축구 선수를 인터뷰한 내용을 발표했다. 이 미식축구 선수는 1960년대에 너무 가혹한 대우를 받아 40년이 흐른 지금도 인터뷰 도중 세 번이나 울음을 터뜨렸다고 전하며 학생 자신도 목이 메었다. 그 학생은 이 이야기를 이제까지 누구에게도 한 적이 없다는, 심지어 이미 백인 친구들이 있는 자녀들이 비참한 과거를

• 나는 피해자에게 그들의 이야기를 해달라고, 고통을 다시 끌어내라고 요구하는 것이 인종주의를 가르치는 유일한 방법이라고 생각하지 않는다. 다행히도 요즘에는 교사들이 사용할 수 있는 많은 미디어가 있다. 하지만 이 때는 20년 전이었고 나는 절박했으며 동료들은 도움을 주고 싶어 했다. 남부빈곤법센터의 직원들과 오번대학교의 동료들, 낸 페어리Nan Fairley, 조니 그린Johnny Green, 데이비드 윌슨David Wilson, 그리고 흑인지위향상협회 앨라배마 지부에 크나큰 고마움을 전한다.

아는 걸 원치 않아 자녀들에게마저 들려주지 않았다는 이 선수의 말에 아무 말도 할 수 없었다고 말했다. 학생들은 오번대학교에 들어온 흑인 학생들을 환영하려고 한 백인 학생들이 겪은 일에도 충격을 받았다. 특히 1964년에 백인 군중 앞에서 최초의 흑인 대학원생 해롤드 A. 프랭클린과 악수를 하려다가 겁에 질린 젊은 백인 미식축구 주장 이야기에. 학생들은 도서관 지하에서 낡은 파일을 뒤진 끝에 이 백인 주장이 수년간 살해협박 편지를 받았다는 사실을 알게 되었다.

학기가 끝날 때가 되자 학생들은 나에게 더 이상 화를 내지 않았다. 대신 그동안 자신들을 속인 거짓말에 분노하여 오번대학교의 역사적 인종주의에 관한 자신들의 연구 결과물을 공개적으로 발표하는 시간을 가졌다. 학생들은 대학 당국에 이 역사를 인정하고 변화를 만들어갈 것을 촉구했다.

오번대학교의 학생들은 인종주의에 관해서는 그냥 설교가 먹히지 않는다는 사실을 알려주었다. 나는 먼저 이들과 관계를 발전시켜야 했다. 이들에게 배운 또 다른 교훈은 혼자서는 이런 수업이 불가능하다는 사실이다. 흑인지위향상협회, 남부빈곤법센터, 그리고 오번대학교의 동료들이 없었더라면 그 수업을 마지막으로 내 교단 경력이 끝났을지 모른다.

매디슨에서도 나는 도움이 필요했지만 아이들과 그들이 겪은 사연을 활용해서 대학생들을 가르칠 순 없었다. 나는 학생들이 이 아이들을 "피해자"로 바라보지 않기를 바랐다. 그런 관점은 그 많은 "자원" 활동, "지역사회" 활동, 대학의 "봉사-학습" 연계형 활동에 영향을 미친 자선/선교사 정신과 백인 구세주주의만 강화할 것이었다. 내 박사논문 지도교수 중 한 명인 랜디 스토이커Randy Stoecker는 이를 "유해 학습"이라고 불렀다.[22]

다행히도 멘토들은 많았다. 먼저 만난 지 얼마 되지 않아서 내게 백인 구세주주의에 대해 경고했던 셔먼중등학교의 교장 마이크 에르난데스가 있었다. 에르난데스는 22살에 로스앤젤레스에서 특수교사로 교직을 시작했다. 첫 7년간 그는 학생과 그 가족 속에서 "학습된 무기력"을 목격했다. 그는 매디슨에서도 이와 똑같은 문화를 발견했다. "교육자들은 아이들이 악전고투 중이라는 걸 알아요, 그래서 우린 아이들이 계속 악전고투하게 만드는 대신 해답을 찾을 수 있게 그냥 도울 거예요. 아이들이 악전고투하면서 앉아 있지 않도록 해답을 주기도 하면서 말이에요. 이게 그 유서 깊은 '포브레시토pobrecito ['극빈한, 가여운'이라는 뜻을 가진 스페인어]' 접근법이죠. '우리 가여운 아가, 내가 널 위해 이걸 그냥 해줄게' 하는 거 말이에요."

그다음으로 나는 위스콘신-매디슨대학교에서 아프리카계 미국인들의 실패가 아니라 성공을 중심으로 연구하는 인간생태학자이자 교육전문가인 제프리 루이스를 발견했다. 오클랜드와 로스앤젤레스에서 저소득 아프리카계 미국인 어린이들의 학업성취율이 높은 학교의 교육 방법을 연구하던 루이스와 그의 연구팀은 학생들이 성공하는 이유는 "상호존중, 호혜성, 헌신, 연결성, 책임성을 특징으로 하는… 지역사회 내의 연대"라는 교육 프레임 때문이라는 사실을 발견했다. 그는 이것을 "'우리됨we-ness'의 감각"이라고 불렀는데 나에게는 이게 새들

의 무리짓기flocking와 비슷하게 들렸다.[23]

워너공원 근처에 살았던 제프리는 여러 차례 공원에 나와 아이들과 함께 산책을 했다. 나중에 그는 함께 워너공원을 거닐면서 자신의 교육철학, 인종주의에 관한 생각, 실제 경험을 들려주었다. 그의 연구와 이런 대화에 영감을 받아 나는 아이들에게서 비롯된 우리 클럽의 의식—슬레드힐에서 구르기, 가시참나무를 에워싼 나눔의 원, 아이들이 자기 멘토를 부르는 특별한 별명, 그리고 아이들이 공원에서 가장 사랑하는 장소에 붙인 특별한 이름들—을 활용해 교실 안밖에서 이 "우리됨"을 통합시키려고 노력했다. 나는 학계에 비판적인 제프리의 태도에서도 깊은 영향을 받았다. 그의 연구팀은 우리 교육시스템 내부의 위계적이고 경쟁적인 행태가 특히 유색인종 아이들에게 피해를 준다고 보고 그런 학습 풍토에서 벗어나야 한다고 권고했다.

사회학자로서 내가 사회정의 통합형 탐조수업을 하도록 적극적으로 지원한 지도교수 잭은 아프리카계 미국인 보존 생물학자이자 조류학자이며 시인인 사우스캐롤라이나 클렘슨대학교의 J. 드류 랜험의 활동을 알려주었다(클렘슨대학교의 연구자들은 조류 이동을 모니터하는 레이더 활용 분야를 개척했다). 랜험은 인종주의 수업에서 반드시 참고해야 하는 2분짜리 유튜브 영상 "흑인의 탐조법Birding While Black"을 만들었는데, 이 영상에서 그는 흑인 탐조인이 지켜야 할 규칙을 이렇게 나열한다. "1. 다른 흑인 탐조인과 혼동되지 않도록 준비하라. 2. 항시 쌍안경—과 세 가지 정도의 신분증—을 챙겨라. 3. 탐조할 때 후드티를 입지 말라. 절대로. 4. 야간 탐조 금지. 5. 검은 새는 어떤 새든 모두 당신의 새이다."[24]

잭은 드류에게 매디슨에 와서 우리 탐조클럽에서 함께 산책하고 캠퍼스에서 인종주의와 위대한 야외 세상에 관해 강연해달라고 요청했다. 드류는 학생들과 함께 산책하고 새에 관한 많은 이야기를 들려주었다. 그리고 워너의 습지에 로드킬당한 두꺼비를 묻으려는 아이들을 자상하게 도와주며 삶과 죽음의 순환과 이 두꺼비를 기리는 법을 설명해주었을 뿐만 아니라 거대한 나무는 그냥 나무가 아니라는 사실을 내게 일깨워주었다. 캠퍼스 강연에서 드류는 남부지방의 일부 나이 든 아프리카계 미국인들이 어째서 거대한 나무를 린치라는 역사적 렌즈로 바라보는지를 설명했다. 나는 어머니 가시참나무를, 내가 그 나무를 얼마나 사랑하는지 생각하다가 문득 드류의 시각으로 그 나무를 보았고, 그러자 공원부가 베지 못하게 싸웠던 그 길고 튼튼한 가지들이 위안을 주기보다는 위협적으로 느껴질 수 있다는 생각에 이르렀다.

또한 드류는 존 J. 오듀본의 황홀한 새 그림들을 살필 때 전체 그림을 바라봐야 한다고 일깨웠다. 나는 이 책 곳곳에서 오듀본을 언급했지만 나 같은 탐조인들이 한 세기 동안 도외시했던 역사는 언급하지 않았다. 그것은 바로 오듀본이 다른 인간을 사고 파는 사람, 그러니까 노예소유주이기도 했다는 사실이다.

드류는 《오듀본 매거진》에 이렇게 썼다. "그는 새를 관찰하기로, 그리고 비인도적으로 살기로 선택했다. 이제 보존조직들은 어떤 선택을 내리게 될까? 드러내야 하는 진실을 얼렁뚱땅 덮어버리는 상황을 뭐라고 변명할까?"[25]

내 탐조수업에는 유색인종 멘토가 아주 드물었다. 위스콘신-매디슨대학교 역시 거의 전적으로 백인으로 구성된 대학이라는 점을 감안하면 이상한 일도 아니었지만. 하지만 탐조수업에 참여한 유색인종 멘토 학생은 자신이 담당하는 어린 공동탐험자들과 야외에서 많은 마법 같은 순간을 겪으면서도 드류와 비슷한 경험이 있었다. 일부 학생은 탐조를 할 때 백인들이 자신을 어떻게 바라보는지에 관한 고통스러운 이야기를 수업 토론시간에 들려주었다. 또한 회고장에 그 일을 적기도 했다.

> 나는 미들턴에 산다… 미들턴에는 좋은 공원과 보존지역이 많다. 하지만 나랑 비슷한 사람들이 그런 곳에서 산책하는 모습은 보기 힘들다. 게다가 이런 아름다운 풍경은 더 잘사는 동네에서 더 많이 볼 수 있는데, 그런 데서도 나랑 비슷한 사람들은 보이지 않는다. 나는 탐조가 즐겁고, 한가할 때 탐조를 너무 하고 싶지만… 목에 쌍안경을 걸고, 손에는 야장과 연필을 들고 공원을 돌아다닐 때 나를 향한 혼란스러운 표정을 보면 마음이 편하지가 않다. 사람들, 특히 우리 동네 백인들에게 이게 그렇게까지 충격이라는 생각은 한 번도 해보지 못했다. 다른 한편으로 이런 시선 때문에 나는 유색인종과 자연과의 관계라는 측면에서 인식이 바뀔 수 있다는 희망을 가지고 우리 미래의 아이들과 나의 열정을 나누고 싶은 마음이 더 단단해졌다.[26]

이런 학부생들 덕에 나는 매디슨에서 참석한 모든 탐조행사, 모든 오듀본 회의, 모든 와일드워너 회의, 모든 성탄절 탐조행사, 모든 학술대회를 다시 생각해보게 되었다. 모두 백인 일색이었다. 그런데 어떻게 유색인종이 환대받는다고 느낄 수 있을까?

이 학생들이 내밀한 수업 토론에서 이런 고통스러운 경험을 나눌 정도로 충분히 편안하다고 느꼈을 때 나는 많은 백인 학생들의 머리 안에서 작은 혁명이 일어나고 있음을 느낄 수 있었다. 내가 미스터엠과 했던 산책과 비슷한 사건이었다. 백인 학생들은 처음으로 어째서 자신들은 야외에서 안전하다고 느끼는지, 어째서 자신의 부모들은 자식들과 함께 국립공원에서 캠핑을 하고, 스키를 타고, 래프팅 등등을 할 자원—돈, 움직이는 자동차, 그리고 금쪽 같은 시간—을 가질 수 있는지 생각하게 되었다.

하지만 어린 학생들을 일반화할 수 없듯이 유색인종 멘토 학생도 일반화할 수 없었다. 어떤 유색인종 학생은 그 수업과 아이들을 너무 좋아해 "독립적인 연구활동"으로 세 번이나 수강했다. 밀워키 도심지역 출신의 다른 흑인 학생은 수업을 듣기 전에는 새에 아무런 관심도 없다가 자신의 어린 공동탐험자들과 함께 워너공원에서 큰청왜가리를 훔쳐보고 큰캐나다기러기를 관찰하면서 느낀 전율을 글로 남겼다. 이 학생은 매와 사랑에 빠졌고, 자신을 이 새들과 개인적으로 동일시했다. 그 학기가 끝날 때쯤 이 학생은 열정적인 탐조인이 되어 자기가 "아마추어 조류학자"가 된 것 같다고 말할 정도였다.

2012년 10월 이 학생은 자신의 회고장에 이렇게 적었다. "야외에 있으면 머리가 맑아진다. 불안이나 감정적 스트레스가 있는 사람들은 야외에서 해방감과 치유효과를 얻을 수 있을 것 같다."

드류 랜험 역시 탐조가 자신이 인종주의에 개인적으로 대처하는 데 있어서 어떻게 도움이 되는지 이렇게 적었다.

> 때로 새는 연고와 같다. 고통을 진정시키거나 불쾌한 일을 막아주는 하늘의 마취제. 현장의 흔적들—깃털, 모양, 행태—을 모아서 새라는 존재로 완성하는 과정은 일종의 참선과 같다… 그 평화로운 추구 속에서 사냥감은 목숨을 내어주지 않고도 관찰 목록에 오른다. 인생 내내 그랬다. 나는 새들의 품으로 도망쳤던 것이다. 사람들은 주지 못하는 것을 내어주는 새들에게로. 새들과 함께 할 때면 피부에 편안함이 깃들고, 스트레스가 많은 시기에 평화를 얻을 수 있고, 내가 누구인지, 무슨 일을 하는지 같은 질문을 하지 않고도 받아들여지기에.[27]

또한 아이들은 우리 모두에게 특권과 기대치를 낮춰 사는 삶에 관해서도 가르쳐주었다. 우리 프로그램 참가자였던 한 무슬림 난민 소년 마진은 5개 국어를 했고 10개 국어를 배우고 싶어 했지만 "운이 좋아야"만 경찰아카데미에 갈 수 있으리라 예상했다. 대학은 마진의 선택지에 아예 오르지 않았다. 거북을 사랑해서 공원 경계에서 거북들이 로드킬당하는 걸 못 견뎌 하던 아프리카계 미국인 소년 제임스는 자신의 멘토에게 아버지처럼 트럭운전사가 되기 위해 고등학교를 중퇴할 계획이라고 말했다. 대학생 멘토들은 어떤 아이들은 공원에 있는 언덕에서 굴러서 옷이 더러워지면 집에 가서 혼난다는 사실을 배웠다. 수업토론 시간과 자신의 회고장에서 이 아이들의 집에는 세탁기나 건조기나 자가용이 없어서 옷가지를 들고서 버스를 타고 빨래방에 가야 한다는 이야기를 하며 자신이 느낀 충격을 전했다. 학생들은 공원에서 더러워질 권리는 일부 가정에서는 누릴 수 없는 사치라는 사실을 깨달았다.

한 유색인종 멘토는 우리 아이들의 많은 부모가 투잡을 하느라 너무 지쳐서 전자제품—텔레비전이나 비디오 게임—을 베이비시터로 사용한다고 지적했다. 이들이 "여유 시간"에 밖에 나가서 하이킹을 하거나 탐조를 하고 싶어 하지 않는 것은 어쩌면 간호조무사나 수위나 식당접객원이나 계산원으로 일하면서 이미 육체적으로 너무 시달리기 때문일지 몰랐다. 일부 아이들의 부모는 멕시코, 중앙아메리카, 아프리카에서 온 이민자였다. 어쩌면 이들은 이 새로운 나라에서 아이들의 안전한 놀이장소가 어디인지 아직 잘 모르는 것일 수도 있었다.

학생 멘토들은 대부분 한 학기가 끝나면 아이들을 만날 일이 없었고, 그래서 그 아이들을 그렇게 오래 알지 못했다. 하지만 나는 거의 매주 아이들의 학교를 찾아갔고 3년 동안 그 아이들을 알고 지냈다. 얼마 지나지 않아 나는 가장 열정적이고 상상력이 넘치는 셔먼중등학교의 탐험가들, 새를 가장 사랑하는 그 아이들의 가정형편이 극도로 힘겹다는 사실을 알게 되었다. 아이가 점심시간에 무심결에 언급하거나 학교 상담사가 아이의 행동을 이해할 수 있게끔 알려줄 때 그 상황을 얼핏 엿볼 수 있었다. 한 여자아이의 집은 한 해 동안 두 차례 퇴거를 당했다. 어떤 아이는 아버지가 이라크에 파병되어 있어서 아빠가 돌아오지 못할까봐 두려워하고 있었다. 어디 가든 손때 묻은 도감을 들고 다니고 브로드웨이 뮤지컬곡을 부르는 걸 사랑하는 한 남자아이는 대가족이 작은 다세대주택에 살았고, 그래서 침대 하나를 여러 명의 형제들과 함께 쓰는 바람에 잠을 잘 못 자 성적까지 안 좋은 영향을 받았다.

나는 교사로서, 그리고 한 인간으로서 꾸준히 균형을 잡으려 애썼다. 어린 마음과 영혼에 어느 정도의 현실이 감당하기 버거운 것일까, 아름다움과 참담함 사이에서 어떻게 균형을 잡을 것인가. 그리고 다른 한편으로 이 아이들의 어두운 이야기와 암울한 통계를 학생들과 너무 많이 공유하면 백인구세주 증후군을 강화하기만 할까 봐 꾸준히 경계했다. 어릴 때부터 내게 불쌍한(다시 말해서 피부색이 갈색인) 사람들을 "도와야" 한다고 가르치던 가부장적인 종교이자 문화인 천주교의 영향 때문에 나 역시 내부에서 그 증후군과 꾸준히 싸우고 있었다.

다행히도 아이들은 아무리 가정형편이 어려워도 학계가 그들에게 할당한 "저소득" "주변화된" "어려움에 처한" "요구사항이 특별한" "소외된" 같은, 그 자체로 좌절감을 안기는 그 어떤 범주에도 들어맞지 않았다. 나의 학생들은 아이들과 피해집단으로서가 아니라 개별적으로 관계를 맺었기 때문에 이 아이들을 일반화할 수 없다는 걸 느꼈다. 이들은 귀여운 자연광이었고, 사냥꾼이었고, 비디오게임 중독자였고, 남자아이나 여자아이 꽁무니를 쫓는 아이일 뿐이었다. 한 흑인 남자아이의 가족들은 야생동물의 재활을 도왔고, 어떤 새끼 물총새에 관한 이야기를 들려주었다. 서아프리카에서 온 한 여자아이는 백인 할아버지와 함께 파랑지빠귀를 길렀다. 한 침대를 여러 형제와 같이 써야 하는 남자아이는 부모에게 자신의 대학생 멘토와 똑같은 조류도감을 사달라고 졸라서 3년 동안 자랑스럽게 가지고 다녔다. 도감 뒷면에는 관찰종을 따로 정리한 목록이 붙어 있었다. 살던 집에서 1년 동안 두 번 퇴거를 당한 여자아이는 바이올린을 연주하기도 했다. 어떤 아이들은 여러 종류의 악기를 연주했다. 한 아이는 내가 가르치는 대학생보다도 어휘력이 더 나았다.

대학생들은 대부분 워너공원에 처음 왔기 때문에 아이들이 사실상 안내자 역할을 했다. 처음에 "저소득층 유색인 어린이"라는 고정관념으로 우리 아이들을 바라보던 대학생들에게 이런 뒤바뀐 역할은 그 고정관념을 흔드는 데 도움이 되었을 것이다. 가령 프로그램이 3년차에 접어들던 첫날, 2년간 탐조클럽을 함께 했던 8학년생 여자아이는 자신의 새로운 대학생 멘토에게 적송red pine과 백송white pine의 차이를 가르쳐주었다. 이 여자아이는 멘토와 함께 공원을 거닐면서 나무의 바늘잎을 따다가 백송의 바늘잎 다발은 잎이 다섯 개이고 적송은 두 개라는 것을 보여주며 이렇게 말했다. "글자 수를 가지고 외우면 돼요, w-h-i-t-e는 글자가 다섯 개니까요." 이 사실은 2년 전 이 아이의 첫 대학생 멘토가 아이에게 가르쳐준 내용이었다. 한 7학년생은 제대군인 교육 지원금을 받아 대학에 들어온, 전직 이라크 주둔 해병인 자신의 대학생 멘토에게 쿠퍼매와 붉은꼬리매의 차이를 설명해주었다. 또 다른 7학년생은 자신의 대학생 멘토에게 습지 거북들이 일광욕을 하러 나오는 비밀 장소를 알려주었다.

어느 날 우리가 다 함께 공원의 야생 들판에서 걷고 있는데 멕시코계 미국인 남자아이 둘이 막 터지려고 하는 밀크위드 꼬투리 쪽으로 달려갔다. 비단 같기도 하고 깃털 같기도 한 내용물이 바람에 하늘대고 있었다. 두 아이는 씨앗 꼬투리를 잡고 그 긴 크림색 실과 부드러운 갈색 씨앗을 손가락으로 훑어냈다. 아이들은 자신의 새로운 멘토에게 이 식물들은 들판에서 팔랑대는 제왕나비들이 멕시코로 떠날 채비를 하는 데 도움을 준다고 설명했다. 소년들은 이 밀크위드에서 저 밀크위드로 뛰어다니며 씨앗을 흩날렸다. 너희가 밀드위드를 도와주면 제왕나비를 도와주는 거라고 가르쳐준 것은 1년 전 이들의 대학생 멘토였다.

그리고 우리는 신경발달 장애가 있는 아이들에게서 다른 유형의 다양성에 대해서도 배웠다. 우리 클럽에는 아스퍼거증후군이 있는 남자아이가 2년 동안 활동했다. 불도저 같은 성격에 힘이 세고 에너지가 넘치는 리로이는 다른 탐험가들을 찔러대는 게 특기였다. 이 아이에게는 서로 간의 거리를 유지하는 감각이 부족했다. 중등학교에서는 따돌림을 당했다. 아이는 고개를 푹 숙이고 발을 질질 끌고 눈물을 꾹 참으면서 클럽에 나올 때가 많았다. 아이의 어머니는 리로이를 받아주려는 클럽이 없었다고 말했다.

리로이가 처음으로 클럽에 합류했을 때 가장 성실하고 열정적인 중등학생 자연 탐험자 두 명이 학교에서 리로이와 문제를 겪었다며 클럽에서 나가겠다고 야단이었다. 나는 두 아이에게 안전을 약속했다. 그리고 두 대학생 멘토에게 리로이가 경계를 유지하는 법을 배울 수 있도록 도움을 주라고 따로 일렀다(두 멘토는 리로이를 예뻐했다). 무리에는 다양한 구성원이 있게 마련이지, 나는 겁먹은 아이들에게 이렇게 말했다. 리로이에게 한 번 더 기회를 줘보자.

리로이는 중등학교 3년 내내 클럽에 나왔고 불만을 제기한 다른 두 탐험자도 그랬다. 리로이는 멘토들의 인내심을 차례차례 시험했고 심지어 힘을 써서 한 명에게 겁을 주기까지 했다. 하지만 가장 열렬한 공원 수호자 중 한 명이자 힘 있는 연설가가 되기도 했다. 자연을 향한 리로이의 열정에는 전염성이 있었다. 아이는 첫 멘토에게 여러 식물과 거미의 이름을 가르쳐주었다. 커다란 나무토막을 집으로 끌고 갔고 오래된 벌집과 말벌 둥우리를 수집해서 소중하게 간직하기도 했다. 이 아이는 워너공원에서 가장 엉뚱한 물건, 나는 매일 같이 지나치면서도 한 번도 알아차리지 못했던 그런 물건들을 찾아내는 데도 재주가 있었다. 그 물건은 어떤 주에는 습지로 흘러들어가는 우수관로에서 녹슬어가던 오래된 철제금고였고, 또 다른 주에는 빅우즈Big Woods의 나무 꼭대기에 걸려 있던 낙하산이었다.

와일드워너가 워너공원 커뮤니티센터 로비에 누구나 자기가 본 야생생물을 기록할 수 있는 공개 기록부를 마련하기로 했을 때 리로이는 "그 황금색 공책"에 자기가 제일 먼저 기록하게 해달라고 졸랐다. 그 첫날 리로이는 잔뜩 들뜬 채로 그 책을 펼쳐서 자기 이름을 적고서 자신이 번개 맞은 나무를 발견했다고 기록했다. 리로이는 우리 클럽에 들어온 첫해에는 나를 비롯해서 자신과 교류하는 모든 사람에게 더 많은 인내심과 참을성을 기르라는, 우리 자신을 더 많이 내어주라는 가르침을 주었다. 클럽에 들어오고 2년이 다 됐을 즈음 리로이는 다른 아이들과 놀며 공원을 함께 탐험했고 자신의 발견을 멘토뿐만 아니라 다른 아이들과도 나누었다. 리로이의 어머니는 아이를 받아준 사회적 공간은 이 클럽이 처음이었고, 덕분에 아이의 삶이 달라졌다고 말했다.

이 장 서두에 적은, 정의를 수호하는 동시에 아름다움을 감상할 것을 촉구하는 드류 랜험의 말은 우리 시대의 등불이다. 그렇다. 우리는 파랑지빠귀를 감상하고 그들을 돕기 위해 힘써야 한다. 하지만 2013년 미스터엠과 내가 워너공원을 함께 거닌 뒤로 경찰이 이 나라에서 2500명도 넘는 흑인을 죽였다는 사실, 그들 중 많은 수가 무장하지 않은 상태에서 등 뒤에서 총을 맞았다는 사실 역시 인정해야 한다(이는 '분쟁Trobles'이라고 알려진 북아일랜드의 '저강도' 전쟁이 이어지던 30년간 목숨을 잃은 사람들의 수와 거의 맞먹는다).• 작가 타네히시 코츠TaNehisi Coates의 표현처럼 "흑인의 몸을 상대로 한 기나긴 전쟁"이 아직도 기승을 부리고 있는 것이다.[28]

나아진 부분이 있다면 유색인종 탐조인들이 스스로를 수호하고 자체적인 무리비행을 통해 탐조계에 큰 변화를 일으키고 있다는 점이다. 미국 전역의 오듀본 지부들은 노예제와는 결별하겠다는 뜻에서 명칭을 바꾸는 중이다. 워싱턴 D.C.의 네이처포워드Nature Forward, 시애틀의 버즈커넥트Birds Connect, 그리고 버드유니온Bird Union(오듀본협회 직원들의 노조) 같은 신생 탐조 무리가 곳곳에서 출현하고 있다. 그리고 환경과학 교사와 탐조인들에게는 탐조 중에 인종차별을 당해 공격 대상이 된 사건으로 사람들에게 알려진 센트럴파크의 흑인 탐조인이자 과학저술가인 크리스천 쿠퍼, 흑인 매 훈련사 로드니 스토츠Rodney Stotts, 그리고 뉴욕시의 활기 넘치고 정의로운 페미니스트버드클럽Feminist Bird Club이 낸 신간 도서들이 사람들의 심장과 교실에 이런 변화를 불러들이는 데 도움을 줄 것이다.

● 미국에서는 경찰에게 목숨을 빼앗기는 흑인이 백인보다 거의 세 배 더 많다. 백인의 경우 1년에 100만 명당 16명인 반면, 흑인은 1년에 100만 명 당 41명이다. 팩트체크 전문가 올리비아 박스는 다음 데이터를 근거로 이 계산결과를 도출했다. 《워싱턴 포스트》의 경찰 총격사건 데이터베이스와 매핑폴리스바이올런스Mapping Police Violence의 데이터 베이스. 다음을 보라. https://www.washingtonpost.com/graphics/investigations/police-shootings-database/ and https://mappingpoliceviolence.org/.

CHAPTER

11

두메텔라의 왕국에서

나는 잡목림을 헤치며 기어오른다,
그 안 어딘가에서 새 소리가 들린다… 그 소리는 어디서도,
온 사방에서 나올 수 있다. 공기 가득 그 소리가 생동한다.

웬델 베리Wendell Berry

서먼중등학교의 급식실 바로 앞에는 "워너공원의 보물지도"라는 이름이 달린 90×120센티미터짜리 사진 콜라주가 벽에 걸려 있었다. 나무 액자에 담긴 그 지도에는 아이들과 그 아이들의 "특별한 장소" 사진이 장소에 대한 애정과 함께 풀로 붙어 있었다. 빅우즈Big Woods, 빅시킷Big Thicket[거대한 잡목림], 아먼드의 개간지Armand's Clearing, 심장나무The Heart Tree, 큰 참나무The Big Oak, 호보 야영지The Hobo Camp, 제비다리Barn Swallow Bridge, 슬레드힐, 자바리의 생일나무, 버섯무덤, 찰리의 요정협곡.

환경심리학자들은 빈곤, 폭력, 전쟁, 자연재해를 경험한 아이들이 "특별한 장소"를 가질 때 어떤 이로움이 있는지를 연구해왔다. 국제적인 아동건강전문가 루이스 촐라Louise Chawla는 버몬트, 볼리비아, 과테말라, 인도, 베네수엘라, 콜로라도, 남아프리카공화국, 부탄 같은 다양한 지역에서 빈곤하게 살아가는 어린이들에게 도시공원과 정원은 중요한 심리적 완충장치라는 사실을 발견했다. 그리고 편견, 질병, 장애, 가족의 죽음, 가정폭력, 괴롭힘 같은 스트레스 요인이나 경제적 불행을 겪는 아이들에게 그 완충효과가 가장 크게 나타난다.[1] 학생들과 나는 아이들과 함께 매주 수요일마다 그 효과를 직접 눈으로 확인했다.

"메레디스는 매우 자랑스러워하면서 내게 자기가 공원에서 사랑하는 장소들을 보여주었다." 메레디스의 대학생 멘토는 이렇게 적었다. "메레디스는 우리가 어디로 갈지, 각 장소에서 얼마나 시간을 보낼지 계획이 있었다. 아이는 다른 사람이 이 장소들을 발견하지 않으면 좋겠다고, 그래서 거기에 우리끼리만 있으면 좋겠다고 계속 말했다. 이 아이들에게는 혼자일 수 있는 장소가 아주 중요한 것 같다. 혼자서 생각하고 숨쉴 수 있는 장소들은 신성하다."[2]

메레디스는 급식실에서 혼자 점심을 먹던 소녀였다. 클레오파트라에 관한 역사소설을 읽을 때면 두꺼운 안경 뒤에 있는 눈이 꼭 부엉이 같았다. 메레디스는 재미 삼아 연극을 썼다. 나는 "수학에게: 네 문제는 네가 알아서 풀렴"이라고 적힌 티셔츠를 입고 있는 메레디스를 사랑했다.

메레디스의 특별한 장소는 워너의 빅우즈에 있는 커다란 느릅나무 고목이었다. 100살도 더 된 이 나무는 20세기에 그곳에 있던 대부분의 나무를 쓸어버린 네덜란드인들의 느릅나무 대학살에서 무언가의 이유로 살아남았다. 넓은 밑둥은 속이 비어 있었다. 아이들은 그 나무를 심장나무라고 불렀는데 한 여자아이에 따르면 그 이유는 "그 가운데 서 있을 수 있는데 그러면 마치 나무의 두근대는 심장 속에 있는 것 같은 느낌"이 들기 때문이었다.

메레디스는 우리 프로그램에 참여한 첫 2년 동안 자신의 대학생 멘토들에게 자신의 친구는 그들뿐이라고 이야기했다. 메레디스는 동네에서도 이들과 손을 잡고 다녔다. 가끔은 내 옆에서 같이 걸으면서 자신이 얼마나 외로운지 이야기하기도 했다. 나는 메레디스에게 나 역시 중등학교를 너무 싫어했다고, 고등학교에 가면 더 나아질 거라고 계속 말했다. 메레디스에게 심장나무는 특별한 장소이기만 한 게 아니었다. 중등학교의 악천후에서 몸을 숨길 수 있는 피난처이기도 했다. 메레디스는 수요일마다 그곳에서 시간을 보냈고 방문객들에게 당차게 자신의 나무를 보여주었다.

2012년 우리 클럽의 2년차 활동이 끝나갈 때쯤 나는 공원부가 그 심장나무를 베어낼 계획이라는 사실을 알게 되었다. 소송을 담당하는 시 공무원이 그 나무와 다른 수십 그루의 고목들이 사람 위로 넘어질 수 있어서 위험하다는 판단을 내린 것이다. 나는 사흘 동안 나무를 구해보려고, 아니면 최소한 아이들이 들어가 놀 수 있는 아래쪽 360센티미터 정도라도 남겨보려고 공원 직원들에게 전화와 이메일로 연락을 취했다. 하지만 이 제안은 아무런 소용이 없었다.

일주일 후 우리가 공원에 들어섰을 때 자신의 "사랑하는 친구"가 어떤 모습이 되었는지를 목격한 메레디스는 바닥에 주저 앉아 한 시간 동안 흐느꼈다. 메레디스의 대학생 멘토는 메레디스를 품에 안고 함께 울었다. 메레디스를 이해시키려 하자 메레디스는 더 크게 울었다. 나는 메레디스의 나무를 구하기 위해 할 수 있는 건 다 해봤다고 말했다. 나도 메레디스와 같은 기분이라고도. 하지만 메레디스가 우는 모습을 보면서 내 감정이 메레디스와 절대 같지 않다는 사실을 깨달았다. 나는 메레디스와 이 나무가 맺고 있는 관계의 깊이를 이해하지 못했다. 공원 직원들이 어째서—메레디스와 같은 아이들을 보호하기 위해—그 나무를 베어야 한다고 생각했는지 설명하려 하자 메레디스는 소리쳤다. "하지만 나무는 아직 살아 있었어요! 초등학교에서도 내 나무가 있었어요. 거기 가서 울었다구요. 근데 그게 늙은 나무라고 베어버렸어요. 이제 중등학교에서도 내 나무를 베어버렸어요. 거기 가면 안전하다고 느꼈단 말이에요."

그날 밤 공원위원회 회의가 있었고, 그래서 나는 아이들에게 내가 가서 나무에 관해 항의하겠다고 말했다. 메레디스는 상심이 너무 큰 데다 수줍음도 많아서 증언을 할 수 없었지만 줄무늬올빼미를 발견한 파랑지빠귀 관리자 지망생인 자바리가 메레디스와 모든 아이들을 대표해서 자신이 발언하겠다고 자원했다. 자바리에게도 자기가 좋아하는 고목이 있었다. 회의에는 청중으로 최소한 25명 정도의 성인이 있고 위원들은 마치 판사처럼 앞자리에 배석해 있었다. 자바리는 낡은 티셔츠와 찢어진 청반바지 차림으로 연단으로 나가 떨면서 사람들을 바라보았다. 그러더니 갈라지는 고음으로 겁이 난다고, 내가 자기 옆에 서 있어주면 좋겠다고 부탁했다. 나는 연단으로 나가 아이의 왼쪽 어깨를 내 손으로 감쌌다.

"지금 너무 감정이 북받쳐요." 자브리가 발언을 시작했다. "하지만 이렇게 모르는 사람이 많은데서 울고 싶지 않아요. 큰 나무가 베어지는 걸 보고 저와 모든 아이들이 진짜 마음이 아팠어요. 메레디스는 너무 속상해서 여기 올 수 없을 정도여서 제가 온 거예요. 여러분이 제 생일 나무까지 베어버리지 않으면 좋겠어요. 우리 가족은 공원에서 같이 케이크를 먹으려고 거기에 가요. 우린 그 나무 아래 자리를 잡죠. 내 생일 나무에는 동물들이 많아요. 그리고 그건 나이 든 나무이기도 하잖아요. 제발 제 생일 나무를 베지 말아주세요."

그 심장나무 사건이 있던 학기가 끝날 무렵인 4월, 메디슨시의 시장 폴 소글린이 우리 클럽에 와서 아이들과 함께 워너공원을 걸었다. 시장은 엉덩이 수술을 받고 난 직후였다. 자가용을 주차시키고 차에서 빠져나오는데 힘든 기색이 역력했다. 시장과 보좌관들, 그리고 기자단이 우리를 따라 슬레드힐로 올라갔고, 거기서 각각 아이들은 보좌관이나 기자를 한 명씩 데리고 자신의 특별한 장소로 찢어졌다. 나는 메레디스에게 시장의 "순방"을 맡기겠다고 약속한 상태였다. 메레디스는 기자들을 꼬리에 매단 채 절뚝거리는 소글린 시장을 데리고 곧장 자기 나무의 잔해로 향했다. 아이는 나무 그루터기 위에 서서 묘비명을 읽었다. 아이는 시장에게 고목을 더 이상 베지 말아달라고 애원했다. 시장은 주의 깊게 경청했지만 약속 같은 건 아무것도 하지 않았다. 하지만 메레디스는 여기서 단념하지 않았다.

8개월 뒤 우리는 워너공원의 커뮤니티센터에서 아이들을 위한 성탄절 파티를 열었다. 그 자리엔 모인 대학생 멘토들은 심장나무 참사를 목격하지 못한 새로운 반이었다. 파티를 진행하는 동안 공원위원회 신임 위원장이 아이들을 보려고 잠시 들렀다. 키가 크고 눈에 띄게 생긴 이 남자 회장이 50명쯤 되는 젊은이들에게 매디슨의 공원에 관해 질문이 있냐고 물었다. 메레디스가 손을 들었다.

"아저씨가 나무를 베라고 결정하는 사람이에요?"

몇몇 신입 대학생 멘토들이 아주 놀란 표정으로 고개를 돌려 메레디스를 바라보았다. 공원위원장은 어물거렸다.

"네 얘길 들은 적이 있단다." 위원장이 말했다.

위원장은 메레디스의 질문에 당황한 것 같았다.

나중에 수업시간에 학생들은 메레디스의 "용기와 당돌함"에 경탄했고, 어떻게 키가 180센티미터가 넘는 남자가 작은 소녀 앞에서 "할말을 잃고 당황"할 수 있는지 놀라워했다. 학생들은 환경운동가가 되고 싶어 했는데, 메레디스에게서 큰 영향을 받았다. 그리고 메레디스는 내게도 큰 영향을 미쳤다. 메레디스를 보고 있으면 카트리나가 휩쓸고 지나간 직후 단지 살아 있다는 이유만으로 뉴올리언즈에서 본 첫번째 홍관조와 사랑에 빠졌던 나 자신이 떠올랐다. 메레디스를 보고 있으면 어른의 심장을 금세 무디게 만드는 냉소의 유혹을 떨쳐야 할 것만 같았다.

특별한 장소는 아이들에게만 도움이 되는게 아니다. 워너공원에는 나만의 특별한 장소 역시 있었고 내가 어디서 서성대든 그곳은 내 심장에 살아 있다. 그곳은 워너의 빅시킷 안에 있는 찰리의 요정협곡이었다. 나는 논문 현장연구의 일환으로 2012년부터 2014년까지 세 번의 여름을 그곳에서 보내는 특권을 누렸다. 잡목림처럼 빽빽하고 심도 깊게 사고하고 새로부터, 특히 두메텔라 카롤리넨시스*Dumetella carolinensis*라는 학명을 가진 잿빛고양이새에게서 배움을 얻을 수 있는 기회이기도 했다.

잡목림에서 보낸 첫 봄의 어느 아침 내가 찰리의 요정협곡에 있는 커다란 바위 위에 앉아 있는데 작은 요정처럼 생긴 청회색 모기잡이새들이 내 주위에서 부드럽고 가냘프게 울어댔고, 이주성 밤색허리솔새들이 활기 있게 외쳤다. "반가워, 반가워, 만나서 반가워!" 브로드웨이 빰치는 이 새의 시원한 목청에 나도 "반가워, 반가워, 나도 반가워!"라고 맞받아 소리치고 싶어졌다. 흰 얼굴에 검은 수염 또는 '구렛나룻' 선이 있고 눈썹선이 검은 이 새는 마치 검은 마디그라 가면을 쓰고 그 위에 밝은 노란색 베레모를 얹은 것 같은 모습이었다. 이 새의 이름은 흰 가슴 옆에 그어진 따뜻한 밤색 선들에서 딴 것이다. 이 새는 매년 겨울이면 검은색과 금색이 섞인 날개를 움직여 위스콘신에서 과테말라까지, 어쩌면 파나마까지도 이동했다.

태양이 이제 막 돋아난 커다란 녹색 단풍잎을 뚫고 들어왔다. 나는 하늘로 우뚝 솟은 생명의 엽록소 성당 안에 있었다. 온통 녹색이라 마치 밤색허리솔새들이 겨울을 나는 중앙아메리카의 정글 안에 들어와 있는 기분이었다. 붉은눈비레오새 한 마리가 밤색허리솔새의 발랄한 노래에 합류했다. 위스콘신에서는 위기종인 갈색지빠귀붙이가 이런 관목과 잡목으로 된 숲에서 둥지를 틀며 3000곡이 들어 있는 자신의 플레이리스트에서 몇 곡을 뽑았다. 덤불 안쪽 깊은 곳에서 폭발적인 음색을 자랑하는 고양이새들은 내 사방의 관목 숲을 음향스피커로 탈바꿈시켰다.

내가 이 특별한 장소를 사랑하게 된 것은 이곳이 지질학적 타임머신이기도 하기 때문이다. 내가 5억5000만 년 전에 바로 이 자리에 앉아 있었더라면 거대한 쥐며느리처럼 생긴 삼엽충이 헤엄치는 얕은 열대 바다 바닥에서 흐느적대고 있었으리라. 내가 앉아 있던 큰 바위는 지질학적 시간대에서 워너에 상대적으로 최근에 도착했다. 빙퇴석인 이 돌은 그린베이로브Green Bay Lobe라고 하는 높이가 500미터쯤 되는 거대한 빙하에 실려 불과 2만5000년 전에 북쪽에서 밀려 내려온 것이다. 하지만 지질학자들에 따르면 바위 그 자체는 약 28억 살로 워너공원에서 가장 나이가 많다.[3]

빙하의 선물인 이 바위는 와일드워너의 투쟁을 긴 시간대에서 조망할 수 있게 해주었다. 이 장소는 수억 년간 열대 바다였고, 빙하였고, 호수였고, 습지였고, 해변이었고, 호청크족의 작업장이나 정주지였고, 성스러운 봉분의 장소였다. 도시공원이었던 시간은 겨우 60년뿐이었다.

잡목림에서 처음으로 여름을 맞아 부모 새들이 배고프다고 칭얼대는 아기 새들을 먹이느라 꽁지 빠지게 돌아다니는 시기가 되었을 때 금빛 찬란한 어미 새가 흐린 레몬색 유조들을 달고 다니는 황금솔새 가족을 발견했다. 이 새들이 대부분의 시간을 보내는 중앙아메리카와 남아메리카에서 이 새들의 이름은 라레이니타도라다La Reinita Dorada, 작은 금빛 여왕이었다.•

• 라틴아메리카에서는 모든 솔새를 레이니타스reinitas라고 부른다.

내가 그 잡목림에 들어가면 토끼들이 산책로에서 깡총깡총 벗어났다. 짐과 나는 그 길을 토끼길이라고 불렀다. 청둥오리들은 밤에 잠을 자는 이웃의 마당에서 낮 시간을 보내는 습지로 날아갔다. 가을철이면 남쪽으로는 무려 멕시코까지도 이동하는 은둔지빠귀들은 이곳에서 휴식을 취하고 먹이로 배를 채우며 여러 날을 보냈다.

잡목림은 여우들이 새끼를 키우는 곳이었고, 사슴들이 봄마다 새끼들을 숨기는 곳이었고, 어미 마멋이 곰을 닮은 새끼들과 줄을 맞춰 운하에 있는 물을 마시러 갈 때 통과하는 곳이었다.

어느 날 아침 내가 분홍색 앨라배마 야구모자를 쓰고 작은 의자에 앉아 있는데 암컷 벌새 한 마리가 내 코에서 불과 60센티미터 정도 거리를 두고 정지비행을 하면서 눈 높이에서 나를 살폈다. 이 새가 얼마나 가까웠던지 분당 약 4000번 휘젓는 날개의 시끄러운 붕붕 소리가 들릴 정도였다.[4] 내 분홍색 모자와 녹색 자켓 때문에 내가 녹색 줄기에 달린 거대한 분홍색 꽃이라고 생각했을까? 이 새는 시간이 더 지나서 그 해 여름 아버지의 기일에도 다시 등장했다. 루틴은 똑같았다. 정지비행, 붕붕 소리, 탐색, 멀어짐. 암컷 벌새들은 다른 벌새들로부터 자신의 둥지 영역을 지킨다. 그러니까 어쩌면 내가 이 새의 둥지 영역 정가운데를 차지하고 앉아 있었던 건지도.

보통 나는 쌍안경을 들고 공원을 쏘다니며 벌새들을 열심히 찾아다녔다. 하지만 이 잡목림에서 가만히 앉아 아무것도 안 하기 연습을 해보니 벌새가 자기만의 방식으로 다가와 나를 탐색할 수 있다는 사실을 알게 되었다. 관찰종을 기록하며 이곳저곳을 누비는 방식으로 배웠던 첫 탐조와는 아주 다른 느낌이었다. 그리고 나를 탐색하는 건 그 벌새만이 아니었다. 잡목림의 바위 위에 앉아 있으면 얼마 안 가 잔가지와 잎사귀에 닿는 작은 발과 깃털의 귓속말 같은 움직임이 들려왔다. 나는 내가 조류학 현장연구를 하고 있다고 생각했다. 하지만 알고 보니 현장연구를 하고 있는 건 이 잡목림의 동물 주민들이었다. 관찰의 주체가 관찰의 대상이 되는 순간이었다.

홍관조, 황갈색의 집굴뚝새, 호기심 많은 박새, 보송보송한 솜털딱따구리 모두가 나를 향해 눈을 동그랗게 뜨고 쳐다봤다. 큰나무딱새eastern wood pewee도 있었다. 이 새는 나뭇가지에 앉아서 나를 빤히 내려다봤다. 나는 이 새의 이름이 된 그 높은 피이이-위이이이Peee-Weeee 하는 휘파람 소리를 사랑했다. 미국지빠귀들은 더 가까운 가지에 폴짝 내려 앉아 나를 살피느라 고개를 크게 회전했다. 크웃 크웃 크웃 공기를 흔들며 부드러운 쇳소리 같은 경고음과 함께 관목 사이로 다가오는 새는 고양이새였다. 나는 수컷 고양이새가 둥지에 있는 자신의 짝꿍과 소통을 할 때 내는 그 귀신 같은 '휘파람 송'—쇳소리 같은 통상적인 재즈풍의 불협화음과는 대단히 다른—은 가끔 들어봤지만, 이 새들이 정찰 비행을 하고 있을 때는 거의 본 적이 없었다.

〈더트Dirt!〉라고 하는 다큐멘터리에서 과학자들은 당신이 어떤 장소에 진입하면 모든 살아 있는 존재들이, 심지어는 미생물과 균 들이 인간이 거기 있다는 걸 어떻게 감지하는지 이야기한다. 지하에서는 생명체들이 직경이 인간 모발의 25분의 1 정도 되는 뿌리를 통해 화학물질을 주고받으며 소통하는 또 다른 세계가 있다. 내가 둔한 거인처럼 주변의 풀과 나뭇가지들을 쓸면서 빅시킷에 있는 찰리의 요정협곡으로 쿵쾅쿵쾅 들어서는 행동은 마치 어린 시절에 내가 붉은 언덕 끄트머리를 향해 걸어가는 것과 비슷했다. 크고 작은 수백 개의 눈들이 나의 모든 움직임을 좇았고, 눈이 없는 미세한 생명들은 나를 향해 보이지 않는 안테나를 휘두르며 냄새를 맡고 감지했다.

빅시킷에서 보내는 시간이 많아질수록 나는 그곳이 씨앗뿐만 아니라 새들의 주식인 곤충 단백질과 과실이 풍성한 새들의 급식실이어서 새들이 그렇게 많다는 사실을 점점 분명하게 깨닫게 되었다. 그곳에는 여우 가족뿐만 아니라 동부임금딱새와 고양이새들이 잔치를 벌이는 멀베리, 라즈베리, 블랙베리 터널이 있었다(나는 여우들의 분변에서 베리들을 찾아냈다). 고양이새와 지빠귀붙이 들이 둥지를 트는 수십 년 묵은 거대한 인동과 붉나무가 그늘을 드리운 베리류의 나무덤불은 층층이 먹이창고였고, 블랙체리나무, 물푸레나무, 검은호두나무, 어린 참나무들은 마지막 나무층에서 햇빛을 받으려고 경쟁하고 있었다. 나는 아기 참나무들을 볼 때마다 미소를 짓곤 했다. 우리 클럽에서 아이들이 자신의 특별한 장소에 도토리를 묻는 행사인 '오늘은 내가 다람쥐'가 떠올라서.

블랙베리와 관목과 교목으로 이루어진 각 층은 그 층의 고유한 새들을 보살폈다. 지면에서는 우는비둘기가 구구거리며 먹이활동을 했다. 그보다 조금 위에서는 미국지빠귀, 황금솔새, 모기잡이새, 파랑어치, 솜털딱따구리, 줄무늬새매, 아메리카딱새, 까마귀, 굴뚝새, 벌새, 붉은배딱따구리, 동고비, 황금방울새, 박새들이 자기 일을 보러 다녔다. 나무 상층부에는 비레오새, 갈색머리흑조, 쇠부리딱따구리, 빨갛고 매끈한 날개 끝이 돋보이는 애기여새, 밝은 오렌지색의 꾀꼬리들이 군림했다. 그리고 가장 위에서는 독보적인 어두운 사파이어빛의 유리멧새—제러미의 새—가 연파랑의 하늘을 배경으로 화려함을 뽐내며 일부 탐조인들이 "불이야! 불이야! 어디? 여기. 보여? 보여"로 번역하는 네 마디로 된 노래를 온종일 뽑아댔다.

빅시킷은 생태학자들이 보호하려고 애쓰는 위기종들도 품었다. 어느 봄날 아침 잠에서 깬 나는 잡목림 깊은 곳에서 나는 플룻 소리를 들었다. 워너의 또 다른 신종 숲지빠귀였다. 헨리 데이비드 소로는 숲지빠귀의 노래가 "모든 시간을 영원한 아침으로 바꾼다"고 적었다.[5] 철새인 숲지빠귀는 지난 50년 동안 개체수가 60퍼센트 이상 곤두박질쳤다. 이 새는 북아메리카에서 번식을 하고 중앙아메리카로 이동해서 겨울을 나는데 스미스소니언의 연구자들은 2016년 남쪽의 월동지역보다 북아메리카에 있는 이 새의 서식지가 훨씬 빨리 사라지고 있다는 사실을 발견하고 경악했다.[6]

이 숲지빠귀는 다른 번식지로 가는 도중에 워너의 잡목림에 이틀간 머물며 연료를 재충전했다. 나는 내 빙퇴석 위에 앉아서 귓가를 맴도는 그 노래를 음미하며 찰리의 요정협곡에서 요정들이 춤추는 모습을 상상했다.

빅시킷은 새들에게 급식실 역할만 하는 게 아니었다. 그곳은 둥지 재료로 가득한 새들의 건축자재 백화점이기도 했다. 작은 금빛 여왕은 낮은 관목에 폭 5센티미터짜리 컵 모양의 둥지를 짓기 위해 나흘 동안 보송보송한 섬유를 수집했다. 여왕에게 필요한 모든 솜털은 이곳이나 워너의 습지에 다 있었다. 쐐기풀, 버드나무 씨앗, 민들레 솜털, 부들 솜털, 천막벌레나방 애벌레에게서 훔쳐온 실, 밀크위드와 고사리 줄기, 야생 들판의 풀, 심지어는 사슴의 털까지.[7] 여왕과 그 짝꿍이 아기새에게 먹일 곤충, 벌레, 거미들도 이곳에 있었다. 황금솔새들은 보통 미국에 3개월만 머물기 때문에 부모 새들이 아기 새를 빠르게 성조로 키우려면 먹이가 많이 필요하다. 아직 어릴 때 무려 1600킬로미터까지 이동해야 하고 어쩌면 큰 바다를 건너서 저 먼 남쪽의 콜롬비아에 있는 월동지에 가야 할 수도 있다. 어떤 새에게도 가벼운 비행은 아니다. 그런데 태어난 지 5~6개월밖에 안 된 어린 새가 그 먼 여행을 한다고 상상해보라!

어느 날 나는 28억 년 된 내 좌석에서 일어나 빅시킷을 새의 눈에서 바라보기로 했다. 커다란 블랙체리나무를 찾아내 죽은 나뭇가지들을 대충 사다리처럼 밟고 나무위로 기어 올라 갈라진 부분에 자리를 잡고서 커피가 가득 든 보온병을 손에 쥐었다. 이 체리나무는 곧 내 특별한 장소에서도 가장 좋아하는 좌석이 되었다. 작은 무리의 기러기들이 날개로 휘파람소리를 일으키며 머리 위를 날았다. 높은 곳에서 보니 나무들만 보일 뿐 인간은 전혀 눈에 띄지 않았다. 가지와 덤불이 큰 바다를 이루고 있을 뿐. 인동 아래 몸을 숨긴 십여 마리의 우는비둘기들이 불안하다는 듯 구구거렸다. 혹은 최소한 나한테는 그렇게 들렸다. 이 새들은 나무를 기어오르는 커다란 새 포식자가 달갑지 않았으리라. 자신만만한 파랑어치가 가까이 날아와 나를 탐색했고, 빨간 홍관조가 그 뒤를 이었다.

이 새로운 자리에서는 전에 본 적 없는 것들을 볼 수 있었다. 붉나무 열매를 하나하나 먹고 나서 부스러기를 뱉어내는 홍관조도 그중 하나였다. 이 새는 겨우 1미터 정도 아래 있었는데 나는 항상 새들을 올려다봤지 내려다본 적은 없었기 때문에 처음 접하는 모습이었다. 나는 커피를 마시면서—나무 위에서 균형을 잡아야 하기 때문에 쉽지 않았다—홍관조를 향해 고개를 끄덕이며 안녕하고 인사했다. 홍관조는 나를 슬쩍 쳐다보더니 그 열매를 파먹는 일로 다시 돌아갔다. 흔들리는 관목 가지 위에 앉아 있는 이 신통한 곡예사 옆에서 커다란 가지 사이에 몸을 욱여넣고 있으니 대단히 바보 같고 초라하다는 기분이 들었다. 하지만 나 자신이 너무나도 대견했다. 내가 새가 된 것 같은 기분에 이렇게까지 근접해보기는 처음이었다.

빅시킷은 와일드워너의 선배격인 와일드윈스가 수십 년 전에 치렀던 싸움을 생생하게 상기시켜주는 곳이기도 했다. 나는 이 공원의 역사를 조사하면서 1977년에 와일드윈스가 야생 들판 지역에 쉼터와 주차장을 지으려는 큰 개발계획을 중단시켰다는 사실을 알게 되었다. 대신 이들은 "조류 보호구역"을 제안했다. 이들의 제안에는 "잡목림", 그러니까 지금 내가 많은 시간을 보내는 공간을 만들자는 것도 들어 있었다.[8]

나의 이 특별한 장소가 지금까지 존재할 수 있는 유일한 이유는 와일드윈스가 숱한 회의에 참석했기 때문이었다. 나는 내 체리나무에 앉아서 이 공원에서 많은 사랑을 받는 곳, 새와 아이들이 사랑하는 이 특별한 장소들은 끝이 보이지 않는 회의에 몇 년씩 참석하던 잭 허스트 같은 사람들, 그리고 당신의 붉은 언덕을 지키고자 했던 나의 아버지 같은 사람들이 남긴 살아 있는 증거라는 사실에 경의를 느꼈다.

하지만 나의 특별한 장소는 이 공원에서 가장 많은 두려움과 비방, 증오까지도 자아내는 곳이기에 걱정이 되는 것도 사실이었다. 우리가 곡절 끝에 변경한 시의 개발계획에서 어떤 단락은 이 잡목림을 "밀어버릴 것"을 추천했다. 그리고 일부 이웃들은 소아성애자가 이 곳에 몸을 숨기고 있다가 불쑥 튀어나와서 그네를 타던 아이들을 잡아간다고 믿었다(한 소년이 자기 어머니가 이렇게 경고했다고 알려주었다). 또한 사람들은 홈리스들이 그곳에 산다고 믿었고, 여름이면 나는 실제로 가끔 텐트를 발견하기도 했다. 하지만 그곳에서 수백시간을 보내는 동안 나를 성가시게 한 사람은 아무도 없었다. 그런데 논문 때문에 자료를 조사하다가 과거에 이 공원에서 강간과 살인, 그리고 여름밤에 아프리카계 미국인이 익사하는 사고까지 일어나 이웃들이 범죄 때문에 심각하게 걱정했다는 사실을 알게 되었다. 경찰과 언론보도에서는 익사한 남성이 "자연적인 원인"으로 사망했다고 했지만, 이 나라의 역사를 감안하면 나는 의심을 지울 수 없었다. 경찰은 내게 워너 공원이 매디슨 시에서 "가장 안전한 공원" 중 하나라고 말했지만 그 이유는 바로 동네 사람들이 공원을 안전하게 만들기 위해 조직적으로 움직인 덕분이었다.

동네 사람들의 두려움은 일부 나이 든 아프리카계 미국인들이 미스터엠이 말한 "린치의 시기" 때문에 큰 나무를 두려워하게 되었다는 드류 랜햄의 언급을 연상시켰다. 개인의 경험, 각자의 환경사, DNA에 새겨진 조상들의 기억—세포 차원의 두려움과 사랑—에 따라 풍경을 바라보고 인식하는 데는 무수하게 많은 차이가 있을 수 있다.

미스터엠의 언급과 드류 랜햄의 글 덕에 나 역시 내 가족의 환경사를 돌아보게 되었다. 아일랜드계 미국인인 나는 내게 유전적으로 잡목림을 사랑하고 감상하는 성향이 있다는 사실을 깨달았다. 수 세기 동안 아일랜드의 잡목림과 늪지대는 우리 가족을 지켜주었다. 아버지의 유년기 풍경은 완만한 구릉과 늪지대와 숲이 어우러진 야트막한 잡목림 지형이었다. 잉글랜드에서 온 점령자들이 아일랜드에서 천주교와 게일어를 금지하는 형사법을 시행하던 17세기와 18세기에 사람들은 늪지대와 숲에서 예배를 드렸다. 이들의 제단은 내가 좋아하는 워너의 빙퇴석과 비슷한 미사바위Mass Rocks라고 하는 커다란 암석이었다. 내가 예전에 아일랜드를 찾았을 때 사촌들이 할아버지 집에서 아주 가까운 미사바위를 보여주었다. 잡목림과 생울타리는 아일랜드인들이 아일랜드의 언어와 문화, 역사뿐만 아니라, 라틴어, 그리스어 등의 수업을 하는 "생울타리 학교" 지하 네트워크를 구축한 곳이기도 했다. 빽빽한 식생은 비밀 교사와 그 학생 들을 식민당국의 눈에서 숨겨주었고 어쩌면 아일랜드가 명맥을 이어가게 해주었는지 모른다.

아버지가 어렸을 때 한 이웃이 무시무시한 블랙앤탠Black and Tans—아일랜드 독립을 탄압하기 위해 모집한 영국의 준군사조직—이 오고 있다는 경보를 울리면 할머니는 담요와 자식들을 챙겨서 제일 가까운 늪지대로 도망치곤 했다. 블랙앤탠이 현관에 들이닥쳐 문을 발로 찰 때까지 기다리는 것보다는 밤의 한기와 눅눅함을 견디며 몸을 숨기는 게 더 나았던 것이다. 아일랜드에서는 잡목림이 궁지에 몰린 아일랜드인과 동물 모두 안식을 취할 수 있는 안전한 장소였다. 어쩌면 아버지가 캘리포니아에 있는 그 언덕의 선인장 잡목림을 그렇게 사랑했던 건 이 때문이었는지 모른다. 아버지는 그 사랑을 바다 건너 길들여지지 않은 야생의 피난처로 옮겨왔고 조상 대대로 이어져오던 그 감사의 마음을 내게 물려주었다. 워너의 잡목림에 앉아서 세 번의 여름을 나기 전까지 내가 그 사실을 몰랐을 뿐.

그 잡목림을 없애버리고 싶어 하는 건 공원부만이 아니었다. 내가 그곳에 데려간, 생태학에 대한 지식이 조금이라도 있는 모든 사람—일부 와일드워너 회원들을 포함해서—이 그랬다. 생태학을 공부한 적이 있는 새로운 학생 중 일부도 거의 자동적으로 이렇게 선언했다. "여긴 서식지가 아니에요!" 인동이 범인이었다. 나는 인동이 식물계의 집참새라는 것을, 특히 복원생태학에 몸담고 있는 사람이라면 누구나 가슴 깊이 증오한다는 사실을 알게 되었다. 사람들은 의학적 가치 때문에 정착자들이 유럽에서 들여온 거대한 "침입종" 인동덩굴 덤불을 한 번 힐끗 보고 난 다음 말했다. "이건 침입종이야. 다 불 질러버리고 참나무를 심어야 해."

나는 정말로 그렇게 될까봐 겁먹었다. 내가 좋아하던 찰리의 요정협곡은 첨예한 보존 논쟁의 현장이었고 나는 그 논쟁의 매서움에 깊이 상처를 받았다. 곤충학을 공부하며 토착식물은 토착곤충에게 먹이를 제공하고, 토착곤충은 새들의 가장 좋은 먹이라는 사실을 배웠다. 하지만 잡목림이 새들에게 그렇게 안 좋은 장소라면 난 어떻게 거기서 그렇게 많은 새를 발견했을까? 그렇다, 거기에는 인동덩굴이 많았다. 하지만 나무도 많았다. 그런데도 사람들은 인동덩굴만 보고 장소 전체를 무가치한 곳으로 봤다.

토착식물을 더 많이 심어야 한다는 일부 와일드워너 회원들의 주장에는 수긍했다. 나는 토착식물을 사랑하고 주머니에 작은 씨앗봉지들을 들고 다니다가 어디든 괜찮은 장소가 보이면 그 씨앗을 뿌리는 (특히 완벽한 화학적 잔디밭에는 밀크위드를) 게릴라 정원사다. 하지만 짐과 나는 위스콘신에서 토지를 '복원'하는 데 종종 사용되는 방법을 보고 당혹스러움을 금치 못했다. 너무나도 많은 복원주의자들이 림프종 발생 위험을 41퍼센트 증가시킨다는 연구결과 때문에 여러 나라에서 금지된 바 있는 제초제 글리포세이트를 무차별적으로 살포하는 라운드업Roundup[몬산토의 제초제 브랜드명. 2010년대 후반에 금지되기 전까지는 글리포세이트 기반이었다] 전사들이었다.[9] 라운드업이 잡목림의 새들에게, 습지의 물에, 워너공원을 찾는 인간 이웃들에게 무슨 영향을 미칠까? 그리고 나는 기러기 전쟁에서 배운 바가 있기에 공원부와 시 전문가들이 잡목림을 토착식물로 교체한다는 말을 믿을 수가 없었다. 워너공원은 애당초 토착식물 보존이 아니라 스포츠와 불꽃놀이를 위해 설계되어 있었다. 시가 역사적으로 그래 왔듯이 모든 '침입종'을 뽑아버리고 또 다른 침입종인 켄터키블루그래스를 더 많이 심지 않으리라고 누가 보장할 수 있을까?

나는 공원을, 특히 잡목림을 지키기 위해 색다른 방어전략을 시도해보기로 결심했다. 연구 프로젝트를 통해 워너공원을 대학의 강력한 영향력 아래 끌고 들어오는 것이었다. 나는 생물다양성—그곳에 살고 있는 모든 종—을 기록해서 그 연구결과를 공유하는 브로셔와 집담회를 통해 사람들의 태도를 바꾸기 위해 노력해볼 수 있었다. 나는 잡목림을 싫어하는 사람들 대부분은 아무리 인동덩굴이 있더라도 그곳에 생명이 풍부하다는 사실을 알지 못하는 것뿐이라고 생각했다. 대부분의 사람들은 요정협곡에 앉아서 세 번의 여름을 보내며 그곳의 생명을 기록할 수 없으니까.

나는 연구 프로젝트가 범죄에 대한 이웃들의 두려움을 해소할 참신한 방법이 될 수 있다는 사실 역시 깨달았다. 1961년의 중대한 책 『미국 대도시의 죽음과 삶』에서 도시계획비평가 제인 제이콥스는 도시공원에서 범죄를 줄이는 한 가지 방법은 "길거리를 감시하는 눈"을 늘리는 것이라고 적었다. 해당 지역에 사람이 많을수록 범죄가 적어진다는 것이 제이콥스의 논지였다. 몇십 년 뒤인 2012년, 연구자들은 솔트레이크시티에 있는 세 곳의 공원을 대상으로 한 연구에서, 관목 같은 식생이 공격자를 숨겨줄 수 있는지와 무관하게, 공원 이용자들이 다른 이들이 공원에서 활동하는 모습을 볼 수 있는 곳에서 범죄에 대한 두려움이 가장 낮다는 사실을 발견했다.[10] 나는 이 연구와 다른 공원에 관한 연구를 읽으면서 궁금해지기 시작했다. 공원을 이용하는 사람들이 쌍안경을 사용한다면 어떨까? 그러면 제인 제이콥스가 말한 길거리를 감시하는 눈 효과가 확대되지 않을까? 여러 해 동안 여름에 연구자와 대학생들이 그 잡목림에서 북적대면 공원과 잡목림에 대한 인식에 변화가 생기고 공적인 이용자가 늘어나 시의원이 말한 목적이 달성되지 않을까?•

그 잡목림은 고양이새의 왕국(고양이새의 학명인 두메텔라Dumetella는 "작은 잡목림"이라는 뜻이다)이었기에 나는 고양이새 연구에 초점을 맞추기로 했다. 그리고 고양이새는 내가 제일 좋아하는 새이기도 했다. 몇 년 전에 처음으로 매디슨에 왔을 때 발견한, 고양이 같기도 하고 화를 낼 때는 개 같기도 하던 그 재미난 첫 잿빛고양이새 때문이었다. 뉴올리언스에서 카트리나 이후 내 눈에 들어온 홍관조가 탐조인들이 말하는 나의 점화 새spark bird—깃털 달린 생명을 향한 난데없고 강렬한 사랑을 일깨운 새—라면 회색과 검은색이 주를 이루는 이 35그램짜리 전하께서는 나를 중독자의 길에 들어서게 한 새였다. 그리고 난 아직도 궁금했다. 이 새는 겨울이면 정확히 어디로 가는 걸까?

전혀 과학적이진 않지만 나는 고양이새와 이 새들의 반골 같은 삶의 방식을 나와 동일시했다. 이들은 탐사저널리스트와 비슷하게 몸을 숨긴 채 큰 소리를 냈고, 여권도 없이 국경을 건넜고, 완전히 다른

• 범죄학 전문가들은 두려움을 촉발하는 부정적인 단서에 주로 집중하지만 잠재적인 이용자, 특히 범죄나 인종적 적대감을 겁내는 여성이나 여타의 사람들 사이에 안전하다는 느낌을 자아내는 긍정적인 단서에 대해서도 더 많은 연구가 필요하다.

두 가지 기후대와 문화권—위스콘신과 라틴아메리카—을 제 집으로 삼았고, 거침없이 호전적으로 자기 영역을 지키고자 했다. 그리고 나는 대체로 생태학과 보존운동계가 이 새들에게 크게 관심을 쏟지 않았다는 사실이 아주 마음에 들었다. 이 새들은 평범한 새로—그러니까 위기종이 아니라고—간주되었지만 매년 믿을 수 없는 거리를 이동했다. 그리고 보존주의자들이 침입종이라고 생각하는 인동덩굴 덤불에 보금자리를 만들었다. 이들은 생태학의 기본 관념을 비웃는 깃털 달린 반항아였다. 그리고 그 점 때문에 나는 고양이새가 내 부류라고 생각하게 되었다.

나는 우리 마당을 찾는 고양이새를 통해 이웃 그렉과 개인적인 관계를 맺기도 했다. 매년 고양이새 가족 드라마에는 새로운 에피소드가 생겼다. 최악의 에피소드는 어느 전원적인 여름날의 금요일 정오 무렵에 발생했다. 나는 우리 집 마당에 개들과 함께 앉아 있다가 그렉의 뒷마당에서 불길한 톱질 소리를 들었다(그렉은 완벽한 마당에 집착하는 결벽증 환자였다. 나는 아니지만). 다음 순간 그렉이 그렁그렁한 눈물을 달고 손을 비벼대며 울타리 쪽에 모습을 드러냈다. 그렉은 작은 관목을 자르다가 그 안에 숨어 있는 둥지를 보지 못했고 결국 둥지는 바닥에 떨어지고 말았다. 너무 당황한 나머지 둥지에서 쏟아져나온 새끼 새들을 보지 못한 그는 실수로 한 마리를 밟았다.

내가 달려가 보니 짓밟힌 새끼 새 옆 풀밭에 살아 있는 새끼 고양이새 한 마리가 있었다. 이 작은 새는 아직 눈은 감은 채로 부리를 벌리고 힘겹게 헐떡이고 있었다. 새끼 새는 아주 부드러운 회색이었고 가장자리는 검은색이었으며 날개가 짧게 돋아난 상태였다. 나는 뭉개진 둥지를 집어서 내 손으로 받친 뒤 그 안에 가여운 아기 새를 넣고 적당한 관목을 찾아 뒷마당을 수색했다. 나는 정신없이 달리며 이건 미친 짓이야, 하고 생각했다. 이 새들은 수백만 년 동안 온도가 적당하고 바람에서 몸을 막아주며 스컹크와 라쿤 같은 포식자를 피할 수 있는 적당한 높이에 둥지를 짓는 법을 학습했다. 그런데 나는 지금 가장 가까운 덤불에다 되는대로 둥지를 박아두려 하고 있다. 그늘이 충분할까? 이 아기 새가 익어버리진 않을까? 어미 새가 찾을 수 있을 만한 장소에 이 아기를 놓아두려고 뛰어다니는 동안 내 머리 속에서는 이런 쓸데없는 생각들이 스치고 있었다. 나는 또 다른 작은 인동덩굴 덤불 깊숙한 곳에 그 둥지를 찔러넣었다. 그렉은 그동안 모든 곡조를 두 번씩 반복하는 정신나간 갈색지빠귀붙이처럼 세 문장을 계속 반복해서 중얼거렸다. "내가 이런 짓을 하다니 말도 안 돼. 내가 동물을 얼마나 사랑하는데. 너무 죄책감이 들어."

그러다가 그의 목소리가 메이플시럽처럼 완전히 끈적해졌다.

"오, 불쌍한 것들!" 그가 말했다.

그러더니 그다음에는, "오, 안 돼!"

어미 고양이새가 날아왔다. 어미는 아기들에게 먹일 짓이겨진 잠자리를 물고 울타리 위에 앉았다. 하지만 둥지도, 그 둥지가 있던 덤불도 없었다. 어미 새는 우리를 보더니 땅바닥으로 포르르 내려가 죽어 있는 아기 새를 살폈다. 그러더니 잠자리를 문 채로 날아가버렸다.

"저기, 어미 새는 최소한 나만큼 속상하진 않은가 봐." 그렉이 말했다. "새들의 감정은 우리하고는 다르겠지."

아, 난 이 아저씨를 아주 좋아했다. 이 남자는 아마 헤디 다음으로 가장 친절한 이웃일 것이다. 하지만 그 순간 나는 그의 톱을 집어 들고 그의 뒤통수를 후려치고 싶었다.

그날 밤 늦게 흥분해서 제대로 숨도 못쉴 지경인 그렉이 전화를 했다. 자신의 초고속 카메라 렌즈로 그 둥지를 관찰하고 있었는데, 내가 떠나고 나서 몇 분 뒤에 어미 새가 돌아왔다는 것이다. 어미 새는 아기 새를 발견했고, 그렉은 며칠 동안 작은 생존자에게 어미가 곤충을 가져오는 모습을 지켜보았다.

고양이새에 관한 애타는 질문—이 작은 연탄재 같은 녀석은 어디로 가는 걸까?—의 답을 찾으려면 이주 연구를 해야 했고, 그건 가락지 연구를 해야 한다는 의미였다. 근 200년간 용감한 자원활동가 수천 명이 모기에게 뜯겨 가면서 이주 중인 새들을 잠시 포획하기 위한 새 그물망을 치고 잡목림에 몸을 숨긴 채 기다렸다. 대개는 무급으로. 이들은 과학이라는 더 위대한 대의를 위해, 그리고 하늘에서 떨어진 별처럼 팔딱팔딱 작은 심장이 뛰고 있는 새를 손으로 쥐는 그 잊을 수 없는 순간을 위해 그 일을 한다. 자신의 피부로 그 작은 생명을 직접 느끼고 자신을 쏘아보는 그 구슬 같은 검은 눈에 시선을 맞추는 그 순간을 위해.

가락지 연구는 과학자들이 많은 종의 일반적인 이주 경로와 최종 목적지를 파악하는 데 도움을 주었다. 고양이새가 중앙아메리카와 멕시코에서 겨울을 난다는 것을 우리가 알고 있는 것도 바로 이 가락지 연구를 통해서이다. 하지만 난 개별 고양이새들을 추적하고 싶었고, 그러려면 좀 더 정교한 기술이 필요했다. 과거에는 조류생물학자들이 커다란 새의 등에 무선송신기를 매단 다음 용의자를 맹추격하는 탐정처럼 수백 킬로미터를 자동차나 비행기를 타고 실제로 그 새들을 따라갔다.[11] 당연히 고생길이었다. 새는 며칠 동안 좋은 먹이터에서 게으름을 피우기도 하는데 그러면 추격자들 역시 기다려야 했고, 그러다가 새가 하늘로 날아오르면 허둥지둥 길을 떠나야 했다. 일부 명금들은 시속 70~80킬로미터로 날아서 추격자들은 자동차로 움직여도 이 새들을 따라가기가 만만치가 않았다. 그래서 새 추격자들은 경찰에 걸리지 않기 위해 주간州間고속도로만 고집하는 편이었다. 장거리 이동을 하는 대부분의 철새들은 야간에 움직이기 때문에 새 추격자들은 카페인을 물처럼 마셔야 했다. 소형 조류를 위한 작은 무선송신기를 발명한 빌 코츠란Bill Cochran은 1973년 무선송신장치를 단 지빠귀를 쫓아 7일 밤 연속으로 1500킬로미터를 운전하는 새 추격 세계기록을 세웠다. 이 새는 결국 매니토바의 야생 속으로 종적을 감췄다.[12]

잿빛고양이새는 너무 작아서 고전적인 무선송신장치를 달 수가 없다. 하지만 내가 연구를 하겠다고 결심한 무렵 과학자들에게는 태양광 지오로케이터라고 하는 더 좋은 추적장치가 있었다. 이 장치는 작은 광센서로 새가 지금 태양과 어떤 위치에 있는지 감지해서 이동 중인 새의 위치 데이터를 저장할 수 있었다. 손톱 크기의 이 지오로케이터는 당시에는 무게가 1.5그램 정도여서 두 다리에 고리처럼 끼우는 실로 된 하네스를 이용하면 작은 배낭처럼 새의 등에 딱 맞았다(요즘은 무게가 0.3그램에 가까워졌다). 새들이 북쪽의 번식지로 돌아오면 연구자들은 (바라건대) 이 새들을 다시 포획해서 추적장치를 제거한 다음 정보를 다운받아서 이 새의 이동 경로를 지도로 만들었다. 내가 잡목림을 연구하던 당시 이 장치는 오차범위 190킬로미터 이내에서 새의 최종 목적지를 알아낼 수 있었다. 그렇게 정확하다고 보기는 힘들지만 이 정도만 해도 대단한 진전이었다. 기술이 빠르게 개선된 덕에 요즘에는 10미터 이내에서 위치를 짚어낸다. 고양이새처럼 매년 여름 동일한 번식지로—어쩌면 심지어 동일한 관목으로—돌아오는 새들은 지오로케이터를 이용한 연구에 이상적인 후보자였다.

지오로케이터 연구를 하려면 연방의 허가증과 가락지 부착 면허가 필요한데, 그러려면 가락지 부착 장인 밑에서 수년간 수련을 해야 한다. 이 연구를 이끌면서 완전한 초보인 나를 가르쳐줄 명망 있는 연구자가 필요했다. 나는 용기를 쥐어짜 위스콘신-매디슨대학교의 저명한 조류생태학자 애나 피전 박사Dr. Anna Pidgeon의 연구실 문을 두드렸다. 피전 박사는 미국, 라틴아메리카, 중국의 연구팀과 함께 일하는 열혈 과학자이자 보존계의 투사였다. 그렇다. 박사의 이름은 실명이다. 그렇다, 애나 피전, 미국 작가 네바다 바가 쓴 국립공원을 배경으로 한 미스터리 시리즈물의 화끈한 여성 레인저 캐릭터 애나 피전의 실제 모델이다.

피전 박사는 큰 흥미를 보였다. 그는 위스콘신에서 지오로케이션 연구가 시행된 적이 있는지 전혀 아는 바가 없었다. 그리고 연구계의 스타가 되기 전에는 환경교육자였고, 그래서 어린이 탐조프로그램을 너무 좋아했다. 또한 평범한 새가 위기에 처할 때까지 기다리는 대신 이 새들이 잘 지내고 있을 때 연구한다는 생각도 아주 마음에 들어했다. 그리고 연구결과가 나오는 즉시 와일드워너의 웹사이트에 그 결과를 공개하는 것이 중요하다는 데도 동의했다. 그는 이 연구를 해야 하는 또 다른 이유도 알려주었다. 그 잡목림이 양질의 서식지를 제공하는지 평가해봐야 한다는 것이었다. 피전 박사 역시 인동을 제거해야 한다고 생각했다. 그는 고양이새들이 그곳에 살고 있는 것은 가능한 곳이 거기밖에 없기 때문이라고 사뭇 강한 어조로 내게 말했다.• 그곳에 둥지를 트는 많은 새들이 경이로운 이동을 위해 연료를 채우는 중이기 때문에 그 잡목림이 양질의 먹이를 제공하는지 알아내는 일이 특히 중요했다. 이런 새들에게 양질의 음식은 목숨이 달린 문제였다. 큰 바다를 건너는 데 필요한 지방 저장층과 근육이 없는 새는 결국 상어의 배 속으로 들어갈지 몰랐다.

피전 박사는 내 논문심사위원회에 조류학 박사 자문위원으로 들어와서 필요한 교육과 조언을 해주는 한편, 워너공원의 첫번째 연구

• 생태학에서 서식지는 한 종이 성공적으로 번식을 할 수 있는 발생원source일 수도 있지만 종이 번식하려고 노력해도 양질의 음식이나 쉴 곳을 충분히 얻을 수 없는 곳인 소실지sink일 수도 있다. 생태적 소실지는 겉으로는 별 문제가 없어서 새들이 많이 모여들 수 있지만, 낮은 관목에 둥지를 만드는 새들을 사냥하는 고양이 같은 포식자가 어슬렁대는 죽음의 덫일 수도 있다.

프로젝트의 책임 연구자를 맡고 대학원생 팀을 데려와 손을 보태기로 했다. 우리는 프로젝트를 세 단계로 설계했다. 관찰과 고양이새 영역 지도 작성, 가락지와 지오로케이터 부착, 그리고 마지막으로 재포획. 그러려면 세 번의 여름을 나야 했고, 나는 이미 혼자서 관찰 단계를 시작한 상태였다.• 나는 '하나의 새, 하나의 공원, 하나의 세상'이라고 이름 붙인 우리 프로젝트의 지원금을 신청하기로 했다.[13]

내가 현장연구에서 가장 좋아하는 부분은 맛없는 커피를 들이키며 화면 앞에 퍼질러 앉아 건조한 학술용어를 되새김질하는 일반적인 대학원 생활과는 달리 온몸을 쓴다는 점이었다. 이 일을 하기 위해서는 새벽 4시 반 망할 알람을 듣고 침대에서 벌떡 몸을 일으켜는 그 순간부터 내가 가진 모든 것, 뇌, 몸, 영혼을 갖다 바쳐야 했다. 나는 반복되는 일상을 사랑하는 사람이기도 했다. 보온병에 커피를 채우고, 에너지바를 집어 들고, 헤드랜턴을 쓰고, 그물망, 기둥, 양동이, 그리고 땅을 내려칠 무거운 나무망치를 챙겨서 그 야생 들판으로 총총 나서면 옅은 안개가 은회색 망토처럼 떠 있었다. 그런 다음 나는 누가 나를 공격하면 이 나무망치로 내려치면 된다고 생각하며 어두운 잡목림을

• 피전 박사 역시 그 첫 여름에 일부 수컷 고양이새에 가락지를 부착했다.

헤치고 들어갔다. 이 세상과 두메텔라 왕국의 고양이새들이 아직 단잠에 빠진 시간에 분초를 다투는 다급한 임무를 수행하는 게릴라 전사가 된 기분이었다.[14]

우리 팀이 도착하면 애나와 나는 기둥을 땅에 쾅쾅 박았다. 우린 교대로 작업을 했는데 애나가 망치를 내려치면 군살 없는 허벅지 근육이 팽팽해지고 망치질을 한 번씩 할 때마다 하나로 묶은 긴 갈색 머리가 찰랑거렸다. 그런 다음 우리는 그 비싼 그물망을 조심조심 설치했다. 그것은 인내심을 요하는 참선 같은 작업으로, 나는 그게 마치 엉킨 털실을 풀어내는 것과 비슷하다고 생각했다. 하지만 안타깝게도 나는 참선과는 거리가 멀었고, 이 전형적인 멋진 여름날 아침 나는 눈앞의 일에 집중하는 대신 워너공원의 여러 전쟁에 맞서 싸우는 일과 공원위원회와 시의회에서 증언을 할 때 뭐라고 말할지에 정신이 팔려 있었다. 나는 그물망을 설치하기 위해 고리가 달린 한쪽 끝을 막대에 걸고 애나가 엉키지 않도록 잘 넣어둔 식료품점 비닐봉지에서 그물을 조금씩 꺼내면서 9미터 정도 떨어진 반대편 끝을 향해 걸어가기 시작했다. 하지만 내가 침대에서 뛰쳐나올 때 은팔찌를 빼놓는 걸 깜빡하는 바람에—이 정교한 작업을 할 때 장신구는 금물이다—그물망을 다 펼치기도 전에 그 망할 물건에 내 팔이 엉켜버렸다. 그날 내가 새 대신 처음으로 잡은 생명체는 바로 나 자신이었다. 그래서 실을 끊어먹지 않고 그물망에서 나를 떼어내려고 미친 듯이 애쓰며 귀중한 10분을 날려먹는 동안 새들이 우리 주위에서 수선을 피우기 시작했다.

우는비둘기가 구구거렸고, 큰뿔솔딱새가 휩-휩거렸고, 고양이새

한 마리가 그 특유의 재즈 구간을 반복하며 등장했다. 그러다가 갑자기 그 잡목림 옆으로 난 주도로를 따라 경찰차 한 대가 가로질러 오는 모습이 눈에 들어왔다. 아, 제길. 경찰은 주도로에서 방향을 틀더니 풀밭으로 들어와 곧장 우리가 있는 쪽을 향했다. 다행히도 나는 그가 우리의 눈에 보이지 않는 그물에 경찰차만 한 구멍을 내기 전에 그를 멈춰 세웠다.[15]

해가 떴다. 그리고 첫 새들이 부드러운 망에 부딪혀 깊은 구멍 속으로 떨어졌다. 새들은 작은 가슴을 들썩대며 가쁘게 숨을 쉬고 있었다. 새들이 너무 스트레스를 받기 전에 차분하면서도 빠르게 움직여야 했다. 애나는 새를 그물에서 빼내 건강 상태를 확인하고 무게를 재고 가락지와 지오로케이터를 단 다음 다시 놓아주는 작업을 10분에서 15분 만에 해낼 수 있었다. 묵묵히, 그리고 유능하게 마치 의사처럼 그 일을 해내는 애나를 지켜보면서 내가 그걸 흉내라도 내려면 몇 년은 걸리겠다는 깨달음이 밀려왔다.

가락지 부착 작업을 하는 아침이면 우리는 늘 애나의 아이팟을 가지고 고양이새를 유혹하기 위해 고양이새소리를 재생했다. 녹음된 음향은 꾸준히 반복해 나왔고 중간중간 몇 분에 한 번씩 AI 비서 비슷한 비인간적인 목소리가 "잿빛고양이새"라고 안내를 해주었다. 가끔 애나의 녹음 자료는 뒤죽박죽이 되어 잡목림에 숨겨진 스피커에서 고양이새의 소리 대신 바흐의 브란덴부르크 협주곡이 튀어나오기도 했다. 어느 날 아침에는 내 녹음기를 꺼냈다. 하지만 알 수 없는 이유로 고양이새 소리 대신 우쿨렐레 수업에서 배우면서 녹음한 [미국의 싱어

송라이터] 조니 캐쉬의 〈불의 고리〉가 재생되기 시작했다. 나는 새들이 그 음악을 어떻게 생각할까 궁금했다.

연구를 시작하기 전 애나는 동물연구에 관한 대학의 규정과 현장연구 윤리에 관해 자문을 해주었다. 새들은 속이 비어 있는 뼈를 통해 호흡하는데, 이는 날 수 있을 정도로 몸을 가볍게 만든 진화의 기발한 적응 방식이었다. 그래서 그물망에서 새를 풀어내다가 그 이쑤시개처럼 가는 다리를 부러뜨리면 새의 호흡계 전체가 손상되고 만다. 그러면 그 새는 다시 그전으로 돌아가지 못한다. 애나는 그런 새는 그 자리에서 죽여야 한다고 단호하게 말했다. 안락사 작업은 애나가 맡겠지만 내가 함께 일하려면 여기에 동의하고 그 원칙을 따라야 했다. 애나는 부상당한 새를 놓아주거나 야생의 새를 몇 달 동안 치료소의 새장에 넣어두는 짓은 하지 않을 터였다. 애나는 동물을 너무나도 존중하고 사랑했다.

새들에게는 목숨이 달린 문제였기 때문에 대부분 새를 다루는 작업은 애나와 경험 많은 대학원생들이 했다. 나는 그물망과 가락지 부착본부/구급실 사이를 뛰어다니며 새가 잡히면 그들에게 알리는 일을 맡았다. 와일드워너 회원 몇 명과 내 지도교수인 잭, 그리고 짐 역시 그물망 모니터 요원이 되었다.

나는 망에서 새를 빼내는 방법도 배웠다. 이 그물망에서 새를 풀어내려면 새가 그물에 엉켜서 누에고치처럼 되지 않도록 움직이지 못하게 만들어야 한다.

1단계: 왼손으로 새를 쥐고 손가락으로 폭신폭신한 살집 새장을 만들어 새가 움직이지 못하게 한다. 새의 머리는 검지와 세번째 손가락 사이에 끼운다. 이 작은 새장을 가락지 작업용 쥠 동작bander's grip이라고 부른다. 이렇게 하면 작업자가 오른손으로 가는 실을 하나하나 풀어내는 동안 새가 움직이지 못한다.

2단계: 새를 그물에서 풀어내는 동안 가까이 날아오거나 덤불 숲에서 얼쩡대며 "고문을 멈춰!" "살해자!" "이 어설픈 거인아!"(최소한 내가 상상하기에는)라고 소리를 질러대는 그 새의 다른 가족들을 모두 무시한다. 귓불을 씹어대는 모기를 무시하고 새에만 초집중해야 이 새가 무사할 수 있다(모기퇴치제는 새에게 해롭기 때문에 사용할 수 없다).

3단계: 심호흡을 하고, 두근대는 심장을 진정시키면서 이 새가 그물에 어떻게 날아들어왔는지 잠시 생각하는 시간을 갖는다. 그래야 좀 더 쉽게 이 새를 풀어줄 수 있다. 핵심 단서는 꼬리이다. 꼬리 부근에서 작은 출발지점을 찾은 다음 오른손 손가락들을 이용해서 한 가닥 한 가닥 새를 천천히 풀어낸다. 만일 새가 너무 심하게 엉켜 있으면 이쑤시개로 머리 같은 섬세한 부분에 엉킨 실을 풀어낸다(눈은 피해야 한다. 새들에게는 순막이라고 하는 세번째 투명한 눈꺼풀이 있어서 보호기능이 한층 강화되어 있긴 하지만 말이다. 눈꺼풀이 세 개라니 이렇게 대단할 수가). 잔뜩 화가 난 우리의 깃털 달린 죄수에게서 망을 다 벗겨내고 나면 왼손의 새장 안에 새를 쥐고 있는 상태로 오른손으로 작은 흰색 면 주머니 입구를 벌려 머리부터 먼저 집어넣는다. 새가 그 안에 들어가면 바로 입구의 끈을 조여서 새가 도망가지 못하게 한다.

이 설명을 듣고 쉬울 것 같다는 생각이 든다면 그건 내가 끔찍하게 설명을 잘못한 것이다. 미리 경고하는데, 탐조계에서 아마 가장 사랑스러운 새일 박새는 초보자에게는 최악의 형벌이다. 박새들은 아무래도 내가 형편없는 초보라는 걸 감지하고는 정말로 화가 머리끝까지 나서 나의 거대하고 어설픈 손아귀에서 벗어나려고 미친 듯이 몸부림을 치며 그물망을 더욱 파고 들려는 것 같다. 이 새들이 몸부림을 치면 칠수록 그 작디작은 다리와 발이 더 엉켜드는데, 내가 숨을 죽여 나지막이 저주의 말을 퍼부으며 도와주려 하면 바늘처럼 날카로운 부리로 내 손에 구멍이라도 낼 듯 쪼아대기 시작한다.

이 일을 시작한 지 얼마 안 되는 어느 날 아침 나는 망을 걷어내는 작업을 맡고 있다가 "운이 좋아서" 두 마리가 연속으로 걸렸다. 박새 한 쌍이 같이 잡힌 것이다. 첫번째 새는 망을 필사적으로 꽉 쥔 채 그 구슬 같은 작은 눈으로 나를 빤히 바라보았다. 작은 머리와 목은 거미줄에 걸린 곤충처럼 실과 한덩어리가 되어 있는데 그 모습이 가슴 철렁하도록 무서웠다. 행여 목이라도 부러뜨릴까 너무 걱정됐다. 나는 그 새를 이 손에서 저 손으로 옮겨 쥐었고, 그러자 새는 미친 듯이 내 손가락을 쪼아댔다. 내가 조심조심 풀어내기 시작하자 새는 얌전해졌다. 꼬리, 날개, 발 한쪽, 머리, 그리고 그다음, 그 마법 같은 순간에 박새는 다른 발도 그 실에서 빼냈다. 나는 그 강력한 부리 힘과 부리 끝의 날카로움에 깜짝 놀랐다. 우리 집 마당에서 박새가 해바라기 씨앗을 내리찧는 모습을 볼 때마다 이 순간이 떠오른다.

또 다른 천벌은 나의 점화 새 홍관조다. 그 기억에 남는 아침 애나는 멀리 떨어져 있었고, 나는 피처럼 붉은 수컷이 망에서 소리를 지르는 모습을 보고 참지 못하고 그 새를 쥐었다. 하지만 바로 1초 뒤에 절대로 홍관조를 쥐어서는 안 된다는 사실을 배웠다. 홍관조가 당신에게 먼저 달려들 것이기 때문이다. 이 새는 부리를 벌려 초강력 턱근육을 이용해서 마치 당신의 무고한 검지가 거대한 해바라기 씨앗이라도 된다는 듯 꽉 물 것이다. 안타깝게도 당신의 손가락이 거대한 해바라기씨일 리가 없다는 걸 이 새에게 알려줄 방법도 없다. 그래서 눈에 두려움이 가득 실리고 펑크족처럼 머리 위로 빨간 산이 솟아올라 있는 홍관조와 눈을 맞춘 채 나는 도와달라고 비명을 지르기 시작했다. 그리고 깨달았다. 내가 아무리 새를 사랑한다해도 그 새가 계속 내 불쌍한 손가락을 산산조각내려 하면 그 새를 죽여야 할지도 모른다는 사실을. 하지만 짐이 달려와 볼펜을 내밀었고 그 홍관조는 알 수 없는 멍청한 이유로 짐의 볼펜이 반쯤 사망한 내 손가락보다 더 맛있어 보인다고 생각했는지 나를 놓아주었다.

내가 현장연구에서 마음에 드는 또 다른 부분(야외에서 새들과 함께 있다는 사실 말고)은 우리가 컴퓨터는 할 수 없고 아마 앞으로도 절대 하지 못할 일을 하고 있다는 점이었다. 컴퓨터는 새를 잡지도, 그 섬세한 아름다움을 요모조모 뜯어보며 감탄하지도, 새의 배에 바람을 불어서 포란반이 있는지 확인하지도 못한다. 수컷 미국지빠귀가 배설강 돌기에서 내 라임빛 녹색 티셔츠로 곧장 발사한, 소화가 끝난 인동 열매의 색채에 넋이 나가지도 못한다(망에 걸린 거의 모든 새가 나에게 똥을 쌌을 때 "똥쌀 만큼 겁이 난다"는 표현이 문득 제대로 와닿았다). 고마워, 작은 친구, 나는 그 미국지빠귀에게 말했다. 집에 가서 옷을 갈아입을 수 없었던 나는 이제 누군가를 살해한 몰골이 되었다.

망에 걸린 새를 빼내 면주머니에 넣고 나면 나는 피전 박사의 작은 진료대 바로 옆에 있는 튼튼한 나뭇가지에 그 주머니를 매달았다. 이 작은 수감자들은 거기 대롱대롱 매달린 면주머니 안에서 검진을 기다렸다. 애나의 진료대는 풀밭 위의 타탄체크 무늬 담요로 그 위에는 분홍색, 녹색, 빨간색, 파란색, 은색 가락지가 들어 있는 작은 투명 플라스틱 도구상자들이 늘어서 있었다. 그곳은 새의 크기로 축소된 족집게, 손톱깎이 같은 도구들이 비치된 소인국의 진료소 같은 곳이었다.

어느 날 우리는 암컷 노래비레오새를 잡았다. 애나는 내게 이 새의 연파랑색 다리를 보여주었다. 세상에. 다리가 파란색인 새는 처음 봤다. 노래비레오새는 이곳에서 번식을 하고 멕시코와 중앙아메리카에 있는 소나무와 참나무 숲, 가시덤불, 커피플랜테이션에서 월동을 했다.[16] 애나가 망에 걸린 이 비레오새를 잡자 새는 부리에 물고 있던 흰 산딸나무 열매를 떨어뜨렸다. 나는 애나가 주머니에 그 열매를 넣는 모습을 보았다. 애나는 그 새를 다시 놓아주기 직전에 열매를 꺼내서 새에게 돌려주었다. 비레오새는 부리로 그 열매를 물고 다시 날아갔다.

애나가 새를 검진하고 가락지를 부착하는 동안 나는 클립보드에 연필로 숫자를 기록했다. 무게, 추정나이, 성별, 몸의 상태, 날개 길이, 지방 저장량. 이 지방 저장량은 새의 가슴 깃털에 바람을 불어 그 아래의 지방층을 노출시키는 방식으로 확인했다. 애나는 새의 날개를 펼쳐서 소형 자로 날개 길이를 쟀고, 작은 펜치로 가녀린 발목에 보일 듯 말 듯한 가락지를 단단히 매달았다. 그런 다음 생사가 달린 판단을 했다. 이 고양이새가 저 지오로케이터 배낭을 메고 대해를 건널 수 있을까? 만일 그 새의 지방층이 적당히 두툼해서 건강한 것으로 판단되고 몸무게가 37그램 이상이어서 장치 무게가 새의 3퍼센트 이하인 경우 애나는 그 새에 배낭을 달았다.

나는 1년 내내 자기 무게의 3퍼센트인 배낭을 메고 돌아다닌다는 게 어떤 느낌일지 상상해보았다. 내 경우는 1.8kg 정도였다. 그리고 나는 대해를 날아서 건널 필요가 없었다. 애나는 새의 등에서 두 날개가 만나는 지점에 이 지오로케이터를 달았다. 내 일은 이 배낭이 움직이지 않도록 새의 다리에 실을 감고 매듭을 짓는 것이었다. 나는 여러 주에 걸쳐 평매듭을 연습했다. 매듭을 지은 다음에는 그 위에다가 접착제를 한 방울 묻히고 30초 동안 마르기를 기다렸다. 그런 다음 애나는 이 새를 커다란 종이봉투에 넣고 입구를 닫은 뒤 몇 분을 기다렸다가 안에 든 새가 정상적으로 움직이는지 살짝 열어보았다. 새가 봉지 안에서 점프를 하고 날려고 하는 등 정상적으로 움직이고 있으면 애나는 봉지를 완전히 열었고, 그러면 지오로케이터를 매단 고양이새가 고양이새 버전의 "뒈져라!"라고 할 수 있는 시끄럽고 성난 소리를 버럭 내지르며 가장 가까운 풀숲으로 날아갔다.

나는 그물 확인 담당, 빼내기 담당, 속기사 외에도 공식 걱정 전문가로도 활동했다. 나는 매일 아침 새벽 4시 반에 일어나 잡목림에 갈 때까지 '오늘은 내가 너무 어설프게 행동해서 새를 죽이게 되는 건 아닐까?'라는 걱정에 벌벌 떨었다. 그다음에는 남은 여름 동안 지오로케이터를 매단 그 새들이 워너공원에서 잘 지낼지 걱정했고, 가을이 되어 그 새들이 중앙아메리카나 멕시코로 향하고 있을 때도 걱정이 계속됐다. 9월이 되어 새들이 라틴아메리카로 떠났을 때는 실의에 빠졌다. 워너공원에 가도 이제 더 이상 고양이새 특유의 가냘픈 울음소리가 들리지 않았다. 잡목림은 생기를 잃은 듯 보였다. 나는 잡목림에 앉아서 어둠 속에서 열심히 날갯짓을 하며 멕시코만으로 향하고 있을 그 새들을, 남쪽의 마당에서 과실과 벌레들로 배를 채우며 대해를 건널 준비를 하고 있을 그 새들을 떠올렸다. 다들 똘똘 뭉쳐 무사히 남쪽에 도착할까? 거기에 새들이 먹을 식량은 충분할까? 워너공원의 새들이 남쪽지방의 연안 도로를 낮게 날다가 차에 치이듯, 대해를 건너기 위해 멕시코만 연안으로 향하는 많은 고양이새들도 그렇게 되지 않을까?[17]

온 세상이 눈 속에 파묻히는 위스콘신의 적막한 겨울, 나는 단잠을 자는 개들과 함께 불길이 이글이글한 벽난로 앞에 앉아 새들의 안부를 걱정했다. 지금은 어디일까? 코스타리카나 니카라과의 어떤 정글일까? 마나과나 테구시갈파에 있는 어떤 이의 마당일까?

나는 은밀하게 관목 숲에 숨어서 살아가는 이 작은 새들의 생사가 평매듭을 제대로 매는 내 능력에 달려 있다는 생각을 멈출 수 없었다. 실 하나에 목숨이 달려 있다니. 실이 너무 헐거우면 나뭇가지에 걸려 새가 굶어죽을 수도 있었다. 너무 빡빡하면 다리 쪽 피부를 상하게 해 새가 부상을 입거나 아니면 착지하고 음식을 찾고 포식자에게서 도망치는 능력에 문제가 생길 수도 있었다. 할머니의 뜨개질 조언—"너무 헐겁지 않게, 그렇다고 너무 빡빡하지도 않게"—가 지오로케이션 연구에도 그래도 적용되었다.

온갖 걱정에도 불구하고 우리가 그 여름에 포획했던 고양이새는 대부분 아주 건강했고 지오로케이터를 달고 이동하는 데 아무 문제가 없었다. 이 새들은 우리의 잡목림에서 잘 먹고 잘 지내는 것으로 나타났다. 우리는 워너의 잡목림에서 발견된 15마리의 등에 소형 배낭을 부착하는 데 성공했다.

어느 아침, 우리가 이미 은색 가락지를 왼쪽 발목에 매단 고양이새 한 마리가 작은 나무에서 나를 향해 악을 써댔다. 이 새는 자신의 친구들을 확인하러 돌아온 것이었다. 새는 이 나무의 가느다란 줄기 뒤에서 빼꼼 머리를 내밀었다. 맑고 촉촉한 검은 눈이 커다랬다. 새는 겁을 먹은 듯했고 여기저기 뛰어다니며 몇 분에 걸쳐 악을 썼다. 쉬지 않고 목청을 높이는 게 얼마나 진 빠지는 일인지 알기에 마음이 아팠다.

하지만 자신의 잡목림 왕국을 지키려고 맹렬히 맞서고, 이 장소에 그렇게까지 애착을 보이는 이 새와 다른 깃털 달린 동지들에게 나는 경외심을 품고 있었다. 고양이새의 최초 방어선은 그 잡목림 주위에 있는 자기 친구들의 눈과 귀였다. 깃털 달린 보초병들은 내가 그 근처에 닿기도 전에 야생 들판과 자신의 왕국 전체에 경고음을 울리고 정보를 전달했다. 우리가 조금 늦게 작업을 시작하는 날, 내가 양동이와 그물을 들고 집을 나서면 우리 마당에 있던 고양이새가 야생 들판 가장자리로 날아가(이 새의 영역에는 우리 집 마당과 공원의 가장자리가 포함되어 있었다) 나를 향해 시끄럽게 날카로운 고양이 소리를 내곤 했다. 이 경고음은 다른 고양이새들을 통해 야생 들판 곳곳으로, 잡목림 안으로 전해졌다. 우리 집 고양이새나 다른 고양이새들이 나를 알아보는지는 확실히 알 수 없다. 연구자들은 까마귀crow와 큰까마귀raven가 특정 사람을 알아본다는 사실을 입증한 적이 있긴 하지만 말이다.[18] 하지만 고양이새처럼 장거리를 이동하는 철새는 일부 텃새보다 기억력이 더 좋아야 한다. 자신의 이동경로와 그 중간에 있는 연료보충기지와 안전한 휴게소를 기억해야 하기 때문이다. 그래서 입증되지 않은 내 가설은 고양이새들이 내가 누구인지 알고 있고, 나를 위험한 포식자로 인식하고 있으며, 마치 매나 부엉이에 대한 정보를 전하듯 나에 대한 정보를 야생 들판과 잡목림 전역에 전달했다는 것이다.

고양이새 보초병들과 이들의 정보 전달 시스템은 와일드워너가 만들어낸 인간 소통 네트워크와 많이 유사했다. 지역 뉴스를 읽고 우리에 대해 알게 된 이웃과 공원 방문객들이 짐과 나에게 이메일을 보내기 시작했고, 심지어는 시에서 어떤 나무를 베려 한다고, 사람들이 큰청왜가리를 괴롭히거나 습지에 살고 있는 거대한 늑대거북을 잡으려고 불법적인 덫을 놓는다고 알려주는 전화를 걸어오기도 했다. 공원 직원들마저 업무가 빌 때 우리에게 다가와 일단 주위를 한번 살피며 보는 사람이 아무도 없다는 걸 확인한 다음 쭈뼛쭈뼛 정보를 흘리기도 했다(공원부가 이들에게 와일드워너 사람들과는 이야기를 나누지 말라는 지침을 내렸지만 이 지침은 오히려 역효과를 낳았다). 많은 공원 직원들, 그중에서도 특히 수십 년간 이 공원에서 계속 근무한 이들은 워너공원과 그곳의 동물 주민들을 사랑했다. 이들은 자신에게 강요되는 운영지침에 개인적으로는 동의하지 않았다. 그들은 와일드워너가 동물의 편이라는 사실을 알았다.•

현장연구 3년차이자, 피전 박사와 내가 15마리의 고양이새에 배낭을 부착한 지 1년이 지난 어느 날 나의 탐조 친구 스테이시와 나는 아침 6시 10분에 그 잡목림에 들어섰다. 5월 초였지만 이미 섭씨 20도를 웃돌았고 흐리고 습한데다 끕끕하고 벌레도 많았다. 나는 중앙아메리카를 떠난 고양이새들이 조만간 도착할 거라는 기대 속에 그 잡목림에서 며칠을 서성이는 중이었다. 아침 7시 50분, 토끼길에서 하늘을 올려다보는데 고양이새의 티끌만 한 지오로케이터에 태양광이 반사되는 모습이 눈에 들어왔다.

• 이는 공원부 내에서 갈등이 있던 시절의 이야기이다. 다행히도 매디슨시는 2014년 열정적인 환경교육자인 에릭 냅Eric Knepp을 새로운 관리자로 고용했다. 에릭은 와일드워너와, 그중에서도 특히 폴 노엘드너와 아주 긴밀히 협력해서 와일드워너의 모델을 시 공원 전역으로 확대했다.

어머나. 이런. 맙소사.

"네가 해냈구나! 돌아온 걸 환영해!" 나는 소리를 지르며 스테이시를 끌어안고 팔짝팔짝 뛰기 시작했다. 그 새는 갑자기 고양이 소리를 내더니 너무나도 수컷스럽게, 영역을 주장하며 높은 물푸레나무 위에서 시끄럽게 노래하기 시작했다.

2주 뒤, 섭씨 15도의 화창한 아침, 애나와 짐과 나는 내가 칼 내지 카를로스라고 부르는 그 목청 큰 새와, 그 밖의 그 작은 배낭을 맨 워너의 다른 모든 고양이새들을 포획하러 잡목림으로 돌아갔다. 짐은 우리의 작업을 동영상으로 남겼다. 애나와 나는 행복해서 정신을 차릴 수 없을 지경이었다. 미치광이들인가 싶을 정도로. 우리는 토끼길에 있는 칼의 영역 심장부에서 아침 7시 44분에 칼을 포획했다. 칼은 흰 포획주머니 안에서 사납게 몸부림을 쳤다. 애나는 야장에 이렇게 적었다. "새의 상태 훌륭함. 두꺼운 '실'의 상태도 훌륭함." 칼은 39그램의 무게로 건강함을 뽐냈고, 칼의 배낭은 흠집 하나 없었다. 실 때문에 다리의 피부가 쓸리지도 않았다. 나는 작은 가위로 실을 조심스럽게 끊어서 지오로케이터를 벗겨냈다.

짐은 칼을 놓아주기 직전에 내가 칼을 쥐고 있는 모습을 사진으로 남겼다. 칼은 몸을 옆으로 돌린 채 맑고 촉촉한 검은 눈으로 카메라를 응시하고 있었다. 나는 칼의 다리를 쥐고 있어서 마치 칼이 내 손가락 위에 앉아 있는 것처럼 보인다. 칼의 깃털은 부드럽고 반짝거린다. 검은 모자를 쓴 것 같은 정수리 부분은 아주 어두워서 부분적으로는 연보라빛으로 보이는 부드러운 회색과 대비를 이룬다. 파충류

같은 느낌의 작은 발은 내 손톱 크기 정도밖에 안 된다. 그래서 마치 거인이 칼을 쥐고 있는 것 같다. 나는 칼을 쥐고서 계속 생각했다. 너는 수천 킬로미터를 막 날아왔어. 말도 안 돼. 넌 대체 어떻게 이 놀라운 일을 해낸 거니?

나는 칼을 놓아주기 전 칼의 눈을 깊이 들어다보았다. 그리고 칼에게 고마워하며 칼의 머리에 살짝 입을 맞췄다. 칼은 내 콧구멍을 쪼는 것으로 대응했다. 그런 다음 나는 칼을 다시 그의 왕국으로 놓아주었고 녀석은 포도덩굴 속으로 자취를 감췄다.

그 여름을 온통 털어넣었지만, 고양이새 현장연구에 돌입한 그 잊을 수 없는 세번째 계절이 거의 막을 내리고 9월이 되었을 때 애나와 나는 지오로케이터를 달았던 15마리의 잿빛고양이새 가운데 27퍼센트인 4마리를 찾아냈다. 믿기 힘들 수도 있겠지만 이 정도 비율은 지오로케이션 연구에서 나쁘지 않은 회수율이다. 새들은 약 50퍼센트가 이동 중에 목숨을 잃기 때문이다.[19] 모든 새가 양호한 상태였다. 우리는 이 새들의 배낭을 제거하고, 건강 상태를 평가하고, 이들에게 고마워하며 다시 놓아주었다. 추적기의 데이터를 확인해보니 이 새들은 멕시코 유카탄반도 아니면 과테말라 북부에서 겨울을 보냈다. 나는 집 마당에서 고양이새를 처음으로 만났을 때 떠올랐던 질문에 대한 대답을 비로소 얻었다. 내가 이 웃기고 시끄러운 회색 새와 같은 이동경로로 움직였을까? 대답은 그렇다였다.

나는 이 고양이새들과 애나로부터 보존과 야생동물 관리에 관해 내가 기존에 가지고 있던 모든 고정관념을 의심해볼 필요가 있다는 사실 역시 배웠다. 기러기 관리 정책을 놓고 전투를 벌이고 야생동물 관리라는 개념 전체를 거부하고 난 뒤, 나는 아무것도 하지 않는다는 건 불가능한 개념이라는 사실을 고양이새들에게서 배웠다. 우리는 자신의 생활양식을 통해, 식물을 심어서 만들어낸 풍경을 통해, 특히 이동하는 방식을 통해 야생동물을 어떤 식으로든 관리하고 있다. 고양이새의 목숨을 가장 많이 빼앗아가는 살해범은 자동차다. 고양이새는 먹이를 얻기 위해 낮게 비행해서 도로를 가로지른다. 그다음 주요 살해범은 고양이다. 이 새들은 교외지역에 둥지를 만드는데, 이런 곳에서는 고양이들이 어슬렁대다가 낮은 관목에 있는 둥지를 습격할 수도 있고 근처를 탐험하는 유조들을 먹을 수도 있다.[20] 그리고 세번째 위험요소는 이동전화 기지국이다. 그래서 당신이 자동차를 몰고, 고양이를 놓아 기르고, 핸드폰을 이용한다면 당신은 고양이새의 죽음을 초래하는 방식으로 이 새와 다른 새들의 관리에 참여하고 있는 것이다(나는 이 셋 중에서 두 가지에 해당한다).

하지만 내가 두메텔라의 왕국에서 배운 가장 큰 교훈은 나의 자아와 관련이 있었다. 나는 현장연구를 사랑했고 이 세상의 숱한 애나 피전들을 영원히 우러러볼 것이지만, 나 자신은 그 일을 그렇게 썩 잘하지 못했고 실력을 쌓으려면 수십 년은 걸릴 터였다. 나는 밤이면 밤마다 공적인 회의장에 나가서 옥신각신하느라 이른 아침이면 너무 피곤하고 혼이 나가 있었다. 내 의사와는 무관하게 나는 내 특별한 장소, 바로 워너공원 전체를 지키기 위해서는 현장연구와 사회운동 중에서 하나를 선택해야 한다는 사실을 깨달았다. 잡목림에서 세 번의 여름을 보내면서 나는 내가 이미 가지고 있는 '이야기하기'라는 재능을 가지고 고양이새들이 노래하는 방식을 따라 글을 쓴다면 더 쓸모가 많으리라는 사실을 배웠다.

CHAPTER

12

불꽃놀이 대신 하늘의 춤을

당신의 장소에 존재하라 그리고 거기에 따라 행동하라

테리 템페스트 윌리엄스Terry Tempest Williams

습지 섬에 서 있던 그 새끼 사슴은 꼭 망아지처럼 보였다. 그 섬에서 바삭바삭 말라가는 키 큰 풀들과 똑같은 색이어서 위장이 완벽했다.

정상적인 상황이라면 이 습지 섬은 새끼 사슴에게 뛰어난 은신처였으리라. 하지만 그날 아침 이 어린 짐승은 자신의 어미가 물속으로 뛰어들어 습지 가장자리로 수영해가는 모습을, 워너공원 밖으로 껑충껑충 뛰어가는 모습을 지켜보았다. 어쩌면 이 어미 사슴은 그날 하루 잠시 새끼를 놔두고 외출을 하려는 것인지 몰랐다. 그게 아니면 이 어미는 혼비백산한 상태로, 중서부 최대의 불꽃쇼인 리듬앤붐스 직전이면 매년 이웃들이 목격하던 동물의 대탈출 행렬에 합류하려고 떠나는 중일 수도 있었다. 20년간 불꽃놀이 행사가 이어지자 일부 동물들은 6월 말에는 줄행랑을 놔야 한다는 사실을 감지한 듯했다. 행사가 진행되는 37시간 동안 여러 블록에 걸친 집의 창문들이 30분 동안 덜덜 떨리곤 했고, 1.6킬로미터 떨어진 집 안에 안전하게 있는 개들마저 주인이 아무리 미리 진정제를 먹여도 보이지 않는 공격자를 향해 울부짖으며 분노를 토했다(지역 동물병원에는 6월 말이면 진정제가 동이 났다).

공원 밖으로 대피해야 한다는 신호는 수두룩했다. 그 여름에는 본행사일인 7월 4일이 되기도 전에 워너공원에 몰래 들어온 10대들이 슬레드힐에서 로켓을 쏘아올리며 사전행사를 시작했다. 그다음에는 골프카트와 소형 트럭을 타고 공원을 달리는 남자들이 갑작스럽게 유입되었다. 기러기들은 보통은 자기들이 집합하는 피크닉용 쉼터 근처에 내려 앉은 거대한 금속의 새—블랙호크 헬리콥터 한 대—를 이미 알아차리고도 남았을 것이었다. 블랙호크는 그 석호 위에서 정지비행을 하며 물에 잉크빛 그림자를 드리웠다. 이 헬기는 물가에 육중한 대포를 조심스럽게 내려놓은 다음 그 긴 금속 꼬리로 날렵하게 반원을 그리며 휙 하고 사라졌다.

풀숲에 숨어 있는 그 어린 사슴을 처음으로 발견했을 때 나는 그 섬 근처에서 노란 카약을 타고 있었다. 공원 쪽으로 돌출된 작은 모래톱에 서 있는 그 어린 사슴 앞에는 폭 30미터 가량의 물이 펼쳐져 있었다. 이 모래톱은 불꽃 발사대였고, 그래서 검은 비계 위에 1만3000개의 포가 마치 터무니없이 거대한 교회 오르간처럼 위로 비스듬히 올라간 대형으로 줄지어 서 있었다. 포 하나는 폭 15센티미터, 높이 45센티미터의 마분지로 된 원통으로, 그 안에는 퓨즈, 밧줄, 철사, 플라스틱, 화약, 그리고 과염소산염이라고 하는 화학물질—로켓연료의 성분—과 눈 돌아가게 알록달록한 별 모양의 광채를 만들어내는 중금속염들이 450그램 가량 채워져 있다.[1]

가장 거대한 폭발물—직경 30센티미터—은 그 모래톱의 작은 언덕에서 분홍빛으로 만개한 습지 밀크위드 사이를 빽빽하게 채우고 있었다. "위험" "만지지 마시오" "유해물질"이라고 적힌 경고문과 함께. 커다란 호박벌들이 밀크위드 꽃을 빨았고, 형광 파랑색의 실잠자리들이 으스스한 파란 헤드라이트 같은 눈으로 그 모든 폭발물을 검사하며 돌아다녔고, 홍관조 한 쌍이 로켓과 가까운 관목숲에서 울어댔다.

나는 작은 잠수함처럼 물속을 돌아다니다가 한 번씩 수면 위로 올라오는 비단거북 몇 마리가 안타깝게도 이미 그 모래톱의 모래 안, 폭발물 사이에다가 둥지를 파서 알을 낳았다는 사실을 알고 있었다. 그 거북들은 자신들의 많은 둥지가 이 독립기념일 행사 기간 동안 공중분해된다는 사실을 학습하지 못한 듯했다. 비단거북은 수십 년을 살 수 있고, 때문에 아마 이 불꽃놀이가 시작되기 훨씬 전부터 이곳에 둥지를 만들었을 터였다. 그리고 거북은 자신의 특별한 장소에 애착이 몹시 강했다. 차에 치인 거북을 돌보던 한 친구는 자신의 환자들이 야생동물 병원의 수족관에 있는 특정 돌들을 "사랑"한다고 내게 알려주었다. 이 거북들이 그 돌에 심한 애착을 보인다고.

포는 습지 섬 쪽을 조준하고 있었기 때문에 불꽃 잔해들은 얼마 안 가 공원 잔디밭을 가득 메울 수천 명의 관람객들이 아니라 섬 또는 워너의 석호에 내려앉을 터였다. 거의 매년 불꽃의 잔해 때문에 습지 섬에 화재가 발생했다. 공원은 인구밀도가 높은 주거지역과 접하고 있었고 주민들은 천식 때문에 힘들다고 토로했지만 화재관리부는 그 불을 진화하지 않았다.

그 습지 섬 어딘가에서 솜털딱따구리가 우는 소리를 들을 수 있었고, 카약에 앉아서는 금색과 검은색이 주를 이루는 늠름한 쇠부리딱따구리가 죽은 나무 줄기를 천천히 오르는 모습을 볼 수 있었다. 거대한 날개를 가진 큰청왜가리가 그 옆을 느릿느릿 날아서 지나갔다. 무엇보다 그 섬에 있는 거대한 미루나무 꼭대기에서 큰나무딱새가 구슬프게 노래를 불렀다. 이 나무가 내일 밤 재로 변하게 되는 건 아닐까 걱정이 밀려왔다. 딱새과의 새들은 겨울이면 저 멀리 페루까지 이동했다가 봄이 되면 항상 돌아와서 워너의 섬에 둥지를 틀었다.

불꽃놀이 언덕의 정상에는 내가 본 중에서 제일 큰 미국 국기가 바람에 나부꼈다. 바로 그 아래에는 24시간 무장경비가 차렷자세를 취하고 있었다. 제2차 세계대전 이후 1968년까지 미국령이었던 일본의 이오지마에서나 볼 법한 장면이었다. 이 무장경비는 닷새 동안 불꽃놀이용 포를 지켰다.

내가 그 옆을 지나가며 사진을 찍자 경비는 사납게 당장 그만두라고 호통을 쳤다. 나는 미소를 짓고 손을 흔들며 계속 사진을 찍었다.

워너의 습지가 미국 중서부 최대의 불꽃쇼 발사대가 된 과정은 인간이라는 종이 동물과, 물과, 인간 서로와 어떤 관계를 맺고 있는지, 그중에서도 특히 부유한 동네와 가난한 동네가 얼마나 뒤틀린 관계 속에 놓여 있는지를 보여준다. 이 이야기는 1950년 윙키라는 이름의 암컷 아기 코끼리와 함께 시작되었다. 미얀마의 야생에서 이 코끼리를 포획한 사냥꾼들은 나중에 이 코끼리를 매디슨 동물원에 팔았다. 3톤이 훌쩍 넘는 이 코끼리의 인기는 하늘을 찔렀다. 모름지기 매디슨의 어린이라면 모두 윙키를 보러 갔다. 윙키가 동물원의 스타로 떠오른 바로 그해에 동물원 바로 옆에 있는 공원에서 7월 4일을 기념하는 불꽃쇼가 펼쳐졌다. 그곳은 매디슨에서 부유한 축에 속하는 웨스트사이드로, 아름다운 가로수가 늘어서 있고 워너공원과는 10킬로미터 정도 떨어진 곳이었다.

매디슨 시민들은 이 새로운 불꽃쇼를 사랑했지만 윙키는 그렇지 않았다. 윙키는 사납게 울부짖었다. 코끼리의 경고 신호 혹은 불안 신호였다. 우리 안의 다른 동물들—고함원숭이, 낙타, 바이슨, 에뮤, 공작, 사자—도 가세해서 끼이익, 어흥 코러스를 연출했다.[2] 동물원 원장이 불만을 제기했다. 윙키의 담당 조련사가 불만을 제기했다. 그리고 대중들이 동물의 스트레스에 관해 불만을 제기했다. 그래서 결국 1968년 시공무원들은 불꽃놀이를 건너편인 워너공원으로 옮기기로 했다.[3]

그해 시는 6만 명의 매디슨 시민들이 워너공원에서 환호성을 터뜨리는 최대 규모의 불꽃놀이 행사를 개최했다.[4] 몇 년 지나자 이 행사는 시들해졌다. 하지만 1990년대에 이 행사는 10만 명 이상이 운집한 가운데 비행기에서 낙하산을 탄 사람들이 뛰어내리고, 주방위군이 155밀리미터 곡사포를 발사하고, 불꽃 전문가들이 습지를 향해 1만 발에서 1만6000발의 포를 날리는 호화로운 광역 단위의 행사로 거듭났다. 애니멀스, 터틀스, 닥터존, 블러드스웨트앤티어스 같은 공연팀과 밴드가 환호하는 관중의 흥을 돋궜다.

산으로 가버리는 그 많은 경제발전 프로젝트들처럼 나는 이 모든 일이 처음에는 가장 좋은 의도에서 비롯되었다고 믿는다. 1980년대에는 매디슨을 비롯한 미국의 많은 도시에서 범죄가 급증했다. 워너공원이 자리한 매디슨의 노스사이드는 살인, 칼부림, 총격, 강도 사건으로 신문 헤드라인에 오르내렸다. 공원 인근에서 범죄와 마약 복

용이 빈발하면서 빈곤한 지역도 점점 넓어졌다. 자영업이나 지역조직 같은 건 거의 전무할 지경이었다.[5]

노스사이드주민들은 이사를 떠나는 대신 수백 시간의 회의를 거쳐 노스사이드계획협의회Northside Planning Council라고 하는 호전적이고 열정적인 지역조직을 만들었다. 10년이 걸렸지만 수십 명의 사람들이 해당 지역에 다시 활력을 불어넣었고, 워너의 커뮤니티 센터를 만들었으며, 전국적인 모델이 된 서비스 프로그램을 마련해서 "망가진 동네를 매디슨에서 가장 쾌적한 동네 중 하나"로 탈바꿈시켰다고《위스콘신주저널Wisconsin State Journal》은 전했다.[6]

노스사이드계획협의회는 지역사회의 자부심을 드높이고 정체성을 확립하고자 했다. 그래서 스스로 불꽃놀이광이라고 밝힌 한 지역 독지가의 도움을 받아서 워너공원의 불꽃쇼를 부활시키기로 결정했다.[7] 이들은 광역 규모의 7월 4일 대잔치가 지역경제에 다시 활력을 불어넣고 수백만 달러의 경제적 효과를 불러일으키기를 기대했다. 이름하여 "모든 쇼의 어머니", 리듬앤붐스.[8] 이 독지가는 롤링스톤스, 디즈니월드, 식스플래그, 유니버설스튜디오, 시월드, 그리고 주요 도시를 위해 일하는 불꽃놀이 회사를 고용했다.

첫해의 리듬앤붐스 행사에는 5톤에 달하는 폭약이 동원되고 위스콘신주 방위공군의 F-16 에어쇼가 펼쳐졌다. 그 쇼의 피날레에서는 불꽃전문가들이 미국에서 발사된 최대 규모의 불꽃놀이용 화약을 가지고 워너의 습지에서 "흘러내리는 국화"를 선보였다. 행사 조직자들은 기자들에게 불꽃용 포가 전함 위스콘신에 실린 총의 직경보다 아

주 조금 작을 뿐이라고 전했다.[9]

어느 모로보나 이 첫해 행사는 대성공이었다. 최소한 인간에게는.

그 첫 리듬앤붐 행사가 끝난 다음 날 새벽 5시 반경 워너공원 언저리에 있는 낚시용 미끼 가게 주인인 진 델린저Gene Dellinger는 뭔가 "어리둥절한" 장면을 목격했다.

워너의 습지를 따라 이어진 포스터드라이브에서 차를 몰고 낚시를 하러 가던 델린저는 갑자기 급브레이크를 밟아야 했다. 비단거북과 가재들이 습지에서 올라와 자신의 앞에서 도로를 건너 교외지역의 동네 쪽으로 이어지는 완만한 오르막을 천천히 줄지어 기어가고 있었던 것이다. 낚시를 한 지 50년이 다 되어가지만 이런 장면은 처음이었다. 델린저는 이 동물들이 9시간 전에 벌어진 불꽃놀이 때문에 습지를 떠나는 건 아닐까 생각했다.[10]

일부 이웃들 역시 자신의 마당과 정원과 수영장에 떨어진 잔해에 의문을 품었다. 공원에서 한 블록 떨어진 곳으로 바로 그 거북과 가재들이 향하던 동네에 살던 한 기혼여성은 가족들이 먹는 작물을 재배하는 정원에 내려 앉은 불꽃놀이 잔해 안에 어떤 화학물질이 들어 있는지 꺼림칙해했다.

리듬앤붐은 2년차에는 재정 문제로 대폭 축소되었다. 실제 행사비용이 얼마인지, 그 행사로 얼마나 많은 경제적 이익이 발생했는지는 아무도 알지 못했다. 다만 그 행사 때문에 수백 명의 시 직원들이 오랜 시간 회의를 진행하고 경찰에게 초과근무수당을 지불해야 했던 것만은 분명했다. 불꽃쇼는 명맥을 이어가긴 했지만 3년차가 되자 워너의 시의원들이 시에 불꽃놀이 재정 지원을 중단할 것을 요구했다.[11]

노스사이드계획협의회의 일부 조직가들 역시 넌더리를 냈다. 그들은 이 행사가 더 이상 워너 지역의 행사가 아니라고 느꼈다. 한 조직가는 매디슨의 부유한 동네에서 놀러온 사람들이 워너에서 하고 다니는 행동을 몹시 불쾌하게 여겼다. 그는 VIP 천막 안과 그 주변의 잔디밭에 초콜릿 발린 딸기들이 먹다만 채로 버려져 있어서 자신이 치웠다는 이야기를 전하며 분통을 터뜨렸다.

"얼마나 등골이 빠지고 끔찍했는지 몰라요. 시간이 길어질수록 짜증이 나는 거예요. 나는 그날을 '지옥 같은 날'이라고 불렀어요."[12]

또 다른 자원활동가는 관중들이 풀밭에 버리고 간 샌드위치 봉지 안에서 죽은 금붕어를 발견했다. 불꽃놀이 행사장에서 경품으로 나눠준 금붕어였다. 이 자원활동가는 죽은 금붕어를 보고 마음이 몹시 괴로웠다. 당시 중학생이었던 로렌 치버 역시 마찬가지였다. 치버는《위스콘신주저널》에 보낸 독자편지에 이렇게 적었다. "다른 사람들이 그걸 뭐라고 부르는지는 모르겠지만 내가 보기에 그건 동물학대다. 물고기는 살아서 숨 쉬는 생명이다. 더 존중하는 마음으로 대해야 하지 않을까?"[13]

재정난, 주민 민원, 불꽃쇼 관객이 2도와 3도 화상을 입고 입원하는 사건, 시의원들의 탄원, 지역의 수중생태계에서 생계형 어업을 보호하고자 하는 환경주의자들의 경고에도 불구하고 불꽃쇼는 계속되었다. 리듬앤붐은 "전통"이 되었다. 일부 주민들은 계속 불평을 하면 "애국에 반대"하는 것으로 비춰질까 우려했다.[14]

2004년 워너공원 지역에 새로운 시의원이 선임되었다. 매디슨시 최초의 아프리카계 미국인 시의원 중 한명이었던 브라이언 벤포드는 매디슨시에 불꽃놀이 장소를 시의 대운동장으로 옮기라고 요구했다. 밀워키의 민권투사 집안 출신이었던 벤포드는 워너공원을 사랑했고 그 안에는 "백만 가지 배움의 순간"이 있다고 생각했다. 그는 공원에서 가족들이 캠핑을 하고 "아이들이 풀밭에 그냥 누워 있는" 모습을 보고 싶어 했다. 그는 여름캠프에서 아이들과 함께했던 경험이 있었고 자연과 단절된 도시 아이들이 죽음과 총을 예찬하는 갱단으로 어떻게 빨려들어가는지를 잘 알았다.

벤포드는 행사기간 동안 범죄 위험과 대중의 안전을 특히 우려했다. 불꽃쇼에 워낙 사람이 많이 몰리다 보니 갱단 단원을 모집하기에 완벽한 기회가 될 것이라 여겼다. 경찰 역시 여기에 동의했다. 이들은 리듬앤붐을 "두려워"했다. 하지만 벤포드가 경찰에게 행사를 중단시키면 좋겠다고 말하자 경찰은 "의원님은 의원님이 무엇과 맞서는지를 모르시는군요"라고 말했다.[15]

벤포드는 조직 책임자인 테리 켈리를 만나 불꽃놀이 잔해에 관한 주민들의 불만을 전달했다. 켈리는 항상 행사 다음 날 아침에 모든 걸 치운다고 주장했다.[16] 벤포드는 직접 확인해보기로 결심했다.

"내가 나중에 엉덩이까지 오는 긴 장화를 신고 (워너의 습지에서)

물 위로 플라스틱을 차냈죠." 벤포드가 내게 말했다. "내가 켈리한테 그랬어요. (캐나다)두루미가 이런 걸 먹으면 어떻게 되겠느냐고 말이에요. 우리가 이래서야 되겠냐고. 그건 나한테 진짜 중요한 문제였지요… 너무나도 많은 도시 사람들이 자연을 빼앗기고 자연과 연결될 수 있는 능력을 잃어버렸잖아요. 이건 사회정의 문제죠."•

시는 불꽃쇼 장소를 옮겨달라는 벤포드의 요청을 거부했다. 그래서 벤포드와 지역 환경활동가들은 워너의 수중생태계가 어떤 상태인지 검사를 하라고 압력을 넣기 시작했다. 시의 보건부는 "멈칫"했지만 활동가들의 끈질긴 노력으로 2005년 불꽃놀이가 워너의 수중생태계에 미치는 영향에 관한 최초의 연구가 실시되었다. 해당 연구는 불꽃놀이가 "수질 저하"를 가져왔다고 결론지었다.[17] 시의 연구에는 퇴적층이나 식물이나 대기오염은 포함되지 않았다.

• 2015년 6월 24일과 2015년 7월 1일에 했던 인터뷰에서 벤포드는 록콘서트와 야구경기 같은 소란스러운 행사에 워너공원이 사용되는 일이 늘어나는 상황에 대해서도 불만을 표출했다. 그는 워너공원 일대가 "동네북이 된 것" 같다고 느꼈다. 벤포드의 지원군으로는 매디슨환경정의기구Madison Environmental Justice Organization(MEJO)를 만든 수십 년차의 노련한 환경운동가 짐과 마리아 파월이 있었다. 매디슨환경정의기구는 살충제, 폭우 범람수, 불꽃놀이 잔해에 있는 독성물질이 인근의 지상과 지하 수중생태계에 미치는 영향을 처음으로 측정하려고 시도했다.

매디슨으로 이사를 온 그 첫해의 여름까지만 해도 나는 불꽃놀이에는 관심도 없었고 논문의 한 챕터를 거기에 할애하게 될 거라고는 상상도 하지 못했다. 내 태도는 대부분의 사람들과 다르지 않았다. 뭐가 어때? 1년에 한 번뿐이잖아. 그게 얼마나 해가 되겠어? 어릴 때 살았던 남부 캘리포니아의 집은 디즈니랜드에서 20분 거리였다. 우리 가족은 여름 저녁이면 현관 앞 지붕 처마 아래 모여 몇 킬로미터 떨어진 디즈니랜드의 화려한 불꽃놀이를 구경하기를 좋아했다. 나는 여느 아이와 다름없이 불꽃놀이를 사랑했다. 오염에 관해서는 한 번도 생각해보지 못했다. 그리고 미국 이민을 결정한 나의 부모님에게 불꽃놀이는 핫도그만큼이나 미국적이었다.

하지만 논문을 위해 리듬앤붐을 다룬 20년치 언론보도를 살펴보고 노스사이드 주민 수십 명을 인터뷰하면서 역사적인 패턴을 감지할 수 있었다. 이 공원의 수중생태계와 야생동물을 보호하려는 사람은 누구든 돌벽에 가로막혔고 결국 나가떨어졌다. 그 사람이 시의원 벤포드든, 그와 함께 일했던 활동가들이든, 이 공원의 야생성이 포장도로로 바뀌지 않게 하려고 해쓰던 와일드원스든 상관없었다. 이삼 년에 한번씩 주기적으로 사람들은 시의 위원회에 나가서 민원을 제기하고 증언을 했다. 기자가 한두 건의 기사를 작성했다. 그런 다음 무시당했다. 리듬앤붐이 시작되고 나서 12년이 지나던 해에 시의원들이 설문조사를 해보니 노스사이드 주민의 50퍼센트가 불꽃놀이를 원치 않는 것으로 나타났다. 하지만 시 공무원들은 주민의 절반을 무시했다. 와일드워너가 성난 고양이새 무리처럼 시끄럽게 악을 쓰기 전까지는.

불꽃놀이와 싸움을 벌인다는 결정은 쉽게 나온 게 아니었다. 우리는 너무나도 많은 전선에서 싸우느라 지쳐 있었다. 습지, 기러기, 나무, 산책로. 3년을 함께 활동했는데도 우리 내부에서 리듬앤붐에 관한 의견이 모아지지 않았다. 하지만 습지와 동물에 미칠 영향에 대한 우려가 점점 커지고 있었다. 워너공원의 새들은 6월 말이면 첫번째 번식을 거의 마친 부모 새들이 신경이 곤두선 상태로 새끼들에게 먹이를 찾는 법과 포식자를 피하는 법을 가르칠 때였다. 불꽃놀이 다음 날 아침이면 공원은 마치 많은 새가 떠나버린 듯 괴괴한 정적이 감돌았다. 나로서는 새들이 어디로 갔는지 알 길이 없었다. 하지만 행사가 진행되는 동안과 끝나고 난 뒤 공원 가장자리에 있는 운하 안에 오리와 거위 수십 마리가 숨어 있는 모습을 발견했다. 그리고 매년 관중들이 우르르 몰려올 때가 되면 우리는 캐나다두루미 부모들이 아직 날지 못하는 작은 아기 새 두 마리를 데리고 축구장을 가로질러, 늪 가장자리를 따라, 기차선로까지 가서 공원 밖으로 걸어 나가는 모습을 보았다. 이 두루미 부부는 워낙 인기가 많아서 워너의 커뮤니티센터 안에 6미터 높이의 벽을 덮는 사진이 걸려 있을 정도였다(그리고 공개 회의가 진행되고 있을 때 그 두루미 가족 모두가 통유리창으로 그 안을 빤히 들여다볼 때가 종종 있었다). 두루미는 수명이 25년 이상이고 보통 평생 같은 짝과 가족을 꾸리며 자신의 영역을 충실하게 고수한다. 이 두루미 부부는 매년 2월이나 3월이면 워너공원으로 돌아왔고 그때마다 4킬로미터까지 뻗어나가는 나팔소리 같은 도착 선언을 들은 그 일대 주민들은 "두루미가 돌아왔다!"며 반가움에 몸을 떨며 소리쳤다. 그래서 나는 어째서 어떤 불꽃놀이광이 두루미 새끼 한 마리를 차로 쳤을 때 왜 다들 아무 말이 없는지 이해할 수 없었다.

그러다가 불꽃놀이광들은 내 새집 일부를 넘어뜨리고 부수기 시작했다(어느 여름에는 누가 파랑지빠귀 집에다가 "입대하라"고 적힌 스티커를 붙여놓았다). 그리고 그들은 차를 몰고 공원을 떠나다가 폭죽이 터지는 동안과 그 이후에도 공원에서 줄줄이 깡총깡총 뛰쳐나오는 워너의 토끼 수십 마리를 차로 쳤다.

"죽은 토끼가 너무 많아!" 한 이웃은 이렇게 탄식했다.

와일드워너가 특히 우려한 야생동물은 워너에 있는 네 종의 박쥐였다. 박쥐를 굶어 죽게 만드는 백색소음 신드롬이라고 하는 병이 10년도 안 되는 기간 동안 미국에 있는 일부 종의 90퍼센트 이상을 죽음으로 몰고 갔다. 한 연구에서 위스콘신의 야생동물 전문가들은 워너의 습지 가장자리에서 한 시간 동안 박쥐 20마리를 잡았는데 모두 건강했다. 이들은 워너공원에 박쥐들의 보금자리가 있다고 생각했다. 불꽃놀이쇼는 새끼 박쥐들이 막 물가로 나올 때쯤 열렸다. 박쥐들은 워낙 귀가 예민하기 때문에 이건 끔찍한 타이밍이라고 과학자들은 우리에게 말했다.[18] 워너공원의 다른 철새들이 그렇듯 박쥐 역시 장소에 대한 애착이 강했고 어쩌면 수년 전부터 이 공원에 보금자리를 만들어왔는지 몰랐다. (박쥐 가운데 일부 종은 수명이 25~35년 정도이다). 불꽃놀이가 시작되면 박쥐들은 보금자리를 우르르 박차고 나와 어지러운 구름 떼를 이뤘다.

우리에게 이 정도 관찰이 전부였던 것은 당시에 불꽃놀이가 야생동물에게 미치는 영향에 관한 과학적인 연구가 거의 전무했기 때문이다. 하지만 대부분의 동물은 인간보다 청력이 훨씬 예민하기 때문에 큰 폭발음이 들리면 워너의 기러기, 두루미, 토끼 등 크든 작든 온갖 동물들이 혼비백산해서 도망을 치려다가 차량과 부딪힐 수 있다는 점은 가장 분명한 영향이었다. 미국 전역에서 독립기념일 행사가 벌어지는 7월 4일 전후로 사슴과 코요테와 개과 반려동물들에게도 비슷한 일이 벌어진다.[19] 동물 쉼터와 야생동물 재활치료사들에게는 7월 초가 눈코 뜰 새 없이 바쁜 비상시기다. 이 시기에는 쉼터가 도망친 개들로 북새통을 이룬다.[20]

불꽃놀이를 하는 동안 새들이 어떤 식으로 행동하는지는 연구하기가 더 어렵다. 행사는 보통 밤에 이루어지고 과학자들은 야생동물이 야밤에 어떻게 행동하는지 쉽게 관찰할 수 없기 때문이다. 하지만 2010년 새해 전야에 과학자들은 아칸소의 비브에서 불꽃놀이의 영향을 심각하게 들여다보지 않을 수 없었다. 누군가가 밤에 수천 마리의 흑조 blackbird들이 모여 있던 보금자리 나무를 향해 불꽃을 발사했던 것이다.

미국공영방송NPR은 "알프레드 히치콕의 영화 장면 같았다… 수천 마리 새가 하늘에서 비처럼 쏟아졌다"고 전했다.[21] 한 조류학자는 둔상鈍傷 때문에 죽은 붉은날개찌르레기, 흰점찌르레기, 큰검은찌르레기, 갈색머리흑조가 최소 5000마리에 이르는 것으로 셈했다. 이 새들은 야간에 보금자리를 박차고 나와 자동차, 나무, 건물, 그리고 서로와 충돌했다.

불꽃놀이가 새에게 미치는 영향을 가장 결정적으로 보여주는 증거는 매년 불꽃놀이로 1000만 킬로그램 이상의 폭약을 터뜨리는(대부분은 새해 전야에 터뜨린다) 네덜란드에서 3년간 실시된 레이더 연구에서 나왔다. 유럽에서 물새들에게 가장 중요한 월동지인 네덜란드에는 매년 기러기 200만 마리가 찾아온다.

연구자들은 자정까지는 새들이 아무런 움직임이 없다는 것을 확인했다. 하지만 불꽃놀이가 시작되고 몇 분도 안되어 레이더 화면이 환하게 밝아졌다. "우리는 전국에서… 대대적인 새들의 움직임을 감지했다." 레이더상에서 환하게 빛나는 커다란 방울은 수십만 마리의 새들이 호수, 습지, 인가를 도망쳐 날아 45분 이상 공기 중에 머물러 있음을 보여주었다. 일부는 거의 500미터 위로 날아올라 그 위에 떠 있었다. 어떤 새들은 월동지에서 수 킬로미터 떨어진 곳으로 날아가 버리기도 했다. 연구자들은 불꽃놀이가 만들어낸 자욱한 스모그 속에서 일부 새들이 돌아오는 길을 찾을 수 있을지 우려했다. 악천후 속에서 불꽃놀이를 피해 도망친 새들의 상황은 그보다 훨씬 안 좋았다.[22]

새들은 뇌우에 익숙하기 때문에 불꽃놀이에도 별다른 영향을 받지 않으리라 추론할 수도 있다. 하지만 과학자들은 야생동물, 특히 새들에게는 불꽃놀이가 뇌우나 허리케인과는 대단히 다르다는 사실을 확인했다. 새들은 거대한 허리케인이나 폭풍이 다가오기 몇 시간 전, 심지어는 며칠 전에 기압 하강을 감지해서 도망치거나 피신처에 몸을 숨길 수 있다. 하지만 불꽃놀이의 난데 없는 소음과 빛은 생물학자들이 말하는 "놀람 효과surprise effect"를 일으켜서 새들이 공황 상태에 빠지고 심지어는 고통을 느끼게 만들 수 있다. 2015년 주로 독일과 미국에서 133건의 불꽃놀이쇼와 88종의 조류를 대상으로 한 연구는 새들이 불꽃놀이에 적응하지 못한 상태라는 결론을 내렸다. 어떤 새들은 둥지지역을 버린다. 어떤 종은 상당한 육체적 스트레스를 받고 두려움 때문에 목숨을 잃기까지 한다. 많은 종이 공황에 빠져 도망친다. "아직 나는 법을 배우지 못한 어린 새들은 손쉬운 먹잇감이 되거나 사고를 당하거나 완전히 길을 잃는다." 해당 연구는 "불꽃놀이가 개별 새들의 사망 위험을 높이고, 따라서 조류 군집의 전체 사망률을 증가시킨다"는 결론을 내렸다.[23]

연구자들은 특히 바다새들이 집단을 이루며 번식하는 연안 근처의 보호지역, 보금자리구역, 내륙의 수중생태계 가까이에서는 불꽃놀이와 극도로 시끄러운 폭발음을 중단할 것을 권고했다.[24] 캘리포니아와 아르헨티나의 과학자들은 해변 불꽃놀이 이후 바다새들이 해변의 둥지를 버리는 과정을 기록하기도 했다.[25]

나는 불꽃놀이가 야생동물과 인간 모두에게 얼마나 치명적인지 보여주는 두 사건을 공원에서 직접 목격했다. 리듬앤붐을 불과 열흘 앞둔 어느 여름날 나는 공원 안에서 자전거를 타다가 아스팔트 바로 옆에 있는 진흙 섞인 모래에서 둥지를 파고 있는 비단거북을 발견했다. 직경이 최소 20센티미터 정도 되는 그 거북은 암녹색 등껍질에 목에는 밝은 오렌지색 줄이 있었다. 나는 습지 섬 가장자리에서 무려 23

마리에 달하는 비단거북 대가족이 함께 일광욕을 하는 모습을 본 적 있었다. 이 비단거북은 내 쪽으로 등을 돌린 채 비늘이 있는 뒷다리를 번갈아 놀리며 자신만의 꾸준한 파충류스러운 리듬으로 구멍을 팠다.

비단거북은 이따금씩 휴식을 취하며 최소 20분 동안 10~15센티미터 깊이의 구멍을 만들었다. 사람들이 다가올 때는 속도를 높였다. 마침내 작업을 완수하자 머리를 위로, 몸을 구멍 아래로 향하게 한 다음 11개 내지 12개의 뽀얀 진주 빛깔의 알을 낳았다. 산란을 마친 거북은 진흙과 모래로 알을 조심스럽게 덮고 발을 마치 손처럼 이용해서 뒷발로 작은 입구를 막았다. 입구까지 모두 닫자 뒷발로 클로버와 풀을 뽑아서 그 위에 위장용으로 올려두었다. 둥지는 눈에 띄지 않았다. 그런 다음 거북은 몸을 돌려 바로 내 앞에 있는 자전거도로를 지나 습지로 돌아갔다. 거북이 사라진 뒤로 키 큰 풀들이 몸을 흔들며 바스락거렸다.

나는 거북 둥지 옆에 큰 나뭇가지를 내려놓고 집으로 부리나케 달려가 위스콘신 야생동물국에 전화를 걸었다. 이 둥지는 자전거 도로에 너무 가까웠다. 불꽃놀이 조직팀의 주장에 따르면 열흘 뒤면 20만 명이 이 공원을 헤집고 다닐 터였다. 이 수치가 아무리 부풀려졌다 해도 행사 준비팀들이 이미 육중한 관리용 차량을 타고 돌아다니면서 쇼를 준비 중이었다. 어쩌면 이 둥지를 비롯해서 수십 곳의 거북 둥지가 짓이겨질지 몰랐다.

사흘 동안 미친 듯이 야생동물국에 전화를 걸었다. 마침내 한 남자가 연락을 주었다.

선생님 말씀이 맞아요, 남자가 말했다. 거북의 둥지로는 끔찍한 위치에요. 그걸 옮기셔야 합니다. 거기 있는 알에게는 선생님이 희망이에요.

내가 해야 할 일은 그 둥지를 파내고 알을 꺼낸 다음, 다른 둥지를 파되 알맞은 토양에다 알이 있는 방 위로는 폭 4센티미터, 길이 8센티미터의 작은 터널이 이어지게 해서 플라스크 모양이 되게 만드는 것이었다. 이 작은 터널은 갓 부화한 새끼들이 둥지 밖으로 나가는 출구가 될 터였다. 알이 부화할지 말지는 내가 둥지를 제대로 파는지에 달렸다고 직원은 말했다. 거북은 온도에 예민해서 내가 일을 제대로 하지 못하면 알들이 부화하지 못한다면서. 물론 부화는 날씨에도 좌우되고 물이 둥지에 들어가는지 여부와도 관계가 있었다. 그래서 물과 가깝게 파되 너무 가까워서는 안 된다고 직원은 조언했다. 그리고 그 거북이 했던 것처럼 둥지라는 게 표가 나지 않아야 했다. 만일 위장을 잘 하지 못 하면 공원에 있는 여우와 밍크, 라쿤, 그리고 목줄이 풀린 개들이 그 둥지를 파낼 수도 있었다. 그런데 아무리 위장을 잘 하더라도 그 작은 거북들이 밖으로 나왔을 때 내가 만든 둥지가 물과 너무 멀리 떨어져 있으면 습지에 닿기도 전에 까마귀, 매, 황소개구리, 늑대거북들이 이 새끼 거북들을 먹을지도 몰랐다.

하실 수 있어요, 직원은 내게 말했다.

나는 그에게 생각해보겠다고 말했다.

나는 천칭자리이다. 그래서 일단은 머리를 싸매고 고민을 해야 했다. 내가 일을 그르치면 거북 또는 최소한 앞으로 거북이 될 존재를 죽이게 될 것이었다. 하지만 내가 아무 일도 하지 않으면 그 알들은 짓밟히거나 그 작은 터널로 이어지는 입구가 불꽃놀이 관람객들 때문에 너무 다져져서 작은 새끼 거북들은 그 안에 갇혀 굶어죽게 될 터였다. 나는 흙 밖으로 나오려고 필사적으로 발버둥치다가 작은 미라처럼 그 안에 매장되는 새끼 거북들을 떠올렸다. 그다음에는 전능한 신 행세를 하는 경우를 생각하기 시작했다. 진흙을 다루는 데는 영 젬병이어서 딱 한 번 수강한 도예수업에서 샐러드 그릇 대신 흉측하게 굽은 촛대 한 무더기를 만드는 걸로 막을 내린 내가 대체 무슨 자격으로 거북의 둥지를 제대로 파서 폭 4센티미터, 길이 8센티미터의 탈출용 터널이 있는 플라스크 모양의 진흙 구덩이를 만들 수 있다는 생각을 한단 말인가?

그래서 나는 세번째 안을 만들었다.

공원 직원들이 워너공원 곳곳에 커다란 플라스틱 쓰레기통을 비치하는 중이었다. 나는 빈 쓰레기통을 거북의 둥지 위로 끌고 온 다음 뚜껑을 걸어 닫았다. 효과가 있었다. 골프카트와 트럭들이 그 쓰레기통을 우회했던 것이다. 나는 1년 동안 그 둥지를 관찰했다. 하지만 작은 거북들은 한 마리도 나타나지 않았다.

내게 불꽃놀이를 중단시켜야 한다는 확신이 들게 만든 두번째 사건은 불꽃놀이 조직팀이 "사상 최대의 리듬앤붐"을 약속한 2011년에 일어

났다. 리듬앤붐이 끝나고 몇 시간 되지 않은 7월 1일 일요일 아침 여명이 밝아올 즈음, 와일드워너의 대표인 팀 넬슨과 나는 각자 카약을 타고 워너의 석호를 가로질렀다. 밝고 아름다운 날이었고, 이미 공기는 훈훈했다. 우리가 섬을 향해 노를 젓는 동안 흰등굴뚝새 한 마리가 부들에서 울었다.

물은 놀라울 정도로 맑아 보였다. 나는 수면 위에서 상황을 명확히 보여줄 전선이나 이상한 빛깔을 찾아보았지만 무성한 수련 잎과 물에 떠 있는 맥주캔 하나와 물에 젖은 테니스공, 그리고 석호를 덮고 있는 미세한 나뭇잎 부스러기 수천 조각 말고는 전날 밤 불꽃이 그 섬 일대를 뒤흔든 순간의 미친 혼란을 전해주는 물건은 아무것도 찾을 수가 없었다.

비단거북 한마리가 가죽 느낌의 뒷다리를 쭉 뻗은 환희에 젖은 자세로 통나무 끝에서 해바라기를 하고 있었다. 나는 사진을 여러 장 찍은 뒤 카약에 편안하게 몸을 기댔다. 어쩌면 피해가 그렇게 심각한 건 아닌지 몰랐다.

그다음 순간 내 머리 안에서 AI 같은 단정한 목소리가 이렇게 말했다. “당신은 바보로군요. 지금은 7월이에요, 10월이 아니라구요. 나뭇잎이 벌써 떨어질 리 없잖아요.”

내가 벌떡 몸을 일으키자 카약이 요동쳤다. 나는 작은 ‘나뭇잎 부스러기’ 수천수만 조각을 들여다볼 수 있도록 수면으로 최대한 몸을 숙였다.

그것은 불꽃놀이의 잔해였다. 폭죽 껍질, 라벨, 모든 게 물속으로 빨려 들어가고 있었다. 팀과 나는 시의 청소부들이 도착하기 3시간 전에 마지막 잔해가 물속으로 사라지는 모습을 지켜보았다. '나뭇잎' 조각이 뒤범벅된 물은 구역질 나는 화학물질 폐수처럼 부글대고 있었다. 위가 조여왔다. 나는 미친 듯이 사진을 찍고 한자와 "독성물질"이라는 글자와 그 폭죽들이 제조된 중국 공장의 이름이 적힌 종이조각을 눈에 띄는 대로 건져냈다. 그 마을이 어떤 곳일까 생각했다. 이 폭죽을 만든 사람들은 어떤 사람들일까, 화학물질을 다루는 일 때문에 그 사람들의 건강과 물은 어떤 영향을 받았을까 생각했다. 수질오염 때문에 들고 일어난 중국의 노인들에 관한《뉴욕타임스》의 기사들을 떠올렸다. 자동차에 불을 지르던 나이 많은 사람들의 사진을. 그 사람들이 존경스러웠다.

내가 쓰레기를 건지는 동안 이미 돌아온 아메리카뿔호반새가 호숫가에서 활기를 더하고 있었다. 기러기와 청둥오리 몇 마리도 막 돌아와 있었다. 나는 부들 사이에 끼어 있는 직경 15센티미터가량의 비단거북 등껍질을 발견했다. 나는 그걸 아이들에게 가져다주려고 집어 들었다. 하지만 그건 거북의 껍질이 아니었다. 나뭇잎 부스러기가 나뭇잎 부스러기가 아니었던 것처럼. 그건 폭죽 껍질이었다.

팀과 나는 습지 섬에 카약을 대놓고 물가에 첫발을 디뎠다. 그곳에서 몇 시간 전에 가라앉은 둘둘 말린 전선, 퓨즈, 밧줄, 플라스틱, 그 외 무거운 잔해들을 발견했다. 우리는 그 잔해들로 큰 쓰레기봉지 두 개를 가득 채웠다.

카약을 타고 조사한 날로부터 불과 닷새 뒤 내가 가르치는 대학생들이 아이들을 위해 와일드워너 워터월드 행사를 마련했다. 1살부터 13살까지, 일부는 부모와 동행한 가운데 30여 명이 참석했다. 아이들은 물장구를 치며 소리를 질러댔다. 그리고 아주 불만스러운 표정의 아메리카두꺼비 한 마리를 잡았다.

"어머나. 너어어어무 귀여워요." 분홍색으로 차려입은 작은 여자아이가 타파웨어 감옥에 갇힌 두꺼비를 살피며 외쳤다.

"두꺼비는 엉덩이로 물을 마신다는 거 알아?" 대학생 멘토 크리스타 세이들이 어린이들에게 말했다.

또 다른 인턴 사라가 어린 탐험가들에게 두꺼비도 새처럼 짹짹거릴 수 있다는 걸 보여주려고 두꺼비를 통에서 꺼냈다. 두꺼비는 사라의 설명대로 울었다. 아이들은 일제히 헉 소리를 냈다.

인턴들은 잠자리가 부들 사이를 날아다니는 워너의 호숫가를 따라 학습 부스를 차렸다. 아이들이 습지 가장자리에서 지식을 낚기 위해 분홍색과 흰색이 어우러진 작은 그물을 물속에 넣고 훑자 수컷 붉은날개찌르레기가 쯔쯔쯔 경고음을 냈다. 그물에 걸려 올라온 보물 중에는 수련, 조류, 맥주캔 하나, 그리고 개구리밥 한 무더기가 있었다.

"이거 진짜 끝내줘요." 한 어린 소녀가 잠자리 유충을 조심조심 살피면서 소리쳤다. 내 학생들은 소녀에게 잠자리가 어떻게 살아가는지 설명해주었다.

또 다른 부스에서는 크리스타가 아이들에게 특별한 종이 띠를 가지고 물의 수소 이온 농도 지수(pH)를 측정하는 방법을 보여주었다. 아이들은 워너 습지의 pH가 6.5도에서 7.0도 사이라는 사실을 배웠다. 나의 학생들은 그게 "약한 산성"이라고 설명했다.

"근데 산성이 뭐에요?" 8살짜리 소년이 물었다. 이 진지한 어린 탐험자는 새 쌍안경을 거꾸로 메고 있었지만 나는 입을 꾹 닫고 있었다.

소년은 산성인 물은 신맛이 난다는 사실을 배웠다. 그리고 개구리와 껍질이 있는 생명들은 그 안에서 살기가 어렵다는 사실도 배웠다. 학생 인턴들은 산성이 되는 이유는 오염물질, 산성비, 또는 외부 화학물질인 경우가 많다고 소년에게 설명했다.

해질 무렵 아이들은 습지에서 뛰어놀았다. 제비와 물총새들이 머리 위에서 짹짹댔고, 물고기들이 수면으로 올라와 곤충으로 잔치를 벌였다. 비단거북이 삼각형 주둥이를 물 밖으로 내밀고 그 대열에 합류했다. 작은 메기속 물고기 떼가 검은 구름떼처럼 일렁이며 빠르게 헤엄쳐서 지나갔다.

하지만 물속에서 일렁이는건 메기만이 아니었다. 내가 아이들이 한 말 때문에 웃음을 터뜨리며 개 놀이터 다리 위에 학생 인턴들과 함께 서 있는데 갑자기 인턴들이 수면에서 어른대는 이상한 금속성 광택을 알아차렸다. 나는 며칠 전에 보았던 역겹게 부글대는 폐수를 떠올렸다.

나는 매디슨의 환경보건 담당자에게 아이들이 워너의 습지에서 놀아도 안전한지 문의하는 이메일을 보냈다. 담당자는 불꽃놀이의 일부 합성물이 물에 녹지 않는다고 회신을 보내왔다. 이런 합성물은 습지의 침전층에 붙게 될 것인데, "그 침전층을 휘젓지 않는 이상 건강 문제가 발생하지는 않겠지만… 저는 침전층과는 접촉하지 않기를 권하는 바입니다. 하지만 선생님(이나 선생님의 학생들)이 접촉을 해야 한다면 최대한 손을 잘 씻어야 한다고 생각합니다."[26]

나는 모든 아이들이 그 침전층에 발가락을 담그고 작은 그물을 들고 물속을 어기적거리며 돌아다니던 그 흥겨운 순간을 떠올렸다. 어떤 아이들은 이제까지 한 번도 두꺼비를 만져본 적이 없었다. 일부 부모들은 아이들을 데리고 캠핑을 하러 갈 수 있는 자가용은 고사하고 세탁기와 건조기마저 구비할 여력이 없었다. 아이들은 국립공원에 가지 못했다. 워너공원이 이 아이들의 국립공원이었다.

다음 순간 나는 워너공원에서 투명 인간처럼 보이지 않는 존재는 동물만이 아니라는 사실을 깨달았다. 우리 동네의 아이들 역시 보이지 않는 존재였다.

보건부와 이메일을 주고받은 뒤 와일드워너는 그 물 안에 정확히 뭐가 있는지 알아내기로 의견을 모았다. 헤디의 딸이자 거침없이 밀어붙이는 실행력의 소유자인 마리가 수상경력이 있는 고등학교 과학교사인 폴 뒤 베르Paul du Vair를 와일드워너 모임에 초대하자는 의견을 냈다. 수생생물학자인 뒤 베르는 40년 넘게 워너의 습지를 연구하고 있었다. 그는 두 개의 샘을 발견했고 우리의 습지가 이 일대에서 유일한 토종 민물 해파리인 큰빗이끼벌레*Pectinella magnifica*(수천 종의 이끼벌레 가운데 19종을 제외한 전부가 바다에서 산다)의 유일한 서식지라는 사실을 알아냈다. 모터보트가 다니지 않는 워너의 잔잔한 물이 이 작은 해파리에게 안전한 피난처를 제공했던 것이다.

뒤 베르와 그가 가르치는 고등학생들은 매년 6월이면 워너공원의 물에 깊이 1.8미터 길이 8.5미터의 그물을 드리우고 샘플을 채취했다. 뒤 베르가 이끄는 앳된 연구팀은 습지의 상태가 점점 나빠지고 있음에도 인근 멘도타 호수에서 헤엄쳐 들어오는 물고기들의 단 두 곳밖에 안 되는 핵심 산란지이자 물고기 어린이집 중 하나가 아직 워너라는 사실을 확인한 바 있었다. 하지만 그렇다고 해서 사태는 전혀 만만하지 않았다. 뒤 베르와 학생들은 워너의 물속에서 18종의 치어뿐만 아니라 세발자전거, 두발자전거, 낚시도구, 지갑, 브레지어, 플라스틱으로 된 탐폰 삽입 장치, 더러워진 기저귀, 속옷, 자동차 번호판, 운전면허, 돈, 졸업기념 반지와 그외 액세서리, 비닐과 캔을 발견했다. 모두가 도시의 빗물 배수 처리관을 따라 이곳으로 흘러들어온 것들이었다. 일부 학생들은 그 쓰레기 때문에 부상을 당해서 봉합수술을 받기도 했다. 쓰레기의 93퍼센트는 생분해가 되지 않는 것들이었다.

"여러분은 쓰레기에 맞서 싸워야 합니다." 뒤 베르가 와일드워너 모임에 와서 말했다. "석호가 빠르게 얕아지고 있어요. 그 안이 쓰레기들로 메워지고 있는 거예요. 정상적인 퇴적 과정으로 차오르려면 1000년이 걸렸겠지만 워너의 석호에서는 그게 23년 만에 차오른 거죠."

또한 그는 워너의 습지에 쓰레기가 많아지면 물고기들이 작은 지역에서 비좁게 지내야 하기 때문에 산소가 부족해져서 겨울철 물고기 폐사량이 늘어날 수 있다고도 경고했다. 안 그래도 거의 매년 봄이면 죽은 물고기 수천 마리가 워너의 물가에서 썩어갔다.

뒤 베르와 학생들의 연구는 리듬앤붐을 중단시키는 싸움이 불꽃놀이보다 훨씬 포괄적인 차원의 일임을 이해하는 데 도움을 주었다. 우리는 시에서 제일 크고 깊은 호수인 멘도타 호수의 중요한 여과장소이자 물고기 보육원인 습지를 보호하기 위해 노력하고 있던 셈이었다.

짐은 불꽃놀이 전과 후에 수질검사를 실시하도록 시에 압박을 가하겠다고 자원했다. 그는 매디슨시의 유명무실한 환경위원회 월례회의에 참석하기 시작했다. 그 위원회에는 우리의 막강한 새로운 동맹군인 아니타 바이어Anita Weier가 있었다. 전직 환경전문기자인 아니타는 최근에 시의원으로 선출된 상태였다. 그는 와일드워너의 공개 산책에 한 번 참석한 적이 있었는데 그 일을 계기로 공원을 보는 관점이 완전히 바뀌었다. 아니타와 짐은 이후 1년간 시가 수질검사를 하도록 압박했다.

그러는 한편 나는 불꽃놀이에 사용된 화학물질을 조사하는 일에 자원했다. 나는 그 조사가 별일 아닐 거라고 생각했다. 매디슨처럼 환경의식이 높은 곳에서는 서류들이 증거를 남기고 있을 테니까.

시의 기록보관소를 뒤지고 불꽃놀이 허가서류 1000쪽을 훑어보는 데 그해 여름 한 달을 몽땅 쏟아부었다. 워너의 잔디를 깎고 습지 섬을 불태웠다는 기록은 있었다. 갱단의 폭력사건에 대한 기록도 있었다. 그리고 불꽃의 목록이 담긴 수백 페이지짜리 기록이 있었는데, 그 이름이 새들의 이름만큼이나 휘황찬란했다. "레인보우 49 샷 Z형 팬케이크" "코코넛나무의 암술과 꼬리가 달린 드래곤 알" "춤추는 별똥별 소나기 암술이 달린 딸깍 대는 카무로". 하지만 불꽃놀이 진행자들이 워너공원에 버린 중금속와 화학물질에 대해서는 단 한 문장도 없었다. 시의원들이 불꽃놀이 진행자들에게 이 정보를 문의하자 그들은 그 안에든 화학물질은 "전매품"이라고 말했다.

불꽃놀이 진행자들은 수년 동안 불꽃에는 플라스틱이 전혀 들어있지 않다고 주장해왔다. 나는 서류 무더기를 뒤지다가 모든 허가서에 아래의 문단이 굵은 글씨로 적혀 있다는 사실을 발견했다.

> 외피 조립품의 작은 부품 중에는 플라스틱 조각이 있을 수 있음을 양지하시기 바랍니다(예: 파열관, 삽입 부속, 타이머실 등). 이 플라스틱 조각들은 외피가 제대로 기능하는 데 필수품입니다.

나는 그 허가서에 날인한 시의 화재조사관이 불꽃 안에 뭐가 있는지 알 거라고 생각하고 그에게 전화를 걸었다. 화재조사관은 이렇게 말했다. "불꽃놀이용 폭죽은 부식성이 있어요. 자동차 페인트나 차량의 피복을 부식시키는 거죠. 그래서 낙하지점이 차량에서 최소한 140미터 정도는 떨어져 있어야 하죠."

"그러면 폭죽 안에 있는 뭐가 금속을 부식시키고 자동차의 페인트가 떨어져나오게 하는 거예요?"

"아, 이런 내용은 아무도 기록해두지 않았어요." 그가 말했다.[27]

짐이 직접 계산을 해보았다. 짐이 인터뷰한 전국적인 불꽃놀이 전문가에 따르면 불꽃에 색채를 입히는 것은 금속염인데, 그게 폭죽 무게의 5~15퍼센트를 차지했다. 리듬앤붐은 매년 워너에서 5톤의 폭죽을 터뜨렸다. 금속은 사라지지 않는다. 그건 리듬앤붐 때문에 21년 동안 매년 워너의 물에 75~340킬로그램의 중금속이 축적되었다는 의미였다. 모두 합해 약 1500~6800킬로그램이었다.[28]

1년 뒤인 2012년 초여름, 우리에게 예기치 못한 지원군이 생겼다. 점잖은 사람들이 매디슨의 호수에서 패들보드를 타거나 가족들과 함께 피크닉을 하며 중서부의 가혹한 겨울을 버티게 해주는 잠깐의 찬란한 날씨를 즐기는 그런 전원적인 중서부의 여러 밤 중 하나였다. 하지만 우리, 그러니까 짐과 나는 칙칙한 회의실에 앉아서 따분하기 짝이 없는 공원위원회 사람들이 줄지어 앉아 있는 긴 테이블을 바라보고 있었다. 청중석에는 여섯 명이 있었다.

내가 그 자리에 간 것은 짐에게 정신적 지원군이 되기 위해서였다. 짐과 우리의 시의원 아니타는 매디슨 환경위원회의 열불나는 회의에 거의 1년 동안 참석해서 그해 여름 후반부에 워너의 수질을 검사할 것을 종용했다. 시 공무원들은 검사비용이 없다는 말만 앵무새처럼 되풀이했다. 이미 불꽃놀이에는 100만 달러가 넘는 돈을 써놓고서. 짐과 아니타는 비용 마련까지 도와야 했다.

짐이 그곳에 간 것은 불꽃놀이 전후에 수질검사가 실시될 것이라는 사실을 위원들에게 알리기 위해서였다. 위원들은 아무런 질문도, 의견도 내지 않았다. 짐은 바로 자리에 앉았다.

그러고 난 뒤 한 여성이 연단으로 다가왔다. 손에는 불룩한 개 배변봉지 네 개가 들려 있었다. 뾰족한 턱과 딱 맞는 인상을 가진 오십 줄의 여자는 세련되게 구불되는 짧은 금발이었고 유명브랜드 안경을 쓰고 있었다. "날 갖고 놀 생각은 하지 마"라는 기운을 내뿜는 고급진 외모였다. 여자는 마이크 앞에 그 봉지들을 조심스럽게 내려놓았다.

이거 이상하게 돌아가는데, 나는 생각했다.

여자의 이름은 루시였다. 루시는 자신이 매디슨의 가장 오래된 공원 옆에 산다고 위원들에게 말했다. 역사지구 안에 오래된 고목들이 많은 손바닥만 한 녹지였다. 나는 그 장소를 알았다. 부유한 시내 동네였다. 루시와 그 이웃들은 한때 매력적이었던 일요일 오후의 음악 축제가 노점 트럭들과 집채만한 음향시스템이 나무 뿌리 위를 차지해 토양을 다져버리는 나흘짜리 괴물로 변질된 데 불만을 토로하기 위해서 그 자리에 온 것이었다.

"나무 한 그루를 잃을 때마다 우리는 얼마나 속상한지 몰라요," 루시가 위원들에게 말했다.

청중석에 있는 몇 안 되는 이웃들이 애석해하며 고개를 끄덕였다.

나는, 맙소사 아무래도 우리 동네에서 몇 킬로미터 떨어진 "역사지구" 동네에서 불꽃놀이를 "즐기는" 부유한 님비인가 보군, 하고 생각하며 눈을 흘겼다.

하지만 내가 완전히 틀렸다. 루시는 님비가 아니었다. 자기 동네 주차공간을 지키려고 그 자리에 온 게 아니었다. 루시는 워너의 개 놀이터를 누구보다 사랑해서 매일 그곳으로 가 자신이 지구에서 제일 사랑하는 생명체인 워너의 큰청왜가리를 관찰했다. 그러다가 어느 날 워너의 물가를 내려다보다가, 개들이 물고 놀던 낡은 테니스공들과 조류 사이에서 그 왜가리가 몸단장을 하며 서 있는 그 물가에 플라스틱 퓨즈와 다른 이상한 물건들이 널려 있는 모습을 보게 되었다고 위원들에게 이야기했다.

루시는 위원들이 앉아 있는 테이블로 성큼성큼 다가가 불꽃놀이 잔해들로 가득한 배변봉지를 "작은 선물"이라면서 건넸다. 위원들이 씩 웃었다. 이런, 루시, 하하하.(그때 나는 몰랐지만 이들은 모두 서로 아는 사이였다. 루시는 대학 학과장이자 공적인 회의자리에서 종종 걸쭉한 욕설을 날리는 걸로 유명한 전투적인 학교 이사였다.)

몇 주 뒤 루시는 공원위원, 시의원, 카운티 감독관, 시장, 언론사에 사진 몇 장과 함께 한 쪽짜리 빽빽한 이메일을 보냈다. 자신이 워너공원을 방문한 모든 날짜와, 그때마다 공원에서 수집해서 플라스틱 용기에 모아둔 불꽃놀이 잔해물의 내용을 기록한 이메일 수류탄 공격의 첫 개시였다.

1. 계획가들은 이 잔해들이 어디로 갈 거라고 생각했습니까?

2. 이 잔해들은 워너공원 내(또는 시의 어떤 공원이든)
어디로 가야 마땅할까요?
3. 내가 공원에다가 이 정도 크기의 쓰레기 무더기를 남겨놓았다
가 잡히면 소환되나요?
4. 내가 이걸 시에서 수거해가도록 우리 집 쓰레기통에 넣어도 되는
게 맞나요? 여기에는 화학 잔여물이 상당히 들어 있답니다.

루시가 던진 이메일 수류탄 중 하나에서 루시는 불꽃놀이 행사 조직자들과 부유한 매디슨 시민들이 워너의 습지를 "자신의 개인적인 화장실"로 이용한다며 몰아세웠다. 루시는 일부 노스사이드 주민들이 20년 동안 생각만 하고 입 밖에 내지 못한 말을 거침없이 쏟아냈다.

이제 쓰레기 여사님으로도 알려진 루시는 다음번 와일드워너 모임에 나왔고 우리의 신참 선동가가 되었다. 우리는 모두 루시 때문에 2012년부터 2013년까지 쓰레기 수집가가 되어 시궁창 냄새가 나는 쓰레기가 든 양동이를 들고 공개 회의에 참석했다. 루시는 우리에게 태극권의 움직임과 비슷한 새로운 종류의 전진법을 보여주었다. 우리는 불꽃놀이 쓰레기를 곧장 선물로 되돌려줄 수 있었다.

우리의 불꽃놀이 전투가 언론 헤드라인을 장식하자 다른 신입회원이 더 모여들었다. 기러기 전쟁이 한창일 때 갑자기 우리 모임이 성장했던 일이 떠올랐다. 새로운 와일드워너 회원들은 열정과 놀라움이 가득했다. 학생, 야생동물 사진작가, 동네 주민들, 이들은 워너공원과 그곳의 동물들을 처음으로 제대로 보고 우리가 이 장소를 그 많은 경

이로운 생명들과 공유한다는 사실에 감격했다. 그들은 종교 입문자 같은 열정을 담아 우리 모임의 이야기 나눔 시간에 두루미와 비버에 대한 따뜻한 이야기를 들려주었다. 짐과 나와 마리와 팀과 잭과 다른 고참들은 미소를 지으며 서로 눈짓을 주고받았다. 그다음에는 가입해서 회비를 내며 무리를 묵묵히 지지하는 눈에 보이지 않는 신입회원들이 있었다. 그중 일부는 시 공무원이었다. 그들은 처음 한두 해 동안은 우리 모임을 신뢰하지 않았지만 이제는 마음을 바꿨다. 시의회의 한 회의에서 어떤 사업가는 "저도 당신과 같은 뜻이랍니다"라고 적힌, 조심조심 접은 작은 종이를 내게 은밀하게 건네기도 했다.

노스사이드계획위원회, 불꽃놀이행사를 시작한 바로 그 단체가 그들이 수여하는 가장 영예로운 상인 노스스타상의 수상자로 우리를 선정했다. 시상연회에서 행사 주최자는 "와일드워너는 워너공원에 대한 우리의 관점을 근본적으로 바꿔놓았고 이 공원의 자연구역과 그곳의 다양한 야생동물이 그 자체의 생명력만으로도 아름답고 지금뿐만 아니라 미래 세대 역시 즐길 수 있어야 함을 일깨워주었다"고 말했다.

하지만 우리가 유명해지고 회의장에 쓰레기를 들고 가봤자 불꽃놀이 행사 조직자들은 여전히 폭죽의 90퍼센트가 물에서 분해된다고 주장했다. 그 폭죽은 플라스틱을 함유하지도, 중국에서 만들어지지도 않는다고 말이다.[29]

짐과 아니타가 힘들게 싸워서 쟁취한 수질조사를 통해 우리는 새로운 정보를 손에 넣었다. 물과 식물과 침전층의 샘플을 채취한 연구자들은 "매년 열리는 리듬앤붐 불꽃놀이 행사가 환경에 무시할 수 없는 영향을 미친다. 가장 눈에 띄는 영향은 과염소산염의 폭증이다"라고 밝혔다.[30] 불꽃놀이가 끝난 지 12시간 이내에 워너의 과염소산염 수준은 불꽃놀이 이전 수준의 17~1329배로 치솟았다. 이들은 보고서에서 이렇게 밝혔다. "최근 지표수와 지하수에서 과염소산염이 검출되어 미국 전역에서 연구가 활발하게 일어나고 있다. 그중에서도 특히 과염소산염이 식수에 어떤 위협을 가할 수 있는지에 관심이 모아지고 있다. 과염소산염은 수치가 높을 때 건강에 악영향을 미칠 수 있다. 물고기 같은 수생 척추동물과 포유류가 이 화학물질을 섭취하면 요오드화물이 갑상선샘으로 흡수되는 데 문제가 발생할 수 있기 때문이다. 하지만 섭취량과 신체 반응 간의 관계는 아직 제대로된 평가가 이루어지지 않았다."(10년 뒤 내가 이 책의 마무리 작업을 하던 2023년 5월 9일, 연방항소법원은 트럼트 시절의 퇴행을 뒤엎고 환경보호청에 과염소산염을 규제하라는 명령을 내렸다. 여러 연구들이 과염소산염이 인간의 갑상선 기능 역시 방해하고 유아의 뇌에 피해를 줄 수 있다는 사실을 확인했기 때문이다.)[31]

워너의 식생 조사는 그 아름다운 녹색(바륨), 자주색(스트론튬), 흰색(마그네슘)을 만드는 데 사용되는 중금속염과 과염소산염이 "유독함에 가까운" 수준임을 보여주었다. 연구자들은 워너의 좀개구리밥에 알루미늄(은색), 바륨(녹색), 철(불꽃놀이의 점화)의 농도가 가장 높다는 사실을 확인했다. 특히 알루미늄 수준은 "아주 높은 수치"의 두 배가 넘었다. 대부분의 식물에서 철의 임계 수준은 50ppm인데, 워너의 일부 좀개구리밥은 3515ppm으로 나타났다.

좀개구리밥은 워너의 습지에서 번식을 하거나 이동 중에 잠시 휴식을 취하는 최소한 19종의 오리, 백조, 기러기에게 중요한 먹이원이다. 알루미늄, 바륨, 철이 가득한 좀개구리밥을 먹은 이런 동물들은 어떤 영향을 받을까? 이런 문제에 관한 연구는 찾을 수가 없었다.

연구팀은 시에 과학적인 재검토를 거친 연구를 통해 워너의 야생동물에게 미치는 영향을 확인할 때까지는 불꽃놀이를 "축소"하라고 조언했다. 하지만 공중보건담당 직원들과 불꽃놀이행사 조직자들은 이 연구가 "결정적이지 않다"고 말했다. 이들은 추가 연구가 필요하다고 생각하지도, 그런 연구에 재정적 지원을 하고 싶어 하지도 않았다.[32]

짐과 아니타는 이 연구를 진행시키기 위해 1년 동안 갖은 애를 썼다. 하지만 시는 우리가 공개회의에 쓰레기를 아무리 많이 들고 가건 추가적인 연구 비용을 지원할 생각이 없었다. 우리에겐 무시할 수 없는 지원군이 필요했다.

나는 환경보호청에 연락을 해서 이 연구결과를 환경보호청의 지하수생태계회복연구부Ground Water and Ecosystems Restoration Research 소속 환경지구화학자이자 과염소산염 전문가에게 보냈다. 리처드 윌킨Richard Wilkin은 이 보고서를 읽고 이렇게 말했다. "수중 과염소산염 농도가 상당히 높습니다. 50ppb에 가깝다는 건… 지극히 이례적인데요.

500배가 늘어났잖아요. 그건 상당히 의미심장해요."[33]

우리—나, 잭 허스트, 짐, 팀, 쓰레기 여사님, 마리, 아니타 등등—는 다시 회의를 할 때마다 참석해서 시 관계자들을 향해 쓰레기와 함께 환경보호청의 분석을 들이밀었다(좀개구리밥도 들고 가서 불꽃놀이 행사 조직자들에게 먹어보라고 들이밀었어야 했는지도 모르겠다). 하지만 불꽃놀이 조직자들은 습지로 쏟아져 들어온 화학물질의 양을 일상적으로 복용하는 비타민의 양과 비교했다.[34] 우리에게는 아무런 진전이 없었고, 일부는 회의에 신물이 났다. 우리가 나가떨어지지 않을 수 있었던 건 그 분통 터지는 회의가 끝날 때마다 동네 피자가게로 몰려가 맥주를 마시고 고함을 치고 테이블을 내려치다 결국 깔깔대며 웃는 걸로 마무리한 덕분이었다. 우리는 워너공원을 사랑했고, 그곳의 동물들을 사랑했으며, 4년간 함께 전투를 치르고 나서 서로를 사랑하게 되었다. 이 동지애가 우리의 로켓추진연료였다. 우리는 같은 무리의 새 떼였다.

2013년 불꽃놀이 행사를 준비하기 위해 시에서 1년 내내 가동하는 계획회의는 연구결과와 오염된 좀개구리밥과 환경보호청의 의견을 무시하고 기어를 올리고 속도를 높였다. 우리는 온갖 면에서 진이 빠졌다. 우리가 이들에게 보여줄 수 있는 것은 우리 지하실에 쌓인 냄새나는 쓰레기 양동이들이 전부였다. 우리에게는 새의 개입이, 또 다른 천둥발사기의 기적이 필요했다.

이번에는 나의 학생들이 그 기적을 찾아냈다.

3월의 어느 토요일 저녁 6시, 나는 우리 집 화목 난로 앞에 앉아서 불멍에 빠져 있었다. 바깥에 사위가 슬슬 어두워지고 기온은 영하 4도 가량이었으며 이미 눈이 어느 정도 쌓인 가운데 아직도 눈발이 날리고 있었다. 내가 제일 좋아하는 유형의 겨울 밤이었다. 소파에 몸을 기댄 채 개와 좋은 책, 그리고 포트와인 한 잔과 초콜릿 케이크에 둘러싸여 있는 밤. 그런데 누군가 현관문을 세차게 두드렸다. 나는 한숨을 쉬고는 문을 열었다. 에너지가 넘치는 학생 둘이 서 있었다. 유능한 새 멘토 조슬린과 크리스타였다. 이들은 그 전날 균류를 찾으려고 잡목림에 갔다가 아메리카멧도요 두 마리를 거의 밟을 뻔했다고 내게 고함치듯 말했다.

아, 그렇겠지, 하고 생각했다. 아무래도 겨우내 잡목림에 숨어 있던 북슬북슬한 우는비둘기들을 본 것이리라. 줄에서 풀려난 개와 길고양이가 많은 이 도심공원은 지구상에서 제일 느린 새 중 하나로 지면에서 먹이활동을 하고 지면에 둥지를 트는 그 볼품없게 생긴 중간 크기의 새가 있을 만한 장소가 결코 아니었다. 나는 이제껏 그 새를 워너공원에서 한 번도 본 적이 없었다. 그 새가 이 공원에 있을 수 있다는 상상도 해본 적이 없었다. 이 새는 나의 머리와 가슴 속에 살았다. 알도 레오폴드가 『모래군의 열두 달』에서 불멸의 생명력을 불어넣은 신화적인 존재가 아니던가.

하지만 이 아이는 찾아낼 수 있는 모든 생명을 속속들이 공부하는 타고난 과학자이자 생태학광 크리스타였다. 크리스타는 나의 첫 탐조수업에 참여한 멘토였고, 조슬린과 함께 워너 습지의 수면에서 금속성 광택을 알아차린 바로 그 학생이었다. 나는 와인잔을 내려놓고 제일 따뜻한 부츠와 자켓을 입었다.

나의 최우수 학생들이 아메리카멧도요를 발견했다는 것도 이상했지만 그보다 더 의심스러운 건 눈보라가 몰아치는 와중에 발견했다는 사실이었다. 수컷 멧도요들은 암컷들의 눈에 들기 위해 맑고 건조한 날씨를 선호한다. 하지만 크리스타가 빅시킷으로 살금살금 들어가 몸을 숨기는 동안 조슬린과 나는 야생 들판에 자리를 잡고 얼음석상처럼 서 있었다. 우리는 박새 소리로만 소통하기로 했다. 그리고 맵찬 기다림의 시간이 길게 이어지는 동안 꼼짝 없이 쌍안경을 들고 자리를 지켰다. 눈발이 내 얼굴을 때리고 쌍안경에 쌓였다. 미국지빠귀가 휘휘 울었고, 홍관조가 부드럽게 쯧쯧 소리를 냈으며, 이동 중에 내려 앉은 파랑지빠귀들은 붉나무 열매를 따먹고 있었다. 얼어붙은 습지 쪽에서 끼룩대는 청둥오리 소리도 들렸다. 모든 새가 먹이활동을 하거나 쉬고 있었다. 그리고 이 야생 들판에 망부석처럼 우뚝 선 우리는 지는 해를 받아 눈밭에 긴 그림자를 드리우며 살아 있는 해시계가 되어가는 중이었다. 우리는 계속 주위를 살피며 눈알만 굴렸다. 귀는 그 유명한 휘파람 소리 같은 날갯짓을 들으려고 귀를 쫑긋 세운 채. 어스름이 내려 앉고 눈 밖으로 모습을 드러낸 골든로드의 마른 황갈색 줄기와 금빛 꽃도 잿빛으로 바뀔 때쯤 조슬린은 붉은여우가 습지에서 반쯤 먹힌 잉어를 끌고와 쿡쿡 찌르는 모습을 관찰했다. 집집마다 하나둘 불이 켜지기 시작했다. 아메리카멧도요의 휘파람 소리 같은 날갯짓 대신 자동차 문이 닫히는 소리, 타이어가 끼익 하는 소리, 어떤 학생이 기침하는 소리가 들렸다. 한 시간 동안 들판에 붙박혀 서 있었더니 너무 추웠다. 하지만 포기할 수 없었다. 학생들 앞에서 체면은 세워야 하지 않겠는가?

그러다가 붉나무 아래에서 얼핏 다홍색이 스쳐지나가면서 날개의 퍼득임과 둥그스름한 몸집이 잠깐 모습을 드러냈다. 너무 순간적이었지만 해가 완전히 지기 전 마지막 눈 내리는 순간에 그 모습을 두 번 보았다. 100퍼센트 확실하지는 않았지만 다음 날 동이 트기 전에 일어날 가치는 충분했다. 다음 날 새벽 나는 그 야생 들판까지 가기도 전에 헤디의 마당 근처에서 그 소리를 들었다. 탐조인들이 핀팅peenting이라고 하는, 거대한 곤충이 짓눌릴 때 나는 소리 같은 이상한 찌이익 소리. 바로 아메리카멧도요 특유의 호출음이었다. 나는 방방 뛰지 않으려 애쓰면서 한동안 그 새에게 귀를 기울였다. 그 뒤 지도교수인 잭과 와일드워너의 교육코디네이터인 폴 노엘드너에게 연락을 취했다. 증인이 필요했기 때문이다. 그래서 다른 날 아침 우리는 우리 집 진입로에 모여 서서 커피를 마시면서 야생 들판 쪽에서 나는 그 이상한 벌레 소리 같은 핀트 소리에 귀를 기울였다. 나중에 폴과 나는 워너공원을 수색한 끝에 세 마리의 수컷 아메리카멧도요가 하늘을 가르는 모습을 발견했다.

이상한 외모로는 그 어떤 새에게도 밀리지 않는 새, 진흙 박쥐, 보그서커Bogsucker[늪을 사랑하는 이라는 뜻], 팀버두들Timberdoodl[빈둥거리는 나무토막이라는 뜻], 그리고 내가 제일 좋아하는 미스터 빅아이Mr. Big-Eyes 같은 별명을 가진 새가 중서부 최대의 불꽃놀이 행사를 중단시키도록 도움을 줄 줄이야 누가 알았을까?

이 역설적인 새 아메리카멧도요는 섭금류shorebird family에 속한다. 하지만 해안가seashore에서는 이 새를 절대 볼 수 없다. 이 새는 관목이 주를 이루는 잡목림과 숲에 은신하기 때문이다. 섭금이라고 하면 보통은 목이 길며, 모래색이나 하늘색, 흰색, 검은색, 회색의 말도 안 되게 긴 다리를 가지고 우아한 발레리나처럼 밀물과 썰물이 드나드는 해변에서 사뿐사뿐 걸어가는 새를 떠올린다. 큰노랑발도요와 작은노랑발도요(그렇다, 이 새들은 발이 노랗다), 윌릿, 흑꼬리도요속, 마도요류, 제비갈매기류, 중부리도요 같은 새들처럼.

대체로 섬약하게 생긴 섭금들은 날개가 뾰족하고 바다 위를 쏜살같이 가른다. 하지만 아메리카멧도요는 다리가 짜리몽땅하고 사실상 목이 없으며 숲에서 날 수 있도록 날개가 둥근 편이다. 우아한 화살이라기보다는 날개 달린 축구공 몸매라 할 수 있다. 길이가 8센티미터쯤 되는 부리는 누가 동그란 머리에 풀로 붙여놓은 연필 같다.

새는 대부분 주행성 아니면 야행성이다. 하지만 우리의 미스터 빅아이는 사이에 낀 시간, 어스름과 박명처럼 명계의 문이 열리는 시간의 새이다. 걸출한 조류생물학자 아서 클리블랜드 벤트Aurthur Cleveland Bent는 아메리카멧도요를 "오리나무숲의 불가사의한 은자, 늪지대 잡목림의 은둔자, 어스름한 습성을 가진 숲의 님프"라고 묘사했다.[35]

아메리카멧도요는 새 중에서 가장 가까운 친척들과도 다를 뿐만 아니라 대부분의 새들과도 다르다. 뇌는 위아래가 뒤집혀 있고 머리 꼭대기 근처에 있는 거대한 안구는 360도를 볼 수 있는 쌍안경 역할을 한다. 부리는 유연해서—위쪽 절반이 이상한 손가락처럼 뒤로 휘어진다—전체적으로 신경말단이 많이 포진된 감지기 역할을 한다. 잡목림과 숲속에서 구멍을 찌르며 탐색을 하는 이 새는 꿈틀대고 기어다니는 먹이원, 주로는 지렁이의 진동을 감지할 수 있다. 씨앗과 다른 곤충도 먹지만 이들의 운명은 지렁이에게 달려 있고, 지렁이의 운명은 토양과 낙엽에 달려 있다. 낙엽과 토양 재활용 전문가인 이 새는 낙엽의 부드럽고 얼룩덜룩한 차양을 이용해서 그 속에 몸을 숨기고 둥지를 만든다.

아메리카멧도요는 소리도 대부분의 새들과 다른 방식으로 낸다. 수컷은 울대 대신 깃털을 악기로 사용한다. 바깥쪽에 있는 비행깃털 중 세 개는 나머지보다 폭이 더 좁다. 그래서 이 새가 하늘을 가를 때 공기가 좁은 깃털 사이의 홈을 통과하면서 최면을 거는 듯한 으스스한 짹짹 소리를 내는데 수컷은 구애 의식에서 이 소리를 이용해 암컷 청중들을 홀린다.

사냥꾼들은 이 멧도요를 늘 사랑했다. 맛 좋은 사냥감이기 때문이다. 식민지 개척자들이 이 새를 발견했을 때 이 새는 정찬용 식재료로 너무 인기가 치솟아서 1700년대 말엽에는 일부 주에서 보호에 들어가야 했을 정도였다.[36] 하지만 수 세기 동안 애조인들의 넋을 빼놓고, 영국의 조류역사학자 마크 코커Mark Cocker가 표현한대로 종교적인 수준의 추종자를 낳은 특징은 이 날개 달린 축구공이 하늘을 날 때 특히 달빛을 받으면 조류계의 프레드 아스테어[외모나 연기력은 다른 배우에 비해 떨어지나 춤 실력만큼은 당대 최고라는 찬사를 받았던 미국의 배우]가 된다는 점이다. 알도 레오폴드에게는 1940년대에 가족들과 함께 사랑하는 위스콘신 시골의 "판잣집"에 살았을 때 온 가족이 저녁이면 감상하는 "멧도요쇼"가 텔레비전보다 나았다. "하늘의 춤"에서 레오폴드는 이렇게 썼다.

> 무대 동쪽의 관목 아래 자리를 잡고 일몰을 바라보며 멧도요가 도착하기를 기다린다. 멧도요는 근처 잡목림에서 낮게 날아와… 즉시 전주곡을 연주한다. 2초 정도 간격을 두고 목을 긁는 듯한 기묘한 핀트 소리를 연달아 내는 것이다… 갑자기 핀트 소리를 멈춘 녀석은 넓은 나선을 연이어 그리며 음악적인 짹짹 소리와 함께 하늘 위로 날아오른다. 위로 올라갈수록 나선은 더 가파르고 좁아지고 짹짹 소리는 우렁차게 커지다가 어느 순간 공연자는 하늘의 한 점이 된다. 그런 다음 아무런 경고도 없이 고장난 비행기처럼 곤두박칠치며 부드럽고 촉촉한 소리로 지저귄다.[37]

아메리카멧도요는 땅에서도 춤을 춘다. 이 새는 한 발을 앞으로 내민

다음 머리를 고정한 채 몸을 앞뒤로 두 번에서 네 번 정도 흔들고 나서 그다음 발을 내딛는다. 과학자들은 이 새의 이런 라인댄스식 걸음걸이가 포식자에게 자신을 노린다는 걸 알고 있고 언제든 도망칠 준비가 되어 있다고 알리는 신호라고 생각한다. 하지만 이 새는 쿵쿵대며 걷기보다는 몸을 살랑살랑 흔들 뿐인데 그렇게 하면 에너지가 적게 들기 때문이다.[38]

유튜버들이 이 멧도요의 춤 실력을 어떻게 활용하는지 보고 싶다면 구글에서 "멧도요 엉덩이 춤Woodcock Booty Bob"이나 "멧도요 펑크Woodcock Funk"라고 검색해보라. 재즈나 레게 쪽 취향이라면 "멧도요 룸바Woodcock Rumba" "레게춤을 추는 멧도요Reggae-Dancing Woodcock"를, 전자음악 쪽 취향이라면 "멧도요 댄스파티"를 검색해보라. 이 멧도요의 리듬은 마이클 잭슨의 〈빌리진〉과 비지스의 〈스테인 어라이브〉와 완전 찰떡이어서 나는 디스코 쪽을 선호한다.

1927년 아서 클리블랜드 벤트는 아메리카멧도요가 "문명이 가까이 침범해왔을 때도 자신이 좋아하는 장소에 대한 집념을 어떻게 고수하는지" 설명했다. 벤트는 도시의 심장부에서 멀지 않은 자신의 땅을 가로지르는 하천의 제방에 건물이 들어선 뒤에도 멧도요들이 꾸준히 돌아온다고 전했다. 나는 우리 공원도 이와 같았으리라는 걸 깨달았다. 여러 세대의 멧도요들은 이곳에 농장이 있었을 때부터 꾸준히 이곳을 찾았으리라. 조류계의 프레드 아스테어는 워너공원이 농경지이던 과거와의 연결고리, 깃털 달린 타임머신이었던 것이다.

2013년 4월, 불꽃놀이 행사를 불과 석 달 앞두고 와일드워너는 이 모든 일이 비롯된 공원위원회에 마지막 호소를 해보기로 결정했다. 우리는 환경위원회 회의, 시의회 회의, 유역 위원회, 자연자원부 회의에 2년을 털어넣었지만 모두 허사였다. 하지만 다른 어떤 기관보다도 공원위원회의 위원들이 개별 투표로 불꽃놀이를 승인해야 했다. 우리는 시의 개발계획을 중단시키기 위해 2009년 처음 회의에 참석한 이후로 4년 동안 한 달에 한 번 수요일마다 이 회의에 참석해왔다. 우리는 공원위원회 위원들을 존경했고 이들에게 호감이 있었다. 이들도 우리의 활동을 존중했다. 한 번 더 시도해볼 만했다.

팀, 폴, 쓰레기 여사 루시, 아니타, 그리고 나는 각자 주제를 맡았다. 우리는 우리가 가진 모든 걸 가지고 이들을 공략할 계획이었다. 마리와 나는 워너공원에서 볼 수 있는 134종의 새를 담은 세련된 브로셔를 막 완성한 상태였다. 매디슨에 있는 다른 어떤 공원에도 그 공원의 새를 담은 자체 브로셔 같은 건 없었다. 내 임무는 그 브로셔를 소개하는 것이었다. 팀은 자신이 25년간 어떻게 자발적으로 호수 정화활동을 해왔고 불꽃놀이가 이런 노력을 어떻게 우롱하는지를 설명할 계획이었다. 루시는 더 많은 쓰레기와 국방부의 과염소산염 모범 사용 방침을 선사할 예정이었다. 그리고 우리의 시의원 아니타는 과염소산염을 사용하지 않는 환경친화적인 불꽃놀이를 요구할 터였다.

와일드워너의 교육코디네이터 폴 노엘드너는 워너에서 발견된 단

한 종의 새, 바로 미스터 빅아이에 초점을 맞추고 싶어 했다. 그 새를 속수무책으로 사랑하게 된 것이다. 폴은 자신이 만든 멧도요 인형을 가져왔다. 그런 다음 증언을 하는 동안 그 인형을 들고 핸드폰으로 그 새의 기묘한 핀트 호출음을 재생했다.

"우리가 사랑하는 불꽃놀이는 아메리카멧도요가 하늘에서 추는 춤입니다. 멧도요는 눈이 엄청나게 크고 뇌도 크죠. 아주 똑똑해요. 이 새들을 조금은 존중해줍시다… 멧도요들은 5분 동안 지렁이 22마리를 먹을 수 있어요… 아마 이 멧도요들은 '내 지렁이를 화학물질로 오염시키지 마'라고 말하고 싶을 겁니다."

지렁이는 독성물질을 체내에 축적시킨다. 그말인즉, 자신이 섭취하는 독성물질, 특히 중금속과 납을 몸 안에 저장한다는 뜻이다.[39] 지렁이가 멧도요들의 주식인 까닭에 우리가 토양에 남긴 모든 것이 멧도요의 뱃속으로 들어가게 된다. 그러니까 멧도요가 좋아하는 잡목림과 야생 들판에 비처럼 쏟아졌다가 거대한 풀깎기 기계에 의해 나뭇잎 부스러기처럼 잘게 잘리는, 과염소산염과 중금속 범벅인 불꽃놀이 쓰레기가 모조리 멧도요의 몸속에 들어간다는 뜻이다. 멧도요는 중금속 중독으로 목숨을 잃을 수 있다. 폴은 이 연관관계를 아주 실감나게 전달했다.

불꽃놀이 표결에 앞서 알락해오라기의 팬인 빌 위원이 이렇게 발언했다.

와일드워너 친구들이 지난 몇 년 동안 강조해온 것 중 하나가 서식지의 질입니다. 나는 그게 참 놀라운 일이라고 생각합니다. 멧도요를 볼 수 있는 장소를 세 군데 더 알고 있는데… 그런데 워너공원에 멧도요가 있다니 너무 기쁘군요. 나한테는 기억에 남을 밤이었지요… 난 불꽃놀이 팬이지만 우리 주에서 제일 큰 호수로 연결되는 습지 위에서 불꽃놀이를 하는건 부적절하다고 생각해요. 이런 충격과 공포 작전 같은 행사를 지속하는 건 더 이상 지지할 수가 없습니다. 그래서 반대표를 던질 겁니다. 일어나서 아메리카알락해오라기 호출음을 틀어놓고 그다음에 그 새들의 집을 폭격하는 데 찬성하는 표를 던질 수는 없는 노릇이잖습니까. 그 134종의 새는 모두 우리를 황홀하게 만듭니다. 그 친구들을 향해서 이제 더 이상 폭탄을 날리지 맙시다.

매들린 레오폴드 위원도 이와 비슷한 발언을 했다. 그 역시 알락해오라기 팬과 함께 반대표를 던졌다.

위원회는 4대2의 표결로 그해 여름 불꽃놀이를 승인했다. 하지만 이 두 표의 반대는 그냥 반대표와는 달랐다. 알락해오라기를 사랑하는 빌 바커는 저명한 지질학자이자 공원위원회의 전임 대표였다. 그리고 매들린 레오폴드는 멧도요를 전세계에 알리며 "하늘의 춤"을 쓴 알도 레오폴드의 손녀였다. 나는 리듬앤붐의 종말이 얼마 남지 않았음을 그날 밤 직감했다.

나는 그 회의 직후 잭 허스트가 흥분을 감추지 못하고 연락해온 그날 아침을 결코 잊지 못할 것이다. 잭은 내 논문에 들어갈 내용의 절반을 발굴한 그의 경이로운 지하실에서 리듬앤붐 행사가 시작되기 전 불꽃놀이 언덕, 습지 쪽으로 돌출된 그 모래톱을 담은 오래된 사진을 발견했다. 그런데 거기에는 언덕이 없었다. 그저 평평한 고지대 초원이었다.

짐은 공병대와 자연자원부에 연락을 해서 사진을 보여주었다. 이들은 조사에 들어갔다. 마침내 조사결과를 알려주는 전화가 걸려왔을 때 짐은 앉아 있던 의자에서 떨어질 뻔했다. 잭의 오래된 사진은 매디슨 시가 20년 동안 허가도 받지 않고 모래와 건축 폐기물을 워너의 습지에 매립해왔음을 증명했던 것이다. 연방수질오염방지법Clean Water Act 위반이었다.

불꽃놀이 행사를 겨우 며칠 앞둔 시점이었다. 습지 앞에 서서 머리카락을 바람에 휘날리는 짐이 카메라 앞에 그 사진을 흔들어 보이며 불꽃놀이 언덕을 손가락질하는 모습이 저녁 뉴스에 방영되었다. 나머지 우리는 전투적인 발걸음으로 회의장에 가서 수질오염방지법과, 날아가버린 거북의 둥지들과, 위험에 처한 박쥐의 보금자리에 관해 열변을 토하기 시작했다. 하지만 거대한 리듬앤붐 기계는 이미 궤도에 오른 뒤였다. 불꽃놀이 행사 조직자들이 여전히 시의 온갖 회의를 지배하고 있었다. 우리는 행사를 중단시킬 수 없었다.

불꽃놀이 행사가 끝나고 2주 뒤, 폴 소글린 시장이 시내에서 기자회견을 열었다. 그는 2013년 리듬앤붐이 마지막 행사라고 발표했다. 시는 불꽃놀이 장소를 워너공원 밖으로 옮길 생각이었다. 하지만 그는 그 자리에서 잭 허스트의 사진이 조사에 불을 지핀 덕분에 공병대와 위스콘신주가 매디슨시에 불꽃놀이 언덕을 허물고 과거의 고지대 초원을 복원하라는 명령을 내렸다는 사실은 밝히지 않았다. 이후 두 달 동안 우리는 육중한 트럭들이 줄줄이 들어와 워너의 습지 밖으로 그 온갖 쓰레기들을 실어나르는 모습을 지켜보았다. 잘 가라, 이오지마.

습지를 상대로—새와 박쥐와 거북들을 상대로—벌어지던 21년간의 전쟁이 마침내 막을 내렸다. 하지만 매디슨의 수중생태계를 상대로 한 전쟁은 끝이 나지 않았다. 바로 그 기자회견에서 시장이 불꽃놀이 행사를 매디슨의 모노나 호수로 옮겨서 진행하겠다고 발표했기 때문이다. 리듬앤붐이 이제는 '호수를 뒤흔들어라'라는 이름의 행사가 된 것이다. 잭 허스트, 짐, 팀, 그리고 나는 시가 이른바 청정호수동맹이라고 하는 매디슨에서 제일 돈 많은 환경단체의 지원을 받아서 내년에는 "큰 계획"과 "더 거대하고 더 나은" 대형 행사를 벌인다는 소리에 할 말을 잃었다.

행사조직자들은 이 새로운 '호수를 뒤흔들어라'가 더 "환경친화적"으로 진행될 거라고 말했다. 그들은 유해한 바륨을 모노나 호수에 버리지 않을 생각이었고, 그래서 녹색 불꽃은 없을 예정이었다.

1주일도 안 되어 시의원들과 모노나 호수 쪽 활동가들이 우리에게 도움을 요청해왔다. 잭 허스트와 짐을 비롯한 와일드워너 회원들과 나는 증언용 정장을 입고 냄새나는 쓰레기를 들고 광역수자원위원회 회의로 향했다. 우리는 물고기와 새와 어민과 모노나 호수 주변에 사는 사람들을 위해 탄원하는 시민들과 합류하여 야하라강 유역 전체를 위해 사나운 고양이새 같은 경보음을 울렸다.• 와일드워너를 가리켜 "한 무더기의 님비들"이라고 비난하던 사람들은 틀렸다. 우리는 님비가 아니었다. 우리는 니아비NIABY였다. 누구의 뒷마당에도 안 된다Not In Anyone's Backyard. 아니 누구의 물에도 안 된다. 60에이커의 습지에도, 3359에이커의 호수에도 멕시코만에도 수 톤의 쓰레기를 퍼부어서는 안 된다. 모든 물은 신성하다. 짐과 내가 뉴올리언스에서 고통스럽게 깨우친 사실이었다.

마지막 트럭이 그 불꽃놀이 잔해를 모두 싣고 떠나간 뒤 와일드워너는 승리를 기념하기 위해 샴페인을 들고 이제는 평평하고 텅 빈 예전 불꽃놀이 발사대에서 파종 행사를 가졌다. 우리는 활짝 웃으며 샴페인을 마셨다. 아직 믿어지지가 않았다. 나는 50년의 삶을 공공회의에서 이 작은 습지를 지키는 데 바친 잭 허스트를 바라보았다. 허공에 초지용 씨앗을 흩뿌리는 그의 만면에 희색이 가득했다.

그다음 2년 동안 우리는 그 씨앗들이 뿌리를 내리는 것을, 묻혀 있던 고지대 초지가 다시 등장하는 것을 바라보았다. 그리고 폴 노엘드너가 애쓴 덕에 워너공원 커뮤티니센터에는 노스사이드 자연센터가 새로 들어섰다. 2015년 처음으로 공원부는 워너공원의 "자연오락" 활동에 재정을 지원하기 시작했고 이후 매디슨에 있는 모든 공원이

• '호수를 뒤흔들어라'는 불꽃놀이 행사 중 총격 사건이 벌어진 뒤 2020년에 결국 중단되었다.

이 모델을 따랐다.

불꽃놀이가 없는 두번째 여름, 나는 5년에 걸친 연구 끝에 비로소 논문을 마쳤다. 떠나고 싶지 않았지만 가야 할 때였다. 나는 버몬트대학교에서 학생을 가르치는 좋은 자리를 얻었다. 짐과 나는 버몬트주 벌링턴으로 옮겨 가서 매디슨에서 했던 어린이 탐조프로그램을 똑같이 진행할 생각이었다. 이번에는 진짜 직업으로(매디슨에서는 다른 대학원생을 교육시켜서 워너공원의 어린이 자연클럽을 넘겨주었다). 박봉을 받으며 수업을 하거나, 택시를 몰거나, 피자를 배달하고 싶은 게 아니라면 매디슨에서는 나 같은 박사학위 소지자가 얻을 만한 괜찮은 일자리가 없었다. 나에게는 10만달러가 넘는 학자금 대출이 있었다. 이 박사학위를 시도한 것은 정신나간 도박이었지만, 이젠 더 이상 도박을 할 여력이 없었다.

버몬트 역시 전혀 아는 바가 없는 또 다른 추운 북부지방이었다. 처음에 매디슨이 영화 〈파고〉와 연쇄살인마를 연상시켰다면 버몬트하면 나에게 떠오르는 건… 메이플시럽뿐이었다. 그리고 그다음 기억은 아버지—이제는 돌아가신 지 8년 되었다—가 캐나다로 갈 때 버몬트를 경유해서 차를 몬 적이 있다는 것이다. 아버지는 "거기가 아일랜드와 비슷해서" 너무 좋았다고 이야기했다.

하지만 나는 아직도 마음이 무거웠다. 버몬트가 얼마나 아름다운지는 관심없었다. 헤디와 잭 허스트와 절대 눈이 쌓이는 꼴을 못 보는 그렉, 나의 잿빛고양이새, 나의 워너공원을 떠난다는 건 상상도 할 수 없었다.

나는 아주 많은 곳에서 살아봤고 그곳에서 사귄 사람들과는 아직도 가족이나 다름없이 지낸다. 나는 이 모든 장소를 사랑했고 그곳들을 떠날 때면 슬펐다. 하지만 이번 이별은 완전히 성격이 달랐다. 가슴이 미어지는 듯했다. 이삿짐을 꾸리면서 나는 어머니가 남동생들과 내게 매년 성탄절마다 해주신 이야기를 떠올렸다. 1958년 어느 12월의 추운 잿빛 아침 어머니와 아버지는 아일랜드의 항구에서 거대한 배의 건널판자에 올랐다. 미국행 배였다. 세찬 비가 내리는 가운데 회색 정장을 입은 외할아버지와 외삼촌이 부두에 서서 우산을 함께 쓰고 배가 항구를 떠나 대서양을 가로지르는 모습을 지켜보았다.

어머니는 당신은 아일랜드를 떠나고 싶지 않았다고 우리에게 말씀하셨다. 어머니는 이후 수년간 향수병에 시달렸고, 미국에서 60년을 살면서도 여전히 아일랜드를 집이라고 불렀다. "하지만 가야 할 때는 가야 하는 거지." 어머니는 말했다.

짐을 나르는 사람들이 도착했다. 우리 차는 지붕까지 짐이 한가득이었다. 헤디는 집에서 만든 쿠란트 젤리 한 양동이와 갓 구운 양귀비씨 케이크를 우리 차 앞자리에 밀어 넣었다.

짐과 나는 차를 몰고 떠나기 전에 워너공원에서 마지막 산책을 했다. 우리는 파란색과 흰색으로 채색된 15센티미터짜리 성모상을 들고 갔다. 뉴올리언스의 예전 동네에서부터 나는 이 성모상을 '우리 레이크뮤 여사님'이라고 불렀다. 폐허가 된 그 집에서 내가 건져낸 몇 안 되는 물건 중 하나였다. 카트리나 직후 이 성모상이 우리 집 복도의 작은 벽감 안에 진흙이 묻기는 했지만 온전한 모습으로 슬픔에 잠겨 서 있는 모습을 발견했다. 나는 행운을 빌기 위해, 박사학위를 무사히 받기 위해 성모상을 매디슨까지 모셔 왔다. 이제는 더 이상 성모상의 가호가 필요하지 않았다.

우리는 이제 초지가 된 예전 불꽃놀이 발사대쪽으로 향했다. 늦여름의 소리들이 우리를 에워쌌다. 근심 어린 황금방울새 부모들이 꾸짖는 소리. 겁먹은 아메리카원앙 유조들이 물위를 재빨리 가로지르며 내는 휘파람 같은 날갯짓 소리. 물가에서 자기 영역을 지키려고 경계음을 내는 노래멧참새. 그리고 우리가 바삭하게 말라가는 큰 키의 풀들을 헤치고 지나갈 때 작은 귀뚜라미들이 부드럽게 몸을 놀려 튀어오르는 소리. 제비들이 물 위에 뜬 커다란 연잎들 근처에서 쉽게 찾을 수 있는 벌레를 사냥하려고 순찰하고 있었다. 어떤 작은 동물이 우리를 살펴보려고 서서히 다가오면서 풀들이 약하게 흔들리며 갈라졌다. 60센티미터쯤 앞에서 그 흔들림이 뚝 멎었다.

불과 2년 만에 동물들이 이 장소를 되찾았다. 검은 방수포와 모래와 무방경비들과 층층이 쌓인 폭약이 점령했던 이곳을. 이제 이곳은 애기루드베키아와 심청색의 로벨리아와 작은 야생화들이 워낙 빽빽하게 자리를 잡아서 헤치고 걸어가기도 힘든 곳이 되었다. 온갖 종류의 곤충들이 진동음을 내고 폴짝폴짝 뛰어다니며 그 안에 깊이 자리를 잡았다. 붕붕대는 작은 말벌도, 꿀벌도 보였다.

우리는 버드나무 가지 사이에 우리 레이크뷰 여사님을 단단히 끼워넣었다. 습지 섬 맞은 편 물을 내다볼 수 있는 자리였다. 나는 성모님께 부탁했다. 제발 이 공원을, 이곳의 모든 깃털과, 지느러미와, 털 달린 주민들을 지켜달라고, 제발 우리 뉴올리언스의 작은 집보다는 잘 지켜달라고 부탁했다.

EPILOGUE

심장은 영원한 유목민이다

존 오도노휴

7년 뒤, 2022년 10월, 버몬트주 벌링턴.

버몬트에 정착하는 게 쉬웠다면 거짓말일 것이다. 워너공원만큼이나 아름다운 곳이지만, 그래도 이곳은 워너공원이 아니었고 나는 한참 동안 눈앞이 캄캄했다. 우리가 벌링턴에서 임대한 작은 아파트는 아무런 풍경이랄 게 없었다. 따끈한 애플케이크를 만들어놓고 우리를 맞이하려 기다리는 새 이웃도 없었다. 가장 가까운 녹지는 작은 공동묘지였고, 집 앞에는 공원 대신 주차장이 있었다. 의미 있는 모든 걸 잃어버린 기분이었다. 내가 알던 한 마리 한 마리의 새들, 인간 이웃들, 거실창으로 보이던 가문비나무의 늠름한 모습, 어머니 참나무, 야생 들판. 이제 내 앞에는 아스팔트뿐이었고, 그래서 밤이면 길 건너 단잠에 빠진 어두운 숲으로 달빛이 쏟아져내리는 풍경을 음미하는 대신 가로등의 날선 빛을 막느라 블라인드를 내려야 했다.

하지만 슬퍼할 시간도, 심지어 짐을 정리할 시간도 없었다. 13일 뒤면 개강이었다. 개강 첫 주는 허리케인 카트리나 10주년이었다. 버몬트대학교에서 제일 많은 학생이 수강하는 환경수업을 맡고 있는 한 교수가 내게 200여 명의 18살짜리들에게 기후재난 강의를 해달라고 부탁해왔다. 나는 강당 앞에 서서 욕설과 눈물을 섞어 모든 이야기를 들려주었다. 강의가 끝날 무렵엔 함께 우는 학생도 있었다. 나는 희망적인 마무리를 위해 워너공원에서 진행했던 어린이 탐조프로그램을 벌링턴에서도 할 예정이라고 안내했다. 그런데 혼자서는 할 수 없다고.

긴 줄이 이어졌고 학생들 한 명 한 명이 나와 악수를 했다. 이들은 기후변화에 대한 진실을 알려줘서 고맙다고 했다. 버몬트대학교로 와줘서 고맙다고 했다. 몇 분 만에 미래의 탐조 멘토 신청지가 가득 쌓였다. 이제는 또 다른 열정적인 인근 학교 교장 선생님과 멋진 새들만 조금 찾아내면 준비는 끝이었다.

나는 한 달 뒤에 개를 데리고 우리 아파트에서 몇 블록 떨어진 초등학교를 지나다가 그 교장 선생님을 찾아냈다. 학교 밖에 "온 가족 저녁모임"이라는 표지판이 붙어 있기에 개 목줄을 단단히 잡고 안을 살펴보려고 들어갔다. 나는 복도에서 플린초등학교의 교장 그레이엄 클락을 마주쳤다. 쿠바의 구아이아베라 셔츠를 입고 회색 장발을 자유롭게 풀어헤치고 있어서 나이 든 히피처럼 보이는 남자였다. 우리는 5분 만에 우리가 30년 전 같은 시기에 니카라과에 있었다는 사실을 알게 되었다. 내가 버몬트대학교 학생과 어린이가 짝을 지어서 탐험하는 탐조프로그램을 진행할 생각이라고 말하자 교장은 온 가족 저녁

모임을 내팽개치고 나를 데리고 한 시간 동안 아름다운 학교와 자신이 만든 정원을 보여주었다. 학교 밖을 나설 때는 3개월 뒤에 어린이 프로그램을 진행한다는 협의가 끝난 상태였다.

이제는 하루하루를 살게 해줄 새들이 필요했다. 아파트 주차장에는 녹색 비닐로 감싼 울타리가 쳐진 커다랗고 못생긴 직사각의 쓰레기장이 있었다. 나는 망가진 피크닉 테이블을 꺼내서 쓰레기장 뒤편, 줄지어 늘어선 앙상한 노간주나무들이 보이는 위치에 테이블을 놓고 먹이대 두 개를 달았다. 나는 이 새로운 탐조지에서 쓰레기장이 바람을 막아주는 가운데 커피를 마시며 아침을 시작했다. 먹이대를 제일 먼저 찾은 손님은 말쑥한 수컷 홍관조였다. 그다음에는 이 수컷의 짝이, 그다음에는 [미국의 유명 코미디언] 그루초 막스처럼 콧수염이 있는 새인 댕기박새가 시끄럽게 꾸짖는 듯한 소리를 내며 우르르 몰려왔다. 이 종은 처음이었다. 댕기박새들은 머리 위에 삐죽 관모가 솟아 있는 흥겹고 작은 희극배우들 같았다.

깃털 달린 친구들도 새로 사귀고 학생들도 흠잡을 데 없이 훌륭했지만 버몬트에서 첫 2월을 맞을 즈음 나는 과학자들이 이주를 연구할 때 사용하는 새장에 든 철새처럼 불안감에 시달렸다. 조류학자들이 말하는 이망증Zugunruhe 같았다. 독일어로 "이주 시기의 불안" 또는 "이주 시기의 초조함"이라는 뜻이었다. 과학자들은 새장에 든 철새를 관찰하면서 포획된 새들이 이동 시기 직전이면 자기 무리가 향하는 방향으로 몸을 돌리고 그 시기가 끝날 때까지 몇 시간이고 몇 달이고 날개를 퍼득이거나 '떤다'는 사실을 알게 되었다.

나의 이망증은 붉은날개찌르레기 선발 정찰대가 지금쯤이면 워너의 습지에 비틀비틀 내려 앉으리라는 생각 때문이었다. 그리고 3월이면 워너공원의 큰딱새가 도착해서 산소통과 함께 잔이 앉아 있던 그 피크닉용 쉼터의 들보에 자리를 잡을 것이었다.

그다음에는 내가 워너공원에 있는 꿈을 꿨다. 꿈에서 나는 야생들판의 작은 자기 집 꼭대기에 앉아 있는 미스터블루—그 첫 파랑지빠귀—를 보고 있었다. 아침에 일어나보니 워너공원의 한 이웃이 공원에서 첫 파랑지빠귀를 막 보았다고 전하는 이메일이 받은편지함에 들어 있었다. 워너공원의 리듬과 그 미세한 계절들이 내 몸에 새겨져 있음을 깨달았다. 그 습지는 마치 새들의 공항과 같았고, 새들의 도착과 출발을 알리는 그곳의 비행정보 안내판이 내 대뇌 측두엽의 해마에 뿌리를 내린 것이었다. 얼마 뒤인 2016년 3월 21일 밤, 우리 집 아파트 창문으로 주차장을 바라보고 있는데 쓰레기장 탐조 장소 뒤편에서 달이 떠올랐다. 문득 나는 아메리카멧도요들이 워너공원의 하늘에서 춤을 추고 있다고 확신했다. 곧장 매디슨에 있는 와일드워너의 동지 폴 노엘드너에게 전화를 걸었다. 폴은 감기에서 회복하는 중이었지만 당장 옷을 입고 워너공원으로 차를 몰고 가보겠다고 말했다.

한 시간 뒤 폴은 슬레드힐에서 전화를 걸어왔다. 낮고 빠르지만 잔뜩 들뜬 목소리였다. 폴이 차를 몰고 공원에 들어서는데 멧도요 세 마리가 핀트 소리를 내고 있었다는 것이다. 그리고 한 마리는 그의 머리 위를 막 날아서 지나갔다.

워너의 멧도요는 비록 1684킬로미터 떨어져 있었지만 내가 우울에서 빠져나오는 데 큰 힘이 되었다. 그들 때문에 나는 벌링턴의 한 공원으로 멧도요를 찾아나섰고 이제는 3월만 되면 아침 4시 반에 뜨거운 커피가 담긴 보온병을 들고 그곳으로 간다. 그리고 미스터블루를 꿈에서 만났기 때문에 나는 한 블록 떨어진 그 황량한 공동묘지의 관리인에게 연락을 해서 그곳에 파랑지빠귀 집을 두 개 설치했다. 그 후로 매년 여름이면 파랑지빠귀와 박새 부모가 거기 들어가서 새끼를 길렀고, 묘지를 찾는 조문객과 묘지기에게 큰 기쁨을 선사했다. 보스니아 난민인 큰 곰 같은 체구의 묘지기는 내가 처음으로 새집 하나를 열어서 아기 파랑지빠귀를 보여주자 눈에 눈물이 그렁그렁해졌다.

2022년 가을 나는 대학 업무 때문에 매디슨으로 돌아갔다. 와일드워너의 동지들과 꾸준히 연락하며 지냈지만 워너공원을 다시 보기가 두려웠다. 동지들이 나에게 모든 것을 말하지 않았을까 봐, 그 잡목림이 불에 타고, 가시참나무가 아프고, 공원의 야생성에 손때가 탔을까 봐 두려웠다. 내가 탄 비행기는 자정 직전에 착륙했다. 나는 호텔로 직행해서 잠을 자겠다고 스스로 다짐했다. 하지만 렌터카에 올라탄 순간 나는 최면에 걸린 듯 차를 몰았고 정신을 차려보니 어둠이 내린 잡목림 바로 옆에 주차를 한 상태였다.

나는 화학물질로 합성한 향이 진동하는 렌터카에 앉아서 유럽에서 맹위를 떨치고 있는 전쟁과 아직 진화되지 않은 코로나 팬데믹으로 이 세상이 얼마나 혼탁한지 생각했다. 그러다가 차창을 내리고 그날 밤 워너공원 깊숙이 어렴풋한 잡목림 속에서 녹색 덩어리를 이루고 있는 수백 마리의 작은 존재들이 내는 바스락거림과 집단적인 날숨에 귀를 기울였다.

다음 날 아침 동틀 무렵 나는 워너의 개 놀이터 옆에 차를 주차했다. 섭씨 9도 정도였고, 하늘은 청명했으며, 북서쪽에서 가을철 중서부 지방의 시원한 숨결 같은 산들바람이 불어오고 있었다. 처음으로 들은 소리는 캐나다두루미 부부의 나팔소리 같은 이중창이었다. 7년간 못 들었던 소리였다. 캐나다두루미는 버몬트에서는 아주 드물기 때문이다. 원숭이 비슷한 고음의 깩깩 소리로 아침인사를 해준 워너의 두번째 새는 황금색과 검은색이 주를 이루는 멋진 딱따구리인 쇠부리딱따구리였다. 그리고 그다음에는 철로 위의 고양이새가 오르락내리락하는 경계음으로 코러스에 합류했다.

나는 슬레드힐 꼭대기에서 동이 트는 풍경 속에 짐과 내가 떠날 때보다 수풀이 우거진 황금빛 야생 들판을 바라보며 기쁨의 눈물을 흘렸다. 우리가 지키기 위해 싸웠던 모든 것이 살아 있었고 하늘 향해 팔을 뻗으며 생명력을 뽐냈다. 우리가 150시간 넘게 공공회의에 참석했다는, 살아 숨 쉬는 증거였다. 몇 년 전 와일드워너 사람들이 심고 직접 물을 줬던 작은 나무들이 넓게 수관을 펼치고 있었다. 야생 포도를 따 먹는 어린 고양이새들로 가득한 잡목림은 그 어느 때보다 잡목림다웠다(내가 고양이새의 경계음을 흉내내자 두 마리가 나를 향해 울음 소리를 냈다). 그리고 어머니 가시참나무도 여전히 야생 들판 위로 우뚝 솟아 있었다. 팔로 가시참나무의 허리를 안았지만 절반도 두르지 못했다. 나는 깊은 골이 진 수피에 뺨을 댔다. 우리의 구글 박사님 덕분에 나는 우리의 가시참나무가 워너공원의 마스코트이기만 한 게 아니라는 사실을 발견했다. 2016년 인기 드라마 〈그레이 아나토미〉 시즌 13과 14에서 닥터 메레디스 그레이의 침실 벽에 이 나무를 찍은 멋진 흑백사진이 멋들어지게 걸려 있었다. 덕분에 수백만 명의 열혈 시청자들이 그 나무를 보았다. 사진작가 키스 닷슨Keith Dotson은 내게 자신이 찍은 워너공원의 가시참나무 사진이 영국, 독일, 벨기에, 호주에 있는 〈그레이 아나토미〉 팬들이 좋아하는 사진이라고 내게 말했다.•

다음으로 나는 미국수리부엉이가 둥지를 틀었던 도로와 평행하게 이어진, 한때 쓰레기와 깨진 유리가 가득했던 옛 콘크리트 운하를 따라 걸었다. 고무로 덮는 '실험'을 못하게 막으려고 와일드워너가 싸웠던 바로 그 운하였다. 이제 한때 이 땅을 소유했던 농부의 이름을 따서 캐슬 샛강으로 복원되어 있었다. 와일드워너가 시와 공조하면서 진행하고 있는 야생성 회복프로젝트 중 하나인 이 샛강은 아이들로 북적이는 다세대주택 앞에서 공원 가장자리를 따라 구불구불 이어졌다. 내 키보다 큰 습지 식물들이 제방을 따라 이어졌고, 새로운 나무다리가 그 위에 놓였으며, 그 아래로는 맑은 물이 워너의 습지를 향

• 그레이 박사의 침실 벽에 걸린 사진 세 장 모두가 워너공원에서 찍은 것인데, 그 중 하나는 우리가 지키려고 싸웠던 기러기 사진이다.

해 흘러들고 있었다.

나는 산책을 마친 뒤 늘 워너공원에서 하던 일을 했다. 헤디의 집에 가서 그 집 뒷마당에 앉아 은 주전자에서 따른 커피와 함께 헤디의 딸 마리가 구워 온 레몬 쉬폰 케이크를 먹었다. 이제 92살인 헤디는 남편이 세상을 떠난 뒤 혼자 살고 있었다. 이동 중인 벌새들이 겨우 몇 발짝 떨어진 헤디의 새 모이대에서 목을 축이고 박새, 동고비, 홍관조, 참새들이 줄줄이 날아 와 헤디가 그들을 위해 차려놓은 씨앗을 먹는 동안 우리는 함께 웃으며 비밀계획을 세웠다. 같은 날 그 뒤에는 잭 허스트를 만났다. 89살인 잭은 아직도 와일드워너의 주도적인 회원이었고 아직도 공공회의에서 물고기와 물을 위해 증언을 했다. 2022년 매디슨시는 워너의 습지 쪽으로 뻗어나간 어업용 잔교를 그에게 헌정했다.

팀 넬슨은 여전히 와일드워너에서 기러기 알의 발달중지처리를 책임졌다. 팀이 기러기 개체수를 조절하기 위해 10년 동안 옥수수유로 부화를 막은 알은 최소 500개로 추정된다. 거침없이 밀어붙이는 실행력의 소유자인 마리는 와일드워너를 위해 적지 않은 액수의 프로그램 지원비를 끌어오고 보이스카우트 단원들을 이끌고 워너공원에 수백 그루의 나무를 심었다. 그리고 폴 노엘드너는 2014년부터 매주, 비가 오건, 태양이 내리쬐건, 눈이 오건, 매디슨 곳곳에서 자연산책을 이끌며 수천 명을 교육했다. 노벨환경교육상이 있다면 폴이 받아 마땅하다. 폴과 위스콘신-매디슨대학교의 앵크 케우저가 탐조수업과 어린이 프로그램을 넘겨받았다.

나의 박사 지도교수였던 잭 클로펜버그는 교직에서 은퇴하여 씨앗을 기업의 통제에서 '해방'시키는 국제조직 오픈소스씨앗이니셔티브Open Source Seed Initiative(OSSI)를 설립했다. 잭은 에티오피아, 아르헨티나, 멕시코에서 농민들이 몬산토와 듀퐁 같은 기업들에 맞서 싸우는 데 힘을 보태고, 그 이외의 시간에는 집에서 새를, 때에 따라서는 워너공원의 새들을 그린다. 잭의 그림은 예술축제에서 인기리에 판매된다.

와일드워너의 현 대표인 캐슬린 울프는 내가 처음으로 미국수리부엉이 둥지를 발견한 공원 경계 쪽에 살고 있다. 자연연구의 대가인 캐슬린은 워너의 숲에서만 거의 100종에 달하는 점균류, 조류, 균류를 기록해두었다. 워너공원에서 식재료를 발굴하는 데도 열정이 넘쳐서 워너의 부들개지 꽃가루를 빻아서 부들쿠키를 굽기도 한다.

내 동지들의 노고 덕분에 2020년 봄 코로나 팬데믹이 강타해서 전 세계가 멈춰섰을 때 워너공원 역사상 처음으로 흰머리수리 한 쌍이 습지 섬에 둥지를 틀었다. 불꽃놀이 쓰레기가 가득했던 바로 그 곳에. 부모 수리들은 혈기왕성한 새끼를 길러내서, 탐조용 망원경으로 그 둥지를 보려고 줄지어선 수백 명의 매디슨시민들에게 경이로움을 안겼다. 코로나 따위에 질쏘냐.●

● 흰머리수리는 팬데믹 기간 동안 매디슨 시민들의 기분을 북돋웠을 뿐만 아니라 워너공원의 기러기 개체수 조절 문제 역시 해소한 것으로 보인다. 팀 넬슨에 따르면 이 수리들이 들어오면서 기러기들이 습지 섬에 더 이상 둥지를 틀지 않게 되었다. 이제는 알이 없어서 팀도 더 이상 발달중지처리 활동을 할 필요가 없다.

절대 교사가 되지 않겠다고 맹세했던 반항적인 딸이었던 나는 집에서 만든 브라우니와 차를 아일랜드 할머니의 도자기에 담아 교정에서 학생들과 티타임을 갖는다(어머니는 언제 어디서나 최후의 승자가 되었다). 버몬트에 눈이 내리기 시작하면 나는 학생들을 데리고 교정에서 가까운 숲속 깊은 곳의 비밀 교실로 가서 인종주의, 무의식적 편견, 사회정의에 관해 토론을 한다. 우리는 장작, 스모어 재료, 커피를 챙겨서 함께 숲 길을 걷고 나무로 된 오두막 안에서 활활 불을 피운다.

나는 교사가 학생이 마음의 문을 열게 만들고 그들이 이 세상에서 어떤 변화를 만들어낼 수 있음을—그들의 귀한 목소리가 중요하다는 것을—보여주면 그 무엇도 그들을 막지 못한다는 것을 배웠다. 학생들은 난데없이 연구실로 쳐들어와서 나에게 나무에 기어 올라가서 동고비를 살펴봐달라고 부탁한다. 그들은 내가 연구실에 없으면 칭얼댄다. 일과 시간 동안 내 연구실은 내 것이 아니다. 학생들은 제단에 공물을 올려놓듯 연구실 밖에 놓인 작은 테이블에 직접 그린 새 그림이 들어간 감사카드와 함께 반짝이는 사과나 꽃, 시, 익명의 발렌타인 카드를 남겨둔다. 직접 그린 수리, 흰올빼미, 동고비, 거북, 비오리 그림도 있다. 새끼 오리들을 기르며 앞으로 기후변화에 맞서는 굴 양식인이 되고 싶어 하는 코네티컷 출신의 18살 스펜서는 펠트와 뜨개실을 가지고 붉은가슴동고비를 만들어주기도 했다. 어느 봄날의 토요일 오후에는 집에 있다가 초인종이 울려서 나가보니 에밀리라고 하는 수줍음 많은 소녀가 숲에서 갓 딴 청나래고사리 단지를 들고 있다. "버터랑 마늘을 넣고 볶아드세요." 에밀리는 집까지 찾아와서 죄송하다고 사과하며 이렇게 말했다.

사랑은 강력한 힘이다. 17년 전 뉴올리언스에 살았을 때는 홍관조 한 마리에 대한 관심이 이제 13주년을 맞는 풀뿌리 환경보호 모임, 자연교육의 모범이 되어 위스콘신, 버몬트, 로드아일랜드에 자리한 세 곳의 대학과 초중등학교의 환경교육 프로그램을 통해 1000명 이상의 어린이들과 함께 활동하는 500여 명의 탐조멘토들을 훈련시킨 와일드워너로 뻗어나가리라고는 상상할 수도 없었다(2019년 브라운대학교도 프로비던스에서 이 탐조 프로그램을 똑같이 진행하기 시작했다).

요즘 나는 워너공원의 새들에게서 배운 많은 운동 전략을 이용해서 학생들을 가르친다. 그러면 내 환경수업을 듣는 학부생들은 새로 습득한 시민정신을 이용해서 미국 전역에서 변화를 도모한다. 이제껏 공공회의에 참석하거나 공개적인 글을 발표하거나 시위에 참가하거나 공적인 발언을 해본 적이 없는 학생들이 갑자기 한 학기 만에 이 모든 걸 다 해내는 모습을 지켜보는 것은 나의 가장 큰 자부심이자 기쁨이다. 버몬트대학교에서 학생들을 가르치는 8년 동안 나는 내 학생들이 화석연료 수송관 건설을 중단시키기 위해 버몬트주 의회의 입석 청중들 앞에서 증언을 하는 모습을 지켜보았다. 20명 넘는 학생들이 미국 전역에 있는 자기 고향 지역 신문에 의견 기사를 기고했다. 나는 주지사를 만나서 중요한 총기규제법안에 서명을 하도록 요구하러 가기 위해 일요일에만 입는 제일 좋은 옷을 차려 입은 열정 넘치는 학생들이 가득 찬 밴을 몰기도 했다(그리고 주지사는 서명을 했다).•

2018년 한 숫기 없는 학생이 그 작디작은 황금날개솔새goldenwinged warbler—수백 킬로미터 떨어진 곳에서도 폭풍우 소리를 들을 수 있는 새—와 걷잡을 수 없는 사랑에 빠져, 천연가스 수송관 때문에 위기에 처한 이 새의 여름철 둥지터를 지키기 위해 버몬트에서 저항 행동에 돌입했다. 이 투쟁을 이어가며 학생은 캐나다 국경을 넘어 국제적인 주주 모임에 참석해 선주민 토지에서 천연가스 시추를 중단할 것을 촉구하는 발언을 했다. 이 학생이 졸업을 하자 버몬트에서 가장 비중이 큰 환경단체가 수송관을 중단시키기 위한 "막장 에너지 extreme energy[환경에 위협을 가하면서 관례에서 벗어난 방식으로 채취하는 에너지를 말함] 반대 활동가"로 그를 고용했다. 학생은 지역 운동가들과 함께 2년에 걸친 수송관 조사에 착수했고 버몬트주 공공기반사업 위원회에 독립적으로 환경규정과 건설규정 위반사항을 조사할 것을 촉구했으며 그 결과 주 규제기관은 버몬트가스사의 심각한 위반사항을 적발하여 소환했다. 그로부터 5년이 지나 내가 이 에필로그를 쓰는 지금, 모든 대규모 확장공사는 취소되었다. 그리고 이제 이 학생과 활기 넘치고 창의적인 청년 팀은 뉴잉글랜드주에 마지막으로 남아 있는 석탄발전소를 폐쇄하려고 힘을 모으는 중이다.

위스콘신-매디슨대학교와 버몬트대학교에서 탐조멘토로 활동했던 많은 학생들이 미국 전역에서 교사, 환경교육가, 도시계획가, 토지

● 버몬트주 주지사 필 스콧은 (2018년 17명의 희생자를 낳은 플로리다주) 파크랜드 총격사건 이후 우리 학생들을 비롯 수백 명의 학생들을 만났고 그 뒤 2018년 봄에 역사적인 법안에 서명했다.

관리인, 변호사, 언론인, 연구자, 환경운동가로 일하는 막강한 무리가 되었다. 과학자, 자연센터 운영자, 학교 정원 코디네이터도 있다. 매디슨에서 멘토로 활동한 한 친구는 미국 최대의 야생동물재활병원 중 한 곳의 책임자가 되었다. 그리고 워너공원의 습지에서 불꽃놀이로 인해 발생한 유독물질 때문에 생긴 광택을 알아보고 워너공원 최초의 아메리카멧도요를 발견한 우리의 우수 멘토 크리스타 세이들은 국제적인 조류 말라리아 전문가이자 질병생태학자, 세이들 박사가 되었다.

하지만 내 심장에서 노래가 울려 퍼지게 만드는 것은 모든 수업 하나하나가 새 떼 같은 무리를 이루었다는 사실이다. 어떤 학생들은 내 탐조수업에서 일생의 친구를 만났고 일부는 사랑에 빠지기도 했다.

2년 전 여름 벌링턴에서 나는 이웃인 조지와 수전을 설득해서 그들이 보통 차를 대는 앞쪽의 좁은 잔디밭에 작은 새집을 놓기로 했다. 이들은 새들이 거기에 둥지를 틀겠냐며 회의적이었지만 4월 중순이었고 나는 우리 동네 곳곳에서 둥지 장소를 다급하게 물색하는 박새들을 볼 수 있었다. 그 작은 새집을 설치하고 집으로 돌아간 지 한 시간쯤 되었을 때 수전이 전화해 박새 한 쌍이 부드러운 둥지를 지을 때 사용하는 이끼와 털을 물고 그 안을 드나들고 있다고 알려왔다. 이 부부는 녹빛과 크림색이 점점이 섞인 알 8개를 낳았다. 내가 모니터하는 새집 중 최고 기록이었다.

그로부터 18일 뒤 새끼들이 둥지를 떠날 준비를 마쳤다. 이소하는 날 아침 다섯 마리는 집 밖으로 날아올랐지만 작은 세 마리는 밤새 둥지를 떠나지 않았다. 나머지 새끼들이 세상을 향해 날아간 뒤 발육이 부진한 박새들이 집 안에서 생을 마치는 모습을 본 적이 있다 보니 걱정을 안 할 수가 없었다. 다음 날 아침 일찍 남은 새들을 확인하러 새집을 찾았다. 내가 다가가자 새집 안에서 세 마리가 부드럽게 짹짹거렸다. 이미 세상의 자유를 만끽하고 있는 다섯 마리의 새끼들은 불과 3미터 정도 떨어진 노르웨이단풍나무 가지에서 짹짹대고 있었다. 조지와 수전이 옆에서 지켜보는 가운데 나는 작은 문을 열어 한데 뭉쳐 있는 작은 박새들을 한 마리 한 마리 끄집어냈다. 새끼 박새들은 내 펼친 손바닥을 활주로 삼아 이제 막 모양을 갖춘 날개를 펼치고 단풍나무 가지에서 기다리고 있는 부모와 형제자매들을 향해 곧장 날아갔다.

그리고 나는 매 학기 일부 학생들에게 바로 이런 일을 한다. 둥지를 떠나 날아갈 수 있도록 거들기. 나는 잠시 내 손바닥에 놓인 이들과 눈을 맞추며 이야기한다. 넌 할 수 있어. 그런 다음 이들의 완벽한 첫 비행을 지켜본다.

저자의 덧말

자기만의 혈기왕성한 무리를 이루는 데 도움이 되는 읽을거리과 행동지침을 찾는 분들은 저자의 웹사이트 trishokane.org를 방문해주시기 바랍니다.

감사의 말

나는 이 책을 쓰기 전에 이 책에 담긴 삶을 살아야 했다. 내 부모님뿐만 아니라 다음의 비범한 인간들은 나에게 그 방법을 보여주었다. 내가 아주 엉망진창인 혁명에 합류하도록 초대한 선구적인 예수회 신도 자비에르 고로시티아가Xabier Gorostiaga, 학자는 시민이어야 함을 내게 가르쳐준 전직 교수이자 멘토 노라 해밀턴Nora Hamilton과 캐롤 톰슨Carol Thompson, 내가 구글을 통해 찾아낸(구글과 신은 모두 영어 알파벳이 G로 시작한다) 나의 박사학위 지도교수 잰 클로펜버그, 그리고 내가 25년 전에 앨라배마 몽고메리 남부빈곤법센터에서 만난 내 삶과 글쓰기와 개와 닭과 정의와 석양의 파트너이자 정치적 악동인 짐 캐리어. 우리의 첫 데이트에서 짐은 자신이 앨라배마강을 거슬러 항해를 하다가 "증오의 땅에 들어와 사랑을 발견했다"고 말했다. 나는 코웃음을 치며 '이제껏 들어본 최고의 표현인 걸'이라고 생각했다.

이 이야기를 가능하게 만들어준 막강한 새 무리 같은 사람들에게 진심으로 감사의 마음을 전한다. 뉴올리언스에서는 앨리슨 블라이어

Allison Plyer, 앨리스-앤 크리스난Alice-Anne Krishnan, 그리고 자기 인생 최악의 시기에 낯선 이를 환대해준 친절하고 용감한 로욜라대학교의 학생들과 동료들. 앨라배마에서는 사랑하는 동지 펜니Penny와 켄달 위버Kendal Weaver, 론다 브라운스타인Rhonda Brownstein, 다운스 가족Downes family, 레시아 브룩스Lecia Brooks, 조젯 노먼Georgette Norma과 노마드 스튜어드Nomad Steward, 에밀리 엘리아스Emily Elias, 켄트 가렛Kent Garrett, 마이크 루켓Mike Luckett, 캐롤 포톡Carol Potok, 낸 페얼리Nan Fairley, 수전 스타Susan Starr, 모리스 디스Morris Dees, 리처드 코헨Richard Cohen, 로버트 델크Robert Delk, 그리고 셰릴Cheryl과 웨인 사벨Wayne Sabel. 매디슨에서는 와일드워너의 새 때 친구들 잭 허스트, 팀 멜슨, 폴 노엘드너, 마리와 헤디 제이콥센, 마이크 리웨이, 데이브 메이어, 돌로레스 케스터Dolores Kester, 카렌 히켈Karen Hickel, 앤디 터버Andy Tauber, 마리안 셀레스닉Marian Celesnik, 마린 하딕Marlene Hardick, 폴 러스크Paul Rusk, 루시 마시아크Lucy Mathiak, 캐슬린 울프Kathlean Wolf, 그리고 뎁Deb과 배리 리즈Barry Riese. 매디슨 공원위원들로 빌 바커, 매들린 레오폴드, 자넷 파커Janet Parker, 베티 츄닝Betty Chewning, 그리고 엠마누엘 스카보러Emmanuel Scarborough, 그리고 매디슨 공원직원 에릭 냅Eric Knepp, 크레이그 클린케Craig Klinke, 그 외 매디슨의 아름다운 공원을 돌보는 직원들. 피터 패넌Peter Cannon, 메리 레이시Mary Lacy, 앤 웨이델리치Ann Waidelich, 빌 루더스Bill Lueders. 넬슨환경연구소의 폴 로빈스Paul Robbin와 짐 밀러Jim Miller. 아이들에게 생애 첫 도감을 선사한 티아 넬슨Tia Nelson. 제프리 루이스Jeffrey Lewis, 러스 헤프티Russ Hefty, 커트 웰크Kurt Welke, 시 위드

스트랜드Si Widstrand, 그렉 웰러Greg Weller, 사챠 로즈-콘웨이 시장, 폴 소글린 전임시장, 그리고 아니타 웨이어Anita Weier. 박사학위 멘토 랜디 스토이커Randy Stoecker, 애나 피전, 칼 드윗Cal DeWitt, 윌리엄 크로넌 William Cronon, 사뮤엘 데니스Samuel Dennis, 그리고 마크 베레스. 셔먼 중등학교의 헌신적인 교직원들, 특히 마이크 에르난데스, 벳시 피터슨 Betsy Peterson, 줄리 윌크Julie Wilke.

벌링턴에서는 이 활동을 지원해준 버몬트대학교의 믿을 수 없을 정도로 훌륭한 동료들에게 감사의 마음을 전한다. 전임 학과장 낸시 매튜스Nancy Mathews, 앨런 스트롱Allan Strong, 에이미 세이들Amy Seidl, 레이첼 굴드Rachelle Gould, 마리 베아-패그넌트Marie Vea-Fagnant, 월트 폴먼Walt Poleman, 네이던 샌더스Nathan Sanders, 그리고 IT 마법사 세스 오브라이언Seth O'Brien. 질 세이어 울코트Jill Sayre Wolcott. 그리고 벌링턴 학군에서는 그레이엄 클락Graham Clarke, 맨디 해리스Mandi Harris, 그리고 애비 이스라엘Abbie Israel. 그리고 자기만의 '새의 친구' 프로그램을 만든 브라운대학교의 낸시 제이콥스.

초고를 읽어준 다음의 독자와 편집자는 이 이야기가 부화하는 데 도움을 주었다. 초등학교 4학년 첫날 이후로 내 최고의 독서 친구인 메건 맥파랜드Megan McFarland, 레이철 헤르츨-베츠Rachel Herzl-Betz, 스테이시 타버Stacy Taeuber, 로빈 W. 키머러Robin W. Kimmerer, 에이미 세이들, 레이첼 굴드, 발레리 베르그Valerie Berg, 그리고 집요한 사실 확인 담당자 올리비아 박스Olivia Box. 에코와 하퍼콜린스의 재능 넘치는 편집, 제작, 디자인팀, 특히 재능과 열정 어느 것 하나 빠지지 않는 편집자 사라 머피Sarah Murphy, 편집자 레이철 사전트Rachel Sargent, 표지 디자이너 비비안 로웨Vivian Rowe, 내지 디자이너 앨리슨 블루머Alison Bloomer에게 심심한 감사의 마음을 전한다.

일러스트레이터 발레리 다운스Valerie Downes는 연필을 가지고 워너공원의 새들에게 생명을 불어넣은 마술사이다. 그와 함께 일을 하다니 영광이다.

나의 에이전트 바니 카프핑거Barney Karpfinger는 그 자신이 무리비행의 귀재이다(샘 치들리Sam Chidley의 조력 속에). 그는 산파가 되어 나에게서 이 이야기를 끌어냈고 힘겨운 고비마다 조언을 해주었으며 심지어 편집도 거들었다. 특히 나는 어째서 야생 칠면조가 자신의 진입로에서 짝짓기를 하는지, 그리고 어째서 물총새들이 물에서 멀리 날아가버리는지를 문의하는 그의 이메일 질문들이 재미있었다. 꿈을 이뤄줘서 고마워요 바니.

그리고 마지막으로 내가 가르침에 대해 지금 알고 있는(그리고 모르고 있는) 모든 것을 내게 가르쳐준, 야생동물 같은 과거의 학생들과 어린이 무리에게 가장 깊은 흠모와 사랑의 마음을 전한다. 너희들 옆에서 매주 수요일 오후 산책하는 특권을 누릴 수 있게 해줘서 고마워.

주

프롤로그

1 Justin Lee Rasmussen, Spencer G. Sealy, and Richard J. Cannings, "Northern Saw-Whet Owl(Aegolius acadicus)," version 2.0 of *The Birds of North America*, ed. P. G. Rodewald, Cornell Lab of Ornithology, Ithaca, New York, 2008, doi: 10.2173/bna.42.

2 P. A. Taverner and B. H. Swales, "Notes on the Migration of the Saw-Whet Owl," The Auk 28, no. 3(1911): 329–34, 331, http://www.jstor.org/stable/4070948.

3 John James Audubon, Plate 199: "Little Owl," in *The Birds of America: From Drawings Made in the United States and Their Territories*(New York, Philadelphia: J.J. Audubon; J.B. Chevalier, 1840), https://www.audubon.org /birds-of-america/little-owl.

4 이 이야기의 원 출처는 다음이다. Trish O'Kane, "Owls Among the Meteors," https://orionmagazine.org/article/owls-among-the-meteors/.

5 2019년 9월 6일, 조이 노벰버Zoey November.

6 Andrea Cavagna and Irene Giardina, "The Seventh Starling," *Significance 5*, no. 2 (2008): 62–66, https:// doi:10.1111/j.1740-9713.2008.00288.x.

7 이 정보는 2022년에 다음 여러 과학자들을 인터뷰해서 얻은 것이다. 클라라 노르덴Klara Norden(프린스턴대학교), 비노드 사라나단Vinod Saranathan(인도, 크레아대학교), 다코타 맥코이Dakota McCoy(스탠퍼드대학교), 로나 깁슨Lorna Gibson(매사추세츠 공대).

8 "da Vinci Ornithopter," Wings of History Air Museum, https://www.wingsofhistory.org/da-vinci-ornithopter-model/.

9 Gina Wadas, "Avian-Inspired Engineering," Johns Hopkins Institute for NanoBioTechnology, January 31, 2022, https://inbt.jhu.edu/avian-inspired-engineering/.

10 S. A. Rogers, “Bird Biomimicry in Action: 12 Avian-Inspired Jets, Drones, and Cars,” WebUrbanist, April 13, 2016, https://weburbanist.com/2016/04/13/bird-biomimicry-in-action-12-avian-inspired-jets-drones-cars/.

CHAPTER 1
이상한 선생님들

1 글쓰기 교사 애슐리 고든Ashley Gordon과 공동으로 편집했고 디자인은 발레리 다우네스Valerie Downes가 맡았다.

2 2022년 1월 뉴올리언스 시의회는 이 도로명을 앨런 투생Allen Toussaint 대로로 바꾸기로 만장일치로 표결했다.

3 Nicole Gelinas, “Who's Killing New Orleans?,” *City Journal Magazine*, Autumn 2005.

4 National Council on Disability(August 3, 2006), “The Impact of Hurricanes Katrina and Rita on People with Disabilities: A Look Back and Remaining Challenges,”에 따르면, 허리케인 피해지역에 최소 15만5000명의 장애인이 거주했고, 사망자의 “불균형한” 수가 장애인이었다. 보고서는 이렇게 전했다. “이들의 필요는 종종 간과되거나 완전히 무시당했다. 이들의 대피, 쉼터, 회복 경험은 비장애인의 경험과는 하늘과 땅 차이였다. 장애인은 이동수단에 접근할 방법이 없어서 대피하지 못하는 경우가 많았다… 대부분의 대피버스에는 휠체어리프트가 없었다. 게다가 시각장애와 청각장애가 있는 사람들은 필요한 정보를 얻을 방법이 없었다… 연방법을 준수하지 않는 구두소통이 이루어졌기 때문이다.”

5 그린은 허리케인이 다가오기 전에는 새소리 녹음이나 새소리 연구에 대해서는 알지 못했다. 2021년 11월 21일, 이메일 소통.

6 Christopher N. Templeton, Erick Greene, and Kate Davis, “Allometry of Alarm Calls: Black-Capped Chickadees Encode Information About Predator Size,” *Science* 308, no. 5703 (2005): 1934–37, doi: 10.1126/science.1108841.

7 “News: What Do Birds Do in Hurricanes?,” Audubon Florida, https://fl .audubon.org/news/what-do-birds-do-hurricanes.

8 Henry M. Streby, Gunnar R. Kramer, Sean M. Peterson, et al.,“Tornadic Storm Avoidance Behavior in Breeding Songbirds,” *Current Biology* 25, no. 1(2015): 98–102, doi: 10.1016/j.cub.2014.10.079.

9 Sara Yang, “Sensing Distant Tornadoes, Birds Flew the Coop: What Tipped Them Off?,” *ScienceDaily*, University of California–Berkeley, http://www.sciencedaily.

com/releases/2014/12/141218131415.htm.

10 조류생태학자들은 새들이 정확히 어디서, 언제, 어떻게 라틴아메리카와 미국 사이를 이주하기 시작했는지 아직 확신하지 못한다. 이는 여러 연구를 근거로 역사적인 추정을 한 것이다. 다음을 보라. Leo Joseph, "Molecular Approaches to the Evolution and Ecology of Migration," in *Birds of Two Worlds: The Ecology and Evolution of Migration*, ed. Russell Greenberg and Peter P. Marra(Baltimore and London: Johns Hopkins University Press, 2005), 23.

11 Sathya Achia Abraham, "Scientists Examine Fall Migratory Pathways and Habits of Whimbrels," Phys.org/Biology/Ecology, September 28, 2012, https://phys.org/news/2012-09-scientists-fall-migratory-pathways-habits.html.

12 Bryan Watts, "Farewell to Hope," Center for Conservation Biology, April 3, 2019, https://ccbbirds.org/2019/04/03/farewell-to-hope/.

13 Matthew S. Van Den Broeke, "Bioscatter Transport by Tropical Cyclones: Insights from 10 Years in the Atlantic Basin," *Remote Sensing in Ecology and Conservation 8*, no. 1(2022): 18–31, https://doi.org/10.1002/rse2.225; Scott Schrage, "Feather Phenomenon: Radar Indicates Stronger Hurricanes Trap, Transport More Birds," *Nebraska Today*, University of Nebraska–Lincoln, October 11, 2021.

14 Matthew Van Den Broeke와의 인터뷰, 2022년 8월 26일.

15 Mark Dionne, Céline Maurice, Jean Gauthier, and François Shaffer, "Impact of Hurricane Wilma on Migrating Birds: The Case of the Chimney Swift," *Wilson Journal of Ornithology* 120, no. 4(2008): 784–92, doi: 10.1676/07-123.1.

16 "Ralph the Pelican Arrives in New U.S. Home and Is Found to Be a Girl," *Globe and Mail*, March 9, 2011, https://www.theglobeandmail.com/news / national/ralph-the-pelican-arrives-in-new-us-home-and-is-found-to-be-a-girl / article570049/.

17 Josh Magness, "This Hawk Took Refuge from Harvey in His Cab. It Wouldn't Leave—So He Took It Home," *Miami Herald*, August 28, 2017, https://www .miamiherald.com/news/nation-world/national/article169740307.html.

18 Christopher M. Heckscher, "A Nearctic-Neotropical Migratory Songbird's Nesting Phenology and Clutch Size Are Predictors of Accumulated Cyclone Energy," *Scientific Reports 8*, no. 1(2018): 9899, doi: 10.1038/s41598-018 -28302-3.

19 Andy McGlashen, "Are These Birds Better Than Computers at Predicting Hurricane Seasons?," *Audubon Magazine*, August 13, 2019, https://www .audubon.org/news/are-these-birds-better-computers-predicting-hurricane -seasons.

CHAPTER 2

인생이 다 그렇지, 제방도 다 그렇지

1 Lyanda Lynn Haupt, *Mozart's Starling*(New York: Little, Brown Spark, 2017), 233. 나는 하우프트의 황홀한 과학 글쓰기에 많은 빚을 졌다. 나는 하우프트의 *Haupt's Rare Encounters with Ordinary Birds*(Seattle: Sasquatch Books, 2001)를 수업교재로 사용한다.

CHAPTER 3

집참새의 노래

1 Mark Cocker, *Birds & People*(London: Jonathan Cape, 2013), 484.

2 J. Denis Summers-Smith, *The House Sparrow*, Collins New Naturalist series (London: Collins, 1963), 226.

3 Richard Collins, "Tale of the Fall of the Domino Sparrow," *Irish Examiner*, December 18, 2006, https://www.irishexaminer.com/opinion/columnists/arid-20020970.html.

4 집굴뚝새와 박새 같은 토착종들도 파랑지빠귀의 알을 파괴하고 집을 빼앗는 습성이 있다.

5 Summers-Smith, *The House Sparrow*.

6 Emma Bubola, "On the Menu at a Lunch in Italy: Protected Songbirds," New York Times, April 20, 2021, https://www.nytimes.com/2021/04/20/world/europe/italy-lunch-songbirds.html.

7 Michael P. Moulton, Wendell P. Cropper Jr., Michael L. Avery, and Linda E. Moulton, "The Earliest House Sparrow Introductions to North America," USDA National Wildlife Services Staff Publications, 2010, 961, https:// digitalcommons.unl.edu/icwdm_usdanwrc/961. 집참새가 아메리카대륙에 어떻게, 그리고 정확히 언제 들어오게 되었는가에 대해서는 논란이 있다. 이 새를 들여온 또다른 이유는 사람들이 이 새가 작물에 피해를 안기는 곤충을 먹는다고 믿었기 때문이다. 이 추정은 아직도 생물학자들 사이에서 논란이 있다. 성조는 씨앗을 먹지만 어린 새에게는 곤충의 단백질을 먹여야 하기 때문이다. 나는 개인적으로 집참새들이 곤충을 잡아서 먹는 모습을 본 적이 있다.

8 Cocker, *Birds & People*, 485.

9 Lyanda Lynn Haupt, *The Urban Bestiary: Encountering the Everyday Wild*(New York: Little, Brown Spark, 2013), 184.

10 Ann Vileisis, *Discovering the Unknown Landscape: A History of America's Wetlands*(Washington, DC: Island Press, 1997).
11 Summers-Smith, *The House Sparrow*, 227.
12 이 모든 이야기의 출처는 다음이다. Thomas E. Gaddis's *Birdman of Alcatraz: The Story of Robert Stroud*(Sausalito: Comstock Editions, 1989).
13 C. L. Stong, "The Amateur Scientist," *Scientific American* 197, no. 6(1957): 143–54, http://www.jstor.org/stable/24942003.
14 Gaddis, *Birdman of Alcatraz*, 9.
15 Lauren Koenig, "Parrots Live in New York City. Here's How They Make It in the Urban Jungle," *Discover*, November 5, 2020, https://www.discovermagazine.com/planet-earth/parrots-live-in-new-york-city-heres-how-they-make-it-in -the-urban-jungle.
16 이 이야기의 출처는 내 학생들의 과제물이다.
17 이 수치는 1985년부터 2010년 사이 루이지애나 연안 토지 유실율의 평균을 계산한 것으로, 그 결과는 평균 매년 43평방킬로미터 또는 "시간당 미식축구 경기장 한 개의 크기"였다. 다음을 보라. Giancarlo A. Restreppo et al., "Riverine Sediment Contribution to Distal Deltaic Wetlands: Fourleague Bay, LA," *Estuaries and Coasts* 42, no. 1(2019): 55–67, https://www.jstor.org/stable/48703010.

CHAPTER 4
우리의 애플소스 여사님

1 Evan P. Kingsley et al., "Identity and Novelty in the Avian Syrinx," *Proceedings of the National Academy of Sciences* 115, no. 41(2018): 10209–217, doi: 10.1073 / pnas.1804586115.
2 Robert J. Smith et al., "Gray Catbird(Dumetella carolinensis)," version 1.0 of *Birds of the World*, ed. A. F. Poole, Cornell Lab of Ornithology, Ithaca, New York, 2020, doi: 10.2173/bow.grycat.01.
3 파충류도 한쪽 방향으로만 호흡을 할 수 있지만 공기주머니는 없다.
4 Frank B. Gill and Richard O. Prum, *Ornithology*(New York: W. H. Freeman, 2019), 215.
5 Frances Wood, "Winter Wren, Champion Songster," *BirdNote*, April 9, 2011, https://www.birdnote.org/listen/shows/winter-wren-champion-songster.

6 Smith et al., "Gray Catbird(Dumetella carolinensis)."

7 Renee Hewitt, "Gray Catbird Is One Cool Cat with a Jazzy Song," *intoBirds*, August 1, 2018, https://intobirds.com/gray-catbird-is-one-cool-cat-with-a -jazzy-song/.

8 T. Gilbert Pearson, editor in chief, *Birds of America*(New York: Garden City Books, 1936), 178.

9 Alexander V. Arlton, Songs and Other Sounds of Birds(Parkland, WA: Alexander V. Arlton, 1949), 83.

10 나는 여러 필기자료와 일부 녹음을 근거로 베레스 박사의 강의 발언을 재구성했다.

11 Michelle Nijhuis, "Friend or Foe? Crows Never Forget a Face, It Seems," *New York Times*, August 25, 2008, https://www.nytimes.com/2008/08/26/science /26crow.html.

12 "Do Birds Dream?," All About Birds, Cornell Lab of Ornithology, June 17, 2019, https://www.allaboutbirds.org/news/do-birds-dream/.

13 Rowan Hooper, "Jungle Crow," Japan Times, February 10, 2005.

14 Cornell University, "More Than 4 Billion Birds Stream Overhead During Fall Migration: Scientists Use Radar to Shed Light on the Massive Numbers of Migrating Birds and How Many May Not Return," *ScienceDaily*, September 17, 2018, https://www.sciencedaily.com/releases/2018/09/180917135942.htm.

CHAPTER 5
부서진 채 침묵에 빠진 자들

1 Harmon P. Weeks Jr., "Eastern Phoebe(Sayornis phoebe)," version 1.0 of *Birds of the World*, ed. A. F. Poole, Cornell Lab of Ornithology, Ithaca, New York, 2020, doi: 10.2173/bow.easpho.01.

2 William Souder, *Under a Wild Sky: John James Audubon and the Making of the Birds of America*(New York: North Point Press, 2004), 67. 이 이야기가 사실인지를 놓고 약간의 논란이 있다. 다음을 보라. Rebecca Heisman, "A Brief History of How Scientists Have Learned About Bird Migration," *Audubon Magazine*, Spring 2022, https://www.audubon.org/magazine/spring-2022/a-brief-history -how-scientists-have-learned-about.

3 Smithsonian Institute, "Insect Flight," information sheet no. 96, May 1999,

https://www.si.edu/spotlight/buginfo/insect-flight. 솔딱새들은 몇 가지 작은 과실을 먹기도 한다.

4 Arthur C. Bent, *Life Histories of North American Flycatchers, Larks, Swallows, and Their Allies*(Order Passeriformes) (New York: Dover Publications, 1963), 141.

5 T. Gilbert Pearson, editor in chief, *Birds of America*(New York: Garden City Books, 1936), 200.

6 Bent, *Life Histories of North American Flycatchers*, 147.

7 Sara O. Marberry, "A Conversation with Roger Ulrich," *Healthcare Design*, October 31, 2010, https://healthcaredesignmagazine.com/trends/architecture/conversation-roger-ulrich/.

8 Roger S. Ulrich, "View Through a Window May Influence Recovery from Surgery," *Science* 224, no. 4647(April 1984): 420–21, doi: 10.1126/science.6143402.

9 이 연구의 요약본은 *Outside Magazine*의 2019년 6월과 7월호, 그중에서도 특히 다음을 보라. "The Incredible Link Between Nature and Your Emotions" by Aaron Reuben, June 11, 2019, https://www.outsideonline.com /health/wellness/nature-mental-health/#:~:text=His%20team%20found%20 that%20when, in%20their%20lives%20or%20neighborhoods.

10 Frances E. Kuo, "Parks and Other Green Environments: 'Essential Components of a Healthy Human Habitat,'" *Australasian Parks and Leisure* 14, no. 1(2011): 10. 이 보고서의 PDF 요약본은 다음을 보라. https:// www.nrpa.org/globalassets/research/mingkuo-summary.jpg.

11 Kristine Engemann et al., "Residential Green Space in Childhood Is Associated with Lower Risk of Psychiatric Disorders from Adolescence into Adulthood," *Proceedings of the National Academy of Sciences* 116, no. 11(2019): 5188–93, doi: 10.1073/pnas.1807504116.

12 Michael McCarthy, *Say Goodbye to the Cuckoo: Migratory Birds and the Impending Ecological Catastrophe*(Chicago: Ivan R. Dee Publisher, 2010), 44–45.

13 안타깝게도 1960년대에 이르러 그리고 1980년대 내내 나이팅게일의 아이디어는 콘크리트 속에 파묻혀서 잉글랜드의 병원 정원들은 병원 주차장이 되었고 창으로 들어오는 자연광은 인공조명으로, 신선한 공기는 에어컨으로 대체되었다. 다음을 보라. Jane Findlay, "The Healing Landscape—The Influence of Florence Nightingale on Hospital Design," March 25, 2020, in the journal *Fira*, https://www.linkedin.com/pulse/healing-landscape-influence -florence-nightingale-hospital-findlay/.

14 Florence Nightingale, *Notes on Nursing: What It Is and What It Is Not*(New York: D. Appleton and Company, 1860), 58–59.

15 "Nightingale's Franciscan Spirituality," Niagara Anglican Diocese, September 2000, from *The Collected Works of Florence Nightingale*, University of Guelph. https://cwfn.uoguelph.ca/spirituality/nightingales-franciscan-spirituality/.

16 From *Life and Death of Athena: An Owlet from the Parthenon*, penned and published in 1855 by Nightingale's sister, Frances Parthenope Varney, electronic reproduction, L. Tom Perry Special Collections, Harold B. Lee Library, Brigham Young University.

17 A. C. Miller, L. C. Hickman, and G. K. Lemasters, "A Distraction Technique for Control of Burn Pain," *Journal of Burn Care and Rehabilitation* 13, no. 5 (1992): 576–80, doi: 10.1097/00004630-199209000-00012.

18 Daniel T. C. Cox et al., "Doses of Neighborhood Nature: The Benefits for Mental Health of Living with Nature," *BioScience* 67, no. 2(2017): 147–55, doi: 10.1093/biosci/biw173.

19 University of Exeter, "Watching Birds Near Your Home Is Good for Your Mental Health," *ScienceDaily*, February 25, 2017, www.sciencedaily.com / releases/2017/02/170225102113.htm.

20 Olivia Gentile, *Life List: A Woman's Quest for the World's Most Amazing Birds* (New York: Bloomsbury, 2009), 102.

21 Frank Graham Jr., "The Endless Race," *Audubon Magazine*, May–June 2009, https://www.audubon.org/magazine/may-june-2009/the-endless-race.217, doi: 10.1073 /pnas.1804586115.

CHAPTER 6
5등급 허리케인 같은 계획

1 Mo Cleland, Brentwood Neighborhood Association.

2 라틴아메리카의 일부 도시에는 500종이 넘는 새가 있다. 다음을 보라. John M. Marzluff, *Welcome to Subirdia: Sharing Our Neighborhoods with Wrens, Robins, Woodpeckers and Other Wildlife*(New Haven, CT: Yale University Press, 2014), 그리고 Myla F. J. Aronson et al., "A Global Analysis of the Impacts of Urbanization on Bird and Plant Diversity Reveals Key Anthropogenic Drivers," *Proceedings of the Royal Society B: Biological Sciences* 281, no. 1780(2014), http://royalsocietypublishing.org/doi/full/10.1098/rspb.2013.3330.

3 과학자들은 물고기, 거북, 포유류, 곤충에게는 각자 소형 GPS시스템 같은 것이 있어서 자기수용감각을 이용해 길을 찾는 것일 수 있다고 밝혔다. 다음을 보라. Gregory C. Nordmann et al., "Magnetoreception— A Sense Without a Receptor," *PLoS Biology* 15, no. 10(2017): e2003234, doi:10.1371/journal.pbio.2003234.

4 David W. Johnston and T. P. Haines, "Analysis of Mass Bird Mortality in October, 1954," *The Auk* 74, no. 4(1957): 447–58, doi: 10.2307/4081744.

5 Heather Smith, "The Birds, the Scientists, and the 9/11 Memorial," *Sierra: The Magazine of the Sierra Club*, September 11, 2020, https://www.sierraclub.org / sierra/birds-scientists-and-9-11-memorial.

6 Benjamin M. Van Doren et al.,"High-Intensity Urban Light Installation Dramatically Alters Nocturnal Bird Migration," *Proceedings of the National Academy of Sciences* 114, no. 42(2017): 11175–80, doi: 10.1073/pnas.1708574114.

7 2009년 10월 17일에 한 대화. 아이들의 성은 알지 못한다. 나는 나무 앞에서 아이들의 사진을 찍었다.

8 2009년 9월 6일, 트레일스웨이애비뉴에서, 트레일스웨이의 세 주민과 나눈 대화를 기록한 야장에서 가져옴.

9 나는 이 부분을 쓰기 위해 놀라운 유튜브와 시민들의 '아울캠'을 여러시간 시청했다. 캘리포니아 오크런의 래리 조던Larry Jordan 이 올린 유튜브 영상 "Great Horned Owl Feeding Owlets"(2012년 4월 12일), 존 리스Jon Reese 가 올린 "180315 Great Horned Owl Livestream Mom Feeding Chicks"(2018년 3월 15일)을 보라. 미네소타에 있는 국제부엉이센터에도 멋진 부엉이 영상이 있었다. 코넬대학교의 "Birds of the World" 디지털 데이터베이스의 미국수리부엉이 섹션에서도 큰 도움을 받았다. 다음을 보라. C. C. Artuso et al., "Great Horned Owl(Bubo virginianus)," version 1.1 of *Birds of the World*, ed. N. D. Sly, Cornell Lab of Ornithology, Ithaca, New York, 2022.

10 Frederick M. Baumgartner, "Courtship and Nesting of the Great Horned Owls," Wilson Bulletin(December 1938): 274–86, https://sora.unm.edu/sites /default/files/ journals/wilson/v050n04/p0274-p0285.jpg.

11 "Twelve Things That Weigh Around 30 Grams," Weight of Stuff, https:// weightofstuff.com/things-that-weight-around-30-grams/.

12 과학자, 달리기하는 사람, 그리고 저자 자신을 공격하는 미국수리부엉이에 관한 재미난 이야기는 다음을 보라. Bernd Heinrich's *One Man's Owl*(Princeton, NJ: Princeton University Press, 1987), 169–70.

13 Donald F. Hoffmeister and Henry W. Setzer, "The PostNatal Development of Two Broods of Great Horned Owls (Bubo virginianus)," Project Gutenberg: 1947/2011, https://www.gutenberg.org/files/35118/35118-h/35118-h.htm.

14 C. C. Artuso et al., "Great Horned Owl(Bubo virginianus)."

15 William W. Ellis, *White Ethics and Black Power: The Emergence of the West Side Organization*(Chicago: Aldine Publishing Company, 1969), xiii, 20, 22.

16 이 정보 중 일부는 수십 년간 워너공원을 지켜낸 와일드원스의 일원 애니 스튜어트와 두차례 인터뷰를 해서 얻은 것이다. 애니는 또다른 숨은 환경영웅이다.

17 브렌트우드 지역 활동가 데이비드 메이어에게 들은 이야기.

CHAPTER 7
천둥발사기여 영원하라

1 "캐릭터를 파악하기 힘들다shady character"는 표현은 브래드퍼드 토리가 1889년 조류학저널 *The Auk* 6, no. 1, 1–8, https://www.jstor.org/stable/4067428에 발표한 재미난 논문 "The 'Booming' of the Bittern"에서 가져왔다.

2 Peter E. Lowther et al., "American Bittern(Botaurus lentiginosus)," version 1.0 of *Birds of the World*, ed. F. Poole, Cornell Lab of Ornithology, Ithaca, New York, 2020, doi: 10.2173/bow.amebit.01.

3 Richard Crossley, *The Crossley ID Guide: Eastern Birds*(Princeton, NJ: Princeton University Press, 2011), 189. 초급자용 필수학습 도구이자 내 수업 교재중 하나이다.

4 여러 조류학 교재는 파우더 다운을 새가 깃털을 훌륭하게 유지하는 데 도움을 주는 물질로 묘사했다.

5 Mark Cocker, *Birds & People*(London: Jonathan Cape, 2013), 131.

6 Lowther et al., "American Bittern(Botaurus lentiginosus)."

7 Rev. H. Harbaugh, The Birds of the Bible(Philadelphia: Lindsay & Blakiston, 1854), 207.

8 Torrey, "The 'Booming' of the Bittern," 108.

9 Harbaugh, *The Birds of the Bible*, 266.

10 이 일이 정확히 어느 해에 발생했는지에 대해서는 설명이 서로 상충한다.

11 Nieves Baranda, "Una crónica desconocida de Juan II de Aragón (Valencia, 1541)," *Dicenda, Cuadernos de Filología Hispánica* 7(1997): 267–88, digital version(Alicante: Biblioteca Virtual Miguel de Cervantes, 2014). 나는 15세기의 스페인어를 내 재량껏 다듬어서 이 글을 영어로 번역했다. 1870년의 설명은 동일한 사건을 지칭한다.

12 Dr. Jo Wimpenny, "The Wonder Women of Ornithology," *BBC Wildlife Magazine*, 2018, https://www.discoverwildlife.com/people/the-wonder-women -of-

ornithology/.

13 유라시아알락해오라기는 아메리카알락해오라기보다 조금 더 크다.

14 Clinton Hart Merriam, *A Review of the Birds of Connecticut*(New Haven, CT: Tuttle, Morehouse & Taylor Printers, 1877), 112, accessed online. 1800년대만 해도 알락해오라기는 코네티컷에서 흔하게 볼 수 있었다. 하지만 습지의 감소로 이제는 위기종이 되었다. 지난 10년간 생물학자들은 코네티컷주 전체에서 번식 장소를 단 한 개 찾아냈다.

15 Jeremy Mynott, *Birdscapes: Birds in Our Imagination and Experience*(Princeton, NJ: Princeton University Press, 2009), 255.

16 나는 이 회의에 참석하기 약 2년 전에 환경사 수업 때문에 인터뷰를 하면서 잭 허스트를 처음으로 만났다. 하지만 이 공원위원회 회의에 참석하고 난 뒤에야 그가 얼마나 대단한 영웅인지 제대로 이해했다.

17 이 땅속의 관계에 관한 과학자 수잔 시마드의 말그대로 획기적인 연구는 다음을 보라. Ferris Jabr, "The Social Life of Forests," New York Times, December 6, 2020, 그리고 시마드의 책, 『어머니 나무를 찾아서Finding the Mother Tree』.

18 로버트 벌라드Robert Bullard는 나의 영웅이자 환경정의 운동의 창시자이다. 고전적인 환경정의 문헌으로는 다음을 보라. *Dumping in Dixie: Race, Class and Environmental Quality*(Boulder, CO: Westview Press, 1994), "The Principles of Environmental Justice," drafted and adopted by the delegates to the First National People of Color Environmental Leadership Summit, October 24–27, 1991, Washington DC, https://ejcj.orfaleacenter.ucsb .edu/archive-1-environmental-climate-justice-manifestoes/.

19 Ann Vileisis, *Discovering the Unknown Landscape: A History of America's Wetlands*(Washington, DC: Island Press, 1997), 182.

20 Paul M. Tuskes, James P. Tuttle, and Michael M. Collins, *The Wild Silk Moths of North America: A Natural History of the Saturniidae of the United States and Canada*(Ithaca, NY: Comstock Pub. Associates, 1996).

CHAPTER 8

그 선생님을 언덕 아래로 굴리자

1 Kristin Czubkowski, "Warner Park Geese Are Cooked," *Capital Times*, April 16, 2010, 1.

2 Peter P. Marra et al., "Migratory Canada Geese Cause Crash of US Airways Flight

1549," *Frontiers in Ecology and the Environment* 7, no. 6(2009): 297–301, doi: 10.1890/090066.

3 Ann Vileisis, *Discovering the Unknown Landscape: A History of America's Wetlands*(Washington, DC: Island Press, 1997), 205–23. 빌레이시스는 연방의 재원이 특히 대도시에서 습지의 공항 건설을 부채질했고 그 결과 "공항 전쟁"이 빚어졌다고 전한다.

4 "Warner Park Goose Round Up Proposal," Dane County Regional Airport, Madison, Wisconsin, April 2010.

5 Cheryl L. Mansfield, "Bye Bye, Birdies," Bird Strike Committee Proceedings, NASA's John F. Kennedy Space Center, June 2006. 2003년 컬럼비아 우주왕복선을 추락하게 만든 발포재 파편은 무게가 불과 1.7파운드[771g]였다. 다음을 보라. www.nasa.gov.mission_pages/shuttle/behindscenes/avian_radar.html.

6 2010년 8월 5일 나사의 뉴스담당관 앨러드 뷰텔Allard Beutel과의 전화 인터뷰. 나사는 탱크의 발포 외장재에 피해를 입혔음에도 그 딱따구리를 죽이지 않았다.

7 Marshall Ganz, *Why David Sometimes Wins: Leadership, Organization, and Strategy in the California Farm Worker Movement*(New York: Oxford University Press, 2009), vii.

8 나는 워너습지의 역사와, 이 습지의 명칭이 도시의 기록에서 사라지게 된 과정을 이해하기 위해 전직 시 공무원과 자연자원부 직원 몇 명과 인터뷰를 했다. 이 부분의 설명은 내가 책과 그의 귀한 서류들과 이 공무원들에게서 배운 것을 정리한 것이다. 그들은 이 이야기에서 악당 같은 건 없다고 강조했다. 1950년대와 1960년대 시 공무원들은 습지나 물고기가 어떤 영향을 받을지 전혀 아는 게 없었다. 당시 사람들은 습지를 이해하지 못했다(그리고 아직도 그렇다). 그들은 그저 증가하는 인구의 주거와 오락 수요에 대응했을 뿐이었다.

9 2020년 12월 14일 학생들의 회고장.

10 Susan Troller, "Chalkboard: Students Map the Wild Treasures of Warner Park," *Capital Times*, April 22, 2011.

CHAPTER 9
기러기 전쟁

1 Bernd Heinrich, *The Geese of Beaver Bog*(New York: Harper Perennial, 2005).

2 2010년 7월 19일과 8월 3일, 펠드와의 전화 인터뷰, 그리고 이메일 교신. 펠드는 기러기 전쟁 때문에 물 관리 공학자가 되었다.

3 Barbara Ruben, "Beasts in the Back Yard; Raccoons and Geese and Bears—Oh

Deer! Wildlife Moves In, but Is Not Always Welcome," *Washington Post*, May 10, 2003.

4 다음을 보라. https://ne-np.facebook.com/LakeBarcroftShow/videos/spring-mating-season-in-lake-barcroft-episode-58-of-the-lake-barcroft-show/910963529577244/.

5 2000년 기즈피스는 미국어류야생동물관리국으로부터 카운티 전역에서 기러기 알에 발달중지처리를 할 수 있는 허가를 처음으로 받았다. 기즈피스는 300개 공원, 400 평방마일에서 발달중지처리를 하기 시작했다. 자원활동가 부대는 GIS를 이용해서 모든 둥지에 지리정보코드를 매기고 알에 발달중지처리를 했다.

6 Theresa Kissane, Jeff Brawn, and Bruce Branham, "The Use of Endophytic Turf Grass to Reduce Bird and Small Mammal Presence at Airports," *Bird Strike Committee Proceedings of the 2008 Bird Strike Committee USA/Canada*, 10th Annual Meeting, Orlando, Florida, 2008.

7 Kensuke Mori et al., "Fecal Contamination of Urban Parks by Domestic Dogs and Tragedy of the Commons," *Scientific Reports* 13, no. 1(2023): 3462, doi:10.1038/s41598-023-30225-7.

8 나머지 9마리는 매디슨 공항의 야생동물 통제 조치의 일환으로 공항에서 사살되었다.

9 Thomas B. Mowbray, Craig R. Ely, James S. Sedinger, and Robert E. Trost, "Fossil History," in "Canada Goose (Branta canadensis)," version 1.0 of *Birds of the World*, ed. P. G. Rodewald, Cornell Lab of Ornithology, Ithaca, New York, 2020, doi: 10.2173/bow.cangoo.01.

10 이 내용은 찰스 브라운의 문서 이외에도 로버트 A. 버밍엄의 *Spirits of Earth: The Effigy Mound Landscape of Madison and the Four Lakes*(Madison: University of Wisconsin Press, 2010)을 참고하고 2023년 5월, 저자와 개인적으로 소통하여 정리한 것이다.

11 William J. Toman, "Mound City, Lake Monona: People," *The Historical Marker Database*, August 10, 2021, https://www.hmdb.org/m.asp?m=35431.

12 Birmingham, *Spirits of Earth*, 3.

13 Birmingham, *Spirits of Earth*, 111–12.

14 Birmingham, *Spirits of Earth*, 111–12.

15 Wisconsin Archeological Society State Database IteDA-0393, Wisconsin Archeological Society, Madison, WI.

16 브라운의 기록에는 이 매장층의 연도가 "(선주민과의) 접촉 이전"이라고 적혀 있다.

17 Archeologist Amy Rosebrough, "Wisconsin's Famous Effigy Mounds," PBS Wisconsin, May 2, 2016.

18 Aldo Leopold, *A Sand County Almanac: With Essays on Conservation from*

Round River(New York: Ballantine Books, 1966), 70–71.

19 레오폴드는 1930년대에 위스콘신-매디슨대학교 수목원의 연구책임자였다. 레오폴드와 수목원장 조셉 잭슨Joseph Jackson은, 잭슨의 표현에 따르면, "미국에서 가장 거대한 새"를 되살릴 방법을 궁리했다. 잭슨은 전국의 새 보호시설 책임자들에게 도움을 구하는 편지를 썼다. 나는 잭슨의 서류들 속에서 이 편지들을 찾아냈다. Joseph Jackson General Correspondence, Box 3, File 3, University of Wisconsin–Madison.

20 기즈피스 책임자 데이비드 펠드의 *Grist*와의 인터뷰, "David Feld, Director of GeesePeace Answers Questions," February 20, 2007. 전국에서 야생동물 관리자들이 애를 썼는데도 1960년대 초까지 이 큰캐나다기러기들은 야생에서는 아직 멸종 상태로 간주되었다. 해롤드 핸슨이라고 하는 한 생물학자가 미네소타의 한 공원에서 한 무리의 기러기를 발견했을 때 그 위대한 큰캐나다기러기의 귀환이 시작되었다.

21 이 단락의 모든 내용은 하인리히의 *The Geese of Beaver Bog*에서 가져온 것이다.

22 Cara Buckley, "They Fought the Lawn. And the Lawn's Done," *New York Times*, December 14, 2022. 다음도 보라. Douglas Tallamy의 책 *Nature's Best Hope: A New Approach to Conservation That Starts in Your Yard*과 *Bringing Nature Home: How You Can Sustain Wildlife with Native Plants*. 이 책들은 화석연료에 중독된 여러분의 잔디를 야생동물과 여러분의 영혼에 양식을 제공하는 멋진 장소로 탈바꿈하는 방법을 알려준다.

23 Eric Holthaus, "Lawns Are the No. 1 Irrigated 'Crop' in America. They Need to Die," *Grist*, May 2, 2019, https://grist.org/article/lawns-are-the-no-1-agricultural-crop-in-america-they-need-to-die/.

24 T. Gilbert Pearson, editor in chief, *Birds of America*(New York: Garden City Publishing Company, 1936), 160.

25 20세기에 접어들 무렵 매디슨의 공원시스템이 자리를 잡게 되었을 때 초기 공원위원회 위원들은 야생화와 자연에 대한 토론을 벌였다. 하지만 점점 늘어나는 오락 수요를 충족하는 방향으로 공원시스템이 확장하고 제도화되면서 토론은 이런 수요를 충족하기 위한 건물과 관료적인 행정에 초점을 맞추었다. 내가 공원위원회 기록물에서 발견한 동물에 관한 언급은 공원 직원들이 공원에서 불법적으로 사육한 닭, 개에 관한 규정, 동물원의 동물, 낚시, 그리고 초원종다리와 파랑지빠귀(그리고 나중에는 기러기 논쟁) 같은 조류의 보존에 관한 몇 가지 언급이 전부였다. 야금야금 진행되는 공원의 관료화와 콘크리트화의 영향은 크기에 관계 없이 모든 공원에 영향을 미치는 전국적인 현상이다. 이 현상에 따른 부정적인 생태적 영향에 관한 역사학자의 포괄적인 연구로는 다음을 보라. Richard West Sellars's *Preserving Nature in the National Parks: A History*(New Haven, CT: Yale University Press), 1997.

26 2013년 4월 5일, 학생의 회고장.

27 기러기의 충실성에 관한 이야기는 사냥꾼들에게서 얻었다. 다음을 보라. Oscar Godbout,

"Canada Goose Shows Loyalty to Mate, Following Her to Dinner Table," *New York Times*, November 25, 1964.

28 다음을 보라. NASA's "Autonomous Formation Flight: Follow the Leader and Save Fuel," Dryden Flight Research Center, October 29, 2001; and Henri Weimerskirch et al., "Energy Saving in Flight Formation," *Nature* 413(2001): 697–98, doi: 10.1038/35099670.

CHAPTER 10

새를 관찰하는 눈으로 차별을 보다

1 Words We Use를 쓴 사전학자이자 어원연구자 Diarmaid Ó Muirithe에 따르면 중세영어에서도 "배우다"가 "가르치다"를 의미했지만 18세기가 되어 문법학자들은 그 용법이 문맹의 유산이라는 판정을 내렸다. *Words We Use*(Dublin: Gill & Ma센티미터illan, 2006), 266.

2 다음에 발표된 2014년 2월 20일의 학생회고록 도입부에서 가져옴. Trish O'Kane, "Nesting in the City: Birds, Children and a City Park as Teachers of Environmental Literacy"(PhD dissertation, University of Wisconsin–Madison, 2015), 114–15.

3 Mark Cocker, *Birds & People*(London: Jonathan Cape, 2013), 71–72.

4 Cocker, *Birds & People*, 71–72.

5 나노 구조에 대한 설명은 캘리포니아 스탠퍼드의 스탠퍼드대학교에 있는 다코타 맥코이Dakota McCoy와 2022년 3월 3일에 했던 전화 인터뷰에서 가져온 것이다.

6 Geoffrey E. Hill, *National Geographic Bird Coloration*(Washington, DC: National Geographic Society, 2010), 35.

7 Ismael Galván and Francisco Solano, "Bird Integumentary Melanins: Biosynthesis, Forms, Function and Evolution," *International Journal of Molecular Sciences* 17, no. 4 (2016): 520, doi: 10.3390/ijms17040520; and Michaela Brenner and Vincent J. Hearing, "The Protective Role of Melanin Against UV Damage in Human Skin," *Photochemistry and Photobiology* 84, no. 3 (2008): 539–49, doi: 10.1111/j.1751-1097.2007.00226.x.

8 M. E. McNamara et al., "Decoding the Evolution of Melanin in Vertebrates," *Trends in Ecology & Evolution*, 36, no. 5(2021): 430–43, doi: 10.1016/j.tree.2020.12.012.

9 나는 그날, 그리고 내 논문을 위한 긴 인터뷰를 통해 미스터엠과 두 차례 이야기를 나누었다.

그는 인터뷰에 동의하고 내가 그를 익명으로 처리하기만 하면 자신의 표현을 공개해도 좋다고 허락하는 대학의 동의서 양식에 서명을 했다. 자신의 시간과 믿음과 아주 중요한 이야기들을 내어준 그에게 깊은 고마움을 전한다.

10 여러가지 출처가 있다: https://kinginstitute.stanford.edu/encyclopedia/little-rock-school-desegregation, https://www.womenshistory.org/resources/general / little-rock-nine, and https://www.cnn.com/videos/us/2011/09/04/vault-little -rock-nine.kark.

11 리틀록나인이 리틀록센트럴고등학교에서 인종적으로 통합된 과정을 다룬 자료는 다음을 보라. https://kinginstitute.stanford.edu/encyclopedia/little-rock-school-desegregation, https://www.womenshistory.org/resources/general/little-rock-nine, 그리고https:// www.cnn.com/videos/us/2011/09/04/vault-little-rock-nine.kark.

12 Stewart E. Tolnay and E. M. Beck, *Festival of Violence: An Analysis of Southern Lynchings, 1882–1930*(Urbana: University of Illinois Press, 1995).

13 2001년 1월 31일 앨라배마 터스커기대학교에서 했던 연설. 나는 앨런의 웹사이트 https:// withoutsanctuary.org/를 활용해서 백인 우월주의 테러리즘과 제도화된 인종차별의 역사를 가르친다.

14 Ronald J. Stephens, *Idlewild: The Black Eden of Michigan*(Charleston, SC: Arcadia Publishing, 2001).

15 *Ku Klux Klan in Madison*, 1924, photograph, Wisconsin Historical Society, *Wisconsin State Journal*, https://madison.com/ku-klux-klan-in-madison/image _18a97b49-db33-5da1-8671-caa7980b1d0f.html.

16 *2016 Campus Climate Survey Task Force Report*(University of Wisconsin– Madison, 2017).

17 "50-Year Ache: How Far Has Milwaukee Come Since the 1967 Civil Rights Marches?," *Milwaukee Journal Sentinel*, 2017, https://projects.jsonline.com / topics/50-year-ache.

18 Katelyn Ferral, "The Trauma Is in Us: Hundreds March in Madison for Black Health Inequities," *Capital Times*, June 8, 2020, https://allofus.wisc.edu/2020 /06/08/the-trauma-is-in-us-hundreds-march-in-madison-for-black-health -inequities/.

19 bell hooks, *Belonging: A Culture of Place*(New York: Routledge, 2008), 151.

20 Patrick C. West, "Urban Region Parks and Black Minorities: Subculture, Marginality, and Interracial Relations in Park Use in the Detroit Metropolitan Area," *Leisure Sciences* 11, no. 1(1989): 11–28, doi: 10.1080/01490408909512202.

21 안타깝게도 지금 역시 그렇다. 멕시코계 미국인 저널리스트 다이아나 로호-가르시아Diana

Rojo-Garcia 의 기사를 보라. "Mexican Is Not a Bad Word," in *The Free Press* of Mankato, Minnesota, February 28, 2020, https://www.mankatofreepress.com/news/lifestyles/mexican-is-not-a-bad-word/article_fc4f3c32-59aa-11ea-9599-b7e69b2efd93.html.

22 Randy Stoecker, *Liberating Service Learning and the Rest of Higher Education Civic Engagement*(Philadelphia: Temple University Press, 2016).

23 Jeffrey L. Lewis and Eunhee Kim, "Desire to Learn: African American Children's Positive Attitudes Toward Learning Within School Cultures of Low Expectations," *Teachers College Record* 110, no. 6(2008), doi: 10.1177/016146810811000602, and Jeffrey Lewis, Eunhee Kim, Angel Gullón-Rivera, and Lauren Woods, "Solidarity in Community: Encouraging Positive Social and Academic Behaviors in Urban African American Children," Wisconsin Center for Education Research Working Paper No. 2007-6(2007).

24 유튜브 그리고 다음에서 가져온 발췌문. J. Drew Lanham, "9 Rules for the Black Birdwatcher," *Orion Magazine*, December 3, 2020. 2022년 랜험은 자신의 작품으로 맥아서 "천재상"을 받았다. 나는 그의 회고록 *The Home Place: Memoirs of a Colored Man's Affair with Nature*(Minneapolis: Milkweed Editions, 2016)을 수업교재로 사용한다.

25 J. Drew Lanham, "What Do We Do About John James Audubon?," *Audubon Magazine*, Spring 2021.

26 2012년 10월 26일 학생의 회고장.

27 J. Drew Lanham, "Hope and Feathers: A Crisis in Birder Identification," *Orion Magazine*, January/February 2011.

28 Ta-Nehisi Coates, *Between the World and Me*(New York: Spiegel & Grau, 2015), 98.

CHAPTER 11

두메텔라의 왕국에서

1 Louise Chawla, "Children's Engagement with the Natural World as a Ground for Healing," in *Greening in the Red Zone: Disaster, Resilience and Community Greening*, ed. Keith C. Tidball and Marianne T. Krasny(Dordrecht: Springer, 2014), 111–24.

2 2012년 2월 23일 학생 회고장.

3 David Mickelson, "Landscapes of Dane County, Wisconsin," Wisconsin

Geological and Natural History Survey, Educational Series 43, 2007. 나는 2014년 7월 8일 워너공원을 함께 산책하며 비켈슨을 인터뷰하기도 했다.

4 다음을 근거로 한 추정치. National Audubon Society, "The Hummingbird Wing Beat Challenge," *Audubon for Kids*, April 22, 2020, https://www.audubon.org/news/the-hummingbird-wing-beat-challenge.

5 Bob Sunstrum, "Henry David Thoreau and the Wood Thrush," *BirdNote*, June 18, 2019, https://www.birdnote.org/listen/shows/henry-david-thoreau-and-wood-thrush.

6 Annalisa Meyer, "Smithsonian Scientists Solve Puzzle of Dramatic Wood Thrush Decline," Animals, Research News, Science & Nature, January 27, 2016, https://insider.si.edu/2016/01/loss-breeding-grounds-north-america-likely-cause-wood-thrush-decline/.

7 allaboutbirds.org 그리고 Donald Stokes and Lillian Stokes, *A Guide to Bird Behavior*, vol. 2(Boston: Little, Brown, 1983), 194–95에서 가져온 정보.

8 그 1977년 회의의 회의록에는 이렇게 적혀 있다. "그 계획의 주요 목표는 새와 야생동물을 보호하는 것이다."

9 Luoping Zhang et al., "Exposure to Glyphosate-Based Herbicides and Risk for Non-Hodgkin Lymphoma: A Meta-Analysis and Supporting Evidence," *Mutation Research/Reviews in Mutation Research* 781(2019): 186–206, https://www.sciencedirect.com/science/article/abs/pii/S1383574218300887.

10 Lisa J. Jorgensen, G. D. Ellis, and Edward Ruddell, "Fear Perceptions in Public Parks: Interactions of Environmental Concealment, the Presence of People Recreating, and Gender," *Environment and Behavior* 45, no. 7(2012): 803–20, doi: 10.1177/0013916512446334.

11 Jesse Greenspan, "Chasing Birds Across the Country . . . for Science," *Audubon Magazine*, October 15, 2015, https://www.audubon.org/news/chasing-birds-across-countryfor-science.

12 Greenspan, "Chasing Birds Across the Country … for Science"; and William W. Cochran, "Long-Distance Tracking of Birds," Illinois Natural History Survey, 1972, https://ntrs.nasa.gov/api/citations/19720017415/downloads/19720017415.jpg.

13 위스콘신 자연자원부의 시민기반 모니터링 프로그램에 심심한 감사의 마음을 전한다.

14 가락지 부착과 지오로케이션에 관한 이 절은 2011년과 2012년 여름을 바탕으로 작성한 것이다.

15 이것은 세번째 여름인 2012년에 일어난 일이다.

16 Henry M. Stevenson and Bruce H. Anderson, *Birdlife of Florida*(Gainesville:

University Press of Florida, 1994); and "Warbling Vireo Range Map," *All About Birds*, Cornell Lab of Ornithology, https://www.allaboutbirds.org/guide/Warbling_Vireo/maps-range.

17 R. J. Smith et al., "Gray Catbird(Dumetella carolinensis)," version 1.0 of *Birds of the World*, ed. A. F. Poole, Cornell Lab of Ornithology, Ithaca, New York, 2020, doi: 10.2173/bow.grycat.01.

18 Heather N. Cornell, John M. Marzluff, and Shannon Pecoraro, "Social Learning Spreads Knowledge About Dangerous Humans Among American Crows," *Proceedings of the Royal Society: Biological Sciences* 279, no. 1728(2012): 499–508, doi: 10.1098/rspb.2011.0957.

19 재포획율과 귀환율은 종에 따라 다르다. 다음을 보라. C. C. Taff et al., "Geolocator Deployment Reduces Return Rate, Alters Selection, and Impacts Demography in a Small Songbird," *PLoS One* 13, no. 12(2018): e0207783, doi: 10.1371/journal.pone.0207783; 다음 연구는 지오로케이션이 청솔새에 미칠 수 있는 나쁜 영향을 다룬다. Douglas W. Raybuck et al., "Mixed Effects of Geolocators on Reproduction and Survival of Cerulean Warblers, a Canopy-Dwelling, Long-Distance Migrant," *The Condor* 119, no. 2(2017): 289–97, doi:10.1650/CONDOR-16-180.1.

20 Anne L. Balogh, Thomas B. Ryder, and Peter P. Marra, "Population Demography of Gray Catbirds in the Suburban Matrix: Sources, Sinks and Domestic Cats," *Journal of Ornithology* 152, no. 3(2011): 717–26, doi: 10.1007 /s10336-011-0648-7.

CHAPTER 12
불꽃놀이 대신 하늘의 춤을

1 케이스 하나의 무게는 아래 링크를 참조하여 총 24파운드를 포의 개수인 24로 나눠서 얻은 것이다. https://www.wincofireworks.com/product/the-patriot-6-inch-canister-shells/.

2 "In Case You Missed It! Photo and Video Essay," Susie Lindau's Wild Ride website, July 8, 2011, http://susielindau.com/2011/07/08/In-Case-You-Missed-It-Photo-And-Video-Essay.

3 Minutes of the Madison Board of Parks Commissioners, April 11, 1967, reel 1, microfiche in Wisconsin Historical Society, University of Wisconsin–Madison.

4 William Luellen, "60,000 See Fireworks at a New Site," Wisconsin State Journal, July 5, 1968.

5 "The Northside Story: From Troubled Neighborhood to National Neighborhood of the Year," in *Northside Planning Council: 15 Years of Building Community*, Fall 2008.

6 Willam R. Wineke, "A New Neighborhood; North Side Residents Shape Up Their Streets," Wisconsin State Journal, August 29, 2003.

7 2012년 2월 25일에 진행한 노스사이드계획협의회 전임 조직가와의 비공식 인터뷰. 켈리의 모델은 수천만 달러의 경제적 효과가 발생되었다고 전해지는 오하이오주 콜롬부스의 쇼였다.

8 Jonathan D. Silver, untitled front-page editorial, *Capital Times*, May 18, 1993; and Graeme Zielinski, "All Systems Glow for Fireworks Show," Capital Times, July 2, 1993.

9 Silver, untitled front-page editorial; and Zielinski, "All Systems Glow for Fireworks Show."

10 2013년 8월 1일에 진행한 인터뷰.

11 로버트 키소Robert Kiewsow 시의원은 매디슨 시의회에서 이렇게 발언했다. "저는 불꽃놀이를 사랑합니다. 하지만 우린 추가 재정 때문에 너무 허리를 졸라매고 있어요, 하룻밤에 2만 5,000달러를 쓰다니 너무 끔찍해요."Quoted in Jonnel Licari, "City Costs Threaten Fireworks; The City Council Must Vote on Paying Increased Expenses for Rhythm and Booms," *Wisconsin State Journal*, June 4, 1996.

12 위스콘신 매디슨에서 2013년 7월에 진행한 비공식 인터뷰.

13 Lauren Cheever, "TODAY'S MAIL; Don't Use Fish as Carnival Prizes," *Wisconsin State Journal*, July 24, 1998.

14 주민들과 와일드워너의 회원들은 회의에서 이런 우려를 표명했다.

15 경찰은 그로부터 10년 뒤 공개회의장소에서 비공식적인 대화를 하던 중 와일드워너 회원들에게도 이렇게 말했다.

16 켈리는 2013년 3월 18일 매디슨의 환경위원회에서 대부분의 잔해가 물속에 가라 앉아서 분해되기 때문에 워너공원은 불꽃놀이를 하기에 미국에서 가장 안전한 장소라고 발언했다.

17 City of Madison and Dane County, Dane County Public Health Department, "Warner Park Fireworks Pollution Study Summary," Madison, Wisconsin, 2005.

18 2013년 5월 7일에 와일드워너의 모임에 참석한 위스콘신 자연자원부의 박쥐전문가 제니퍼 레델.

19 "How Fireworks Harm Nonhuman Animals," June 15, 2022, *Animal Ethics*, https://www.animal-ethics.org/how-fireworks-harm-nonhuman-animals/.

20 Steph Yin, " 'Quiet Fireworks' Promise Relief for Children and Animals," *New*

York Times*, June 30, 2016.

21 Sarah McCammon and Francesca Paris, “This Fourth of July, Think of Your Feathered Friends as You Plan for Fireworks,” Weekend Edition, National Public Radio, June 29, 2019, 8:03 a.m.

22 Judy Shamoun-Baranes et al., “Birds Flee En Masse from New Year’s Eve Fireworks,” *Behavioral Ecology* 22, no. 6(2011): 1173–77, doi: 10.1093/beheco/arr102.

23 Hermann Stickroth, “Auswirkungen von Feuerwerken auf Vogel—ein Uberblick” [Effect of Fireworks on Birds—A Critical Overview], *Berichte zum Vogelschutz* 52(2015): 115–49, https://www.nabu.de/tiere-und-pflanzen/voegel/artenschutz/rote-listen/21148.html.

24 Stickroth, “Auswirkungen von Feuerwerken auf Vogel.”

25 2008년 불꽃놀이 이후 캘리포니아의 바다새들이 알이 가득한 둥지를 대대적으로 떠나자 캘리포니아 해안위원회는 불꽃놀이를 중단했다. 다음을 보라. Ron LeValley, “Seabird and Marine Mammal Monitoring at Gualala Point Island, Sonoma County, California, May to August 2008,” Mad River Biologists, Eureka, California, April 2009, http://npshistory.com/publications/blm/california-coastal/seabird-mammal-mon-gpi-2008.jpg. 동일한 현상이 아르헨티나 우수아이아에서도 일어났다. 바다새들이 하룻밤새 자신의 둥지를 버린 것이다. 알들은 곧 차가워져서 부화되지 않거나 포식자에게 먹혔다. 다음을 보라. Adrian Schiavini, “Efectos de los espectaculos de fuegos artificiales en la avifauna de la Reserva Natural Urbana Bahia Cerrada”(Ushuaia: Centro Austral de Investigaciones Cientificas), https://cadic.conicet.gov.ar/wp-content/uploads/sites/19/2015/06/Pirotecnia-y-aves-en-Bahia-Encerrada_completo.jpg.

26 2011년 9월 2일 매디슨 환경보건부 책임자 더글라스 보겔리와의 이메일 교신.

27 2012년 7월 31일 리치 리폰과의 전화인터뷰.

28 와일드워너의 의장 짐 캐리어가 계산해서 환경위원회에 제출한 수치이다. 캐리어는 2013년 9월에 케네스 코산케를 인터뷰했다. 로스알라모스국립연구소의 화학자 마이클 히스키는 2015년 7월 9일 캐리어에게 보낸 이메일에서 이 대략적인 수치가 정확하다고 확인해주었다. 또한 히스키는 평균적인 석탄발전소가 하루에 내뿜는 방사성 금속을 비롯한 중금속의 양은 “전형적인” 불꽃놀이행사보다 더 많다고 지적했다.

29 위스콘신 매디슨에서 2013년 3월 18일에 진행된 매디슨 환경위원회 회의에서 테리 켈리가 한 말.

30 “Warner Park: Fireworks Environmental Impact Baseline Study, 2012: Water, Sediment, Soil, & Plant Analysis: Reports & Recommendations,” Madison Committee on the Environment, City Engineering Division, March 26, 2013, 4.

31 Doug Glass, "Court: EPA Must Regulate Perchlorate in Water," Associated Press, May 9, 2023.

32 공중보건 책임자는 불꽃놀이가 환경에 미치는 영향에 관한 와일드워너의 주장이 "추측"이자 "의견"이라고 밝히는 논평을 발표했다.

33 2013년 3월 15일 전화인터뷰.

34 2013년 4월 10일 매디슨 공원위원회 회의에서 리타 켈리허가 발언한 내용.

35 Arthur C. Bent, *Life Histories of North American Shorebirds: Part I* (New York: Dover Publications, 1927), 61.

36 아메리카멧도요는 북아메리카에서 법적인 보호에 들어간 최초의 새 중 하나다. Olin Sewall Pettingill Jr.의 1933년작 *The American Woodcock Philohela Minor*(Gmelin)에 따르면 1791년 뉴욕주는 사냥철에 날짜 제한을 설정했고, 1818년에는 매사추세츠, 1820년에는 뉴저지가 그 뒤를 이었다.

37 Aldo Leopold and Charles Walsh Schwartz, *A Sand County Almanac: With Other Essays on Conservation from Round River*(New York: Oxford University Press, 1966), 33–34.

38 Bernd Heinrich, "Note on the Woodcock Rocking Display," Northeastern Naturalist 23, no. 1(2016): N4–N7, https://www.jstor.org/stable/26453805.

39 Amanda D. French et al., "Exposure, Effects and Absorption of Lead in American Woodcock(Scolopax minor): A Review," *Bulletin of Environmental Contamination and Toxicology* 99, no. 3 (2017): 287–96, doi: 10.1007/s00128-017-2137-z.

이 책에 등장하는 새들

본문에 등장하는 북미 지역 새들의 이름은 국내 정착된 번역어를 따랐으며, 정착된 단어가 없는 경우에는 국내에 있는 새들의 이름과 겹치지 않도록 하면서 의미에 맞게 옮겼다. 독자가 참조할 수 있게 영문 이름을 같이 첨부한다.

갈색머리흑조	brown-headed cowbird
갈색사다새	brown pelican
갈색지빠귀붙이	brown thrasher
검은머리박새	black capped chickadee
겨울굴뚝새	winter wren
고방오	pintail
고양이새	cat bird
관머리비오리	hooded merganser
관박새	titmice
굴뚝새	wren
굴뚝칼새	chimney swift
극제비갈매기	arctic tern
긴꼬리검은찌르레기	grackle
꺅도요	snipe
꾀꼬리	oriole
나무제비	tree swallow
노랑관상모솔새	golen-crowned kinglet

노랑날개솔새	golden winged warbler
노랑딱새	mugimaki flycatcher
노랑배딱새	great kiskadee
노랑배수액빨이딱따구리	Yellow-bellied Sapsucker
노래멧참새	song sparrow
노래비레오새	warbling vireo
눈신토끼	snowshoe hare
댕기박새	turfted titmice
도로경주뻐꾸기	roadrunner
독수리	eagle
동부임금딱새	eastern kingbird
동부큰딱새	eastern phoebe
동부파랑지빠귀	eastern bluebird
마도요류	curlew
멕시코양진이	house finch
멧도요	woodcock
모기잡이새	gnatcatcher
물닭	coot
물수리	osprey
미국수리부엉이	great horned owl
미국오리	black duck
미국지빠귀	robin
박새	chichadee
밤색허리솔새	chestnutsided warbler
백로	egret
백로과	heron family

벌새	hummingbird
북미작은지빠귀	veery
북부홍관조	northern cardinal
붉은가슴동고비	red-breated nuthatch
붉은가슴벌새	ruby-throated
붉은꼬리매	red-tailed hawk
붉은꼬리물오리	ruddy duck
붉은날개찌르레기	red-winged blackbird
붉은눈비레오새	red-eyed vireo
붉은배딱따구리	red bellied woodpecker
비단거북	painted turtle
비오리	merganser
사막꿩	sandgrouse
삼색제비	cliff swallow
상모새	kinglet
상투메추라기	california quail
서부킹버드	western kingbird
솔딱새	flycatcher
솜털딱따구리	downy woodpecker
쇠부리딱따구리	northern flicker
수도사잉꼬	monk parakeets
수리	vulture
숲지빠귀	wood thrush
스콰코해오라기	squaccoe heron
쌀먹이새	bobolink
아메리카검은댕기해오라기	green heron

아메리카딱새	american redstart
아메리카멧도요	american woodcock
아메리카뿔호반새	belted kingfisher
아메리카쇠쏙독새	whip-poor-will
아메리카알락해오라기	american bittern
아메리카원앙	wood duck
아비	loon
알락해오라기	bittern
애기금눈올빼미	northern saw-whet
애기여새	cedar waxwing
아페르츠테트라카	appert's tetraka
얼룩부리논병아리	pied-billed grebe
왜가리	heron
우는비둘기	mourning dove
윌릿	willet
유라시아알락해오라기	eurasian bittern
유럽제비물떼새	collared pratincole
유리멧새	indigo bunting
은둔지빠귀	hermit thrush
자이언트캐나다기러기	giant canada goose
작은노랑발도요	lesser yellowleg
작은잿빛개구리매	montagu's harrier
잿빛고양이새	grey catbird
제비갈매기류	tern
주홍딱새	vermilion flycatcher
줄무늬새매	sharp shinned hawk

줄무늬올빼미	barred owl
중부리도요	whimbrel
지빠귀	thrush
지빠귀붙이	thrasher
집굴뚝새	house wren
집참새	house sparrow
찌르레기	bird(=stirling)
참새	sparrow
청개구리	tree frog
청솔새	cerulean warbler
초원종다리	meadowlark
캐나다두루미	sandhill crane
캐나다흑꼬리도요	hudsonian godwit
콜린메추라기	bobwhite quail
콧수염개개비	moustached wabler
쿠퍼매	cooper's hawk
큰검은찌르레기	common grackle
큰까마귀	raven
큰나무딱새	eastern wood pewee
큰노랑발도요	greater yellowleg
큰딱새	phoebe
큰머리흰뺨오리	bufflehead(=arctic duck)
큰박쥐	fruit bat
큰뿔솔딱새	great crested flycatcher
큰청왜가리	great blue heron
큰초원뇌조	greater prairie chicken

큰캐나다기러기	canada goose
큰흰죽지	canvasback
킬디어	killdeer
턱수염없는북방티라눌렛	northern beardless tyrannulet
투히새	towhee
파랑어치	blue jay
파랑지빠귀	bluebird
홍관조	cardinal
홍머리오리	wigeon
황금방울새	goldfinch
황금솔새	yellow warbler
흉내지빠귀	mockingbird
흑꼬리도요속	godwit
흑조	blackbird
흰가슴동고비	white breated nuthatch
흰기러기	snow geese
흰등굴뚝새	marsh wren
흰머리수리	bald eagle
흰뺨오리	goleneye
흰올빼미	snowy owl
흰점어깨수리	booted eagle
흰점찌르레기	european starling(=common starling)

나는 새들이 왜 노래하는지 아네

2025년 3월 28일 초판 1쇄 발행

글 트리시 오케인 • **옮김** 성원
편집 이기선, 김희중 • **디자인** 쿠담디자인
펴낸 곳 원더박스 • **펴낸이** 류지호
주소 (03173) 서울시 종로구 새문안로3길 30, 대우빌딩 911호
전화 02-720-1202 • **팩시밀리** 0303-3448-1202
출판등록 제2022-000212호(2012. 6. 27.)

ISBN 979-11-92953-48-9 (03840)

• 잘못된 책은 구입하신 서점에서 바꾸어 드립니다.
• 독자 여러분의 의견과 참여를 기다립니다.
블로그 blog.naver.com/wonderbox13 · 이메일 wonderbox13@naver.com